권력의 이동

TRANSFER OF POWER

THE NO.1 BESTSELLING AUTHOR

VINCE FLYNN
TRANSFER OF POWER

권력의 이동

빈스 플린 장편소설 | 이창식 옮김

RHK
알에이치코리아

"맹렬한 속도로 진행되는 이야기임에도 불구하고 정말 매끄럽다. 빈스 플린은 정치 스릴러에 정말로 탁월하다."

| 타임스 레코드 뉴스 |

"책을 읽는 동안 무엇이든 꽉 붙잡아라. 빠른 전개, 놀라운 흥분, 멋진 작품이다."

| 플로리다 타임스 유니온 |

"톰 클랜시는 《붉은 10월》에서 자신의 모든 것을 다 보여주었으며 아마 이 작품을 뛰어넘는 작품은 나오기 힘들 것이다. 그러나 빈스 플린은 클랜시의 '잭 라이언'이 보여줄 수 없는 면모를 지닌 '미치 랩'이라는 캐릭터가 있다. 미치 랩의 가능성은 무궁무진하다!"

| 아마존닷컴 |

"빈스 플린은 테러리스트와 영웅, 그리고 남모르게 펼쳐지는 워싱턴의 음모들을 부글거리는 거품처럼 끓어오르게 만들다가 마지막에 대폭발시킨다. 끝없이 이어지는 긴장의 연속."

| 퍼블리셔스 위클리 |

"적재적소에 배치된 액션와 음모, 화려한 표현은 마치 영화를 보는 듯 생생하게 그려진다."

| 파이오니어 프레스 |

"정치 스릴러의 새로운 마스터 빈스 플린의 히어로 미치 랩! 향후 수년간은 미치 랩을 따를 수 있는 캐릭터가 없을 것이다."

| 북페이지 |

"읽는 이에 따라서 빈스 플린이 창조한 캐릭터나 주제의식에 의문을 품을 독자가 있을 수도 있다. 그러나 군더더기 없고 실용적인 플린의 문장과 스피디하게 진행되는 이야기를 즐기는 것 자체가 무척이나 즐겁고 신나는 경험이라는 걸 부인할 순 없을 것이다."

| 라이브러리 저널 |

"빈스 플린은 따분한 시간들을 정신없이 보내게 하는 능력을 가지고 있다. 백악관과 테러리스트라는 소재로 이렇게 재미있게 글을 쓸 수 있는 작가는 드물 것이다."

| 올리더스닷컴 |

"데뷔작 《임기종료》에 비해 일취월장한 발전을 보여준다. 정치 스릴러와 서스펜스가 교묘히 혼합된 이 소설은 액션 팬과 스릴러 팬을 동시에 만족시킬 대안이다."

| 북리스트 |

"젊은 정치 스릴러 작가 중 단연코 으뜸이다. 빈스 플린이 자신의 분야에서 독보적인 이유는 무엇보다 누구도 범접할 수 없는 전문성에 있다."

| 애빌린 리포터 |

| 등장 인물 |

테렌스와 캐슬린 플린에게

- 일 러 두 기 -

미국 대통령과 비밀검찰국(USSS)의 보안을 위해 백악관의 레이아웃을 조금 바꾸거나

비밀검찰의 작전 중 어떤 부분은 조금 생략하기도 했다.

01

| 워싱턴 D.C. |

저무는 봄 하늘에서 옅은 안개가 내리기 시작할 무렵 검은 리무진 한 대가 E 스트리트 모퉁이를 돌아 나왔다. 이 방탄 차량은 아주 다급한 듯 철근 바리케이드들 사이를 재빠르게 지나갔다. 행정부 청사 서쪽 진입로로 들어온 리무진은 속력을 약간 줄였다가 육중한 검은 대문이 열리자 앞으로 돌진했다. 그리곤 물구덩이를 몇 군데 철벅거린 뒤 마침내 백악관 웨스트 윙 1층 출입구에 멈춰 섰다.

리무진 뒷문이 열리자 아이린 케네디 박사가 먼저 내렸다. 그녀는 건물에서 인도 위로 쳐진 허연 색 차양 아래로 걸어가서 상사가 따라오길 기다렸다. 토머스 스탠스필드는 천천히 차에서 내려 짙은 회색 양복 윗도리 단추를 채웠다. 일흔아홉 살인 이 남자는 정보 분야에선 우상과도 같은 존재다. 그의 경력은 2차 대전과 CIA 전신이라는 OSS(전략 정보국)까지 거슬러 올라간다. 스탠스필드는 60년쯤 전 와일드 빌 도노반(William Joseph Donovan: OSS 국장으로 CIA 창설을 주도—옮긴이)에게 선발되어 전혀 다른 종류의 전쟁을 치렀던 전사들 중 한 사람으로 지금까지 남아 있는 유일한 현역이었다. 동료들은 모두 사망하거나 은퇴했고, 이제 그 자신도 암투와 중상이 들끓는 정보부에서 권력의 고삐를 다른 손에 넘겨줄 날이 멀지 않았다.

스탠스필드가 재임하는 동안 CIA는 많이 변했다. 위협의 양상들이 변함에 따라 CIA도 변할 수밖에 없었다. 두 초강대국이 대치하던 시절은 오래전에 끝났고, 지역적 작은 갈등과 점증하는 테러가 그 자리를 대신했다. 그런 것들이 퇴임을 앞둔 스탠스필드의 심기를 가장 불편하게 했다. 생물학, 화학, 핵을 이용한 무기들을 개인적으로 미국에 들여올 위험성이 점점 커지고 있었다.

스탠스필드는 초저녁 하늘에서 천천히 내려오는 안개를 바라보았다. 미세한 물방울들이 얼굴에 내리자 은발의 CIA 국장은 눈을 깜박였다. 무엇인지 꼭 집어낼 수 없는 어떤 것이 계속 그의 신경을 건드리고 있었다. 그는 어두워오는 하늘을 다시 힐끗 쳐다본 뒤 차양 아래로 걸어 들어갔다.

케네디는 제복 차림의 비밀검찰국 경호원 두 명이 보초를 서고 있는 두짝문을 통과하여 긴 복도로 들어갔다. 서관 1층이었다. 대통령 집무실인 오벌 오피스(Oval Office)는 위층에 있지만 회의 장소는 거기가 아니었다. 아이린 케네디가 앞에서 서두는 반면 스탠스필드는 언제나 그랬던 것처럼 천천히 따라갔다. 복도 안으로 들어가자 오른쪽으로 깨끗하게 다린 검은 전투복 차림의 미 해군 장교가 두 손을 앞으로 모아 잡고 서 있었다.

"안녕하세요, 케네디 박사님. 모든 준비가 되어 있습니다. 장군들과 대통령께서 기다리고 계십니다."

백악관 상황실 당직 장교는 자기 왼쪽에 있는 문을 가리켰다.

"고마워요, 힉스 중령."

케네디는 해군 장교 앞을 지나가며 말했다.

두 사람은 여러 계단을 내려가서 오른쪽으로 돌았다. 위에 카메라가 설치되어 있는 보안문이 나타났다. 왼쪽 벽에는 "백악관 상황실: 제한구역"이라 새겨진 거무스레한 청동판이 부착되어 있었다.

자물쇠 열리는 소리가 나자 케네디는 문을 안쪽으로 밀어 열었다. 그녀의 뒤를 따라 스탠스필드 국장도 왼쪽으로 돌아서 상황실 안에 마련된 새 회의실로 들어갔다. 그러자 힉스 중령이 밖에서 방음 장치가 된 문을 닫았다.

턱시도 차림의 로버트 헤이즈 대통령은 회의실 맨 안쪽에 서서 자기 앞의 두 남자가 하는 얘기를 열심히 듣고 있었다. 한 명은 합참의장 잭 플러드 장군으로 예순네 살에 몸무게가 120킬로그램도 넘는 사내였다. 다른 한 명인 캠벨 장군은 자기 상관보다 키도 15센티미터쯤 작고 몸무게도 50킬로그램쯤 가벼웠다. 그는 연합특전사(JSOC) 사령관으로 임명되기 전까지는 유명한 미군 제18공수군단과 제82공수사단을 지휘했다.

로버트 헤이즈 대통령은 취임한 지 5개월이 지났지만, 지금까지는 국방부와 CIA와의 업무 관계를 잘 이끌어오고 있었다. 그는 대통령에 당선되기 전 하원의원과 상원의원을 모두 역임했다. 오하이오 주 출신의 민주당원이 지상에서 최고의 공직에 당선된 것은 무엇보다도 그의 사생활이 매우 깨끗한 데다 날이 갈수록 깊어지는 양당 사이의 골을 좁힐 수 있는 사람으로 보였기 때문이었다. 이전 내각이 추문으로 들끓었던 만큼, 미국 국민들은 언론의 철저한 뒷조사에도 거뜬히 살아남을 정도로 사생활이 깨끗한 사람을 압도적으로 지지했다. 헤이즈는 행복하게 결혼하여 30대에 세 자녀를 두었고, 그들 모두는 평범한 생활을 영위하며 타블로이드 신문 표지를 장식할 만한 짓은 하지 않았다.

아이린 케네디는 서류가방을 긴 테이블 끝에 있는 의자 위에 놓은 뒤 말했다.

"모두 앉아주시면 보고를 시작하겠습니다."

그녀는 마음이 급했다. 일들이 한꺼번에 너무나 **빠른** 속도로 들이닥치고 있었다.

스탠스필드 국장은 대통령과 두 장성에게 인사를 건넸다. 다들 수다를 떨 기분이 아니었다. 대통령은 테이블 상석으로 돌아가서 등받이가 높은 가죽의자에 앉았다. 대통령 뒤쪽 벽의 사각형 공간만 제외하면 사방 벽이 모두 짙은 색 목재로 덧대어져 있었다. 그 하얀 공간의 한가운데에 동그란 대통령 문장이 그려져 있었다.

대통령이 좌정한 테이블 상석 오른쪽으로 두 장군이 앉았고, 왼쪽에는 스탠스필드 국장이 앉았다. 케네디가 빨간 테이프를 붙이고 '1급 비밀'

도장을 찍은 똑같은 폴더를 각자에게 하나씩 돌렸다.

"제가 자료들을 준비할 동안 파일을 열어보셔도 좋습니다."

케네디는 그렇게 말한 뒤 어깨까지 내려오는 머리카락을 귀 뒤로 쓸어 넘겼다. 그리고 서류가방 속을 뒤져 디스크 한 개를 찾아내더니 연단 밑에 있는 컴퓨터의 A 드라이브에 밀어 넣었다. 60초쯤 지나자 CIA 대테러센터 본부장은 브리핑 준비를 마쳤다. 그녀의 오른쪽에 있는 스크린에 페르시아 만의 지도가 떠올랐다.

"나흘 전 저희들은 요원 한 명을 이란의 반다라바스(Bandar Abbas)라는 도시에 침투시켰습니다. 셰이크 파라 하루트가 그 도시에 있는 것 같다는 그 요원의 정보에 따라 지금 작전을 수립하고 있습니다."

대테러센터 본부장이 버튼을 누르자 화면의 지도는 머리에 터번을 쓰고 턱수염을 길게 기른 한 사내의 조악한 흑백 사진으로 바뀌었다.

"1983년에 찍은 이 사진 속의 파라 하루트는 이슬람 군사 조직인 헤즈볼라의 종교적 지도자입니다. 이란의 종교적 보수주의자들과 아주 강한 연대를 맺고 있죠."

케네디는 대통령을 슬쩍 곁눈질한 뒤 설명을 계속했다.

"대통령 각하께서도 PDB를 통해 그에 관한 설명을 몇 차례 접하신 적 있을 것입니다."

PDB는 CIA가 정보를 요약해서 매일 아침마다 올리는 대통령 일일보고서다. 대통령이 고개를 끄덕이며 대답했다.

"이름이 기억나는군."

케네디가 버튼을 누르자 화면에 다른 사진이 한 장 떠올랐다. 이번엔 수염을 깨끗이 민 아주 젊은 미남자였다.

"라피크 아지즈의 얼굴입니다. 70년대 후반 그가 베이루트 아메리칸 대학에서 전기공학 학위를 받았을 때 찍은 거죠."

대통령은 고개를 끄덕이며 말했다.

"이 친구는 분명 낯이 익어."

"네, 그렇지만 최근에 현상한 이 사진은 혹시 보신 적이 있는지 모르겠습니다."

케네디 박사가 가리키는 회의실 앞쪽 스크린에는 불탄 버스들과 참혹하고 끔찍한 시신들을 찍은 사진들이 차례로 떠올랐다.

"이 폭발들은 모두 팔레스타인 원리주의자 집단인 하마스와 연결되어 있습니다. 하마스는 중동평화 추진을 방해할 목적으로 최근 공격을 강화했어요. 헤즈볼라와 하마스는 서로 상대방의 목적에 협조한 적이 거의 없었습니다."

대테러센터 본부장은 긴 테이블을 내려다보며 설명을 덧붙였다.

"최근까진 말이죠. 그런데 베이루트에서 모든 것이 진정되자, 아지즈와 하루트는 자신들의 투쟁을 계속할 방안을 함께 모색하기 시작했습니다. 그러다가 1996년 이스라엘이 하마스의 지도자 예햐 아야시를 암살한 후 기회를 잡았죠. 하마스는 더욱 호전적으로 변해 이스라엘을 웨스트 뱅크와 가자 지구에서 몰아내는 일에 박차를 가했습니다. 이스라엘은 최근 얼마 사이에 하마스의 전략들이 더욱 치밀해지고 폭탄들도 정교해진 것을 알았어요. 우리는 그것이 모두 라피크 아지즈 때문이라 믿고 있습니다."

케네디는 깜짝 놀랄 발표를 하기 위해 잠시 뜸을 들였다.

"더욱 고약한 일은 말이죠, 사담 후세인이 하마스의 그런 작전에 자금을 지원했다는 사실을 알게 되었습니다."

헤이즈 대통령은 얼굴을 찌푸리고 천천히 고개를 저었다.

"그런데 거기서 그치지 않아요. 사담은 그 돈을 미국 본토 공격에 사용하는 조건으로 제공했다고 합니다."

대테러센터 본부장은 '본토'라는 말을 특히 강조했다.

그 정보는 헤이즈가 왼쪽 눈썹을 2센티쯤 치켜 올리도록 만들었다.

"어디서 나온 정보요?"

케네디는 대답 대신 스탠스필드를 돌아보았다. 그러자 CIA 국장이 대답했다.

"국가안보국(NSA)에서 감청한 것을 외국 연락원들을 통해 확인한 것입니다."

"굉장하군!"

헤이즈는 머리를 흔들었다. 그는 외경심을 담은 눈으로 케네디를 바라보며 물었다.

"그 밖에는?"

"이틀 전 이란에 있는 우리 요원이 하루트일 가능성이 높은 인물에 대해 보고해 왔는데, 오늘 저녁에는 하루트가 확실하다고 했습니다."

대통령은 가슴 위로 팔짱을 끼었다.

"그 요원은 믿을 만한가?"

"그렇습니다."

케네디는 자신 있게 대답했다.

헤이즈는 이란 지도를 다시 돌아본 뒤 그녀를 보며 말했다.

"하루트를 발견한 것 같다는 어정쩡한 소리나 하려고 내 만찬 계획을 망친 것 같지는 않은데?"

"그렇습니다. 저희들은 이런 기회를 오랫동안 기다려왔습니다. 이번에 그를 잡지 못하면 다시는 기회가 없을지 모릅니다."

케네디는 자신이 매우 진지하다는 것을 대통령에게 이해시키기 위해 잠시 멈추었다.

"캠벨 장군과 제가 하루트를 체포할 계획을 세웠습니다."

그녀가 메인 스크린을 바꾸자 두 번째 페르시아 만 지도가 떠올랐다. 대여섯 군데 새로운 표시가 되어 있는 것이었다. 그녀는 캠벨 장군을 돌아보며 고개를 끄덕였다.

연합특전사 사령관은 자리에서 일어나 꽂을대 같은 자세로 회의실 앞쪽으로 걸어갔다. 그리고는 연단 뒤에 확고한 자세를 잡고 선 후 입을 열었다.

"하루트는 사담과 마찬가지로 한 장소에서 사나흘 이상 묵는 일이 절대 없습니다. 우리가 그의 행방을 하루 이상 추적하여 일을 벌일 수 있는 기회를 잡은 것은 지난 10년 동안 이번이 처음입니다."

캠벨은 지도를 가리키며 설명을 계속했다.

"사우디아라비아에서 발진한 제1특수작전비행대 소속 헬리콥터 두 대가 페르시아 만을 순시하고 있는 인디펜던스 호와 연계 중입니다."

장군은 지도상에 표시되어 있는 핵추진 항공모함의 위치를 지적했다. 그리고 페르시아 만을 지나 이란 해역에 표시된 파란 시가 모양의 물체로 손가락을 가져가며 말했다.

"그리고 여기에 우리 전함 호놀룰루 호가 있습니다. 각하께서도 이미 아셨겠지만 여긴 더 이상 공해가 아닙니다. 호놀룰루 호는 지금 해안에서 3킬로미터쯤 떨어진 지점에서 짐을 부려놓으라는 명령만 기다리고 있습니다."

캠벨이 보고를 하는 동안 헤이즈 대통령은 유체이탈을 경험하는 느낌이 들었다. 여러 해 전부터 이런 순간을 예상해 왔지만 혐오감이 앞섰다. 미국 군대에 전투 명령을 내리는 일은 전혀 달갑지도 신비롭지도 영광스럽지도 만족스럽지도 않았다. 그가 내릴 명령으로 인해 오늘 밤 사람들이 죽을 것이다. 적들은 말할 것도 없고 어쩌면 그의 병사들까지도.

헤이즈 대통령은 장군의 설명에 주의를 집중하며 객관적으로 판단하려고 애썼다. 그는 역사를 통해 무력을 전혀 사용하지 않는 것은 어리석다는 것을 깨달은 사람이었다. 오늘 밤에 단안을 내리지 않으면, 언젠가는 미국인의 생명을 그 대가로 내놓아야 한다. 테러에는 단호하게 대처해야만 한다. 그는 결정을 미룰 수 없었다.

| 페르시아 만, 현지시각 3:16 AM |

이란의 반다라바스 시 해변으로 난 비포장도로를 노인은 발을 질질 끌며 걸어왔다. 어깨에서 발목까지 드리운 허연 젤라바(djellaba : 아랍 남자의 겉옷―옮긴이)는 더러웠고, 갈색 터번으로 머리와 얼굴 일부를 가리고 낡은 가죽 샌들을 신고 있었다. 페르시아 만에서 바람이 불어왔다. 밤하늘은 짙은 구름으로 가득했다.

쇠약해진 노인은 걸어가며 토박이 말인 페르시아어로 연신 중얼거렸다. 세상살이가 다 그렇듯이, 외모는 사람의 눈을 속일 수가 있다. 누더기 같은 터번과 젤라바 속에는 85킬로그램의 미끈하고 단단한 근육질 몸매가 감춰져 있었다. 서른한 살 먹은 미국인 미치 랩, 오늘로 일주일째 샤워를 하지 않았다. 짙은 구릿빛 피부에 켜켜이 앉은 때와 먼지, 몇 가닥씩 회색으로 물들인 검은 머리카락과 수염이 그의 나이를 두 배는 많아 보이게 만들었다.

늦은 아침부터 오후 이른 시각까지 이 미국인은 콧구멍만 한 아파트에서 잠을 잤다. 그리고 오후와 저녁 시간 내내 거리를 헤매며 갈색 캔버스 자루에다 빈 깡통과 병들을 주워 담았다. 거리의 부랑자 노릇을 하는 동안에는 줄곧 구부정한 자세와 멍청한 표정이었지만, 정신과 눈은 바짝 긴장하고 있었다. 단서를 포착하기 위해 그는 남의 집 현관과 창문들을 연신 살피며 사람들의 대화에 귀를 쫑긋 세우곤 했다. 그 자신이 찾던 것의 징후를 이틀 전에 포착했던 것이다. 미치 랩은 암살하고 싶은 한 남자를 찾고 있었다.

그는 이 남자를 찾아 중동과 북아프리카, 유럽의 가장 거칠고 더러운 도시들을 뒤지고 다녔다. 그 과정에서 랩 자신도 총격을 당하거나 칼에 찔리고 추격을 당하기도 했지만, 이 남자는 매번 아슬아슬하게 그의 손아귀를 벗어났다. 6개월 전 파리의 비 내리는 밤에도 결정적인 기회를 잡았지만, 바보처럼 망설이다가 간발의 차이로 라피크 아지즈를 놓쳐버리고 말았다. 다시는 망설이지 않겠어, 하고 랩은 천 번도 더 맹세했다. 다음엔 중간에 무고한 사람이 서 있거나말거나 주저 없이 방아쇠를 당겨버리겠어.

오늘 밤에도 랩은 그 오솔길을 따라가기로 작정했다. 이틀 전에 발견한 그 집에 가까워지자 그는 혹시 전날 보지 못했던 보초들이 있지나 않은지 지붕 꼭대기와 창문들을 자세히 살펴보았다. 수채 냄새와 섞인 짭짤한 소금기가 그의 본능을 더욱 자극했다. 이곳은 적지였고, 그는 사자굴 속으로 걸어 들어가고 있었다. 그가 걸어온 거리들은 중동 정치의 밑바닥을 장악하고 있는 여러 이슬람 군사조직들 중 하나인 헤즈볼라가 차지하고 있었다. 이 테러 조직은 자신들의 성스러운 전쟁 지하드(jihad)를 위해 수천 명을 살해했고, 해변에 있는 이 지저분한 도시 반다라바스는 그들의 근거지였다.

미치 랩은 직업상 경험을 통해 적들이 가장 취약한 상태로 있는 곳, 가장 편안한 기분으로 경계를 풀고 있는 장소가 바로 집이란 것을 일찌감치 깨달았다. 오늘 밤 그는 초대받지 않은 그들의 집으로 아무 예고 없이 방문할 작정이었다.

터번을 조정하여 눈만 남기고 다른 부분은 모두 가렸다. 그리고는 모퉁이를 돌아 자기 나이의 갑절은 되어 보이는 걸음걸이로 발을 질질 끌며 계속 걸어갔다. 여러 개의 문을 지난 그 아래쪽에, 한 사내가 접의자에 앉아 AK-47을 무릎 위에 올려놓고 있었다.

랩은 자신의 출현을 경호원에게 알리기 위해 의도적으로 페르시아어를 중얼거렸다. 발자국 소리를 들은 경호원이 그를 향해 총을 겨누었다. 그러나 넋 나간 소리를 중얼대는 부랑자가 어둠 속에서 모습을 드러내자 긴장을 풀고 총을 다시 무릎 위에 내려놓았다. 제기랄, 아닌 밤중에 웬 미친 양아치 놈이야?

양아치는 경호원에게 다가가며 입을 가리고 있던 터번 자락을 벗겨냈다. 그리곤 위장한 썩은 이빨들을 아래위로 드러내고 히죽이 웃으며 무장 경호원에게 인사한 뒤 발을 질질 끌며 앞으로 지나갔다. 거구의 경호원은 고개를 끄덕이곤 머리를 집 담벼락에 기대었다.

랩은 거리를 따라 계속 내려갔다. 예리한 눈으로 그 블록의 모든 상태를 체크하고, 모든 집들의 현관과 창문들을 훑었다. 문간 너머와 커튼 뒤, 어두운 구석도 일일이 살펴보았다. 이게 만약 덫이라면, 놈들은 바로 저 안에서 기다리고 있을 것이다.

랩은 더 좁은 거리로 꺾어 들어갔다. 60미터쯤 내려간 그는 자동차라는 것을 상상하기도 전에 생겼던 골목 속으로 기어들었다. 폭이 1미터 반도 안 되는 터널처럼 생긴 그 골목은 어둠 속에 잠겨 있었다. 그는 걸음 속도를 차츰 늦추다가 왼쪽 두 번째 우묵한 곳에 멈춰선 후 눈을 감았다. 그리곤 주위의 칠흑 같은 어둠에 빨리 적응하기 위해 눈꺼풀을 조금씩 열며 빈 병과 깡통들을 담은 캔버스 자루를 조용히 내려놓았다.

| 백악관 상황실 |

캠벨 장군은 작전 브리핑을 마치고 케네디와 함께 회의실 맨 끝에 서 있었다. 두 사람은 지난 24시간 동안 함께 쉬지 않고 작업하여 모든 준

비를 마쳤다. 하지만 이제 대통령이 작전의 찬반을 결정하기 위한 분석을 하고 있는 동안 그들은 어쩐지 무력해 보였다. 잠시 침묵에 빠져 있던 헤이즈 대통령이 은발의 스탠스필드 국장을 돌아보며 물었다.

"현장에 보낸 이 남자는 누굽니까?"

CIA 국장은 작전 개요서 파일을 닫아 테이블 위에 내려놓았다.

"우리 요원입니다. 최고죠. 영어 외에도 3개 외국어를 유창하게 구사하고 지역 사투리도 대여섯 가지 정도는 능통합니다."

"미국인입니까?"

"네."

대통령은 고개를 천천히 끄덕인 뒤 백만 달러짜리 질문을 던졌다.

"하루트를 체포하려고 하다가 우리 정체를 드러내는 것보다는…"

그는 자기 생각을 가장 미묘하게 표현하는 방법을 찾느라고 잠시 머뭇거렸다.

"그 남자…"

대통령은 케네디를 돌아보며 물었다.

"이름이 뭐지?"

"암호명이 아이언맨입니다."

"그 아이언맨에게 하루트를 제거하라고 하면 어떻소?"

헤이즈 대통령은 자신이 방금 제의한 것이 불법행위란 사실을 깨닫자 조심스레 회의실 안을 둘러보았다.

"그것도 한 가지 방법으로 보고 있습니다. 그런데 아직 논의되지 않은 것이 있습니다."

케네디는 그렇게 대답한 뒤 상사를 바라보았다.

스탠스필드는 의자에 기대고 앉아 한쪽 다리를 다른 다리 위에 걸치고 있었다. 턱을 괴고 있던 왼쪽 손을 떼어내며 그는 담담하게 말했다.

"최근 어떤 정보를 입수했는데 이 작전과 직접적인 연관이 있습니다. 어제 해외에 있는 우리 연락원으로부터 전화를 받았어요. 하마스가 워싱턴을 테러 목표물로 삼고 있다는 제보였습니다. 정확한 장소와 시간은 알 수 없지만, 이 정보를 확인할 수 있는 보강 자료들이 있습니다."

헤이즈는 머리를 절레절레 흔들며 나지막하게 투덜거렸다.

"그 정보의 출처가 어딥니까?"

"여러 주일 전에 이스라엘 친구들이 제게 경고해줬는데, 오늘 아침 영국인들이 보강 자료를 보내왔습니다."

"자세하게 설명해 봐요."

대통령이 집게손가락으로 돌리는 동작을 하며 말했다.

"한 달 전 이스라엘이 웨스트 뱅크를 소탕하는 과정에서 하마스 지휘관 한 명을 체포했습니다. 그자를 심문하자 이곳 워싱턴을 공격할 작전을 세우고 있다고 여러 차례 자백했답니다. 이스라엘은 더 이상 자세한 정보는 짜내지 못했지만, 그 작전의 배후인물이 바로 라피크 아지즈란 걸 알았습니다."

헤이즈 대통령은 의자를 빙글 돌려 작은 스크린을 쳐다보았다. 이스라엘에서 아지즈가 폭파한 버스의 잔해와 시신들을 생생하게 보여주고 있었다. 그것과 똑같은 일이 워싱턴 D.C.에서 벌어진다는 생각만으로도 대통령은 피가 부글부글 끓었다.

"이 얘기는 사담이 미국 내에서 감행되는 어떤 테러 공격에도 자금을 지원하겠다고 제의했다는 NSA 보고서 내용과 일치합니다."

대통령은 CIA 국장을 쳐다본 뒤 의자에서 일어나 나왔다. 침착해야 해, 하고 그는 생각했다. 사담은 미국에겐 손이 닿지 않는 등에 박힌 가시 같은 존재가 되었고, 이젠 그자를 더욱 무자비한 방법으로 다뤄야 할 때였다.

조소가 뚝뚝 흐르는 목소리로 대통령이 말했다.

"이거야말로 기막히군."

헤이즈의 머릿속에는 중동에서나 일어났던 광란의 테러가 바야흐로 미국 거리에서도 벌어지려 하고 있다는 생각뿐이었다. 그들과 먼저 일전을 치르기 전엔 절대로 그런 일을 용납할 수 없다는 것을 대통령은 알고 있었다.

아이린 케네디는 자신의 상사와 대통령, 두 장군 사이에 오가는 대화가 귀에 잘 들어오지 않았다. 지금 이 순간 그녀는 미치 랩에 대한 걱정이 더 앞섰다. 랩은 그녀가 직접 스카우트한 요원으로, 함께 일해 오는 동안 점점 좋아하게 되었다. 그렇다고 성적인 관계에 있다는 얘기가 아니라, 시련을 함께 극복한 사람들 사이에서 생성되는 자연스런 연대감 같은 것이었다.

케네디는 아버지가 중동에서 대사관을 이리저리 옮겨 다니는 바람에 젊은 시절 절반을 그곳에서 보냈다. 국무부에서 어린 시절을 보낸 그녀는 이곳에서 낯선 것이 별로 없었다. 친구들도 대부분 비슷한 경험을 하며 자랐기 때문이다. 사실 케네디는 중동에서 살면서 성장하는 걸 좋아했지만, 불행하게도 그런 좋은 추억들은 1983년 4월 베이루트 주재 미국 대사관으로 폭탄 차량이 돌진하면서 풍비박산 나고 말았다. 그 폭발로 인해 아버지는 사망했고, 그녀의 삶도 아주 변해버렸다.

그 비극적인 일에 분노를 느낀 케네디는 CIA에 지원했고, 그들은 별 망설임 없이 그녀를 받아들였다. 지원자가 12년 동안이나 중동에서 성장하며 아랍 연구로 박사 학위까지 받은 데다 동기 또한 충분했기 때문이다. 그들은 처음부터 케네디를 테러대책 요원으로 배치했다. 그 후 16년이 흐른 지금, 그녀는 CIA 대테러센터 본부장으로 활동하고 있었다.

하지만 이것은 케네디의 업무 중에서도 입법감독위원회에 보고된 일부일 뿐이다. 그녀에게 떨어진 별도의 임무는 CIA 안에서도 가장 비밀스런 조직의 하나인 오리온 팀 책임자였다. 그리고 이런 조직이 있는 것을 아는 사람은 손가락으로 꼽을 정도였고, 언제까지나 그런 상태로 유지되어야만 했다. 오리온 팀은 다른 테러 사건을 당하고 난 후 그 충격으로 스탠스필드 국장이 조직한 것이었다. 1988년 12월 스코틀랜드 로커비 상공에서 추락한 팬암 103기 폭파사건이 그것이다. 케네디에게 지휘권이 주어졌고 오직 한 가지 임무, 테러범들을 추적하여 암살하는 특수 팀을 조직하라는 지시가 내렸다. 그 당시 스탠스필드 국장은 "이곳 워싱턴에 있는 어떤 사람들은 이제 공격으로 전환할 때가 되었다고 판단했어"라고 말했다. 그 사람들이 누구냐고 케네디는 결코 묻지 않았고, 솔직히 알고 싶지도 않았다. 작전에 무조건 동의하고 그것을 완벽하게 보완하기 위해서는 어떤 위험도 감내하겠다는 생각뿐이었다. 위험은 매우 실재적인 것이었고 결코 가볍지 않았다. 의회나 법무부에 있는 빼딱한 사람이 오리온 팀에 관한 소문을 들으면 즉시 조사에 들어갈 것이고, 그러면 케네디의 목이 제일 먼저 떨어질 판이었다.

미국인들이 미치 랩이나 오리온 팀의 탈선행위를 알게 된다면 결코 참아낼 수 없을 것은 분명했다. 의회 조사단이라는 정치적 특별관람석에서 바라보면, 모든 사람들은 그것이 전쟁이었다는 사실을 잊어버린다. 오리온 팀은 헌법을 완전히 무시한 불한당 그룹으로 보일 것이다. 지금 이 순간 목숨을 걸고 위험한 적지에 나가 있는 미치 랩 같은 사람들은 유명해지려고 기회를 노리고 있는 컨트리클럽 자유주의자들이나 보수적 기회주의자들에게 산 채로 먹히고 말 것이다.

케네디는 랩에 대해 책임을 느끼고 있었다. 1988년 겨울 시러큐스 대학까지 찾아가서 그를 선발했던 사람이 바로 그녀였다. 아버지의 죽음 이후 그녀는 CIA를 발견했지만 랩은 그 반대였다. CIA가 그를 찾아냈던 것이다. 시러큐스 대학생 35명이 팬암 103기 추락 사건으로 사망했는데, 그들 중 한 명이 랩의 고교 시절 애인이었다. 아이린 케네디는 괴로워하는 랩의 눈앞에 복수의 기회를 흔들어 보였고, 그는 한순간도 주저함이 없이 그것을 붙잡았다. 10년이 지난 지금 그들은 랩을 현대 정보계에서 가장 효율적이고 치명적인 킬러로 변신시켜 놓았다.

헤이즈 대통령은 설명을 충분히 들었다. 그 결과에 대해서도 한참 동안 심사숙고했다. 지금 행동하지 않는다면 결국 미국인의 생명을 그 대가로 지불하게 될 것이다. 오늘 밤 몇 사람의 생명을 잃을 수도 있겠지만, 그들은 위험을 예상하고 서류에 서명했던 자들이다. 행동을 회피하면 민간인들의 생명을 희생시킬 수 있었다. 헤이즈는 자신이 어떤 결정을 내려야 할지 알고 있었다.

"캠벨 장군, 우리가 어떻게 해야 한다고 생각합니까?"

대통령의 진지한 물음에 캠벨은 절도 있는 목소리로 대답했다.

"놓쳐서는 안 될 기회라고 생각합니다."

"케네디 박사, 당신도 밀어붙여야 한다고 생각하겠지?"

"네, 그렇습니다."

"토머스?"

대통령은 CIA 국장을 쳐다보았다.

토머스 스탠스필드는 조용히 한숨을 내쉰 뒤 고개를 끄덕였다.

헤이즈는 마지막으로 잭 플러드 장군에게 물었다.

"잭, 당신 생각은 어떻소?"

합참의장은 커다란 손을 모아 쥐고 테이블을 한 번 탁 치며 대답했다.

"그자를 잡아들여야 합니다."

헤이즈 대통령은 대형 스크린에 떠오른 이란 지도를 곁눈으로 응시하며 잠재된 위험에 대해 심사숙고했다. 침묵의 시간이 20초쯤 지난 뒤 그가 마침내 말했다.

"작전을 허락합니다."

대통령의 재가가 떨어지기 무섭게 케네디와 캠벨은 전화통을 붙잡고 작전에 관여하고 있는 여러 요원들과 지휘자들에게 임무수행 명령을 하달하기 시작했다.

스탠스필드는 두 장의 하얀 서류를 테이블 위로 내밀었다. 대통령이 상의 주머니에 꽂혀 있던 펜을 뽑아 같은 내용이 담긴 두 장의 서류에 각각 서명했다. 다소 무미건조한 이 서류는 대통령이 비밀스러운 임무를 재가할 때마다 작성하도록 법적으로 요구되는 '대통령 명령'이었다. 이 단순한 서류들이 지난 세월 동안 워싱턴에서 수많은 분쟁의 씨앗이 되었다.

"위원회엔 언제 통보할 겁니까?"

헤이즈 대통령이 물었다.

계획한 작전을 실행하려면 그 이전에 상하원 정보위원회 선임 위원들과 의장에게 통보하도록 법적으로 정해져 있다. 그런데 이 부분이 런던 하늘보다 더 흐릴 뿐만 아니라, 가끔은 좋은 내용임에도 불구하고 무시될 때도 있었다.

CIA 국장은 서명한 복사본을 폴더에 끼우며 대답했다.

"다행히도 그분들은 오늘 저녁 모두 약속들이 있어서요. 한 시간쯤 후에 그분들의 비서관들에게 할 얘기가 있다고 통보할 생각입니다. 만사가 잘 풀리면 그들은 우리 요원들이 임무를 안전하게 끝마친 후에나 CIA 본부로 연락해올 겁니다."

"좋아요."

헤이즈는 의자에서 일어나 커프스 버튼을 채웠다.

"나는 아내와 함께 케네디 센터의 행사에 참석할 예정입니다. 작전에 대한 모니터링은 어디서 하실 겁니까?"

"랭글리(CIA 본부—옮긴이)에서 합니다."

스탠스필드가 대답했다.

"상황을 계속 알려줘요. 행운을 빕니다."

그렇게 말한 뒤 대통령은 상황실을 나갔다.

02

| 페르시아 만, 호르무즈 해협 |

시커먼 해면을 가로질러 몰아치는 강한 바람에 낮게 걸린 구름층이 심하게 소용돌이쳤다. 높은 구름층은 페르시아 만의 바다가 열린 북서쪽으로 몰려갔고, 낮은 구름층은 호르무즈 해협의 섬에서 오늘날의 이란인 옛 페르시아 내륙으로 밀려들었다. 이따금씩 구름 사이로 달빛이 언뜻언뜻 보였다. 바람이 울부짖으며 비를 몰아왔다. 빗줄기가 강해졌다 약해졌다 변덕스럽게 변했다. 이런 밤에는 바다에 나갈 일이 못 된다.

1.5미터 높이의 낮은 파도 속에서 마스트 하나가 수면 위로 솟아올랐다. 그것은 점점 높아지며 상어의 음산한 등지느러미처럼 물마루를 갈랐다. 계속 남쪽으로 이동하는 동안 가느다란 물체 뒤로 하얀 거품이 일었다. 파도 위로 3미터 가까이나 솟아오르자 그것은 즉시 밤하늘을 탐색하기 시작했다. 호랑이 줄무늬의 그 가느다란 물체는 레이더 방출을 탐지하기 위해 설계된 전자지원 안테나였다. 잠시 후 그 가느다란 마스트는 다른 것과 연결되었다. 그것은 수평선을 360도로 탐지했고, 두 개의 마스트는 나타날 때와 마찬가지로 재빨리 수면 아래로 함께 사라져 버렸다.

폭풍우가 몰아치는 바다의 수면 아래에는 아주 값비싼 하드웨어 장비가 이란 해안으로 조용히 접근하고 있었다. 그것은 방금 탑승원 외에는 아무도 모르는 치명적인 화물을 부려놓은 참이었다. 688급 공격 잠수함이 공해 쪽으로 방향을 돌리자 머리 두 개가 수면에 떠올랐고, 곧이어 세 개가 더 떠올랐다. 파도가 쉴 새 없이 오르락내리락하는 가운데서도 그들은 둥그렇게 모였다. 한 사내가 검은 가방을 묶고 있는 끈을 푼 다음 거기 달린 줄을 잡아당겼다. 공기주입식 소형 고무보트(IBS)가 펼쳐지고 공기가 자동 주입되기 시작했다. 1분도 채 안 되어 보트가 빵빵해지자 이번엔 두 사내가 꽁무니에 매달려 조그마한 외부 엔진을 부착하기 시작했다. 그 사이에 다른 한 사내는 연료통을 준비했다. 거친 바다 위에서 보트가 마구 뒤흔들리는 데도 사내들은 아랑곳하지 않고 작업을 진행했다.

모터가 고정되자 물속에 남아 있던 두 사내도 보트 위로 기어올랐다. 까만 보트를 배경으로 검은 잠수복 차림의 그들은 잘 보이지도 않았다. 엔진에 휘발유를 세 차례 주입하고 두 번째 당겼을 때 시동이 걸렸다. 뒤에 앉아 있던 사내가 조절기 레버를 꺾자 그들을 태운 보트는 파도의 옆면을 타고 미끄러져 나갔다.

댄 해리스 소령은 보트 앞쪽에 부착된 끈을 붙잡고 매달린 채 손목에 차고 있는 나침반을 확인했다. 그다음엔 위성항법장치(GPS)를 들여다보았다. 나침반 옆에 차고 있는 이 소형 GPS 기구는 1만 6천 킬로미터 상공에서 지구 궤도를 따라 선회하는 18개의 위성을 이용하여 그의 현재 위치를 4미터 오차 범위 내에서 알려준다. 잠수함은 해리스와 그의 부하들을 요청한 위치에서 겨우 30미터 떨어진 곳에 내려주고 간 것으로 확인되었다. 완벽을 추구하는 잠수함 승무원들의 프로 근성에 해리스는 미소를 지었다. 그들은 발끝부터 머리끝까지 완벽주의자들이었다.

보트 머리가 파도 골짜기를 향해 곤두박질치자 근육질의 소령은 손잡이 끈을 더 단단히 움켜잡았다. 아나폴리스 해군사관학교 81년도 졸업생인 댄 해리스는 좀 괴짜였다. 세련된 반면 거칠고, 침착하다가도 불같고, 성질 잘 내고 잘 가라앉고, 감정적인가 하면 논리적이고, 관대한 반면 무자비한 면도 있었다. 간단히 말하면 상황에 따라 변하는 사람이었다. 그는 자기 앞에 간 특수전 지휘관들이 하는 것을 보며 배웠다. 미 해군은 거대한 관료집단인지라, 자기 방식대로 무언가를 하고 싶은 사람은 먼저 명령서를 작성하는 장군들의 자존심을 어루만지는 데 엄청난 시간을 소비하지 않으면 안 된다. 댄 해리스 소령은 그 외줄타기를 거의 완벽하게 통과한 덕분에, 다른 동료들이 리틀 크리크 기지나 코로나도 해군기지에서 책상물림을 하고 있는 동안 작전에 투입된 것이었다.

조그마한 고무보트가 파도와 충돌하자 이물을 넘친 차갑고 짠 바닷물이 미 해군의 일급 대테러 부대 실 팀 식스(SEAL Team Six) 대원들을 흠뻑 적셨다. 다섯 명 모두가 턱수염을 텁수룩하게 기르고 있었다. 해리스가 머리를 흔들어 얼굴의 물을 털어내자, 돼지꼬리처럼 묶은 뒤통수의 머리카락이 좌우로 휙휙 날렸다. 이렇게 폭풍우가 몰아치는 밤에 거친 바다와 싸우는 다섯 사내는 비밀작전 분야에서는 장발의 특수요원들로 알려져 있었다. 이런 임무를 수행하기 위해 그들에겐 해군의 규정을 어기고 수염과 머리카락을 기르도록 허용하고 있다.

그들은 비슷한 특성들을 많이 지녔지만, 가장 눈에 띄는 것은 검은 용모였다. 해리스 소령이 직접 그들을 선발했고, 오늘 밤 임무를 수행하기 위해 다른 불빛을 일절 사용하지 않고 침투하고 있었다. 소령은 최고의 대원들을 데려왔다. 사소한 실수도 용납되지 않았다.

| 반다라바스, 이란 |

커다란 파도가 해변을 때리며 공중으로 소금기 담긴 물보라를 날렸다. 미치 랩은 터번 자락으로 얼굴에 묻은 소금물을 닦았다. 그리곤 자신 외에 다른 사람이 없는지 해변 아래위를 조심스럽게 살폈다. 잔교가 있는 북쪽으로 가던 그는 중간에 걸음을 멈추고 깡통 한 개를 주워 캔버스 자루에 담은 뒤 다시 발을 질질 끌며 걸어갔다. 목재 잔교에 도달하자 그 아래로 지나가서 반대쪽을 살펴보았다. 그는 다시 잔교 아래를 통과하여 해변 경사지로 올라간 다음 목재 잔교를 떠받치고 있는 콘크리트 구조물이 우묵하게 들어간 곳으로 갔다. 그리곤 10분 가까이 시간을 들여 그곳에 사람이 다녀간 흔적이 있는지 세밀하게 조사했다. 그는 상륙지점을 결정했고, 습격당하지 않을 곳을 찾아내는 것이 그의 임무였다.

랩은 시계를 보았다. 잔교를 떠받치고 있는 빼곡한 버팀목들 사이로 바람이 속살거리며 파고들었다. 모든 것이 예정대로 진행되고 있었다. 랩은 이 순간을 위해 자기 삶을 거의 10년이나 포기했고, 그것을 헛되이 하진 않을 생각이었다.

| 페르시아 만 |

핵추진 미 항공모함 인디펜던스 호는 폭풍우 몰아치는 바다 속을 항진했다. 최근 23일 동안 이 배는 열두 척의 부속 전함과 두 척의 잠수함을 거느리고 페르시아 만 북쪽 해역을 순시해왔다. 그런데 전날 저녁 늦은 시각 이들에게 동남쪽으로 항해하여 호르무즈 해협으로 가라는 명령이 떨어졌다.

꼭 세 시간 전, 이 거대한 회색 항공모함은 캄캄한 어둠 속에서 두 대의 미 공군 헬리콥터를 중앙 갑판 섬처럼 만들어진 곳에 착륙시켰다. 평범한 황갈색 바탕에 약간 어두운 갈색 줄무늬가 있는 이 헬리콥터들은 제1특수작전비행대 소속으로, 특공대원들을 세계에서 가장 끔찍한 지역으로 실어 나르는 임무를 띠고 있었다.

두 대 중 약간 큰 쪽이 MH-53J 페이브 로우인데, 대당 가격이 4천만 달러에 달하며 세계에서 가장 첨단을 달리는 군사용 헬리콥터로 통한다. 이 거대하고 복잡한 헬기를 띄우려면 승무원이 여섯 명 필요하며, 이것의 항법장치는 미국 최첨단 폭격기에 장착된 것과 맞먹는다. 페이브 로우는 미 공군의 최첨단 항법장치(ENS)를 장착하고 있다. 도플러 항법시스템, 자동방향탐지기, 위성항법장치, 나침반과 회전의(回轉儀) 등 스무 가지 별도 시스템으로 이루어진 ENS는 조종사들에게 현재의 위치를 항상 정확히 알려준다.

이 최첨단 장비들 덕분에 제1특수작전비행대의 고도로 훈련된 비행사들은 최악의 기상 조건 속에서도 나무 꼭대기 위로 수백 킬로미터를 비행하여 목표한 침투 시각이나 철수 시각에서 불과 몇 초 차이로 정확히 착륙할 수 있었다. 이것은 특수 작전의 성공과 실패를 가르고 대원들의 생사를 가를 수도 있다. 이처럼 거대하고 복잡한 헬리콥터를 다루려면 비범한 조종사가 필요하고, 그래서 공군은 최고의 자격을 갖춘 자들에게만 이 경이로운 기술의 산물을 조종하도록 허락했다.

두 번째 헬리콥터 MD-5300 페이브 호크는 페이브 로우에 비해 겨우 3분의 2 정도의 크기로 최첨단 항법장치도 축소형을 장착하고 있다. 이 작고 민첩한 헬리콥터에는 오늘 밤 임무 수행에 필요한 산탄총이 탑재되어 있을 것이다. 두 기체 안에서는 조종사들과 승무원들이 비행 전 체크리스트를 체계적으로 점검하고 있었다. 한 치의 오차도 허용되지 않을 것이다. 사소한 실수가 죽음으로 이어질 수 있고, 더 나쁘게는 국제문제로 비화될 수도 있다.

| 이란 해안 |

댄 해리스 소령은 야간투시망원경을 눈에 대고 상륙 지점을 찾으려고 했지만 소용없었다. 해변에서 겨우 몇 백 미터밖에 떨어지지 않았는데도 아무것도 보이지 않았다. 폭풍우가 몰아치는 바다에서 고무보트가 워낙 요동치는 바람에 망원경을 들고 있기조차 어려웠다. 구조물의 희미한 윤곽을 포착하자마자 3미터 높이의 파도가 시야를 가로막았다.

해리스는 야간투시망원경을 방수 주머니 속에 넣고 오른손을 스쿠버슈트 목 부위에 집어넣더니 모토롤라 MX-300 무전기의 이어폰을 빼내어 왼쪽 귀에 씌웠다. 그리곤 파도 소리와 바람 소리 속에서 고함을 질렀다.

"아이언맨, 여기는 위스키 파이브. 내 말 들리나? 오버."

해리스의 목에 걸린 스로트 마이크(Throat Mike: 목젖의 움직임과 떨림을 소리로 변형시켜 전달하는 통신장비-옮긴이)가 그 말을 잡아 발송했다.

잡음 섞인 대답이 이어폰을 통해 들어왔다.

"위스키 파이브, 여기는 아이언맨. 아주 크게 잘 들린다. 오버."

해리스는 좀 더 잘 듣기 위해 바람을 등지고 말했다.

"위치에 도착했다, 아이언맨! 상륙지점 상황은 어떤가?"

"모든 것이 안전하다."

"알았다. 5분 내로 가겠다."

소령은 왼손으로 잠수복의 목 부분을 내리고 헤드세트를 다시 집어넣었다. 그리곤 부하들 쪽으로 돌아앉으며 소리쳤다.

"장비들을 착용하고 뛰어내려!"

대원들은 수영 가방을 체크하고 물갈퀴와 다이브 마스크를 착용했다. 모두가 엄지를 치켜세우자 소령은 보트에서 뛰어내리라는 명령을 내렸다. 물속에 들어간 실(SEAL) 대원들은 케이바 대검을 뽑아들고 고무보트의 옆구리를 찔렀다. 팁팁한 공기가 빠지기 시작한 지 10초쯤 경과하자, 모터의 무게가 짜부라진 고무보트를 수면 아래로 끌고 들어가 버렸다.

보트 위에서도 보기 힘들었던 잔교를 물속에서 보기는 불가능했다. 대원들 각자는 나침반을 가지고 있었지만, 해리스는 수영을 가장 잘하는 부하를 앞세웠다. 다섯 명은 길잡이를 따라가면서도 대형을 유지했다. 몇 분 동안 힘차게 헤엄치자 마침내 잔교가 가까워왔다. 그들은 구조물 남쪽으로 돌아가서 파도를 기다렸다가, 다섯 명이 동시에 파도를 타고 나란히 밀려갔다. 발이 물 밑바닥에 닿자 그들은 악어들처럼 뒤뚱뒤뚱 달려 잔교 아래쪽으로 몸을 숨겼다.

별도의 명령 없이도 대원들 각자는 방어 자세에 들어갔고, 방수가방에서 꺼내 든 헤클러 앤드 코흐 10밀리 MP-10 기관단총은 발사 준비가 되어 있었다. 총신의 나사 부분에 끼운 것은 소리를 최대한 줄여주는 두툼하고 시커먼 워터 테크놀로지 소음기였다. 대원 두 명을 남쪽 면에 남겨두고 다른 둘은 북쪽 면으로 기어갔다. 해리스는 가운데로 이동했다. 그들은 서프 라인에서 모두 멈춰 섰다.

파도는 계속 해변을 때렸고, 천둥치는 듯한 소리가 잔교 아래의 빼곡한 기둥들 속에서 메아리쳤다. 파도가 해변으로 밀려오면 해리스의 머리와 무기만 남기고 물에 잠겼다. 거품을 인 물결이 물러가면 잠시 후 다시 파도가 밀려들었다. 해리스는 따개비가 잔뜩 달라붙은 버팀목들의 왼쪽 면을 돌아보고 눈앞에 미로처럼 얽힌 목재들을 살펴보았다. 요란한 파도와 울부짖는 바람 때문에 말소리가 잘 들리지 않았다. 그가 버팀목들을 살펴보고 있는 사이에 다른 대원 하나가 희미한 휘파람 소리를 들었다. 뒤이어 두 번째 휘파람 소리가 들렸고, 곧 세 번째가 들렸다. 버팀목 뒤에서 흰 로브를 걸친 사내 하나가 걸어 나와 손을 흔들었다. 해리스는 두껍고 시커먼 소음기를 장착한 기관단총을 사내의 머리에 겨누고 있었다.

미치 랩이 손바닥이 보이도록 두 손을 앞으로 내밀고 다가왔다. 그리곤 파도 소리보다 약간 더 큰 목소리로 그들에게 말했다.

"대니 보이."

댄 해리스는 랩에게서 잠시 눈길을 떼고 그의 좌우를 조심스럽게 살펴보았다. 그런 다음 한쪽 무릎을 세우고 일어나며 말했다.

"다시 만나 반갑네, 미치."

미치 랩은 해리스가 정보계에서 신뢰하는 몇 안 되는 사람들 중 한 명이었다. 이러한 신뢰는 두 가지 사실에 기반을 두고 있었다. 그 하나는 랩도 해리스 자신과 부하 대원들처럼 위험에 목숨을 내걸고 현장 진흙 구덩이 속을 굴렀기 때문이었다. 다른 하나는 랩의 몸동작을 직접 목격한 적이 있기 때문이었다. 그것은 매우 효율적이고 치명적이었다.

"노닥거릴 시간 없어요. 빨리 옷들 갈아입고 움직입시다."

랩이 다그치자 해리스가 일어서서 휘파람을 휘익 불더니 부하들에게 따라오라는 수신호를 보냈다. 다섯 명의 실 대원들은 랩을 따라 비포장도로와 이어진 잔교의 우묵한 곳까지 전진했다. 거기서 대원들이 옷을 갈아입는 동안 랩은 경계를 섰다. 대원들은 잠수복 팔다리 부분을 위로 걷어 올리고 그 위에 아랍 남자의 겉옷인 하얀 젤라바를 걸쳤다. 그리곤 각자의 방수 주머니에서 터번과 샌들을 꺼내어 착용했다. 그들이 위장을 마치고 출발 준비를 끝낼 때까지 걸린 시간은 불과 몇 분이었다.

랩이 그들을 둥그렇게 둘러서게 했다. 이전에 이미 여러 차례 함께 일해본 적이 있었던 대원들이어서 그는 일일이 악수를 나누었다. 해리스는 자기 부하들 중 최고의 대원 넷을 데려왔다. 랩의 오른쪽에 있는 대원이 몸무게 110킬로그램이 넘는 라인배커 타입의 믹 리버즈 상사였고, 그 옆에 선 보통 체격의 토니 클라크와 조던 로시타인은 폭파 전문가들로 수중폭파기초과정학교(BUDS)라 불리는 곳을 함께 나온 이래 줄곧 수영 친구로 지내왔다. 마지막 네 번째 사내가 친구들에겐 단지 날쌘돌이라고만 알려진 찰리 위커였다. 키 168센티에 몸무게는 68킬로그램도 안 되지만, 작은 덩치의 약점을 재능이 충분히 보완해 주었다. 위커는 높은 곳을 잽싸게 오르내릴 수 있었고, 사격 솜씨도 실 팀 식스나 델타포스 내의 누구보다도 나았다. 그는 이 바닥에서 최고 저격수였고, 그런 위치 가 묘한 존경심을 불러 일으켰다. 다른 대원들은 저격수를 경원했다. 그 들의 생존본능은 1킬로미터 바깥에서 자기를 쏘아죽일 수 있는 사람과 의 불화를 기피하게 만들었다.

해리스와 그의 부하들은 호놀룰루 호에 탑승해 있을 때부터 최신 정보 들을 계속 입수해왔다. 육지에서 랩이 보내준 정보들과 반다라바스의 고해상도 위성사진 덕분에 해리스와 그의 부하들은 고무보트를 떠나기 전부터 작전 계획에 대해 랩과 협조할 수가 있었다.

한쪽 무릎을 꿇고 앉은 미치 랩이 덥수룩하게 수염을 기른 실 대원들 에게 물었다.

"출발하기 전에 혹시 질문 있습니까?"

대원들은 가볍게 머리를 흔드는 것으로 대답했다.

랩이 고개를 끄덕이며 말했다.

"좋아요. 해리, 슬슬 가봅시다."

해리스가 마이크에 입을 대고 말했다.

"브라보 식스, 여기는 위스키 파이브. 거기 상황은 어떤가? 오버."

몇 초 동안 지지직거리더니 대답이 흘러나왔다.

"위스키 파이브, 여기는 브라보 식스. 준비가 끝났다. 오버."

"철수 예상 시간은 얼마인가?"

"32분. 복창한다, 32분이다. 오버."

해리스는 각자의 헤드세트를 통해 교신 내용을 듣고 있는 랩과 부하들 을 돌아보았다.

"철수 시간 카운트다운을 나에게 맞춘다. 오버."

"알았다."

여섯 명의 사내가 모두 컴컴한 잔교 아래 쭈그리고 앉아 각자의 디지 털 손목시계를 일치시킬 준비를 했다. 해리스가 또박또박 세었다.

"셋, 둘, 하나, 맞춰."

해리스가 시계 버튼을 누르고 말했다.

"32분 후에 만나자, 브라보 식스."

그는 왼쪽에 있는 찰리 위커에게 말했다.

"날쌘돌이, 자네가 선두야."

그리곤 엄지를 치켜세우며 명령했다.

"출발."

철사처럼 꼿꼿한 몸매의 저격수가 일어나더니 말 한마디 없이 출발했다. 2분 후에는 토니와 조던이 출발했고, 마지막으로 랩과 해리스와 거인 리버즈가 잔교 아래 빼곡한 버팀목들 사이를 빠져나와 비포장도로로 나섰다.

03

| 페르시아 만 |

인디펜던스 호의 갑판에서는 페이브 로우와 페이브 호크의 회전날개가 천천히 돌아가기 시작했다. 30초도 안 되어 긴 날개가 수평으로 펴져 회전하며 뿌린 빗물이 갑판 승무원들의 셔츠를 때렸다. 그들은 연료 호스를 뽑아내고 헬리콥터가 이함(離艦)할 수 있도록 준비했다. 다른 한 무리의 승무원들은 사막 색깔로 위장한 헬리콥터들 밑으로 몰려가서 랜딩 기어에 고인 노란색 금속 쐐기를 뽑아냈다. 커다란 페이브 로우 화물칸에서는 세 명의 승무원이 무기를 점검하고 있었다. 좌우현 해치에서 바깥으로 내밀고 있는 것은 7.62밀리미터 미니건이었고, 세 번째 무기는 화물 램프 옆에 장착되어 있었다. 두 명의 파일럿과 기장(機長), 세 명의 승무원은 모두 헬멧 위에 야간투시 고글을 부착했다. 50미터쯤 떨어진 곳에서는 날렵하게 생긴 페이브 호크가 같은 점검을 하고 있었다. 양쪽 문의 사수들이 미니건을 바깥으로 겨냥한 자세로 앉았다. 헬멧에 부착한 괴상하게 생긴 야간투시 고글로 인해 현대 테크놀로지 전사의 모습이 음산해 보였다.

페이브 로우 기장이 출격 명령을 내리자 거대한 새는 곧 연료로 얼룩진 항공모함의 검은 갑판을 박차고 3미터쯤 부상했다. 그리곤 이동 중인 항공모함의 좌현을 돌아 파도 위로 낮게 비행했다. 페이브 호크도 그

동작을 그대로 흉내 내며 페이브 로우와 150미터쯤 거리를 두고 약간 왼쪽에서 따라갔다. 두 대의 헬리콥터는 이란 해안이 있는 동쪽을 향해 파도 위를 스치듯 날았기 때문에 레이더에 잡히지도 않았다. 조종석의 디지털시계가 재깍거리며 흘러갔다.

| 반다라바스, 이란 |

좁은 오솔길로 들어서자 강한 모래바람이 그들의 얼굴을 후려치며 헐렁한 옷을 몸에 딱 달라붙게 했다. 랩은 모래가 얼굴을 때리자 눈을 가느다랗게 뜨고 머리를 숙였다. 다행히도 밤하늘엔 여전히 검은 구름이 가득 소용돌이쳤고, 간간히 달빛이 희미하게 비치다 말았다. 앞장선 미치 랩과 세 미국인은 무기를 옷 속에 감추고 지저분한 거리로 접어들었다. 랩은 단검과 베레타 9밀리 피스톨로 가볍게 무장했다. 두 명의 특수부대원은 발사준비가 된 기관단총을 로브 안으로 잡고 있었다. 그들은 에움길을 돌아 방어 자세에 들어갔다. 목표지점에서 몇 블록 떨어진 골목에 이르자 해리스 소령은 다른 실 대원들에게 현황을 알렸다. 그 사이에 랩은 헬리콥터들이 도착할 시간을 체크했다.

모든 것이 계획대로 진행되고 있었다. 이젠 앉아서 기다리기만 하면 된다. 랩은 좁은 통로를 내려다보며 양쪽 입구를 점검했다. 입구들은 잘 감춰져 있었다. 해리스가 랩의 어깨를 톡톡 친 뒤 눈앞에 시계를 디밀었다. 디지털 카운트다운은 헬리콥터 도착 시간까지 10분 41초 남았음을 알려 주었다. 해리스가 물었다.

"몇 분 전에 움직일 건가?"

랩이 손가락 세 개를 들어 보이자 소령은 고개를 끄덕였다.

치장벽토 벽에 등을 기대앉은 랩은 눈을 감고 호흡에 정신을 집중했다. 그리고 앞으로 벌어질 일들을 눈앞에 그려보았다. 경비원은 어떻게 처치할 것인가. 계단 위에 올라갔을 때 어떤 사태가 벌어질 것인가. 집 안에 몇 명이 있는지는 이미 파악하고 있지만, 또 다른 놈들이 기다리고 있을지 알 수 없었다. 그래서 해리스와 그의 부하들이 여기까지 온 것이다. 랩은 그날 이웃 사내들 거의 모두가 권총이나 라이플로 무장하고 있는 걸 보았다. 그것은 여기가 헤즈볼라의 근거지라는 증거였다. 그런 생각을 하자 신경이 팽팽해지며 가슴이 바짝 죄어왔다. 약간의 공포는 약이 되지, 하고 그는 자신을 달랬다.

4분 전이 되자 해리스는 현황을 통보했고, 대원들은 기계적 점검을 반복했다.

해리스가 랩에게 엄지를 치켜세우자, 랩은 립 마이크를 당겨 내리고 저격수에게 말했다.

"날쌘돌이, 내가 저 거리를 내려갈 때 뒤에서 커버해 주게. 하지만 뭔가 잘못되기 전엔 절대 사격하지 마."

찰리 위커는 그들이 습격하려는 집과 같은 거리에서 네 블록 떨어진 3층짜리 집을 골라잡았다. 약간 높은 언덕 위에 흙벽돌로 지은 집이었다. 저격수는 잽싸게 배수관을 타고 수평식 지붕 위로 올라가서 자리를 잡았다. 그리곤 가슴과 팔꿈치 아래에 깔개를 깔고 엎드려 쏴 자세를 취한 뒤 야간투시조준경을 통해 거리를 내려다보았다. 그의 오른쪽 뺨에 찰싹 달라붙은 것은 20발들이 탄창을 끼운 이스라엘제 갈릴 스나이퍼 라이플이었다. 위커는 이 저격용 소총을 애용했다. 실에는 더 정확한 소총들이 많았지만 갈릴만큼 단단하고 간단한 것은 없었다. 접이식 개머리판과 이각대(二脚臺)가 부착되어 있어 이런 임무를 수행하는 데는 가장 이상적인 무기이다.

헤드세트를 통해 랩의 지시에 귀를 기울이며 위커는 망원조준경의 십자선 중심을 하루트의 저택 앞에 앉아 있는 경비병 왼쪽 이마에 맞추었다.

"알았다, 아이언맨. 경비병은 졸려 죽겠다는 표정이다. 그 외엔 쥐새끼도 한 마리 안 보인다."

"알았다, 날쌘돌이."

랩은 조그맣게 말하고는 시계를 보았다. 그리곤 심호흡을 한 차례 한 뒤 해리스를 돌아보며 말했다.

"내가 출발한 뒤 10초 후에 들어와요."

소령이 고개를 끄덕이자 랩은 길모퉁이를 돌아 사라졌다.

수평식 지붕은 가장자리가 15센티미터쯤 나와 있었다. 저격수는 모든 계산을 끝냈다. 바람이 초속 10미터쯤 불어와서 문제가 될 수도 있겠지만, 표적과의 거리가 200미터도 채 안 되니 크게 걱정할 일은 아니었다. 찰리 위커에게 그 정도 거리는 아주 가까운 편이었다.

경비원으로부터 한 블록 떨어진 맞은편 거리 끝에 나타난 랩의 모습이 저격수의 눈에 잡혔다. 위커는 혀끝으로 입술을 살짝 핥고는 천천히 숨을 들이켰다 내뿜었다.

랩은 너무 가까이 다가가서 졸고 있던 경비병을 놀라게 하지 않기 위해 멀찌감치 떨어진 곳에서부터 발을 질질 끌며 소리를 냈다. 구부정한 자세로 머리를 숙인 채 페르시아 말을 연신 중얼거리면서도 눈은 거리를 예리하게 살폈다.

그가 다가가자 경비원이 상체를 약간 곧추세우며 바라보았다. 반사적으로 총구를 쓱 올렸지만 미친 늙은이를 알아보자 곧바로 총을 무릎 위에 놓아버렸다. 지난 사흘 동안 열 번도 더 일어났던 일처럼 경비원의 행동은 자연스럽고 아무 위협도 느낄 수 없었다. 거리를 조금씩 걸어 내려가며 랩은 쉴 새 없이 중얼거렸고 발을 질질 끌며 비틀거렸다. 경비원과의 간격이 5~6미터 정도로 좁혀지자 랩은 인사를 건넸고, 상대방에게 대답할 시간도 주지 않고 날씨 얘기를 꺼냈다. 그는 거구의 경비원이 의자에 등을 기대고 앉아 두 다리를 앞으로 쭉 뻗고 있는 것을 보았다. 그런 자세로는 벌떡 일어설 수가 없다.

랩은 처음엔 그냥 지나갈 것처럼 보였다. 경비원 바로 앞까지 다가갈 동안 걸음걸이를 늦출 기미를 전혀 보이지 않았다. 그러다 갑자기 물어볼 것이라도 있는 것처럼 그 이란인의 눈앞에 바짝 다가가며 왼손으로 거리를 가리켰다. 그와 동시에 오른손을 자연스럽게 로브 안으로 집어넣어 나이프의 딱딱한 고무 손잡이를 잡았다.

단 한 차례의 날렵한 동작으로 날카로운 칼날은 경비원의 턱 아래 목을 깊숙이 찌르고 들어갔다. 랩은 왼손으로 경비원의 입을 틀어막으며 칼끝을 위로 꺾어 뇌의 아래 부분으로 쑤셔 넣었다. 단검 손잡이를 확 비틀어 뇌간(腦幹)을 끊어버리자 뻣뻣하던 몸이 한 차례 경련을 일으킨 뒤 축 늘어졌다. 랩은 시체를 벽에 기대놓고 피 묻은 단검을 빼냈다. 그

리고 좌우를 돌아본 뒤 경비원의 갈색 로브에 단검을 문질러 피를 닦고
는 터번을 풀어 상처가 보이지 않도록 잘 가렸다.

미치 랩은 소리 없이 현관으로 잠입하여 몸을 웅크렸다. 낡은 목재 계
단으로 이어진 좁은 복도를 따라 가자 2층 방들로 올라가는 계단이 나
왔다. 예상했던 대로 다 낡아 삐걱거리는 계단을 소리 없이 올라가긴 불
가능해 보였다. 그는 2층으로 올라가는 계단에 폭발물과 연결된 철선이
없는지 세심하게 살폈다. 그런 다음 단검을 제자리에 꽂고 젤라바 속 허
벅지에 찬 권총집에서 소음기를 장착한 9밀리 베레타를 뽑아 들었다.
몇 초 지나자 해리스와 리버즈가 합류했다.

랩이 일어나서 그들에게 따라오라는 손짓을 했다. 그가 큰 소리로 기
침을 한 뒤 페르시아어로 추운 날씨에 대해 불평하며 목재 계단을 올라
가자, 두 명의 실 대원은 깜짝 놀랐다. 그들은 소음기를 장착한 MP-10을
겨누고 바짝 따라붙었다. 계단 꼭대기에 도착한 랩은 해리스와 리버즈
가 뒤따라온 것을 확인하곤 한 걸음 뒤로 물러섰다. 그리곤 오른쪽 발을
번쩍 들어 문을 힘껏 걸어차 버렸다. 문틀이 쪼개지며 페인트를 칠하지
않은 문이 안쪽으로 발칵 열렸다. 랩이 번개같이 방 안으로 뛰어들며 베
레타를 좌우로 휘저었다.

부엌 식탁에 앉아 백개먼(backgammon: 서양 쌍륙의 일종–옮긴이) 게임을 하고
있던 두 사내가 졸음이 가득 담긴 눈으로 쳐다보았다. 무기에 손을 대기
도 전에 랩의 베레타가 불을 뿜었다. 소음기가 두 차례 기침을 토했고,
총알들은 두 사내의 이마를 파고들었다. 시체들이 의자에서 굴러 떨어
지기도 전에 랩은 방을 가로질러 침실로 통하는 문 구실을 하는 허름한
커튼 속으로 뛰어들었다. 바닥에서 한 바퀴 공중제비를 돌고 한쪽 무릎
을 꿇어앉은 자세로 목표물을 찾기 시작했다. 부엌의 불빛이 침실 안으
로 비스듬히 비쳐들었고, 그 불빛 속에서 팔이 움직이는 것을 보자마자
랩은 방아쇠를 당겼다.

헤즈볼라의 종교적 지도자 파라 하루트는 총을 향해 손을 뻗고 있었
다. 그러나 총에 닿기도 전에 베레타의 총알이 그의 손목을 박살내며 한
쪽으로 밀쳐버렸다. 노인은 통증에 몸을 웅크리며 다친 팔을 움켜쥐었

고, 곧 도와달라고 소리쳤다. 하지만 그 말은 입에서 다 나오기도 전에 도로 쑥 들어가고 말았다. 아드레날린이 솟구친 미치 랩이 바닥을 차고 올라 돌진하며 베레타의 손잡이 밑둥치로 이란인의 정수리를 후려쳤기 때문이었다. 하루트는 의식을 잃고 피를 흘리며 허물어져 내렸다.

"이상 없다."

해리스가 뒤쪽에서 소리쳤다. 부엌으로 들어갔던 리버즈도 같은 소리를 질렀다.

랩은 로브 속에서 주사기 한 개를 꺼내어 플라스틱 뚜껑을 이빨로 물어 뽑았다. 그리곤 하루트의 목에 바늘을 찔러 넣고 진정제를 주입했다. 앞으로 두 시간 동안은 조용할 것이다. 그는 플라스틱 뚜껑을 주사기에 다시 끼운 뒤 로브 속에 집어넣었다. 그리고 유익한 정보나 서류를 찾아 방 안을 수색하기 시작했다. 침실 탁자 안에서 권총이 한 정 나왔다. 그는 탄창을 빼고 약실을 비운 뒤 방 한쪽 구석으로 던져버렸다.

해리스는 MP-10을 겨누고 침실 창문으로 다가가서는 마이크에 대고 부하들에게 말했다.

"상황보고를 해 봐."

그는 미치 랩을 돌아보며 칭찬했다.

"멋진 솜씨였네, 미치. 여기 와서 직접 보니 기분 좋군."

"아직 여기서 나가지 않았어요, 해리스."

랩은 쓸 만한 자료들을 계속 찾으며 대꾸했다.

해리스는 부하들의 보고에 귀를 기울이며 거리를 감시했다. 보고가 끝나자 그는 말했다.

"좋아. 조던과 토니, 이제 이곳을 뜨자. 날쌘돌이, 자넨 밖에서 일어나는 일을 계속 나한테 알려주게. 우린 지붕으로 올라갈 거야."

부엌으로 돌아온 해리스는 한쪽 벽에 기대어져 있는 사닥다리를 가리키며 믹 리버즈에게 말했다.

"믹, 지붕에 올라가서 스트로브(strobe: 발광 장치-옮긴이)를 시험해 봐. 아, 옥상 뚜껑을 열기 전에 폭발장치가 되어 있는지 잘 살펴보고."

리버즈가 짧은 사닥다리를 타고 올라가서 수평식 옥상으로 나가는 사각형의 뚜껑 가장자리를 세심하게 살펴보았다. 부비트랩이 없는 것을 확인한 그는 뚜껑문을 열고 옥상으로 올라갔다.

그 사이에 해리스는 뒷문을 열고 거리를 감시하다가 삐걱거리는 계단을 통해 올라온 두 부하를 맞아들였다. 그는 앞뒤 계단을 가리키며 그들에게 지시했다.

"양쪽에 모두 부비트랩을 설치해."

그는 다시 침실로 돌아와서 무전기에 대고 말했다.

"브라보 식스, 여기는 위스키 파이브. 운반 준비가 끝났다. 도착 시각은 어떤가? 오버."

헬리콥터에서 대답이 날아왔다.

"예정 시각 72초 전이다. 반복한다. 72초 남았다. 오버."

해리스는 시계를 보았다. 계획했던 철수 시간에서 15초 남아 있었다.

"날쌘돌이, 바깥 동정은 어떤가?"

거리 아래쪽 지붕 위에서 저격수는 야간투시조준경을 통해 어두운 거리를 훑어보며 라이플 방아쇠울을 손가락으로 살살 문질렀다.

"아직 쥐새끼 한 마리 눈에 띄지 않습니다."

침실에서는 랩이 하루트의 손발을 묶고 입에 재갈을 물리는 중이었다. 대충 끝나갈 무렵 해리스가 들어왔다.

"미치, 가세. 헬리콥터가 오고 있어."

"알았어요."

랩은 서류뭉치를 허리춤에 찔러 넣은 다음 하루트를 번쩍 들어 어깨에 메었다. 그리고는 노인의 몸을 두어 차례 튕겨서 자리가 제대로 잡히도록 한 뒤 사닥다리를 향해 걸어갔다. 그가 사닥다리를 막 올라가기 시작했을 때 이어폰을 통해 첫 번째 말썽이 일어날 조짐이 들려왔다.

04

| 반다라바스, 이란 |

아래쪽 거리의 지붕 위에서 날쌘돌이 찰리 위커는 밥 말리(자메이카 출신의 레게 뮤지션-옮긴이)의 곡을 흥얼거리며 거리를 주시하고 있었다. 야간투시조준경을 들여다보며 그는 약하고 부드럽게 호흡했다. 갑자기 건물 아래층 문이 벌컥 열리며 속옷 차림의 한 사내가 AK-47을 들고 튀어나왔다.

"해리, 드디어 손님이 오셨네요."

저격수는 마이크에 대고 소곤댔다.

"방금 아래층에서 한 놈이 총을 들고 튀어나왔어요."

위커는 야간투시조준경을 통해 사내가 축 늘어진 경비원에게 다가가서 어깨를 흔드는 것을 지켜보았다. 죽은 경비원이 땅바닥으로 픽 쓰러지자 사내는 펄쩍 뛰어 물러나며 AK-47을 들고 사격자세를 취했다.

위커는 생각하고 말고 할 것도 없었다. 문밖으로 나온 순간부터 사내의 머리는 야간투시조준경의 십자선을 잠시도 벗어나지 못했다. 실 대원의 손가락이 방아쇠를 지그시 누르자 총신 끝에 장착된 소음기에서 가스가 방출되는 소리가 나면서 총알이 총구를 빠져나갔다.

묵직한 총알에 옆얼굴을 맞은 사내는 팽 돌면서 땅바닥에 쓰러졌다. 하지만 그 순간 신체가 경직되면서 놈의 검지가 AK-47 방아쇠를 당겨버렸다. 두 발의 요란한 총성이 조용하던 새벽 공기를 흔들어 놓았다.

"탱고 다운(한 놈 보냈습니다—옮긴이)."

저격수는 침착하게 보고하며 다른 표적들을 찾기 시작했다.

해리스는 사닥다리 아래서 랩이 올라가는 것을 받쳐주고 있다가 귀에 익은 AK-47 총성을 들었다. 모두가 한순간 멈칫했지만 곧 동작에 박차를 가했다. 소령은 사닥다리에서 한 걸음 물러나서 위커의 보고에 귀를 기울였다. 그는 곧 조던과 토니에게 소리쳤다.

"자네들 아직 안 끝났어?"

둘 중 덩치가 작은 토니가 쳐다보지도 않고 대답했다.

"금방 따라갈게요."

해리스는 마이크를 내리고 지붕 위에 있는 믹 리버즈에게 소리쳤다.

"믹, 헬기 오는 소리 안 들리나?"

라인배커 타입의 사내는 지붕 가장자리로 기어가서 거리를 내려다보고 있었다. 땅바닥에 쓰러진 두 명의 경비원을 보고 있을 때 아래층에서 보스의 목소리가 들려왔다. 고개를 들고 지평선을 살펴보았지만 헬리콥터 소리는 어디서도 들려오지 않았다.

"아직 안 보입니다, 해리."

믹 리버즈가 보고했다.

"스트로브는 정상작동하고 있나?"

해리스가 다시 물었다. 그가 말하는 스트로브는 적외선 섬광으로 야간투시 고글을 착용하고 보면 눈부시게 빛나지만 맨눈에는 보이지 않는 것이었다.

한 블록 아래에 있는 집 지붕에 엎드려 있던 위커가 재빨리 야간투시 조준경을 통해 건너편 지붕 위에서 번쩍이는 불빛을 발견하고 보고했다.

"스트로브 작동 상태는 양호합니다."

해리스는 시계를 본 뒤 계단에 부비트랩을 설치하는 두 부하를 돌아보았다.

"됐어. 모두 지붕 위로 올라가. 빨리!"

토니와 조던은 마지막 폭탄에 선을 연결한 뒤 사다리 위로 쪼르르 올라갔다. 해리스가 그들 뒤를 따라 지저분한 지붕 위로 몸을 굴렸다. 그는 MP-10을 한 손에 들고 다른 손으로 옥상 뚜껑을 닫았다. 그리고 부하들을 돌아본 뒤 곧 야간투시 망원경으로 북서쪽 하늘을 살피기 시작했다. 지평선을 따라 헬리콥터를 찾고 있을 때 저격수의 목소리가 이어폰에서 흘러나왔다.

"손님들 추가요."

위커는 야간투시조준경을 통해 집 안에서 두 사내가 나오고 뒤이어 한 사내가 나와 도로를 건너가는 것을 보았다. 세 명 모두 무장을 하고 있었다. 저격수는 조준경을 조정하며 말했다.

"모두 세 놈인데, 제가 처리할 수 있습니다."

위커는 거리에 쓰러진 두 경비원의 시체에게 다가가는 첫 번째 사내의 옆머리를 정통으로 조준하고 한 발 날렸다. 그리곤 갈릴을 왼쪽으로 약간 돌려 자기 앞에서 픽 쓰러지는 동료를 놀란 눈으로 바라보고 있는 두 번째 놈을 겨누었다. 방아쇠를 당기자마자 야간투시조준경은 세 번째 표적을 찾기 시작했다. 세 번째 놈은 팔을 휘저으며 비명을 지르고 문 쪽으로 달아났지만 끝내 성공하지 못했다.

해리스는 수평식 지붕에 재빨리 엎드려서 가장자리로 포복했다. MP-10을 겨누며 거리를 내려다보니 테러리스트 시체들이 즐비하게 쓰러져 있었다. 실 대원들도 어느새 지붕 가장자리에 전개하여 두 명은 골목을 경계하고 다른 두 명은 정면을 경계했다. 랩은 의식을 잃은 하루트 옆에 주저앉아 헬리콥터가 날아올 하늘을 살펴보았다.

"움직이는 건 뭐든 쏴버려!"

해리스가 호령했다.

페이브 로우의 부조종사는 해변을 1.5킬로미터쯤 남겨둔 지점에서 스트로브를 발견하고 다른 승무원들의 주의를 환기시켰다. 그들은 먼저 북쪽 스트로브를 향해 방향을 잡았다. 페이브 로우는 시속 250킬로미터 이하로 따라오고 있는 페이브 호크 조종사들에게도 통보하고 전투태세를 갖추도록 지시했다.

두 대의 헬리콥터가 동시에 대형을 벗어났다. 커다란 페이브 로우가 왼쪽으로 돌며 속력을 늦추기 시작하자, 작고 민첩하게 생긴 페이브 호크는 오른쪽으로 꺾어지며 남쪽을 향해 최대속력으로 날아갔다.

그 무렵 해리스는 밤하늘을 활짝 열고 헬리콥터들이 날아오는 소리를 들었다. 도로 건너편 건물에서 기관총 연사로 인한 총성이 들렸다. 20발 들이 탄창 두 개를 모두 비워낸 듯한 탄환들이 그들 머리 위로 맹렬하게 날아갔다. 지붕 가장자리를 때린 두 발은 흙벽돌 조각을 날려 보냈다. 옆으로 엎드린 자세로 해리스가 소리쳤다.

"브라보 식스, 여기는 위스키 파이브다. 우리는 공격받고 있다! 반복한다. 우리는 공격받고 있다! 착륙지점이 뜨겁다!"

"알았다, 위스키 파이브."

페이브 로우에서 답신이 날아왔다.

"적의 공격 위치는 어딘가?"

"도로 맞은편 서쪽이다."

"알았다, 위스키 파이브. 스트로브 확인했고 20초 후 도착 예정이다."

해리스는 지붕에 납작 엎드렸다. 다른 기관총이 불을 뿜었고 총알들이 지붕 가장자리를 때렸다. 두 번째와 세 번째 기관총이 가세했다. 소령은 무전기로 저격수를 불렀다.

"날쌘돌이, 저 자식들을 내 엉덩이에서 좀 떼어낼 수 없나?"

"불가능해요, 해리. 각도가 없습니다."

아래쪽에서 고함 소리와 집중사격 소리가 들려오자 해리스는 엎드린 자세에서 돌아누우며 소리쳤다.

"믹, 내가 놈들의 사격을 유도할 테니 자네가 쓸어버리게!"

그는 뒤로 누운 채 MP-10을 지붕 가장자리 밖으로 내밀고 도로 건너편 집을 향해 연거푸 네 발을 쏘아댔다. 잠시 후 믹 리버즈가 머리를 들고 건너편 2층 창문에서 총을 쏘고 있던 적의 가슴에 세 발을 연거푸 발사했다. 그는 적들이 응사하기 전에 얼른 다시 엎드렸다.

거리 아래쪽 지붕 위에서 찰리 위커가 말했다.

"우리가 아무래도 말벌 집을 건드린 것 같아요."

더 많이 나타난 표적들을 향해 저격수는 총알을 날리기 시작했다.

페이브 로우는 생각보다 무척 느리게 왔다. 그렇지만 공중을 나는 이 거대한 버스는 갑자기 비행을 멈추진 않았다. 3천9백 마력의 강력한 터빈 엔진들의 폭음과 회전날개 돌아가는 소리에 귀가 먹먹했다. 우현의 사수는 도로 건너편 목표물이 눈에 들어오자마자 7.62밀리 미니건 탄환을 우박처럼 퍼부어대기 시작했다. 페이브 로우는 스트로브 바로 맞은편 공중에 멈추었지만 착륙하진 않았다. 잠시 멈추는 사이에 작은 페이브 호크가 남쪽에서 나타나더니 곧바로 머리 위를 지나가며 총알을 퍼부어댔다.

랩은 하루트를 어깨에 들쳐 메고 페이브 로우의 램프 위로 달려 올라갔다. 해리스는 램프 아래에서 허리를 굽히고 스트로브를 집어 들었다. 그리고는 램프를 올라가는 부하들의 엉덩이를 손바닥으로 때리며 머리수를 세었다. 전원 탑승하자 그도 헬기 안으로 들어간 다음 뒷문을 맡은 사수에게 엄지를 세워 보였다. 헬리콥터는 곧 꿍음을 내며 지붕 위로 3미터쯤 부상했고, 이동을 시작하자마자 세 명의 사수들은 소나기 같은 총탄을 퍼부었다.

저격수 위커는 마지막 순간까지 표적을 찾았지만 더 이상 발견할 수 없었다. 헬리콥터의 미니건들이 거리를 깨끗이 쓸어버렸기 때문이었다. 페이브 로우가 저격수의 위치로 날아올 때, 그는 페이브 호크가 뒤에서 호위하며 거리를 한 차례 더 쓸어버리려고 따라오는 것을 보았다. 페이브 로우의 램프가 다가오자 그는 재빨리 무기를 챙겨들고 화물칸 안으로 뛰어들었다.

마지막 대원이 탑승했다는 보고를 듣자 조종사들은 조절판을 당겨 고정한 뒤 바다를 향해 날아갔다. 20초쯤 맹렬하게 비행하자 페르시아 만 상공에 이르렀고, 뒤따라온 페이브 호크와 함께 항공모함 인디펜던스 호로 돌아갔다.

| 워싱턴 D.C., 한밤중 |

플러시 룸은 10층 서남쪽 모퉁이에 있었다. 워싱턴 호텔에서 가장 좋은 방들 중 하나였다. 창문을 통해 아래쪽 거리에서 비쳐든 희미한 불빛이 하얀 천장과 벽에 반사되었다. 손님은 혼자 장식 거울 앞에 서서 자기 얼굴을 응시하고 있었다. 그의 손가락들이 눈 주위의 부드러운 피부와 턱을 어루만졌다. 눈에 번쩍 뜨일 정도로 잘생긴 남자였다. 성형수술을 한 뒤로 더 멋지게 변했다. 주름지고 거칠었던 얼굴이 매끈하고 세련되어 보였다. 이 새 얼굴을 만들기 위해 근 한 달 동안이나 노력했고 아직도 완전히 익숙해지진 못했다. 입에 물고 있던 담배를 빼내고 그는 머리를 오른쪽으로 돌려 자기 프로필을 살펴보았다. 빨간 흉터는 완전히 아물었지만 피부가 연한 부분은 아직 민감하게 느껴졌다. 양쪽 볼이 더 홀쭉해진 것은 수술 탓도 있지만 몸무게를 10킬로그램 가까이나 줄였기 때문이었다. 그는 결과에 만족했다. 이 정도면 완벽하다곤 할 수 없어도 충분히 먹혀들 것이다.

담배연기를 훅 토해내며 사내는 거울에서 물러나 돌아섰다. 그리곤 흐릿한 연기를 통해 커다란 창문 밖으로 보이는 도시를 바라보았다. 그의 자세는 꼿꼿했다. 검은 피부와 짧게 자른 검은 머리가 입고 있는 하얀 수제 와이셔츠와 대비되어 강렬하게 드러났다.

그의 왼쪽으로는 워싱턴 기념비가 내셔널 몰 중앙을 표시하며 밤하늘로 치솟아 있었다. 그 너머 숲 위로는 제퍼슨 기념관의 동그란 돔이 빛났고, 몰이 끝나는 서쪽 멀리로는 링컨 기념관의 아름다운 설화석고 기둥들이 보였다. 그리고 도로 맞은편에는 막강한 재무성이 자리 잡고 있었다. 하지만 이런 것들은 조금도 그의 관심을 끌지 못했다. 그가 흥미를 느끼는 것은 재무성의 다른 쪽에 자리 잡고 있었다.

사내는 담배연기를 천천히 빨아들인 뒤 느긋하게 내뿜었다. 담배를 쥔 손이 아래로 축 처졌다. 검은 눈동자가 역사적 전경을 바라보는 동안 입술 양끝이 약간 치켜 올라갔다. 불길한 느낌을 주는 미소였다. 라피크 아지즈는 어떤 미국인도 이해할 수 없을 만큼 강렬한 열정으로 지금 눈앞에 보이는 모든 것들을 증오했다. 저 모든 기념비와 기념관들은 미국

의 제국주의와 탐욕, 부패, 오만을 상징하는 것들이었다. 그의 조국을
부패시키고 그의 형제들을 서로 반목시킨 원흉들이었다. 게다가 거기엔
이스라엘과 평화를 논하는 자들, 막강한 미국의 도움을 받아 그의 베이
루트를 지상의 지옥으로 만든 시온주의자들도 있었다. 다시 때가 온 것
이다. 새로운 혁명의 시기. 지하드(聖戰)에 불을 붙여야 할 때였다.

05

5천 명이 넘는 미국 비밀검찰국(USSS) 요원들 대다수는 전국 현장 사무실로 파견되어 위폐범들을 잡는 일에 주력하고 있다. 하지만 그보다 더 잘 알려진 얘기로는 정치가들, 특히 미국 대통령을 경호할 임무가 그들에게 주어져 있다는 사실이다. 비밀검찰국의 대통령 경호실은 언제든 200명쯤의 특수요원들을 동원할 수 있으며, 그들의 자리는 미국의 모든 법집행기관들 중에서도 가장 인기 있고 경쟁이 치열하다.

비밀검찰국 요원 엘렌 모턴도 바로 그 소수의 행운아들 중 한 사람이었다. 그녀는 대통령 관저로 걸어 들어와 백악관 1층에 있는 경호실 앞에 멈춰 섰다. 이 작고 비좁은 방을 공식적으로 '계단'이라 호칭하는 이유는 대통령 가족들의 사적 거주 공간인 관저의 2층과 3층으로 올라가는 계단 아래에 콕 처박혀 있기 때문이다. 모턴은 열린 현관 안으로 머리를 들이밀며 인사를 건넸다.

"안녕, 테드. 간밤엔 어땠어요?"

요원은 상체를 뒤로 젖히며 두 손으로 뒤통수를 감싸 쥐었다. 그리곤 하품 섞인 대답을 토해냈다.

"조용했어요."

대통령 가족에게 최대한의 프라이버시를 보장해주기 위해 경호실 요원들은 위에서 호출하지 않는 한 위층으로 올라가지 않았다. 그 대신 위층 카펫 아래에 압력 패드를 여러 군데 장치하여 대통령의 행방을 추적하는 방법을 쓰고 있었다.

"일어나셨어요?"

손가락으로 위를 가리키며 모턴이 물었다.

"그럼요. 옷을 입고 계신다고 사관이 전화했습니다."

헤이즈 대통령은 매일 아침 7시면 곧장 서관으로 출근했지만, 여행을 하고 돌아왔을 때는 항상 3층에 있는 전용 체육관에서 운동을 하고 8시경에 출근하길 좋아했다. 그래서 대통령이 운동복을 입고 있는지 양복을 입고 있는지 해군 사관이 전화해주기 전에는 경호실 요원들도 대비할 방법이 없었다.

'계단' 벽에 부착되어 있는 보안 패널에서 삐익 소리가 나며 빨간 등이 반짝였다. 대통령 전용 엘리베이터가 움직이고 있다는 신호였다. 모턴이 테드에게 고개를 끄덕이곤 핸드 마이크를 입으로 가져갔다.

"호스파워, 모턴입니다. 우디가 내려가고 있습니다."

'호스파워'는 오벌 오피스 아래층에 있는 대통령 경호팀 지휘소의 호칭이었다. 대통령 경호실의 주요 관심사와 초점은 대통령이었고, 백악관 구내의 실질적 안보는 비밀검찰국의 제복경찰대가 담당하고 있었다. 이 두 팀의 활동을 조정하고 감시하는 두 번째 지휘소가 백악관과 도로를 끼고 맞은편에 있는 행정부 청사 5층에 있었다. 연합작전센터(JOC)라 불리는 이곳은 1994년에 한 대의 단발 엔진 비행기가 허락도 없이 백악관 사우스 론(South Lawn: 남쪽 잔디밭-옮긴이)에 착륙하려고 했던 사건의 결과로 생겨난 조직이었다. JOC에서는 제복 차림의 경관들과 특별수사관들의 움직임을 모두 감시했다.

엘리베이터 문이 열리고 헤이즈 대통령이 내렸다. 짙은 색 양복에 하얀 와이셔츠를 받쳐 입고 페이즐리 넥타이를 매고 있었다. 그는 눈앞에 선 낯익은 얼굴을 보자 인사를 건넸다.

"안녕, 엘렌."

"안녕하세요."

엘렌 모턴은 대통령 앞에서 긴 복도를 따라 걸으며 팜 룸으로 안내했다. 관저에서 서관까지 대통령의 이동을 보필하는 일은 당일 경호팀 조장인 그녀의 책임이었다. 그들은 팜 룸으로 들어갔다. 모턴이 핸드 마이크에 대고 보고했다.

"호스파워, 모턴이에요. 우디는 콜로네이드(Colonnade: 주랑柱廊-옮긴이)로 접근 중입니다."

두짝 유리문 앞에 도착하자 모턴은 문밖에 서 있는 요원에게 고개를 까딱했다. 그가 물러서자 모턴은 대통령이 나올 때까지 문을 붙잡고 있다가 함께 주랑을 따라 자연석이 깔린 보도로 걸어 나왔다.

헤이즈 대통령은 걸음을 멈추고 환한 봄날 아침을 들이켰다. 여러 주일 만에 처음으로 따사로운 아침 햇볕을 얼굴에 받자 그는 눈을 감고 미소를 지었다. 한참을 그러고 있다가 숨을 깊게 들이마신 뒤 눈을 뜨고 안개 덮인 남쪽 잔디밭을 바라보았다. 엘렌 모턴은 그의 뒤에 두 손을 앞으로 모으고 서 있었다. 대통령은 돌아보지 않고 말했다.

"아름다운 아침이야, 그렇지?"

"네, 그렇습니다."

모턴은 생긋 웃었다. 대통령과의 사적인 대화에는 아직 익숙해지지 않았다. 보안과 화려하고 엄숙한 분위기에 휩싸이다 보면 그가 남편이자 아버지이자 할아버지이기도 한 엄연한 인간이란 사실을 쉽사리 잊어버리곤 했다.

"골프장으로 나가고 싶게 만드는군."

헤이즈는 머리를 저었다.

"안 될 일이지, 그건 일탈이야."

대통령이 석재 보도를 걷기 시작하자 모턴도 한 걸음쯤 뒤에서 따라갔다. 두 사람은 제퍼슨의 기둥들을 지나 백악관 프레스룸 옆에 있는 서관 출입문에 도착했다. 거기서 왼쪽으로 꺾어 각료실의 두짝 유리문을 지나 다시 오른쪽으로 돌았다. 모퉁이를 돌자마자 모턴은 오벌 오피스 옆에 서 있는 경호원을 바라보았다. 그는 문에 열쇠를 밀어 넣을 준비를 하고 있었다. 모턴은 이어폰을 통해 그 요원이 하는 말을 들었다.

"호스파워, 여기는 콜리. 오벌 콜로네이드 출입문 정식 해제합니다."

요원은 열쇠를 밀어 넣어 문을 열고 대통령과 모턴이 들어가도록 잡고 있었다. 대통령은 로즈 가든에 활짝 핀 꽃들을 마지막으로 한 번 돌아본 뒤 문을 잡고 있는 경호원에게 인사를 건넸다.

"안녕, 패트."

"안녕하십니까, 각하."

헤이즈 대통령이 먼저 집무실에 들어가고 그 뒤를 따라 모턴이 들어갔다. 대통령은 계속 똑바로 걸어가서 자기 책상을 지나 개인 서재와 욕실, 식당으로 이어지는 짧은 복도로 들어갔다. 모턴은 오른쪽으로 돌아 비서실로 들어가는 문을 열었다. 등 뒤로 문을 닫으며 그녀는 마이크에 대고 보고했다.

"호스파워, 모턴이에요. 우디는 집무실에 계십니다."

집무실의 다른 쪽인 중앙 복도에서는 대통령 경호실에서 나온 요원 두 명이 제복 차림의 경관 두 명을 철수시키고 대통령 전용식당 바깥문과 집무실로 통하는 중앙 복도 초소를 장악했다.

식당 안에서는 대통령이 상의를 벗어 까만 바지에 하얀 조끼를 입은 작달막한 필리핀 사내에게 건네주며 말을 걸었다.

"안녕, 칼."

"안녕하십니까, 각하."

해군 사관 칼은 문을 닫은 뒤 대통령의 상의를 받아 모퉁이에 있는 골동품 목재 옷걸이에 걸었다.

식당 한가운데 동그란 4인용 오크 테이블이 놓여 있었다. 헤이즈는 집무실 쪽으로 가까운 자리에 의자를 당기고 앉았다. 눈앞에 〈워싱턴 포스트〉, 〈워싱턴 타임스〉, 〈뉴욕 타임스〉, 〈USA 투데이〉지가 나란히 놓여 있었다. 이 네 가지는 월요일부터 금요일까지 똑같은 차례로 놓여 있는 신문들이다. 대통령은 헤드라인들을 훑기 시작했다.

사관이 다가와서 신문 옆에 블랙커피 한 잔을 놓으며 물었다.

"오늘 아침은 뭘 드시겠습니까?"

헤이즈 대통령은 돌아보지도 않고 커피 잔으로 손을 가져가며 말했다.

"그레이프프루트 반쪽을 우선 부탁하네."

사관이 고개를 끄덕이고 식료품 저장실로 물러가자 대통령은 〈워싱턴 포스트〉의 한 기사를 읽기 시작했다. 그때 문에서 노크 소리가 났다. 해군 사관이 문을 열고 방문객 두 사람을 맞았다. 대통령의 국가안보보좌관 빌 슈워츠와 CIA 대테러센터 본부장인 아이린 케네디 박사였다. 호리호리한 슈워츠가 먼저 사관에게 인사를 건넸다.

"안녕, 칼."

"안녕하세요, 보좌관님. 마실 걸 준비해 드릴까요?"

"늘 마시던 걸로 주게."

"숙녀 분은요?"

"레귤러로 한 잔 부탁해요."

케네디가 대답했다.

슈워츠는 호리호리한 몸을 움직여 헤이즈 대통령 맞은편 자리에 앉았다. 케네디는 서류가방을 바닥에 놓자마자 대통령 오른쪽에 앉았다. 대통령이 국가안보보좌관을 쳐다보며 물었다.

"그래, 여행은 어땠습니까?"

슈워츠는 브뤼셀에서 열린 사흘간의 NATO 확대회의에 참석했다가 방금 돌아온 길이었다. 그는 조그마한 은색 테 안경을 벗어 넥타이로 렌즈를 닦기 시작했다.

"느릿하고 지루하고 고통스러웠습니다."

"NATO에 관한 일은 늘 그렇죠. 그보다 더 나쁜 기구는 UN밖에 없으니까."

헤이즈는 커피를 한 모금 마신 뒤 머그잔을 테이블에 내려놓았다.

"옳은 말씀입니다."

안보보좌관은 천천히 고개를 끄덕이며 칼이 케네디와 자기 앞에 머그잔을 내려놓는 것을 바라보았다. 사관은 그레이프프루트 반쪽을 대통령 앞에 놓은 뒤 나머지 반쪽은 슈워츠 앞에 놓으며 말했다.

"이걸 드세요. 그러면 팬케이크도 좀 드리죠. 보좌관님 뼈에 살을 좀 붙일 수 있을지 시험해 보려고요."

칼은 그렇게 말하며 대통령에게 윙크를 보냈다. 백악관에서만 20년도 더 근무한 그는 이제 워싱턴에서 가장 막강한 실력자들까지 슬슬 놀려 먹을 정도였다. 그는 케네디 옆으로 다가가더니 두 손을 앞으로 모아잡고 상체를 앞으로 숙이며 한결 친절한 말투로 물었다.

"숙녀 분께 먹을 걸 좀 갖다드릴까요?"

"아뇨. 고맙지만 괜찮습니다."

케네디는 두 손으로 따뜻한 커피 잔을 감싸 쥐었다.

사관은 대통령을 돌아보며 말했다.

"더 필요한 게 있으면 벨을 눌러 주십시오."

"그러지. 고맙네, 칼."

헤이즈는 사관이 나가는 걸 지켜본 뒤 의자에 등을 기대며 케네디에게 말했다.

"어젯밤 당신 메시지를 받았소. 모든 게 잘되었다니 기쁘군요."

"네, 지금까진 다 좋았습니다."

아이린 케네디는 커피 잔을 입술로 가져가서 한 모금 마셨다.

"빌, 어젯밤 작전에 대해 얼마나 알고 있습니까?"

대통령이 안보보좌관에게 물었다.

빌 슈워츠가 그레이프프루트에 설탕을 한 스푼 넣으며 대답했다.

"어젯밤 들어와서 아이린에게 대강 들었습니다."

"그때가 몇 시였소?"

"자정 직후였습니다."

대통령이 케네디를 돌아보며 물었다.

"아직 아무것도 찾지 못했습니까?"

"오늘 새벽 2시경에 우리 요원들이 하루트와 함께 사우디아라비아를 떠났습니다. 그들은 지금부터…."

그녀는 자기 시계를 들여다보며 시간을 계산한 뒤 말을 이었다.

"30분쯤 후면 독일의 람슈타인 공군기지에 도착할 예정입니다. 거기서 대기하고 있는 전문가 팀이 비행기에 탑승하면 앤드루 공군 기지에 도착할 때까지 하루트를 심문하게 될 겁니다."

헤이즈 대통령은 '전문가 팀'이 어떤 사람들이냐고 물어보려다가, 모르는 편이 낫겠다고 판단했다.

"언제쯤 대답을 얻게 될 것 같습니까?"

"그건 말씀드리기 어렵습니다. 어떤 경우엔 쉽사리 자백을 받아낼 수 있지만, 약물이 모두에게 항상 똑같이 작용하진 않거든요. 그가 거짓말을 하고 있는지 확인할 수 있는 사전준비가 필요합니다."

케네디는 잠시 생각했다. 스탠스필드 CIA 국장은 첫날부터 주의를 당부했다. 특히 정치가들과 얘기할 땐 조심해야 한다. 그녀는 슈워츠 안보보좌관과 헤이즈 대통령을 차례로 돌아보곤 말했다.

"철저히 심문해야만 합니다."

헤이즈는 신문을 하나씩 포갠 뒤 한쪽으로 밀어놓았다.

"몇 시간이나, 아니면 며칠이나 걸리겠소?"

"몇 분 내로 정보를 얻어낼 수도 있습니다. 그자가 알고 있는 내용과 그의 건강 상태에 따라 한 시간쯤 걸릴 수도 있고요. 하지만 심문을 완전히 끝내고 보고를 올리려면 몇 주일은 걸릴 것입니다."

"가장 시급한 것은 그들이 워싱턴을 언제 어디서 어떻게 공격할 것인가 하는 겁니다."

"알고 있습니다."

케네디는 고개를 끄덕였다.

헤이즈 대통령은 각 정보기관들의 업무를 조정하는 슈워츠를 돌아보며 말했다.

"나는 이 보고를 최우선적으로 받고 싶습니다. 그리고 심문 내용에 대해서도 철저히 보고해 주시오."

"잘 알겠습니다."

| 워싱턴 D.C. |

백악관 동쪽으로 3킬로미터쯤 떨어진 곳에 있는 허름한 창고 입구로 초록색과 하얀색을 칠한 트럭 한 대가 후진하여 멈춰 섰다. 짐칸인 초록색 박스 옆구리에는 '백기사 세탁소'라는 하얀 글씨가 커다랗게 씌어 있었다. 푸른색 전투복 차림의 두 사내가 창고에서 나오더니 차고 문을 들어 올렸다. 쇠붙이가 긁어대는 날카로운 소리가 났다. 운전사가 트럭을 후진시키기 시작했고, 두 사내는 수신호로 박스 차량을 비좁은 문 안으로 인도했다. 트럭이 완전히 들어가자 문이 닫혔다.

창고 지붕 아래 있는 더러운 창문들을 통해 뿌연 빛이 흘러들었다. 네 명의 사내가 트럭 뒤로 다가와 램프를 펜더에 걸치곤 트럭에서 세탁물 바구니들과 새 리넨 상자들을 내리기 시작했다. 5분쯤 작업하자 트럭의 짐칸이 텅 비었다.

높은 위치에 유리로 지은 사무실 안에서 초록색 전투복 차림의 한 사내가 걸어 나왔다. 세심하게 손질한 턱수염이 광대뼈 꼭대기에서 옷깃 속으로 드리워졌고, 손과 팔에도 까만 털이 빽빽하게 나 있었다. 새까만 털로 덮인 온몸과는 대조적으로 정수리만 홀랑 까진 것이 좀 희한했다. 편자 모양의 검은 머리카락으로 둘러싸인 매끄럽고 반짝이는 구릿빛 오아시스 같았다. 보기엔 작달막해도 무아마르 벤가지는 아주 강인한 남자였다.

그는 굵은 손가락으로 금속제 난간을 붙잡고 부하들이 하는 일을 지켜보았다. 여기까지 깊숙이 들어와 버린 이상 어떤 실수도 용납할 수 없었다. 이제부터는 매사를 완벽하게 처리하지 않으면 안 된다. 그들은 후원자로부터 그 건물의 정확하고 세부적인 배치를 설명한 서류를 받았다. 벤가지는 이 서류가 20년 전에 소련 비밀경찰(KGB)이 작성했던 것이라는 얘기를 들었다. 그래서 그는 최근 부하 하나를 그 건물 안에 침투시켜 자료를 완전하게 보완했다.

벤가지가 휘파람을 휙 불자 부하들이 쳐다보았다. 그는 창고 한쪽 구석에 캔버스 방수포로 덮어 놓은 세 개의 물체를 손가락으로 가리켰다. 부하들이 그곳으로 걸어가서 방수포들을 벗겨냈다. 그 아래서 가와사키 ATV(전지형차全地形車─옮긴이) 세 대가 나타났다. 황갈색과 초록색 위장 무늬를 칠한 이 작은 차량들은 기동성과 파워가 뛰어나 사냥꾼들이 즐겨 사용했다. 차량들 뒤에는 U자 형의 짐칸이 부착되어 있었고, 탄력 있는 고무줄로 단단히 죈 금속제 트렁크들이 잔뜩 실려 있었다.

사내들이 차량들을 한 대씩 움직이기 시작했다. 창고 안은 금방 가스와 연료 냄새로 가득 찼다. ATV 한 대가 금속제 가방들이 잔뜩 실린 작은 트레일러를 꽁무니에 달고 램프를 통해 트럭의 짐칸 속으로 들어갔다. 다른 두 대도 따라 올라가서 뒤로 바짝 붙었다.

벤가지가 자기 사무실에서 창고 바닥으로 철제 계단을 타고 내려왔다. 뚱뚱한 몸매치곤 놀라울 정도로 가벼운 발걸음이었다. 그는 노란색 지게차 운전석에 올라가더니 시동을 걸었다. 엔진이 가열되자 램프 위로 조심스럽게 후진하여 트럭 안으로 들어갔다. 앞쪽에 달린 두 개의 강철 포크가 사라졌다.

무거운 지게차를 자기가 원하는 위치에 정확히 몰아넣자 벤가지는 운전석에서 내려왔다. 그는 트럭 뒷문으로 뛰어내린 후 옆쪽으로 비켜서서 부하들이 지게차와 전지형차 차량들을 가리기 위해 트럭의 원래 짐들을 빼곡하게 싣는 것을 지켜보았다. 5분쯤 지나 작업이 끝나자 그는 트럭 뒷문으로 다가가서 박스와 바구니들 너머로 꼼꼼히 들여다보며 점검했다. 마침내 만족한 듯이 부하들에게 고개를 끄덕여 보인 뒤 시계를 보았다. 모든 것이 계획대로 진행되고 있었다.

| 람슈타인 공군 기지, 독일 |

위잉 하는 유압 소리에 이어 약간의 충격이 전해져왔다. 미치 랩은 흠칫 놀라 깊은 잠에서 깨어나자마자 베레타로 손을 뻗으며 왼쪽을 돌아보았다. 그러나 곧 안도의 한숨을 천천히 내쉬며 권총을 슬그머니 놓았다. 하루트는 여전히 손발에 수갑을 차고 머리엔 검은 후드를 푹 눌러쓴 채 리어제트의 가죽 의자에 눕혀진 자세로 꽁꽁 묶여 있었다. 그의 터번과 로브는 모두 벗겨내고 초록색 비행복으로 갈아입혔다.

랩은 눈을 비빈 뒤 오른쪽에 있는 작은 창문으로 바깥을 내다보았다. 그제야 자신을 깨웠던 그 충격이 랜딩기어를 내려 고정시키는 소리였음을 알았다. 기체가 독일의 교외와 거의 수평을 유지하고 있었다. 잠시 후 숲들은 뒤로 사라지고 콘크리트 활주로가 아래쪽에 나타났다. 푸른 들판 풍경은 회색 격납고들과 비행기들로 바뀌었다. 먼저 일렬로 늘어선 커다란 C-130 수송기들이 보이더니, 여러 대의 F-16 전투기들을 지나 마침내 그들은 착륙했다. 랩은 주먹으로 계속 눈을 문질렀다. 꼭 마약에 취해 있었던 느낌이었다. 지난 사흘 동안 잔 시간은 모두 합해봐야 겨우 여섯 시간 정도였다. 시계를 본 그는 거의 네 시간 동안 죽은 듯이 잤다는 것을 알았다. 그만하면 아주 제대로 시작한 셈인데, 이제 대서양을 건너가며 몇 시간 더 눈을 붙인다고 해서 뭐랄 사람도 없었다. 또 얼마나 빨리 현장으로 불려나갈지 알 수 없는 판국이 아닌가?

비행기는 주 활주로를 미끄러져 내려가다가 연료 트럭과 까만 창문의 파란 밴 옆에 멈춰 섰다. 랩은 좌석 벨트를 풀고 일어났다. 그의 모습은 반다라바스에 있을 때와는 딴판이었다. 텁수룩한 반백의 수염은 사라지고 깨끗이 면도한 말쑥한 얼굴로 변했다. 수염이 사라지자 왼쪽 뺨의 흉터가 드러났다. 구릿빛 피부에 빨간색을 띤 3밀리미터 폭의 가느다란 흉터가 귀 옆에서 턱까지 죽 그어져 있었다. 그 칼자국을 최소화하기 위해 존스홉킨스 병원 의사들은 최고의 솜씨를 부렸다. 처음엔 1센티미터도 넘는 폭이었지만, 성형수술 후엔 가느다란 주름살처럼 보였다. 이 흉터는 날마다 랩에게 그 자신이 하고 있는 일이 실제로 얼마나 위험한 것인지 깨우쳐 주었다. 숱 많은 그의 긴 머리카락에는 아직도 회색 염색약 자국이 남아 있었지만, 대부분은 헬리콥터가 사우디아라비아에 착륙했을 때 15분간 샤워를 하는 동안 씻겨 나갔다. 그는 해리스와 그의 부하들과 함께 밀러라이트를 한 잔 나눈 뒤 곧바로 일주일 동안 몸에 덕지덕지 붙이고 있던 먼지와 때를 씻으러 들어갔던 것이다. 그리곤 뜨거운 물 아래서 더러운 피부를 구석구석 세 차례나 박박 문질러 씻었다. 그렇게 때와 냄새를 말끔히 씻어낸 뒤에도 5분간이나 뜨거운 물을 온몸에 맞으며 밀러라이트를 한 차례 더 즐겼다.

랩이 깨끗해진 몸에 새 옷을 걸치는 동안 리어제트가 이륙 준비를 하고 있었다. 그가 방으로 돌아갔을 때 해리스와 그의 부하들은 맥주를 두 박스째 작살내고 있었고, 초록색 비행복으로 갈아입히고 진정제를 주사한 하루트는 구석의 간이침대에 눕혀 놓은 상태였다. 축하한다는 말을 다시 주고받은 뒤 랩은 포로를 어깨에 들쳐 메고 비행대기선으로 걸어

나갔다.

이제 독일 땅에 착륙한 그는 하루트를 내려다보며 하품을 한 차례 토해냈다. 마음 같아서는 이란에서 이 늙은이를 발견하자마자 머리에 총알을 박아 넣어주고 싶었다. 그렇지만 라피크 아지즈의 행방만 알아낼 수 있다면 무슨 일이든 다 참아낼 수 있었다. 랩은 제트기 앞쪽 문으로 걸어가서 손잡이를 시계 방향으로 돌렸다. 조그맣게 압축공기 빠져나가는 소리를 내며 문이 바깥쪽으로 열렸다. 아침 하늘이 우중충한데도 불구하고 그는 손으로 빛을 가렸다. 입고 있는 검정색 폴로셔츠 속 숨겨진 이두박근이 불룩하게 솟아올랐고, 옆구리에 찬 갈색 가죽 권총집의 베레타가 드러났다.

푸른색 밴의 문이 열리고 한 여자가 포장도로 위로 내려섰다. 두 사내가 뒤따랐다. 랩이 불안을 느끼는 경우는 그리 흔치 않지만, 제인 호닉 박사가 걸어오는 것을 보자 그는 갑자기 자리를 피하고 싶어졌다. 40대 중반으로 보이는 호닉 박사는 한 손으로 파란 블레이저 자락을 움켜쥐고 다른 손에는 금속제 서류가방을 들고 제트기를 향해 허둥지둥 다가왔다. 그런 모습을 보자 랩은 〈오즈의 마법사〉에서 서쪽나라의 사악한 마녀로 밝혀진 나쁜 이웃이 토토를 데려가기 위해 자전거를 타고 나타나는 장면을 떠올리지 않을 수 없었다. 그 장면에서의 배경 음악까지 머릿속에 떠올랐다.

랩은 호닉의 얼굴이 최소한 10년 넘게 햇빛을 본 적도, 화장한 적도 없을 것이라고 확신했다. 과학자다운 고리타분한 태도와 유지비를 거의 들이지 않은 헝클어진 모습이 그녀의 특징이었다. 호닉 박사에게 중요한 것은 자신의 일뿐이고 옷차림과 외모 따위는 아무래도 좋은 듯했다. 150센티를 간신히 넘긴 키에 머리는 뒤로 쪽지고 옷차림은 60년대를 도무지 벗어나지 못하고 있었다. 해리스 소령이 호닉 박사를 만났던 한 사건에서, 랩은 그다운 재치로 그녀에게 닥터 스트레인지러브라는 별명을 붙여 주었다. 1964년도의 냉전 블랙코미디 영화 〈닥터 스트레인지러브〉에서 피터 셀러스가 연기했던 유쾌한 주인공 이름이었다.

호닉 박사는 그런 온갖 끔찍한 특성에도 불구하고 뛰어난 정신분석 의

사였다. 뿐만 아니라 생화학과 신경학에 대한 석사와 박사 학위를 취득했고, 인간에 대한 고문의 역사와 발전에 관한 한 미국 최고의 전문가로 인정받았다. 그녀는 CIA와 흥미로운 사업 관계를 맺고 있었다. 랭글리는 호닉에게 기니피그(의학 실험동물—옮긴이)를 공급하고 그 대가로 그녀는 중앙정보국이 필요로 하는 인간의 두뇌 깊숙한 곳에서 추출한 정보를 제공하는 것이었다. 여기엔 가끔 원래의 목적을 기억할 수 없을 정도로 세부적인 것들도 포함되어 있었다. 랩은 호닉 박사와 그 부하들이 작업하는 것을 지켜본 적이 있었다. 10분쯤 보고나자 차라리 작업이 다 끝난 뒤 메모렉스 버전이 나오기를 기다리는 편이 낫겠다는 생각이 들었다.

호닉 박사가 계단 아래로 다가와서 랩을 쳐다보며 말했다.

"안녕, 크루즈 씨."

랭글리에서 랩의 본명을 알고 있는 사람은 극소수였다. 그들 대부분은 그를 중동 전문 사건 대리인 크루즈 씨라고만 알고 있었다. 정보계에 몸담은 사람들은 현장에서 활동하는 요원들에게 개인적인 질문을 너무 많이 하면 안 된다는 걸 안다. 기밀을 누설하면 상사로부터 가차 없이 질책이 내려온다.

랩은 호닉 박사에게 인사한 뒤 기체 안으로 들어올 수 있게 뒤로 약간 물러섰다. 그녀가 비행기 뒤쪽을 살피며 그에게 물었다.

"그 친구는 어때?"

"좋아요. 박사님이 처방해주신 대로만 했습니다."

"잘했어."

호닉 박사는 벌리스틱 나일론 재질의 은색 서류가방을 가까운 의자 위에 놓고 문 쪽을 돌아보며 말했다.

"내 조수들인 샘과 패트야. 인사들 해."

랩은 두 사내를 돌아보며 고개를 끄덕였다. 그들은 더 커다란 은색 벌리스틱 서류가방을 하나씩 들고 있었다. 랩이 손가락으로 가리키며 말했다.

"뒤쪽에 침실이 하나 있어요. 거기가 시작하기 가장 좋을 겁니다."

닥터 스트레인지러브는 동의했다. 그녀와 두 조수는 제트기 뒤쪽을 향해 일렬로 들어갔다.

그들이 하루트를 침실로 옮기는 것을 본 랩은 이제 밖으로 나가서 신선한 공기를 좀 마시고 싶은 생각이 들었다. 포장도로 위로 내려서자 뜬금없이 담배 생각이 간절했다. 첩보원 노릇을 하며 생긴 약간 고약한 버릇으로 이따금씩 몹시 당길 때가 있었다. 왼쪽을 돌아보니 항공병들이 기체에 연료를 주입하느라고 바빴다. 그들 중 한 사내에게 담배 한 대만 달라고 부탁하려다가 초록색 트럭 옆구리에 그려진 불꽃 표지를 보곤 아차 싶어서 포기했다. 어색한 표정으로 비행기 옆에 서서 좌우를 둘러보았다. 나지막한 잿빛 하늘과 황량한 군용 격납고들이 아침부터 기분을 답답하고 칙칙하게 만들었다.

랩은 자꾸만 축 처지려는 기분에 저항하고 있었다. 주위의 황량한 풍경이나 호닉 박사의 출현, 혹은 그 두 가지 모두로 인해 촉발된 자기연민 같은 것도 느껴졌다. 이런 오락가락하는 기분은 지난 한 해 동안 부쩍 잦아졌다. 그 원인이 무엇인지 랩 자신은 알고 있다고 생각했다. 그처럼 혼자 골똘히 생각하며 보내는 시간이 많아지면 누구라도 자가진단을 밥 먹듯 하게 된다. 랩은 10년 전에 겪었던 그 고통과 슬픔으로부터는 멀리 벗어나 있었다. 이것은 그런 느낌들과는 달랐다. 그보다는 일종의 경고 같은 것으로, 지금 당장 무언가를 하지 않으면 여생 동안 어떤 막다른 골목에 딱 갇혀버릴 것 같은 기분이었다. 외로움뿐인 버려진 골목 속에.

최근의 임무를 마치고 떠나기 전에 그는 CIA 대테러센터 본부장 아이린 케네디에게 그런 얘기를 했다. 랩의 부모는 돌아가셨지만 업무를 떠나 밖으로 나가면 여전히 반갑게 맞아주는 친구들이 있었고, 뉴욕에는 살갑게 대하는 동생도 있었다. 그렇지만 사무실에서 전화기를 집어 들고 자신의 일과를 떠벌이듯 얘기할 수는 없었다. 자기 사업인 컴퓨터 컨설팅에 대해서는 마음껏 떠들어댈 수 있지만, 랭글리는 출입 제한구역이었고 랩은 공식적인 CIA 직원도 아니었다. 그는 랭글리가 개별적으로 일을 맡기는 한 청부업자에 불과했다. 그래서 중앙정보국과는 완전히 분리된 생활을 하고 있었다. CIA의 도움으로 컴퓨터 컨설팅을 부업으로 시작했는데, 상당량의 국제적 업무가 발생해서 그의 해외출장을 커버해주었다. 일을 제외하고 그가 자기 삶에서 모든 열정을 쏟았던 유일한 것은 하와이에서 열렸던 연례 철인 3종경기였다. 거기서 시러큐스 대학의 라크로스(하키와 비슷한 구기―옮긴이) 선수였던 그가 우승을 했다.

이처럼 어둡고 우울한 순간에는 어쩌다 자신의 삶이 이렇게 비뚤어졌나 하는 생각이 들었고, 더 고약한 것은 앞으로 얼마나 더 비뚤어질까 하는 생각까지 하게 되는 것이었다. 이렇게 결기를 품고 다른 인간들을 죽이고 싶어 하는 것이 과연 정상일까, 하고 랩은 자신에게 수없이 질문을 던졌다. 이것이 그가 지닌 문제의 핵심임을 모르지 않았다. 그래서 한 번은 케네디에게 농담 삼아 "다른 사람들은 몇 살이 되기 전에 스카이다이빙을 하고 싶다거나, 중국 여행을 하고 싶다거나, 아이를 갖고 싶다는 따위의 소망이 있는데, 내겐 그런 것들이 없어요. 그 대신 나는 마흔 살이 되기 전에 파라 하루트와 라피크 아지즈를 죽이고 싶다는 소망을 가지고 있죠. 이게 건전한 소망이라고 생각하세요?"라고 질문한 적도 있었다.

농담하고 껄껄 웃는 것이야말로 랩에게는 최상의 치료약이었다. 유머가 없으면 결코 견뎌내지 못했을 것이다. 임무를 수행할 때는 긴장을 약간 풀고 있어야만 한다. 시계태엽처럼 너무 팽팽하게 죄고 있다간 언제 폭발할지 모른다. 그는 모든 각도에서 자신의 위치를 살펴보았고, 그것이 도덕적이고 정의롭다고 믿었다.

그런데 문제는 인간을 사냥하는 사냥꾼은 그 자신도 파괴된다는 사실이었다. 랩도 그것을 알고 있었다. 정상적인 사회와의 단절이 점점 심화되어 갔다. 대학 친구들은 모두 결혼하여 아이들까지 있는데, 그는 아직 그런 희망이 전혀 보이지 않았다. 정상적인 삶을 살고 싶으면 계획했던 일들을 모두 포기해야 한다는 것도 알고 있었다. CIA를 위해 일하는 한 정상적인 가정을 꾸릴 수가 없었다. 그 두 가지는 양립되지 않았다.

미치 랩은 10년 전 그렇게 좋았던 자신의 삶을 돌아보았다. 그리고 뒤틀린 운명의 장난으로 이곳 황량한 독일의 공군 기지까지 떠밀려온 현실에 대해 생각했다. "인생살이가 쉬울 거라고 말한 사람은 없었어" 하고 그의 아버지는 말했다. 그리곤 "꾹 참아!"라는 말을 아들에게 수없이 반복했다. 그 말만 떠올리면 랩은 저절로 웃음이 나왔다. 그리고 바로 지금이 아버지가 미소를 지으며 그 말을 외칠 상황이었다. 그 짤막한 말은 비판에서 격려로 그 의미가 바뀌었다.

멀리서 제트 엔진의 폭음이 들려왔다. 랩은 비행기 옆에서 걸어 나가긴 활주로를 살펴보았다. F-16기 한 대가 단발 엔진 재연소 장치에서 오렌지색 불길을 뿜어내며 반대 방향으로 질주하고 있었다. 날렵하게 생긴 제트기는 아지랑이가 너울대는 활주로를 박차고 공중으로 날아올랐고, 즉시 랜딩 기어를 접어 넣었다. 랩은 그것이 고도를 높이며 점점 속력을 내는 것을 지켜보았다. 1분쯤 후 그것은 마침내 광대한 잿빛 하늘을 배경으로 한 점이 되었다. 그러자 두 번째 제트기가 굉음을 내며 활주로를 박차고 공중으로 날아올라 첫 번째 비행기 뒤를 쫓아갔다.

두 번째 제트기를 바라보며 랩은 자기를 넋 나간 놈이라고 생각했다. 자기 파괴를 무릅쓰면서도 라피크 아지즈를 지옥 끝까지 추격할 작정이었다. 중요한 것은 그 자신이 돌아오지 못할 지점에 이르기 전에 아지즈를 잡는 일이며, 이제 그때가 서서히 다가오고 있음을 느낄 수 있었다.

랩은 주유 호스를 떼어낸 항공병이 트럭에 올라타는 것을 보았다. 유조차가 리어제트에서 멀어지자 기체의 쌍발 엔진이 돌아가기 시작했다. 랩은 황량한 풍경을 마지막으로 돌아본 뒤 제트기에 올라탔다. 문을 당겨 올려 잠근 뒤, 그는 미소를 지으며 아버지가 하던 격려의 말을 자신에게 속삭였다.

"꾹 참아!"

06

| 워싱턴 D.C., 8:05 AM |

오크 패널을 댄 민주당 의장실로 갈색 피부의 잘 차려입은 사내가 들어섰다. 둥그런 얼굴에 유쾌한 성격을 지닌 러스 파이퍼는 책상에서 일어나 걸어 나오며 부유한 고객을 맞았다. 손을 내밀며 그가 말했다.

"칼리브 왕자님, 이렇게 뵙게 되어 정말 반갑습니다."

라피크 아지즈는 적당히 무뚝뚝한 태도로 손을 내밀어 파이퍼의 손을 잡고 가볍게 흔들었다.

"여행은 어땠습니까?"

파이퍼가 물었다.

아지즈는 방 안을 빙 둘러보다가 패널 벽에 붙은 사진 액자를 빤히 쳐다보았다.

"좋았습니다."

그는 최소한의 말만 하기로 마음먹었다. 진짜 칼리브 왕자는 은둔자였고, 아지즈가 필요로 하는 인물과 완벽하게 맞아 떨어졌다.

"메이요 의료원에 계시는 부친 병문안을 가시는 길이라고 알고 있습니다만."

"그렇소."

아지즈는 고개를 끄덕였다.

"술탄께서는 좀 어떠십니까?"

"잘 계십니다."

아지즈는 재킷 주머니에서 금제 담배 케이스를 꺼냈다.

"메이요 의료원의 의사들은 세계 최고니까요."

그는 담배 케이스와 한 세트인 금제 라이터로 담배에 불을 붙인 뒤 연기를 구름처럼 내뿜으며 창문 쪽으로 걸어갔다.

파이퍼는 금방이라도 주의의 말을 쏟아낼 듯이 입을 약간 벌리고 손님을 바라보았다. 이 왕족에게 건물 내에서는 금연이라고 말해줄까 하다가 민주당 의장은 그러지 않는 편이 좋겠다고 판단했다. 그는 자기 넥타이를 손으로 쓸어내려 똑바른지 확인한 뒤 대화로 돌아갔다.

"그렇습니다. 미국의 여러 대통령들도 그곳에서 치료했습니다."

아지즈는 창밖으로 국회의사당의 둥근 지붕을 바라보았다. 그는 천천히 돌아서며 물었다.

"우리가 만나는 데 무슨 어려움은 없었나요?"

"아무 어려움도 없었습니다. 대통령과 저는 아주 친해요."

파이퍼는 자랑스레 대답했다.

"다행이군요."

아지즈는 담배를 들지 않은 손으로 상의 주머니에서 기다란 푸른색 수표를 꺼내들었다.

"소개해준 감사 표시로 미국에 있는 내 회사를 통해 민주당에 이 수표를 발행했습니다."

파이퍼는 수표를 두 손으로 받아 오른쪽의 중요한 칸을 살펴보았다. 엄청난 금액을 확인한 민주당 의장의 입이 벌어졌다.

"대단히 감사합니다, 왕자님."

아지즈는 너그러운 표정으로 고개를 끄덕였다.

"저도 왕자님의 나라가 필요로 하는 적절한 방어용 무기를 도입하는 일에 최대한 협조할 것을 약속드립니다."

"왕국이오."

아지즈가 정정했다.

"아, 그렇죠. 왕국. 죄송합니다."

파이퍼는 불안하게 두 손을 비빈 뒤 시계를 보며 말했다.

"이제 나서야 할 것 같군요. 왕자님을 백악관으로 모실 리무진을 바로 아래층에 대기시켜 놓았습니다. 대통령과의 약속 시간에 늦고 싶지 않습니다."

"그럼요."

아지즈는 빙긋 웃었다.

"나도 이날을 오랫동안 기다려왔습니다."

| 백악관 |

로버트 헤이즈 대통령은 집무실 책상에 앉아 있었다. 등받이가 높은 가죽의자 뒤에 정장 코트를 걸어 놓고 책상 위에 놓인 대통령 일정표 사본을 들여다보았다. 일정은 타이핑되어 있었는데, 비서실장이 오전 9시로 잡혀 있는 회의를 가위표로 지우고 여백에다 다른 내용을 기입해 놓았다. 대통령은 눈살을 찌푸리고 손으로 휘갈겨 쓴 그 글씨를 읽어보려고 했다. 일정표를 들고 자세히 살펴본 뒤에야 잘못된 것은 자신의 눈이 아니라 비서실장의 필체란 걸 알았다.

밸러리 존스는 노크도 없이 대통령 집무실 중앙 복도를 통해 들어왔다. 왼쪽 겨드랑이에는 한 무더기의 폴더를 끼고 오른손에는 가죽으로 된 일정관리표를 들고 있었다.

"안녕하세요, 로버트."

그녀는 방을 가로질러 대통령 왼쪽으로 다가간 뒤 겨드랑이에 낀 폴더들을 책상 위에 부려놓았다.

대통령이 일정표 사본을 그녀의 눈앞에 쳐들며 물었다.

"여기 가위표로 지우고 손으로 쓴 건 뭐요?"

비서실장은 보지도 않고 대답했다.

"갑자기 변경되었어요. 오만의 칼리브 왕자가 메이요 의료원에 입원한 부친을 문안하기 위해 방문했다고 합니다."

헤이즈 대통령은 워터맨 만년필로 자신의 볼을 톡톡 두드리며 이마를 찡그렸다.

"그래서?"

"그래서….'

존스는 두 손을 자기 엉덩이 위에 올려놓고 미소 지었다.

"모르시는 편이 좋아요. 그냥 제 말씀만 믿고 만나보세요. 틀림없이 유익할 테니."

헤이즈는 천천히 고개를 끄덕였다. 그는 의자 등받이에 몸을 기대며 존스의 옷차림을 슬쩍 살펴보았다. 노란 실크 블라우스의 색깔이 너무 진해 황금빛으로 보였고 검정 스커트와 스카프와 조합되어 그녀를 마치 한 마리의 뒝벌처럼 보이게 했다. 그렇다고 해서 아내와 장성한 두 딸까지 둔 그가 그런 소리를 함부로 입에 올릴 만큼 멍청하진 않았다.

"그 외엔 또 무슨 일이 있지?"

"영부인께서 15분쯤 전 앤드루 공군 기지를 출발하셨어요. 10시 직전에 콜럼버스에 도착하실 예정입니다. 그러고 보니….'

존스는 왼쪽으로 다가와서 대통령의 책상 위에 두 손을 짚고 말했다.

"전 아직도 대통령께서 콜럼버스에 가셔야 한다고 생각해요. 내일 오후에 비행기를 타면 아무 문제없이 파티에 참석하실 수 있거든요."

대통령의 다섯째 손자인 로버트 사비에르 헤이즈의 첫 번째 생일이 내일이었다. 그는 고개를 저었다.

"꼬마 로버트는 두 주일 후에 가서 만날 거요. 생일 축하도 그때 해줘야겠지."

"내일 가셔야 할 것 같은데요."

비서실장이 우겼다.

"안 갈 거라니까. 아이 생일 때문에 모두 비행기를 타고 가면 돈이 너무 많이 들어요."

"알았습니다."

존스도 영부인의 부탁으로 한 번 더 우겨본 것뿐이었다. 비서실장은 가져온 폴더 하나를 대통령 앞에 펼치며 말했다.

"서명하실 서류가 서른 건쯤 됩니다. 어떤 것들은 대충 훑어보시면 되고, 나머지는 그냥 서명만 하시면 됩니다."

헤이즈 대통령은 한숨을 내쉰 뒤 서류들을 훑어보기 시작했다.

| 워싱턴 D.C. |

백기사 세탁소 트럭이 재무성 지하 주차장으로 들어가는 자갈 박힌 진입로에 멈춰 섰다. 제복 차림의 비밀검찰국 요원이 경비실에서 나와 운전사에게 미소를 지으며 말했다.

"재미가 어떤가, 비니?"

"좋아요, 토니."

운전사는 트럭에서 내려왔다.

"오늘 아침 안 졸았어요?"

"안 졸긴."

경관은 운전사에게 클립보드를 건네주며 물었다.

"어젯밤 경기 봤어?"

"물론이죠. 그 역겨운 양키즈 놈들! 난 레드삭스보다 양키즈 놈들이 더 싫어요!"

아부 하산은 클립보드를 받아 비니 비텔리라는 가명으로 서명했다. 백기사 세탁소에서 일한 지는 거의 여덟 달이나 되었다. 이 세탁소는 재무부와 4년 계약을 맺고 이제 2년쯤 경과했다. 하산이 이 세탁소에 취직하는 것은 전혀 어렵지 않았다. FBI의 신원조회를 통과하는 일은 더 쉬웠다. 유일한 어려움이 이전 운전사를 제거하는 일이었다. 그자는 다섯 달전 하산과 함께 식사를 한 뒤 식중독에 걸려 드러눕고 말았다. 병세가 호전될 때까지 임시방편으로 하산이 거래처들을 돌았다. 그런데 두 주일 후 운전사는 자기 아파트 근처에서 강도를 만나 살해당했고, 하산은 기다렸다는 듯이 그 자리에 들어가 거래처들을 차지했다.

하산이 클립보드를 비밀검찰국 요원에게 돌려주며 물었다.

"인디언즈와 오리올즈의 토요일 게임 입장권이 두 장 남는데, 혹시 가실래요?"

경관은 클립보드를 받으며 말했다.

"너무 고맙지. 우리 애가 엄청 좋아할 걸세."

하산은 미소를 지었다. 그는 제복 차림의 경관들을 가급적 많이 사귀려고 애썼다. 임무를 수행하는 데는 필수적인 것이었다. 그들에게 검사를 받지 않고 트럭을 차고 안으로 몰아넣을 수 있어야만 한다. 그러지 못하면 모든 계획이 수포로 돌아갈 것이다.

"내일 오후에 근무합니까?"

하산은 트럭으로 돌아가며 물었다.

"그럼."

"알았어요. 내일 가지고 오죠."

"고맙네, 비니. 구경 잘 할게."

경관은 모자챙을 잡아당겼다.

하산은 트럭 위로 올라가서 핸드 브레이크를 풀었다. 무거운 철문이 열리자 테러리스트는 왼쪽에 있는 재무성과 백악관 사이의 울타리를 돌아보았다. 그는 출입문 너머에 있는 세계에서 가장 유명한 저택을 바라보며 자꾸만 비어져 나오려는 웃음을 참으려고 입술을 깨물었다. 이윽고 트럭에 시동을 걸고 철문을 지나 램프 아래로 몰고 갔다.

| 워싱턴 D.C. |

택시는 펜실베이니아 대로 남쪽으로 달려 17번가 교차로를 지났다. 운전사는 두 개의 커다란 콘크리트 화분 사이를 지나 왼쪽으로 방향을 꺾은 다음 차를 세웠다. 백악관에서 한 블록 떨어진 지점부터는 도로가 폐쇄되어 어떤 자동차도 출입할 수 없었다. 택시 뒷좌석에 앉아 있던 애너 릴리는 오클라호마 시티 폭발 사건의 여파로 비밀검찰국에서 설치한 바리케이드를 살펴보았다. 콘크리트 화분들이 경비실 자리만 남기고 도로 연석을 따라 한 줄로 죽 놓였고, 거대한 철제 바리케이드에는 빨간 바탕에 흰 글씨로 "일단정지"라고 씌어 있었다. 유압식인 그 철제 바리케이드는 허가된 차량들이 다가오면 아래쪽으로 내려가서 통과시키게 되어 있었다.

애너 릴리는 택시 기사에게 요금을 지불하고 뒷좌석에서 내렸다. 한쪽 어깨에는 검정색의 커다란 가방을 메고 반대쪽 어깨에는 작은 핸드백을 걸쳤다. 커다란 가방을 추스르며 고딕 형태의 행정부 청사를 쳐다보던 그녀는 이마를 찡그렸다. 건물이 마음에 들었다가 안 들었다가 했다. 어깨까지 내려오는 갈색 머리카락을 귀 뒤로 쓸어 넘기며 건물의 불길한 구조를 살펴보았다. 장인의 솜씨로 빚어낸 아름다운 건물임에는 분명하지만, 워싱턴의 다른 건물들에 비해 너무 동떨어져 보였다.

젊은 여기자는 아래위로 후줄근한 정장 차림에 하얀 실크 블라우스를 받쳐 입고 있었다. 이 성취의 순간을 알뜰히 음미하기 위해 그녀는 눈앞의 모든 광경들을 빨아들였다. 이른 아침 햇살에 얼굴이 환히 빛났다. 릴리는 자랑스런 미소를 지으며 경비실로 다가갔다.

"안녕하세요? 나는 이번에 새로 백악관 특파원으로 오게 된…."

방탄유리 뒤에 선 제복 차림의 비밀검찰국 경찰은 패널에 달린 버튼 하나를 누르더니 그녀에게 말했다.

"선생님, 이 문에서는 차량들만 검색합니다. 백악관으로 가시려면 북서쪽 문까지 한 블록 들어가셔도 됩니다. 거기서 출입허가를 받으세요."

릴리는 경관에게 감사한 뒤 두 콘크리트 화분 사이로 걸어 들어갔다. 펜실베이니아 대로 한가운데로 계속 걸어가자 왼쪽으로 블레어하우스가 보였다. 보수공사나 다른 문제로 대통령이 백악관에 머물 수 없을 때 사용할 수 있는 대통령의 비공식 관저였다. 릴리는 그런 모든 것들을 흡수하며 계속 걸어가다가, 다음 블록에서 첫 번째 경비실과 똑같이 생긴 곳을 만나자 멈춰 섰다. 푸른색 방탄유리 뒤에 있는 경비원에게 그녀는 자랑스레 신분증을 내밀었다. 지난 5년 동안 NBC 시카고 지국에서 기자와 주말 앵커로 열심히 뛴 보람이 있어 마침내 빅 리그로 진출하게 된 것이다. NBC는 그녀를 새 백악관 특파원으로 임명했다.

경관이 컴퓨터로 신원을 확인하는 동안 릴리는 주위를 둘러보았다. 울타리 너머 잔디밭에 백악관 생활을 찍으려고 보도진들이 남겨둔 삼각대와 장비들이 보였다. 방수포로 덮어놓은 것들도 있고, 그냥 두어 아침이슬을 듬뿍 맞은 것들도 있었다. 바로 저 자리에 서서 백악관 내부의 일들을 전국에 알리는 자신의 모습을 얼마나 꿈꾸었던지 그녀는 헤아릴 수도 없었다. 12년 전 미시건 대학에서 저널리즘 첫 시간 강의를 들은 이후, 전 세계에 영향을 미칠 중요한 이슈들로 정치의 중심인 백악관을 커버할 이날이 오기만을 꿈꾸었다. 날씨나 미시건 호수의 한랭전선에 대해 떠들어대는 것은 이제 생각만 해도 지겹다. 시카고에서 방송되는 내용의 99퍼센트가 스포츠와 날씨, 살인 사건 등이었다. 그곳에서의 생활을 떠올리며 릴리는 미소를 지었다. 남동생들과 부모님이 몹시 그립겠지만, 다행히 시카고 행 비행기는 자주 있고 항공료도 싼 편이었다.

제복 차림의 비밀검찰국 경관이 방탄유리를 통해 그녀를 바라보며 물었다.

"오늘이 첫 출근입니까?"

릴리는 양 볼의 보조개를 세트로 보여주며 미소 지었다.

"네."

경관은 금속제 그릇에 그녀의 신분증과 배지를 담아 유리 아래로 밀어주며 스피커를 통해 말했다.

"구내에 있을 때는 항상 이 배지를 착용해 주십시오. 이 도로를 따라 내려가다가 왼쪽에 보이는 하얀 차양으로 들어가시면 안내를 해드릴 겁니다."

경관이 손가락으로 차양을 가리켜 보였다.

릴리는 그에게 감사한 뒤 첫 번째 문과 두 번째 문을 부지런히 통과했다. 청사 서쪽 진입로를 따라 차양까지 계속 걸어간 그녀가 인도로 올라섰을 때, 리무진 한 대가 미끄러지듯 달려와 멈춰 섰다. 뒷문이 열리며 귀에 익은 목소리가 그녀의 이름을 불렀다. 돌아보니 이전 시카고 시장 러스 파이퍼가 리무진 뒷좌석에서 내리려고 뚱뚱한 몸을 버둥거리고 있었다. 파이퍼는 한 손으로 차문을 잡고 다른 손으로는 문틀을 붙잡았다. 체중의 대부분이 배에 쏠려 있기 때문에 균형을 잡고 일어서려면 좌석 가장자리까지 엉덩이를 밀고 나와야만 했다.

"러스!"

릴리가 놀라 소리치며 앞으로 다가가자 러스 파이퍼는 그녀를 힘껏 포옹했다. 민주당 의장은 한 걸음 물러나 한 팔로 그녀를 안은 채 말했다.

"네가 이곳으로 온다는 소식을 어젯밤 도로시한테 듣긴 했다만 이렇게 빨리 나타날 줄은 몰랐구나."

여기자는 얼굴을 찡그렸다.

"저도 이틀 전까지는 여기 올 줄 몰랐어요. 그런데 여사님이 어떻게 그처럼 빨리 아셨을까요?"

"내 짐작으로는 네 어머님이 알려준 것 같은데, 그건 시카고 주민 절반이 네가 NBC 백악관 특파원이 되었다는 걸 안다는 소리겠지."

파이퍼는 그녀를 다시 힘껏 껴안으며 말했다.

"축하해, 애너. 여기 오려고 얼마나 열심히 일했는지 알아. 정말 멋지구나."

민주당 의장은 애너 릴리의 이마에 키스를 했다. 그녀의 어머니는 시카고 민주당원으로 매우 열성적이었고, 아버지도 파이퍼 집안의 사람들과는 아주 오랜 세월 동안 가까이 지내온 사이였다. 그가 포용을 풀며 찡그린 얼굴로 물었다.

"우리 집엔 언제 찾아올 셈이냐?"

"겨우 어젯밤에 도착한 걸요."

"어디서 묵고 있니?"

파이퍼는 미간에 주름을 잡았다.

"호텔에서 묵는 건 좋지 않아. 우리와 같이 지내지 않으면 도로시가 몹시 화낼 거야."

릴리는 얼굴을 반짝 쳐들고 그를 바라보았다.

"러스, 전 봄소풍을 나온 게 아니에요."

그녀는 고개를 돌리고 리무진에서 다른 사내가 내리는 것을 보았다. 외국인처럼 보였고, 옷차림으로 보아 상당한 부자인 듯했다.

여기자의 눈이 자기 손님에게 향하고 있는 것을 보자 파이퍼가 그 사내에게 말했다.

"기다리시게 해서 죄송합니다, 칼리브 왕자님. 이 아가씨는 저의 멋진 친구 애너 릴리 양입니다."

아지즈는 자기 앞에 선 눈 튀어나오게 예쁜 여자를 보자마자 그녀의 초록색 눈동자에 금방 빠져들었다. 손을 내밀어 악수를 청한 뒤 머리를 숙여 그녀의 보드라운 손등에 키스하곤 말했다.

"만나게 되어 반갑습니다."

릴리는 사내가 고개를 숙이고 손등에 키스하자 거북한 느낌이 들어 흠칫했다.

"저도요."

"애너는 NBC가 새로 파견한 백악관 특파원입니다."

"축하합니다."

아지즈는 턱을 쳐들고 말하며 문 옆에 선 두 경비원을 보았다.

"감사합니다."

릴리가 대꾸했다.

파이퍼가 시계를 보고나서 말했다.

"애너, 대통령이 우리를 기다리고 계셔. 늦으면 안 돼. 오늘 저녁 약속 있니?"

"아…뇨."

릴리는 엉겁결에 고개를 저었다.

"좋아. 도로시에게 전화해서 우리가 함께 갈 거라고 말해."

릴리는 미소를 지었다.

"곧 전화할게요."

"좋아. 그럼 이따 저녁에 보자."

파이퍼와 아지즈는 차양 아래로 걸어가서 백악관 서관 1층으로 이어지는 더블도어로 들어갔다. 그들이 문을 통과하는 것을 데스크 뒤에 앉은 제복 차림의 비밀검찰국 경관이 모니터로 지켜보았다. 이 모니터는 현관의 목조 테두리 속에 설치된 엑스레이와 금속 탐지기에 연결되어 있었다. 경관이 일어나서 민주당 의장에게 경례했다.

"안녕하십니까, 파이퍼 의장님."

"안녕, 딕. 손님을 한 분 모셔왔네. 신분은 내가 보증하지."

경관은 리스트를 살펴보고 전날 저녁 민주당 의장실에서 대통령 면담 일정을 잡아둔 사실을 확인했다.

"이분이 칼리브 왕자님이십니까?"

"그렇다네."

파이퍼가 대답했다.

경관이 아지즈에게 방문객용 배지를 내주며 말했다.

"건물 안에 계시는 동안은 항상 착용하십시오. 면담이 끝나고 돌아가실 때는 이곳으로 오셔서 반납해 주시기 바랍니다."

아지즈가 배지를 받아들자 파이퍼가 말했다.

"고맙네, 딕."

민주당 의장은 가짜 오만의 왕자를 모시고 현관으로 들어갔다.

아지즈는 배지를 옷깃에 다는 손이 나는 듯 가볍게 느껴졌다. 뿐만 아니라 온몸이 가볍게 느껴졌다. 마음속으로만 수없이 반복하던 일을 마침내 현실적으로 한 걸음 내디딘 것이다. 바로 이거야. 그런데 너무 쉬운 것 같군. 복도를 계속 걸어가면서 아지즈는 손목시계의 버튼을 한 차례 눌렀다. 그리곤 문 옆에 서 있는 경호원들을 힐끗 돌아보았다.

| 워싱턴 D.C. |

백악관에서 한 블록 떨어진 곳에 있는 워싱턴 호텔 맨 꼭대기 층. 하얀 상의에 검은 바지 차림의 호리호리한 사내 하나가 진공청소기로 복도를 청소하고 있었다. 그는 잠시 멈추더니 옥상 테라스로 나가는 두짝 유리문 밖을 내다보았다. 거리 너머로 재무성 지붕이 보이고 그 맞은편에 백악관이 있었다. 이곳 위치가 높기 때문에 사내는 200미터도 안 되는 대통령 관저 지붕에서 경계를 서고 있는 푸른색 전투복 차림에 야구 모자를 눌러쓴 경호원을 선명하게 볼 수 있었다. 목에 걸린 망원경이 대롱거렸고, 요원은 이따금 그것을 눈에 대고 다른 지역들을 살펴보곤 했다. 지붕에서 멀찌감치 떨어진 곳에 작고 하얀 경비실이 하나 있었다.

살림 루산은 근 석 달 동안 일주일에 닷새는 이 문을 통해 비밀검찰국의 동정을 염탐했다. 지붕 위의 경호원을 처리하는 일은 쉬울 것이다. 팔레스타인 청년은 대통령 집무실 바깥의 주랑 가장자리로 이어진 로즈가든과 남쪽 잔디밭 끝을 살펴보았다. 비밀검찰국 요원 하나가 보초를 서고 있었다. 제복 차림의 경관이 아니었다. 그것은 대통령이 서관에 있다는 뜻이었다. 집무실 옆의 요원을 먼저 처리하고, 지붕 위의 경호원은 두 번째가 될 것이다. 아지즈가 정한 것이었다. 아지즈는 모든 것을 결정했다. 아주 세부적인 것까지.

뒷주머니에서 무선호출기가 진동하자 팔레스타인 청년은 화들짝 놀랐다. 아지즈가 백악관 안에 들어갔다는 신호다. 그럴 줄 알았다. 루산은 복도 끝에 있는 벽장으로 걸어갔다. 가슴이 바짝 죄는 긴장감으로 인해 그는 혀끝으로 입술을 핥았다. 준비를 해야 할 때다.

07

| 동부 대서양, 3만 피트 상공 |

그들은 맑은 하늘을 서쪽으로 미끄럽게 날아가고 있었다. 미치 랩은 창밖으로 끝없이 펼쳐진 솜털 같은 구름들을 내다보았다. 아무리 봐도 질리지가 않았다. 구름마다 모양이 다르고 제각기 독특한 무늬를 지니고 있었다. 랩은 5년 전에 비행조종술을 익혔다. 배우고 싶어 배운 것이 아니라 CIA 요원들과 지속적으로 함께 받은 훈련의 한 과정이었다. 그는 비행보다 더 자기 마음을 맑게 해주고 스트레스를 풀어주는 것은 없다는 것을 재빨리 간파했다. 이제 몇 분만 지나면 잠이 들 것이다.

안락의자 속으로 푹 잠기자 기체 뒤쪽 방에서 비명소리가 새어나왔다. 뒤이어 무어라고 투덜대는 소리가 세 차례 길게 이어졌다. 랩은 침실로 들어가는 작은 문을 돌아보았다. 칸막이벽으로 한쪽 귀를 기울이고 다른 쪽 귀를 막았지만 무슨 소린지 알아들을 수 없었다. 파라 하루트가 고통스럽게 질러대는 비명소리만 들릴 뿐이었다.

랩은 일어나서 짤막한 복도를 오락가락하기 시작했다. 불안감이 마음을 갉아먹고 있었다. 앞쪽 칸막이벽 근처에 지난 주 〈뉴스위크〉지가 놓여 있었다. 광고가 실린 앞쪽 면들을 팔랑팔랑 넘기자 '잠망경' 페이지가 눈에 띄었다. 랩은 그 기사들을 살펴보며 사우디아라비아에서 날아올 때 하루트를 결박해 두었던 간이침대에 앉았다. 침실 쪽에서 이상한 소리들이 또 새어나와 그는 듣지 않으려고 잡지에 더 신경을 집중했다. 만화 쪽으로 넘어갔다가 조지 윌(퓰리처 상을 수상한 미국의 칼럼니스트-옮긴이)의 칼럼을 찾으려고 마지막 페이지까지 홀홀 넘겨보았지만 없었다. 맥 그린필드의 주간이었던 것이다. 처음 한두 문단을 읽고 나자 흥미가 사라졌다. 그는 잡지를 다시 거꾸로 팔랑팔랑 넘기며 눈길을 끄는 이런저런 기사들을 읽어나갔다.

갑자기 침실 문이 발칵 열리며 제인 호닉 박사가 겁에 질린 표정으로 소리쳤다.

"미치, 자네가 들어와야겠어!"

| 워싱턴 D.C., 8:58 AM |

백기사 세탁소 트럭은 자갈 박힌 경사로를 슬슬 내려가서 재무성 건물 지하 주차장으로 들어갔다. 그리고 곧 오른쪽으로 돌아 짐 싣는 곳으로 들어갔다. 아부 하산은 트럭을 주차시킨 뒤 시동을 켜둔 채 앞유리 너머와 사이드미러를 조심스레 살펴보았다. 쥐새끼 한 마리 얼씬하지 않았지만, 이미 여러 번 와본 적 있어서 이곳에 세 대의 감시 카메라가 설치되어 있다는 걸 알고 있었다. 그가 클립보드를 들고 아주 바쁜 것처럼 보이려고 할 때 기다리던 신호가 왔다.

하산은 백미러를 통해 아무 특징도 없는 회색 철문을 살펴보았다. 재무성 터널 입구라고 표시된 그 문은 백악관 지하실로 통했다. 백악관을 심야에 방문했던 하산은 그 문이 마릴린 먼로 문으로 불린다는 것도 알고 있었다. 어떤 대통령이 그 문을 통해 여자들을 관저로 불러들인 데서 유래된 이름이라고 했다.

하산은 자기가 맡은 임무를 훌륭하게 해냈다. 세탁소에 취직한 것 외에도 백악관에서 근무하는 한 사내를 잘 사귀어 놓았다. 그는 이 행정부 직원의 이웃집으로 이사하여 식품점이나 헬스클럽, 모퉁이 술집 등에서 얼굴을 자주 마주쳤다. 사내가 대학 농구광이란 것을 알자 그 자신도 농구광이 되었다. NCAA 4강전 토너먼트가 시작되자 하산은 술집에서 그 사내의 옆자리에 앉아 그의 모교를 열렬하게 응원했다. 그 이후 두 사람은 주기적으로 그 술집에서 만났고 한통속이 되어 여자들을 유혹하기도 했다. 그러던 어느 날 밤 하산은 함께 작업 중인 매력적인 여자들의 마음을 결정적으로 사로잡으려면 야간에 백악관 구경을 시켜주는 것이 최고라고 사내를 설득했다. 하산은 시기를 정확하게 잡았다. 대통령이 백악관을 비우고 경계가 느슨해진 때를 알아냈던 것이다. 백악관 직원이 동의하자 나머지 일들은 일사천리로 진행되었다.

트럭 뒷자리의 공기는 점점 더워지고 탁해졌다. 벤가지와 그의 부하들이 입고 있는 전투복은 벌써 땀으로 축축했다. 세 대의 전지형차에 두 명씩 걸터앉은 부하들은 얼굴에서 흘러내리는 땀을 닦는 것 외에는 꼼짝도 하지 않았다. 아홉 명 모두가 짙은 초록색 전투복에 전술조끼를 착용하고 있었다. 각자는 AKSU-74와 대용량 탄창 여덟 개, 수류탄 여섯 발씩을 소지했다. AKSU는 유서 깊은 AK-47의 개량형인 AK-74를 짧게 만든 소총이다.

수염이 텁수룩한 벤가지는 지게차 위에 앉아 시계를 보았다. 그리고 화물칸의 비좁은 공간을 돌아보며 시간이 되었다고 생각했다. 그가 서 있는 두 부하에게 고개를 끄덕이자 그들은 곧 행동에 들어갔다. 트럭이 흔들리지 않도록 상자들과 세탁물 바구니들을 천천히 옆으로 옮겨 지게차와 ATV들이 빠져나갈 통로를 만들었다.

통로가 마련되자 벤가지가 ATV 뒤에 앉아 있는 한 부하를 돌아보며 고개를 끄덕였다. 그러자 사내는 곧 왼쪽에 있는 트렁크의 쇠쇠를 열고 뚜껑을 위로 젖혔다. 그리고 발포제 안에서 통상 RPG라 칭하는 로켓추진유탄발사기 두 기를 꺼내어 앞으로 전달했다. 발포제를 걷어내자 그 아래에 네 발의 기다란 대전차탄이 담겨 있었다. 그는 한 발씩 차례로 건네준 뒤 트렁크를 닫았다.

벤가지는 호출기가 진동하는 것을 느끼고 내려다보았다. 그가 부하들을 돌아보며 손가락을 딱 튕겼다. 조금도 서두는 기색이 없었다. 워낙 전쟁으로 단련되어 여간해선 흥분하지 않았고, 40대로 들어서자 더욱 침착해졌다. 트럭 안의 다른 사내들은 그의 나이 절반밖에 되지 않은 아직 낙관적이고 위대한 꿈을 지닌 청년들이었다. 벤가지는 현실주의자였다. 아지즈가 아무리 괜찮을 거라고 했지만, 그는 사랑하는 베이루트를 다시 보게 될 것이라곤 기대하진 않았다. 어린 시절의 그 평화롭고 아름다운 도시를 파괴한 외국인들에게 결정적인 반격을 가할 때가 마침내 왔다.

벤가지는 웹 벨트에 찬 방독면을 벗어 머리 위로 가져갔다. 그것을 외짝 눈썹 위까지 끌어내렸을 때 드디어 마지막 신호가 왔다. 로켓추진유탄발사기를 든 부하 둘이 트럭 뒷문으로 살금살금 다가가서 발사 자세를 취했다.

| 동부 대서양, 3만 피트 상공 |

미치 랩은 놀라 커다래진 눈으로 하루트를 내려다보고 있었다. 방금 들은 말을 그대로 믿어야 할지, 혹시 잘못 들은 것이 아닌지 의심하는 표정이었다. 호닉 박사가 똑같은 질문을 약간 다른 말투로 던졌다. 그러자 하루트는 똑같은 대답을 되풀이했다. 시간을 멈춰 버릴 것만 같은 말이었다. 랩은 극심한 충격으로 그 자리에 얼어붙었다. 하루트가 토해 낸 말을 그는 도저히 믿을 수 없었다.

"이자가 한 말이 사실일까요?"

그는 호닉 박사를 돌아보며 물었다. 다른 말은 생각나지 않았다.

호닉은 자기 조수가 모니터링하고 있는 장비를 가리켰다.

"거의 확실해. 대답한 말들이 모두 일관성이 있거든. 내가 같은 질문을 대여섯 가지 형태로 서른두 차례나 했어."

그녀는 자기가 기록한 것을 확인한 뒤 말을 계속했다.

"이자는 진실을 말하고 있어. 이 정보가 틀릴 가능성은 심문당할 것에 대비하여 아지즈가 이자에게 거짓말을 했을 경우뿐이야. 그런데…."

호닉은 천천히 고개를 저었다.

"그랬을 가능성도 얼마든지 있지."

"제기랄!"

랩이 손가락으로 머리카락을 쓸어 올렸다.

"그렇다면 언제로 계획하고 있나요? 특정일로 잡았습니까?"

호닉 박사는 두 손을 쳐들며 주의를 환기시켰다.

"그것을 알아내는 데 필요한 특별한 질문들을 다 하진 못했어. 그렇지만 지금까지 확인한 바로는 그날이 바로 오늘 같아."

랩은 입을 딱 벌렸다.

"농담으로라도 그런 소린 말아요!"

"농담 아니야."

랩은 조종실 쪽으로 걸어가다가 갑자기 멈춰 섰다.

"그런데 어떤 형태의 공격을 말하는 겁니까?"

"이자는 습격이란 말만 되풀이하고 있어."

랩은 다시 욕설을 내뱉으며 주먹으로 문틀을 쾅쾅 쳤다. 제기랄, 어떡하지? 정보가 완전하든 완전하지 않든 일단 연락은 해야만 한다. 침실에서 나온 그는 배낭을 뒤집어서 내용물을 모조리 간이침대 위에 쏟아놓고 옷가지와 서류들 속에서 새트컴(SATCOM: 위성통신기기-옮긴이)을 찾아내어 전원 스위치를 눌렀다. 그리곤 그 검은 기기를 두 손으로 붙잡고 조그마한 스크린을 응시하며 방향신호기를 조절했다. 그는 가장 가까운 상공에 있는 미국 위성과 최대한 빨리 연결되기를 기다리는 마음으로 새트컴을 꼭 틀어쥐고 있었다.

| CIA 본부, 버지니아 랭글리 |

스탠스필드 국장실은 본 건물 7층에 있었다. 매우 보수적으로 꾸며진 사무실이었다. 스탠스필드는 무슨 표창장이나 상품 따위를 진열하는 사람이 아니라서, 사무실 패널 벽에는 그의 죽은 아내, 딸들과 손자손녀들의 사진들만 드문드문 붙어 있었다. 메모지까지 제자리가 정해져 있을 정도로 책상 정리가 철저해서 왼쪽 모서리에 부전지 여섯 장이 대칭으로 붙어 있었다.

스탠스필드는 의자 팔걸이에 팔꿈치를 고이고 깍지 낀 두 손 위에 턱을 올려놓았다. 아이린 케네디는 맞은편에 있는 두 개의 의자 중 하나를 차지하고 앉아 헤이즈 대통령과의 아침 회의 내용을 요약해서 보고했다. 은발의 CIA 국장은 열심히 들으며 이따금씩 고개를 끄덕이기도 했다. 그는 케네디가 보고를 끝낼 때까지 어떤 질문도 하지 않았다. 5분쯤 더 지나자 대테러센터 본부장은 무릎 위의 파일을 닫으며 국장에게 말했다.

"대통령께서는 전 요원들의 완벽한 협조와 정보의 철저한 보안을 강조하셨습니다."

그 말에 스탠스필드는 한쪽 눈썹을 치켜 올렸다.

"흠."

"이 문제를 어떻게 처리할까요?"

CIA 국장은 손을 내리고 잠시 생각한 뒤 대답했다.

"본부장이 잘 판단해서 하게. 그 과정에서 우리의 자원이나 작전들이 조화를 잘 이루지 못할 때만 나한테 보고하라고."

"알겠습니다. 물론 무언가를 건져 올렸을 때도 보고 드리죠."

케네디는 미소를 지었다.

"그렇지."

스탠스필드의 입술 오른쪽 끝이 약간 올라갔다.

케네디는 고개를 끄덕이며 상사에게 빨간 비닐 폴더를 건네주었다. 표지에 붙은 하얀 라벨은 CIA 직원들이 '알파벳 수프'라고 즐겨 말하는 필수 문자들로 장식된 것이었다. 이 문자들의 특수한 연결을 보면 국장은 파일에 신호정보와 키홀(Keyhole: 위성사진 서비스 업체—옮긴이)이나 위성의 영상들이 포함되어 있음을 알 수 있었다. TS나 SCI 같은 표기도 그 파일이 1급비밀인지 부서비밀인지 알려주었다.

CIA 대테러센터 본부장인 아이린 케네디는 미국을 향한 온갖 위협들에 대한 정보를 스탠스필드 국장에게 보고할 의무가 있었다. 오늘 아침 보고의 주제는 북한이었다. 보고서 첫 쪽을 끝내기도 전에 국장의 전화기가 울렸다. 케네디는 국장이 전화를 받을 수 있도록 잠시 멈추었다. 국장이 전화기를 집어 들었다.

"스탠스필드입니다."

"스탠스필드 국장님, 아이언맨이 국장님이나 케네디 박사님께 최우선 긴급통화를 요청해 왔습니다."

"연결하게."

국장은 스피커폰 버튼을 누르고 전화기를 내려놓았다. 스피커를 통해 몇 차례 잡음이 들리자 스탠스필드가 말했다.

"여보세요?"

"국장님, 비상사태입니다. 본부장님도 거기 계십니까?"

랩이 긴장한 목소리로 소리쳤다. 스탠스필드와 케네디도 그의 목소리에서 긴박감을 느낄 수 있었다.

"바로 내 옆에 앉아 있네."

"아지즈가 지금 D.C.에 있습니다."

"다시 말해 보게."

"아지즈가 D.C.에 있다고요."

랩은 더 또렷하게 말했다.

"확실해요?"

케네디가 물었다.

"그렇습니다. 호닉 박사님은 확신하고 있습니다. 하루트에게 30분쯤 작업했는데 거짓말일 수가 없답니다. 그런데 이게 다가 아니에요."

"또 뭐가 있어요?"

아이언맨은 잠시 후 다시 말했다.

"하루트는 아지즈의 목표가 백악관이라고 합니다."

충격으로 인한 침묵 속에 CIA 국장과 대테러센터 본부장은 서로 얼굴만 멍하니 바라보았다. 잠시 후 미치 랩이 답답했던지 소리쳤다.

"제 말 들으셨습니까?"

"분명히 들었네, 미치."

스탠스필드가 대답했다.

"조금 충격적이군. 좀 더 확인해본 다음에…."

랩이 CIA 국장의 말을 댕강 잘랐다.

"불행하게도 그럴 겨를이 없습니다. 하루트의 말에 의하면 공격 날짜가 바로 오늘이라고 합니다!"

케네디는 벌떡 일어나 두 손을 책상 위에 짚고 소리쳤다.

"지금 무슨 소릴 하는 거예요, 미치? 어떤 종류의 공격이죠?"

"하루트는 필사적 공격이라고만 합니다. 습격이요."

"어떻게?"

케네디가 다시 물었다.

"저도 모릅니다. 호닉 박사가 계속 캐고는 있습니다."

스탠스필드도 의자에서 일어나 전화기에 대고 물었다.

"다른 보고가 있나, 미치?"

"지금은 없습니다."

"알았네. 곧 조처를 취하는 게 좋겠군. 이 통화가 끝나면 곧 명령을 내리겠네. 자네도 다른 내용이 나오는 즉시 보고해 주게."

"알겠습니다."

스탠스필드는 버튼을 눌러 전화를 끊었다. 그와 케네디는 책상을 두 손으로 짚은 채 서로의 얼굴을 멍하니 바라보았다. 국장이 먼저 창밖으로 시선을 돌렸다가 대테러센터 본부장에게 지시했다.

"잭 워치에게 전화해서 테러범들이 백악관을 기습할 계획을 꾸미고 있다는 강력한 증거가 있다고 하게. 그날이 바로 오늘이라고 말이야."

"대통령께는 뭐라고 보고하죠?"

"워치에게 먼저 전화해. 대통령께 보고하기 전에 몇 가지 생각할 것이 있으니까."

"FBI에게는요?"

케네디가 다시 물었다.

"로치 국장에겐 내가 전화하지."

스탠스필드는 다른 전화기가 놓여 있는 진열대를 가리키며 말했다.

"워치에게 빨리 연락해. 그렇지만 신중을 기하라고 강조하게. 사태를 확실히 파악하기도 전에 너무 야단법석을 떨고 싶진 않으니까."

| 행정부 청사 |

대통령 경호실장 잭 워치 특수 요원은 백악관 서관에서 도로를 끼고 맞은편에 있는 행정부 청사 10호실 자기 책상에 앉아 있었다. 워치는 20년 넘게 비밀검찰국에서 근무하면서 네 분의 대통령들을 모셨다. 육상 선수처럼 생긴 그는 40대 초반인데도 여전히 일주일에 네댓 차례는 조깅을 했고, 자기 휘하에 있는 요원들에게도 남녀구분 없이 똑같이 할 것을 기대했다.

대통령 경호실은 비밀검찰국 내에서도 가장 튀는 부서이기 때문에 보직 경쟁 또한 치열했다. 처음 10년 동안 워치는 이곳으로 발령 받는 기준에서 요원의 체력은 늘 뒷전으로 밀리는 것을 보았다. 그보다는 교활하고 음흉한 정치적 이유에서나 노회한 정치가들의 인맥에 따라 보직이 결정되곤 했던 것이다. 그래서 대통령 경호실장이 되자 그가 맨 먼저 모든 요원들에게 천명한 기준이 바로 체력이었다. 그는 요원의 아버지가 누군지, 피부가 어떤 색깔인지, 남잔지 여잔지, 뒷배를 봐주는 자가 누군지 일절 묻지 않겠다고 말했다. 체력 시험에 통과하지 못한 자는 누구라도 대통령 경호요원으로 근무할 수 없다고 선언했다.

왼손으로 잔을 잡고 뜨거운 커피를 한 모금 마신 뒤 잭 워치는 당일 스케줄을 살펴보았다. 다행히도 특별한 일은 없어 보였다. 방문객도 없고 백악관 바깥으로 나갈 일도 없었다. 날마다 이렇다면 좀 지루하긴 하겠지만 나야말로 더할 나위 없이 행복한 놈이지 뭐, 이런 생각을 하고 있는데 전화기가 따르릉 울렸다. 그는 스케줄에서 눈을 떼지 않은 채 손을 뻗어 전화기를 집어 들었다.

"특수 요원 잭 워치입니다."

"잭, 아이린이에요."

CIA 대테러센터 본부장과는 지난 몇 해 동안 브리핑 자리에서 수십 번도 더 만났다. 이젠 목소리만 들어도 그녀가 얼마나 심각한 상태인지 짐작할 수 있을 정도였다.

"안녕, 아이린. 문제가 생겼습니까?"

"아주 나쁜 소식이에요, 잭. 방금 백악관이 테러범들의 목표물이 될 가능성이 있다는 정보를 입수했어요."

케네디는 대통령 경호실장에게 다른 충격을 가하기 전에 정보를 소화할 시간을 주려고 잠시 기다린 뒤 말했다.

"그리고… 공격 날짜가 바로 오늘이라고 생각돼요."

워치는 눈을 지그시 감으며 커피를 들지 않은 손으로 자신의 이마를 꽉 쥐었다.

"다시 말해 봐요."

케네디는 똑같은 말을 반복한 뒤 덧붙였다.

"잭, 이 정보는 신빙성이 매우 높지만 과잉대응은 원치 않아요."

"어떤 형태의 공격입니까? 차량폭탄? 아니면 비행기?"

대테러센터 본부장은 잔기침을 한 뒤 대답했다.

"그냥 습격이라고만 했어요. 지금은 더 자세한 정보를 계속 캐고 있는 중이고요."

경호실장은 의자를 뒤로 확 밀어내고 벌떡 일어섰다.

"뭐라고요?"

그는 믿을 수 없다는 듯이 소리쳤다.

"습격이라니, 그건 불가능해요. 우리 외곽 경계선을 뚫으려면 탱크가 필요할 겁니다."

"잭, 그들이 뭘 어떻게 하려는 건지는 나도 몰라요."

케네디는 차분한 목소리로 말했다.

"당신한테 더 상세한 정보를 주지 못해 미안해요. 그렇지만 우린 이 사태를 매우 심각하게 생각합니다. 분명한 이유 때문에 스탠스필드 국장님은 당신한테 맨 먼저 연락하라고 했어요. 당신은 그곳 경계를 철저히 하되 언론을 자극하지 않도록 주의하세요. 새로운 정보가 들어오는 즉시 연락하겠습니다."

워치는 손으로 이마를 계속 누르며 물었다.

"오늘이라고, 분명 오늘이라고 생각합니까?"

"네."

경호실장은 시계를 보았다. 오전 9시가 다 되어가고 있었다.

"움직여야겠어요."

그는 책상에서 디지털 전화기를 집어 들었다.

"새 정보가 들어오면 내 휴대전화로 연락하십시오."

전화번호를 알려준 뒤 그는 전화를 끊었다. 대통령의 생명에 대해 비밀검찰국의 어느 누구보다도 큰 책임을 지고 있는 경호실장은 아무리 사소한 정보라도 매우 심각하게 받아들여야만 한다. 하물며 CIA 대테러센터 본부장의 경고라면 이론의 여지가 없었다. 사무실을 나와 복도를 급히 걸어가며 그는 가능한 경우들을 머릿속으로 열심히 굴리기 시작했다.

어떤 형태의 습격이 가능할까? 출입구로 다가가며 워치는 그 생각만 하고 있었다. 비밀검찰국은 대통령에 대한 온갖 공격들을 방어하는 훈련에 최우선순위를 부여하고 있었다. 그래서 메릴랜드 주 벨츠빌 훈련원에서 매월 실시하는 요원 훈련에 수백만 달러를 소비했다. 요원들은 여기서 대통령 차량행렬작전, 로프라인 설치작전, 대통령 전용기인 에어포스 원과 전용 헬기 머린 원 대피작전 등, 예상할 수 있는 모든 시나리오에 대해 훈련했다. 결국 폭탄차량에 대한 분석에 들어갔다. 외곽에 설치된 장벽들 때문에 어떤 트럭도 안으로 들어올 수 없을 것이었다. 유리창들은 모두 박살낼 수 있을지 모르지만 대통령은 안전할 것이다. 그렇지만 비행기라면, 하고 워치는 생각했다. 그들이 훈련한 모든 시나리오들 중에서 폭탄을 실은 비행기로 공격하는 경우가 대통령에게 가장 치명적인 위협으로 드러났다.

출입문에서 청사 서쪽 진입로로 나온 경호실장은 핸드마이크를 입으로 가져가서 말했다.

"호스파워, 여기는 워치다. 헤라클레스에게 감시를 강화하고 스팅어 미사일 발사준비를 갖추라고 지시하라."

헤라클레스는 건물 옥상을 담당하고 있는 경호팀의 호출부호였다. 워치는 잠시 망설였다. 마음 같아서는 백악관 경호원 전체에게 비상을 걸고 싶지만, 그 이전에 대통령과 먼저 상의하지 않으면 안 되었다. 헤이즈는 사람을 놀라게 하는 걸 별로 좋아하지 않았다. CIA 대테러센터 본부장인 케네디가 위험을 강조하긴 했지만 그런 일로 비밀검찰국이 발칵 뒤집힌 일이 어디 한두 번 있었어야 말이지.

08

| 백악관 |

애너 릴리는 자신의 새 지하 사무실 안으로 머리를 디밀었다. 창문도 없는 사무실은 링컨 공원 뒤쪽에서 구한 그녀의 단칸방 아파트 부엌보다도 더 작았다. 책상 세 개가 삼면의 벽을 향해 놓여 있고, 방 가운데는 의자들만으로도 비좁을 지경이었다. TV를 통해 낯이 익은 40대 초반의 잘생긴 남자가 의자에서 일어나 릴리를 맞아주었다.

"애너 릴리 씨로군요."

사내는 손을 내밀며 말했다.

"나는 ABC 백악관 특파원인 스톤 알렉산더입니다. 우리 모두 기다리고 있었어요."

릴리는 그와 악수하며 실망한 눈빛으로 사무실을 돌아보았다.

알렉산더가 그녀의 얼굴에서 실망감을 읽고 말했다.

"기대했던 것과는 전혀 딴판이죠?"

"네. 타지마할 궁전을 기대한 건 아니지만, 이건 너무 아닌데요."

"걱정 말아요. 부가급부를 보셔야죠."

알렉산더는 싱글거리며 두 팔을 앞으로 내밀었다.

릴리는 조각한 듯한 그의 머리와 잘생긴 얼굴, 왁스를 입힌 것 같은 눈썹을 바라보았다.

"그게 뭔데요?"

알렉산더는 완벽한 하얀 이를 드러내며 미소를 지었다.

"나랑 함께 일하게 되었다는 거죠."

"정말이에요?"

"그럼요. 정말이고말고요."

알렉산더는 그녀의 어깨를 붙잡고 반대로 돌려세우더니 복도로 데리고 나왔다.

"마침 커피나 한 잔 하러 갈까 하던 차였습니다. 같이 가시죠. 한 바퀴 돌며 사람들도 소개해 드리겠습니다."

백악관 식당으로 걸어가며 알렉산더는 계속 속살거렸다.

"그래, 시내로 들어온 지는 얼마나 되었습니까?"

"어제 온 걸요."

"아직 아무도 소개 받지 못했어요?"

"네. 아직 짐도 안 풀었어요."

알렉산더는 그녀의 등을 살짝 밀며 식당으로 들어갔다. 릴리는 자신의 등에 그의 손이 불필요할 만큼 오래 머물고 있다는 생각이 들었다. 식당을 돌아본 그녀는 그것이 너무 작아서 다시 한 번 놀랐다. 직사각형의 식탁들 주위에 스무 명쯤 되는 사람들이 커피를 마시거나, 식사를 하거나, 얘기를 나누거나, 이런저런 신문들을 읽고 있었다.

"결혼은 하셨습니까?"

알렉산더가 물었다.

릴리는 잠시 망설였지만 거짓말해서 좋을 건 없다고 생각했다.

"아뇨."

그렇다면 희망이 있다는 듯이 그는 싱긋 웃었다.

"오늘 밤엔 제가 모시죠. 애덤스모건에 있는 멋진 레스토랑을 알고 있습니다."

"고맙지만 짐을 풀어야 해요. 엄청 많거든요."

"그렇지만 저녁은 먹어야죠."

그가 우겼다.

이런 진드기 스타일은 좀 더 단호하게 다뤄야 한다는 것을 릴리는 알았다.

"고맙지만 난 기자들과는 데이트하지 않는 걸 원칙으로 하고 있어요."

"이유는?"

알렉산더는 여전히 얼굴 전체에 미소를 띤 채로 물었다.

릴리는 냉소를 머금고 식당 안을 돌아보며 대답했다.

"믿을 수가 없으니까요."

그는 껄껄 웃었다.

"내가 알아야 할 원칙이 또 있습니까?"

"있죠. 난 나보다 더 예쁜 남자하곤 데이트 안 해요."

"여기가 루즈벨트 룸입니다. 벽에 걸린 두 초상화 때문에 그렇게 부르고 있죠."

러스 파이퍼 민주당 의장은 방 안으로 들어서자 초상화들을 가리키며 말했다. 대통령 집무실로 가는 도중에 있는 모든 그림과 조각, 방들 앞에서 그가 멈춰 설 때마다 아지즈는 차분하게 대응하려고 긴장했다. 파이퍼가 백악관 관광 가이드 역할을 한답시고 건물 역사에 대해 주절댈 때마다 아지즈는 예의바르게 고개를 끄덕여 주었다.

"프랭클린 델라노 루즈벨트의 초상화는 벽난로 선반 위에 걸려 있고 테디 루즈벨트의 초상은 여기 오른쪽에 걸려 있죠. 현직 대통령이 공화당원이면 테디의 초상화가 벽난로 위에 걸리고, 현직 대통령이 민주당원이면 초상화들의 자리가 바뀌어 프랭클린 델라노 루즈벨트의 초상화가 영광의 자리를 차지하는 것이 백악관의 전통이 되었습니다."

파이퍼는 불룩한 배 위로 두 손을 모아 쥐고 민주당의 우상을 향해 미소를 지었다.

아지즈는 미술품과 역사적인 방들에 흥미를 보이는 척하면서도 지나가는 길에 보이는 비밀검찰국 경관들과 요원들의 위치와 인원수를 정확히 파악하고 있었다. 그들 가운데로 걸어가는 것처럼 모든 일들이 너무 쉬워 보였다. 그는 자신이 속하지 않은 곳에서 영광스러운 손님으로 환영받고 있었다. 그를 저지하기 위한 모든 울타리와 하이테크 보안장치, 중무장한 비밀검찰국 요원들이 있었지만, 그들의 가장 큰 공포가 자신들 가운데로 활보하고 있는 사실을 눈치챈 자는 하나도 없었다.

파이퍼가 루즈벨트 룸의 번쩍이는 긴 회의탁자 표면을 손으로 문지르며 말했다.

"많은 손님들이 이 방을 각료실로 혼동합니다. 하지만 그건 기자실로 가는 복도 건너편에 있습니다. 대통령과 면담이 끝나면 그곳도 보여드리겠습니다."

그는 벽난로 쪽으로 걸어가다 그 위에 놓인 조그마한 청동제 조각을 가리키며 말했다.

"깜박할 뻔했군요. 이 엘리너 루즈벨트의 흉상은 우리가 매우 자랑스럽게 여기는 겁니다. 우리 민주당 대통령의 영부인이었던 어떤 분이 이 방에 가져다 놓은 것이죠. 그분은 이 방이 너무 남성 클럽처럼 느껴지기 때문에 조화를 이루기 위해서는 여자가 필요하다고 생각했던 겁니다."

아지즈는 그 작은 여자 흉상을 보며 말했다.

"우리나라에서는 그런 생각 자체가 우스꽝스럽게 여겨질 겁니다."

그는 돌아서서 오른쪽으로 트인 현관으로 걸어갔다. 복도 건너편을 보자 몸속에서 흥분과 긴장이 일어났다. 백악관 평면도에 대해 미리 공부한 아지즈는 눈앞에 보이는 문이 오벌 오피스로 들어가는 네 개의 문들 중 하나라는 것을 알았다. 문은 열려 있었고, 그가 선 위치에서도 고급스런 푸른 카펫과 벽난로 앞에 놓인 가구들이 보였다. 이젠 목적지와 아주 가깝다.

문 안쪽에 덩치가 아주 큰 비밀검찰국 요원 한 명이 엄숙한 표정으로 서 있었다. 노르스름한 머리카락을 귀 둘레까지 짧게 잘랐고, 넥타이를 맨 하얀 셔츠 위로 목이 불룩하게 부풀어 올라 있었다. 눈이 마주치는 순간 아지즈는 요원의 얼굴을 재빨리 머릿속에 새긴 다음 시선을 내렸다. 그는 요원이 왼손잡이라는 사실도 알았다. 왼쪽 엉덩이가 불룩한 것은 비밀검찰국 표준 지급품인 지그자우어 권총 때문일 것이다.

파이퍼가 현관에서 아지즈에게 물었다.

"대통령과 면담할 준비는 되셨습니까?"

아지즈는 고개를 끄덕이며 파이퍼 옆으로 걸어갔다. 혈관을 통해 아드레날린이 뿜어져 나오자 두 다리가 고무처럼 탱탱해지는 느낌이었다. 현관으로 들어가는 순간 그는 혹시 이게 함정은 아닐까 하는 의심이 들었다. 이들이 내 신분을 다 알고 미리 덫을 놓은 게 아닐까? 하지만 더 이상 걱정하기도 전에 그들은 문 앞에 이르렀고, 파이퍼가 노크를 하고 있었다.

파이퍼가 먼저 백악관 사무국 안으로 들어갔고 아지즈가 뒤따랐다. 민주당 의장은 방 안으로 들어서자 전화기를 들고 있는 대통령을 발견하고 갑자기 걸음을 멈추었다.

대통령이 손으로 송화구를 막고 두 사람에게 말했다.

"앉으세요. 전화가 곧 끝납니다."

아지즈는 어떻게 해야 좋을지 몰라 바짝 긴장한 채 머뭇거렸다. 목구멍이 타는 듯해 마른침을 한 번 꿀꺽 삼킨 다음 파이퍼를 돌아보자 그가 뭐라고 소곤댔다. 아지즈는 대통령에게서 시선을 천천히 거두었다. 파이퍼가 벽난로 옆에 있는 소파를 가리키며 속삭이듯 말했다.

"저쪽으로 앉으시죠. 대통령께서는 곧 나오실 겁니다."

아지즈는 파이퍼를 따라 소파로 가며 대통령에게 돌진할 기회를 계산해 보았다. 그들이 방금 들어온 문은 여전히 열린 채였고, 그 바깥쪽 두 방의 문들마다 요원들이 배치되어 있었다. 대통령의 책상 안팎에도 보안조치가 마련되어 있을 것이라고 아지즈는 짐작했다. 합성물로 만든 조그마한 칼로 대통령에게 달려들다간 근처에 도달하기도 전에 문밖에 있는 요원들이 알고 달려올 것이 뻔했다. 그런 모험을 할 순 없었다. 그렇지만 대통령이 너무 가까이 있었다. 6미터쯤 되는 책상까지 돌진하는 데는 2초면 충분할 것이다. 요원들이 총을 뽑아 겨누는 데도 그 정도 시간은 걸릴 것이다. 빨리 결정해! 자신에게 그렇게 재촉하자 온몸에서 땀이 나기 시작했다.

파이퍼는 소파에 털썩 주저앉은 뒤 옆자리를 손으로 톡톡 쳤다. 아지즈는 고개를 끄덕이며 그의 앞으로 지나갔다. 앉을 건지 돌진할 건지 결정해야 할 순간이었다. 아지즈는 방을 가로질러 대통령을 바라보았다. 그때 대통령이 의자를 빙글 돌려 그들에게 등을 보였다. 그리고는 전화기에 대고 계속 뭐라고 얘기하며 창밖으로 시선을 던졌다. 등받이가 높은 가죽의자 위로 그의 뒤통수만 간신히 보였다. 그 순간 아지즈는 행동하기로 결심했다.

그는 벨트 아래의 칼을 확인한 뒤 왼손을 들어 올려 시계를 보았다. 트럭에서 기다리고 있는 부하들에게 신호를 보내려면 정확한 버튼을 눌러야만 한다. 그는 바야흐로 역사를 창조하려 하고 있었다. 모든 이슬람의 적에게 타격을 가하려는 것이다. 파이퍼가 뒤에서 뭐라고 중얼거렸지만 아지즈의 귀엔 들리지 않았다. 정신이 딴 데 가 있었다.

그는 다른 손을 천천히 시계로 가져갔다. 그리고 정확한 버튼을 확인하기 위해 시선을 아래로 내렸다. 심장이 빠르게 뛰고 관자놀이가 쿡쿡 쑤시는 느낌이었다. 땀이 배어난 피부가 번들거렸고 두 손도 끈적거렸다. 손바닥이 너무 축축해서 버튼을 누르려던 동작을 멈추고 먼저 손바닥의 땀을 닦아야겠다고 생각했다. 바지의 허벅지 부분에 손바닥을 두 차례 문지르며 그는 이런 손으로는 조그마한 칼을 잡기가 어렵겠다고 생각했다. 양쪽 손의 땀을 최대한 닦고 나자 그는 다시 버튼을 누르기 위해 시계를 들어 올렸다.

오른쪽 검지로 버튼을 누르려는 순간 그의 시야에 어떤 움직임이 감지되었다. 동작을 멈추고 고개를 들자 대통령의 책상 오른쪽에 있는 문으로 샛노란 블라우스 차림의 여자가 빠른 걸음으로 들어오는 것이 보였다. 그녀는 가까운 의자를 돌아 대통령이 앉아 있는 곳으로 다가가더니 서류더미를 책상 위에 내려놓았다.

아지즈는 심호흡을 천천히 토해냈다. 그러자 에너지 방출로 온몸이 부들부들 떨려왔다. 파이퍼가 또 뭐라고 지껄이는 것 같아서 그는 돌아보았다.

"앉으시죠, 칼리브 왕자님."

아지즈는 대통령과 샛노란 블라우스 차림의 여자를 한 번 더 돌아본 뒤 소파에 앉았다. 이마에서 땀방울이 흘러내리자 그는 손등으로 문질러 닦았다.

"어디가 불편하십니까? 약간 더우신 듯 보입니다만."

파이퍼가 물었다.

아지즈는 미소를 지으며 대답했다.

"약간 덥긴 하지만 우리나라에 비하겠습니까."

"지당하신 말씀입니다."

아지즈는 서서히 침착한 태도를 되찾았다. 그가 얻기 위해 투쟁했던 모든 것이 바로 눈앞에 있었다. 여기까지 오기 위해 얼마나 많은 피땀을 쏟았던가? 대통령이 가까이 올 때까지 기다려야만 해. 그때까진 꾹 참을 필요가 있어. 오랜 세월 동안 잘도 참아왔는데, 몇 분쯤 더 기다리는 게 뭐가 대수야. 대통령이 나와 악수하려고 다가올 때, 일은 그때 벌이는 거지.

대통령 경호실장 잭 워치 특수 요원은 오벌 오피스와 각료실 중간에 샌드위치처럼 끼어 있는 비서실로 들어왔다.

"샐리, 대통령을 최대한 빨리 만나야 해."

샐리 버크는 무언가를 적은 뒤 그를 쳐다보며 미소를 지었다.

"안녕하세요, 잭."

대통령 비서는 워치의 목소리만 들어도 그가 얼마나 다급한 상황인지 알 수 있었다. 그렇지만 미국에서 가장 높은 선출 공직자를 잠시나마 만나고 싶어 하는 사람들이 날마다 몰려와 줄을 서는 판이었다.

"지금 누굴 만나고 계세요. 한 이삼십 분 걸릴 것 같은데요."

워치는 고개를 저었다.

"그렇게 오래 기다릴 수 없어. 지금 당장 만나야만 해."

버크는 지난 다섯 달 동안 워치와 많은 일들을 처리했지만 오늘처럼 당황한 모습은 본 적이 없었다.

"저더러 어쩌라는 건지 모르겠어요, 잭. 대통령은 지금 외국 고위 인사와 만나고 계세요. 함부로 끼어들 순 없어요."

"누구와 만나고 있다고?"

워치는 화난 목소리로 물었다.

"오늘 스케줄에 없던 일이잖아!"

경호실장의 심상찮은 말투에 놀란 여비서는 상체를 약간 곧추세우며 대답했다.

"갑자기 변동되었어요."

"상대가 누구야?"

"러스 파이퍼 의장님과 에…."

버크는 책상을 내려다본 뒤 말했다.

"칼리브 왕자님이세요."

워치는 이맛살을 찌푸렸다.

"칼리브 왕자란 이름은 '웨이브즈' 명단에서 본 기억이 없는데."

백악관 접객 시스템의 머리글자인 웨이브즈(WHAVS)는 비밀검찰국의 제복경찰대에서 운용하는 시스템으로, 대통령에게 위협이 될 수 있는 범죄자와 정신이상자들의 방문을 사전차단하기 위한 것이다.

여비서는 당혹스런 표정으로 쳐다보았다.

"저도 잘 모르겠어요. 어젯밤 민주당 의장님이 갑자기 스케줄을 끼워 넣었어요."

"빌어먹을!"

워치는 앙다문 이빨 사이로 욕설을 뱉어냈다.

"우리가 신원조회를 완전히 끝내기 전엔 누구라도 대통령을 만나게 해선 안 된다고 도대체 몇 번이나 말해야 하는 거야?"

경호실장은 책상에서 물러나와 이런 상황에서 자신이 취할 수 있는 방법에 대해 궁리했다. 대통령이 외국 고위인사와 면담하는 자리에 뛰어들었다가 판단착오로 드러날 때는 모가지가 잘릴 각오를 해야만 한다. 그는 여비서를 돌아보며 물었다.

"칼리브 왕자가 어느 나라에서 왔지?"

"오만인 것 같은데요."

버크는 자신의 플래너를 불안하게 살펴보았다. 워치의 행동이 도무지 그답지 않았다.

"맞아요. 오만에서 왔어요."

페르시아 만에 있는 그 조그마한 나라 이름을 듣자 워치의 의심은 배가되었다. 다급한 목소리로 다시 물었다.

"전에도 백악관에 온 적이 있었어?"

버크는 고개를 저었다.

"아뇨. 제가 알기론 없었어요."

워치는 결정을 해야만 했다. 그것도 빨리. 그는 마음속으로 가능한 경우들을 재빨리 헤아려 보았다. 그러는 동안에도 내내 아이린 케네디와 나눈 대화 내용이 불안감을 점점 더 증폭시키고 있었다. 버크의 책상 앞에서 오락가락하던 워치는 마침내 육감이 시키는 대로 행동하기로 결심했다. 그는 특수 요원 엘렌 모턴이 서 있는 문 쪽으로 돌아가며 왼손을 입으로 가져갔다. 20년 넘은 비밀검찰국 근무 경력에서 최상의 혹은 최악의 결정을 내리려는 순간이었다. 핸드마이크를 통해 대통령 경호실장이 명령했다.

"워치가 경호원들에게. 집무실 경계를 강화하라!"

헤이즈 대통령은 메모를 마치고 말했다.

"얘기해줘서 고맙네, 해리. 이 일을 도와준 것도 고맙고."

그는 전화기를 내려놓고 의자에서 일어났다. 그리고 옷걸이에서 상의를 벗겨 몸에 걸쳤다. 소매를 한 번씩 당긴 뒤 맨 위의 단추를 채우는 것도 잊지 않았다. 대통령이 밝은 미소를 지으며 책상 뒤에서 걸어 나오자 샛노란 블라우스 차림의 밸러리 존스도 그의 곁을 따랐다.

"칼리브 왕자님, 이렇게 뵙게 되어 영광입니다."

라피크 아지즈도 소파에서 일어나 미소로 대통령을 맞았다. 아침 내내 지은 미소들 중에서 처음으로 정직하게 지은 미소였다. 그는 양손을 앞으로 슬쩍 모으며 오른손을 왼쪽 손목 위에 올려놓았다. 그리고는 대통령에게서 눈길을 떼지 않고 손가락 끝으로 버튼을 더듬었다. 수만 번도 더 연습하고 꿈꾸었던 동작이었다. 이런 순간이 올 줄 알았다. 미국인들이 즐겨 하는 악수라는 것. 그때가 바로 공격하기 위한 완벽한 기회다.

대통령이 다가올 때까지 기다린 것은 정말 옳은 판단이었다. 정확한 버튼을 찾아 집게손가락 끝으로 시계 표면을 더듬으며 아지즈는 더 크게 미소 지었다. 버튼을 찾은 손가락 끝이 두 차례 그것을 눌렀다. 그리고는 자연스럽게 허리로 손을 가져갔다. 인질로 삼을 희생자가 다가오자 그는 온몸에서 희열을 느꼈다.

| 재무성 건물 |

백기사 세탁소 트럭 운전석에 앉아 있던 아부 하산은 엉덩이에서 호출기의 진동을 느끼자 클립보드를 바닥에 던졌다. 그리고 왼손으로 운전석 문을 여는 동시에 오른손으로는 작은 꾸러미 하나를 집어 들었다. 초록색 바지에 하얀 셔츠 차림으로 그는 운전석에서 뛰어내렸다. 지하주차장의 콘크리트 바닥을 딛는 순간 트럭의 화물칸에서 지게차와 전지형 차들이 시동을 거는 소리가 터져 나왔다. 하산은 평범한 회색 문을 향해 번개같이 달려간 뒤 한쪽 무릎을 꿇고 바닥에다 작은 캔버스 꾸러미를 내려놓았다. 그는 꾸러미를 열고 두꺼운 면은 옆으로 던져두고 미리 준비한 플라스틱 폭발물을 문에 부착하기 시작했다. 진흙반죽처럼 생긴 회색 물질을 주먹으로 탁탁 때려 단단하게 붙인 뒤 뇌관을 꽂아 넣는 일이었다. 폭탄 설치가 끝나자 하산은 노란 프리마코드 도화선 감개를 풀며 벽을 따라 6미터쯤 달려가 웅크리고 앉았다. 기폭장치를 누르자 곧 쾅 하는 요란한 폭음이 울렸다.

즉시 트럭 뒷문이 열리고 두 사내가 바닥으로 뛰어내렸다. 트럭의 화물칸 오른쪽 벽에 램프가 옆으로 기대어져 있었다. 두 사내가 그것을 트럭에서 내려 뒷문에 걸쳐 놓자 벤가지가 지게차를 가장자리로 몰았다. 육중한 기계의 체중이 램프에 실리자 그는 브레이크를 풀고 저절로 미끄러져 콘크리트 바닥으로 내려가게 했다. 네 바퀴가 모두 단단한 바닥을 딛자 벤가지는 폭파된 문을 향해 가속 페달을 힘껏 밟았다. RPG를 든 두 사내가 달려와서 사이드 스텝 위로 뛰어올랐다.

하산은 폭파된 마릴린 먼로 문의 잔존물을 밀어 젖혔다. 화약연기가 가득해서 벤가지와 그의 부하들은 방독면을 쓰고 전진해야만 했다. 벤가지가 강력한 엔진을 폭발시키자 지게차는 RPG를 든 두 사내를 양쪽에 매달고 힘차게 돌진했다. 육중한 노란 기계가 천둥 소리를 내며 콘크리트 터널 속으로 들어가는 동안 민첩한 전지형차들은 차례대로 램프를 내려왔다. 그것들이 터널을 향해 급커브를 할 때마다 우툴두툴한 바퀴들이 비명을 질러댔다.

| 워싱턴 호텔 |

워싱턴 호텔 꼭대기 층의 경비들이 사용하는 지저분한 벽장 속에서 살림 루산은 끈질기게 기다리고 있었다. 앞에는 깨끗한 하얀 타월 위에 러시아제 SVD 저격용 라이플을 놓아두었다. 이 SVD는 강력한 7.62밀리미터×54R 탄환을 발사하며, 임자만 제대로 만나면 사정거리 1천 미터에서도 목표물을 명중시킨다. 루산이 여기서 처리해야 할 표적들은 모두 이 라이플 사정거리의 4분의 1 이내에 있었다. 개머리판 끝에서 총구까지 길이가 1천225밀리미터인 긴 라이플 위에 4배율 PSO1 조준경을 부착했다. 10발들이 탄창 하나는 라이플에 이미 끼워 놓았고 또 한 개의 탄창은 그의 주머니 속에 들어 있었다. 아지즈는 그 이상의 탄환은 허락하지 않았다. 그는 루산에게 2분 이내로 호텔을 떠나야 한다고 엄명을 내렸다. 나중에 다른 일로 루산이 필요하기 때문이었다.

호출기가 진동하기 시작했다. 근 1년 동안이나 계획하고 준비했던 일을 마침내 시작할 때가 되었다고 알리는 신호였다. 루산은 한 손을 뻗어 호출기를 끄고 다른 손으로는 라이플을 집어 들었다. 무게가 4킬로그램이 약간 넘는 비교적 가벼운 총이었다. 벽장에서 텅 빈 복도로 나온 그는 옥상 테라스 문으로 재빨리 걸어갔다. 심장박동수를 낮게 유지하기 위해 천천히 수를 세었다. 10대 소년 시절 불타버린 베이루트 건물들 사이를 걷고 있을 때 소련 교관이 가르쳐준 기술이었다.

루산은 테라스 문을 열고 옥상으로 나가 바닥에 납작 엎드렸다. 그리곤 10미터쯤 되는 건물 가장자리까지 포복한 뒤 난간 사이로 길고 시커먼 총신을 내밀었다. 개머리판을 어깨와 뺨에 바짝 붙이고 조준경을 통해 백악관 남쪽 현관을 찾았다. 거기서부터 건물 가장자리를 따라 서관 오벌 오피스까지 죽 훑어가며 발사 준비를 했다. 그런데 집무실 바깥문 앞에 서 있어야 할 경호원이 보이지 않았다. 재빨리 총구를 현관 테라스 쪽으로 돌려 살펴보았지만 역시 아무도 없었다. 낭비할 시간이 없는 루산은 두 번째 표적들을 찾기 시작했다. 이리저리 훑어대던 조준경이 초소 근처 백악관 지붕 위에 서 있는 비밀검찰국 요원 네 명을 찾아냈다. 그는 가장 왼쪽에 서 있는 요원의 머리에 십자선 중심을 맞추고 방아쇠를 당겼다.

| 백악관 |

"경계를 강화하라!"는 말보다 비밀검찰국 요원들의 가슴을 더 빠르게 뛰도록 만드는 것은 총성밖에 없었다. 훈련할 때는 귀에 못이 박히도록 듣는 이 두 마디 말이지만 백악관에 근무할 때는 좀처럼 들을 수 없었다. 오벌 오피스로 들어가는 정문 바깥에 배치되어 있던 두 요원은 지체 없이 무기를 들었다. 그 중 키가 작은 요원이 열쇠를 꺼내어 아담한 목재 캐비닛처럼 보이는 것의 문을 열었다. 1초 후 세 번째 요원이 두 손으로 총을 들고 모퉁이에서 나타났다. 캐비닛을 연 요원이 그 안에서 우지 기관단총을 꺼내어 두 요원에게 건네주고 세 번째 우지는 자기가 소지했다. 여기까지 걸린 시간은 5초도 안 되었다.

아래층에 있는 대통령 경호팀 지휘소 '호스파워'에서는 보안 콘솔 앞에 앉아 있던 요원이 의자에서 벌떡 일어났다. 그는 재빨리 방을 가로질러 가더니 문을 걸어 잠그고는 조용히 자기 자리로 돌아와 앉았다. 방 맨 안쪽에 있던 두 요원은 철제 캐비닛을 열고 그 안에서 MP-5 기관단총 두 정을 꺼내어 하나씩 들었다. 그리곤 탄환을 장전한 뒤 방의 다른 문으로 급히 나갔다. 오벌 오피스로 올라가는 비밀 계단이 바로 그곳에 있었다.

위층에서는 잭 워치가 슈트 코트 자락을 오른쪽 엉덩이 뒤로 젖히고 대통령 집무실로 들어갔다. 오른손은 허리에 차고 있는 권총 손잡이를 꽉 쥐고 있었다. 그는 벽난로 옆에 서 있는 거무튀튀한 사내에게 시선을 고정한 채 대통령 옆으로 재빨리 다가갔다.

"불쑥 들어와 죄송합니다. 급히 드릴 말씀이 있어서요."

대통령은 경호실장의 막무가내식 침입에 놀라 걸음을 멈추었다. 그는 워치를 빤히 쳐다보다가 비서실장을 돌아보았다.

불확실한 순간이었다. 워치는 멋진 옷차림으로 대통령을 방문한 외국인을 유심히 살펴보았지만 그의 의도를 확신할 수 없었다. 한순간 그의 눈빛이 조금 흔들리는 것 같았다. 워치는 꽉 잡고 있던 권총을 매끄러운 가죽집에서 조금 뽑아냈다. 대통령이 뭐라고 얘기했지만 귀에 들어오지 않았다. 워치는 오벌 오피스에 들어온 이 외국인이 가짜 왕자임을 보여주는 증거를 찾고 있었다.

아래층 호스파워에서는 보안 콘솔 앞에 앉은 젊은 요원이 눈앞에 나열된 감시용 모니터들을 열심히 체크하고 있었다. 그의 눈은 조금이라도 위협이 될 만한 조짐이 있는지 찾아내려고 부지런히 화면들을 훑었다. 갑자기 컴퓨터에서 터져 나온 소음에 주의력이 흩어졌다. 재빨리 모니터에서 컴퓨터 화면으로 눈길을 돌리자 거기에 대문자의 경고문이 번쩍거리고 있었다. 요원은 헤드세트를 잡고 요원들에게 경고를 발하기 시작했다.

"호스파워가 전 요원에게! 재무성 터널이 돌파되었다! 반복한다. 재무성 터널이 돌파되었다!"

경고 소리는 위층 오벌 오피스에 있는 워치의 오른쪽 귀에서도 자동차 경적처럼 요란하게 울렸다. 그는 재빨리 권총을 뽑아 대통령의 방문객을 겨누었다. 그와 동시에 왼손으로 핸드마이크를 입으로 가져가며 큰 소리로 명령했다.

"워치가 전 요원에게! 우디에 대한 경계를 즉시 강화하라!"

오벌 오피스로 들어오는 네 개의 문 중 세 개가 발칵 열리고 무기를 든 네 명의 요원이 달려 들어와 군통수권자인 대통령을 벽처럼 에워쌌다. 그러자 이어폰을 통해 또다시 위험 경고가 터져 나왔다.

"요원들이 쓰러졌다! 요원들이 쓰러졌다! 헤라클레스가 공격당하고 있다!"

워치는 지그자우어로 아지즈의 이마를 겨눈 채 소리쳤다.

"대피하라! 대피하라!"

대피 명령이 떨어졌을 때 엘렌 모턴은 대통령 바로 뒤에 서 있었다. 훈련 받은 대로 그녀는 지체 없이 대통령의 뒷덜미를 잡고 왼쪽으로 끌고 갔다. 총을 든 요원 두 명이 가세하여 대통령의 개인 서재로 통하는 문으로 함께 이동했다. 모턴은 일행이 이동하는 통로를 가로막고 있는 의자를 발로 걷어찼다. 대통령의 비서실장도 일행과 휩쓸려서 함께 이동했다. 잭 워치는 시선을 아지즈에게 못 박은 채 대피작전을 지원했다.

| 재무성 터널 |

육중한 지게차가 미끄러운 콘크리트 터널을 요란하게 질주하며 점점 속도가 빨라졌다. 양쪽 사이드에 매달린 두 사내는 RPG로 앞쪽에 있는 문의 경첩을 조준한 뒤 대전차탄을 발사했다. 슈우욱! 두 개의 탄두가 하얀 연기를 내뿜으며 철제문을 향해 날아갔다.

엄청난 폭음과 함께 파편과 연기와 불길이 좁은 통로로 밀려왔다. 벤가지는 눈을 질끈 감고 가속 페달을 계속 밟았다. 지게차는 달려오던 속력 그대로 환한 불길과 파편 속을 지나 캄캄한 어둠 속으로 들어갔다. 잠시 침묵이 이어진 뒤 지게차는 경첩이 뒤틀린 철제문과 강하게 충돌하며 백악관 지하실로 들어가 멈춰 섰다. 충돌의 반작용으로 벤가지의 몸이 갑자기 앞으로 갑자기 쏠리며 가속 페달에서 발이 떨어졌다. 사이드에 매달려 있던 두 사내가 지게차 앞쪽으로 날아갔다. 벤가지의 귀는 폭음으로 인해 윙윙거렸고 짙은 연기와 먼지 때문에 지게차 전방이 보이지 않았다. 간신히 운전석에 바로 앉자 앞으로 날아갔던 두 부하가 다시 돌아와 지게차로 기어 올라왔다. 벤가지가 가속 페달을 힘껏 밟자 지게차는 요란한 엔진 소리를 내며 다시 앞으로 돌진했다.

짙은 연기 속을 뚫고 계속 질주하던 육중한 기계는 백악관 지하 1층 중앙 복도로 내려가는 길을 발견했다. 벤가지는 첫 번째로 나타난 두짝 문을 향해 지게차 앞쪽 돌출 부분으로 주저 없이 들이받았다. 두 개의 문과 가운데 쇠막대기가 문틀에서 깡통처럼 벗겨져 나갔다. 문 안쪽에는 연기가 없었다. 벤가지의 부하들은 즉시 AK-74s를 전자동으로 놓았다. 그러자 재무성 터널 돌파를 저지하러 달려온 비밀검찰국 제복경찰 세 명이 사선에 들어왔다. 탄환들이 즉시 그들을 쓰러뜨렸고, 지게차가 깔아뭉개고 지나가며 남은 생명의 불씨마저 완전히 꺼버렸다.

| 백악관 |

잭 워치는 뒷걸음질을 치며 대통령 대피작전을 커버했다. 총구는 여전히 방 건너편에 있는 사내에게 고정시키고 이어폰을 통해 들려오는 다급한 교신에 귀를 기울이며 대통령을 어디로 모실 것인지 열심히 생각했다. 방탄 리무진으로 백악관에서 완전히 탈출하든가, 아니면 새로 마련한 벙커에 숨든가 둘 중 하나로 결정을 내려야만 했다. 그가 서재로 들어가는 현관에 도착했을 때 폭발로 인해 건물 전체가 흔들렸다.

아지즈는 기다리던 폭발이 일어나자마자 몸을 날렸다. 그는 옆에 있던 러스 파이퍼 민주당 의장의 목을 한 팔로 휘감는 동시에 다른 손으로 칼을 빼들었다. 날카로운 칼끝으로 목의 피부를 약간 찌르자 금방 피가 흘러나왔다. 자기 머리를 파이퍼의 머리 뒤로 잘 숨기면서 아지즈가 소리쳤다.

"부하들에게 당장 대피작전을 중지하라고 명령해! 거부하면 이자를 죽이겠다!"

씨도 안 먹을 소리였다. 워치에게 가장 중요하고 시급한 임무는 대통령을 안전하게 보호하는 것이었다. 다른 일은 생각할 것도 없었다. 하물며 이런 독사를 백악관으로 끌어들인 장본인이야 뒈지든 말든 그가 알 바 아니었다. 워치는 서재 안으로 마지막 한 걸음 물러난 다음 오벌 오피스로 통하는 문을 닫았다.

그보다 몇 초 앞서 특수 요원 엘렌 모턴은 짤막한 복도 속에 감춰진 버튼 하나를 찾아 눌렀다. 치익 하는 소리와 함께 벽 전체가 안쪽으로 기울어지며 비밀 계단이 나타났다. 모턴이 먼저 가파른 계단을 따라 내려갔고, 대통령을 양쪽에서 부축한 두 요원이 그 뒤를 따랐다. 얼떨결에 떠밀려온 비서실장 밸러리 존스도 후미를 맡은 두 요원 중 하나를 붙잡고 계단을 조심스레 내려왔다. 마지막으로 계단 위에 도착한 워치가 모턴에게 소리쳤다.

"벙커로 모셔! 벙커로 모시라고!"

그는 곧 비밀 통로로 내려온 다음 뒤쪽 벽을 원래대로 돌려 봉했다. 계단을 내려오면서 그는 핸드마이크를 입으로 가져갔다.

"호스파워, 여기는 워치다. 우디와 함께 벙커로 이동 중이다! 반복한다. 우디와 벙커로 이동 중이다!"

일행은 모두 첫 번째 층계참에 도달했다. 거기엔 방금 호스파워의 옆문을 통해 나온 비밀검찰국 요원 두 명이 대기하고 있었다. 그 중 한 명은 다음 계단을 안내하며 내려갔고, 다른 하나는 기다리고 있다가 배후를 커버했다.

이제 열한 명으로 불어난 일행은 터널 속으로 계속 들어갔다. 넓은 통로에는 조악한 갈색 카펫이 깔려 있었다. 최대한 빠른 속도로 이동하다 보니 요원들이 대통령을 거의 운반하다시피 했다. 터널 끝에 도달하자 두 갈래로 나눠졌다. 대통령 관저 지하 1층으로 올라가는 계단과 오른쪽으로 내려가는 계단이 있었다. 길잡이 요원은 오른쪽 계단으로 내려갔다. 그러자 곧게 닫힌 철문이 나타났다. 요원이 제어판에 접근 부호를 입력하자 자물쇠가 풀리는 금속성 소리가 들렸다. 그는 어깨로 문을 밀고 커다란 방 안으로 들어갔다. 먼저 들어간 요원 두 명이 총을 겨누고 왼쪽으로 가서 두 번째 문을 커버했다. 가로 3미터, 세로 6미터쯤 되는 크기의 벙커 바깥방이었다. 맨 마지막으로 들어온 요원이 터널 내에 아무 이상이 없는 것을 확인한 후 문을 닫고 잠갔다.

잭 워치가 일행들 사이를 지나 대통령 곁으로 다가가서 팔을 꽉 잡았다. 대통령을 양쪽에서 부축하고 계단을 내려와 터널을 통과한 커다란 덩치의 두 요원은 앞으로 이동하여 각자 임무에 들어갔다. 헤이즈 대통령이 어리둥절한 얼굴로 워치를 돌아보며 물었다.

"도대체 무슨 일이 벌어진 건가?"

경호실장은 분명한 대답은 피하는 게 좋겠다고 판단하고 하던 일을 계속 진행했다. 그는 바깥방 맞은편에 있는 미끈하고 커다란 지하금고문으로 다가가서 제어판 뚜껑을 열고 아홉 자리 비밀번호를 입력했다. 잠시 조용하더니 문에서 공기밀폐용 고무가 수축되는 소리가 났다. 곧이어 빗장이 들어가고 전자 모터가 위잉 돌아가며 6센티 두께의 튼튼한 벙커 철문이 활짝 열렸다. 그러자 새로 완공한 대통령의 벙커 내부가 드러났다.

| 백악관 식당 |

NBC 백악관 특파원 애너 릴리는 블랙커피가 담긴 종이컵을 들고 백악관 식당 한가운데 서 있었다. ABC 특파원 스톤 알렉산더가 그녀에게 백악관 식당을 '군대 식당'이라 부르는 이유에 대해 열심히 설명하는 중이었다. 미 해군과 관련 있는 것이 분명하다는 주장이었다. 릴리는 알렉산더가 지껄이는 말을 듣는 둥 마는 둥했다. 근처 식탁에 앉아 있는 검은 양복 차림의 두 사내에게 자꾸만 눈길이 갔기 때문이었다. 아버지의 친구들에게서 흔히 보던, 특히 오빠들 중 하나에게서 보던 경관의 모습을 그 사내들에게서 발견할 수 있었다. 두 사내가 거의 동시에 손을 자신들의 귀로 가져가서 가만히 댔다. 그 동작을 보고 릴리는 그들이 비밀검찰국 요원임을 알아보았다. 그녀가 백악관 가이드 역할을 자청한 남자에게 관심을 돌리려는 순간, 두 요원이 갑자기 벌떡 일어나더니 권총을 빼들고 식당을 가로질러 달려갔다.

불과 6미터 뒤에서 벌어진 일에 대해 까맣게 모른 채 스톤 알렉산더는 이젠 백악관 서관에 대해 장광설을 풀어내기 시작했다. 새로 온 신참내기라 릴리는 방금 목격한 장면이 일상적인 일인지 확신할 수가 없었다. 그렇지만 법을 집행하는 경찰이 총을 빼들었을 때는 그만한 이유가 있는 법이다. 릴리는 식당 안을 둘러보고 사람들의 표정에서 경찰이 무기를 휘두르는 것을 목격한 사람은 자기 혼자가 아니란 사실을 알았다. 그녀는 커피 컵을 내려놓고 알렉산더에게 말했다.

"무슨 일이 일어난 것 같은데요."

ABC 기자는 그녀를 내려다보며 미소를 지었다.

"걱정 말아요. 나한테 그런 느낌 받는 여자들은 많으니까. 당신도 곧 익숙해질 거요."

알렉산더가 자신을 매우 매력적인 남자라고 생각하고 있다는 것은 잘난 체 웃고 있는 그의 낯짝만 봐도 분명했다. 릴리는 고개를 저었다.

"좀 그만할 수 없어요? 난 조금 전에 저기서 총을 들고 뛰어나간 두 남자에 대해서…."

건물 안 어딘가에서 터진 폭발음 때문에 그녀는 말을 멈추었다. 갑작스런 폭음에 깜짝 놀란 스톤 알렉산더는 들고 있던 커피를 절반쯤 자기 셔츠 앞자락에 쏟았다. 그다음 한순간이 영원처럼 길게 느껴졌다. 백악관 식당 안에 있던 모든 사람들은 눈이 휘둥그레진 채 얼어붙었고, 뒤이어 터진 요란한 총성들이 그 정적을 산산조각 냈다.

| 대통령 관저 |

대통령 관저 지하 1층에 도달한 무아마르 벤가지가 브레이크를 꽉 밟자 지게차는 약간 미끄러지며 정지했다. 뒤에서 따라오고 있는 전지형 차들의 엔진 소리가 시끄럽게 들려왔다. 벤가지는 재빨리 바닥으로 뛰어내려 왼쪽 문으로 달려갔다. AK-74를 위쪽으로 겨누고 계단을 한 번에 두 칸씩 뛰어올랐다. RPG로 대전차탄을 발사했던 두 부하가 그의 뒤를 바짝 따라왔다. 그들이 첫 번째 층계참에 도달했을 때 위쪽에서 문이 열리고 권총을 든 전투복 차림의 비밀검찰국 경관 두 명이 들어왔다. 벤가지가 재빨리 두루룩 발사하자 가슴에 총알을 맞은 두 경관은 뒤로 퍽 자빠졌다. 경관들의 시체에 걸려 문이 닫히지 않았다.

계단을 다 올라온 벤가지는 연막탄과 수류탄 한 발씩을 복도로 굴려 넣었다. 두 차례의 폭음과 함께 비명 소리와 파편들이 떨어지는 소리가 들려왔다. 벤가지와 부하들은 계단에서 뿌연 연기가 자옥한 복도로 뛰어나가며 전방과 좌우로 총을 마구 갈겨댔다. 그들은 방독면을 착용하고 있어서 연기 속에서도 남쪽 현관으로 이동하는 데 전혀 지장이 없었다. 벤가지는 조끼에서 또 한 발의 수류탄을 빼내어 핀을 뽑았다. 복도 아래쪽 50미터 지점에 있는 팜룸(Palm Room)은 대통령이 아침마다 오벌 오피스로 출근할 때 통과하는 방이었다. 벤가지가 수류탄을 힘껏 던진 뒤 오른쪽에 있는 벽감 속으로 몸을 숨기자, 그의 부하들은 왼쪽 현관 속으로 뛰어들었다. 수류탄이 타일 바닥에 떨어지는 메마른 소리에 뒤이어 폭음과 함께 유리가 박살나는 소리가 들려왔다. 벤가지는 다시 돌진했다. 1초가 소중한 순간이었다. 팜룸에 도착해서 모퉁이를 돌아가던 그는 바닥에 쓰러진 피투성이 시체 위로 넘어질 뻔했다. 비밀검찰국 경관의 몸에는 유리 파편들이 무수히 박혀 있었다. 벤가지는 박살난 유리창 너머로 백악관 남쪽 잔디밭을 내다보았다. 검은 전투복 차림의 요원네 명이 기관총을 겨누며 그를 향해 달려오고 있었다. 비밀검찰국의 제복경찰대 소속 비상출동팀(ERT)이었다. 예견했던 놈들이지, 하고 벤가지는 AK-74로 팀장처럼 보이는 놈을 겨누었다. 하지만 미처 방아쇠를 당기기도 전에 어디선가 날아온 고속탄이 놈의 머리를 뭉툭 날려버렸다. 그리고 몇 초 후엔 남은 세 놈도 바닥에 쓰러져 이미 죽었거나 죽어가고 있었다.

벤가지는 살림 루산이 자기 임무를 멋지게 해주고 있어서 흡족했다. 그는 지금 워싱턴 호텔 옥상의 자기 위치에서 벤가지와 그 부하들이 백악관 남쪽 현관으로 나와 서관으로 이동할 수 있도록 지원하고 있었다. 벤가지가 뒤를 돌아보며 소리쳤다.

"RPG 가져와!"

그가 남쪽 잔디밭에서 다른 표적을 찾고 있는 동안 부하 하나가 로켓추진유탄발사기를 어깨에 메고 달려와 한쪽 무릎을 꿇고 앉았다. 그는 주랑 맨 끝에 있는 두짝문을 조준했다. 찰칵 하는 방아쇠 소리에 뒤이어 슈욱 하는 소리가 나더니 엄청난 폭음이 일어났다. 벤가지는 폭파되어 연기를 뿜고 있는 서관 입구를 향해 AK-74를 겨눈 채 주랑을 따라 미친듯이 달렸다.

| 오벌 오피스 |

대통령 집무실의 바닥이 흔들리고 천장에서 회벽 조각들이 떨어져 내렸다. 라피크 아지즈는 러스 파이퍼의 목에 칼을 겨눈 채 벽난로에 등을 딱 붙였다. 요란한 총성으로 부하들이 가까이 왔음을 알 수 있었다. 그렇지만 대통령을 놓쳐버린 것은 울화통이 터질 일이었다. 바로 눈앞에 있었는데 말이야!

잠시 후 벤가지가 오벌 오피스로 뛰어 들어와 연기 나는 총구를 좌우로 휘두르며 방 안을 살펴보았다. 대통령 집무실에 남아 있는 사람은 아지즈와 파이퍼 민주당 의장뿐이었다. 벤가지의 다른 부하들도 곧 도착하여 복도를 경계했다. 벤가지는 감히 물어보지 못했다. 물어볼 필요도 없을 만큼 상황이 분명했다. 그는 방독면을 벗은 다음 허벅지에 찬 권총을 뽑아 아지즈에게 건네주었다.

아지즈는 파이퍼를 옆으로 밀어버렸다. 민주당 의장은 의자 위로 쓰러졌다가 바닥으로 떨어졌다. 그는 한쪽 팔꿈치를 세우고 상체를 일으켰다. 아직도 자신이 저지른 짓을 알지 못한 표정이었다. 충격받은 둥그런 얼굴로 아지즈를 쳐다보며 큰 소리로 항의했다.

"이게 무슨 짓입니까? 이러시면 안 됩니다!"

아지즈는 조금도 주저 않고 권총으로 그를 겨누고 방아쇠를 당겼다. 총알은 미간을 정통으로 꿰뚫었고, 그의 무거운 머리는 곧 바닥에 툭 떨어졌다. 머리에서 흘러내린 선홍색 피가 푸른색 카펫 위를 지나 대통령 문장 위에서 고이기 시작했다.

"아침 내내 이 순간을 기다렸다고!"

아지즈는 치를 떨었다. 그는 벤가지에게 손을 내밀며 말했다.

"무전기 이리 줘 봐."

벤가지가 등을 돌려주자 아지즈는 그의 전술조끼에서 작은 무전기를 빼들었다. 그리곤 헤드세트 잭을 뺀 뒤 무전기를 입으로 가져갔다. 한 손엔 권총 다른 손엔 무전기를 들고 현관 쪽으로 걸어가며 아지즈가 명령했다.

"대통령은 벙커로 피신했다. 즉시 모든 통신을 차단하고 건물을 장악해. 그리고 최대한 많은 인질들을 확보하도록!"

09

조그마한 제트기가 어둡고 광활한 대서양을 사뿐히 건넜다. 잠시 후 체사피크 만의 들쭉날쭉한 해안선이 눈 아래 펼쳐졌다. 미치 랩은 눈에 익은 수역(水域)을 지그시 내려다보며 몇 시간 전에 잃어버린 생각의 갈피를 잡으려고 애썼다. 아이린 케네디가 전화하여 백악관에서 벌어진 놀라운 일들에 대해 설명했을 때, 그는 충격의 나락 속으로 한없이 굴러 떨어지는 느낌이었다. 10년 세월 동안 그는 어느 누구보다도 철저히 라피크 아지즈의 움직임을 추적해 왔다. 베이루트와 이스탄불과 파리에서는 납치 소동을 벌였고, 스페인과 이탈리아, 프랑스, 레바논, 이스라엘에서는 폭탄 테러를 저질렀다. 그리고 랩 자신을 이런 유별난 직업에 종사하도록 만든 팬암 103기 추락 사건도 있었다.

케네디는 아지즈가 백악관을 실질적으로 장악하고 있다고 주장했다. 사태의 심각성을 파악하는 데는 그리 오랜 시간이 걸리지 않았다. 아침에 일어난 일들을 추가로 전해 듣고 나자 랩의 마음속에 걸려 있던 안개는 오히려 말끔히 걷혔다. 대신 이 혼란과 비극 속에서도 지난 10년간의 지겨운 추격을 끝낼 기회를 발견했다. 뒤늦게 현장으로 달려가서 시체들과 증거들을 살펴보는 짓은 이젠 신물이 났다. 라피크 아지즈를 죽어라고 추격해서 불과 며칠 차이로, 심지어는 몇 초 차이로 매번 놓치기만 했던 짓거리도 이젠 정말 넌더리가 나던 차였다.

비행기가 앤드루 공군기지로 내려갈 때 랩은 창밖으로 구비치는 메릴랜드의 시골 풍경을 바라보며 자신이 해야 할 명쾌하고 세부적인 계획을 마음속에 되새기고 있었다. 파리에서는 무고한 한 여자가 다칠까 봐 방아쇠 당기기를 망설였다. 그때는 몰랐지만 결국 그 한 여자의 생명과 오늘 아침에 죽은 여러 사람들의 목숨을 맞바꾼 셈이 되었다. 논란의 여지가 없었다. 그때 파리에서 방아쇠를 당겼다면 오늘날 이런 일은 일어나지 않았을 것이다. 다시는 그런 실수를 하지 않겠어, 하고 랩은 스스로 다짐했다. 좋아, 이번엔 네놈이 죽든 내가 죽든 양단간에 끝장을 보겠어!

부드럽게 착륙한 리어제트는 CIA가 공군으로부터 빌린 구역으로 미끄러져 갔다. 비행기가 갈색 격납고로 굴러가자 커다란 문이 열렸다. 제트기는 햇빛과 염탐의 눈길이 미치지 않는 곳으로 들어갔다. 격납고 문이 닫히고 조종사들은 엔진을 껐다.

미치 랩은 조그마한 창문을 통해 바깥을 살펴보았다. 격납고 안에 만든 유리 사무실에 대여섯 명이 대기하고 있었다. 그들 중에서 아이린 케네디와 스탠스필드 국장은 한눈에 알아볼 수 있었다. 랩이 배낭을 들고 문 쪽으로 갈 때 짐칸의 침실에서 제인 호닉 박사가 나왔다. 그는 문을 내린 뒤 한 걸음 크게 내딛고 바닥에 뛰어내렸다. 그리곤 돌아서서 평소의 그답지 않게 닥터 스트레인지러브에게 손을 내밀었다. 두 사람은 흠집 하나 없는 콘크리트 바닥을 가로질러 형광등을 환히 밝힌 사무실로 걸어갔다. 랩이 유리문을 열자, 느슨하게 걸린 베니션블라인드가 앞뒤로 흔들리며 짤랑거렸다.

스탠스필드 국장은 가구도 별로 없는 군대 사무실 안에서 보안이동전화 핸드세트를 귀에 대고 서 있었다. 카메라 크기만 한 장비를 들고 옆에 서 있는 자는 그의 보안담당관이었다. 스탠스필드는 랩을 쳐다보고는 송화기에 대고 말했다.

"지금 내 앞에 와 있소."

국장의 회색 눈동자가 격납고 바닥을 둘러보곤 고개를 끄덕였다.

"나도 그럴 생각이었소. 20분쯤 뒤 그곳에 도착할 거요."

스탠스필드는 전화기를 보안담당관에게 건네준 뒤 말했다.

"잠시 자리를 좀 비켜주겠나?"

국장과 케네디와 함께 사무실에서 기다리고 있었던 나머지 네 사람이 밖으로 나갔다. 방 안에는 랩과 호닉 박사를 포함한 네 명만 남았다. 케네디는 의자에 놓아두었던 옷가방을 집어 랩에게 건네주며 말했다.

"옷을 갈아입어요. 20분 후 국방부에서 회의가 있으니까."

랩이 가방을 받아들고 스탠스필드를 바라보며 물었다. 국장은 정치가들과 관료들이 가득 찬 방에 랩의 얼굴을 들이미는 건 원치 않았다.

"방금 누구와 전화하셨습니까?"

"플러드 장군이야. 내가 자넬 회의에 대동하는지 확인하는군."

"왜죠?"

권총집을 풀며 랩이 다시 물었다.

"이유는 말하지 않았어."

랩은 약간 걱정스런 표정으로 국장을 보았다.

"브리핑을 해야 합니까?"

케네디가 핸드백에서 가죽 지갑을 꺼내며 대신 대답했다.

"당신 신분에 대해? 언제나 같아요. 미치 크루즈, 나의 대테러 팀 중동 전문가. CIA와 함께 일한 지는 5년 되었고, 기타 등등….."

랩에게 지갑을 건네주며 그녀는 계속했다.

"관례적인 건 잘 알잖아요. 필요할 경우를 대비해 참석시키려는 거죠. 물론 당신 프로파일은 덜 알려질수록 좋아요."

랩은 지갑을 받아 책상 위 9밀리 베레타가 꽂힌 권총집 옆에 놓았다. 그리고 케네디와 스탠스필드가 호닉 박사에게 질문하는 동안 재빨리 팬티만 남기고 다 벗었다. 왼쪽 엉덩이 바로 위에 동전만 한 크기의 빨간 흉터가 있었다. 어느 정신 나간 FBI 요원의 오발로 생긴 흉터였다. 햇빛에 그은 허리 부근에도 외과의사가 총알을 추출한 메스 자국이 남아 있었다.

"그자가 정확한 인원을 자백했나요?"

케네디가 제인 호닉에게 물었다.

"응."

닥터 스트레인지러브는 어깨를 으쓱했다.

"우리 생각엔 그런 것 같아. 하지만 우리가 하루트에게서 알아낸 모든 것은 그가 진실이라고 믿고 있는 것일 뿐이야. 그의 믿음이 틀릴 수도 있다는 뜻이지. 암튼 하루트는 아지즈를 포함해서 모두 열두 명으로 알고 있어."

그녀는 팔짱을 끼고 그보다 더 많은 경우를 가정해 보았다.

"무기는 어떤 종류입니까?"

아이린 케네디가 다시 물었다.

"글쎄, 표준 화기들 외에도…."

호닉은 양복바지를 다리에 꿰고 있는 미치 랩을 돌아보았다.

"다량의 플라스틱 폭약을 가졌다고 했지, 미치?"

미치 랩이 하얀 티셔츠를 집어 들며 대답했다.

"백악관을 통째 하늘로 날려버릴 만큼 많은 양이랍니다."

스탠스필드가 머리를 흔들고는 호닉 박사에게 물었다.

"요구사항은 뭐라던가?"

"그 문제는 아직 캐고들 겨를이 없었어요. 이동한 즉시 시작할 생각입니다."

CIA 국장은 머리를 끄덕였다.

"버지니아에 있는 안가로 이동하도록 조처해 놓았네. 박사는 나와 아이린과 미치 외에는 누구하고도 이 얘길 해선 안 돼. 우리가 하루트를 체포한 사실을 외부 인사들은 거의 몰라. 이 상태를 계속 유지해야 한다고. 박사는 그들의 요구사항이 뭔지 캐내는 일에 집중해 주게. 아지즈가 요구해오기 전에 우리가 먼저 알아야 하니까."

호닉 박사는 고개를 끄덕이고 대답했다.

"하루트가 알고 있다면 반드시 알아내겠습니다."

"그리고 말예요."

케네디가 끼어들었다.

"아지즈가 데려온 부하들의 명단을 최대한 입수할 수 있다면 도움이 되겠는데요."

호닉은 그것도 머리에 담아두었다. 그녀는 하루트에게서 짜낼 수 있는 정보는 최후의 한 방울까지 짜낼 준비가 되어 있었다. 그들이 쇼핑 리스트를 가지고 있다면 기꺼이 봐줄 생각이었다.

"미치, 당신은 또 생각나는 것 없어요?"

케네디가 물었다.

랩은 하얀 셔츠 자락을 바지 속으로 밀어 넣은 뒤 단추를 채웠다.

"있죠. 나는 그자가 얼마나 오랫동안 이 계획을 세우며 돌아다녔는지, 도대체 어떻게 그곳에 들어갈 계획을 세울 수 있었는지 알고 싶습니다. 아지즈는 시계처럼 정확한 놈으로 알고 있는데, 그렇다면 이번 계획도 마지막 1분까지 완벽하게 짰을 겁니다."

스탠스필드는 옳은 소리란 듯 고개를 끄덕이곤 호닉 박사에게 말했다.

"우리는 박사에게 전적으로 맡기고 물러나 있을 테니 결과가 나올 때마다 계속 업데이트해 주게. 우리와 연락하는 방법은 알고 있겠지."

"즉시 작업을 시작하겠습니다."

호닉 박사는 안경을 콧잔등으로 밀어올리고 말했다.

"좋아. 미치, 출발하세. 할 말이 남았으면 헬리콥터 안에서 해."

CIA 국장이 문 쪽으로 나가자 케네디와 호닉이 그 뒤를 따랐다. 랩도 옷가방과 소지품들을 챙겨들고 따라나섰다. 사무실 밖으로 나온 그는 이동침대 하나가 미끄러운 콘크리트 바닥을 굴러 앰뷸런스 쪽으로 가는 것을 보았다. 회색 담요 밑에는 하루트가 꽁꽁 묶여 있었다.

격납고의 조그마한 바깥문이 열리며 환한 햇빛이 흘러들어 바닥을 가로질렀다. 에이프런에서 대기 중인 헬리콥터의 회전날개 돌아가는 소리가 랩의 귀에 들려왔다. 그는 잠시 서서 이동침대가 앰뷸런스 속으로 밀려들어가는 것을 지켜보았다. 제인 호닉 박사와 그녀의 두 조수가 올라타자 문이 닫혔다. 앰뷸런스가 떠나는 것을 바라보며 미치 랩은 깊은 생각 속으로 빠져들었다.

선글라스를 쓴 아이린 케네디가 바람에 머릿결을 휘날리며 작은 문으로 들어섰다.

"빨리 와요, 미치. 이러다 늦겠어요."

몰입 상태에서 깨어난 랩은 눈을 깜박이며 자기 상사를 바라보았다. 케네디가 그에게 손짓을 하고 있었다. 랩은 문 쪽으로 달려가면서도 자기가 놓쳐버린 것이 무엇인지 여전히 궁금했다.

부통령 셔먼 백스터는 모금 활동을 하기 위해 뉴욕으로 갔다가 서둘러 워싱턴으로 돌아왔다. 측근들이 자리를 이동하거나 사직할 수 있도록 하기 위함이었다. 대통령전용기 에어포스원(Air Force One)이 앤드루 공군기지에 착륙한 시각은 랩과 호닉의 리어제트보다 40분쯤 빨랐다.

백스터는 부통령 비서실장 댈러스 킹과 법무장관 마지 튜트윌러와 함께 탱크처럼 튼튼한 대통령 리무진에 올랐다. 비밀검찰국 차량 행렬이 워싱턴 D.C.를 통과할 때 댈러스 킹은 그들의 전략을 늘어놓았다. 스탠포드 법대를 졸업한 이 샌디에이고 토박이는 자신의 트레이드마크인 창백한 금발을 손으로 쓸어 올렸다.

"이 위기는 우리에게 특별한 기회를 제공하고 있습니다."

킹은 자기 말을 강조하기 위해 잠시 뜸을 들인 후 튜트윌러 법무장관을 돌아보았다.

"이 일엔 당신의 역할이 중요해요, 마지. 셔먼이 대통령 권한대행임을 FBI가 알게 해야 합니다. 그들이 우리에게 정보를 유보하거나, 우리의 승인 없이 구조작전을 실시하는 것을 결단코 막아야 해요!"

서른두 살짜리 떠오르는 별 댈러스 킹은 한쪽 주먹으로 다른 쪽 손바닥을 치며 강조했다.

"우리 허락 없이는 어떤 것도 할 수 없게 해야 한다고요. 제 말 뜻을 아시겠습니까?"

마지 튜트윌러는 야심만만한 댈러스 킹의 스타일에 익숙해지기 시작했다. 백스터 부통령의 이 애완견은 매력적이었다. 용모만 준수한 것이 아니라 머리도 예민하고 유머 감각도 뛰어났다. 한 가지 모자라는 것이 있다면 위계질서에 대한 감각이었다. 캘리포니아 출신 정치가로 자칭 법집행 비평가이자 남가주대(USC) 법학 교수까지 역임한 그녀로서는 무례한 말투로 지껄이는 인간들에겐 익숙하지 않았다. 하물며 얼마 전까지 가르치던 제자들보다 겨우 한두 살 더 먹은 녀석하고야 말할 것도 없었다. 그녀는 지겹다는 투로 받았다.

"댈러스, 난 자네가 세발자전거를 타고 샌디에이고 이웃을 돌아다닐 때부터 FBI를 다뤄왔어. 나도 그 정도는 알고 있으니 걱정 말게."

댈러스는 미소를 지으며 리무진 뒤로 팔을 뻗어 법무장관의 무릎에 손을 올렸다.

"미안해요, 마지. 당신이 FBI를 다룰 줄 모른다는 뜻으로 한 말은 아니에요."

가무잡잡한 얼굴의 부통령 비서실장은 법무장관의 무릎에서 거둬들인 손을 앞으로 모으고 항복의 제스처를 취해 보였다.

"우리끼리 손발을 잘 맞춰야 한다는 뜻이었죠."

그는 교활한 미소를 지어 보이며 '이 암캐는 제 엉덩짝보다 자존심이 더 크군' 하고 속으로 빈정거렸다.

캘리포니아 주지사를 지내고 현직 부통령인 셔먼 백스터 3세는 잔기침을 두어 차례 한 뒤 두 사람 대화에 끼어들었다.

"내세우는 명분이 무엇이든, 이 도시에서 우린 어디까지나 아웃사이더란 사실을 잊어선 안 돼. 댈러스 말이 옳아요, 마지. FBI의 목줄을 바싹 죌 필요가 있다는 걸 머릿속에 다시 새겨둬서 나쁠 건 없지."

대부분의 정치가들처럼 셔먼 백스터도 뚜렷한 양면성을 지닌 남자였다. 대중들이 보지 않는 곳에서는 걸핏하면 화를 내고 극단적인 요구를 하는 경향이 있었다. 쉰네 살의 이 캘리포니아 남자는 오벌 오피스를 마치 자신의 생득권(生得權)처럼 여기게 되었다. 솔직히 말해서 러닝메이트보다는 자신이 훨씬 더 그곳을 차지할 자격이 있다고 생각했다. 백스터와 그의 캘리포니아 인맥이 아니었다면 로버트 헤이즈는 결코 백악관을 차지할 수 없었을 것이다.

대중 앞에서는 두 사람의 협력관계가 완벽한 것처럼 보여야 했지만, 문 뒤로만 돌아가면 백스터는 상사에 대한 경멸감을 감출 수가 없었다. 그의 눈에는 헤이즈가 단지 다른 후보들에 비해 여자관계가 깨끗하다는 이유 하나와, 가장 중요한 것은 그 자신이 캘리포니아를 넘겨준 덕분에 얼떨결에 백악관을 차지한 얼간이에 지나지 않았다. 백스터가 헤이즈의 러닝메이트가 되었을 때는 그러한 자신의 노력이 대통령으로 가는 초석이 될 것이라고 보았기 때문이었다.

녹초가 되도록 선거운동을 한 대가로 부통령이 되어 이제 겨우 다섯 달을 근무했을 뿐인데, 백스터는 벌써부터 헤이즈의 뒤치다꺼리나 하는 것에 신물이 났다. 캘리포니아 최상급 포도주 양조장을 소유한 집안의 상속자인 셔먼 백스터 3세는 난방기 호스나 만들어 팔던 비천한 집안의 아들이 내리는 명령에 고분고분 복종하기가 좀 역겨웠다. 3년도 더 남은 임기를 견뎌야 한다는 생각만으로도 하늘이 노래질 판인데, 재선할 경우 7년 이상을 기다려야 한다는 건 하늘이 무너져도 안 될 일이었다.

킹과 튜트윌러가 계속 티격태격하는 동안 백스터는 차창 밖을 내다보았다. 검은 머리의 숱이 줄어들어 뒤로 빗어 넘기고 있었다. 그는 왼팔을 불룩 나온 배 위에 가볍게 올려놓고 생각에 잠겼다. 얼간이 헤이즈 밑에서 3년이나 더 기다려야 하는 고통을 토로할 때마다 킹이 즐겨 하던 말이 생각났다. '부통령은 대통령으로부터 한 발자국 옆에 있는 사람이란 걸 잊어선 안 돼요. 어떤 멍청이가 언제 헤이즈의 티켓에 구멍을 낼지 아무도 몰라요.'

그러고 보니 이 댈러스란 녀석의 예언 능력, 정말 대단하지 않은가 하고 백스터는 생각했다. 차량행렬이 조지 메이슨 기념 다리 위로 올라서자 백스터는 이제 자신이야말로 미국 대통령의 모든 의지이자 목적이라는 사실을 음미하기 시작했다.

FBI 특수요원 스킵 맥마흔은 행정부 청사 5층에 있는 비밀검찰국의 연합작전센터에서 백악관을 내려다보고 있었다. 그가 서 있는 위치에서는 비밀검찰국 경찰들의 시체를 아홉 구까지 셀 수 있었다. 건물 다른 쪽에도 시체들이 있다는 말을 들었지만 정확한 숫자를 파악하긴 불가능했다. 공격을 당한지 네 시간이나 지난 지금까지도 정보가 별로 들어오지 않고 있었다. 건물 내에서 무슨 일이 벌어지고 있는지 아는 사람이 아무도 없었다.

FBI에서만 26년을 굴러먹은 베테랑 요원인 맥마흔은 그런 모든 사정들을 꿰고 있었다. 아니면 적어도 꿰고 있다고 생각했다. 대학을 졸업하자마자 연방수사국에 뛰어들어 라스베이거스에서 4년간 은행 강도들만 잡으러 뛰어다녔고, 워싱턴으로 옮겨와서는 대적(對敵) 정보 분야에 종사하기 시작하여 10년 가까이 스파이들만 쫓아다닌 끝에 마침내 FBI 폭력범죄전담반(VCU)으로 떨어졌다. 이 전보는 그의 결혼생활을 파탄으로 몰아넣었고 경력까지도 끝장낼 뻔했다. 그렇지만 펜실베이니아 주립대학의 디펜시브 태클(미식축구 수비수-옮긴이) 출신인 이 사내는 범인들의 비뚤어진 마음속으로 들어가는 비범한 재능이 자신에게 있다는 것을 재빨리 간파했다. 미국 사회의 썩은 물구덩이 속에서 6년쯤 질퍽거리며 대가를 치렀다. 맥마흔은 연쇄살인범의 입장이 되어 생각해 보라든가, 병적인 성도착자가 순진한 어린 소녀를 꾀어 강간하고 고문하고 죽이는 상황을 마음속에 그려보라고 자신에게 수없이 요구하지 않으면 안 되었다.

다행히도 그는 어떤 불길한 징조를 발견하고 그 일이 자신을 파괴하기 전에 탈출할 수가 있었다. 그리하여 최근에 새로 떠맡은 것이 인질사태 해결의 핵심 조직이라는 긴급사건대응단(CIRG)이었다. FBI의 엘리트 인질구출팀(HRT)을 포함한 대여섯 개의 수사팀과 지원팀이 그의 휘하에 있었다. 그렇지만 도시 테러에 관한 회의에 수백 번도 더 참석해 봤지만, 백악관이 전면적인 공격에 취약하다고 주장하는 인사는 아직 한 명도 본 적이 없었다.

맥마흔은 시선을 지상에서 지평선으로 옮겼다. 당장 눈에 띄는 것으로는 현재의 지휘체제가 마음에 들지 않았다. FBI와 비밀검찰국의 저격수 팀들이 백악관 블록 내에 있는 모든 건물들 옥상에 함께 배치되었고, 각각의 조직에 보고하거나 명령을 받고 있었다. 이건 위기에 대처하는 적절한 방법이 아니므로 즉시 수정되어야만 했다.

맥마흔 옆에 서 있던 여자 요원이 그의 눈앞에 시계를 들이밀었다.

"가셔야겠는데요. 회의 시간이 20분 남았습니다."

그는 고개를 끄덕였다. 어깨를 축 늘어뜨리고 남쪽 잔디밭에 쓰러진 경찰들을 바라보고 있던 그가 물었다.

"시체가 모두 몇 구지?"

캐시 제닝스 특수요원은 조그마한 수첩을 들여다본 뒤 대답했다.

"파악된 것만 열여덟 구예요. 건물 내에 몇 구나 더 있을지 알 수 없습니다."

맥마흔은 즐비한 시체들을 내려다보며 머리를 흔들었다. 위기는 이제 겨우 시작에 지나지 않는데 벌써 지친 표정이었다. 잠시 후 그는 돌아서서 문 쪽으로 걸어갔다. 높은 사람들의 회의에 참석하려니 끔찍한 기분이 들었다. 나가는 길에 그는 비밀검찰국 요원들에게 그들의 연합작전센터에서 상황을 살펴볼 수 있게 해줘서 고맙다고 말했다.

반걸음쯤 뒤에서 따라오던 제닝스가 아무도 엿들을 사람이 없는 곳으로 나오자마자 단장에게 말했다.

"우릴 보는 눈이 그다지 달가워 보이지 않는데요. 우리가 주도권을 잡게 될 것을 알고 있는 걸까요?"

"글쎄. 요원들을 열여덟 명이나 잃었잖아. 배로 불어날지도 모르고. 게다가 백악관은 그들의 안방이나 다름없지."

맥마흔은 계단으로 돌아 내려가기 시작했다.

"그렇지만 비밀검찰국은 이런 일을 하라고 만들어진 게 아니잖아요. 이건 분명히…."

제닝스는 계단 아래서 올라오는 두 명의 비밀검찰국 요원을 보자 말을 중단했다. 그들을 지나 보내자 그녀는 목소리를 낮추어 계속했다.

"이건 분명 연방수사국의 일이에요. 국내 테러범들의 책동이니까요."

"파이에 포크를 질러보고 싶은 사람들이 많을 거야."

"일테면 누구요?"

"군에서도 그럴 거고, 비밀검찰국도 물론 그렇고."

젊은 여자 요원은 어림없다는 듯 고개를 저었다.

"군은 이런 일에 간섭할 수 없게…."

맥마흔은 손을 들어 제닝스의 말을 막았다.

"강의는 법대 나온 친구들한테나 해."

대선배 요원은 자신이 연방수사국 내에서 회계학이나 법학 학위가 없는 소수의 요원 중 한 명이란 사실을 매우 자랑스럽게 여기고 있었다.

"난 이곳 현실을 얘기하고 있는 거야. 경험에서 우러나온 거지. 자넨 이 회의가 왜 펜타곤에서 열린다고 생각하나?"

후배 요원에게 그 질문에 대한 답을 생각할 시간을 주며 그는 계속 계단을 내려갔다.

"우리 일이 분명하다면 후버 빌딩이나 법무부에서 회의가 열려야지, 안 그래?"

1층 바닥까지 계단을 다 내려왔을 때에야 제닝스는 선배 요원의 말을 간신히 알아듣고 고개를 끄덕였다. 17번가로 나가는 출입구로 걸어가며 맥마흔이 그녀에게 지시했다.

"내가 국방부에 있는 동안 자넨 이동지휘소를 정비해 두게. 근무교대 철저히 하고 어떤 놈이 무슨 소릴 지껄이더라도 귀 기울이지 마."

목소리를 한 옥타브 올려서 그는 계속했다.

"그리고 그 어릿광대 같은 녀석들한테 내 기분이 지금 더럽다고 말해주게. 이 지랄 같은 회의를 끝내고 돌아가면 한바탕 화풀이를 할 것 같다고 해."

맥마흔 단장의 불같은 성격은 연방수사국 내에서도 유명했다.

"내 허락도 없이 여덟 시간 근무를 초과하는 요원이 있어선 안 돼. 교대한 뒤 사무실에서 빈둥거려서도 안 되고. 이번 일은 몇 주일이 걸릴지 모르는데, 막상 행동할 시간에 지쳐빠진 놈들은 절대 보고 싶진 않단 말이야."

"다른 지시사항은요?"

"있지. 인질구조팀에 모든 우선권을 줘. 최대한 빨리 출동준비를 갖추라고 해."

라피크 아지즈는 고급 의복을 벗어던지고 칙칙한 초록색 전투복으로 갈아입었다. 홀스터엔 권총이, 웹 벨트에는 방독면이 꽂혀 있었다. 그는 상황실의 긴 테이블 상석에 앉아 맞은편 벽에 설치된 텔레비전 화면들을 바라보았다. 여섯 대 중 세 대는 메이저 방송국들이, 네 번째 TV에는 CNN이 흘러나왔다. 모든 방송들이 뉴욕에 있는 스튜디오에서 백악관의 위기를 다루고 있었고, 도로 건너편 라파예트 광장에서 생방송도 병행했다.

눈앞에서 대통령을 놓쳐버린 것에 대한 아지즈의 분노는 이제 대충 가라앉았다. 그는 이번 거사를 철저히 준비했고, 시간만 충분히 주어진다면 원하는 모든 것을 성취할 수 있을 것이었다. 이 정도면 약간의 만족감을 누려도 좋을 만했다. 마침내 해냈어. 서방의 가장 유명하고 퇴폐적인 상징을 내 손아귀에 넣은 거야. 그는 적의 심장부에서 지하드, 즉 성전을 펼쳤다. 이제 벙커 속에서 대통령만 빼낸다면 모든 계획을 완성할 수 있을 것이다. 미국은 더 이상 아랍 세계의 일에 대해 간섭할 수 없게될 것이다.

문에서 노크 소리가 나자 아지즈는 돌아보지도 않고 말했다.

"들어와."

언제나 금욕적인 무아마르 벤가지가 미소를 지으며 들어왔다. 어깨에 AK-74를 걸치고 왼손에는 서류철을 들고 있었다. 아지즈 앞으로 다가오며 그가 말했다.

"건물을 완전히 장악했습니다. 그리고 명령하신 대로 모든 외벽과 입구마다 폭발물을 설치 완료했습니다."

테러범의 눈이 기쁨으로 빛났다. 그는 한 걸음 다가와 테이블 의자 등받이에 두 손을 올려놓으며 보고를 계속했다.

"예상하신 대로 비밀검찰국의 무기들과 보안 시스템도 우리 손에 들어왔습니다. 그래서 지시하신 대로 경계선 보안 시스템을 차단했습니다. 우리는 그들이 옥상에 설치한 카메라들만 이용하고 컴퓨터들은 모두 모뎀에서 절단했습니다. 그들은 더 이상 자신들의 본부를 영상으로 볼 수 없게 된 겁니다."

"잘했네. 난 그들을 신뢰하지 않아. 그들은 모든 기술을 총동원하여 우리를 속이려 들지 몰라."

벤가지는 동의한다는 듯 고개를 끄덕였다. 그는 왼손에 들고 있던 서류철을 아지즈에게 내밀며 말했다.

"말씀하신 인질 명단과 직책입니다. 중요한 자들은 동그라미를 쳐놨습니다."

아지즈는 의자에 등을 기댄 채 서류철을 들여다보았다.

"모두 76명이로군."

"그렇습니다."

아지즈는 세 번째 페이지에서 자신이 찾던 자를 발견했다. 가장 먼저 죽여야 할 놈의 이름이었다. 그는 손가락으로 그 이름을 톡톡 치며 벤가지에게 물었다.

"비밀검찰국 요원들은 모두 몇 명인가?"

"그들은 인질 76명에 포함시키지 않았습니다. 다음 페이지에 있죠. 생존자 9명 중 4명은 당장 치료가 필요한 상태입니다. 그들 중에는 해병이나 다른 군인처럼 보이는 자들도 섞여 있습니다."

"다른 사람들과 구분해 놓았는가?"

"네. 계획하신 대로 위층에 가둬놨습니다."

"결박하고 후드도 씌웠겠지?"

아지즈는 한쪽 눈썹을 치켜 올리며 물었다.

"물론입니다."

"민간인들 중에서 리더로 나선 놈은 없었나?"

"아직은 없습니다."

서류철을 첫 페이지로 넘기며 아지즈는 말했다.

"만약 그런 놈이 나타나 만용을 부리면 즉시 달려와 보고하게. 내가 직접 손봐주겠어. 우린 인원이 적어 너무 넓게 퍼져 있네. 카우보이 같은 놈들이 이 안에서 문제를 일으키도록 방치할 순 없어."

벤가지는 고개를 끄덕인 뒤 말했다.

"민간인들은 화장실에 가도록 하는 것이 좋을 것 같습니다."

아지즈는 자기 시계를 보았다. 합리적인 제안이었고 그들을 진정시키는 효과도 있을 것 같았다.

"좋아. 그렇지만 비밀검찰국 요원과 해병대 놈들은 바지에다 똥오줌을 싸게 내버려둬."

"알겠습니다, 라피크. 폭발물 설치한 곳들을 돌아보시겠습니까?"

"아니. 자네가 제대로 했을 것으로 믿네. 난 지금 당장 몇 군데 연락할 곳이 있어."

아지즈는 텔레비전을 손으로 가리켰다.

"그들이 펜타곤에서 회의를 준비하고 있거든."

벤가지는 고개를 끄덕였다.

"제게 달리 일을 시킬 것이 없으시면 세부적으로 둘러볼 곳들이 있어서요."

"한 가지 더 있지."

아지즈가 턱을 쳐들고 말했다.

"꼬마 도둑은 어떻게 하고 있나?"

"장비들을 다 제자리에 갖다 놓고 작업을 시작했습니다."

벤가지는 어깨를 으쓱한 뒤 덧붙였다.

"계획대로 진행 중이라고 합니다."

"좋아. 그자에게서 눈을 떼지 말게."

아지즈는 턱을 내렸다.

"아무래도 우리와는 다른 종자니까."

"저한테 미리 보고하기 전엔 화장실 외엔 아무 데도 가지 말라고 했습니다."

벤가지는 미소를 지으며 말했다.

"주위에 온통 부비트랩이 설치되어 있으니 건드리지 않도록 조심하라고 했죠."

아지즈도 웃으며 무전기 위에 손을 올려놓았다.

"일이 있으면 연락하겠네."

그는 문 쪽으로 걸어가는 무아마르 벤가지를 바라보며 말했다.

"무아마르, 긴장을 풀게. 오늘 밤엔 그들이 오지 않아. 이젠 정치가들이 주도권을 잡았거든. 우리가 준비될 때까지는 그들이 FBI를 막아줄 거야."

벤가지는 고개를 끄덕였다.

"압니다. 그럴 거라고 말씀하셨잖아요. 하지만 우리가 미처 자리를 잡지 못하고 있는 지금이 그들에겐 공격 기회일 수도 있습니다. 인질들도 아직 팔팔해서 문제를 일으킬 수 있고요. 사흘 후면 기운들이 빠지고 정신도 혼란스러워지겠죠. 제가 그들이라면 지금 공격할 겁니다."

아지즈는 친구에게 히죽 웃어 보였다.

"자넨 워싱턴이 어떻게 돌아가는지 좀 알아야겠네. 군에서는 압도적 힘으로 빨리 움직여야 한다고 조언하겠지만, 정치가들은 조심스럽게 다루고 싶어 할 거야."

"FBI는 어떻게 나올까요?"

"언제나 그랬던 것처럼 중간에 서 있다가 명령하는 대로 움직이겠지. 긴장을 풀라니까, 친구. 당분간은 오지 않아."

아지즈는 즐거운 표정으로 덧붙였다.

"어쩌면 내가 그들에게 공격을 부추겨야 할지도 모르지."

벤가지는 두터운 눈썹을 치켜 올렸다.

"적절한 시기가 되면요."

"그렇지. 내가 준 특수의복은 입고 있겠지?"

벤가지는 고개를 저었다.

"아뇨."

"왜?"

아지즈의 음성에 노기가 서렸다.

"때가 되면 다른 사람들을 버리는 것이 옳게 생각되지 않습니다."

"모두 다 그 옷을 입고 있으면 계획은 이루어지지 않아, 무아마르. 내 명령이니 당장 입게. 미국인들이 오면 그것이 우리의 유일한 기회가 될 테니까."

벤가지는 마지못한 듯 고개를 끄덕이곤 상황실을 떠났다. 그가 가는 것을 바라보며 아지즈는 탈출 계획에 대해 다시 생각했다. 분명 승산이 있었다. 어떤 것들은 잃어버리겠지만, 그래도 최소한 그들에게 싸울 기회는 주었다. 미국 대통령만 손아귀에 넣을 수 있다면, 그런 것들은 조금도 중요하지 않았다.

아지즈는 텔레비전 화면들에 다시 주의를 돌렸다. 방송국들이 펜타곤에 나가 있는 기자들과 대화를 나누고 있었다. 그는 리모컨을 들고 CNN이 나오는 텔레비전의 볼륨을 올렸다. 현장의 기자는 부통령이 연방정부 당국자들과 함께 펜타곤에서 비상회의에 들어갔다고 말했다. 테러범의 리더는 부유한 티가 나는 상황실을 돌아보며 미소를 지었다. 그런 회의는 지금 그가 점령하고 있는 바로 이 방에서 항상 열렸던 것이다.

10

합참회의실은 미 국방부가 들어 있는 오각형 건물의 E 링 내부 성소에 자리 잡고 있다. 현대위기센터 앞을 지나는 넓은 복도에는 세계 어느 정부의 청사나 군사기지에서도 볼 수 없을 만큼 많은 장군들과 영관급들이 바쁘게 오락가락한다. 이 복도를 오가는 대령들과 대위들은 마치 기초훈련에 나온 신병들처럼 정신없이 경례를 붙이고 있는 자신들을 발견하곤 한다. E 링은 유쾌하거나 편안한 일터가 아닌 것으로 알려져 있으며, 특히 이런 비상시국에는 분위기가 훨씬 더 살벌해질 수밖에 없다.

워싱턴 최고 거물들이 줄지어 들어올 브리핑 룸의 커다란 두짝문에는 해병대원 두 명이 지키고 서 있었다. 대통령의 전 각료들이 보좌관들을 줄줄이 거느리고 입장하자 회의실은 거의 만원 상태가 되었다. 내무장관을 선두로 보건복지장관, 국무장관이 들어왔다. 5분 만에 법무장관을 제외한 전 각료들이 도착했다. 방 안은 보좌관들이 자기 상사들에게 최근 정보들을 업데이트하는 소리로 갑자기 술집처럼 소란스러워졌다.

브라이언 로치 FBI 국장과 스킵 맥마흔 특수요원은 방 안에 들어서자마자 홍수처럼 쏟아지는 질문들을 뒤집어썼다. 다행히도 곧이어 잭 플러드 합참의장이 다른 참모들을 대동하고 방 안으로 들어선 덕분에 위기를 모면했다. 플러드 장군은 테이블 맨 끝으로 걸어가서 커다란 검은 세라믹 커피 머그잔을 테이블 위에 놓았다.

"모두들 좌정하십시오."

플러드 장군의 위압적인 목소리가 방 안에 울려 퍼지자 사람들의 소음은 즉시 속삭임으로 변했다.

"자자, 여러분. 할 일이 태산 같습니다."

합참의장은 손뼉을 친 뒤 12미터 길이의 사각 테이블 주위에 놓인 의자들을 손가락으로 가리키며 재촉했다.

참석자들이 모두 의자에 앉자 셔먼 백스터 부통령이 튜트윌러 법무장관과 댈러스 킹을 거느리고 들어왔다. 세 사람은 플러드 장군과 반대쪽 테이블 끝으로 걸어가서 비워둔 의자에 앉았다. 헤이즈 대통령과 가까운 친구 사이인 국무장관이 즉시 백스터에게 도대체 무슨 일이 벌어지고 있는 거냐고 따져 물었다.

그러는 사이에 스탠스필드 CIA 국장이 아이린 케네디와 미치 랩을 데리고 들어왔다. 플러드 장군이 자기 옆의 빈 의자들을 가리키며 앉도록 한 뒤 부관에게 문을 닫으라고 지시했다. 육군 소령이 걸어 나가 높다란 두짝문을 닫아걸자, 사람들은 회의가 시작되었음을 알았다. 플러드가 말했다.

"여러분, 나는 모호하게 말하고 싶지 않습니다. 오늘 아침 백악관에서 일어난 일에 대해 이미 많은 소문들이 떠돌고 있습니다. 어떤 소문들은 피상적인 내용을 담고 있지만, 나머지 대부분은 황당무계한 얘기들입니다. 진상은 이렇습니다. 오전 9시경에 일단의 테러범들이 백악관을 습격하여 장악했습니다."

플러드 장군이 다음 말을 꺼내지도 전에 경악한 참석자들은 탄식과 저주의 말들을 일제히 쏟아냈다. 합참의장은 질서를 잡기 위해 목청을 높였다.

"여러분! 우리는 지켜야 할 것이 많습니다. 그러니 제가 드린 말씀은 비밀로 해주십시오."

자기 말에 반박하려는 무리를 향해 그는 화난 표정으로 눈알을 부라렸다. 인내심이 한계에 이르렀음을 모두에게 암묵적으로 인식시킨 뒤 장군은 말을 계속했다.

"백악관을 장악한 테러범들은 다수의 인질을 억류하고 있는데 정확한 숫자는 아직 확인되지 않았습니다. 한 가지 다행한 일은 공격당하는 과정에서 헤이즈 대통령이 벙커로 안전하게 대피했다는 소식입니다. 통신은 완전히 두절되었지만 대통령이 안전한 것은 확실합니다. 그렇지만 현 상태로는 군통수권자의 임무를 수행할 수 없기 때문에 지휘권 이양이 불가피합니다. 따라서 헌법수정조항 25조에 의해 미국 대통령의 권한은 헤이즈 대통령이 임무를 재개할 수 있을 때까지 백스터 부통령에게 이양되었습니다. 늦게 도착하신 분들께는 죄송하지만 저는 대부분의 각료들이 이에 동의한다는 통보를 받았습니다. 사태가 그만큼 급박했음을 이해해 주시리라 믿습니다."

장군은 가슴 위로 팔짱을 단단히 끼며 말을 계속했다.

"이 점에 대해 분명하게 해둡시다. 당분간 백스터 부통령은 대통령과 우리 군의 통수권자로서 권한을 행사할 것입니다."

그는 테이블에 앉은 모든 사람들을 둘러보며 잠시 생각할 시간을 준 뒤 덧붙였다.

"그렇지만 혼란을 없애기 위해 호칭은 계속 백스터 부통령으로 할 것입니다. 그 점 분명히 납득하셨습니까?"

잭 플러드 합참의장은 또 자기 성질을 건드리려는 미친놈은 없나 하는 표정으로 사람들의 얼굴을 한 바퀴 둘러본 뒤 왼쪽에 앉아 있는 비밀검찰국 국장에게 순서를 넘겼다.

"그러면 이제부터 트레이시 국장님이 오늘 아침에 일어난 일에 대해 자세히 설명해 주시겠습니다. 질문은 설명이 다 끝난 뒤에 하시기 바랍니다."

비밀검찰국 국장이 굳은 표정으로 자리에서 일어나 플러드 장군 쪽 테이블 끝에 있는 연단으로 걸어 나갔다. 땅딸막한 체구에 커다란 머리를 올려놓고 있는 앨릭스 트레이시는 세계 최정상급 수사기관을 운용하는 우두머리답게 상당한 카리스마를 지닌 인물이었다. 그런 그가 마치 교수대로 끌려 나간 사람처럼 넋 나간 표정으로 강단에 섰고, 파일을 선반 위에 올려놓은 뒤 두 손으로 강단 양쪽 모서리를 꼭 잡았다. 그리곤 지친 표정에 떨리는 목소리로 입을 열었다.

"어젯밤 늦은 시각에 러스 파이퍼 민주당 의장이 백악관으로 전화하여 대통령과의 면담을 요청했습니다. 면담시간은 오늘 아침 9시였습니다. 백악관 직원은 비밀검찰국의 규정을 어기고 우리에게 파이퍼의 손님에 대한 신원조회를 할 시간도 주지 않은 채 대통령 면담을 허락했습니다. 그 손님이란 자가 세계적으로 악명 높은 테러리스트 라피크 아지즈란 사실은 뒤늦게야 알게 되었습니다."

트레이시 국장은 고개를 들고 멍한 눈길로 참석자들을 잠시 바라보다가 계속했다.

"아지즈는 오만의 칼리브 왕자로 신분을 위장하고 민주당 의장에게 접근했던 것으로 보입니다. 민주당에 50만 달러를 지원한 대가로 대통령과의 개별 면담을 요구했던 것으로 밝혀졌습니다."

이번엔 테이블 맞은편 끝에 앉은 정치가들을 정시하며 잠시 침묵했다. 대부분이 민주당원인 각료들은 서로 불안한 눈빛을 교환하며 중얼거렸다. 이 작은 정보 한 조각이 초래할 국정조사 파동이 그들의 눈에도 훤히 보이는 듯했다. 트레이시는 설명을 계속했다.

"아지즈와 민주당 의장은 오늘 아침 우리가 CIA로부터 백악관이 테러범들의 공격 목표가 되었다는 정보를 입수한 시각과 거의 같은 무렵에 도착했습니다. 그들이 백악관으로 들어오고 있을 때 재무성 건물에는 아침마다 들르는 세탁소 트럭 한 대가 도착했습니다. 보안 장치가 완전히 풀린 상태에서 비밀검찰국 제복 경관은 적절한 검색도 하지 않고 트럭을 지하주차장으로 들여보냈습니다."

비밀검찰국 국장은 꿋꿋한 자세를 유지하려고 애썼다. 그렇지만 말을 이어나가기 어려울 정도로 부끄러워 잠시 파일만 내려다보고 있었다. 아지즈를 백악관에 달고 들어온 것은 파이퍼 의장의 책임이지만, 그런 트럭을 재무성 건물에 들여보낸 것은 명백히 비밀검찰국의 잘못이었다.

"그런데 이 트럭 뒤의 짐칸에 무기와 폭발물을 든 숫자 미상의 테러범들이 타고 있었던 것으로 보입니다. 그들은 무기와 폭발물로 재무성 터널의 보안망을 뚫었습니다. 이것은 우리 비밀검찰국의 일대실책이며,

그 원인에 대해 우리는 이미 내부조사에 착수했습니다."

트레이시 국장은 테이블 맨 끝에 앉아 있는 백스터 부통령을 바라보며 말했다.

"오늘 저녁까지는 임시보고서를 올리도록 하겠습니다."

그는 다시 파일을 내려다보며 설명을 이어나갔다.

"대통령 경호실장 잭 워치는 CIA에서 정보를 접수하자마자 대통령과 상의하기 위해 행정부 청사에 있는 자기 사무실을 나와 서관으로 갔습니다. 그가 도착했을 땐 파이퍼와 그의 손님은 이미 오벌 오피스 안에 들어간 다음이었죠. 워치는 그 손님이 방문허가를 받지 않았다는 것을 확인하자 대통령의 안전을 체크하기 위해 집무실 안으로 들어갔습니다. 그다음부터는 상황이 아주 빠르게 전개되었습니다. 워싱턴 호텔 옥상에 숨어 있던 테러범 저격수가 백악관 옥상에 배치되어 있던 비밀검찰국 경비원들을 저격했고, 잠시 후 재무성 터널로 통하는 외부 출입문이 폭파되었습니다. 워치는 그 즉시 요원들에게 대통령을 벙커로 대피시키라는 명령을 내렸습니다. 다들 아시겠지만 백악관에 있는 구 벙커는 2차 대전 당시 만든 것으로 터널을 조금 보강한 정도에 불과합니다. 대통령 관저 지하 3층에 신축한 새 벙커는 육군 공병대가 지난 1월에 완공했습니다. 군사 표준 설계도에 따라 우리들의 지휘통제소를 모두 통합시킨 최신 시설이지만… 실례합니다."

트레이시는 머리를 옆으로 돌리고 한두 차례 잔기침을 했다.

"아직까지 작전을 지휘할 수 있을 정도는 아닙니다. 생물, 화학, 방사능 여과장치가 되어 있어 벙커의 건축 자체는 완벽하지만 통신시설은 이번 여름까지 완비할 예정이었죠. 그렇지만 비상식량이나 기타 생필품 등은 충분히 저장되어 있습니다."

비밀검찰국 국장은 평소의 자신감을 서서히 회복해 가는 듯했다.

"우리는 잭 워치 경호실장이 여덟 명의 비밀검찰국 요원들을 지휘하여 헤이즈 대통령과 밸러리 존스 비서실장을 백악관 지하 벙커에 안전하게 대피시켰다고 100퍼센트 자신하고 있습니다. 9시 15분경까지는 암호화된 무전기로 벙커와 교신할 수 있었지만 그 이후 모든 통신이 차단되었습니다. 기술자의 말에 의하면 테러범들이 무선 신호를 차단하기 위해 방해전파를 발송하고 있다고 합니다."

그의 목소리가 약간 떨려 나왔다.

"우리는 18명의 비밀검찰국 특수요원과 경관들이 살해당한 것을 확인했지만 아직 15명은 확인불가 상태입니다. 이들 15명은 건물 내부에서 살해당했거나 인질로 잡혀 있는 걸로 보입니다."

목구멍에서 뜨거운 덩어리가 치밀어 올라 그는 자신을 다잡기 위해 말을 잠시 멈추었다. 엄지로 파일을 몇 차례 넘기던 트레이시는 잠시 후 설명을 계속했다.

"우리가 추산하기로 아지즈와 그의 부하들은 80명에서 100명에 이르는 인질들을 구금하고 있으며, 그들 중에는 치명상을 입은 사람들도 있을 것으로 여겨집니다. 현재 백악관 주위의 경계를 강화하고 있고, 명령만 떨어지면 언제든 적을 공격하여 건물을 탈환할 준비가 되어 있습니다."

트레이시는 파일을 덮고 다시 테이블 맨 끝에 앉아 있는 백스터 부통령을 바라보았다. 그리곤 마지막으로 이렇게 말하곤 설명을 마쳤다.

"단 한 가지 다행한 일은 대통령께서는 무사하시다는 것입니다. 새 벙커를 건축한 공병들의 말에 의하면, 아지즈가 벙커 안으로 침투할 방법은 전무하다고 합니다."

셔먼 백스터는 한 손을 턱으로 가져가며 의자 등받이에 깊숙이 기대었다. 다른 팔은 팔걸이에 걸치고 있었다. 그는 댈러스와 함께 이 다음 부분을 미리 연습해 두었다. 워싱턴의 특수 권력층에 새로 진입한 그로서는 자신이 대통령 권한대행임을 방 안의 모든 사람들에게 알릴 필요가 있었다. 마침 본때를 보일 대상이 필요하던 차에 트레이시가 자기 대가리를 도마 위에 올려놓았다. 그는 겹치고 있던 다리를 풀고 의자를 앞으로 약간 기울이며 트레이시를 지그시 응시했다. 그리곤 동정심이라곤 눈곱만치도 느껴지지 않는 목소리로 물었다.

"트레이시 국장, 어떻게 하면 이런 일이 다 일어날 수 있는지 설명 좀 해주시겠소?"

무자비한 질문에 직격탄을 맞은 비밀검찰국 국장은 할 말을 잃고 단상에 멍하니 서 있었다. 백스터 부통령은 손가락으로 테이블을 두드리며 그를 바라보았다. 한참을 기다렸다가 그는 다시 말했다.

"트레이시 국장, 비밀검찰국은 우리나라를 무참하게 망쳐놓았소. 당신은 우리 모두를 이처럼 엄청난 곤경에 밀어 넣고는 아무 말도 하지 않는군요."

백스터는 동조 분위기를 이끌어내기 위해 테이블에 앉은 사람들을 한차례 돌아보았다.

"나는 로치 국장이 FBI 요원들을 현장에 배치하는 즉시 당신 부하들과 임무를 교대시키기로 결정했습니다.

비밀검찰국 국장 트레이시의 얼굴에 떠올랐던 부끄러움은 순식간에 분노로 변했다. 그는 곧바로 항의했다.

"백악관은 비밀검찰국 관할입니다. 우리는 지금…."

백스터는 목청을 높여 트레이시의 말을 댕강 잘랐다.

"백악관이 비밀검찰국의 관할이긴 하나 연방 정부 건물이니 FBI 영역이라고 법무장관이 내게 조언했소."

"그렇지만 건물 내부와 주위에 대해 제 부하들이 더 자세히 알고 있습니다. 그리고 우리 요원들이 지금 인질로 잡혀 있는 상태고요."

트레이시도 물러서지 않았다.

백스터는 머리를 세차게 흔들었다.

"트레이시 국장, 비밀검찰국은 임무 수행에 실패했소. 그것도 아주 참담하게."

너무나 노골적인 모욕에 트레이시의 얼굴이 시뻘겋게 변했다. 여러 사람들 앞에서 이런 꼴을 당하다니, 그는 믿을 수가 없었다. 워싱턴에서 굴러먹은 기간이 자그마치 29년이었다. 그동안 이보다 훨씬 덜 심각한 일로 사자 굴에 던져지는 사람들을 수없이 보아왔다. 언젠가는 자신에게도 이런 일이 닥칠 줄 알았어야 했는데, 모든 것이 너무 빨리 일어나 버렸다. 지난 몇 시간 동안 그는 죽은 부하들을 걱정하느라고 자신에게 닥쳐올 정치적 위기에 대해서는 생각조차 못했던 것이다. 비밀검찰국 국장은 자세를 더 꼿꼿하게 세워 최소한의 명예라도 지키려고 애썼다.

"우리는 오늘 대통령의 생명을 지켰습니다. 그리고 적어도 18명의 요원들을 잃었어요. 저는 절대 이대로는….."

백스터는 화를 벌컥 내며 주먹으로 테이블을 쾅 내려쳤다. 댈러스 킹과 법무장관을 제외한 어느 누구도 그의 그런 모습을 본 적이 없었다.

"당신은 백악관을 잃었소! 그리고 미국 전체를 부끄럽게 만들었어!"

그는 트레이시를 잠시 더 노려본 뒤 의자 등받이에 몸을 기댔다. 그리곤 심호흡을 한 차례 하여 자신을 진정시킨 뒤 목소리를 약간 깔고 여전히 단호하게 말했다.

"로즈 재무장관과 상의하는 자리에서 오늘 밤 내가 담화를 발표하기 전에 당신의 사임을 원한다고 말했소."

백스터 대통령 권한대행은 고개를 저으며 덧붙였다.

"어떻게 이런 일이 벌어지도록 둘 수 있었는지, 당신이란 사람을 나는 도저히 이해할 수 없습니다."

비밀검찰국 국장은 비굴한 태도를 취하는 대신 더 완강하게 버티고 섰다. 부하들의 죽음과 미디어의 희생양이 될 자신의 처지를 생각하자 몸속에서 피가 거꾸로 치솟았다. 그처럼 자존심을 접고 경호 업무에 목숨을 거는 자들이 어떤 인간들인지 백스터는 상상도 못할 것이다. 그들 중에는 포주보다 더 뻔뻔한 인간들도 있었다. 백스터를 노려보는 그의 얼굴이 시뻘겋게 달아올랐다. 그 짧은 순간에 그는 원칙에 굴복하고 하인처럼 쫓겨날 것이냐, 아니면 싸우며 버틸 것이냐를 결정해야만 했다. 그는 후자를 택하기로 결심했다. 적어도 그만큼은 자신의 명령을 따르다 죽은 부하들에게 빚을 지고 있다는 생각이 들어서였다.

"어떻게 이런 일이 벌어질 수 있었는지 말씀드리죠. 제가 비밀검찰국을 맡은 이래 줄곧 강화해온 보안 조처들을 당신과 당신의 존경스러운 동료들이 계속 무시했기 때문입니다."

트레이시는 목소리를 높였다.

"그리고 당신이 사랑하는 당을 위해 모금액을 늘려야 한다는 그 집념 때문에 벌어진 일입니다. 그래서 당 의장이라는 사람이 비밀검찰국의 제반 절차를 무시하고 세계에서 가장 악랄한 테러범을 백악관으로 끌어

들였기 때문이오!"

백스터가 고함을 버럭 질렀다.

"그만하면 됐소, 트레이시 국장! 이제 그만 보따리 싸고 떠나는 게 좋겠소!"

비밀검찰국 국장은 극도의 경멸감을 담은 눈초리로 긴 테이블을 내려다보았다. 그리곤 모멸감이 뚝뚝 흐르는 목소리로 말했다.

"만약 당신이 오늘 밤 담화에서 이 모든 책임을 비밀검찰국에만 뒤집어씌운다면, 나도 내일 아침 기자회견을 열어 당신이 지난 선거에서 비밀검찰국에 대해 언급한 것을 모든 사람들에게 상기시킬 겁니다."

트레이시는 머리를 흔들었다.

"내가 그 말을 똑똑히 기억하고 있는 이유는 자신을 일주일에 100시간 이상 경호하는 사람을 카메라에 노출시킨 당신의 행동이 다소 몰지각해 보였기 때문입니다. 그때 당신은 이렇게 말했어요. '비밀검찰국은 좋은 뜻으로 말하더라도 자존심이 지나친 편집증 환자들의 집단이다.' 나는 그 말이 최근 당신과 헤이즈 대통령이 우리의 예산증액 요청을 거부한 일과 함께 유권자들한테 대환영을 받을 것으로 확신합니다. 말이 나온 김에 마저 합시다. 백악관에서 우리 요원들이 죽어가던 바로 그 시각에 당신은 뉴욕에서 방송국 친구들을 모두 모아놓고 한 접시에 5천 달러나 하는 만찬을 즐길 준비를 하고 있었습니다."

트레이시는 분노의 화살을 상사인 로즈 재무장관에게 돌렸다.

"그리고 나의 상사이신 로즈 장관님께도 한 가지 상기시켜 드릴 일이 있죠. 백악관의 보안구역을 확대해 달라는 나의 요청에 대해 당신은 지난 2월 문서를 통해 '백악관은 세계에서 가장 안전한 건물이므로 보안구역의 확대는 불필요하다'며 거부했습니다."

그는 연단에서 파일을 집어 들었다.

"그런 당신이 어떻게 나의 의견과 전문성에 의문을 제기할 수 있습니까? 나는 대통령들과 그 가족들을 보호하는 일에만 29년이란 세월을 보낸 사람입니다!"

비밀검찰국 국장은 문을 향해 걸어가기 시작했다. 그러더니 갑자기 걸음을 멈추고 돌아서서 테이블에 둘러앉은 사람들에게 소리쳤다.

"지금은 백악관에 인질로 잡혀 있는 사람들을 걱정해야 할 때입니다. 자리다툼이나 하고 있을 때가 아니에요!"

할 말을 다한 그는 문 쪽으로 걸어가 뻣뻣한 팔로 문을 왈칵 밀어 열어젖힌 뒤 복도로 나가버렸다.

트레이시 국장이 나가자 방 안은 찬물을 끼얹은 듯 조용해졌다. 한참 지난 뒤에야 참석자들은 나지막한 목소리로 소곤거리기 시작했고, 서로 엇갈린 의견들을 쏟아냈다. 백스터 옆에 앉아 있던 댈러스 킹은 그에게 정말 그런 말을 했느냐고 물었다. 부통령은 곤혹스런 표정으로 고개를 끄덕일 수밖에 없었다. 그러자 킹은 재무장관을 돌아보며 정말 그런 취지의 말을 문서에 담았느냐고 물었다. 로즈가 그렇다고 대답하자 댈러스 킹은 다시 부통령을 돌아보며 말했다.

"일이 꼬였는데요."

백스터는 자기 비서실장을 신경질적으로 노려본 뒤 테이블 맨 끝에 앉아 있는 잭 플러드 합참의장에게 시선을 돌렸다. 그리곤 손가락을 공중에 휘저어 회의를 진행하라는 신호를 보냈다. 장군은 고개를 끄덕인 뒤 바리톤 목소리로 참석자들에게 조용히 해달라고 부탁했다. 그가 아이린 케네디를 돌아보며 고개를 끄덕이자, CIA 대테러센터 본부장은 의자에서 일어나 단상으로 걸어 나갔다.

라피크 아지즈는 상황실의 TV 화면들을 바라보다가 시계를 체크했다. 미국 부통령이 회의장에 도착한 지 20분가량 지났다. 이제 어지간히 된 것 같군, 하고 그는 생각했다. 옆에 있는 커다란 전화기를 살펴보니 번호들을 미리 입력해 놓은 20여 개의 레벨이 붙어 있었다. 대부분 처음 보는 이니셜들이지만 개중에는 눈에 익은 것들도 있었다. 첫째 줄 바로 밑에서 그는 찾던 것을 발견했다. JCBR이란 이니셜로, 그것은 합동참모본부 브리핑 룸으로 알아볼 만했다. 일명 합참회의실. 아지즈는 메모한 것을 다시 한 번 살펴본 뒤 전화기를 집어 들고 천천히 그 버튼을 눌렀다.

플러드 장군은 아지즈의 배경에 대한 케네디의 설명에 귀를 기울이고 있다가 자신의 옆에 놓인 전화기가 울리는 소리를 들었다. 그는 어디서 걸려온 전화인지 확인하려고 전화기를 살펴보았다. 스크린에 백악관 상황실을 뜻하는 "WH SIT ROOM"이란 글자가 떠 있었다. 합참의장은 한 손을 들어 올려 케네디의 말을 중단시킨 뒤 다른 손으로 전화기를 집어 들었다.

"플러드 장군입니다."

"이거, 회의 하시는데 방해하는 건 아닌지 모르겠수다."

플러드는 전화기를 꽉 틀어쥐며 물었다.

"누구십니까?"

"그건 아실 것 없고. 거기 계신 분들 모두 들을 수 있게 이 전화를 스피커폰에 연결해 주시겠소? 난 같은 소리 두 번 지껄이는 건 딱 질색이거든."

합참의장은 그 요구에 대해 잠시 고려하다가 마지못해 스피커폰 버튼을 눌렀다. 그리곤 전화기를 제자리에 내려놓은 뒤 팔짱을 끼며 말했다.

"연결했으니 말해 보시오."

아지즈의 목소리가 회의실 스피커 시스템을 통해 그들의 머리 위로 쏟아졌다.

"나는 백악관을 완전히 장악했다. 이곳을 탈환하려는 어떤 시도도 성공할 수 없어. 미국은 현재 147억 달러에 달하는 이란 자산을 동결하고 있다. 국왕의 부패한 정부가 알라의 국민들 손에 전복되었을 때 당신들은 이 돈을 불법적으로 탈취했어. 당신들이 내일 아침 9시까지 이 돈을 모두 이란에게 돌려줄 경우, 나는 현재 억류하고 있는 76명의 인질 중 3분의 1을 석방하겠다. 타협은 없다. 만약 내가 요구한 대로 정확히 이행하지 않을 경우, 나는 한 시간마다 한 명씩 인질을 살해하겠다. 다시 한 번 분명히 말해두는데, 인질들을 구하려는 어떤 시도도 실패할 것이다. 당신들이 요란하게 선전하는 비밀검찰국 특수요원들은 물론이고, FBI가 자랑하는 인질구출팀도 내 부하들의 적수가 되진 못해. 지금부터 15분 후 부상자와 사망자들을 서쪽 출입구 바깥에 다 눕혀 놓겠다. 반소

매 셔츠와 반바지 차림의 의료요원들만 한 번에 두 사람씩 들것을 들고 와서 시체를 실어가라. 장비나 가방 등은 허용하지 않겠다. 한 번에 두 사람씩만 들것을 들고 와야 한다. 조금이라도 이상한 기미를 보이면 총으로 갈겨버리겠다."

목소리는 잠시 사이를 둔 뒤 더욱 확고하게 말했다.

"당신들이 돌려줘야 할 돈을 입금시킬 계좌번호들은…."

아지즈는 여러 개의 계좌번호들을 또박또박 불러주느라고 1분 넘게 소비했다. 그리곤 상대에게 질문할 겨를도 주지 않고 자신의 요구사항만 마지막으로 한 번 더 반복한 뒤 전화를 끊어버렸다. 그는 의자에 등을 기대고 잠시 쉬었다. 짤막하게 끝내는 거야. 놈들이 전혀 균형을 잡지 못하도록. 가장 중요한 일은 주도권을 우리가 잡고 있다는 걸 깨닫게 하는 것이지. 내일 아침 9시에 어떤 일이 벌어질 것인지는 불을 보듯 뻔했다. 그는 전직 FBI 요원들이 쓴 인질협상에 관한 책이라면 한 권도 빼놓지 않고 다 찾아 읽었다. 가장 중요한 것은 백스터 부통령이 대통령 권한을 대행하게 되었고, 그와 함께 튜트윌러 법무장관이 부상했다는 사실이었다.

튜트윌러에 관한 한 아지즈는 공부를 착실히 해둔 편이었다. 그녀의 연설과 강연 사본은 인터넷을 통해 입수할 수 있었다. 특히 루비리지와 와코에서 보여준 FBI의 대처 방법에 대한 튜트윌러의 의견은 매우 비판적이었다. 그녀의 주장은 FBI가 시간을 끌며 납치자들을 지치게 하고, 그들의 작은 요구를 들어주면서 협상을 통해 인질 석방수를 차츰 늘여야 한다는 것이었다.

그딴 멍청한 연설이나 대중 앞에서 지껄여대니 내가 제년에 대해 연구를 안 할 수가 있나, 하고 아지즈는 생각했다. 이 미국인들은 게으른 돼지들이었다. 그들이 어떻게 나올지는 훤히 알고 있었다. 아지즈는 이틀 내에 튜트윌러를 결단낼 작정이었고, 백스터가 마침내 장군들의 말을 들어야겠다고 깨달았을 때는 이미 늦을 것이었다. 그때까지는 미국 대통령도 이 아지즈의 손아귀에 들어올 것이고, 그러면 모든 것은 나의 최종적인 요구에 맞추어 돌아가게 되어 있지.

헤이즈 대통령은 소파에 나란히 앉은 비서실장을 돌아보며 물었다.

"도대체 무슨 일이 벌어진 거요?"

밸러리 존스는 당혹스런 표정을 지었다. 대통령이 분명히 묻고 있는데도 비서실장은 대답을 할 수 없었다. 그녀는 고개를 저으며 시선을 아래로 떨어뜨렸다.

"잘 모르겠어요."

헤이즈가 존스를 만난 것은 몇 해 전 그녀가 의회 직원으로 근무할 때였다. 그 후 이 아이비 리그 출신 뉴욕 여자는 CBS로 갔다가 두각을 나타냈다. 그녀는 영리하고 부지런한 데다 약간 저돌적인 기질도 있었다. 남자라면 냉혹한 놈이란 소릴 들었겠지만 여자로 태어난 바람에 망할 암캐란 소리를 들었다. 존스도 그걸 알고 있었지만 눈곱만치도 신경 쓰지 않았다. 그런 악평이 대통령 문지기 노릇을 하는 데는 오히려 유리하게 작용했다. 그녀는 날마다 대통령의 스케줄을 묻는 수십 통의 전화를 받았다. 만약 전화가 올 때마다 인내심을 가지고 친절하게 대해준다면 일주일 안에 그 횟수가 갑절로 늘어날 것이다. 대통령 비서실장이란 자리는 그녀에게 더욱 무뚝뚝하고 엄격할 것을 요구했다. 시간도 넉넉하지 않고 에너지도 달리는 자리였다.

"밸, 당신은 그 사람이 누군지 알 거 아니오?"

헤이즈는 비서실장의 반응을 기다렸다. 아무 반응이 없자 그는 다시 물었다.

"러스가 당신한테 뭐라고 말했소?"

마침내 민주당 의장의 이름이 대통령 입에 올랐다.

"그 사람은 부유한 아랍 왕자로 민주당에 기부금을 내고 싶어 한다고 했습니다."

"외국인이 민주당에 기부금을 낸다고!"

대통령은 화를 내며 머리를 흔들었다.

"러스는 모두 합법적이라고 했습니다."

헤이즈는 이마를 찌푸렸다.

"모두에게 장난질 하지 말라고 내가 분명히 말했을 텐데. 난 모든 것을 공명정대하게 처리하길 바랐어."

나지막한 목소리로 말하고 있었지만 대통령은 화가 난 것이 분명했다. 밸러리 존스는 고개를 숙인 채 대답했다.

"큰 금액의 돈이었어요. 합법적으로 처리할 수 있었고요."

헤이즈는 거의 이성을 잃을 뻔했다. 이런 문제에 대해서는 대통령 출마를 결심했을 때부터 단호한 태도를 취해 왔다. 대통령의 얼굴 표정을 본 비서실장은 돈의 액수가 사태의 심각성을 완화해주진 못한다는 것을 깨달았다. 해선 안 될 말을 해버린 것이다.

"이런 경우엔 '미안하다' 는 말만으로는 충분치가 않아."

존스는 깜짝 놀란 얼굴로 쳐다보았다.

"무슨 말씀을 하시려는 거죠?"

"방금 말한 그대로요. 이런 경우엔 미안하다는 말만으론 충분하지 않다고. 사람들이 죽었소, 밸. 많은 질문들이 쏟아져 나올 것이고 거기에 대답해야 할 거요."

헤이즈 대통령은 존스가 상황의 심각성을 제대로 이해했는지 확인하려는 듯 그녀를 빤히 바라보았다.

대통령 경호실장 잭 워치는 벙커의 문 근처에 있는 2단식 침대에 웅크리고 앉아 차가운 콘크리트 벽에 등을 기대고 있었다. 항상 단정한 이 특수요원은 넥타이와 상의를 벗어 깨끗하게 접은 다음 해군 스타일의 2단 침대 위에 놓아두었다. 가로 9미터 세로 6미터 크기의 방 안에 18개의 튼튼한 침대가 있었다. 양쪽 긴 벽을 따라 아래위로 각각 네 개씩 모두 16개, 문 옆의 벽에 부착된 두 개까지 합쳐 모두 18개였다. 아무 장식도 없는 군대용 침대로 한쪽 면을 두 개의 경첩으로 벽에 고정시키고, 침대 바깥쪽 양쪽 모서리는 벽에 고정시킨 1미터 길이의 쇠사슬로 연결되어 있었다. 침대를 사용하지 않을 때는 위로 걷어 올려 벽에 붙이기 위해서였다. 바닥에 깔린 카펫은 대피용 터널의 바닥과 벽을 가렸던 것과 똑같은 수수한 갈색이었다. 벙커의 맨 안쪽에는 작은 욕실과 부엌이 있었다.

그리고 방 한가운데는 두 개의 소파와 두 개의 러브시트가 있었다. 네 개 모두 가죽처럼 보이는 갈색 비닐을 입힌 것들이었다. 이음새가 없는 천장과 벽은 회색이 도는 흰색을 칠하여 황량한 벙커 분위기를 조금이나마 부드럽게 해주었다.

잭 워치는 손을 뻗어 검은색 모토롤라 무전기를 집어 들었다. 그의 살색 이어폰과 핸드마이크는 침대 머리맡에 무용지물처럼 놓여 있었다. 벙커로 들어온 지 10분도 채 안 되어 이 고가의 소형 무전기는 신호가 끊겨버렸다. 그런데 워치의 무전기만 그런 것이 아니었다. 통신이 끊어지는 순간 열 명의 요원들이 동시에 서로의 얼굴을 쳐다보았다. 테러범들이 디지털 암호 시스템을 파괴하고 모든 무선통신을 차단한 것이었다. 워치는 디지털 폰을 연결하여 비밀검찰국 연합작전센터와 접촉하려고 5분 정도 미친 듯이 시도했다. 전화기는 이상이 없는데 응답이 없었다. 그러더니 아예 먹통으로 변했다.

외부와 완전히 차단되자 그들은 최악의 상황밖에 생각할 것이 없었다. 비밀검찰국이 테러범들의 습격을 막아냈다면 그들이 아직도 벙커 안에 웅크리고 앉아 있을 턱이 없지 않은가? 통신이 되든 안 되든 그의 부하들이 코드를 알아내어 이곳으로 와서 문을 열었을 것이다. 최악의 사태를 가정해야만 했다. 백악관이 테러범들의 손에 떨어진 것이다. 워치는 건너편에 헝클어진 모습으로 앉아 있는 대통령과 비서실장을 바라보았다. 두 사람은 소파에 나란히 앉아 무슨 말인지 소곤거렸다. 이젠 대통령에게 사실을 알릴 때가 되었다.

11

아지즈의 충격적인 전화가 끝나자 펜타곤 합참본부 회의실 안에는 또한 차례의 혼돈이 휘몰아쳤다. 미치 랩의 왼쪽에서는 CIA 국장과 대테러센터 본부장이 잭 플러드 합참의장과 열심히 의견을 교환했고, 오른쪽에서는 백스터 부통령이 각료들과 떠들어대고 있었다. 랩은 자기 상사들이 합참의장과 어떤 얘기를 나누고 있는지는 대충 알 만했다. 그래서 그는 오른쪽에 앉은 정치가들의 얘기에 귀를 기울이기로 했다.

몇 분쯤 들어보니 백스터 주위의 인사들은 현 상황을 전혀 이해하지 못하고 있다는 결론에 도달했다. 또한 그 과정에서 쥐뿔도 모르는 놈일수록 고집은 더욱 줄기차게 부린다는 것도 알게 되었다. 입만 열었다 하면 '조심'이니 '신중'이란 말이 빠질 때가 없었다. 그런 말을 들을 때마다 랩은 그들이 지금 어떤 놈들을 상대하고 있는지 전혀 모르고 있다는 생각이 들었다. 랩은 그들의 물색없는 지껄임에 재갈을 물리며 솔직한 의견을 들려주고 싶은 충동을 몇 차례나 억눌러야만 했다. 실제로 두 번이나 의자를 박차고 나가려다가 간신히 자신을 억제했다. 케네디의 말이 옳다고 생각했기 때문이다. 그는 자신의 프로파일을 최대한 감춰야만 했다.

단편적인 대화들이 몇 분간 더 이어진 끝에 백스터 부통령이 손가락을 따다닥 부딪치며 사람들의 주의를 모았다. 말소리가 하나씩 기어들자 그가 말했다.

"튜트윌러 법무장관에게 계획이 있다고 하니 다들 한 번 들어보는 것이 좋겠소."

모든 시선이 부통령에게서 법무장관에게로 옮겨졌다. 튜트윌러는 의자를 당겨 앉더니 안경을 벗어 두 손에 들고 말했다.

"아지즈가 말한 그 돈은 실재한다고 로즈 재무장관이 확인해 주었습니다. 그리고 다들 아시다시피 그 돈은 이란 국왕이 몰락할 때 우리 정부가 동결시킨 것입니다. 우리 돈이 아니라는 뜻이죠."

법무장관은 들고 있던 안경을 가죽 폴더 위에 내려놓았다.

"나는 인질협상을 위한 선의의 표시로 내일 아침 9시에 그 돈의 일부를 풀어줘야 한다고 생각합니다. 그 대가로 아지즈에게 인질의 일부를 풀어주는 선의를 보여 달라고 요구하는 것이죠."

튜트윌러 쪽에 앉아 있는 사람들은 일제히 반대쪽 테이블에 앉은 합참본부, CIA, FBI를 대표하는 사람들을 돌아보며 그 아이디어를 어떻게 받아들이는지 궁금해했다. 대머리에 수척한 얼굴의 해군 참모총장 넬슨 대장이 맨 먼저 입을 열었다.

"나는 그들에게 어떤 것도 주지 말 것을 조언합니다! 그건 아주 나쁜 선례를 남기게 될 것입니다! 테러에 대한 우리의 정책은 언제나 어떤 관용도 타협도 없다는 것이었습니다. 제로라고요!"

그는 손가락으로 동그라미를 만들어 보이며 소리쳤다.

"전 세계가 지켜보고 있습니다. 이런 때에 우리의 정책을 바꿔서는 안 됩니다!"

백스터 부통령은 자신의 군사 고문들을 돌아보았다. 그는 이것이 그들의 자리라고 생각했지만, 이젠 그들을 동참시킬 필요가 생겼다. 여론의 합의를 도출할 필요가 있는 것이다. 그래야만 모든 것이 날아갔을 때 혼자만 껍데기를 들고 있는 꼴을 모면할 수 있을 것 아닌가. 그는 동정심에 호소하기로 했다.

"저 안에 인질들이 있다는 걸 잊지 말아요. 미국 국민들입니다. 대통령은 무사하지만, 우리 국민들도 저기서 안전하게 데려나오도록 최선을 다해야 합니다. 이들은 적진에 남겨두고 온 병사들이나 같아요. 그들을 구해내기 위해 약간의 돈을 지불해야 한다면, 더구나 우리 돈도 아닌데, 우린 당연히 그렇게 해야 합니다."

백스터는 고개를 끄덕이며 테이블 맞은편에 앉은 장성들과 일일이 눈길을 맞추었다. 나중에 개인적으로 전화하여 필요한 지원을 이끌어낼 생각이었다. 은밀한 눈맞춤을 끝내자 그는 결론으로 들어갔다.

"최근 소식에 비추어볼 때 이것이 우리가 해야 할 일입니다."

부통령은 FBI의 로치 국장을 지명하며 말했다.

"나는 당신과 당신 부하들이 백악관 전 지역을 맡아주기 바랍니다. 만약 보조 역할로 비밀검찰국 요원들이 필요하다면 얼마든지 마음대로 사용해도 좋소."

로치 국장이 상체를 앞으로 내밀며 물었다.

"그건 우리더러 인질구조 작전을 세우라는 말씀 같은데요?"

"물론이오. 그렇지만 내 명령이 떨어지기 전에 행동으로 옮겨선 안 됩니다. 그 이전에 최대한 많은 인질들을 구해내고 싶으니까요."

백스터는 이번엔 마지 튜트윌러를 돌아보며 말했다.

"마지, 내일 진행할 일들에 대해 모두에게 설명해 주시오."

법무장관은 테이블 전체를 볼 수 있도록 머리를 앞으로 내밀었다.

"아침 9시에 아지즈에게 전화를 걸어 돈의 일부를 그의 계좌로 입금할 준비가 되었다고 말할 겁니다. 그렇게 하긴 아주 쉬울 거예요. 로즈 장관은 그 돈이 10여 개의 별도 은행에 입금되어 있으며, 그 중 한 은행에서 적정 금액을 이란으로 이체하기만 하면 된다고 했습니다. 금액은 10억 달러쯤 될 겁니다. 나머지 돈도 계속 작업하는 중이라고 말하고, 선의의 표시로 인질들을 좀 풀어주면 도움이 되겠다고 그를 설득할 것입니다."

튜트윌러는 테이블 중간쯤에서 머리를 세차게 흔들고 있는 한 사내 때문에 잠시 설명을 멈추었다. 그 사내에게 시선을 고정한 채 그녀는 설명을 계속했다.

"나는 인질협상에 대한 많은 사례들을 살펴본 결과 이런 상황에서는 인질범들로부터 아주 작은 양보만 받아내도 인질들을 구해낼 가능성은 엄청 커진다는 것을 알았습니다."

튜트윌러는 다시 말을 멈춰야만 했다. 그 사내가 또 머리를 세차게 흔들어대더니 이번엔 아예 자기 두 손에 얼굴을 묻어버리는 것을 보았기 때문이다. 그녀 혼자만 사내가 그러는 것을 본 것이 아니었다. 뭐 이런 작자가 다 있어?

미치 랩은 더 이상 들어줄 수가 없었다. 법무장관이란 여자가 한마디씩 지껄일 때마다 그의 정수리에 어떤 놈이 못을 쾅쾅 박아 넣는 기분이었다. 랩은 얼굴을 두 손에 묻은 채 자신에게 중얼거렸다. 그런 짓을 해선 안 돼. 그딴 개수작을 해선 안 된다고, 난 이 일을 위해 내 인생 전부를 걸었어. 이제 바로 코앞에 다가왔는데. 그는 두 손으로 자신의 머리를 쥐어짰다. 정말 아무것도 모르는 여자가 입만 나불대고 있잖아!

테이블에 둘러앉은 사람들 중 적어도 절반 정도는 튜트윌러와 신원미상의 그 남자를 번갈아 바라보고 있었다. 눈앞에 있는 이 검은 머리의 청년은 마치 동맥류로 고통에 시달리고 있는 것처럼 보였다. 다른 사람들도 그를 주시하고 있다는 사실을 법무장관은 이제 무시할 수 없게 되었다. 그녀는 기침소리를 크게 낸 다음 사내에게 물었다.

"거기요, 혹 어디 편찮으세요?"

랩은 그녀의 말을 듣지 못했지만 아이린 케네디가 팔을 살짝 건드리는 걸 느꼈다. 얼굴에서 손을 천천히 내린 그는 모든 사람들이 자기를 주시하고 있음을 알았다. 튜트윌러가 같은 질문을 반복하자 랩은 그녀를 쳐다보며 말했다.

"미안합니다. 듣지 못했어요."

법무장관은 최대한의 인내심을 발휘하며 다시 그에게 물었다.

"뭔가 하시고 싶은 말씀이 있는 건가요, 아니면… 두통에 필요한 아스피린을 드려야 하나요?"

랩은 자기 상사들을 힐끗 돌아보았다. CIA 국장도 대테러센터 본부장도 가타부타 말이 없자 그는 다시 법무장관을 돌아보았다. 그녀의 얼굴에서 겸손한 체하는 표정을 보자 그는 더 이상 꼬리만 내리고 있을 때가 아니라는 생각이 들었다. 지금이야. 이 엿 같은 여행에서 처음으로 라피크 아지즈가 어디에 있는지, 가까운 미래에는 어디 있을 것인지 알았다. 겉으로 드러내든 말든 이번 싸움이 마지막이 될 가능성이 컸다. 그런데 남은 총알을 다 쏴버리지 않고 집으로 돌아갈 순 없는 일이었다. 그는 상체를 곧추세우며 말했다.

"꼭 드리고 싶은 말씀이 있습니다. 실은 좀 많습니다."

그는 잠시 망설이다 다시 말했다.

"우선 무엇보다도, 그자에게 돈의 일부만 돌려주며 인질의 일부를 풀어달라고 애원하면 그자는 사악한 본성을 드러내 보일 겁니다. 그자는 모든 카메라들이 지켜볼 수 있도록 인질들 한두 명을 창문에 세워놓고 그들의 머리를 날려버릴 거예요. 그러면 TV 화면을 통해 전국에 방송되겠죠."

튜트윌러는 머리를 뒤로 약간 젖히고 미심쩍은 표정으로 말했다.

"당신은 혹시 미스터…."

"크루즈라고 합니다."

"그런데 테러범들과 협상을 해본 경험은 있습니까, 크루즈 씨?"

랩에게 그런 질문은 정말 웃기는 것이었다. 그는 고개를 저으며 대답했다.

"전혀요."

이 따위 태도에는 전혀 익숙하지 않은 튜트윌러는 백스터를 돌아보며 커다란 소리로 물었다.

"이 사람이 여기서 뭘 하고 있는 거죠?"

그녀의 오만한 질문에 랩은 의자에서 벌떡 일어났다. 아이린 케네디가 그의 팔을 잡았다. 랩은 상사의 손을 뿌리치며 단호하게 말했다.

"이미 벌어진 일이에요."

그는 연단을 향해 걸어 나갔다. 하얀 셔츠에 넥타이를 매고 양복을 걸친 랩의 모습은 거기 모인 사람들과 별반 차이가 없어 보였지만, 조금만 유의해서 보면 그가 평범한 애널리스트는 아니란 걸 알 수 있었다. 연단에 선 그는 튜트윌러의 질문을 사람들에게 반복했다.

"이 사람이 여기서 뭘 하고 있느냐고요?"

그 질문을 곱씹기라도 하듯 랩은 천장을 잠시 응시했다.

"이 질문을 지난 10년 동안 내게 수없이 던졌습니다만, 아직도 그 대답을 당신들 앞에서 할 수 없을 것 같군요."

그는 참으로 놀랍다는 표정을 지어보이며 튜트윌러에게 말했다.

"그렇지만 당신의 다른 질문에는 대답할 수 있습니다. 테러범들과의 협상에 대한 것 말입니다."

랩은 잠시 쉬었다가 아무렇지도 않다는 듯 말했다.

"나는 테러범들과 절대 협상하지 않습니다, 튜트윌러 장관님. 그냥 죽여 버려요."

그는 두 손으로 연설대 양쪽 모서리를 잡고 테이블을 내려다보며 다시 말했다.

"나는 그들을 끝까지 쫓아가서 죽여 버립니다."

법무장관은 난데없이 뛰어든 자의 비정상적인 발언에 흔들리는 모습을 참석자들에게 보이고 싶진 않았다. 그녀는 침착하게 대응하려고 애쓰며 마음속에 맨 먼저 떠오르는 질문을 사내에게 던졌다.

"당신은 누구 밑에서 일하고 있죠, 크루즈 씨?"

"그건 대외비 사항 같은데요, 장관님."

랩은 히죽 웃고는 표준적인 대답을 들려주었다.

"장관님은 아실 필요가 없습니다."

튜트윌러도 똑같이 조소하는 말투로 대꾸했다.

"좋아요, 크루즈 씨. 이 테러범들을 죽일 때가 되었다고 생각되면 당신에게 꼭 연락하죠. 그때까진 당신 자리로 돌아가서 조용히 앉아 주시겠어요? 우린 당면한 일을 시급히 처리해야 하니까요."

이 여자 잘난 척하는 꼴은 정말 봐줄 수가 없군. 랩은 역겨움을 느꼈다. 성질이 뻗쳐서 정말 더 이상 견디기 어려울 정도였다. 그는 여자를 잠시 관찰한 뒤 불쑥 질문을 던졌다.

"튜트윌러 장관님, 베이루트에 가보신 적이 있습니까?"

여자의 반응을 잠시 기다렸다가 그는 다시 말했다.

"아마 없으시겠죠. 혹 궁금하실까 봐 말씀드리는데, 라피크 아지즈가 바로 거기 출신입니다. 이란은 어떻습니까? 거긴 가보신 적 있나요?"

랩은 1초도 기다려주지 않고 제 입으로 냉큼 대답했다.

"아마 없겠죠. 난 어젯밤 이란에 있었습니다."

그는 예사라는 듯이 말했다.

"실은 지난주 내내 거기 있었죠. 이란에는 우리 대사관이 없으니, 내가 정부의 공식 업무로 가지 않았다는 걸 짐작하시겠죠. 혹시 페르시아어나 이란의 방언들을 접해 보신 적 있습니까?"

랩은 고개를 흔들며 말했다.

"역시 없으시겠죠. 무슬림 신앙이나 성전은 어떻습니까? 라피크 아지즈와 그 국민들의 관습을 이해하고 있습니까?"

"말하고 싶은 요지가 뭐죠, 크루즈 씨?"

튜트윌러가 화난 표정으로 물었다.

랩은 긴 테이블에 앉은 사람들과 거만한 법무장관을 내려다보며 거의 고함에 가까운 소리로 일갈했다.

"내 말의 요지는 튜트윌러 장관님, 당신은 자신이 상대하고 있는 자에 대해 눈곱만큼도 모르고 있다는 겁니다!"

그는 한 마디 한 마디마다 그녀를 가리키며 말했다.

"당신은 토크쇼 따위에 나가 수사기관들이나 비난하고 돌아다니는 것이 일이더군요. 당신이 평생 동안 탁상공론으로 기여한 것보다 더 많은 범죄를 일주일 안에 막아내고 있는 그들을 말입니다. 당신이 그러고 다니는 동안 나는 라피크 아지즈를 찾아 중동의 지옥 같은 구덩이 속을 기어 다녔어요."

랩은 튜트윌러가 팔짱을 단단히 끼며 눈알을 한 바퀴 굴리는 것을 보았다. 그는 여자가 정신이 번쩍 들 만큼 고함을 질렀다.

"이봐요, 장관님! 이건 게임이 아니에요! 누가 박사냐, 누구 계급이 가장 높으냐의 문제가 아닙니다! 사람들이 죽었어요. 이 일이 끝나기 전에 더 많은 사람들이 죽을 겁니다!"

랩은 얼굴을 옆으로 돌려 자신의 구릿빛 얼굴에 난 분홍빛 흉터를 보여 주었다.

"이 흉터가 보입니까? 얇게 베인 상처가 아닙니다. 나한테 이런 상처를 입혔던 놈이 바로 라피크 아지즈예요. 그래서 여태 본 적도 없고 알지도 못하는 자에 대해서 내가 의견을 제시하면, 여러분은 당연히 귀를 기울여야 하는 겁니다."

그는 연설대 양쪽 모서리를 꽉 쥐었다.

"우리가 지금 얘기하는 사내는 은행 강도가 아닙니다. 데이비드 코레쉬 같은 늙다리도 아니에요. 이자는 고도로 훈련된 지적인 살인자인 동시에 종교적 광신잡니다. 당신들이 세운 작은 계획은 은행이나 우체국을 점거한 화난 종업원한테는 먹혀들지 몰라도, 이자는 거물이에요. 이건 빅 리그란 말입니다."

랩은 법무장관에게 다시 초점을 맞추었다.

"아지즈는 하찮은 범죄자가 아닙니다. 만약 당신이 내일 그가 요구했던 것의 일부를 내어주며 목줄을 잡아당겼다간 놈의 아가리에 엉덩이를 호되게 물릴 겁니다."

그는 팔을 굽혀 상체를 연설대 위로 숙인 채 테이블 끝에 앉은 정치가들의 얼굴 표정을 살펴보았다. 그만하면 알 만했다. 지금껏 귀머거리들 앞에서 지껄인 것이나 진배없었다. 테이블에 앉은 남녀들은 그가 마치 알아듣지 못할 외국어로 혼자만 지껄인 것 같은 표정을 하고 있었다. 어쩜 이럴 수가! 랩은 믿을 수가 없었다. 라피크 아지즈는 그의 동인(動因)이었다. 이것은 이제 그의 성전이 되었다. 이 사내를 잡기 위해 지금까지 살아온 인생의 3분의 1을 몽땅 바쳤다. 그런데 그건 시작에 불과했다. 사상자 수가 늘어나면서 그보다 훨씬 큰 일로 변했다. 아지즈가 다시 살인하는 것을 막기 위해서는 일을 서둘러야 했다. 그자에 대해 랩 자신보다 더 잘 아는 사람은 이 방에는 없는 것 같았다. 아마 전 세계를 샅샅이 뒤져도 없을 것이다. 그렇다면 이 절체절명의 순간에 그만큼 알아듣게 설명했으면 적절한 반응들을 보여야 할 것 아닌가. 그런데 이들의 태도가 이게 뭔가. 나를 아예 미친 얼간이 취급하고 있지 않은가.

미치 랩은 그들을 향해 목이 터지라고 고함치고 싶은 충동을 간신히 눌러 참았다. 그 순간 자신이 취할 수 있는 행동은 한 가지밖에 없다는 것을 깨달았다. 오만한 마지 튜트윌러가 자신의 하찮은 계획을 기어이 행동으로 옮기고 싶다면, 그리고 이 멍청이들이 그녀가 이끄는 대로 따라가고 싶어 한다면 그냥 내버려둘 수밖에. 그 여자는 자기 목을 매달고도 남을 만큼 충분한 밧줄을 자신에게 이미 제공했고, 내일 아침에도 해는 분명 떠오를 테니, 그녀가 교수대에 매달려 흔들거리는 꼴을 보게 될 것은 뻔했다. 그는 다시 머리를 흔들고 나서 말했다.

"나는 분명히 경고했습니다."

그리고 출입문 쪽으로 걸어가기 시작했다. 중간쯤에서 그는 뒤를 돌아보며 소리쳤다.

"게임이 다 끝나면 나를 부르시오. 아무래도 내가 다시 와서 청소를 좀 해야 할 것 같으니까."

그는 문을 열고 복도로 사라졌다.

잭 플러드 합참의장은 랩이 회의실을 떠나자 의자를 돌려 부관을 신중하게 손가락질하여 불렀다. 처음 스탠스필드 국장에게 그 젊은 첩보요원을 데려오라고 부탁했을 땐 조금 전에 벌어진 그런 사태는 상상도 하지 못했다. 그렇지만 지금 플러드 장군은 그 청년이 대신 총대를 매어준 것이 고맙기 그지없었다. 공군 대위가 다가와서 귀를 내밀자 장군은 조그맣게 소곤거렸다.

"크루즈 씨를 좀 붙잡아 주게. 회의 끝날 때까지 내 사무실에서 좀 기다려 달라고 해."

비밀검찰국 요원들을 제외한 모든 인질들은 백악관 식당으로 옮겨졌다. 식당에 있던 식탁들과 의자들은 청사 서쪽 진입로로 나가는 복도로 내던져져 어지럽게 뒤엉긴 차단벽을 형성했다. 인질들은 우리에 갇힌 가축들처럼 식당 바닥에 둥그렇게 둘러앉았다. 테러범들은 한 명에서 네 명까지 수시로 나타나서 인질들을 감시했고, 조금만 이상한 움직임을 보이면 발로 마구 걷어차며 고함을 질렀다.

NBC 특파원 애너 릴리는 백악관 식당의 카펫 위에 앉으며 안도했다.

테러범들에게 얻어맞거나 걷어차이지 않고 화장실에도 다녀왔다. 그녀 앞에 있던 한 여자는 겁 없이 테러범의 얼굴을 쳐다보다가 뺨을 맞았다. 릴리는 항상 시선을 내리 깔고 있었다. 그런데 테러범 한 놈이 혐오스럽게도 화장실까지 따라왔다. 놈의 얼굴 표정을 보자 겁이 더럭 났다. 소변을 보는 동안에도 놈은 뚫어지게 바라보고 있었고, 바지를 올리는 동작 하나하나까지 눈길을 떼지 않았다. 놈의 음흉한 속을 생각하자 릴리는 목이 꽉 죄는 느낌과 함께 몸서리가 쳐졌다.

1993년 세계무역센터 폭파 사건이 있은 후 릴리는 NBC 시카고 지사에서 이슬람 테러리즘에 대해 집중 취재했다. 그 두 주일짜리 프로젝트를 통해 급진적 이슬람 원리주의자들의 정신에 대한 충분한 혜안을 가지게 되었지만, 시카고 경찰의 딸인 그녀의 입장에서는 도저히 이해할 수 없는 광적인 데가 있다는 것도 알았다. 이 납치범들은 여자들을 단지 취하고 버리는 가축 정도로만 여겼다. 알라를 믿지 않는 여자들은 부정하고 사악한 존재로 간주되며, 달리 말하면 '만만한 사냥감'이었다.

파견 첫날부터 된통 걸렸군, 하고 릴리는 생각했다. 그녀는 언제나 생동감 넘치는 뉴스 현장에 있고 싶었다. 그리고 지금 자신은 수십 년에 한 차례 걸릴까 말까 하는 대형사건의 실질적 한 부분이 되어 있었다. 머리를 숙인 채 흘러내린 갈색 머리카락을 귀 뒤로 쓸어 올리며 납치범들 중 한 놈을 슬쩍 살펴보았다. 놈이 돌아보자 그녀는 재빨리 시선을 돌렸다. 눈을 마주치면 안 돼. 복종적인 태도를 취하고 여러 사람들 속에 섞여들어야 해.

애너 릴리는 다행히도 눈치 하나는 타고났다. 어릴 때부터 시카고 중심부에서 삶의 어두운 면을 보며 성장한 탓이었다. 사회복지사인 어머니와 시카고 경찰인 아버지는 다섯 아들과 외동딸에게 세상살이가 텔레비전에서 보는 것과는 아주 다르다는 것을 일찌감치 교육시켰다. 덕분에 애너 릴리는 강력한 생존 본능을 지니게 되었고, 바로 그 본능이 몇 년 전 시카고에서 그녀의 생명을 지켜준 적도 있었다. 이제 이곳 워싱턴에서도 그때처럼 무사히 넘길 수 있기를 바랄 뿐이었다.

릴리는 이미 몸에 달고 있던 보석과 장식구들을 모조리 제거하고 화장품도 대부분 내버렸다. 주의를 덜 끌수록 안전하다는 것을 알기 때문이었다. 벌써 두 남자는 주먹으로 언어맞아 콧잔등이 터졌고, 한 여자는 뺨을 맞아 귀에서 피가 흘렀다. 릴리는 자신에게 쉴 새 없이 타일렀다. 제발 납작하게 엎드려 있어. 여기서 살아 나가고 싶다면 말이야.

릴리와 한 사무실을 사용하게 된 ABC 특파원 스톤 알렉산더의 얘기를 빼놓을 수는 없다. 테러범들의 공격이 있은 후부터 그는 릴리의 곁을 잠시도 떠나지 않았다. 릴리를 보호하기 위해서가 아니었다. 만약 그럴 일이 있다면 릴리가 그를 보호해야 할 판이었다. 알렉산더는 그녀 옆으로 바짝 다가앉으며 물었다.

"우릴 얼마나 오래 여기 앉혀둘 요량일까요?"

릴리는 입술을 움직이지 않고 나지막이 속삭였다.

"당신이 지껄이는 걸 저들이 발견하면 다가와서 라이플로 당신 코를 뭉개놓을 거예요. 그러니까 입 다물고 있어요."

알렉산더는 움츠러들며 얼굴을 두 손에 묻었다. 그는 벌써 두 번이나 울었다. 한심하군, 하고 릴리는 생각했다. 아빠는 위기를 맞았을 때 그 사람의 색깔이 드러난다고 말씀하셨지. 알렉산더도 그랬다. 그의 색깔은 비겁을 상징하는 노랑이었다.

릴리의 시야로 한 사내가 식당으로 들어오는 것이 잡혔다. 머리를 숙인 채 조심스레 살펴보니 이제껏 보지 못했던 사내였다. 그런데 다른 테러범들과는 어딘지 달라 보였다. 그들과 똑같은 초록색 전투복 차림이었지만 멋진 헤어스타일이었고 수염도 단정하게 다듬었다. 꽤 잘생긴 남잔데 그래.

그때 갑자기 생각났다. 아침에 백악관으로 들어오다가 러스 파이퍼 민주당 의장을 만나 소개 받았던 바로 그 남자가 아닌가? 무슨 왕자라고 했던 것 같은데. 오, 세상에! 그렇다면 파이퍼 의장은 어떻게 된 거지? 릴리는 머리를 숙인 채 인질들 속에서 파이퍼의 모습을 천천히 찾기 시작했다. 하지만 그녀의 부모와 친구인 민주당 의장은 그들 가운데 없었다. 그러고 보니 아침에 만난 이후로는 한 번도 눈에 띄지 않았다는 생각이 들었다.

릴리는 왕자라고 하던 그 사내를 다시 살펴보았다. 이자가 리더였어. 다른 테러범들이 그를 대하는 태도나 말투를 보면 금방 알 수 있었다. 그가 식당으로 들어서자 인질들을 감시하고 있던 세 명의 테러범이 절도 있게 경례를 붙였다. 잠시 후 릴리가 처음에 리더라고 생각했던 대머리 테러범이 들어오더니 왕자에게 다가갔다. 그리곤 그의 귀에 대고 뭐라고 소곤거리자 왕자의 눈빛이 금방 달라졌다.

조금 전까지만 해도 라피크 아지즈는 확신과 분노 사이에서 망설이는 듯한 표정으로 서 있었다. 그러나 무아마르 벤가지가 속삭이는 소리를 듣고 나자 저울이 분노 쪽으로 갑자기 기울었다. 이런 순간이 올 줄 알았다. 마음속으로 이미 백 번도 더 실행했던 일이 어디로 갔겠는가. 그는 벤가지를 향해 고함을 버럭 질렀다.

"어떤 새끼야?"

벤가지는 인질들이 모여 앉은 가장자리에 있는 한 남자를 가리켰다. 아지즈가 그를 향해 성큼성큼 걸어가자 벤가지도 뒤를 따랐다. 아지즈는 흰 셔츠 차림에 넥타이를 느슨하게 매고 있는 그 남자 앞에 서서 손가락으로 가리키며 벤가지에게 물었다.

"이자야?"

벤가지는 고개를 끄덕였다.

아지즈는 사내를 내려다보며 명령했다.

"일어서!

사내가 일어서자 키가 아지즈보다 한 뼘 정도는 더 컸다. 나이는 50대 중반쯤 되어 보였고 갈색과 회색이 섞인 머리카락이 희끗희끗했다. 아지즈는 인질들이 다 들을 수 있도록 큰 목소리로 물었다.

"요구사항이 있다고 했나?"

"예에."

사내는 불안한 표정으로 입을 열었다.

"우리 가운데 임산부와 나이 드신 분들이 있어서요. 그래서 저 사람에게…."

백악관 직원인 사내는 벤가지를 가리키며 말을 이었다.

"담요와 음식을 좀 얻을 수 있을까 하여…."

아지즈는 고함을 꽥 질렀다.

"없어!"

사내는 흠칫 놀라며 뒤로 조금 물러섰다.

"하지만…."

그는 바닥에 앉은 임산부를 손으로 가리키며 말했다.

"저 부인은 임신을 했습니다."

아지즈는 늙은 여자의 무릎을 베고 바닥에 누워 있는 임산부의 불룩한 배를 돌아보았다. 혹시나 하는 마음으로 바라보는 임산부의 어머니에게 시선을 고정한 채 아지즈는 오른손을 허벅지로 가져가 권총을 뽑아들었다. 그리곤 말 한마디, 표정 변화 하나 없이 사내의 이마를 겨냥하고 방아쇠를 당겨버렸다.

벼락같은 총성에 사람들은 모두 본능적으로 몸을 움츠렸다. 그리고 그 총성이 채 가라앉기도 전에 사내는 모여 앉은 인질들 속으로 벌떡 나자빠졌다. 충격을 받은 대여섯 명의 인질들 머리 위로 사내의 피와 골수와 두개골 파편들이 쏟아져 내렸다.

식당 안이 난장판으로 변하자 라피크 아지즈는 돌아서서 문 쪽으로 향했다. 냉혹한 얼굴은 계획의 또 한 단계를 완성했다는 사악한 만족감으로 빛났다. 부하들이 인질들에게 질러대는 고함 소리를 뒤로 하고 아지즈는 식당을 나갔다. 복도를 따라 상황실로 걸어가는 그의 입가에 미소가 번졌다. 때가 왔을 때 인질들은 감히 말썽을 피울 생각을 못할 것이다. 이제부터 그들은 순한 어린 양들처럼 굴 테니까.

12

잭 플러드 합참의장은 미국 군대에서 계급이 가장 높은 사람이다. 합참회의실에서 복도 아래쪽에 있는 그의 사무실은 그런 권력을 휘두르는 사람의 격에 맞게 크고 화려했다. 벽들은 그가 군대에서 성장해온 과정을 담은 사진과 액자들로 덮여 있었는데, 사관생도 시절부터 현 보직에 이르기까지 진급한 순서대로 진열한 군대식이었다.

사무실은 세 부분으로 나눠져서 맨 안쪽은 스무 명쯤 앉을 수 있는 커다란 사각형 테이블이 차지했고, 중간에는 장군의 실용적인 토머스 아퀴나스 스타일의 책상이 놓여 있었다. 책상의 넓은 목재 표면이 커브를 이루고 있어서 장군의 뚱뚱한 배를 잘 가려주었고, 의자에 앉은 채 자유롭게 몸을 돌려 많은 힘을 들이지 않고도 한 프로젝트에서 다른 프로젝트로 이동할 수 있었다.

나머지 공간에는 기다란 유리 커피 테이블 둘레에 소파와 의자들을 놓아두었다. 미치 랩은 그 의자들 중 하나에 앉아 문 쪽을 바라보고 있었다. 합참의장의 부관이 그를 이곳으로 안내하고 나간 지 30분쯤 지났다. 그동안 랩은 플러드 장군의 바에 멋지게 진열해 놓은 다품종소량생산의 부커즈 버번위스키에 눈독을 들이고 있었다. 그는 지친 데다 신경이 곤두섰다. 근 일주일 동안 운동을 못했다. 적어도 하루 두 시간씩, 일주일에 엿새는 운동을 했던 몸을 근래에는 쓰지 못해 좀이 쑤셔 미칠 지경이었다. 최소한의 잠을 자고 조악한 음식을 먹으며 여기까지 왔다. 그가 위험 속을 헤집고 다니던 지난 10년 동안 대학에서 법학도들을 가르치던 인간이 그의 전문성에 대해 의문을 제기했던 것이다. 그런 황당한 기분은 처음이었다. 아지즈가 바로 강 건너 백악관 상황실에 앉아 있는데, 그는 지금 아무 할 일이 없어 앉아서 기다리고만 있는 것이다.

10분쯤 더 지나서야 플러드 장군이 자기 사무실로 돌아왔다. 그는 랩의 두 상사와 캠벨 연합특전사 사령관을 대동했다. 랩은 일어나 그들을 맞으며 스탠스필드 국장의 표정을 살폈다. 국장이 혹시 날 끌고나가 총살시키겠다고 설쳐대진 않을까? 하지만 그는 곧 부질없는 짓이란 걸 깨달았다. CIA 국장의 표정을 살피는 일은 스핑크스의 얼굴을 읽는 일보다 더 어려웠다. 오래 살펴볼수록 더 많은 것을 알았다는 생각은 드는데, 실제로 알아낸 것은 하나도 없는 얼굴이었다. 스핑크스의 얼굴에는 아무것도 없어서 그렇지만, 스탠스필드의 표정에는 너무 많은 것이 담겨 있어서 그랬다.

플러드 장군은 즉시 군복의 금단추를 풀기 시작했다.

"크루즈 씨, 당신 얘기는 거기 있던 많은 사람들의 주의를 끌었소."

그는 상의를 벗어 의자 등받이에 던졌다.

"죄송합니다. 제가 좀⋯."

합참의장은 손사래를 치며 랩의 말을 막았다.

"죄송할 거 없소. 그들에게 필요한 말이었으니까."

장군은 바 쪽으로 걸어가며 물었다.

"한 잔 하고 싶은 사람 없소? 난 마셔야겠어."

그는 유리잔에 25년 묵은 매캘런 싱글몰트 스카치를 콸콸 따르고는 얼음을 한 주먹 집어넣었다. 그리곤 유리잔 속의 얼음을 휘휘 저은 다음 길게 한 모금 입에 물더니, 눈을 지그시 감고 스카치 맛을 음미하며 천천히 삼켰다. 잠시 침묵의 시간이 흐른 뒤 눈을 뜬 그는 만족한 표정으로 심호흡을 토해냈다.

"아이린은 뭘 마시겠나?"

아이린 케네디는 주당이 못 되었다. 그렇지만 플러드 장군 앞에서는 그게 중요하지 않다는 것을 그녀는 경험으로 알고 있었다. 중요한 것은 눈앞에 술이 있다는 것이었다.

"보드카로 주세요."

플러드는 스탠스필드와 캠벨이 무슨 술을 마시는지는 알고 있기 때문에 벌써 잔에다 따르고 있었다.

"미스터 랩."

그가 고개를 들고 말했다.

"본명을 불러도 괜찮을지 모르겠군."

랩이 고개를 끄덕이자 장군은 그에게 물었다.

"그래, 당신은 뭘 마시겠소?"

"부커즈 버번으로 하겠습니다."

플러드 장군은 한쪽 눈썹을 치켜 올리고 랩을 바라보았다. 놀란 건지 아니면 이 녀석이 돌았나 하고 생각하는지 분간할 수 없는 표정이었다. 그가 술잔들을 들고 돌아오며 말했다.

"내 아까도 말했지만 미스터 랩이 그들에게 한 방 호되게 먹였소. 백스터 부통령의 비서실장인 댈러스 킹이 회의가 끝나자마자 나한테 달려와서 당신이 도대체 누구냐고 묻더군."

그는 케네디에게 먼저 술잔을 건넸다.

"여기 있소, 아이린."

"그래서 뭐라고 하셨습니까?"

랩이 장군에게 물었다.

합참의장은 코웃음을 쳤다.

"그런 중요한 내용을 듣고 싶으면 더 높은 비밀취급허가를 얻어 와야 한다고 말해 줬소. 그들에게 일장훈시를 해버린 당신을 사건 대리인이라고 차마 말할 수가 있어야지."

그는 술잔을 다 돌린 뒤 긴 커피 테이블에 랩과 마주 보고 앉았다. 스탠스필드와 케네디는 한쪽 소파에 앉았고, 맞은편 소파에는 캠벨 장군이 앉아 있었다. 랩이 자기 상사들을 돌아보며 말했다.

"제가 도를 지나쳤다면 죄송합니다. 하지만 얼간이들이 일을 엉망으로 꼬이게 만드는 걸 보고 있노라니 성질이 뻗쳐서 그만….”

CIA 국장은 자기 술잔을 두 손으로 잡았다. 그리고 잠시 후 고개를 천천히 끄덕이며 말했다.

“난 자네가 조용히 있어주길 바랐네만, 자넨 그 자리에서 필요한 말을 했네.”

스탠스필드는 술을 한 모금 마신 뒤 덧붙였다.

“그리고 우리들은 할 수 없는 말이었어.”

플러드 장군도 동의한다는 듯이 고개를 끄덕였다.

“더 중요한 것은 당신이 위험을 분명하게 경고했다는 점이오. 이제 백스터는 모든 책임을 법무장관에게 미룰 겁니다. 그리고 튜트윌러의 계획에 대한 당신의 노골적인 비판으로 그녀의 위치가 완전히 드러났어요. 내일 그녀의 작전이 안 먹히면 백스터는 재빨리 그녀를 버리고 우리 말에 귀를 기울일 겁니다.”

랩은 의자 등받이에 몸을 기대며 말했다.

“그러면 튜트윌러가 사고를 칠 때까지 우린 이렇게 앉아 기다려야 하는 겁니까?”

“그럴 순 없지.”

플러드 장군은 고개를 저었다.

“난 절대 앉아서 기다리는 타입이 못 됩니다. 전쟁에 들어가기 전엔 항상 준비해야 할 것들이 있지.”

그는 거구를 움직여 술잔을 테이블 오른쪽 끝에 내려놓은 뒤 케네디와 스탠스필드, 캠벨, 그 자신을 가리키며 말했다.

“우리 네 사람은 이 위기를 해결할 방법은 하나밖에 없다는 걸 알고 있습니다. 무력으로 백악관을 탈환하는 것이죠. 아지즈는 백스터 부통령을 붙잡고 늘어져서 우리가 도저히 감당할 수 없는 상황까지 몰고 갈 거요. 그의 요구를 들어줄 수도 없고 들어줘서도 안 되는 상황이 왔을 때, 우리는 출동할 준비가 되어 있어야 합니다. 나는 준비가 되지 않은 상태에서 병력을 투입하고 싶지는 않소.”

플러드는 스카치를 한 모금 마시고 얘기를 계속했다.

"당신들은 모두 정보수집 분야에서 활동하는 사람들이오. 그러니까 정확한 정보 없이는 작전수립이 불가능하다는 건 말할 필요도 없겠지. 우리가 지금 당장 필요로 하는 것은 정확한 정보요."

그는 상체를 뒤로 젖히고 두 다리를 서로 걸쳤다.

"누가 안으로 들어가야 한다는 얘깁니다."

랩을 돌아보며 플러드는 덧붙였다.

"지원자가 필요해요. 위험을 무릅쓸 사람. 라피크 아지즈를 잘 아는 사람. 당신처럼 특수한 재능을 가진 지원자 말이오, 미스터 랩."

합참의장의 말은 차가운 물에서 수영한 뒤 쬐는 따뜻한 햇볕처럼 느껴졌다. 랩은 저절로 웃음이 나왔다. 그는 믿음직하게 대답했다.

"그렇게 어렵게 말씀하실 것 없이 그냥 '자네가 들어가게!'라고 하십시오."

플러드 장군은 미소를 지었다.

"그렇게 나올 줄 알았소."

그는 토머스 스탠스필드를 돌아보며 양해를 구했다.

"괜찮겠습니까, 토머스?"

CIA 국장은 잠시 생각한 후 머리를 끄덕였다.

"좋은 생각 같긴 합니다만 승인받기가 어려울 겁니다. FBI가 싫어할 테니까요."

"그건 내가 처리할 수 있습니다."

장군은 걱정 말라는 투로 말했다.

"이건 전쟁입니다. 전쟁에서는 다른 룰에 따라 싸우게 되어 있죠. 나도 브라이언 로치를 좋아합니다. 그렇지만 아지즈가 다른 룰을 들고 나오면 우리도 한 가지 룰만 고집할 수 없다는 것을 FBI 국장도 알아야 합니다. 우리도 전방에 배치할 A팀이 필요해요. 여기 앉은 미스터 랩이 A팀입니다."

플러드는 미치 랩을 가리켰다. 그리곤 스카치를 한 모금 마신 뒤 몸을 앞으로 숙여 커다란 손을 스탠스필드의 어깨 위에 올려놓고 말했다.

"국장님은 미스터 랩을 안으로 침투시킬 방법을 찾아 주십시오. 승인은 내가 반드시 받아내겠습니다."

CIA 국장은 잠시 생각한 뒤 고개를 끄덕여 동의했다.

합참의장은 손을 거둬들이고 의자 등받이에 기대었다. 그리곤 방 안을 돌아보며 물었다.

"자, 그러면 미스터 랩을 저 안에 침투시킬 묘안은 없습니까?"

한참 후에 스탠스필드가 말했다.

"없습니다. 그렇지만 어디서부터 시작해야 할지는 알죠."

백스터 부통령이 펜타곤을 나올 무렵엔 해가 지고 있었다. 튜트윌러 법무장관은 로치 FBI 국장과 맥마흔 특수요원과 함께 후버 빌딩으로 돌아갔다. 백스터는 방탄 리무진 뒷좌석에 댈러스 킹과 함께 앉아 있었다. 부통령이 차창 밖으로 나른한 시선을 보내고 있는데도 비서실장이란 자는 대국민담화에 들어갈 내용에 대해서만 쉴 새 없이 나불댔다. 두 사람은 그것을 꼭 필요하며 놓칠 수 없는 기회로 판단하고 있었다. 백스터는 대통령 연설 사상 최대의 청중을 운집시키게 될 것이다. 킹이 지금 고민하고 있는 것은 백스터에게 연설문을 텔레프롬프터를 통해 읽게 할 것이냐, 아니면 보다 자연스럽게 즉석 기자회견을 열도록 할 것이냐 하는 문제였다.

백스터는 부하가 지껄이는 소리를 반은 흘려들었다. 킹이 포커스 그룹들과 여론 자료에 대해 나불거리는 동안 부통령의 마음속에는 CIA에서 나왔다는 그 거무스레한 사내의 모습만 자꾸 떠올랐다. 테러 전문가라고 했지, 아마.

그는 손을 들어 킹에게 조용히 하라는 신호를 보냈다. 그리고 손톱 손질이 잘 된 손을 무릎 위로 내려놓으며 지금 자신을 괴롭히고 있는 것이 무엇인지 집어내려고 애썼다. 잠시 후 그는 꽉 다물었던 입을 열어 부통령 비서실장에게 지시했다.

"국가안보국 친구들에게 연락해서 미스터 크루즈란 사내에 대해 좀 알아봐."

"벌써 알아봤는데요."

킹이 냉큼 대답하곤 팜탑(palm top) 컴퓨터 자판을 찍어댔다.

"특히 그자가 CIA를 위해 무슨 일을 하고 있는지 알아보라고."

백스터는 시선을 다시 창밖으로 돌렸다.

"그자의 주장이 옳다면 우리는 무력으로 백악관을 탈환해야 한다는 얘긴데…."

백스터는 고개를 저었다.

킹이 팜탑 컴퓨터에서 눈을 들고 말했다.

"그러면 인질들은 다 죽습니다. 그리고 미국 국민들은 발포 명령을 내려 76명의 시민들을 죽게 만든 대통령 후보에겐 절대 투표하지 않을 겁니다."

백스터는 이번엔 눈알을 한 바퀴 굴렸다.

"이건 자네가 처음에 생각했던 그런 기회는 아닌 것 같아."

킹은 팜탑을 닫아 상의 주머니에 넣었다.

"쉬울 거라고 말한 적은 없습니다. 이 정도의 위험으로는 결코 쉽지 않죠. 비결은 항상 지뢰밭을 통과하는 과정에서 나오는 법입니다."

"이 특별한 경우에는 길이 없을 수도 있어."

백스터는 한숨을 내쉬었다.

"제가 지금까지 통과할 수 없었던 지뢰밭은 없었습니다."

킹은 자신만만한 미소를 지어 보였다.

"당신은 뒷전에 앉아 다른 사람들에게 지뢰를 찾아내도록 명령만 내리면 됩니다. 예를 들어 내일 아침 마지는 테러범들과 협상을 시작하겠죠. 성공하면 우리 모두는 행복해질 것이고, 실패하면 마지가 모든 책임을 떠안게 될 것입니다."

"우리가 그들을 습격하게 되어 인질들이 30명, 40명, 혹은 전원이 살해되면 어떻게 되지? 그런 명령을 내릴 수 있는 사람은 나뿐이야."

백스터는 손가락으로 자신을 가리켰다.

"자네 입으로도 말했잖아. 미국 국민들은 인질들이 살해되도록 만든 대통령 후보에게는 절대 투표하지 않을 거라고."

그는 머리를 세차게 저었다.

"제기랄, 내가 뭘 착각했던 거야. 내가 공격 명령을 내렸는데 실패로 끝나면 어떻게 되냐고? 전 국민들이 저녁 식사를 하고 있다가 백악관으로 진격한 FBI 요원들이 죽어가는 모습을 보게 되면 어떻게 되지? 그러면 나는 물론이고 자네도 끝장나는 거야."

백스터는 패배주의자처럼 계속 머리를 저어댔다. 그는 뿌드득 이를 갈며 말했다.

"이 사건에 대한 자네의 비뚤어진 시각 때문에 혼란에 빠졌어."

"그렇지 않습니다."

킹이 자기 상사를 가리키며 말했다.

"이 일만 잘 해결하면 당신은 영웅이 됩니다. 다음 미국 대통령이 된다고요. 우리는 카드만 조심스럽게 쓰면 됩니다. 그러자면 트레이시 국장부터 사용할 필요가 있어요. 당신한테 공개적으로 질책당한 것을 그자가 악용할 수도 있다는 걸 계산하지 못했습니다. 내일 기자회견을 못 하도록 막아야 해요. 당신이 선거 때 한 말들을 비밀검찰국 국장이란 자가 기자들 앞에서 줄줄 읊어대면 우리 꼴이 아주 더럽게 보일 겁니다. 내가 그자를 만나봐야겠어요. 평화를 제의하며 비밀검찰국에 남아 FBI를 도와달라고 부탁하죠, 뭐. 그를 깐 것은 튜트윌러의 강경한 주장 때문이었고, 부통령은 테러범 습격에 화가 나서 잠시 판단이 흐려졌다고 하겠습니다. 그렇지만 그가 이 나라를 위해 봉사해온 것에 대해 부통령은 감사하고 있다고 말하면서 살살 어루만져 줘야겠죠. 제가 알아서 하겠습니다."

백스터는 잠시 생각해본 뒤 피곤한 한숨을 토해냈다.

"알았네. 암튼 그자의 입만 다물게 만들어."

13

자정이 다가오면서 백악관은 조용해졌다. 아지즈는 상황실을 나와 호스파워로 걸어갔다. 대통령 경호팀 지휘실의 문은 열려 있었고, 그는 노크 없이 안으로 들어갔다. 벤가지는 보안 모니터들의 흑백 화면에서 눈을 떼지 않았다. 모니터들은 백악관 주위의 여러 지역과 주요 출입구들을 모조리 보여주었다. 원래는 백악관 내부도 보여주게 되어 있었는데, 벤가지가 그 카메라들은 모두 작동 정지시켰다. FBI에서 훔쳐볼 방법을 찾아낼지도 모른다는 생각에서였다. 아지즈는 의자 등받이에 손을 올려놓으며 물었다.

"아무 이상 없나?"

"조용합니다."

"좋아. 잠은 좀 잤나?"

"네."

"동지들은 어떤가?"

"잘하고 있습니다."

"인질들은?"

"모두 잠들었습니다."

아지즈가 모니터들을 살펴보고 있을 때 뒷주머니에 꽂힌 워키토키에서 그의 이름이 터져 나왔다. 그는 워키토키를 뽑아 입술로 가져갔다.

"나야."

"라피크, 진전이 있습니다. 와보셔야 할 것 같은데요."

"곧 가지."

아지즈는 이 소식이 오기만을 애타게 기다렸다. 온 국민이 열망하는 거친 꿈을 달성한 지금도 그는 아직 만족할 수 없었다. 비겁하게 벙커 속으로 꽁무니를 뺀 미국 대통령을 거기서 끌어내기 전엔 결코 만족하지 못할 것이다. 백악관 인질들을 억류하고 미국 정부 전체를 마비시키는 일만으로는 성에 차지 않았다.

지하 3층에 도착한 아지즈는 벙커 쪽으로 걸어갔다. 모퉁이를 돌아가자 도구상자에 앉은 땅딸막한 사내가 땀을 뻘뻘 흘리며 담배를 피우고 있었다. 아지즈를 돌아보고 빙그레 웃는 사내의 뾰족한 콧날과 허연 콧수염 아래로 니코틴에 절은 누런 이빨들이 드러났다. 고글을 목에 걸고 오렌지색 이어프로텍터를 정수리에 얹고 있는 꼴이 영판 살찐 두더지 같은 모습이었다. 그는 커다랗고 두꺼운 뿔테 안경을 밀어올리고 히죽 웃더니 벙커 외부 문을 가리키며 말했다.

"열려라, 참깨!"

아지즈는 앞으로 걸어 나가 철문을 밀었다. 문이 안쪽으로 열리며 벙커 바깥방과 그 끝에 있는 반짝이는 지하금고문 같은 것이 드러났다. 그 문 저쪽 편에 대통령과 그의 경호원들이 안전하다고 믿고 앉아 있을 것이라고 생각하니 아지즈는 가슴이 벅차올라 미칠 지경이었다. 그는 콘크리트 바닥을 걸어가서 벙커 철문 앞에 섰다. 그리곤 팔을 뻗어 매끄러운 표면에 손바닥을 짚었다. 주먹으로 문을 두 차례 쾅쾅 쳐 보았지만 아무 울림도 없었다.

그는 돌아서서 거사 마지막 단계에 합류시킨 꼬마 도둑을 바라보았다. 이 땅딸보는 아지즈의 새로운 후원자가 제공한 선물이었다. 이번 일이 어떻게 끝나느냐에 따라 그에게 돌아갈 포상도 결정될 것이다. 금고털이가 전문인 이 지저분하게 생긴 사내는 특수한 기술과 도구들을 모두 가지고 왔다. 그가 설명한 바에 의하면 대통령의 벙커에 설치된 철문은 미군의 지휘통제소 벙커에 사용된 철문과 똑같은 타입으로 폭파나 드릴이나 아세틸렌 화염기로도 뚫을 수 없게 설계된 것이었다.

"이 문을 여는 데 얼마나 걸리겠나?"

아지즈가 금고털이에게 물었다. 사내는 담배연기를 훅 토해내고 대답했다.

"드릴 하나를 태워먹을 작정을 하고 강행하면 대략 서른 시간쯤 걸릴 겁니다."

"도중에 드릴 하나가 작살나면 어떻게 되나?"

"아주 난감해지죠."

꼬마 도둑은 어깨를 으쓱했다.

"사나흘이 걸릴 수도 있습니다."

"안전하게 일을 하면?"

"48시간 안에는 열 수 있을 겁니다."

아지즈는 두 손을 모아 쥐고 자기 턱을 두 차례 톡톡 두드렸다.

"48시간이면 충분할 거야. 하지만 그보다 더 오래 걸려선 안 돼."

그는 손가락을 공중에 흔들며 주의를 준 뒤 땅딸보의 등을 두드렸다.

"잘했어, 무스타파. 계속 수고해 주게."

아지즈는 꼬마 도둑에게 가장 중요한 문을 열도록 맡겨둔 채 그곳을 나왔다. 복도를 걸어 나오며 그는 생각했다. 그러니까 이제 내게 남은 일이라곤 이틀 동안만 적을 더 막아내면 된다는 얘기지.

벙커 안의 불이 꺼지자 사람들은 모두 잠을 좀 자두려고 애썼다. 비밀 검찰국의 잭 워치 요원은 문에서 가장 가까운 간이침대에 누워 있었지만 잠이 오지 않았다. 벙커 맨 안쪽에서 헤이즈 대통령이 코를 고는 소리가 들려왔다. 사람들이 비좁은 간이침대에서 잠을 이루지 못하고 몸을 뒤척일 때마다 스프링들이 삐걱거렸다.

아내와 아이들은 어떻게 하고 있을까, 하고 워치는 생각했다. 몹시 걱정하고 있겠지만 어찌 해볼 방법이 없을 터였다. 몸을 던져 총알을 막도록 훈련받은 남자와 함께 산다는 건 피 말리는 일이지만 그의 아내 사라는 강했다. 아이들 일로 자신을 더 바쁘게 몰아대며 불안감을 뿌리치려 애쓰고 있을 것이다. 친정 부모들도 볼티모어에서 살고 있었다. 비밀검찰국에서도 그녀에게 남편은 안전하다는 연락을 이미 보냈을 것이다.

　대통령 경호실장은 테러범들의 총탄에 숨진 불행한 요원들의 아내들과 아이들을 생각하며 가슴 아파했다. 대통령을 벙커로 대피시키는 동안 그의 이어폰에서 터져 나오던 다급한 무전 소리를 수도 없이 되새겼다. '요원들이 쓰러졌다! 요원들이 쓰러졌다!' 곧이어 폭발음과 기관단총 소리가 들려왔다. 그리고 열두 시간이 지난 지금까지 아무 소식도 없는 것이다. 결론은 하나밖에 없었다. 아지즈와 그 일당이 백악관을 완전히 장악했다는 것. 워치는 당일 근무교대 명단에 올랐던 대원들의 얼굴을 하나하나 떠올렸다. 그들 중 누가 살아남았고 누가 죽었는지조차 파악할 길이 없었다.

　그렇지만 의심할 여지없이 비밀검찰국 사상 최악의 날이었음에도 불구하고, 그들은 대통령을 아지즈의 마수에서 구해냈다. 그 일 하나만큼은 뿌듯하게 여기며 워치는 졸음이 슬슬 밀려오는 것을 느꼈다. 벽 쪽으로 돌아누우며 긴 하품을 토해냈다. 허파에서 공기가 거의 다 빠져나갔을 무렵 그의 몸이 갑자기 얼어붙었다.

　분명히 이전에는 들어보지 못했던 소리였다. 워치는 문 쪽으로 목을 길게 빼고 귀를 기울였다. 금속과 금속이 서로 부딪치는 소리가 분명했다. 몇 차례 챙챙 더 울리더니 곧이어 나지막하게 위잉 하고 전기톱 돌아가는 소리가 났다. 잠시 더 귀를 기울이던 그는 담요를 차 던지고 벌떡 일어났다. 콘크리트 바닥에 내려서자 차가운 느낌이 발바닥에 전해졌다. 하얀 티셔츠와 반바지 차림으로 바닥에 꿇어앉은 그는 왼쪽 귀를 문에 대 보았다. 드릴이 돌아가는 소리였다. 그들은 벙커 철문을 드릴로 뚫고 있었고, 그것은 벌써 벙커의 바깥문을 돌파했다는 뜻이었다. 차가운 금속면에 대고 있는 워치의 손바닥에 땀이 배어났다. 그는 욕설을 내뱉으며 벌떡 일어나 불을 켰다. 그리곤 방 안을 향해 큰 소리로 외쳤다.

　"기상! 기상! 문제가 생겼다!"

14

멀리서 희미하게 삐삐삐삐 하는 소리가 들리는 듯했다. 미치 랩은 깊고 어두운 물구덩이 속에서 소리가 들려오는 곳을 향해 몸을 위로 솟구치는 기분이었다. 두 발로 물을 걷어찰 때마다 그 소리는 더 크게 들려왔다. 주위가 점점 밝아지는 것을 보자 수면에 가까워지고 있다는 생각이 들었다.

갑자기 그는 침대에서 벌떡 일어나 앉았다. 머리카락이 메두사처럼 뻗쳐 있었다. 악몽을 꾸었다는 것을 알았다. 매번 똑같은 꿈이었는데, 언제부터인지 기억할 수도 없을 만큼 오래되었다. 꿈속에서 그는 언제나 익사 직전이었고, 한 모금의 공기를 마시기 위해 헐떡거리며 수면으로 올라가고 있었다.

머리를 몇 차례 흔들고 나서야 랩은 자기가 어디 있는지 간신히 감을 잡았다. 침실 창문으로 이른 아침의 희뿌연 빛이 새어들었다. 알람시계의 빨간 숫자를 돌아보았다. 4에서 5로 넘어가고 있었다. 스누즈 버튼을 눌러 알람을 꺼버렸다.

세상에, 집에 오니 이렇게 좋은데 말이야. 그는 사각거리는 하얀 시트 위로 벌렁 드러누워 두 다리를 앞으로 쭉 뻗었다. 담요가 발에 채여 옆으로 밀렸다. 아직 일어나고 싶지 않아 침대에 드러누운 채 생각이 흘러가는 대로 두었다. 침실 창문 바깥으로는 바위 해안을 때리는 체사피크의 부드러운 파도 소리가 들려왔다. 그 소리는 마치 그의 이름을 부르며 침대에서 나오라고 끌어당기는 것 같았다. 랩은 퀸 사이즈 침대에서 대각선으로 돌아누운 뒤 두 팔을 머리 위로 쭉 뻗으며 다시 긴 하품을 토해냈다.

트레이시 비밀검찰국 국장 집에서 회합을 마친 후 미치 랩은 집으로 돌아가 잠이나 잘 수밖에 없었다. 달리 할 일이 없었던 것이다. 호닉 박사는 파라 하루트에 대한 심문 결과보고서를 아침까지 제출하겠다고 약속했다. 그때까진 기다릴 일밖에 없는데, 랩이 가장 못 견뎌하는 것이 바로 그 일이었다.

몸을 굴려 옆으로 돌아눕자 갑자기 전날 벌어졌던 일들과 50킬로미터 서쪽에서 벌어지고 있는 작은 위기가 기억에 떠올랐다. 머릿속에서 작은 목소리가 외치는 것 같아 랩은 즉시 침대에서 내려왔다. 벌거숭이 몸으로 목재 바닥을 가로질러 프렌치 도어 앞에 섰다. 열려 있는 두짝문의 방충망을 통해 아침 대기를 가득 채우고 있는 새소리를 들을 수 있었다. 만을 가로질러 숲이 우거진 지평선 위로 하늘이 훤히 밝아왔다. 대서양 위로 해가 서서히 떠오르며 좋든 싫든 역사적인 날이 될 하루가 시작되고 있었다.

찰싹이는 파도소리가 쉴 새 없이 자기 이름을 부르는 것만 같아 랩은 남다른 열정을 느끼며 돌아섰다. 그는 비치 하우스의 삐걱거리는 낡은 목재 바닥을 가로질렀다. 메인 플로어로 연결된 가파른 계단을 내려간 다음 부엌을 지나 머드룸(mudroom: 흙 묻은 장화나 우의 등을 두는 곳—옮긴이)으로 걸어갔다. 뒷문 옆 청동 고리에 물이 빠지고 소금기에 전 푸른 수영복이 하나 걸려 있었다.

랩은 그 낡은 수영복을 껴입은 뒤 고글과 타월을 집어 들고 뒷문으로 향했다. 테라스 기둥에 매달린 온도계는 섭씨 17도를 가리키고 있었다. 그 정도 기온이라면 잠은 확실히 깨워주겠지만 그의 열정까지 식혀주진 못할 것이다. 여러 차례 팔을 흔들며 새 테라스를 가로지른 그는 바다로 이어지는 계단을 내려갔다.

이 비치하우스는 작년에 구입한 것이었다. 그리고 지금까지 보수한 것이라곤 썩은 목재 테라스와 계단을 뜯어내고 새로 지은 것뿐이었다. 10미터쯤 내려간 다음 그는 고글을 쓰고 발걸음을 빨리했다. 그리곤 바다 속으로 들어간 길고 평평한 선착장을 가로지르며 달렸다. 오른쪽에는 24피트짜리 보스턴 웨일러가 한 척 정박해 있었고, 선착장 끝에는 길이 2미터쯤 되는 벤치가 하나 놓여 있었다. 랩은 자신의 최대 속도로 달려 타월을 벤치 위로 던지고는 전혀 속도를 줄이지 않은 채 짠 바닷물 속으로 풍덩 뛰어들었다.

평형으로 대여섯 번 휘저어 리듬을 타기 시작하자 그는 해안을 따라 1.5킬로미터쯤 헤엄칠 수 있는 속도와 자세를 잡았다. 지금은 비록 한물 갔지만 3년 전까지만 해도 랩은 세계 톱 랭킹에 들었던 철인3종경기 선수였다. 에베레스트 마운틴 3종경기에서 하와이의 철인 미치 랩은 세 차례나 5위 안에 들었고 한 차례는 1위를 기록했다. 그렇지만 최근 5년 동안은 CIA 일에 매진하게 되면서 소모적이고 예측불가인 스케줄로 인해 경기 출전은 포기할 수밖에 없었다.

랩이 산뜻하고 느긋해진 기분으로 비치하우스 앞 선착장으로 돌아온 시각은 6시 20분 전이었다. 타월로 소금물을 대강 닦고 집으로 돌아가자마자 샤워를 했다. 15분 후엔 깨끗하게 면도하고 옷을 갈아입은 모습으로 빨대가 꽂힌 뜨거운 커피 잔을 한 손에 들고 문을 나섰다. 새로 구입한 검정색 볼보 세단 운전석에 오른 그는 비좁은 차고를 조심스레 빠져나와 바스러진 아스팔트 진입로로 천천히 몰고 나왔다. 겨울이 오기 전에 도전해야 할 또 하나의 프로젝트가 있었다. 단단한 도로로 나오자 차의 속도를 높이고 세단의 기능을 음미하기 시작했다. 문명 세계로 돌아오니 역시 기분이 좋군.

몇 분 후 랩은 50번 도로를 타고 달리기 시작했다. CIA 본부에서 호닉 박사가 오전 7시에 브리핑을 할 예정이었다. 파라 하루트를 심문해서 알아낸 모든 내용들이 보고될 것이다. 닥터 스트레인지러브와 함께 아침 식사를 하는 건 도무지 내키지 않는 일이지만, 그녀가 제공할 정보들을 생각하면 총알이라도 기꺼이 물어야 할 판이었다.

22분 후 랩은 순환도로를 타고 D.C. 북부 지역으로 돌아 들어갔다. 차량들이 늘기 시작했지만 아직은 이른 시각이라 제한속도보다 시속 15킬로미터쯤 더 빠르게 달리고들 있었다. 순환도로에 들어서고 15분 후 그는 랭글리의 첫 번째 보안 검문소를 통과하여 주차장에 차를 세웠다. 옛 건물의 정문 검문소를 통과한 랩은 엘리베이터를 타고 스탠스필드 국장의 사무실이 있는 건물 7층으로 올라갔다.

국장의 여비서가 헤드세트를 통해 그의 도착을 알리자 잠시 후 아이린 케네디가 나왔다. 그녀는 랩을 국장의 성소로 안내했다. 커다란 책상 뒤에 이중초점 안경을 코끝에 걸친 은발의 사내가 파일을 열심히 들여다보고 있었다. 토머스 스탠스필드 CIA 국장이었다.

국장은 잠시 후 파일을 덮었다. 그리곤 책상 위의 서류들을 집어 서랍 속에 집어넣고 열쇠로 잠근 다음 의자에서 일어났다. 그는 상의를 옷걸이에 걸어둔 채 책상을 돌아 나오며 바지를 약간 끌어올렸다.

"어서 오게, 미치. 간밤엔 잘 잤겠지?"

"네. 국장님도 잘 주무셨습니까?"

스탠스필드는 연약한 손을 랩의 어깨 위에 올려놓았다. 그의 키는 랩보다 머리 하나는 족히 작았다.

"내 나이가 되면 잠도 거의 도망가 버린다네, 미치."

국장은 젊은 전문가를 책상 앞에서 돌려 세워 함께 걸어가며 말했다.

"오늘 아침 회의는 자네 때문에 준비한 거지만 잠시 후로 미루지. 호닉 박사가 기다리고 있거든. 하루트에게서 뭘 알아냈는지 먼저 들어본 뒤에 다음 일을 시작하자고."

랩은 그와 케네디를 따라 창문도 없는 회의실 안으로 들어갔다. 호닉 박사는 벌써 테이블 한쪽에 앉아 자신이 작성한 서류를 들여다보고 있었다. 국장이 테이블 머리맡에 앉았고, 랩과 케네디는 호닉 박사 맞은편에 앉았다. 랩은 닥터 스트레인지러브가 전날 입고 있었던 옷차림 그대로임을 알았다. 얼굴을 보니 잠도 못 잔 것 같았다. 그녀는 검은 뿔테 안경을 벗어 서류 위에 놓고 손등으로 눈을 문지르며 말했다.

"많은 정보들을 얻어냈습니다. 정말 믿을 수 없을 정도예요. 이것들을 모두 분석하려면 여러 달 걸릴 것 같습니다. 그렇지만 당장 급한 것은 아지즈와 백악관의 위기에 관한 정보들이겠죠."

호닉은 서류를 내려다보며 고개를 저었다.

"내용을 요약해서 복사할 겨를도 없었어요. 이리로 출발하기 직전까지 하루트와 씨름하고 있었거든요."

"설명 안 해도 알아요, 호닉 박사."

스탠스필드 국장이 고개를 끄덕였다. 호닉은 서류를 집어 들며 말을 이었다.

"우선 맨 먼저 아지즈와 함께 백악관에 있는 열 명의 테러범들 이름을 알아냈어요. 하루트의 머리에서 이것들을 짜내느라 무척 힘들었죠."

호닉이 명단을 국장 손에 건네주었다. 스탠스필드는 노란 종이를 한 차례 스윽 훑어본 뒤 아이린 케네디에게 넘겼다. 미치 랩도 그녀의 어깨 너머로 명단을 살펴보았다. 국장은 10초쯤 기다렸다가 물었다.

"그래 어때, 아이린?"

CIA 대테러센터 본부장은 고개를 들고 흘러내린 갈색 머리카락을 쓸어 올렸다.

"큰 도움이 되겠어요. 얼핏 봐도 절반 정도는 제가 아는 인물들입니다. 데이터 뱅크에서 찾을 수 없는 자들은 MI-6나 모사드에 조회하겠습니다."

"좋아. 그들의 프로파일과 행적을 철저히 조사하여 최대한 빨리 보고해 주게."

CIA 국장은 호닉 박사를 돌아보며 물었다.

"그런데 아지즈가 원하는 건 뭐요?"

호닉은 준비한 서류들을 몇 장 넘긴 뒤 대답했다.

"동결된 이란 자산을 포함한 첫 번째 요구사항에 대해 하루트는 자세히 알고 있었습니다. 그런 요구들을 공식적으로 해오기 이전에 미치가 하루트를 잡았기 때문에, 이자는 아지즈가 뭘 요구할 것인지에 대해 자세히 알고 있었다는 추론이 가능합니다. 어느 정도는 말이죠."

랩은 어설픈 탐정 노릇을 포함한 그녀의 말은 무시하고 꼬리 부분만 물고 늘어졌다.

"어느 정도란 말은 무슨 뜻입니까?"

"곧 설명할 거야."

호닉이 대답했다.

"아지즈의 두 번째 요구는 이라크에 대한 UN의 제재를 모두 철회하라는 겁니다."

그녀는 잠시 청중의 반응을 살핀 뒤 계속했다.

"세 번째 요구는 팔레스타인 국가의 주권과 자유를 미국이 승인하라는 거예요."

랩이 이마를 찌푸리며 물었다.

"어디를 말하는 거죠?"

호닉은 잔기침을 한 뒤 대답했다.

"그야 웨스트 뱅크와 가자 지구를 말하겠지."

랩이 커피 잔을 내려놓았다.

"이스라엘이 걱정하게 생겼군요."

"내 말이 그 말이야."

국장이 맞장구를 친 뒤 호닉을 돌아보았다.

"다른 건 없소?"

"마지막 요구가 하나 더 있다는데 하루트도 그 내용까지는 모르고 있습니다."

랩이 미심쩍은 표정으로 물었다.

"또 버텨요?"

"정말 모르는 것 같아."

호닉은 방어적으로 대꾸했다.

"그걸 알아내려고 근 두 시간이나 쥐어짰지만 소용없었어."

"더 세게 쥐어짜야 하는 것 아니에요?"

호닉 박사는 등받이에 몸을 기대며 팔짱을 끼었다.

"그럴 작정이야. 하루트가 휴식에서 깨어나는 즉시."

"당신도 좀 쉬어야 해요, 호닉 박사."

스탠스필드가 끼어들었다.

"그러다 지쳐 쓰러지는 걸 보고 싶지는 않소."

예상치 못했던 충고에 호닉은 약간 당황했다. 자신들이 어떻게 일하고 있는지 말한 적도 없는데, 막상 CIA 국장이 이렇게 알아주니 너무 고마워 눈물이 앞을 가릴 지경이었다.

스탠스필드는 대테러센터 본부장에게 주의를 돌렸다.

"그 마지막 요구가 뭔지 짚이는 게 없나?"

아이린 케네디는 천장을 잠시 응시한 뒤 대답했다.

"몇 가지 있습니다. 그렇지만 단정하기 전에 몇 가지 조사를 좀 해봐야겠어요."

CIA 국장은 가장 믿을 만한 조언자인 케네디를 바라보며 좀 더 다그치고 싶은 생각을 접었다. 그녀에게 맡겨두는 편이 나을 것이었다. 스탠스필드는 언젠가 직원들과 함께 참가했던 일종의 정신수련대회에서 끝까지 살아남았던 자가 케네디 하나뿐이었던 일을 기억에 떠올렸다. 그는 서류를 다시 넘기고 있는 호닉 박사를 돌아보았다.

"그 외엔 또 뭐가 있소, 호닉 박사?"

그녀는 CIA 애널리스트들이 앞으로 몇 개월 혹은 몇 년 동안 걸러내야 할 기다란 정보 리스트를 읽어 내려갔다. 열심히 귀를 기울이고 듣고 있던 랩은 아지즈가 마스터플랜을 짠 과정에 대해 조금씩 파악할 수 있었다. 호닉은 아지즈가 데려온 부하들의 선발 과정과 훈련 장소를 밝혀냈다. 그들 중 여러 명은 거의 1년 전에 미국으로 잠입하여 FBI와 비밀검찰국의 주의를 끌지 않고 현장 적응훈련을 했다. 호닉은 아지즈의 얼굴을 성형해준 남미의 병원과 의사 이름까지도 알아냈다. 랩은 그 외과 의사를 조만간 방문하는 문제에 대해 케네디와 스탠스필드와 상의할 생각이었다. 그자가 살 길은 CIA에 정보를 제공하고 협조하는 수밖에 없을 것이다. 라피크 아지즈 같은 자와 친구로 지낸 외과의는 아주 소중한 정보원이 될 수가 있다. 아지즈가 아직 그를 죽이지 않았을 경우에만 그렇다는 얘기지만.

호닉이 제공하는 잡다한 정보들은 개별적으로는 큰 의미가 없었지만, 그것들을 모두 조립하자 아지즈의 최종목표를 가리키는 소중한 지도가 되었다. 호닉이 그 정보들을 다 설명하는 데는 30분이나 걸렸다. 스탠스필드는 의자에 등을 기대고 듣기만 했고, 케네디와 랩은 가끔 메모를 하며 들었다. 8시가 가까울 무렵 호닉은 안가를 나오기 직전에 알아낸 정보에 대해 얘기했다.

"오늘 새벽 하루트는 어떤 단어를 계속 입에 올렸어요. 의식이 오락가락하는 상태에서 아무 조리도 없이 웅얼거리는 소리였죠. 그런데도 느부갓네살이란 단어를 반복했습니다."

듣고 있던 세 사람이 일제히 상체를 앞으로 숙였다. 호닉은 그들의 똑같은 반응에 놀라며 물었다.

"느부갓네살이 뭔지, 아니면 누군지 다들 알고 계셨군요?"

케네디가 대답했다.

"네. 느부갓네살은 신 바빌로니아의 왕이었어요. 기원전 586년경 예루살렘을 함락시키고 유대인들을 노예로 삼아 아랍 세계에서 명성을 떨쳤죠. 사담 후세인은 자신을 제2의 느부갓네살로 착각하고 있어요. 모든 아랍인들을 단결시켜 이스라엘을 멸망시킬 운명을 타고났다고 생각하는 거죠."

"정말 그렇게 믿고 있진 않아요."

랩이 이맛살을 찌푸리며 덧붙였다.

"종교적 광신자들을 광적으로 몰아가기 위한 선전 도구로 이용하고 있을 뿐입니다."

"그게 먹혀들고 있어요."

케네디도 거들며 호닉 박사에게 물었다.

"하루트가 그 말을 하기 전엔 어떤 얘기들을 했나요?"

"테러 자금에 대해 심문하고 있었어요. 그런데 자꾸만 그 말을 웅얼거리는 거예요. 그래서 느부갓네살이 역사적으로 어떤 인물인가 하고 찾아봤죠. 하지만 그게 사담 후세인을 가리킬 수도 있다곤 꿈에도 생각지 못했어요."

"그런 말이 나왔을 때 매트 시플리는 어디 있었어요?"

시플리는 CIA 대테러센터에서 근무하는 200여 명의 요원들 중 하나였다. 아랍어가 전문이기 때문에 케네디는 전날 저녁 그를 안가로 보내어 하루트를 심문하는 호닉 박사를 도우라고 지시했던 것이다. 겉으로 드러내진 않았지만 케네디는 시플리가 그런 중요한 말을 놓친 것에 대해 짜증이 났다.

"새벽 5시경에 내가 잠자리로 보냈어요. 전날 저녁부터 작업을 시작해서 밤을 꼬박 샜거든요."

호닉은 어깨를 으쓱해 보였다.

"하루트에게 휴식을 줄 필요가 있었고, 나도 이 회의에 제출할 자료를 정리해야 했으니까요. 느부갓네살이란 말을 놓친 건 시플리의 잘못이 아닙니다."

CIA 대테러센터 본부장은 그 변명을 받아들였다.

"하루트가 잠자고 있었다면 박사님은 그 말을 어떻게 들으셨어요?"

"자료를 정리하느라 그의 곁에 있었으니까요. 그의 생명신호를 체크하고 있는데 갑자기 느부갓네살에 대해 중얼거리기 시작했어요. 일반적으로 심문을 당한 자가 잠자며 계속 지껄이는 경우는 매우 드물죠."

"이것도 녹음이 되었나요?"

케네디가 다시 물었다.

"물론이죠. 녹음장치는 항상 돌아가게 되어 있습니다."

"좋아요."

케네디는 즉시 시플리를 호출하여 그 테이프들을 체크해 보라고 지시할 생각이었다.

조용히 듣고만 있던 스탠스필드 국장이 호닉 박사에게 물었다.

"그자가 느부갓네살을 들먹이며 한 얘기의 내용이 뭔가요?"

"돈이었어요. 계속 느부갓네살과 돈 얘기만 했습니다."

메모를 끝낸 케네디가 말했다.

"그 얘기는 우리가 다른 곳에서 수집한 정보들을 확인해 줍니다. 사담이 헤즈볼라와 하마스에 자금을 쏟아붓고 있다는 정보죠."

스탠스필드가 손목시계를 보더니 물었다.

"호닉 박사, 할 얘기가 남았소?"

"아닙니다. 오후에 다시 말씀드리죠."

국장은 랩과 케네디를 돌아보며 물었다.

"다른 질문 있나?"

"네."

랩이 호닉 박사에게 물었다.

"다 끝났을 때 아지즈는 이곳을 어떻게 탈출할 생각일까요?"

호닉은 당혹한 표정으로 눈을 깜박였다.

"아… 거기까진 아직 생각을 못했는데."

랩은 그녀를 응시하며 진지하게 말했다.

"그 문제를 최우선적으로 고려해야 할 겁니다."

"그러지."

호닉은 마음속에 새겨두었다.

국장이 다시 랩과 케네디를 돌아보며 물었다.

"또 있나?"

둘 다 머리를 흔들자 그는 호닉에게 말했다.

"아주 잘해 주었소, 호닉 박사. 이제 가서 좀 쉬어요. 우리는 미치와 좀 더 토의할 것이 있으니까."

호닉은 서류를 주섬주섬 챙겨 갈색 쇼핑백에 담아 들고 일어났다.

미치 랩은 그녀가 들고 가는 갈색 쇼핑백을 보곤 문이 닫히자마자 국장에게 말했다.

"경호원을 붙여야겠는데요."

"붙였지. 하지만 한 단계 더 높여야겠어."

국장은 아이린 케네디에게 지시했다.

"아이린, 요원들을 더 풀어 24시간 감시하라고 해. 특히 하루트가 있는 방은 잠시도 눈길을 떼서는 안 돼. 정신 바짝 차리고."

대테러센터 본부장은 고개를 끄덕이며 대답했다.

"죄송합니다. 곧 조처하겠습니다."

국장은 미치 랩에게 초점을 돌렸다.

"미치, 나와 아이린은 시내로 들어갈 거야. 어제 펜타곤 회의에서 돌아가는 꼴을 봐서는 자넨 동행하지 않는 게 좋겠어."

랩도 예상했던 일이었다. 솔직히 꾸역꾸역 따라가서 국장의 예언대로 험한 꼴이나 당하고 싶진 않았다. 그 자리에 있어서 즐겁지 않을 때도 있는데, 이런 경우가 딱 그랬다.

"저는 뭘 하죠?"

스탠스필드는 셔츠 주머니에서 쪽지 하나를 꺼내어 테이블 위로 밀어 주며 말했다.

"밀트 애덤스의 주소와 전화번호야. 어젯밤 트레이시 국장과 상의했던 요원인데, 자네 연락을 기다리고 있을 거야."

"제가 어떻게 처신해야 합니까?"

국장은 실눈을 뜨고 잠시 생각한 뒤 대답했다.

"사건 대리인으로 CIA와 일한다고 하게. 애덤스는 애국심이 강한 인물이라 신뢰할 수는 있지만, 그렇다고 지나치게 드러낼 필요는 없지."

스탠스필드가 일어나자 케네디와 랩도 일어섰다.

"미치, 이건 아무리 강조해도 지나치지 않아. 자네가 침투 방법을 찾아내면 나와 플러드 장군은 수단방법을 안 가리고 지원하겠네. 곧장 나한테 보고해. 현실적으로 몇 퍼센트나 가능한지 알고 싶으니까. 내 말 알아들었나?"

랩은 흥분을 속으로 감추고 짤막하게 대답했다.

"네, 국장님."

15

라피크 아지즈는 왼쪽에 있는 컴퓨터 화면을 보곤 미소를 지었다. 저자들이 하는 짓거리는 뻔하지, 하고 그는 생각했다. 랩탑 컴퓨터는 상황실의 보안 모뎀에 연결되어 있었다. 그는 돈이 들어올 스위스 은행의 계좌 잔고를 들여다보고 있었다. 전액이 입금되는 즉시 이란으로 안전하게 이체할 것이었다. 잔고는 10억 달러가 조금 넘었다. 45분이 경과하자, 아지즈는 그들이 나머지 돈도 모두 이체할 것인지 의심이 들었다.

그의 오른쪽에 있는 두 번째 랩탑 컴퓨터는 특수목적을 위한 것이었다. 그것을 돌아볼 때마다 아지즈의 얼굴에는 만족스런 웃음이 피어났다. 천재적 솜씨라 할 만한 것이었다. 그는 미국인들이 공격해올 것임을 의심하지 않았다. 벙커로 숨어든 대통령을 손아귀에 넣으면 더 좋은 기회가 생기겠지만, 그때까지는 이 두 번째 컴퓨터가 이중안전장치 역할을 해줄 것이다. 미국의 대테러 작전을 연구한 결과 그들이 가장 믿고 사랑하는 것은 과학기술이란 것을 알았다. 그들은 원격으로 폭탄을 터뜨리는 그의 능력을 방해하면서 그 사이에 결정타를 날릴 준비를 할 것이다.

아지즈는 스물네 개의 폭탄 각각에다 수신기와 뇌관 양쪽으로 작동되는 디지털 무선호출기를 달았다. 그리고 디지털 전화를 랩탑 컴퓨터에 연결해 놓았다. 컴퓨터는 2분마다 스물네 개의 폭탄에 집단호출번호를 걸어 다섯 자리 숫자를 보낸다. 만약 2분마다 이 암호를 받지 못하면 무선호출기들은 60초 카운트다운 모드로 들어가고, 카운트다운이 제로에 이르면 폭탄들은 터지게 되어 있었다.

아지즈는 또한 예비 수단으로 무선호출기와 디지털 전화기를 가지고 다녔다. 무선호출기가 울리고 카운트다운이 시작되면 그것은 두 가지 중 한 경우를 의미했다. 미국인들이 쳐들어왔거나 컴퓨터가 오작동을 일으킨 것이었다. 컴퓨터의 오작동일 경우 그는 디지털 전화기로 카운트다운을 중단시킬 수 있었다. 그것이 말을 듣지 않는다면 그땐 미국인들이 쳐들어오고 있다는 뜻이었다.

FBI 긴급사건대응단의 위기관리팀은 백악관 서관이 내려다보이는 행정부 청사 4층 회의실에 지휘소를 설치했다. 커다란 회의용 탁자를 안쪽 벽으로 밀쳐놓고 대여섯 대의 전화기와 두 대의 무전충전기, 여러 대의 랩탑 컴퓨터 등을 올려놓았다. 방 안에 있던 다른 가구들은 의자들 몇 개만 제외하곤 모조리 치워졌다. 다른 양쪽 벽에도 작은 테이블들을 놓고 랩탑 컴퓨터와 전화기, 텔레비전, 팩스 기계들을 설치했다. 대부분의 전화기들은 손잡이 부분에 검정색 싸인 펜으로 'SIOC'라고 적힌 라벨을 붙이고 있었다. FBI의 전략정보작전센터에 할당된 전화기란 뜻이다. 연방수사국의 범죄수사부에 속해 있는 전략정보작전센터는 세간의 이목을 끄는 굵직굵직한 사건들을 대부분 처리하는 곳이다. 백악관 구내 약도들과 건물 내부의 청사진들이 벽에 죽 나붙은 가운데 푸른색 FBI 폴로셔츠 차림의 남녀들이 컴퓨터를 찍어대거나 전화기를 붙잡고 씨름하고 있었다. 아랍어에 능숙한 협상전문가 두 명도 현장에 도착하여 언제든지 테러범과 대화할 준비를 갖추었다.

FBI 긴급사건대응단의 스킵 맥마흔 단장은 창가에 서서 백악관 뒤쪽 도로 너머 라파예트 광장에서 벌어지고 있는 광경을 노려보고 있었다. 그는 화가 나 있었다. 오전 5시 이후로 짜증 섞인 신음 소리가 입에서 연신 터져 나왔다. 테러범들이 백악관을 장악한 지 불과 몇 시간 만에 취재진들이 몰려와 펜실베이니아 거리 한복판에 진을 쳤다. 그들은 백악관 북쪽 담장 바로 앞에서 생방송을 하기 시작했다. 맥마흔 단장이 현장에 도착하여 맨 먼저 내린 명령이 취재진들을 당장 뒤로 썩 물러나라는 것이었다.

새벽 어스름이 덜 걷힌 몇 시간 전 맥마흔이 후버 빌딩 자기 사무실 소파에 누워 잠시 눈을 붙이려고 하는데 부하 요원이 들어와서 연방 판사 하나가 방송사들에게 유리한 판결을 내렸다고 보고했다. 맥마흔이 지금 라파예트 광장을 내려다보니 도처에 미디어 서커스가 벌어지고 있었다. 백악관에서 100미터도 안 떨어진 공원 북단에는 3대 방송국과 CNN이 높다란 플랫폼 위에서 생방송을 중계하고 있었고, FOX도 거기 끼어들려고 실랑이 중이었다. 그들 모두는 살판이라도 난 듯 몰려들어 모닝 쇼를 펼치고 있었다. 굿모닝 아메리카, 투데이, CBS 디스 모닝 등등.

지난 두 시간 동안 맥마흔은 전화기를 집어 들고 그런 돼먹잖은 판결을 내린 판사에게 욕을 한바탕 퍼부어주고 싶은 충동을 꾹꾹 눌러 왔다. 그보다는 거물들이 다 보일 때까지 기다리는 편이 시간과 에너지를 효율적으로 사용하는 방법이라고 판단했다. 시계를 보니 8시 34분이었다. 이제 슬슬 나타나실 때가 됐는데.

처음 24시간 동안은 얻어맞지 않고 무사히 잘 지냈다. 그나마도 정말 다행이라고 NBC 백악관 특파원 애너 릴리는 자위했다. 맨바닥에서 자느라고, 아니면 자려고 애쓰느라 등줄기가 좀 뻣뻣했다. 테러범들은 일몰에서 일출까지 적어도 한 시간에 한 번씩은 소란을 떨어 취침을 거의 불가능하게 만들었다. 더 고약한 것은 인질들을 한 사람씩 끌어내어 모두가 보는 앞에서 폭행했다.

여자들은 다른 일을 당할까 봐 두려워해야만 했다. 자정이 조금 지난 시각에 금발의 젊은 여자 하나가 테러범에게 끌려 나갔다. 릴리를 화장실까지 쫓아왔던 바로 그자였다. 금발 여자가 끌려 나가 몇 시간이나 경과했는지 가늠하긴 어려웠다. 인질들을 더욱 혼란스럽게 만들기 위해 테러범들이 손목시계를 모두 빼앗아버렸기 때문이다. 적어도 여러 시간 지난 뒤에야 그 여자는 돌아왔다. 옷이 몇 군데 찢겨져 있었고, 눈에는 언제가 릴리가 자신의 눈에서 발견했던 그 눈빛이 어려 있었다.

릴리는 스톤 알렉산더를 슬쩍 돌아보았다. ABC 백악관 특파원은 차곡차곡 접은 상의를 머리 아래에 베고 태아처럼 웅크린 자세로 누워 있었다. 그가 울음을 그친 것에 릴리는 안도했다. 테러범들의 주의를 가급적 끌지 않는 것이 상책이었다.

흘러내린 머리카락을 귀 뒤로 쓸어 올리고 머리를 숙인 채 방 안을 살펴보았다. 문 옆에서 두 명의 테러범이 얘기를 나누고 있었다. 릴리는 화장실에 가야 할 사람이 자기 혼자만은 아니라는 걸 알았다. 그렇지만 전날 밤에 일어난 참상을 목격한 뒤로는 아무도 감히 입을 열지 못했다.

릴리는 인디언처럼 쪼그리고 앉은 자세로 뒤를 슬쩍 돌아보다가 얼른 제자리로 돌렸다. 전날 밤 금발 여자를 끌고 나갔던 사내가 담배를 입에 물고 그녀를 노려보고 있었다. 올백으로 넘긴 머리카락에 온갖 장식물들을 달고 있었다.

애너 릴리도 그런 악몽을 겪은 적이 있었다. 그리고 그런 일을 다시 겪을 바에는 차라리 죽는 편이 낫다고 스스로 다짐했다. 벌써 4년이나 지난 일이다. 시카고 시내에 있는 TV 방송국에서 링컨 공원 그녀의 아파트로 퇴근하기 위해 여느 때나 마찬가지로 순환선 열차에 올랐다. 기차에서 내렸을 때는 밤늦은 시각이었다. 거리로 나섰을 때 캄캄한 어둠 속에서 두 사내가 튀어나와 그녀를 골목 안으로 끌고 들어가서 폭행하고 강간했다.

그 사건은 릴리에게 깊은 상처를 남겼다. 세월이 흘러 육체적 상처는 간신히 극복할 수 있었지만, 그보다 훨씬 더 깊은 정신적 상처는 회복이 더 오래 걸렸다. 그나마 전문치료사인 코렌 앨튼 덕분에 이제 겨우 아물어가고 있었다. 릴리는 근 4년 동안 매주 두 차례씩 앨튼을 찾아가야만 했다. 그 일이 있기 전에는 남자 친구들과 어울려 놀기 좋아하는 외향적 성격이었던 그녀가 그 이후 남자들을 불신하는 까칠한 면을 지니게 된 것도 무리는 아니었다. 앨튼의 도움으로 이제는 자신에게 관심을 보이는 남자들과 어울릴 만큼 회복되었지만, 신체적 접촉은 아직 엄두도 낼 수 없었다. 그러던 차에 워싱턴으로 발령을 받자, 릴리는 드디어 새 출발을 할 완벽한 기회를 잡았다고 생각했다.

그런 개인적 비극을 겪고 한 가지 얻은 것이 있다면 그것은 고도의 조심성이었다. 릴리는 원래 똑똑하고 눈치가 빨랐지만, 강간 사건 이후론 거의 편집증에 가까울 정도로 조심성이 극에 달했다. 현재 상황이 어떻게 악화될 것인지는 예상하기 어려웠다. 그렇지만 릴리는 어둠이 내리면 더 나빠질 것 같은 예감이 들었다.

아이린 케네디는 FBI의 지휘소로 들어가려다가 사람들과 충돌할 뻔했다. 특수기동대 SWAT 유니폼을 입은 땅딸막한 두 사내가 현관에서 비어져 나왔던 것이다. 앞선 사내가 파란 야구모자 챙이 케네디의 이마를 찍기 직전에 그녀의 어깨를 붙잡았다. 사내는 누군지도 모르고 사과부터 하려다가 그제야 케네디를 알아보았다.

"아이쿠, 아이린, 미안해요."

일명 '유대인의 공포'라 불리는 시드 슬레이터는 케네디의 어깨를 잡은 채 말했다.

"시드!"

케네디도 놀라 소리쳤다. FBI 인질구출팀 지휘관이 SWAT 장비를 완전히 갖추고 있는 모습은 보기 드물었다. 슬레이터의 몸은 벽돌공처럼 단단했다. 40대 중반의 나이에 키가 170센티를 겨우 넘는 이 사내는 술통 같은 가슴과 뽀빠이 같은 팔뚝에 크고 튼튼한 손을 가지고 있었다. 슬레이터를 가만히 뜯어보면 마라톤을 하려고 이 세상에 나온 사람은 도저히 아니고, 아무래도 잠긴 문을 향해 돌진하려고 태어난 사람 같았다.

"어딜 이렇게 서둘러 가시는 거예요?"

케네디가 물었다.

"저분들이 회의를 시작하기 전에 최종 정보를 알아보려고."

슬레이터는 엄지로 등 뒤를 가리키곤 머리를 저었다.

"솔직히 비상사태가 벌어졌는데 저기 가만히 앉아 있을 수가 있나요."

케네디가 방 안을 힐끗 들여다보았다.

"뭐하고 있어요?"

"난 지금 그런 얘기 할 시간 없고, 맥마흔 단장이 설명해 줄 거요. 오늘 오후 작전회의에 참석할 겁니까?"

케네디는 고개를 끄덕였다.

"그럼요."

"좋아요. 그럼 거기서 얘기합시다. 당신한테 물어볼 말이 많아요."

그렇게 말한 뒤 '유대인의 공포'는 동료와 함께 복도를 걸어 내려갔다. 케네디는 그들의 검정색 유니폼 등에 새겨진 노란 SWAT 글씨들을 한동안 바라보았다. 그것은 그들이 제1선에 있으며 백악관으로 뛰어들 사람들임을 말해주고 있었다. 아지즈가 싣고 들어간 온갖 폭발물들을 생각하자 케네디는 갑자기 소름이 끼쳐왔다.

FBI 지휘소 안으로 들어가니 무전기, 전화, 팩스 소리와 사람들의 웅성거림으로 마치 벌집 같았다. 케네디는 다른 쪽에 있는 건물 회의실에 백스터 부통령이 소집한 각료들과 정보부 및 연방수사기관장들이 참석한 회의에서 막 돌아온 참이었다. 그들은 거기서 아지즈와 FBI 협상전문가 사이에 오가는 대화를 모니터한 뒤 필요하면 어떤 결정이든 내릴 것이다. 케네디는 맥마흔 단장의 요청에 따라 FBI 지휘소에 머물며 그에게 조언할 생각이었다.

FBI 긴급사건대응단장은 백악관 서관이 내려다보이는 창가에 앉아 튜트윌러 법무장관과 얘기를 나누고 있었다. 케네디는 그들을 방해하지 않으려고 두어 걸음 근처에서 멈춰 섰다. 그러나 맥마흔 단장의 말을 들은 순간 깜짝 놀라 방 안을 둘러보았다. 없었다. 오전 9시가 다 되어 가는데도 FBI 협상전문가처럼 보이는 사람은 어디에도 보이지 않았다.

잠시 후 맥마흔은 튜트윌러에게 각 전화기들의 다른 역할에 대해 설명한 뒤 케네디를 돌아보았다. 법무장관을 등 뒤에 두고 그는 당혹스러운 듯 눈알을 굴렸다.

"어서 와요, 아이린."

"안녕하세요."

케네디는 튜트윌러에게 고개를 숙인 뒤 맥마흔에게 물었다.

"협상전문가는 어디 있죠?"

맥마흔이 대답할 겨를도 없이 법무장관이 받았다.

"협상은 내가 직접 시도할 생각이야."

케네디는 최대한 다소곳한 말투로 대꾸했다.

"장관님, 무례한 말씀처럼 들릴지 몰라도 그건 가장 신중한 방법은 아닌 듯합니다."

"어째서?"

튜트윌러가 발끈하며 물었다.

"왜냐하면 아지즈는 우리가 협상 대표로 여성을 선임한 것을 모욕으로 여길 것이기 때문입니다."

"잘 들어, 케네디 본부장. 난 이 나라 법집행자들 중 최고위 관리야."

그녀는 바깥을 손가락으로 가리키며 강조했다.

"그런 내가 저 테러범들에게 우리가 지금 이 상황을 매우 심각하게 여기고 있음을 분명히 알리기 위해 여기 온 거라고."

케네디의 머릿속에 전날 펜타곤에서 미치 랩이 했던 말들이 다시 떠올랐다. 그 말들은 케네디에게 자기 견해를 더 확실하게 개진할 수 있는 힘을 주었다.

"저도 대테러센터 본부장으로 장관님께 조언을 드리기 위해 여기 왔습니다. 장관님께서는 커다란 실수를 하고 계십니다. 저는 법무장관님의 업적을 존경하지만, 아지즈는 그러지 않을 겁니다. 그자는 자신의 남성을 모욕했다고 생각하고 장관님께 그 대가를 치르게 할 거예요."

튜트윌러는 팔짱을 끼며 도전적으로 말했다.

"난 평생 광신자들과 싸워오며 그들을 다루는 법은 한 가지밖에 없다는 걸 알았지. 정면충돌이야."

"장관님의 업적은 존경하지만, 아지즈를 상대로 그 방법을 쓰는 건 최악이에요. 상대를 전혀 모르고 계십니다."

법무장관이 고집을 꺾지 않을 것으로 판단되자 케네디는 지휘소를 나왔다. 변동 상황을 스탠스필드 CIA 국장에게 보고해야만 한다. 복도를 중간쯤 걸어 내려가는데 뒤에서 맥마흔이 부르는 소리가 들려왔다. 잠시 후 그가 옆으로 따라와 손을 그녀의 어깨 위에 올리며 말했다.

"아이린, 그래봐야 소용없어요. 내가 윗선까지 다 보고했는데, 뭐. 이제 그 여자를 말릴 사람은 아무도 없소."

케네디가 걸음을 멈추었다. 뺨이 약간 상기되어 있었다. 그녀는 혼잣말로 무어라 투덜거린 뒤 맥마흔에게 말했다.

"어제 미치가 울화통을 터뜨린 이유를 이제야 알겠네요."

전날 국방부 회의에 참석하지 않은 맥마흔은 케네디의 말을 이해할 수 없었다. 그는 무시하기로 하고 그녀에게 말했다.

"내가 보기엔 말이오, 아이린. 튜트윌러는 이번 일에 엉덩이를 너무 많이 내민 것 같아요. 두고 봐요, 오늘 아침 일을 엉망진창으로 만들고 나면 더 이상 우릴 귀찮게 하지 못하게 될 테니까."

맥마흔은 긴장하고 있는 케네디의 얼굴을 살펴보았다. 스탠스필드 CIA 국장을 후견인으로 두고 있는 언제나 침착하던 그녀가 이런 반응을 보인 건 드문 일이었다.

"천천히 심호흡을 해봐요, 아이린. 이럴 때 흥분해서 이로울 건 하나도 없어요."

케네디는 그를 쳐다보더니 입술 한쪽 끝을 비틀며 웃었다.

"그건 제가 항상 해주던 설교잖아요."

"내가 뭐라고 했소. 난 빨리 배운다니까."

맥마흔은 슬며시 웃으며 그녀를 FBI 지휘소로 다시 데려갔다.

"이 일이 끝날 때까지 나는 당신이 필요해, 아시겠소?"

케네디는 고개를 끄덕이며 마지못해 끌려갔다.

그의 손가락들이 백악관 상황실 회의용 탁자의 반짝이는 표면을 톡톡 두들기는 동안에도 그의 시선은 컴퓨터 화면에 고정되어 있었다. 라피크 아지즈는 대통령의 가죽의자에 앉아 가볍게 몸을 흔들고 있었다. 손목을 올려 시간을 체크했다. 거의 30분이 되어가도록 스위스 은행 계좌의 잔고는 변동되지 않았다. 그래? 이제 2분만 더 기다려 봐. 일대장관이 펼쳐질 테니까. 아지즈의 시선이 컴퓨터 화면 위로 약간 올라가 건너편 벽을 온통 차지하고 있는 텔레비전 스크린들로 옮아갔다.

3대 메이저 방송사와 CNN이 모두 라파예트 공원 건너편에서 생방송을 하고 있었다. NBC와 CBS는 인질 가족들과 인터뷰를 진행 중이었고, ABC는 소위 스톡홀름 신드롬이라고 불리는 인질과 납치범의 친화현상에 대한 책을 쓴 어떤 심리학자와 대담하고 있었다. CNN은 은퇴한 FBI 요원 하나를 불러다가 얘길 나누고 있었는데, 아지즈가 보기엔 혼자 잘난 척하는 멍청이일 뿐이었다.

미국인들이 하는 짓거리들이 너무 뻔하다는 생각이 들자 아지즈의 입가에 희미한 미소가 번졌다. 미소는 점점 더 커졌다. 그는 두 손으로 목덜미를 감싸고 의자를 앞뒤로 흔들었다. 두 번째 랩탑에 메일박스 아이콘이 뜨더니 전자음성이 이메일 도착을 알렸다. 아지즈가 재빨리 해당 키를 두드리자 스크린에 메시지가 떠올랐다. 그것을 읽어 내려가는 그의 얼굴이 점점 더 화면 가까이로 다가갔다. 그는 충격을 지울 수 없어 메시지 첫 줄을 읽고 또 읽었다. 이럴 수가! 어떻게 이것들이 감히 내게 손을 대? 하필 왜 지금이지?

메시지 내용은 이러했다. '파라 하루트가 어제 아침 특수부대원들의 습격으로 납치되었음. 단체는 심각한 피해를 입었으며 하루트는 적에게 끌려간 것으로 추정됨. 정체는 확인되지 않았지만 미국이나 영국 아니면 이스라엘의 소행으로 짐작됨.'

도로 건너편 행정부 청사. FBI 지휘소 복도 아래쪽에 있는 별도 회의실에서는 백스터 부통령이 어전회의라도 여는 것 같았다. 언제나처럼 댈러스 킹이 백스터 옆에 앉았고, 플러드 합참의장이 부통령 왼쪽에 앉았다. 테이블의 훨씬 아래쪽에 로치 FBI 국장, 스탠스필드 CIA 국장, 트레이시 비밀검찰국 국장이 자리를 잡았다. 국무장관과 국방장관도 비서관들을 대동하여 참석했고, 부통령을 경호하는 비밀검찰국 요원들도 참석했다. 참석자들은 모두 테이블 가운데 놓인 검정색 스피커를 기대에 찬 눈으로 바라보고 있었다. 침묵 속에서 20초쯤 더 지나자 검은 상자는 상황실의 전화기가 울리고 있음을 알려주었다.

전화기가 울릴 때까지도 아지즈는 그 메시지를 응시하고 있었다. 하필이면 이런 중요한 때에 그런 참변을 당한 것이 화가 나 미칠 지경이었다. 그 일이 이번 거사에 미칠 악영향을 마음속으로 계산하며 그는 랩탑 화면을 태워버릴 듯이 노려보았다. 그러면서도 그 일에 너무 감정을 쏟지 않으려고 애썼다. 파라 하루트는 그의 정신적 스승이었다. 그에게 학교를 박차고 나가 전쟁터로 가라고 호소했고, 시온주의자들의 사악함을 보여준 사람이었다. 오늘날의 아지즈를 있게 한 사람은 바로 하루트였다. 그랬던 그가 이제는 없다.

전화기가 짜증나게 계속 울려도 아지즈는 자신을 진정시키기 위해 받지 않았다. 지금은 아니야. 마음을 완전히 가라앉히기 전엔 받으면 안 돼. 그에겐 반드시 해치워야 할 계획이 있었다. 잠시 더 생각할 여유를 갖고 나자 참변에 대처할 수 있게 되었다. 그는 두 손바닥을 테이블 위에 올려놓고 온몸을 긴장시키며 자신의 임무에 몰입했다. 마침내 신호가 여남은 번도 더 울렸을 때, 아지즈는 천천히 전화기를 들어 입으로 가져갔다.

"네."

"아지즈 씨."

차분하고 자신감에 찬 여자 목소리였다.

"나는 법무장관 마지 튜트윌러예요. 우리는 지금 모든 돈을 한꺼번에 이체하는 데 어려움을 겪고 있습니다."

여자는 잠시 사이를 두었다가 다시 말했다.

"지금까지 이체한 금액은….."

"13억 달러지!"

아지즈는 의자에서 벌떡 일어서며 소리쳤다. 온몸 구석구석에서 분노가 끓어올랐다. 이건 너무 심했다. 미국인들에 대해 그도 웬만큼은 알아보았다. 어떤 인물들이 무대에 등장할지도 모두 알고 있었다. 헤이즈가 임무를 수행하지 못하니 대통령 권한이 이양되었을 것이고, 백스터 부통령과 법무장관의 임무가 막중해졌을 것이다. 그렇다고는 해도 이런 식으로 모욕하는 건 참을 수 없었다. 이것은 의도적이라고 해석할 수밖에 없는 노골적인 모독이었다.

"네, 맞아요. 13억 달러."

튜트윌러가 약간 놀란 목소리로 받았다. 그리곤 당황한 듯 약간 더듬거리며 말했다.

"돈을 모두 이체하려면 시간이 좀 걸릴 것 같아요. 그래서… 당신이 호의적인 태도를 보여주면 나머지 돈을 이체하도록 촉진하는 데 큰 도움이 될 것 같습니다."

아지즈는 두 눈을 꽉 감았다. 계획했던 대로 밀고 나가야 한다고 자신을 다그치며 그는 여자에게 물었다.

"요구사항이 뭐야?"

"인질들을 몇 명 풀어준다면 당신이 이 협상에 매우 진지하다는 것을 보여주는 확실한 증거가 될 거예요."

이런 믿을 수 없는 일이! 거의 고함에 가까운 소리로 아지즈는 물었다.

"그래, 몇 명이나 풀어달라는 건데? 열 명? 스무 명? 아니면 서른 명?"

튜트윌러는 상대방의 진심도 모르고 망설이며 대답했다.

"음… 서른 명이 좋겠군요. 그들이 풀려나면 우리도 나머지 돈이 순조로이 이체되도록 작업할 수 있을 것 같아요."

아지즈는 선 채로 테이블 전체를 노려보았지만 아무것도 눈에 들어오지 않았다. 신경이 바늘처럼 곤두서고 분노가 에너지 빔처럼 치솟아 올랐다. 계획이 무엇이든지 떠나 이건 개인의 자존심 문제였다. 이것들이 감히 나를 모욕하기 위해 저딴 계집년을 선수로 내보내? 내가 어떻게 나오나 시험해 보고 있는 거야. 혹시 함정일까? 그건 아니라고 생각했다. 그들이 습격해 오기엔 너무 이른 시각이었고, 도로 건너편에 보도진들이 진을 치고 있는 환한 아침나절이었다. 너희들이 내 의지가 얼마나 확고한지 시험해 보고 싶다면 기꺼이 보여주고말고! 파라 하루트가 납치되었다는 보고에 이어 멍청한 여자에게 모욕까지 당한 아지즈는 더이상 참지 못하고 고함을 내질렀다.

"어제 내가 뭐라고 했지? 9시까지 전액을 입금시키라고 했어! 일부라고 말한 적 없어, 전액이라고 했지! 이체가 어렵다는 말 따위로 날 모욕하지 마! 너희 재무부가 마음만 먹으면 그 금액의 열 배라도 한 시간 안에 입금시킬 수 있다는 걸 알아. 아무래도 멍청한 미국인들에게 교훈을 줄 시간이 된 것 같군! 지금부터 창밖을 잘 보라고! 나를 상대로 어리석은 장난을 친 대가가 어떤 건지 보여줄 테니까!"

NBC 특파원 애너 릴리는 백악관 식당 바닥에 불편하게 쪼그리고 앉아 있었다. 오줌보가 터질 듯이 아파왔다. 팬티를 적시지 않고 한 시간이나 더 견딜 수 있을지 의심스러웠다. 인질들 중에서는 이미 팬티를 적신 사람들도 있어 식당 안은 지린내가 살살 풍기기 시작했다. 그때 묵직한 구두 발자국 소리가 다가오더니 테러범 리더가 문을 박차고 들어왔다. 그의 살기등등한 얼굴을 보자 부하들은 모두 설설 기었다.

인질들 앞으로 다가온 아지즈는 한 사내를 가리키며 소리쳤다.

"너! 일어서!"

지적당한 사내는 몸이 뻣뻣해져서 즉시 반응하지 못했다. 아지즈가 더 큰 소리를 내질렀다.

"이 새끼가! 당장 일어서!"

인질이 엉거주춤 일어서자 릴리는 금방 그를 알아보았다. 대통령 국가안보보좌관 빌 슈워츠였다. 테러범은 슈워츠의 다리를 붙잡고 늘어지는 여자를 향해서도 소리쳤다.

"네년도 일어나!"

여자가 빨리 일어나지 않자 아지즈는 그녀의 머리채를 사정없이 잡아당겨 헝겊 인형처럼 일으켜 세웠다. 그는 부하들의 도움을 받아 두 남녀를 식당 밖으로 끌고 나갔다.

아지즈는 두 인질의 등을 떠밀며 계단을 따라 백악관 서관 1층으로 올라갔다. 건물 북쪽 작은 현관으로 나가기 전에 그는 망사 후드로 얼굴을 가렸다. 그리고 칙칙한 초록색 전술조끼에서 리모컨을 꺼내더니 코드번호를 입력하여 문에 설치한 폭발장치를 해제했다.

그는 두짝문을 발로 차서 열고 밖으로 나갔다. 아침 햇살을 받으며 혼자 좁은 진입로를 가로지른 다음 작은 현관 가장자리에 가까운 다른 인도로 물러섰다. 그리곤 자신을 겨누고 있는 수십 정의 총들을 반항의 시선으로 둘러보았다. 시야에 있는 모든 지붕들마다 저격용 라이플의 긴 총신들이 비죽이 내밀고 있었다. 그래봤자 쏘지도 못할 것임을 아지즈는 알고 있었다. 그들이 쏘려면 관료계급을 통해 명령이 내려와야만 하는데, 아직 그러기에는 너무 빨랐다. 쏘지도 못할 새끼들이!

아지즈는 AK-74를 공중으로 쳐들고 요란하게 여덟 발을 갈겨댔다. 그리곤 반항하듯 총을 가슴에 끌어안고 미국인 따위는 두렵지 않다는 듯이 마당에 서 있었다. 자신의 존재를 부각시킨 후 그는 건물 안으로 돌아와서 시계를 보았다. 그리고 취재진들이 카메라 렌즈의 초점을 현관에 맞추는 시간을 30초 주기로 결정했다.

아지즈는 한 가지만 제외하고 모든 것을 각본에 따라 정확히 진행하고 있었다. 그 자신의 분노만 각본에 없던 것이었다. 대통령의 국가안보보좌관을 죽일 계획은 처음부터 잡혀 있었다. 그렇지만 이젠 그 계획에서 약간 벗어나더라도 하루트에 대한 보복으로 개인적 만족감을 누리고 싶어졌다. 그래서 그는 거의 광적으로 슈워츠의 얼굴을 후려갈겼다. 그리곤 그의 얼굴에 바짝 대고 고함을 질렀다.

"그래, 겁에 질린 기분이 어떠냐, 이 개새끼야?"

안보보좌관의 눈에는 금방 눈물이 고였고, 그의 옆에 선 여자는 훌쩍이기 시작했다. 슈워츠는 여비서의 어깨를 감싸 안았다. 그는 어떤 일이 벌어질 것인지 알았다. 이건 막다른 골목이었고, 그로서는 피할 길이 없었다. 아지즈는 계속 고함을 질러대며 그를 추궁했다.

"네놈은 몇 차례나 내 아랍 형제들을 죽이라고 명령했지? 도대체 몇 번이냐?"

아지즈의 눈은 분노로 이글거렸다. 슈워츠가 대답을 않자 아지즈는 다시 얼굴을 후려갈겼다. 그리곤 안보보좌관의 멱살을 잡고 문 쪽으로 질질 끌고 갔다. 그의 여비서도 상사의 허리를 꼭 껴안고 함께 끌려갔다. 그들이 문에 도착하자 아지즈는 구둣발로 여자의 엉덩이를 걷어차 버렸다.

슈워츠와 여비서는 비틀거리며 햇빛 속으로 나와 도로 위로 쓰러졌다. 후드로 얼굴을 가린 아지즈가 현관에 서서 그들에게 일어서라고 호령했다. 여자는 큰 소리로 울부짖기 시작했고, 보좌관의 눈에서는 눈물이 줄줄 흘러내렸다. 그는 일어나서 여비서를 부축해 일으켰다. 아지즈가 그들에게 걸어가라고 소리치자, 잠시 후 두 사람은 천천히 걷기 시작했다.

아지즈는 현관에 서서 두 인질이 북쪽 문으로 가는 것을 지켜보았다. 그들이 절반쯤 걸어가서 뉴스 카메라 초점에 잘 잡힐 지점에 이르자 그는 라이플을 겨누며 소리쳤다.

"거기 서!"

대통령의 국가안보보좌관이 뒤를 돌아보는 순간 아지즈는 그의 얼굴을 가늠쇠 중앙에 올려놓고 방아쇠를 당겼다. 강력한 라이플이 반동으로 튀어 오르자 그는 다시 수평으로 놓고 이번에는 여자의 머리를 차갑고 검은 가늠쇠 위에 올렸다. 방아쇠를 당기는 순간 두 번째 몸뚱이도 첫 번째 시체 위로 나뒹굴었다. 여자의 몸이 슈워츠의 몸 위에 겹쳐지자 아지즈는 그들을 향해 다시 10여 발의 총탄을 쏟아 부었다. 칼라슈니코프 경기관총의 요란한 총성이 신성한 백악관 북쪽 뜰을 뒤흔들었다.

그제야 만족한 아지즈는 연기를 피워 올리는 AK-74 총구를 내리고 문을 닫았다. 지하실로 내려가기 전에 현관에 설치된 부비트랩을 다시 작동시키는 것도 잊지 않았다. 복도로 걸어가는 그의 눈은 증오로 가득했고, 숨결은 거칠었으며, 걸음걸이는 급했다. 계단에 이르자 그는 뛰어 내려가서 복도를 지나 텅 빈 상황실로 들어갔다. 그리곤 전화기를 집어 들고 소리쳤다.

"내 말 듣고 있나?"

긴급사건대응단의 스킵 맥마흔 단장은 전화기를 귀에 댄 채 진입로에 쓰러져 있는 두 구의 시체를 내려다보고 있었다. 남자는 그도 아는 사람이었다. 그는 테이블에 앉아 꼼짝도 않고 창밖을 응시하고 있는 마지 튜트윌러를 돌아보았다. 그 옆에 있는 아이린 케네디가 슬픈 표정으로 머리를 흔들었다.

"듣고 있다."

맥마흔이 대답했다.

"넌 또 누구야?"

아지즈가 고함을 질렀다.

"FBI 특수요원 스킵 맥마흔이다."

"좋았어! 다시는 그딴 계집년을 앞세워 날 모욕하지 마라. 내 요구사항은 변함없다! 내가 통보한 계좌로 전액이 입금될 때까지 한 시간마다 한 명씩 인질을 처형하겠다! 입금이 완료되면 인질의 3분의 1을 석방하겠어! 한 시간에 한 명씩이야! 내 말 알아들었나?"

"분명히 알아들었지만 한 시간은 좀 무리 같다."

말투를 바꿔야 할 때였다. 아지즈는 프로다운 조용한 어조로 말했다.

"이봐, 맥마흔. 너희들의 수법에 대해서는 내가 아주 훤해. 방금 인질 둘을 작살냈으니 너희들도 인질구조팀을 투입하겠지."

아지즈는 말을 끊었다가 더 엄숙한 목소리로 말했다.

"하지만 그랬다간 천추의 한을 남기게 될 거야. 이유를 말해줄까? 그들이 진입하는 즉시 나는 인질들과 함께 당신 나라의 이 대단한 건물을 공중으로 날려버릴 거거든. 잘 알겠지만 나와 내 부하들은 기쁘게 순교하기로 맹서한 사람들이야."

그는 잠시 쉬었다가 계속했다.

"하지만 꼭 그렇게 할 필요는 없겠지. 내가 인질 둘을 작살낸 건 법무장관이라는 그 멍청한 여자 때문이야. 당신과 내가 룰만 잘 지키면 사람을 또 죽여야 할 일은 없어. 한 시간 내로 전액을 입금시켜. 그러면 나도 인질 3분의 1을 석방할 테니까. 아주 간단하잖아? 잘 알아들었지?"

"그래."

"좋아. 이제부터 나는 맥마흔, 당신하고만 얘기하겠어. 그러면 잔액이 모두 입금되길 기대하겠네."

아지즈는 전화기를 조용히 내려놓았다. 그는 미국인들을 다루는 방법을 정확히 알고 있었다.

16

테이블에 둘러앉은 부통령과 나머지 사람들은 깊은 침묵에 빠져 있었다. 잠시 후 문에서 노크 소리가 나더니 조심스레 문이 열리고 아이린 케네디와 맥마흔이 들어왔다. 테이블에 앉은 사람들의 표정은 음울했다. FBI 국장 로치가 얼굴을 들고 물었다.

"그자가 죽인 사람이 누군지 확인됐소?"

아이린 케네디가 대답했다.

"여자는 아직 모르겠고, 남자는 빌 슈워츠 보좌관이었습니다."

회의실 안의 사람들은 모두 머리를 숙였다. 한두 번씩은 다 슈워츠와 함께 일해본 적 있고 호감을 느꼈던 사람들이었다. 긴 침묵이 흐른 뒤 백스터 부통령이 불쑥 물었다.

"요구하는 돈을 주면 인질 3분의 1을 풀어주긴 할까?"

테이블에 둘러앉은 사람들은 다들 확신 없는 표정으로 어깨만 으쓱했다. 결국 모든 시선이 CIA 대테러센터 본부장에게로 모아졌다. 그녀가 전문가였다. 아이린 케네디는 천천히 고개를 끄덕이며 대답했다.

"약속은 지킬 것 같습니다."

그 말에 부통령은 입을 꽉 다물었다. 듣고 싶었던 대답이었다. 댈러스 킹이 다가오더니 손으로 자기 입을 가리고 부통령 귀에 소곤댔다.

"한 시간마다 인질을 죽이기 시작하면 심각한 혼란에 빠질 겁니다. 어떤 대가를 치르든, 그들이 그 돈으로 무엇을 하든 상관할 바 없어요. 인질 3분의 1을 구할 수만 있다면 그렇게 해야 합니다."

백스터가 고개를 끄덕이자 댈러스는 제자리로 돌아갔다. 킹의 말이 옳았다. 그들은 갇힌 처지나 다름없었고, 탈출 방법은 두 가지뿐이었다. 그나마 한 가지는 선택사항이 아니었다. 부통령은 브라이언 로치 FBI 국장을 돌아보며 물었다.

"브라이언, 나머지 돈을 구좌에 이체하는 작업을 해주시겠소? 인질 3분의 1을 일단 구해 놓고 거기서부터 시작해야 할 것 같은데, 혹시 이의 있습니까?"

백스터는 테이블 주위의 사람들을 돌아보며 물었다. 모두들 고개를 젓자 그는 다시 FBI 국장에게 말했다.

"만약 문제가 생기면 즉시 보고해 주시오. 그리고 반드시 시간 내에 마쳐야 합니다. 또 다른 인질이 총에 맞는 걸 보고 싶지는 않으니까."

로치 국장은 머리를 끄덕인 뒤 맥마흔을 데리고 방에서 나갔다.

중앙정보국의 늙은 국장은 자기 자리에 앉아 조용히 관찰하고 있었다. 이번 위기가 터지기 전까지는 부통령과 얼굴을 마주할 기회가 별로 없었기 때문에 그를 좀 더 정확히 파악하려고 애쓰는 중이었다. 그런데 백스터란 이 사내는 자신이 이런 상황에 휩쓸린 것을 혐오하고 있는 것처럼 보였다. 그 점이 스탠스필드는 걱정스러웠다. 위대한 지도자는 어려운 상황에서 두각을 드러낸다. 위기에 맞섬으로서 빛을 발하는 것이다. 그런데 이 사내는 위축되는 것처럼 보였다.

"비상대응책을 수립할 필요가 있습니다."

CIA 국장이 당면 문제를 건의하자 부통령은 고개를 끄덕였다.

"알아요, 알아. 그렇지만 한 번에 한 걸음씩만 나갑시다. 우선 인질들 일부라도 구한 다음에 다른 요구사항을 처리하도록 합시다."

"그럴 여유가 없을 것 같습니다. 그들의 다음 요구사항이 우리가 들어줄 수 없는 것이면 어떻게 합니까?"

스탠스필드는 호닉 박사가 하루트에 대한 심문을 다 끝내고 완전한 보고서를 올릴 때까지 기다렸다가 부통령에게 보고하려고 했다. 그런데 사태가 급박하게 변했다.

"그런 생각은 정말 하고 싶지 않소."

백스터 부통령의 대답에 플러드 합참의장이 발끈하며 상체를 앞으로 내밀었다.

"생각하기 싫어도 해야 합니다. 이 사태가 통제 불능이 되면 진압할 준비를 갖추고 있어야 합니다."

백스터는 우물쭈물했다. 방 안에 있는 모든 사람들의 시선이 부통령에게 쏟아졌다. 하지만 그는 어떤 결정도 내리고 싶지 않았다. 내가 왜 인질들을 죽이는 백정이 되어야 한단 말인가? 마침내 그는 마지못해 어렵게 입을 열었다. 전혀 자신이 없는 소리였다.

"모든 것이 정리되고, 또 그럴 때가 오면, 나도 명령을 내릴 준비를 하겠소."

몸무게 120킬로그램의 거구인 플러드 장군이 CIA 국장을 힐끗 바라보았다. 그만하면 알 만하다는 눈빛을 두 사람은 주고받았다. 백스터는 함량미달이었다. 그는 자기 능력에 넘치는 일을 떠맡았으며 결정적인 순간에 바람에 휙 날려가 버릴 사내였다.

부통령이 양쪽 팔꿈치를 테이블에 짚고 피곤하다는 듯 눈을 문질렀다. 그리곤 고개를 숙인 채 말했다.

"30분쯤 휴식을 취한 뒤 여기서 다시 만납시다. 나 혼자 생각 좀 해야겠소."

댈러스 킹을 제외한 모든 사람들이 의자에서 일어나 문 쪽으로 걸어갔다. 백스터가 자기 비서실장을 돌아보며 말했다.

"자네도 나가 봐, 댈러스. 마지가 어떻게 하고 있는지 좀 살펴보게."

킹은 고개를 끄덕인 뒤 일어나 다른 사람들과 함께 나갔다.

CIA 본부에서 국회의사당까지는 차량들이 완전히 거북이 걸음이었다. 도로 차단과 백악관 주위로 몰려든 거대한 인파로 인해 사방이 꽉 막힌 상태였다. 미치 랩은 자신의 검정색 볼보를 2번가에서 펜실베이니아 대로로 꺾은 다음 운전을 정말 엉망으로 하고 있는 한 택시를 우회하기 위해 돌진했다. 국회의사당에서 멀어질수록 이웃 풍경들이 점점 더 초라해져 갔고, 잘 보존된 주택들에서 황폐하고 허물어진 집들로 변해 갔다. 몇 블록 더 지나자 랩은 자기가 찾고 있던 주택을 발견했다. 새로 페인트칠을 하고 목공예 장식을 한 빅토리아조 양식의 깨끗한 저택이었다. 그런데 양쪽에 있는 비슷한 양식의 황폐한 두 건물은 수리보수가 시급해 보였다.

그 멋진 빅토리아조 양식 저택 앞에 차를 세운 랩은 대시보드의 시계를 보았다. 9시 16분. 지금쯤 백악관에서는 난리가 벌어지고 있을 것이다. 그는 디지털 전화기를 더듬어 찾다가 생각을 바꾸었다. 아이린은 지금 엄청 바쁠 것이다. 그의 전화를 기다리지도 않을 것이고, 랩 자신도 나쁜 소식을 듣고 싶은 기분이 아니었다. 차에서 내릴 때 오른쪽 겨드랑이에 찬 베레타로 인해 그 부분이 불룩해 보였다. 그는 코에 걸린 선글라스를 약간 끌어내리고 인도를 따라 걷기 시작했다.

밀트 애덤스는 현관에 서 있었다. 키는 기껏해야 162~3센티미터 정도. 머리카락은 깨끗하게 밀어버렸고, 검은 피부가 햇빛에 반짝거렸다. 왜소한 체구에도 불구하고 훨씬 더 큰 사람 같은 인상을 주었다.

랩이 계단으로 다가가자 큼지막한 독일 셰퍼드가 현관에서 그를 향해 내려왔다. 랩은 본능적으로 긴장하며 베레타를 뽑아 개를 쏴버리고 싶은 충동을 느꼈다. 그는 개를 싫어했다. 다 싫어하는 것이 아니라 경비견 종류만 싫어했다. 직업상 그것들을 좋아할 수가 없었다. 무서워하는 기미를 보이면 치명적이란 것을 아는 랩은 손을 겨드랑이에 넣은 채 막대기처럼 뻣뻣하게 서 있었다. 셰퍼드는 거침없이 다가와 그의 가랑이 사이에 코를 들이밀었다. 랩은 얼결에 뒤로 한 걸음 물러났지만 아무 소용없었다. 개는 킁킁 냄새를 맡으며 계속 따라왔다. 현관 위에서 밀트 애덤스가 조련사의 깊은 음성으로 소리쳤다.

"루퍼스, 그만둬!"

그러자 개는 즉시 돌아서서 계단을 올라가더니 주인 옆에 얌전히 앉았다. 애덤스가 개의 목을 어루만져 주며 칭찬했다.

"착하다, 루퍼스. 아주 착해."

랩은 그의 왜소한 몸통 속에서 그런 깊숙한 목소리가 울려나오는 것에 경외심을 느끼며 쳐다보았다. 애덤스는 몸무게가 기껏해야 70킬로그램을 넘지 않을 것 같았고, 나이는 60대 중반쯤 되어 보였다. 그런데도 방금 들은 그 목소리는 흑인 배우 제임스 얼 존스나 흑인 가수 아이작 헤이스와 배리 화이트가 들어도 모두 울고 갈 정도였다.

"미스터 크루즈?"

애덤스가 물었다.

"네."

랩은 처음 두 계단을 올라가서 손을 내밀었다.

"밀트 애덤스 씨군요."

"맞아. 만나서 반갑네."

"저도요."

"안으로 들어가세."

두 사람은 집 안으로 들어갔다. 셰퍼드는 랩의 옆에서 따라왔다. 애덤스는 긴 복도를 따라 집 뒤쪽에 있는 부엌으로 랩을 안내했다. 목재 바닥들은 최근에 반짝거리는 폴리우레탄으로 입힌 것 같았고, 부엌 바닥은 고전적인 흑백 체커보드 무늬 타일을 깔았다. 테두리는 약간 얼룩이 있는 자연목 마감재로 모두 복구했다.

애덤스가 찬장 유리문을 열고 머그잔 두 개를 꺼내며 말했다.

"블랙커피 타입 같은데?"

"좋습니다."

독일 셰퍼드는 랩의 옆에 엉덩이를 부리고 머리를 그의 허벅지에 기댔다. 랩은 점점 더 불편한 기분이었다. 애덤스가 커피를 들고 돌아왔다. 그는 랩의 뻣뻣한 자세를 보고 말했다.

"개를 안 좋아하는 모양이군."

"네, 별로."

애덤스는 커피 잔을 건네며 물었다.

"왜? 물린 적이라도 있나?"

"여러 번이나요."

랩은 특히 호되게 한 번 물렸을 때를 떠올리며 이마를 찌푸렸다.

애덤스는 손님의 얼굴을 유심히 살펴보았다. 긴 머리카락과 얼굴에 난 흉터를 보자 이 친구가 정말 비밀검찰국에서 일하는지 의심스러웠다.

"염려 말게. 자네가 날 해치지 않는 한 루퍼스도 절대 자넬 물지 않을 테니."

집 주인은 방을 가로질러 걸어가며 말했다.

"지하실로 내려가세. 거기에 내 물건들이 다 있으니까."

랩은 애덤스를 따라 부엌을 지나갔다. 빌어먹을 세퍼드는 그의 곁에서 떨어질 생각을 안 했다. 랩은 가파른 계단을 내려가는 애덤스의 몸놀림이 그의 나이 절반 정도의 젊은이들 같다고 생각했다.

지하실에 내려간 랩은 커다란 방 안을 돌아보았다. 은퇴한 사내의 꿈과도 같은 방이었다. 회색으로 칠한 바닥이 하도 깨끗해서 음식을 차려 놓고 먹어도 될 정도였다. 한쪽 벽에 죽 박힌 목재 걸이에는 온갖 종류의 도구들을 걸어 놓고 눈에 금방 띄도록 딱지들을 붙여 놓았다. 안쪽 벽에는 금속제 캐비닛 여섯 개를 나란히 세워 놓았는데, 거기에도 내용물을 기재한 리스트가 각각 붙어 있었다. 오른쪽 벽은 제도용 테이블 두 개와 컴퓨터가 차지했다. 방 한가운데는 여러 겹의 하얀 시트로 당구대만 한 것을 덮어 놓았다. 랩이 고개를 옆으로 꺾고 시트 아래를 훔쳐보려고 했지만 아무것도 보이지 않았다.

강인하게 생긴 애덤스가 왼쪽 테이블 앞에 서서 머리 위의 램프를 켰다. 그리고는 테이블 위의 청사진을 가리키며 말했다.

"이것이 백악관과 정원들의 평면도야. 트레이시 국장은 당신이 관저 안으로 감쪽같이 침투할 수 있는 통로를 찾고 있다고 하던데?"

랩은 고개를 끄덕였다. 애덤스는 그를 의아한 눈으로 살펴보았다.

"그런데 자넨 암만 봐도 비밀검찰국 요원이 아닌 것 같단 말씀이야, 미스터 크루즈."

"그냥 미치라고 부르세요. 그래요, 전 비밀검찰국 소속이 아닙니다."

"좋아, 미치. 그럼 어디 소속인가?"

"CIA에서 애널리스트로 일하고 있어요."

애덤스의 입가에서 미소가 지워졌다. 깊은 바리톤의 음색으로 노인이 말했다.

"난 애널리스트를 좋아하네."

왼쪽 소매를 걷어 올리자 팔꿈치에서 팔목에 이르는 길고 두꺼운 흉터가 드러났다. 징그러운 뱀처럼 생긴 그 흉터를 랩의 눈앞에 들어 보이며 그가 말했다.

"이오지마(일본 유황도-옮긴이)에서 당한 거야. 미친 일본 놈이 휘두른 칼에 베였지."

그는 랩의 얼굴을 가리켰다.

"이 흉터는 아주 가느다랗군. 옆에서 자세히 보지 않으면 모르겠어. 그렇지만 성형수술을 제대로 받기 전에는 내 팔뚝의 이 흉터처럼 험했을걸."

애덤스는 랩의 얼굴을 다시 살펴보며 물었다.

"설마 위성사진을 분석하다 이런 상처를 입은 건 아니겠지, 안 그래?"

랩은 태연하게 반문했다.

"제가 성형수술 받은 건 어떻게 아셨죠?"

"내 큰딸이 조지 워싱턴 대학병원 의사야. 가끔 재능 있는 외과 의사들의 솜씨를 볼 기회가 있었지. 그러니까 개소린 집어치우게. 랭글리에서 정말 무슨 일을 하나?"

랩은 애덤스를 지그시 바라보았다. 그는 이런 단도직입적인 스타일이 마음에 들면서도, 이 흑인 영감이 꽤 집요하다는 생각이 들었다. 그래서 최대한 솔직하게 얘기해 주기로 마음먹었다.

"지금은 자세한 내용을 말씀드릴 수 없지만 서류정리를 하는 사람은 아닙니다."

"크루즈란 성은 진짜가?"

랩은 고개를 저었다.

애덤스는 의심쩍은 눈으로 잠시 바라본 뒤 어깨를 으쓱했다.

"좋아, 트레이시 국장을 믿어야겠지. 그 사람이 자네한테 정보를 제공하라고 했으니 나는 줄 수밖에 없네."

애덤스는 주의를 다시 청사진으로 돌려 손가락으로 선을 따라가며 설명하기 시작했다.

"백악관 지하로 들어가는 길은 딱 하나밖에 없어."

그는 첫 번째 청사진을 휙 넘겨 다음 장이 드러나게 했다.

"잘 알려진 대로 재무성 건물을 통해 들어오는 터널이 그것이야."

애덤스는 손가락으로 청사진 오른쪽에 선을 그어 랩에게 터널의 위치를 보여주었다.

"테러범들이 이용한 터널이지."

"그것뿐입니까?"

랩이 놀란 표정으로 물었다.

"다른 터널은 없어요?"

애덤스는 머리를 끄덕였다.

"터널은 하나밖에 없어. 할리우드 영화에서는 모든 방향으로 뚫린 비밀통로가 수십 개나 있는 것처럼 나오지만, 그건 새빨간 거짓말이야."

랩은 실망했다.

"그러면 지하로 들어가는 다른 길은 없군요."

"그렇게는 말하지 않았네."

애덤스가 손가락을 쳐들고 웃었다. 그리곤 다른 제도용 테이블로 걸어갔다.

"레이건 행정부 시절 육군공병단이 이곳에 냉난방 시스템을 설치했어. 하이테크를 도입한 최첨단 시설이었지. 기본적으로 냉난방 공급을 해줄 뿐만 아니라 백악관 내부 기압을 외부 기압보다 높게 유지되도록 설계한 시스템이야."

"왜죠?"

랩이 물었다.

"내부 기압을 높게 유지하면 열린 문이나 창문, 틈 사이로 공기가 흘러나가기만 하고 들어오진 않거든. 그래서 만약 어떤 놈이 생화학 무기로 백악관 내부를 오염시키기 위해 바람에 날려 보내도 건물 안으로 들어오지 않지. 만약 건물 내부로 침투해서 터뜨리면 환기 시스템의 경보가 울리고 필터가 작동하게 되어 있어."

랩은 애덤스가 무슨 얘기를 하려는지 알 만하다는 생각이 들었다.

"공기 공급은 어디서 받습니까?"

"두 세트의 흡입관과 배기관이 있어. 한 세트는 백악관 지붕에 있고, 또 한 세트는 이곳에 있네."

애덤스는 백악관 남쪽 잔디밭의 한 지역을 가리켰다.

"동쪽 담장에서 15미터도 안 되는 지점의 관목 숲 아래 감춰져 있어. 재키 케네디의 로즈가든 바로 남쪽이야. 관들은 수직으로 10미터쯤 내려간 다음 수평으로 60미터쯤 뻗어나가 지하 3층 보일러실의 메인 시스템과 연결되어 있지."

랩은 청사진을 보며 물었다.

"환기구 주위에 은폐물은 어떤 것이 있습니까? 지붕에서 감시하는 자들의 눈에 띄지 않고 들어갈 수 있을까요?"

"은폐물은 많아. 따라오게, 내가 모형을 보여주지."

애덤스는 방 가운데로 걸어가더니 두 장의 하얀 시트를 자랑스레 벗겨내어 커다란 테이블이 드러나게 했다. 테이블 위에 펼쳐진 것은 백악관과 주위의 정원들을 세부적으로 묘사한 모형이었다.

"은퇴한 요원이 자네한테 주는 선물이야, 미치. 이건 20년쯤 전에 내 조카 녀석과 놀이삼아 시작했던 일이었지. 절반쯤 만드는 데 그렇게 오랜 세월이 걸렸는데, 은퇴한 뒤로 나머지를 완성하는 데는 6개월밖에 걸리지 않았다네."

랩은 모형을 살펴보며 문제의 환기구가 있는 위치를 찾았다. 애덤스가 눈치채고 손을 뻗어 작은 덤불을 헤쳤다.

"이곳이 자네가 들어갈 구멍이야."

애덤스의 가느다란 검은 손가락이 정원에서 튀어나온 초록색 금속관을 가리켰다. 환기구 뚜껑 역할을 하는 그것은 U자를 뒤집어 놓은 형태로 지상에서 유턴을 하여 열린 끝 부분이 땅을 가리키고 있었다.

랩은 환기구 뚜껑과 백악관 사이에 있는 나무들과 덤불을 살펴보며 물었다.

"환기구로 접근할 때 지붕 위에 있는 자들에게 발각되지 않을까요?"

"그 점은 염려하지 말게. 문제는 테러범들이 비밀검찰국의 감시망과 경보 시스템을 장악하고 있느냐는 걸세."

애덤스는 담장을 손가락으로 가리키며 계속했다.

"이 일대에는 센서가 부착되어 있거든. 만약 그들이 우리 시스템을 장악하고 있다면 자네가 담장을 넘어가는 순간 즉시 알게 되지."

랩은 팔짱을 끼고 한쪽 손으로 자기 턱을 잡았다. 모형을 내려다보며 남쪽 잔디밭을 감싸고 있는 편자 모양의 담장을 세심하게 살펴본 뒤 고개를 끄덕였다.

"하지만 그 정도는 극복할 수 있을 거야. 우회로를 통하거나 다른 어떤 방법으로든. 정작 문제는 자네가 건물 안에 들어갔을 때 길을 찾기가 어렵다는 거지. 거긴 비밀스런 문과 엘리베이터, 계단, 통로 등이 수두룩한데, 그런 것들은 청사진이나 모형에도 전혀 나타나 있지 않거든. 대통령 경호원들도 태반은 그것들이 어디 있는지조차도 몰라. 그래서 자넬 안내해줄 사람이 필요할 거란 말일세."

애덤스는 잠시 뜸을 들였다.

"아니면 자네 계획을 말해주면 내가 도와줄 수도 있지."

랩은 모형에서 눈을 들고 밀트 애덤스를 살펴보았다. 결정을 내려야만 했다. 애덤스를 합류시킬 것인가, 아니면 어둠 속에 묻어둘 것인가. 이 것의 장단점을 케네디나 스탠스필드와 상의할 인내심이 랩에겐 없었다.

댈러스 킹은 FBI 지휘소와 복도를 마주한 작은 사무실 안에 서 있었다. 간호사가 튜트월러를 진찰하는 5분 남짓 동안 그는 거의 절망적인 기분을 느꼈다. 법무장관이라는 여자의 꼬락서니를 보니 저절로 머리가 절레절레 흔들어졌다.

튜트월러를 진찰하던 간호사가 혈압을 재고 나서 말했다.

"쇼크 상태에 빠진 것 같아요."

"제기랄!"

킹은 조급하게 오락가락했다.

"그래서 어떻다는 거야? 기자회견을 할 수 있어, 없어?"

"없어요. 지금 즉시 병원으로 모셔가야 해요."

간호사는 얼굴을 찡그리며 대답했다.

튜트윌러는 갈색 가죽 소파에 얼어붙은 듯이 앉아 허공만 멍하니 응시하고 있었다.

킹은 손으로 자기 입을 가리고 서너 차례 계속 욕설을 내뱉었다. 그리곤 두 손으로 머리카락을 움켜쥐며 말했다.

"내 이럴 줄 알았어!"

그는 간호사를 돌아보며 지시했다.

"환자를 베데스다 정신병원으로 옮겨. 그리고 아무도 접근하지 못하게 해, 알았지?"

문을 왈칵 열고 복도로 나온 킹은 두 팔을 사납게 흔들며 걸어갔다. 회의실 앞에 도착하자 바깥에서 경비를 서고 있는 비밀검찰국 요원들의 만류를 뿌리치고 노크도 없이 안으로 들어갔다. 그리곤 등 뒤로 문을 탕 닫으며 욕설부터 뱉어냈다.

셔먼 백스터 부통령은 느닷없는 침입에 놀라 의자를 돌리고 쳐다보았다. 짜증이 잔뜩 밴 얼굴로 그가 말했다.

"댈러스, 혼자 있고 싶다고 말했을 텐데."

"그 멍청한 여자가 쇼크 상태에 빠졌어요!"

"뭐라고?"

어리둥절해진 백스터가 물었다.

"마지 튜트윌러 말입니다! 그 암캐가 쇼크로 완전히 돌아버렸다고요!"

분노로 일그러진 얼굴로 킹은 소리쳤다.

"그 여잔 입이 붙어버렸어요. 지금 정신병원에 보내버리고 오는 길입니다."

"오, 맙소사!"

백스터는 눈을 질끈 감고 신음을 토해냈다. 그가 얼굴을 두 손에 묻고 괴로워하고 있는 동안 킹은 테이블 주위를 조급하게 오락가락했다.

"우리가 감당 못할 일은 아니라구요."

킹은 상황을 반전시킬 궁리를 하며 말했다.

"일시적 후퇴일 뿐입니다."

회의실을 끝에서 끝까지 두 차례나 왕복한 다음 그는 말했다.

"믿을 만한 정보원을 통해 이번 일은 전적으로 법무장관의 아이디어였다는 소문을 흘려보낼 겁니다. 그런데 막상 참혹한 일이 터지자 충격으로 정신이 좀 이상해졌다고요. 그런 다음 로치 FBI 국장을 내세워 기자회견을 하게 하면 우린 괜찮을 겁니다."

얼굴을 두 손에 묻은 채 부통령이 말했다.

"이젠."

그리곤 얼굴을 들었다.

"사태가 점점 더 악화되기만 할 거야. 결국은 백악관으로 쳐들어가야 할 거고, 모두가 말했듯이 많은 인질들을 잃게 되겠지. 내가 어제 말했던 그대로야, 댈러스. 우린 꼬였어."

셔먼 백스터는 '꼬였다'는 말을 강조했다.

"꼬인 것을 칼로 자르면 나는 많은 사람들의 피를 손에 묻히게 돼. 그리고 내 이름은 영원히 이 끔찍한 사건과 붙어 다니겠지."

킹은 머리를 흔들었다.

"아직 아무것도 끝나지 않았습니다. 이 사태를 벗어날 방법을 내가 찾아낸다구요."

그는 손을 덥히기라도 하려는 듯 두 손을 마주 비벼댔다.

"지금으로서는 이 아슬아슬한 줄타기를 계속할 수밖에 없어요. 마지가 밀려났으니 로치 국장과 FBI를 전면에 배치해야 합니다. 그 역겨운 개자식이 인질 3분의 1을 풀어주면, 우리는 풀려난 사람들을 위로하는 화면을 내보낼 수 있을 거예요. 그건 시도해서 나쁠 것 없죠. 일단 그 일이 끝나면 놈은 새로운 요구를 해올 테고, 그때 당신은 나서지 말아야 해요. 아직 끝나지 않았다구요, 셔먼. 나만 믿어요."

17

잭 워치 대통령 경호실장이 누군가가 벙커 문을 뚫으려 한다는 사실을 발견한 순간부터 사람들은 잠을 완전히 잃어버렸다. 모두는 뜬눈으로 밤을 지새웠다. 시간이 갈수록 드릴 소리는 커졌고, 사람들의 긴장도 그만큼 높아졌다. 또 다른 불길한 징조는 문에 손바닥을 대면 더 이상 차갑지 않다는 점이었다. 열이 가해지는 부분은 다른 부분에 비해 미지근하게 느껴졌다.

사람들의 긴장을 누그러뜨리고 부하들의 정신을 집중시키기 위해 경호실장은 당일 경호팀 조장인 엘렌 모턴과 함께 근무계획을 세웠다. 첫번째 내린 명령은 모든 무전기와 전화기를 한자리에 모으라는 것이었다. 벙커 안에 들어온 비밀검찰국 요원은 모두 9명이었고, 따라서 암호화된 모토롤라 무전기와 디지털 전화기도 각각 9대였다. 각 무전기와 전화기는 24시간 사용하며 모니터할 수 있었다. 배터리는 상호교환이 가능하므로, 워치의 전화기를 사용하면서 다른 전화기 배터리들을 돌아가며 사용하기로 했다.

한 요원이 통신을 모니터할 동안 다른 한 요원은 벙커 문 옆에 서서 이상한 일이나 소리가 들리면 즉시 보고하도록 했다. 그리고 대통령과 벙커 문 사이에 두 명의 요원을 더 배치했다. 이 네 명의 요원들이 근무할 동안 나머지 네 명은 잠을 자거나 식사를 한다. 두 팀이 네 시간씩 교대 근무를 하는 것이다. 경호실장만 열외로 남겨두었다.

배터리 공급을 체크한 뒤 워치는 두꺼운 벙커 철문 앞으로 걸어가서 표면에 손바닥을 대어 보았다. 그는 다른 손으로 줄어드는 머리숱을 쓸어 올리며 벙커 건축에 대해 주워들었던 세부사항들을 기억에 떠올리려고 애썼다. 기억이 정확하다면 이 벙커는 재래식 폭탄은 물론이고 대부분의 핵폭탄도 직통으로 맞지만 않으면 견뎌낼 만큼 단단하다고 했다. 백악관이 핵폭발의 중심이 된다면 테러범들도 똑같이 녹아버릴 것이다. 드릴을 사용하는 테러범 일당에게 벙커 문이 얼마나 오래 버틸지는 워치로서도 짐작할 길이 없었다.

경호실장은 문에서 눈길을 돌려 대통령을 찾아보았다. 그는 소파에 앉아 밸러리 존스 비서실장과 얘기를 하고 있다가 워치와 눈이 마주치자 손짓으로 불렀다.

헤이즈 대통령은 하루에 두 번씩 면도하는 사람이었다. 벌써 두 번이나 면도를 못한 그의 얼굴에는 회색과 갈색 수염이 까칠까칠하게 돋아났다. 넥타이와 상의는 그가 자다 일어난 간이침대에 놓여 있었다. 잭 워치 특수 요원을 쳐다보며 대통령이 말했다.

"잭, 그 넥타이 좀 풀어 던지게. 다른 요원들한테도 그렇게 말하고."

테러범들의 공격을 받은 직후 워치는 당황해서 넥타이를 풀어 던졌다. 대통령에 대한 그의 감정은 늘 호의적이지 못했다. 헤이즈와 그의 비서실장은 비밀검찰국의 보안절차를 슬쩍슬쩍 회피했고, 그 때문에 사람들이 죽었다. 그러나 24시간이 경과한 지금 그는 자신의 개인감정을 접고 다시 넥타이를 찾아 매었다. 그에겐 주어진 임무가 있었고, 거기엔 개인감정과 상관없이 대통령을 존경해야 하는 것도 포함되어 있었다.

워치는 감사 표시로 고개를 끄덕인 후 넥타이 매듭을 풀기 시작했다.

"새로 보고할 것은 없나?"

"아직은 없습니다."

워치는 애매한 표정을 유지했다. 그러자 밸러리 존스가 물었다.

"드릴로 문을 뚫는 자들이 우리 편이 아니라고 확신해요?"

워치는 대통령 비서실장이라는 이 여자한테 한마디 쏘아주고 싶은 충동을 억눌렀다. 벌써 두 번이나 그런 충동을 참아 넘겼던 것이다.

"우리 편이 아닙니다."

"확실해요?"

존스의 목소리는 질문이 아니라 애원조였다.

워치는 지친 한숨을 토해낸 뒤 대답했다.

"저도 인정하고 싶지 않지만, 우리 편이 드릴로 문을 뚫는다는 건 말이 안 됩니다. 우리가 했던 것처럼 비밀번호만 입력하면 문이 열리는데 왜 그러겠어요?"

존스가 소파 앞쪽으로 엉덩이를 당겨 앉자 검정색 스커트 자락이 위로 올라갔다.

"테러범들이 문의 제어장치를 파괴했을 수도 있잖아요?"

워치는 다시 한 번 인내심을 발휘했다. 그들은 이전에도 이런 일들을 숱하게 겪어온 터였다. 그는 이 한심한 여자를 한 번 더 참아내기로 결심하고 등 뒤쪽을 가리키며 말했다.

"저 문 뒤에는 두 번째의 방이 있습니다. 그 방엔 두 개의 고강도 철문이 있어요. 하나는 터널로 이어지고, 다른 하나는 백악관 지하 3층으로 나갑니다. 우리 편이라면 비밀번호를 사용해서 그 두 개의 문 중 하나를 열고 들어오지 저렇게 드릴로 뚫을 리가 없습니다."

"아니, 내 말을 듣지 않고 있군요."

존스는 머리를 흔들었다.

"나는 테러범들이 다른 문 하나를 폭파할 때 저 문의 제어판을 손상시킨 게 아니냐고 물었어요."

여자는 빨간 매니큐어를 칠한 손톱으로 문을 가리켰다.

"존스 실장, 말을 듣지 않고 있는 쪽은 당신입니다."

워치는 나지막하지만 단호한 목소리로 말했다.

"저 바깥에서 구멍을 뚫는 자들이 만약 우리 편이라면 나한테 연락해서 사정을 설명했겠죠. 방해전파를 쏘면서 동시에 구멍을 뚫을 리는 없습니다."

백악관 사람들을 좋아하고 말고는 자신의 임무와 아무 상관없는 일이지만, 밸러리 존스는 정말 밥맛 떨어진다고 워치는 생각했다. 존스가 또 뭐라고 말하려는 순간 대통령이 그녀의 무릎에 손을 얹으며 말했다.

"잭의 말이 옳은 것 같소. 이치에 맞는 말이야."

"이치에 맞다고 누가 그래요?"

헤이즈는 정색을 하고 그녀를 노려보았다.

"밸."

그제서야 존스는 물러앉으며 두 팔을 접었다.

"죄송해요. 전 단지 이 난관을 벗어날 궁리를 하고 있을 뿐이에요."

워치는 이 빌어먹을 여자한테 너 같은 것들이 비밀검찰국의 보안절차를 준수했다면 이런 난리는 벌어지지도 않았다고 고함치고 싶어 미칠 지경이었다. 그렇지만 그럴 때와 장소가 아니었다. 그 문제는 이곳에서 살아났을 때, 나중에 조곤조곤 따져볼 일이었다.

대통령은 그녀의 말을 무시하고 경호실장에게 물었다.

"그래, 우리 쪽은 어떻게들 하고 있나?"

워치는 긍정적 자세를 견지해야겠다고 생각했다.

"FBI 인질구조팀은 최고입니다. 틀림없이 이 건물을 탈환할 계획을 세우고 있을 겁니다."

라피크 아지즈는 돈이 스위스 은행 계좌로 흘러드는 것을 지켜보며 빙긋 웃었다. 이란에 있는 동지들은 그 돈을 지체 없이 다른 계좌로 이체할 것이다. 그는 승리하고 있었다. 그러나 고조된 기분이 그의 사부였던 파라 하루트의 피랍 소식으로 가라앉으려 했다. 하루트가 아직 살아있다면 적이 그에게서 끌어낼 수 있는 정보는 뭘까? 하루트는 강인한 노인이었다. 그렇지만 아무리 강인해도 고문을 견뎌낼 수는 없을 것이다.

하루트로 인한 타격을 분석하려고 애쓰던 아지즈는 그를 돌려받는 조건으로 자신의 계획을 약간 수정하는 것이 현명한 일일까 하는 생각에 이르렀다. 손가락으로 테이블을 톡톡 두드리며 그는 고개를 저었다. 어쩌면 하루트를 납치한 자들은 미국인이 아닐지도 모른다. 이스라엘인이나 영국인일 수도 있지. 여기서 요구사항을 조금이라도 물리면 섣부른 공격의 빌미를 제공하게 되고, 아지즈는 아직 준비가 되어 있지 않았다. 그는 미국 대통령의 목덜미를 콱 틀어쥘 필요가 있었다. 그러지 않고는 여기서 살아나갈 확률이 제로에 가깝다.

그는 계획대로 밀어붙이기로 했다. 이제는 FBI와 대화할 시간이다. 오전 10시에 또 다른 인질을 죽일 준비를 하고 있는데 돈이 들어오기 시작했고, 아직도 계속 들어오고 있었다. 정오가 가까운 무렵 대부분의 돈이 이체되었다. 아지즈는 전화기를 들고 그 FBI가 가르쳐준 전화번호를 눌렀다. 신호가 두 번 울린 뒤 이젠 귀에 익은 맥마흔의 깊숙한 목소리가 응답했다.

"당신은 약속을 지키는군."

아지즈가 말했다.

"나도 약속은 지킬 거야. 12시 반에 인질 3분의 1을 석방하겠다. 부하들을 뒤로 물려. 만약 도로에 얼씬거리는 놈이 있으면 사정없이 갈길 거야. 내 말 알아들었나?"

"알겠다. 어느 문으로 내보낼 건가?"

"그건 신경 꺼."

테러범은 퉁명스럽게 말했다.

"다음 요구사항은 내일 아침 7시에 통보하겠다. 그때까지 어떤 연락도 하지 마라."

아지즈는 전화를 끊고 시계를 들여다보았다. 11시 53분이었다. 그는 12시 반까지 기다리지 않고 즉시 인질들을 내보내기로 했다. 그것은 FBI를 허둥지둥하게 만들 것이다. 그들이 무언가를 시도하긴 아직 이르다고 판단되지만, 대통령 국가안보보좌관을 처형한 후이므로 조심하는 것이 상책이었다.

애너 릴리 NBC 특파원은 기운이 빠진 것을 느꼈다. 테러범들은 11시경에 화장실 출입을 허락했고, 그녀는 재빨리 세면대에서 물을 한 움큼 받아 마셨다. 찬물이 빈속에 들어가자 배가 얼마나 고픈지 실감되었다. 머리카락을 올백으로 넘긴 사내가 이번에도 화장실까지 따라와서 그녀를 지켜보았다.

백악관 식당 바닥에 불편하게 앉아 있을 때도 릴리는 사내가 여전히 탐욕스런 눈으로 자신을 바라보고 있음을 알 수 있었다. 사내가 언제쯤 달려들지, 또 혼자 달려들지 다른 놈들과 함께 달려들지 불안했다. 갑자기 시야가 뿌옇게 흐려왔다. 눈물을 참으려고 애쓰며 두 주먹을 눈앞으로 들어 올렸지만 대책 없이 흘러내렸다.

그것만은 도저히 감당할 수 없어, 하고 릴리는 생각했다. 차라리 죽는 편이 낫지 않을까? 그녀는 자신에게 정직하게 물었다.

라피크 아지즈는 의기양양하게 백악관 식당으로 들어와 겁에 질린 인질들을 돌아보았다. 지난번에 그가 한 짓을 목격한 인질들은 감히 쳐다보지도 못했다. 그는 두 손을 엉덩이에 얹고 인질들 주위를 돌아가며 말했다.

"안 잡아먹을 테니 다들 내 말 잘 들어. 지금부터 내가 어깨를 치는 사람들은 저 문 옆으로 걸어가서 서도록 해라. 너희들 3분의 1을 석방한다. 미국 정부가 내일도 잘 협조하면 추가로 3분의 1을 또 석방하겠다."

마지막 말은 거짓이란 것을 아지즈는 알고 있지만, 정직은 그의 장점이 아니었다.

"입을 나불대거나 비협조적인 놈은 다시 여기에 앉혀 놓겠다."

그는 문 가까운 쪽에 있는 인질들의 어깨부터 치기 시작했다. 문에서 먼 쪽에 있는 인질들은 자신들이 석방되지 못한다는 것을 재빨리 알았다. 그들 중 몇 명이 울음을 터뜨리자 아지즈가 고함을 질렀다.

"조용히 하지 않으면 총으로 쏴버리겠다!"

애너 릴리는 믿을 수가 없었다. 그녀의 기도가 이루어지려 하고 있었다. 테러범들의 리더가 가까이 다가오자 가슴이 터질 듯이 뛰었다. 아, 나는 석방되는구나! 릴리는 스톤 알렉산더를 잡아당기며 일어나 앉으라고 속삭였다. 그 예쁜 남자 기자의 머리는 한쪽으로 달라붙었고 커다란 덩어리가 하늘로 뻗친 상태였다. 그리고 사태가 어떻게 돌아가는지도 모르고 있었다. 아지즈가 릴리의 어깨를 친 다음 알렉산더의 어깨도 쳤다. 그녀는 일어서며 알렉산더를 끌어당겨 일으켜 세웠다. 문 쪽으로 걸어가면서도 혹시 꿈이 아닐까 싶었다. 릴리는 문 옆에 서 있는 다른 인질들을 보며 미소를 지었다. 정말 풀려나려나 보다.

하지만 그녀의 미소는 자신의 어깨를 잡는 손길에 의해 바로 사라지고 말았다. 그것을 무시하고 한 걸음 더 내딛으려 하자 그 손은 그녀를 더 힘껏 잡아당겼다. 알렉산더는 넋 나간 상태로 석방될 사람들이 있는 곳을 향해 계속 걸어갔다.

머리를 올백으로 넘긴 그 테러범은 백기사 세탁소 트럭을 재무성 지하 주차장으로 몰고 들어온 아부 하산이었다. 그는 애너 릴리를 붙잡고 아지즈를 향해 아랍어로 소리쳤다. 인질들을 세고 있던 아지즈는 부하가 외치는 소리를 들었다. 그는 아부 하산의 말에 동의한다는 뜻으로 고개를 끄덕인 뒤 바닥에 앉아 있던 인질 하나를 가리키며 말했다.

"네가 저 여자 대신에 나가."

아지즈는 부하들이 인질 여자들을 구워먹든 삶아먹든 개의치 않았다. 여자들은 전리품일 뿐이었다.

릴리는 테러범의 손을 힘껏 뿌리치며 소리쳤다.

"이 더러운 손 치워!"

아부 하산은 연약한 여자의 강한 저항에 놀란 듯 잠시 바라보다가, 그녀의 머리를 향해 커다란 손바닥을 날렸다. 릴리는 반사적으로 팔을 들어 올려 그것을 막아냈다. 강간을 당한 이후 그녀는 아버지의 충고에 따라 호신술을 배우러 다녔다. 그때 열심히 배운 보람이 있었던지 사내의 공격을 막아낼 수 있었다. 팔에 맞은 충격으로 몸이 좀 휘청거리긴 했지만 쓰러지진 않았다.

그런데 릴리가 미처 몰랐던 것은 차라리 그냥 참고 머리를 한 대 맞아 주는 편이 나을 뻔했다는 사실이었다. 대부분의 아랍 사내들처럼 아부 하산도 순종하는 여자들에게 길들여져 있었다. 특히 다른 사내들이 보는 앞에서 이런 식으로 행동하는 여자를 절대 용서할 수 없었다. 그는 웅크리고 있는 릴리의 정수리를 이번엔 주먹으로 사정없이 내려찍었다.

릴리는 정통으로 얻어맞고 바닥에 나뒹굴었다. 아부 하산은 웅크리고

누운 그녀의 등을 발로 걷어찬 뒤 머리채를 휘어잡고 인질들이 앉아 있
는 곳으로 질질 끌고 갔다. 머리채를 놓자 릴리의 몸뚱이는 보릿자루처
럼 바닥에 픽 쓰러졌다. 릴리는 두 손으로 얼굴을 가린 채 누워 있었다.
눈에서는 눈물이 줄줄 흘러나왔고, 머리와 등에서는 극심한 통증이 느
껴졌다. 육체적 통증 못지않게 정신적 고통도 그녀를 괴롭혔다. 애너 릴
리는 앞으로 자신에게 어떤 일이 벌어질지 알 수 있었고, 그래서 더 격
한 울음을 쏟아냈다.

18

| 펜타곤, 12:48 PM |

합참회의실은 다시 사람들로 우글거렸다. 전날 참석했던 정치인들 대신 합동특수전사령부와 FBI 인질구조팀 지휘관들이 그 자리를 차지했다. 테이블 맨 끝에 로치 FBI 국장이 여러 부국장들과 국내외 대테러 지휘관들, HRT 지휘관 시드 슬레이터 등과 함께 앉아 있었다.

스킵 맥마흔은 FBI 지휘소에 남아 사태의 변화를 주시하면서 최근 석방된 인질들에 관한 보고서를 작성하기로 했다. 비밀검찰국의 트레이시 국장도 여러 부국장들과 함께 참석했고, CIA 국장 스탠스필드와 아이린 케네디 대테러센터 본부장도 테이블 상석의 플러드 합참의장 옆에 FBI 지휘관들을 마주 보고 앉아 있었다. 남은 자리들은 펜타곤의 고위 인사들과 특수부대 지휘관들이 차지했다.

플러드 장군은 전날 이 자리를 메웠던 그 인사들보다 지금 눈앞에 앉아 있는 이 사람들이 훨씬 더 편안했다. 이들이 하는 말은 못 알아들을 것이 하나도 없었다. 그의 자신감은 한 시간 전 스탠스필드와 케네디의 브리핑으로 더욱 공고해졌다. 아지즈가 노리고 있는 것이 무엇인지 보다 분명히 알았기 때문에 장군도 이젠 작전을 세울 수가 있었다. 그것은 다름 아닌 전투 계획이었다. 이른 아침 백악관에서 그런 참담한 꼴을 당한 이후부터 플러드와 스탠스필드는 한 가지 결론을 얻었다. 백스터 부통령은 이런 위기에서 그들을 이끌고 나갈 힘도 혜안도 없다는 것이었다. 스탠스필드는 장군이 실제로 '멍청이'란 말과 '배짱'이란 말을 입에 올렸다고 말했다.

이 사건은 이제 역사적 문제가 되었다고 플러드 합참의장은 설명했다. 나쁜 전례를 만드는 것은 어리석은 짓이었다. 군사역사가인 플러드는 위기에서 미래를 생각지 않고 오늘만을 위해 쉬운 타협의 길을 택하면 어떤 함정이 기다리고 있는지 잘 알고 있었다. 과거에 네빌 체임벌린 영국 총리가 광인을 상대로 타협과 유화정책을 쓰면 어떤 결과가 오는지 전 세계와 다음 세대에게 똑똑히 보여주었다. 최근에는 조지 부시 대통령이 과대망상증 환자를 다루는 방법에 대해 귀한 교훈을 주지 않았던가. 팔을 하나 잘라버리는 것으론 충분하지가 않다. 완벽한 승리가 아니면 안 된다. 공격해온 놈들의 배후자를 날려버리는 것이 문제 해결의 유일한 방법인 것이다.

플러드 장군은 자신이 가진 모든 힘을 총동원하여 백악관의 위기를 가장 빠르고 단호하게 해결하기로 결심했다. 타협과 지연, 양보 따위는 국제 테러와 그것이 미국의 안보에 미칠 영향을 감안할 때 혼란만 초래할 뿐이었다. 오늘 아침 적의 계좌에 이체한 돈은 즉시 25명의 인질을 구하긴 했지만, 그 돈이 무기로 바뀌면 얼마나 많은 인명을 빼앗아갈 것인가? 그 돈으로 훈련시키고 지원한 테러범들이 미국과 미국 시민들을 공격하여 얼마나 많은 사상자를 낼 것인가?

플러드와 스탠스필드는 백스터 부통령을 설득하기로 했다. 라피크 아지즈는 살아서 백악관을 걸어 나올 놈이 아니라는 것을 부통령이 알아듣게 설명할 생각이었다. 다행히 미국은 고도로 훈련된 세계적 수준의 대테러 타격대를 셋이나 보유하고 있었다. FBI 인질구조팀, 육군의 델타 포스, 해군의 실 팀 식스. 이 세 부대가 연간 소모하는 탄약이 일개 해병사단이 사용하는 양보다 많았고, 그만한 값어치를 했다. 이들 특수부대는 '출동팀'이라 불리는 병력을 항상 대기시켜 놓고 있었다. 또 이들 중 한 팀은 항상 본부 근처에서 호출기를 지참하고 하루 24시간 일주일 내내 대기하다가 출동 명령이 떨어지면 두 시간 이내에 달려오게 되어 있었다. FBI 인질구조팀은 버지니아 주 콴티코에 있는 HRT 본부에서, 실 팀 식스는 버지니아 주 리틀 크리크에서, 델타 포스는 노스캐롤라이나 포트브랙에서 긴급 출동했다.

어제 아침 백악관이 습격당하자 호출기들이 터지기 시작했고, 세 팀은 일제히 백악관에 신경을 집중하며 정보수집과 위치선점 경쟁에 돌입했다. 특히 사격시합과 모의진압으로 다져진 이들 세 팀은 서로 경쟁력을 갖추고 있었다. 이들은 정보와 훈련 방식, 현장에서 얻은 경험들을 서로 공유하고 존중하면서도 제각기 자기 팀이 최고라고 생각했다.

문제에 발단은 거기에 있었다. 세 명의 쿼터백이 서로 스타팅 스팟을 차지하려고 다투는 것처럼 이들 세 팀도 자존심을 걸고 사사건건 충돌했다. 두말할 필요도 없이 이 세 팀을 운용하는 지휘관들도 엄청난 자존심을 지닌 자들이었다. 플러드 장군이 조정하려는 문제가 바로 이런 것이었다. 그는 테이블에 둘러앉은 사람들을 바라보며 조용히 말했다.

"우리는 부통령으로부터 백악관을 탈환하고 인질들을 구조할 계획을 마련할 전권을 위임받았습니다. 물론 여기서 우리가 토의하려는 내용은 일반에게 알려져선 안 됩니다."

장군은 손가락을 하나 꼽으며 말을 이었다.

"첫 번째 유의사항은 지난 수십 년 동안 미국에서는 국내의 경찰작전에 군대를 동원하는 것은 금지되어 왔다는 사실입니다. 나와 로치 국장을 포함한 많은 사람들은 지금 우리가 처한 이 위기는 그 좁은 법적 해석을 적용할 수 없다는 의견입니다. 이것은 와코나 루비리지의 경우와는 다릅니다. 이것은 외국 병사들이 군사적 습격을 통해 연방 건물을 탈취한 사건이기 때문에, 우리는 이 문제를 해결하기 위해 우리가 가진 모든 자원을 동원할 것입니다."

합참의장은 요지를 분명히 하기 위해 잠시 사이를 두었다.

"우리에겐 최고 수준의 대테러 타격대가 셋이나 있고, 나는 이들을 모두 적절히 활용할 생각입니다."

그는 세 팀의 지휘관들을 차례로 돌아보며 자기 말을 제대로 이해했는지 확인했다.

"나는 3군 사이의 경쟁체재를 굳게 신뢰하는 사람입니다. 각 부대에 단결심과 사기를 불어넣는 데 유용한 훈련 수단이기 때문이죠. 그렇지만 전쟁에서는 그런 경쟁이 허용되지 않고, 지금 우리는 전쟁 상황에 처해 있습니다. 벌써 스무 명이나 죽었고 추가 사상자도 분명 발생할 겁니다. 그런데 나는 백악관 주위에서 귀관들의 부하들이 서로 다투고 있다는 보고를 받았소이다."

플러드 장군은 델타 포스와 HRT, 실 팀 식스 지휘관을 차례로 돌아보았다.

"이 순간 이후로 우리끼리 티격태격하는 하는 일은 삼가주시오."

장군은 자기 말이 먹히도록 잠시 뜸을 들였다.

"우리는 각 팀의 강점을 잘 알고 있습니다. 델타 포스는 여객기 공중납치범 처리에 강점이 있고, HRT는 최고의 협상기술과 벼랑전술 경험이 풍부합니다. 실 팀 식스는 점핑, 다이빙, 폭파에 일가견이 있습니다."

플러드 합참의장은 국장들과 연합특전사 사령관을 차례로 가리키며 말했다.

"나는 이미 로치 국장과 트레이시 국장, 스탠스필드 국장, 캠벨 장군과 다음과 같이 운용하기로 합의했습니다. 첫째, FBI 인질구조팀은 행정부 청사 서관에서 도로 너머로 전개하여 지상공격 계획을 세운다. 만약 다급하게 진입할 필요가 있다면 그 일은 HRT가 맡아야 할 겁니다."

플러드 장군은 델타 포스 지휘관인 빌 그레이 대령에게 시선을 돌렸다. 레인저 부대 출신으로 1977년 델타 포스 창건 시 이 부대에 말뚝을 박았다가 지휘관까지 된 사내였다.

"빌리, 귀관과 대원들은 앤드루, 내셔널, 덜레스, 볼티모어 공항 일대를 손바닥처럼 알고 있겠지?"

"네, 장군님."

델타 포스의 장기 중 하나가 공중납치범을 다루는 기술이었다. 그래서 사고가 날 가능성이 있는 공항들에 대한 현장 정보를 계속 업데이트하고 있었다. 또한 공항 관리들의 협조를 받아 대원들을 수시로 파견하여 일단 유사시에 필요한 여러 가지 기술과 기계조작법을 배우고 승무원이

나 수화물 취급인 역할도 익히게 했다. 델타는 또 걸핏하면 공항의 시스템이나 절차에 대해 보안검색을 실시하여 이용객들의 반발을 사곤 했다. 대원들은 불시에 시설들을 점검하고 지하 터널이나 지붕 위의 저격수 위치, 기타 중요한 지점들을 체크했다. 사전에 통보할 때도 있지만 안 할 때가 더 많았다. 사전대비가 철저할수록 위기에 더 잘 대처할 수 있다는 간단한 논리였다.

플러드는 그레이 대령에게 말했다.

"좋아. 우리는 각 공항들에서 일어나는 모든 일을 델타 포스에게 맡기기로 했네. 필요시엔 공중 타격부대까지. 병력 배치에 대해서는 캠벨 장군의 지시가 곧 있을 걸세."

합참의장은 다시 테이블 주위에 앉은 사람들을 돌아보았다.

"이것은 와코의 경우와는 전혀 다릅니다, 여러분. 일단 건물 안으로 진입하면 완전히 탈환할 때까지 끝장을 내야 해요. 따라서 인질구조대가 백악관에 진입할 때 델타 포스는 공중에서 비상대기하고 있어야 합니다."

장군은 이번엔 실 팀 식스 지휘관인 댄 해리스 소령을 돌아보았다. 미치 랩이 파라 하루트를 납치할 때 지원했던 지휘관이었다.

"댄, 실 팀 식스는 두 가지 임무를 수행해야 할 걸세. 중요한 임무는 델타 포스와 HRT에게 폭발물에 대해 조언하는 일이야. 그리고 두 번째 임무는 아지즈가 미국을 탈출할 때 추격 팀을 끌고 가서 놈을 끝장내는 일일세."

플러드는 실 팀 식스에 대해서는 다른 계획을 갖고 있었지만 아직 이 회의실에서 토의하고 싶진 않았다. 그는 테이블 건너편에 앉아 있는 털보 레인저를 가리키며 말을 이었다.

"이 세 부대의 활동을 조정하는 역할은 연합특전사 캠벨 사령관께 맡기기로 로치 국장과 나는 결정했습니다. 그리고 내 설명이 끝나면 CIA 대테러센터 본부장인 아이린 케네디 박사의 정보 보고가 있습니다. 비밀검찰국 요원들은 백악관 진입 작전에 필요한 질문에 조언하고 이를 각 부대에 전달하는 일을 맡게 될 것입니다. 인질들 대부분은 현재 백악관 서관에 억류되어 있는 걸로 보입니다."

합참의장은 자기 손목시계를 들여다보았다.

"나는 타격부대들이 오늘 밤 21시까지는 모두 배치되어 출동준비를 갖추길 바랍니다. 지금부터 여덟 시간 남았군요."

그는 테이블에 앉은 다른 지휘관들을 돌아보며 말했다.

"여기 계신 부대 지휘관들에겐 우선권이 있습니다. 필요한 것을 요청하면 무엇이든 지원하겠소. 자, 그러면 케네디 박사님은 정보 상황을 설명해 주시죠. 로치 국장, 이제부터는 당신이 회의를 이끌어 주시오. 나와 스탠스필드 국장님은 다른 볼일이 좀 있습니다."

플러드 장군은 FBI 국장에게 바통을 넘기고 문 쪽으로 걸어갔다. 스탠스필드 CIA 국장도 의자에서 일어나 합참의장 뒤를 따라갔다. 문 앞에 이르자 장군은 부관을 붙잡고 지시했다.

"자넨 여기서 5분쯤 기다렸다가 데보 제독과 해리스 소령을 내 방으로 데려오게."

합참의장의 사무실 가운데 놓인 커다란 테이블 위에 청사진들이 펼쳐져 있었다. 밀트 애덤스가 그림에 나타나 있지 않은 비밀 통로 위치를 가리키자 미치 랩은 알겠다는 듯 고개를 끄덕였다. 애덤스는 좀 더 그럴듯한 옷차림으로 바꿨는데, 푸른 양복 안에 하얀 셔츠를 입고 멋진 갈색 넥타이를 매고 있었다. 그리고 넥타이는 반짝반짝하는 USMC(미군 해병대) 청동 핀으로 고정시켰다.

랩이 청사진에 표시되어 있는 것을 보며 물었다.

"저 문은 가짭니까?"

"가짜는 아니지. 멀쩡한 문이야. 그런데 항상 잠겨 있어."

"그럼 어떻게 들어가죠? 잡아 뜯어야 합니까?"

"아니지."

애덤스는 회심의 미소를 지으며 주머니에서 커다란 열쇠꾸러미를 꺼냈다.

"이 열쇠로 열지. 에스 키(S-key)라는 거야."

대머리 흑인은 랩에게 보란 듯이 쳐들어 보였다.

"에스 키는 또 뭡니까?"

랩이 물었다.

"에스 키가 뭐냐 하면 말씀이야…."

애덤스가 목에 잔뜩 힘을 주며 말했다.

"아무리 민감한 곳이라도 들어갈 수 있게 해주는 만능열쇠지. 대통령 경호실의 모든 요원들을 통틀어 한 명만 가지고 있고 그 밖에 엄선된 몇 명만 지니고 있어. 이 작은 열쇠만 있으면 무기고 문도 열 수 있고, 이런 비밀 문도 열 수가 있지."

랩은 애덤스에게서 열쇠를 받아 살펴보았다. 그는 이 흑인 영감이 좋아졌다. 이런 스타일에 대해서는 잘 알고 있었다. 랩은 자신의 예감이 옳다면 이 노인을 약간 신뢰해도 괜찮을 것 같았다.

"그렇게 중요한 열쇠라면 은퇴할 때 왜 가지고 나왔습니까?"

애덤스는 화난 척하며 열쇠를 낚아챘다.

"몇 번이나 말해야 알아듣나? 거긴 내 영역이었어. 그 멍청한 백악관 문지기들은 거기가 제집인 것처럼 착각하고 노상 거들먹거렸지만 말이야. 분명히 말하지만 거긴 내 영역이었네. 그 안에 볼일이 있는 사람은 누구든 날 제일 먼저 불렀다고."

"진정해요, 밀트. 영감님을 믿으니까. 그냥 좀 놀려본 것뿐이에요."

"자넨 정말 웃기는 친구야, 미치."

애덤스는 손을 뻗어 랩의 아랫배를 콕 찔렀다. 놀라울 정도로 민첩한 동작이었다.

합참의장 사무실 문이 열리고 플러드 장군과 스탠스필드 국장이 들어왔다. 장군은 사무실로 들어오기가 무섭게 제복 상의 단추부터 풀기 시작했다. 그는 몸에 꼭 죄는 제복을 언제나 빨리 벗어버리고 싶어 했다. 상의를 다 벗고 테이블 가까이 다가오며 그가 말했다.

"당신이 밀트 애덤스로군. 만나서 반갑소."

몸무게 120킬로그램의 거구인 합참의장이 왜소한 흑인 대머리 노인에게 커다란 손을 내밀었다. 그는 스탠스필드를 몸짓으로 가리키며 물었다.

"토머스 스탠스필드 국장을 만난 적 있소?"

"아닙니다. 처음 뵙습니다."

애덤스는 고개를 저은 뒤 CIA 국장에게 손을 내밀었다.

스탠스필드는 언제나처럼 희미하게 웃으며 애덤스의 손을 잡고 흔들었다.

"만나서 반갑습니다. 당신에 관한 얘긴 많이 들었소. 플러드 장군 말로는 이오지마에서 싸운 해병대 용사라고 하더군."

"옙. 6탄약중대에서 근무했습니다."

잠시 어색한 침묵이 흐른 뒤 플러드 장군이 말했다.

"미치는 당신이 백악관으로 들어가는 길을 찾아낼 수 있을 거라고 했는데."

장군은 회의용 탁자를 살펴보았다.

"옙."

애덤스는 청사진에서 비밀통로를 손가락으로 가리키며 60초쯤 청산유수처럼 읊어댔는데, 플러드와 스탠스필드가 듣기에는 딱 한 가지가 문제였다. 이 흑인 영감이 설명하면서 일인칭 단수나 삼인칭 단수를 사용하지 않고 줄곧 '우리는, 우리는' 한다는 점이었다. 그것을 눈치챈 CIA 국장이 랩을 쳐다보았다.

밀트 애덤스는 랩에게 안내를 자청했고, 랩은 그를 데려가는 것이 긴요하다는 것을 금방 알 수 있었다. 문제는 상사들을 설득할 방법을 아직 찾지 못했다는 것이었다.

플러드 장군이 애덤스에게 불쑥 물었다.

"여기서 '우리'는 누구를 의미하는 거요?"

청사진에서 머리를 든 애덤스는 엄지를 흔들어 자기와 랩을 가리키며 대답했다.

"그야 물론 미치와 저를 의미하죠."

"흠."

플러드는 난감한 표정으로 그에게 물었다.

"당신이나 나나 이런 일을 하긴 좀 늙지 않았소, 밀트?"

214

"제가 좀 늦긴 했지만 아직 대나무처럼 빳빳합니다."

밀트 애덤스는 랩을 돌아보며 물었다.

"이분들께도 보여드려야겠지?"

랩은 당혹스런 표정으로 고개를 끄덕였다.

"그래야 할 것 같군요."

애덤스는 이미 랩에게 자신의 강건함을 증명한 바 있었다. 그는 즉시 바닥에 엎드려 재빠른 동작으로 팔굽혀펴기 20회를 실시한 뒤 발딱 일어섰다. 그러고도 숨찬 기색이라곤 전혀 없었다.

"아침마다 팔굽혀펴기 100회, 윗몸일으키기 200회를 실시합니다. 그리고 하루에 8킬로미터씩 걷습니다."

그는 혀끝으로 입술을 살짝 핥았다.

"일요일만 빼고요. 일요일은 저도 쉽니다."

플러드 장군은 자기와 비슷한 연배인 애덤스의 탄력적인 동작에 눈이 둥그레졌다. 이미 오래전에 그런 탄력을 잃고 비대해진 자신의 몸을 생각하자 장군은 이 자그마한 흑인이 부럽기까지 했다.

"애덤스 씨의 체력은 문제될 것이 없다고 생각합니다."

랩이 잽싸게 끼어들었다.

"힘쓸 일이 있으면 제가 하면 되니까요. 핵심은 이 양반이 백악관 내부를 손바닥처럼 들여다본다는 것이죠. 그 점이 저한테는 가장 중요합니다."

스탠스필드는 회의적이었다.

"비밀검찰국에도 그런 친구가 있을 텐데?"

"내부를 샅샅이 아는 사람은 없습니다."

애덤스가 고개를 저으며 말했다.

"부분적으로 아는 사람은 있겠지만, 모든 구석을 다 아는 사람은 없죠. 저는 건물 내부를 샅샅이 알고 있습니다."

플러드 장군은 해병대 출신 흑인을 잠시 살펴본 뒤 말했다.

"그 안에서 끔찍한 일을 겪을 수도 있을 텐데."

밀트 애덤스는 별 시시한 소리 다 들어본다는 듯이 히죽 웃었다.

"이오지마에서 꼬박 두 달을 버텼습니다, 장군. 우리 해병대 6천 명이 전사하고 일본군 2만 명이 몰살했죠. 대갈통이 날아가고 몸통뿐인 시체도 수두룩했습니다. 불에 타 죽은 시신들도 무수히 봤어요. 상상하기 힘든 최악의 죽음을 맞은 사람들도 봤습니다."

왕년의 용사는 머리를 절레절레 흔들었다.

"이런 말씀 드린다고 오해하진 마세요. 제가 그 섬에서 겪은 지옥에 비하면 이딴 일은 애들 장난입니다."

플러드 자신도 전투를 치른 적이 있지만 유황도에서 벌어진 전투에 비하면 새 발의 피에 지나지 않는 것이었다.

"당신 말이 옳은 것 같군."

장군은 노인의 열정에 감동하기 시작했다. 그는 잠시 생각한 뒤 랩에게 말했다.

"미치, 당신만 좋다면 나도 반대 안 해."

그리곤 CIA 국장을 돌아보며 물었다.

"어떻게 생각하십니까, 토머스?"

스탠스필드는 언제나처럼 조용하게 대답했다.

"미치가 좋다면 나도 좋습니다."

그때 노크 소리가 나서 모두는 문 쪽을 돌아보았다. 플러드가 고함을 질렀다.

"들어와!"

댄 해리스 소령과 데보 제독이 방 안으로 들어와 경례를 붙였다. 제독이 말했다.

"부르셨습니까, 장군."

합참의장이 경례를 받았다.

"어서 오시오, 제독. 델타 포스와 FBI가 설치는 동안 당신들만 재능을 썩히고 있을 순 없지. 나한테 계획이 있었지만 다른 팀들 앞에선 말할 수가 없었소."

두 해군 장교가 테이블 앞으로 걸어왔다. 데보 제독은 해군특수전단 사령관으로 모든 실 팀들을 지휘하고 있었다. 지난번에 랩과 만났을 때

보다는 한결 장교다워 보이는 해리스 소령도 상관을 따라 다가왔다. 그의 꽁지머리와 턱수염은 데보 제독의 지시에 따라 잘려 나갔다. 리틀 크리크에 있는 본부나 현장에 나가 있을 때는 테러범처럼 지저분하게 하고 있어도 상관없겠지만, 합참의장 앞에서는 단정한 모습을 보여야 하기 때문이다.

"이분은 잘 아실 테고."

플러드가 랩과 스탠스필드를 가리키자 해리스는 사무적으로 고개를 끄덕였다.

"스탠스필드 국장님과 크루즈 씹니다."

제독도 고개를 끄덕였다.

랩이 손을 내밀며 인사를 건넸다.

"다시 만나 반갑습니다, 댄."

해리스는 랩의 손을 붙잡고 힘차게 흔들었다.

"다시 만나 반갑네, 미치."

플러드 장군은 두 지휘관의 어깨를 잡고 테이블 위에 펼쳐 놓은 청사진들을 보여 주었다.

"나는 귀관들의 의견이 마음에 들었기 때문에 우리와 합류하라고 한 걸세."

19

| 워싱턴 D.C. |

도시 너머로 해가 지자 어두워지는 하늘에서 거대한 몸집의 C-130s 수송기 두 대가 앤드루 공군 기지 쪽으로 날아왔다. 연합특전사는 백악관 동남쪽에 가까이 있는 이 기지를 '쥐 사냥 작전'으로 알려진 이번 작전의 집결지로 선정했다. 새로 도착하는 파견부대들을 위해 기지의 보안이 강화되었고, 필수대원을 제외한 모든 사람들은 집결지에서 철수했다. 육군은 델타 포스의 동정을 철저한 비밀에 붙였다.

그 거대한 무광 초록색 수송기들은 정확히 똑같은 시각에 활주로 위에 늘어서서 랜딩 기어를 내리고 착륙하기 시작했다. 강력한 터보프로펠러 엔진들이 포토맥 강 계곡에 정체된 축축한 공기를 흔들어댔다. 첫 번째 수송기가 매끄럽게 착륙하고 나자 10여 분 뒤에 두 번째 수송기도 사뿐히 착륙했다. 관제탑에서 두 비행기를 커다란 격납고들이 있는 곳으로 유도했고, 거기엔 사전에 너무 밝은 조명을 켜지 말라는 지시를 받은 공군 지상요원들이 대기하고 있었다. 노스캐롤라이나의 포프 공군기지에서 온 그들은 어둠 속 작업에 익숙했고 오히려 더 좋아했다.

두 대의 수송기는 서서히 멈추며 90도 회전하여 격납고의 열린 문을 향해 꼬리를 두었다. 지상요원이 노란색 굄목들을 바퀴 아래로 던져 넣자 마침내 요란한 엔진 소음이 그쳤다. 화물 램프를 내리는 유압 소리와 함께 두 줄로 선 검은 전투복 차림의 사내들이 모습을 드러냈다. 각 수송기에 70명 정도씩을 싣고 온 이 사내들이 미 육군의 극비 대테러 돌격부대이자 특수부대인 델타 포스 A돌격대와 B돌격대 대원들이었다.

대원들이 줄줄이 램프를 내려왔다. 몸집의 크기나 모양은 제각각이지만 컨디션은 최고 상태를 유지하고 있어서 세계적 운동선수들처럼 우아하고 자신만만하게 걸었다. 각자는 장비들을 담은 커다란 검정색 배낭을 메고 있었다. 대부분이 헤클러 앤드 코흐 MP-10 기관단총을 들고 소음기는 배낭 꼭대기에 매달고 있었지만, 개중에는 연발식 산탄총이나 저격용 라이플, 심지어 7.62밀리 중기관총을 든 대원들도 있었다.

델타 포스 지휘관 빌 그레이 대령은 격납고 문 옆 어둠 속에 서서 지나가는 부하들을 자랑스레 바라보았다. 선의의 경쟁자인 실 팀 식스와는 달리 델타 포스는 이번 작전에 투입될 가능성이 거의 없음에도 불구하고 그는 검정색 닌자 낙하복을 입고 있었다. 해리스 소령과는 잘 지내는 사이지만 그가 개인의 공격을 리드하는 것은 무책임하다고 생각한 그레이 대령은 최근 연합특전사 참모들을 만나 그런 점을 피력했다.

그레이 대령은 펜타곤에서 오후 회의를 마친 뒤 곧바로 브래그로 날아가지 않고 워싱턴에 남아 있었다. 그는 180센티를 겨우 넘긴 키에 검은 머리카락을 짤막하게 깎았고, 눈썹도 짙고 무성했다. 텍사스 토박이인 이 사내는 자기가 한 적이 없거나 할 생각이 없는 일은 부하들에게 절대 강요하지 않기 때문에 절대적 존경을 받고 있었다.

두 줄의 끝 부분에서 그는 자기가 찾던 두 사내를 발견하고 다가갔다. 그들이 경례를 하자 대령도 경례를 한 뒤 물었다.

"비행은 어땠나?"

그의 앞에 선 두 사내는 델타 포스 A돌격대와 B돌격대의 지휘관인 행크 클라이스 소령과 패트 밀러 소령이었다. 클라이스가 대답했다.

"괜찮았습니다. 오후 2시부터 비좁은 곳에 갇혀 어두워질 때까지 기다려야 했습니다만."

그레이 대령은 고개를 끄덕였다.

"대원들은 어떤가?"

"좋습니다. 이 정도도 못 견디면 제가 쫓겨나야겠죠."

그레이는 조용한 성격인 밀러를 돌아보았다.

"모두 준비 되어 있습니다."

밀러가 대답했다.

그레이는 고개를 끄덕이며 기체에서 장비를 내리고 있는 기상 수송원을 살펴보았다.

"패트, 자네와 B돌격대는 공항들을 책임지게. 행크, 자넨 백악관 공중강습을 준비해. 최대한 빨리 통신보안을 점검하고, 30분 후 참모회의를 소집하도록 하게."

그레이는 뒤쪽을 가리키며 말했다.

"격납고 뒤에 회의실이 있으니 이따 거기서 만나자고. 소대장들에게 특무상사들도 참석시키라고 하게. CIA와 비밀검찰국에서 엄청난 정보를 쏟아낼 모양인데, 그들이 들어야 할 것만 같아."

그레이 대령이 돌아서서 걸어가자, 두 소령은 별도 지시 없이도 상관을 따라왔다.

"이번 일은 훈련하기도 어려울 것 같군. 실물 크기의 모형을 제작할 시간이 없어."

대령이 말하는 것은 델타 포스가 종종 훈련하는 현실적 진압을 위한 할리우드 식 모형이었다. 북부 플로리다의 에글린 공군기지에 실물 크기의 모형이 항상 만들어졌고, CIA가 제공한 청사진과 국가안보국이 제공한 위성사진을 보며 훈련을 실시했다.

"플러드 장군은 이 상태를 일주일 이상 끌고 갈 순 없다고 했네. 그러니 우린 즉시 준비를 완료할 필요가 있어."

그레이 대령은 A돌격대 지휘관에게 지시했다.

"행크, 자넨 즉시 백악관 건물을 여러 부분으로 쪼개어 소대장들에게 분담해. 두 시간 후 전화가 오면 기본 계획은 알게 되겠지. 시간이 흐를수록 더 많은 정보가 들어올 테고, 그것에 맞춰서 행동을 조정할 수 있을 걸세."

대령은 B돌격대 지휘관을 돌아보며 말했다.

"패트, 레이건과 덜레스와 볼티모어 공항에 선발대를 보내야 할 것 같아. 각 공항마다 최소한 두 대 이상의 여객기에 감시 카메라를 설치하도록 하게. 신문에 나지 않도록 아주 은밀하게 해야 돼. 작업하는 대원들에겐 공항 기술자들의 유니폼을 입히도록 하게. 눈에 띄지 않을수록 좋아. CIA는 아지즈가 백악관 상황실을 점거하고 있다고 했어. 그렇다면 그자는 미디어 뉴스를 실시간으로 접하고 있다고 봐야 해. FBI에서 영장 발부를 도와줄 요원들을 보내줄 거야."

빌 그레이 대령은 갑자기 걸음을 멈추고 두 소령의 등을 툭 치며 말했다.

"자, 움직여."

그는 시계를 들여다보았다.

"나머지는 28분 후 참모회의에서 얘기해 줄 테니까."

두 돌격대 지휘관이 대원들을 정비하러 서둘러 떠나자, 그레이는 열려 있는 격납고 문으로 돌아갔다. 전술조끼에서 보안 디지털 전화기를 빼낸 그는 펜타곤 교환대 단축 다이얼을 눌렀다. 암호화 과정을 기다리는 사이에 대령은 활주로로 내려오는 한 줄의 항법지시등들을 발견했다. 육군 160 특수항공작전연대에서 날아온 MD-530 리틀 버드들이었다. 이 헬리콥터들은 소음이 거의 없을 정도로 조용해서 백악관 침투에는 필수적이었다. 멀리 계곡 아래로 또 한 줄의 빨갛고 파란 불빛들이 나타났다. 리틀 버드들과는 달리 벌써부터 요란한 소리가 들려왔다. MH-60 블랙 호크들이었다. 리틀 버드보다 훨씬 더 크고 빠른 이 블랙 호크들은 아지즈가 공항으로 달아날 경우 추격용으로 사용될 것이었다.

그레이는 첫 번째 리틀 버드가 사뿐히 착륙하는 것을 지켜보고 있었다. 연이어 일곱 대의 새까만 작은 헬리콥터들이 재빨리 뒤따라 착륙했다. 대령은 고개를 천천히 저었다. 모든 것들이 너무 빠르게 진행되고 있었다. 만약 오늘 밤에 침투한다면 그것은 계산된 공격이 아닐 것이다. 대량학살이 벌어지면 인질들뿐만 아니라 그의 부하들도 잃게 된다. 그는 준비할 시간이 좀 더 필요했다.

백악관 서북쪽 3킬로미터 지점에 위치한 해군천문대에 미국 부통령 관저가 있다. 이 커다란 원형 건물은 매사추세츠 애버뉴와 엠버시 로우 사이의 언덕 꼭대기에 자리 잡고 있다. 많은 정원들과 나무들이 둘러싼 잔디밭들이 대통령 관저에서는 맛볼 수 없는 청량하고 은밀한 느낌을 준다.

아이린 케네디는 자신의 적갈색 도요타 캠리를 매사추세츠 애버뉴에서 북쪽으로 몰았다. 워싱턴의 이 지역을 지나갈 때마다 그녀는 1.5킬로미터 남짓한 이 거리가 세계에서 전자감시 장치가 가장 집중되어 있는 곳이란 생각을 지울 수가 없었다. 모든 대사관들이 다른 외국 대사관들과 미국 대사관을 감시하고 있었다. 그리고 FBI, CIA, 국가안보국, 국방정보국(DIA), 국가정찰국(NRO)까지 대사관들을 감시하고 있어서 녹음되지 않는 말은 한마디도 없을 것 같았다.

북쪽으로 계속 올라가자 왼쪽으로 커다란 농장 스타일의 부통령 관저가 나타났다. 새로 칠한 하얀 페인트가 조명을 받아 눈부시게 빛났다. 케네디는 해군천문대 정문을 지나 구내를 점령하고 있는 기자들과 카메라맨들을 뚫고 차를 몰았다. 정문을 지나자마자 핸들을 왼쪽으로 꺾어 천문로로 접어든 다음 건물의 북쪽 면을 따라 돌아가자 왼쪽으로 아무 특징 없는 조그마한 대문이 나타났다. 케네디는 시 도로를 벗어나 사설 진입로로 들어섰다.

제복 차림의 비밀검찰국 경관 네 명과 독일산 셰퍼드 한 마리가 그녀의 차를 향해 다가왔다. 경찰들은 모두 하얀 셔츠 위에 방탄복을 착용하고 있었다. 케네디는 창문을 내리고 신분증을 제시했다. 신분증을 확인한 경관이 그녀에게 말했다.

"트렁크를 좀 열어주시겠습니까, 케네디 박사님?"

경찰견이 조그마한 세단 주위를 두 바퀴나 돌고 트렁크까지 철저히 체크한 뒤에야 들어가도 좋다는 허락이 떨어졌다. 직경 30센티, 높이 1미터쯤 되는 하얀 강철 기둥 두 개가 지하로 내려가자 육중한 검은 문이 안쪽으로 열렸다. 케네디는 휘어진 진입로를 돌아 사무실로 사용되는 여러 개의 부속 건물들을 지났다. 부통령 관저 옆에 CIA 국장의 리무진이 서 있는 것을 발견한 그녀는 그 옆에 차를 세웠다. 회의 시각이 오후

9시 반인데 벌써 5분 이상 지각이었다.

비밀검찰국 제복경찰대의 일상 업무를 기관총을 든 검은 전투복 차림의 비상출동팀이 보강하고 있었다. 중무장한 요원들이 담장 바로 뒤 가로수 길을 순찰하고 있는 것이 보였다. 테러범들에게 또 다른 건물을 탈취당하지 않기 위해 그들은 어둠을 이용하여 은밀하게 이동했다. 비상출동팀 경관들의 두 번째 경계선은 부통령의 거주지를 에워싸고 있었고, 경호원들은 저택 안에서 바로 옆방에 대기 중이었다.

부통령의 보좌관 한 명이 현관으로 나와 케네디를 널따란 로비로 안내했다. 오른쪽에 스탠스필드 국장이 소파에 다리를 접고 앉아 있었다. 언제나 변함없는 짙은 색의 보수적 양복에 하얀 셔츠를 입고 줄무늬 넥타이를 맨 모습이었다. 케네디가 들어오자 의아한 표정을 지으며 안경 너머로 바라보았다. 그녀는 상사 옆에 털썩 앉으며 말했다.

"좋은 것 같아요. 미치가 백악관으로 가서 담장을 살펴봤는데, 별 문제 없이 비밀통로로 접근할 수 있을 것 같다고 합니다."

스탠스필드는 신중하게 고개를 끄덕였다.

"본부장 생각은 어때?"

CIA 대테러센터 본부장은 잠시 천장을 쳐다본 뒤 대답했다.

"우린 백악관 내부에 누군가를 침투시켜야만 하고, 미치는 최고적임자예요."

"애덤스를 함께 들여보내는 건?"

"썩 내키진 않지만 저는 미치의 판단을 신뢰합니다. 현장 경험이 풍부하니까요."

케네디는 상사의 얼굴을 바라보았다.

"찜찜한 데가 있는 것처럼 보이는데요."

스탠스필드는 그 말을 잠시 생각해본 뒤 고개를 저었다.

"아니야. 나도 미치를 신뢰해. 그런데 자넨 견딜 만한가?"

케네디는 눈알을 한 바퀴 굴렸다.

"잠시 눈 좀 붙였으면 좋겠지만, 그것 외에는 괜찮아요."

예식용 구두 뒤축이 목재 바닥을 때리는 소리가 두 사람의 주의를 끌어 돌아보니 부통령 비서실장이 복도를 걸어오고 있었다. 댈러스 킹은 언제나처럼 빳빳하게 다림질한 푸른색 프렌치 와이셔츠에 느슨한 검은 바지를 입은 날씬한 모습이었다. 그는 3미터쯤 앞에서 걸음을 멈추고 말했다.

"부통령께서 기다리고 계십니다."

스탠스필드와 케네디는 한껏 잘난 체하는 젊은 비서실장을 따라 복도를 내려갔다. 킹은 노크도 없이 백스터의 서재 문을 열고 들어갔다. CIA 국장과 대테러센터 본부장도 그를 따라 들어갔다. 부통령은 벽난로 앞 커다란 가죽의자에 앉아 한 시간쯤 후에 발표할 대국민 연설문을 읽고 있었다. 손님들을 보자 그는 연설문과 볼펜을 내려놓았다.

스탠스필드와 케네디는 소파에 앉았고, 킹은 벽난로 앞 자기 상사 옆으로 가서 섰다. 백스터가 상체를 앞으로 기울이고 두 손을 모아 잡으며 물었다.

"그래, 저한테 하시고 싶은 얘기가 뭡니까?"

CIA 국장이 대답했다.

"테러범들 모르게 백악관으로 사람을 침투시킬 방법을 찾아냈습니다."

"그래요? 어떻게 말입니까?"

백스터는 관심을 보이며 의자 앞쪽으로 엉덩이를 당겨 앉았다.

스탠스필드가 케네디를 돌아보자 그녀가 대신 설명했다.

"백악관 내부의 공기를 순환시키는 환기 시스템이 있습니다. 주 흡입관과 배기관은 지붕 위에 있지만 비상용 관은 백악관 지하실에서 남쪽 잔디밭으로 이어져 있습니다."

백스터는 CIA 국장을 돌아보며 말했다.

"나는 남쪽 잔디밭에서 환기구 같은 걸 본 적이 없는데요."

"저도 보진 못했습니다."

스탠스필드가 받았다.

"나무와 덤불 속에 감춰져 있답니다. 그 일대를 정찰한 결과 테러범들에게 들키지 않고 침투할 수 있다는 결론을 얻었습니다."

"그래서 뭘 하시고 싶은 겁니까?"

댈러스 킹이 불쑥 뛰어들었다.

케네디는 그를 무시하고 부통령만 쳐다보며 설명을 계속했다.

"인질 구출작전을 벌이려면 먼저 백악관 내부 사정을 알아야 합니다. 공격을 조정해줄 사람을 건물 내부에 침투시키지 않으면 성공할 가능성이 거의 없습니다."

"그래서 특공대 투입 얘기는 꺼내지 않고 있는 거요."

백스터 부통령은 두 손을 깍지 끼었다.

"그 점은 분명히 해두고 싶군. 어떤 확신이 서기 전엔 공격하지 않을 겁니다."

"한 사람만 들여보내자는 얘기예요."

케네디는 차분한 목소리로 설득했다. 밀트 애덤스 얘기는 아직 꺼낼 때가 아니었다.

"그래서 내부 상황을 완전히 파악하게 되면 백악관을 무력으로 탈환할 계획을 세워 부통령께 제시하겠습니다."

"필요하다면 말이죠."

킹이 또 끼어들었다.

"필요하다면요."

케네디는 킹을 힐끗 본 뒤 다시 부통령에게 시선을 돌렸다.

킹은 한 손을 벽난로 맨틀 위에, 다른 손은 엉덩이 위에 올려놓았다. 그는 CIA가 누구를 침투시키려고 하는지 알 만하다는 투로 물었다.

"혹시 크루즈란 그 사내를 생각하고 있는 겁니까?"

케네디와 스탠스필드는 서로 눈길을 마주쳤다.

"맞아요."

케네디가 대답했다.

"그거 재미있군요."

킹이 시큰둥하게 말했다.

"그 크루즈란 친구에 대해 좀 뒤져봤는데, 어제 내가 본 사람과는 일치하지 않더군요."

"크루즈는 가명이라네."

은발의 CIA 국장이 잘라 말했다.

"본명은 뭡니까?"

묻지 않을 킹이 아니었다.

"그건 비밀이야."

"왜 이러십니까."

킹은 느물거렸다.

"인질들의 생명을 위태롭게 하면서까지 국장님의 부하를 침투시키려면, 우리도 최소한 그의 이름 정도는 알아야죠."

스탠스필드는 킹을 잠시 바라보다 다시 부통령을 돌아보며 말했다.

"이성적으로 판단해서 그의 이름을 밝혀야 할 이유가 없습니다."

"난 있다고 봐요."

킹은 단호하게 주장했다.

"우리가 목을 내걸어야 한다면 적어도 그가 누군지 어디 출신인지는 알아야죠."

비밀에 관한 한 스탠스필드는 소신을 바꾼 적이 없었다. 현장 요원으로 뛴 경험이 있기 때문에 너무 헤프게 정보를 공유하는 것이 얼마나 위험한 결과를 초래할 수 있는지 잘 알고 있었다. 킹에게 자기 인생의 현 위치를 상기시킬 필요가 있다는 생각에서 국장은 이렇게 대답했다.

"지금까지 세 분의 대통령이 크루즈 씨에게 매우 중대한 임무를 부여했지만, 한 분도 그의 본명을 알진 못했네. 나는 가장 우수한 정보원의 본명을 부통령 비서실장인 자네한테 알려줄 생각이 없어. 이건 보도진과 애기하기 좋아하는 모든 사람들한테 내가 늘 해주는 말이지."

CIA 국장은 부통령을 돌아보며 똑같은 톤으로 말했다.

"부통령님과 단둘이서만 이 문제를 의논하고 싶은데요."

백스터는 킹을 곁눈질했다. 메시지는 분명했다. 네 방에 가서 조용히 처박혀 있어. 눈길을 스탠스필드에게 돌리며 부통령은 말했다.

"그의 본명을 알아야 할 필요는 없습니다, 스탠스필드 국장. 당신을 믿으니까요. 다만 한 가지 염려되는 것은 크루즈라는 그 친구 약간 다혈질인 것 같던데…. 통제 불가능할 정도로 말입니다."

"어떤 근거에서 하시는 말씀입니까?"

"어제 펜타곤에서 하는 행동을 보고 하는 말입니다."

그러자 케네디가 변명에 나섰다.

"어제 그의 행동만 보면 그런 말씀을 하실 만도 합니다. 그렇지만 현장에서는 대단히 믿을 만합니다. 명령에 철저히 복종할 뿐만 아니라, 가장 중요한 것은 결과를 반드시 가져온다는 것이죠."

말이 약간 빗나가긴 했지만 미치 랩의 실적을 설명하는 데 그 이상 적절한 표현은 없다는 것을 케네디는 알고 있었다.

"그의 유일한 결점은 실수와 멍청한 짓을 절대 참지 못한다는 건데, 그것은 그가 워낙 탁월하기 때문이라고 주장하는 사람들도 있습니다."

케네디는 잠시 사이를 두었다가 덧붙였다.

"튜트윌러 법무장관의 경우도 그의 예측이 정확했음을 증명한 거라고 생각합니다."

백스터 부통령은 진지하게 고개를 끄덕였다.

"맞아, 그가 옳았소."

스탠스필드가 마지막으로 밀어붙였다.

"크루즈 씨는 제가 본 정보원 중 가장 우수한 잡니다. 제가 이런 일을 얼마나 오래 해왔는지 잘 아시지 않습니까."

백스터는 의자 등받이에 등을 기대며 두 손을 깍지 끼었다.

"법적으로 고려해야 할 사항은 없습니까?"

"어떤 것 말씀입니까?"

"CIA에서 고용한 사람을 이런 일에 투입하는 것 말입니다. 미국 국민들은 CIA가 국내에서 벌이는 작전에 대해 매우 신경질적인 반응을 보이고 있어요."

"기술적으론 아무 문제도 없다고 생각합니다. 그리고 이런 분위기에서 그걸 문제 삼을 사람은 아무도 없을 겁니다."

"그 친구가 성공했을 때만 그렇겠죠."

킹이 눈치 없이 또 끼어들었다.

"이 계획에 대해 FBI도 알고 있습니까?"

"아니."

국장이 짤막하게 대답했다.

부통령은 가죽의자에서 일어나 창문 쪽으로 천천히 걸어갔다. 그는 혹시나 숨어 있을지 모르는 함정에 대해 생각했다. 만약 이 크루즈라는 사내가 소문과 달리 실패할 경우엔 심각한 후유증이 있을 것이다. 왜 FBI 요원을 들여보내지 않을까? 왜 이들은 인질들이 좀 더 많이 풀려날 때까지 진득하게 기다리지 못하는 걸까? 의문은 꼬리를 물었다. 백스터의 눈에는 그 위험이 보였고—젠장, 이 모든 것이 다 위험해—정치적 본능은 자신을 보호하라는 신호를 계속 보내고 있었다. 잠시 더 생각한 그는 가느다란 경계선을 따라 계속 걸어가기로 마음먹고 의자로 돌아와 앉았다. 그리고 자신에게 해가 돌아오지 않는 말을 골라서 하려고 애썼다.

"스탠스필드 국장, 이 일에 대해 정보를 수집하는 것을 허락하겠소. 세부적인 일들은 국장이 알아서 하시오. 도중에 결정한 모든 일들을 일일이 내게 보고할 필요는 없습니다."

정치적 발언을 해석하는 데는 이골이 난 스탠스필드는 부통령의 말을 분명히 알아들었다. 이건 또 하나의 이란–콘트라 사건이었다. 백스터는 스탠스필드와 CIA에게 목을 내밀기를 바라고 있었고, 일이 잘못될 경우 자기는 오리발을 내밀 작정이었다.

스탠스필드는 백스터를 바라보며 알겠다는 뜻으로 고개를 끄덕였다. 이것에 대한 세부적 내용은 나중에 따질 시간이 있을 것이다. 지금은 일단 일을 시작하고 볼 일이었다. 백스터가 하던 말을 계속했다.

"나는 내일 아침 아지즈가 다음 요구를 해올 때까지는 무슨 일이든 망설여집니다. 만약 돈을 주고 인질들을 추가로 석방시킬 수만 있다면 나는 그렇게 할 것이오."

케네디가 부통령에게 말했다.

"제가 한 말씀 올려도 된다면, 아지즈는 계속 돈만 요구하진 않을 것이라고 생각합니다."

"그러면 무엇을 요구할 것 같소?"

스탠스필드가 상체를 앞으로 숙이며 질문을 받아넘겼다.

"그건 아무도 모르죠."

CIA 국장은 이런 궁지에서 특히 백스터 같은 인간에게 자신의 으뜸 패인 파라 하루트 체포 사실을 드러낼 생각이 없었다.

"하지만 그자가 계속 돈만 요구하진 않을 거라는 아이린의 말에 동의합니다."

백스터는 아지즈의 다음 요구에 대해 곰곰이 생각하다가 눈앞의 일로 주의를 돌렸다.

"크루즈 씨 침투 계획에 대해서는 누구누구가 알고 있습니까?"

"플러드 장군과 펜타곤의 몇 사람, 그리고 우리들입니다."

"FBI에서는 아무도 모릅니까?"

백스터는 다시 확인했다.

"네."

"현재로선 CIA가 FBI와 별도로 정보를 수집해야 할 것 같군요. FBI는 신경 써야 할 일이 너무 많으니까 말입니다."

스탠스필드는 이번에도 부통령의 속마음을 읽어내고 고개를 끄덕여 보였다. 미치 랩의 존재를 FBI가 알아서는 안 된다. 부통령은 만약에 벌어질 참사와 자신과의 연관성을 차단시킬 더 많은 증거를 원했다. 그는 CIA 국장을 바라보며 물었다.

"그게 전붑니까?"

"네."

"좋습니다. 계속 알려줘서 고맙습니다. 자, 그러면 나는 또 대국민 연설을 준비해야 하니까."

스탠드필드와 케네디는 일어나서 문 쪽으로 향했다. 그들이 문 가까이 갔을 때 백스터가 말했다.

"그 친구를 들여보낼 때는 통제를 좀 철저히 해주십시오."

스탠드필드는 말없이 고개만 끄덕여 보인 뒤 케네디를 따라 복도로 나갔다.

20

그들은 백악관에서 세 블록 떨어진 곳에 있는 검문소에 도착했다. 구름 한 점 없는 밤하늘에는 반달이 빛나고 있었다. 미치 랩은 밀트 애덤스와 함께 검정색 서버번 뒷좌석에 앉아 있었다. 선임탑승자는 실 팀 식스 지휘관인 해리스 소령, 운전자는 110킬로그램의 거구 믹 리버즈 상사였다. 서버번을 따라 검문소를 통과한 차량은 평범한 푸른색 밴과 그보다 큰 검정색 박스 밴이었다. 해리스 소령은 첫 번째와 두 번째 검문소의 워싱턴 D.C. 경찰과 마지막 검문소의 비밀검찰국 요원들을 맡았다. 상부에서 CIA가 정찰을 위한 정밀한 장비를 운반하고 있다는 전언이 내려와 있었다.

동쪽에서 백악관으로 접근한 그들은 펜실베이니아 대로와 15번가에 있는 마지막 검문소를 통과했다. 하루트 납치 작전에도 참가했던 라인배커 타입의 리버즈 상사는 해밀턴 플레이스로 차를 몰아간 뒤 재무성 건물 남쪽을 통과했다. 그러자 정면 숲 위로 백악관 꼭대기 층이 눈에 들어왔다. 오른쪽으로는 전날 테러범들이 침투하여 백악관을 장악했던 지하주차장 출입구가 나타났다. 지금은 사용할 수 없도록 하얀색 서버번을 램프 위에 세워 놓았다. 그 바로 앞쪽에 있는 백악관 남쪽 정원으로 나가는 문도 잠겨 있었다.

리버즈는 전조등을 끄고 핸들을 왼쪽으로 꺾어 행정부 청사 동쪽 진입로로 들어갔다. 거기서 남쪽으로 15미터쯤 더 내려간 뒤 밀트 애덤스가 가리키는 오른쪽으로 꺾어 연석 위에 차를 세웠다. 트럭의 앞면 그릴이 육중한 검은 담장에 닿을락말락했다. 미리 의논한 대로 푸른색 밴도 연석 위로 올라와서 5미터쯤 간격을 두고 뒤쪽 범퍼를 담장에 바짝 대고 주차했다. 그러자 커다란 검정색 박스 밴이 두 차량 사이의 도로 위에 주차하며 사람들이 들여다볼 수 없는 직사각형의 공간을 만들었다.

문들이 일시에 열리며 세 대의 차량에서 사람들이 쏟아져 나왔다. 모두 닳아빠진 검정색 노멕스 낙하복 차림이었다. 밀트 애덤스까지도 그랬다. 해리스의 실 대원 세 명이 차량들 주위에 보안구역을 설정하는 동안 다른 네 명은 타르가 칠해진 커다란 방수포를 펼치기 시작했다. 1분 남짓 되는 짧은 시간에 그들은 방수포로 차량 세 대를 완전히 덮는 일을 마쳤다. 그러자 대원 두 명이 담장으로 다가가서 작업을 시작했다. 그들은 작은 수압식 잭으로 철제 방책을 벌려 랩과 애덤스가 들어갈 구멍을 만들었다.

해리스와 랩이 담장으로 다가가 백악관 지붕 쪽을 살펴보았다. 관저와 그들 사이에 숲과 잡목들이 우거져 그들의 움직임이 충분히 가려질 것 같았다. 해리스가 소형 모터롤라 무전기를 입으로 가져가서 물었다.

"날쌘돌이, 뭐가 보이나?"

찰리 위커는 한 블록쯤 떨어진 곳에서 배를 깔고 엎드린 자세로 야간투시경을 들여다보고 있었다. 그는 재무성 건물의 지붕 뒤쪽에다 초점을 맞췄다. 다른 대원들보다 30분 일찍 도착하여 백악관 지붕에 앉아 있는 테러범을 관찰하며 감을 잡아가고 있는 중이었다. 헤드세트의 마이크를 내리고 그는 응답했다.

"지붕 위에 있는 놈은 전혀 눈치 못 채고 있습니다. 시종일관 백악관 건너편에 있는 흉칙한 건물만 감시하고 있습니다."

"좋아, 다른 보고는 없나?"

해리스가 물었다.

위커는 40~50미터쯤 떨어진 거리의 후드를 쓴 사내를 곁눈질했다. 그들 사이를 막고 있는 것은 1.5센티 두께의 방탄유리밖에 없었다.

"네, 이 녀석은 오공으로 때리면 보낼 수 있을 것 같습니다."

오공이란 50구경의 저격용 라이플을 말한다. 특수부대 저격수들은 1.5킬로미터가 넘는 거리의 목표물을 저격할 때는 대구경 화기를 주로 사용했다.

"기억해 두지. 놈이 우리 쪽을 살피기 시작하면 즉시 연락해. 오버."

해리스는 랩을 돌아보며 말했다.

"지금까진 아무 문제없어."

"좋아요."

랩이 앞장서자 해리스와 애덤스가 뒤따라 푸른색 밴으로 걸어갔다. 화물칸 문이 열리자 전자식 선반에 진열된 장비들이 모습을 드러냈다. 계기반 뒤에 앉은 마커스 듀먼드는 그것을 '피자 선반'이라 불렀다. 스물여섯 살 먹은 이 컴퓨터 천재는 하마터면 중죄인이 될 뻔했던 사내였다. 랩이 그를 랭글리 울타리 안으로 데려온 것은 3년 전이었다. 이 젊은 사이버 천재가 MIT에서 석사 학위를 취득하는 과정에서 연방수사국에 끌려갈 만한 문제를 일으켰다. 뉴욕에서 가장 큰 은행을 해킹하여 자금을 해외의 여러 은행들로 이체했다는 혐의를 받고 있었다. CIA의 관심을 끌었던 부분은 듀먼드가 해킹 흔적을 남겨서 걸려든 것이 아니라는 점이었다. 어느 날 밤 술에 취해 입을 함부로 놀린 것이 그만 임자를 잘못 만났던 것이다. 그 당시 듀먼드는 미치 랩의 동생인 스티븐 랩과 함께 생활하고 있었다. 듀먼드가 FBI에 걸려들었다는 말을 동생에게서 들은 미치 랩은 아이린 케네디에게 연락하여 이 해커는 한 번쯤 봐줄 가치가 있다고 말했다.

CIA는 세계 최고의 컴퓨터 해적들을 고용하고 있다는 사실을 인정하고 싶어 하지 않지만, 이들 젊은 사이버 괴물들은 그들이 할 수 있는 모든 컴퓨터들을 해킹하고 있다. 주로 외국 정부들과 군사용 컴퓨터들, 회사들과 은행들이 목표물이다. 그러나 시스템 안으로 침투하는 것만으로는 충분치 않다. 중요한 것은 침투하여 정보를 얻어낸 다음 시스템엔 아무 흔적도 남기지 않고 나와야 한다.

비썩 마른 마커스 듀먼드가 열린 차문 밖으로 머리를 내밀었다. 입에는 담배가 물려 있고 콧잔등에는 두꺼운 렌즈의 안경이 걸터앉았다.

"해리스 소령님, 방수포에 구멍을 한 개 내주라고 하세요. 커뮤니케이션 붐을 올려야 해요."

해리스는 옆에 있는 부하에게 방수포를 뚫어주라고 지시했다. 듀먼드가 커다란 주머니를 들고 밴에서 내려왔다. 박스 밴 옆에는 기다란 접이식 탁자가 놓였고, 밴 옆구리에는 청사진과 약도 등이 붙여져 있었다. 붉은 필터가 달린 회중전등은 매우 한정된 빛만 발산했고 사람들의 얼굴을 음산해 보이도록 만들었다. 주머니를 탁자 위에 올려놓은 듀먼드는 지퍼를 열고 조그마한 검은 물체를 꺼냈다. 그것을 랩과 해리스 앞에 들어 보이며 그가 말했다.

"초소형 영상음성감시기입니다. 사용해 보신 적 있죠?"

랩과 해리스는 고개를 끄덕였다. 두께 4센티, 가로 10센티, 세로 7센티쯤 되는 물건으로 꼭대기에 볼펜만 한 돌출물이 달려 있었다. 까만 발포제 안에는 작은 고성능 마이크가 내장되어 있고, 그 옆으로 이어진 7센티 가량의 가느다란 광섬유 코드 끝에는 작은 렌즈가 눈알처럼 달렸다. 듀먼드가 애덤스를 돌아보며 말했다.

"이 귀염둥이는 '정상'과 '진동' 두 가지로 세팅할 수 있어요. 정상으로 작동하면 사흘까지 가지만, 진동으로 세팅하면 열이틀까지 가요. 진동으로 두면 5초마다 스냅 사진만 보내주지만 오디오는 완전히 공급합니다."

듀먼드는 어깨를 으쓱했다.

"어느 쪽으로 사용할지는 당신들 마음에 달렸지만, 상황에 따라 양쪽을 번갈아 사용하라고 권하고 싶군요."

그는 작은 기계를 뒤집어 보이며 말했다.

"뒷면에 접착 테이프를 붙여 놓았어요. 그리고 이 플라스틱 백에도 붙여났죠. 특히 환기구 같은 먼지 많은 장소에서는 깨끗이 닦아내고 테이프를 붙이라고 알코올 묻힌 작은 걸레도 넣어두었어요. 기기는 하얀 것 열두 개, 까만 것 열두 갭니다."

듀먼드는 랩에게 다시 당부했다.

"잘 아시겠지만 출입이 잦은 곳에다 부착해줘요. 원격으로 카메라를 약간 조정할 순 있지만 그러자면 배터리가 많이 소모되니까 애초에 좋은 각도로 설치하시라고요. 질문 있습니까?"

아무도 대답하지 않자 그는 말했다.

"좋아요. 각자 통신기기를 점검한 뒤 출발하도록 하죠."

그는 세 사람을 푸른색 밴으로 데려가서 두 대의 보안 무전기와 헤드세트를 꺼냈다. CIA 본부에서 이곳으로 오면서 이미 점검을 마친 것들이었다. 듀먼드는 애덤스를 돌려세운 뒤 그의 전술조끼 왼쪽 어깨 위에 있는 특수 주머니에 무전기를 꽂았다. 그리고 헤드세트를 애덤스 머리에 씌우고 립 마이크를 조정하는 법을 가르쳐 주었다. 그 사이에 랩은 자기 무전기를 조끼 주머니에 꽂고 검은 야구모자를 돌려썼다. 그는 모자 위에 헤드세트를 쓰고 해리스와 마이크를 점검했다. 기기들이 모두 정상으로 작동하는 것을 확인한 듀먼드가 마지막으로 주의를 주었다.

"당신들이 터널을 통과할 때는 나와 연락이 끊어질 겁니다. 대통령 벙커를 차단하기 위해 놈들이 쏘아대는 방해전파가 사각지대를 만들고 있거든요. 센서에 감지되는 것을 보면 관저 위층으로 올라갈수록 전파 간섭이 줄어듭니다. 그러니까 최대한 빨리 2층으로 이동하여 무전 연락을 재개하기 바랍니다."

듀먼드는 밴 안에서 다른 주머니를 꺼내들며 말했다.

"이 보안야전무전기도 가져가세요. 음대역과 출력이 훨씬 크니까. 만약의 경우를 생각해서 비상용 배터리도 담아두었습니다."

듀먼드는 조그마한 나일론 주머니를 들어 보였다.

랩은 무전기 주머니를 살펴보며 이 많은 장비들을 모두 가지고 비좁은 통로를 빠져나갈 수 있을지 의문이 들었다.

"최대한 빨리 2층으로 올라가려고 노력은 하겠지만 장담할 순 없어. 어떤 장애물을 만날지, 놈들이 어떻게 나올지는 가봐야 알지. 도처에 부비트랩이 설치되어 있다면 지하실을 벗어나지 못할 수도 있어."

"지하실은 내가 벗어나게 해주지."

애덤스가 자신만만하게 말했다.

랩이 두 번째 주머니를 듀먼드에게서 받아들며 물었다.

"또 줄 것이 있나?"

"아뇨."

듀먼드가 주먹을 내밀자 랩도 내밀었다. 듀먼드는 랩의 주먹 위아래를 한 번씩 친 뒤 말했다.

"행운을 빌어요, 미치."

그리고는 애덤스를 돌아보며 말했다.

"이 형 잘 좀 보살펴줘요."

"걱정 마."

애덤스가 미소를 지어 보였다.

"고맙다, 컴퓨터 천재."

랩은 듀먼드에게 감사한 뒤 애덤스와 함께 서버번으로 돌아갔다. 그는 하루 종일 속으로 고민하던 일을 다시 떠올렸다. 애덤스를 과연 무장시켜야 하느냐는 문제였다. 그것은 애덤스가 총을 제대로 쏴서 무언가를 맞힐 수 있겠느냐는 것이 아니라, 혹시나 실수로 랩 자신의 등을 맞히지나 않을까 하는 걱정이었다. 그것이 결코 지나친 걱정이 아닌 이유는 특수부대 내에서 그런 사고가 일어나지 않고 지나간 해가 거의 없었기 때문이다. 게다가 그들은 최정예가 아닌가? 그런데 60대 중반에 든 이 은퇴한 해병에게….

"영감님이 무장하는 것에 대해선 어떻게 생각하세요?"

랩이 망설이며 묻자 애덤스는 호주머니에서 357구경 리볼버를 뽑아들며 말했다.

"벌써 했는데."

랩은 놀라며 손을 내밀었다.

"한번 볼까요?"

애덤스가 총을 건네주자 랩은 즉시 루거 스피드 식스임을 알아보았다. 경찰들에게 자동권총이 유행되기 전에는 스피드 식스가 가장 인기 있고 믿음직한 권총이었다. 총신이 짧아 뽑기 쉽고 리볼버 형식이라 끼는 일이 없었다. 랩은 애덤스에게 소음기를 부착한 권총을 하나 줄까 생각하다가 그만두기로 했다. 아무래도 애덤스의 손에 익숙한 총이 나을 것 같았다. 게다가 애덤스가 총을 쏴야 할 상황이 되면 소음기 따위는 아무 상관도 없을 것이다. 랩은 총을 돌려주며 물었다.

"총집을 하나 드릴까요?"

애덤스는 고개를 저었다.

"아니야. 노상 호주머니에 넣고 다녔는데, 뭘."

"좋아요."

랩은 이 왜소한 노인이 자신을 지금 어떤 지옥 구덩이로 밀어 넣고 있는지 알기나 할까 하는 생각을 하며 망연한 표정으로 바라보았다. 눈치 빠른 애덤스는 랩의 마음을 재깍 읽어내고 말했다.

"내 걱정은 말게, 미치. 옳은 일이라고 생각지 않았다면 덤벼들지도 않았네."

랩은 고개를 끄덕이며 미소를 지었다. 애덤스에 대한 존경심이 저절로 우러났다. 은퇴한 이 늙은 흑인 용사는 이것을 옳은 일이라고 생각한 것이다. 그것이 랩과 애덤스의 세대 간 차이점이었다.

랩은 자기 장비들을 챙기느라 5분을 소비했다. 무기들과 통신기기, 감시 장비, 약간의 식량까지 보탠 배낭의 무게가 35킬로그램쯤은 되었다. 좁은 통로를 감안하면 밧줄로 묶어 앞에서 끌어당기는 것이 상책일 것 같았다.

마침내 모든 준비가 끝나자, 랩과 애덤스와 해리스 소령은 담장 곁에서 신호가 떨어지기만을 기다렸다.

CIA 본관 7층의 한 방에서는 엄선된 소수의 사람들이 모여 앉아 미치 랩과 밀트 애덤스의 준비상황을 화면으로 지켜보고 있었다. 창문도 없는 이 방은 방송국의 조정실과 아주 흡사했다. 안쪽 벽에는 19인치 모니터 40대가 열 대씩 네 줄로 꽉 들어차 있었다. 그 앞쪽에 놓인 약간 높은 테이블에는 기술자 네 명이 최신 비디오 제작 설비를 갖추고 대기했다. 그들 뒤로 약간 더 높은 테이블 주위에 아이린 케네디와 캠벨 장군, 그의 참모들이 둘러앉아 있었다. 작업대에서는 전화기와 컴퓨터들이 소음

이 236

을 냈다. 그 뒤쪽에 놓인 더 높은 테이블에는 스탠스필드 국장과 플러드 장군, 빌 그레이 대령, 데보 제독이 앉아 있었다. 마지막 줄의 대여섯 명은 펜타곤의 고위 장성들과 CIA 간부들이었다. 아이린 케네디는 FBI 대표들이 편의상 참석하지 않았다는 사실이 좀 찜찜했다.

왼쪽 맨 아래에 있는 네 대의 모니터는 방송국들을 보여주었고, CNN은 부통령의 대국민 연설을 준비하고 있었다. 그 윗줄의 모니터 열 대는 백악관 외부 여기저기를 보여주었다. 한 대는 옥상 경비초소에 앉아 있는 테러범에게 맞춰져 있었고, 다른 화면들은 특정 출입문이나 창문 등을 보여주었다.

나머지 26대 중 25대는 푸르스름한 빛을 발산하고 있는데, 가운데 있는 한 대만 불그스름한 이상한 빛 속에서 작업하고 있는 랩과 대원들을 보여주었다.

아이린 케네디는 머리를 뒤로 묶고 기사용의 가벼운 헤드세트를 쓰고 있었다. 처음 두 줄에 앉아 있는 사람들은 모두 똑같은 헤드세트를 쓰고 있었다. 케네디는 마커스 듀먼드의 말에 귀를 기울이며 천천히 고개를 끄덕였다. 잠시 후 그녀는 헤드세트의 암을 올리고 뒤에 앉은 두 남자를 돌아보았다.

"준비가 다 되었습니다. 허가를 기다리고 있어요."

스탠스필드와 플러드는 잠시 눈을 마주쳤다. 합참의장이 먼저 고개를 끄덕이자 CIA 국장도 따라서 끄덕였다. 국장은 곧이어 케네디를 돌아보며 허가를 내렸다.

대테러센터 본부장이 명령을 하달하는 것을 보며 스탠스필드는 지금이라도 FBI 로치 국장에게 전화하여 이런 일을 벌이고 있다고 알려줘야 되지 않을까 하고 다시 고민했다. 전자감시를 실시하고 있다고 슬쩍 운을 떼놓긴 했지만, 이건 그 정도가 아니었다. 만약 일이 잘못되면 인질들의 안전을 심각하게 위협할 수 있었다.

21

명령이 하달되자 필터를 통한 붉은 불빛이 꺼졌다. 비교적 싸늘한 밤이지만, 방수포 아래의 공기는 텁텁하게 느껴졌다. 랩이 앞장서고 그 뒤를 애덤스와 해리스가 따르기로 했다. 랩은 방수포가 갈라진 곳을 손으로 더듬어 옆으로 젖혔다. 그리곤 벌려놓은 담장 철책 사이로 가장 큰 배낭부터 우겨넣었다. 다음엔 듀먼드가 준 작은 보따리들을 밀어 넣고 마지막으로 자신의 몸을 옆으로 돌려 비집고 들어갔다. 애덤스와 해리스가 따라 들어왔다. 세 사람은 몸을 숙인 채 잡목들을 조심스레 밟고 나뭇가지들을 피하며 어둠 속을 전진했다.

그들은 비밀검찰국이 잡목 속으로 조성해 놓은 소로는 조심스레 피했다. 그런 길은 담장을 넘어오는 침입자들을 센서가 설치된 장소로 유도하도록 조성되어 있었다. 테러범들이 경계선 보안시스템을 사용하는 것 같아 보이진 않지만, 이런 상황에서 운을 시험하는 건 미친 짓이었다. U자를 뒤집어 놓은 형태의 환기구 뚜껑이 있는 위치에 도착하자 해리스 소령이 헤드세트에 대고 속삭였다.

"날쌘돌이, 옥상은 아무 움직임 없나?"

즉시 보고가 날아왔다.

"없습니다. 놈은 여전히 서쪽만 보고 있습니다."

희미한 가로등 불빛으로 세 사람은 서로를 구분할 만했다. 랩은 애덤스에게 고개를 끄덕였다. 두 사람도 헤드세트를 통해 똑같은 보고를 들었던 것이다. 신호를 받은 애덤스가 땅에 심어진 가짜 덤불들을 뽑아냈다. 환기구 뚜껑을 사계절 내내 가리도록 만들어진 인조 덤불이었다. 애덤스가 그것을 걷어내는 동안 랩과 해리스는 검정색 작은 방수포를 폈다. 그것을 환기구 뚜껑 위에 씌워놓고 세 사내는 그 아래로 기어들어가 작업을 시작했다. 랩은 공구가방을 들어주고 해리스는 붉은 필터로 가린 회중전등을 비춰 주었다. 애덤스는 금속판 봉합선을 따라 윤활유를 뿌린 다음 조그마한 드릴로 나사 여덟 개를 뽑아냈다. 그런 다음 세 사람이 모두 달려들어 U자를 뒤집어 놓은 형태의 환기구 뚜껑을 앞뒤로 천천히 밀고 당겼다. 쇠와 쇠가 마찰하는 소리를 내지 않도록 최대한 조심하기도 했지만 미리 윤활유를 뿌려놓은 탓에 소리는 거의 나지 않았다. 60초도 안 되어 그들은 환기구 뚜껑을 뽑아냈다.

해리스가 가벼운 알루미늄 삼각대를 세우는 동안 랩은 장비들을 밧줄에 매달아 구멍 아래로 내렸다. 검정색 방수포는 삼각대 위로 씌워졌다. 해리스는 삼각대에 달린 도르래에 밧줄을 걸어 한쪽 끝을 담장 쪽으로 가져가서 서버번 앞쪽에 있는 윈치에 연결했다.

랩은 환기통 구멍 속으로 작은 회중전등을 켜고 바닥을 살펴보았다. 해리스는 잠시 후 돌아와서 밧줄을 랩의 발목에 묶은 다음 장갑을 손에 끼었다. 그리곤 밧줄을 잡아당기며 랩에게 고개를 끄덕였다. 그러자 랩은 해리스에게 엄지를 세워 보인 후 허리를 굽히고 머리를 구멍 속으로 집어넣더니 거꾸로 빠져 들어갔다.

"내려요."

랩이 헤드세트를 통해 말하자 해리스는 느슨하게 처진 2미터가량을 천천히 내린 다음 밧줄이 팽팽해지자 헤드세트를 통해 서버번에 대기 중인 부하에게 윈치를 서서히 풀도록 지시했다. 랩은 자기 몸이 구멍 속으로 내려가기 시작하자 야구모자 위에 부착한 광부용 램프를 켰다.

정수리가 바닥에 가까워지자 그는 헤드세트에 대고 소곤댔다.

"정지."

랩은 밧줄에 거꾸로 매달린 채 유도의 낙법 자세로 허리를 90도 꺾으며 수직관에서 수평관 속으로 들어가야만 했다.

"오케이. 이젠 아주 천천히 1미터만 더 내려줘요."

밧줄이 내려가자 랩은 수평관의 모서리를 손으로 잡고 상체를 그 속으로 천천히 당겨 넣었다. 이어폰에서 지지직 잡음이 들렸다.

"스톱! 아주 좋았어요."

랩은 두 다리를 당겨 수평관 속에서 앉은 자세가 되었다. 그는 곧 광부용 램프를 아래로 비추고 발목에 묶인 밧줄을 푼 다음 말했다.

"밧줄을 당겨 올려요."

밧줄이 눈앞에서 사라지자 그는 곧 엎드려서 장비를 매달아 내린 밧줄을 잡아당겼다. 긴 밧줄은 풀어내고 짧은 밧줄로 다시 묶은 다음 한쪽 끝은 왼쪽 발목에 매었다.

엎드린 자세로 수평관 안쪽을 램프불로 비쳐보니 끝없이 이어진 것처럼 보였다. 60미터쯤 끝에 있을 거라는 연결 부위는 보이지도 않고 관은 점점 좁아지는 것 같았다. 랩은 얼굴을 찡그렸다. 이렇게 관 속에 갇힌 상태에서 그는 건강공포증 같은 것을 느꼈다.

랩은 마지못해 비좁은 공간 속을 기어가기 시작했다. 두 팔뚝이 대부분의 노동을 담당하는 전진 방식이었다. 그는 밀트 애덤스에게 립 마이크로 말했다.

"밀트, 나는 이동합니다."

랩은 장비들이 든 배낭을 밧줄로 끌며 악어처럼 기어가기 시작했다. 무전기 수신 상태가 점점 엉망으로 변해갔다.

아이린 케네디와 다른 모든 사람들은 기다릴 수밖에 없었다. 랩과의 교신이 끊어지자 곧이어 밀트 애덤스까지도 조용해졌기 때문이다. 아폴로가 달을 탐사할 때 나사(NASA)의 우주비행관제센터 요원들이 꼭 이런 기분이었을 거라고 케네디는 생각했다. 우주선이 달 뒷면으로 돌아갔을 때는 통신이 전혀 불가능했을 테니, 센터를 가득 메운 과학자들은 우주선과 비행사들이 무사히 돌아오기만을 고대하며 좌불안석 기다릴 수밖에 없었을 것이다. 지금 그들의 처지가 꼭 그랬다. 그저 기다릴 밖에 달리 할 일이 없었다.

케네디는 헤드세트를 벗고 오른쪽 벽에 걸린 시계들을 쳐다보았다. 그러자 한 가지 할 일이 생각났다. 워싱턴 D.C. 현지 시각을 알려주는 벽의 정중앙에 걸린 시계는 밤 11시를 가리키고 있었다. 거기서 오른쪽으로 걸린 시계들 가운데서 케네디는 자기가 찾던 시계를 발견했다. 그리곤 앞에 놓인 보안 전화기를 들고 기억 속의 번호를 누르기 시작했다. 이 전화번호는 아주 중요했다. 텔아비브는 오전 7시 직전이었고, 그녀의 상대자가 출근할 시각이었다. 몇 차례 신호가 울린 뒤 상대방이 전화를 받았다.

"파인입니다."

좋다는 뜻이 아니라 전화 받은 사람의 성이 파인(Fine)이었다. 벤 파인 대령은 이스라엘 비밀정보부 모사드의 대테러 부서 책임자로 케네디가 통화를 원하던 상대였다.

"벤, 아이린 케네디예요."

"아이린!"

파인이 소리쳤다.

"전화하지 못해 미안해요. 바쁘실 것 같아서."

"사태를 계속 지켜보셨어요?"

케네디가 피곤한 목소리로 물었다.

"물론이죠. 내가 도와줄 일은 없나요?"

"있어요. 그 때문에 전화했죠."

케네디는 앞에 펼쳐놓은 서류를 내려다보았다.

"명단을 좀 살펴봐주셨으면 해요."

"몇 명이나?"

"열 명이요. 그 중 일곱 명은 충분한 정보를 가지고 있는데 나머지 셋은 완전히 백지 상태예요."

그녀는 호닉 박사로부터 넘겨받은 명단을 다시 들여다보았다.

"내가 아는 모든 것을 첨부해 드리죠. 그 명단을 보내줘요. 내가 즉시 알아볼 테니까."

"고마워요, 벤. 좀 그래 주세요."

잠시 침묵이 흐른 뒤 대령이 말했다.

"통화하는 김에 물어볼 말이 있소. 확인되지 않은 보고들에 의하면 헤즈볼라의 한 고위층 인사가 사라졌다고 하는데."

이스라엘 대령은 말을 중단했다가 다시 이었다.

"그것에 대해 혹 아시는 바 없는지."

케네디는 눈을 들어 텔레비전 화면들을 살펴보며 미소 지었다.

"무슨 말씀인지 알 듯도 한데요."

벤 파인은 더 이상 묻지 않았다. 대신 이어진 그의 침묵은 무언가를 맞바꾸기를 암시하고 있었다.

"때가 되면 나도 좀 알 듯하게 해주시겠죠."

"그럴 작정이었어요."

케네디는 솔직하게 말했다.

"고맙소."

파인은 만족한 듯 말했다.

"나한테 부탁할 다른 건 없습니까?"

케네디는 잠시 생각한 뒤 대답했다.

"네. 당장은 생각나지 않네요. 하지만 이 명단 건에 대해선 대단히 감사합니다."

"즉시 조사하도록 하죠. 다른 도움이 필요하면 언제든 연락하세요."

"그러죠. 고마워요, 벤."

전화기를 내려놓은 뒤 케네디는 명단을 파일에 끼우고 의자에서 일어났다. 그녀는 테이블에서 물러나와 방 뒤쪽에 있는 부하 한 명을 손짓으로 불렀다. 30대 초반으로 보이는 CIA 요원이 계단을 내려오자 케네디는 파일을 건네주며 말했다.

"이걸 팩스로 파인 대령에게 즉시 보내줘요."

요원은 고개를 끄덕인 뒤 보안 팩스 기계가 있는 곳을 향해 다시 계단을 올라가기 시작했다.

이어폰에서 백색 소음이 들렸다. 이젠 거의 다 왔을 텐데, 하고 랩은 생각했다. 통로는 점점 더 좁아지는 느낌이었다. 온몸에서 땀이 비 오듯 흘렀고, 심장은 미친 듯이 빨리 뛰었다. 무전기에서 나는 잡음이 거슬려 그는 헤드세트를 벗어 목에 걸었다. 뒤쪽에서 들려온 재채기 소리로 밀트 애덤스가 멀지 않은 거리에서 따라오고 있음을 알 수 있었다. 재채기는 수평관 금속 벽에 달라붙어 있는 먼지 때문임이 분명했다. 랩도 벌써 여러 번 충동을 느꼈지만 꾹 눌러 참았다.

랩은 전진을 잠시 멈추고 심호흡을 했다. 땀에 젖은 머리를 한쪽 팔뚝 위에 부려놓고 진정하라고 자신을 타일렀다. 밀폐된 공간에서 느끼는 패닉 현상으로 필요한 양보다 훨씬 더 많은 에너지를 소모하고 있었다. 그는 호흡이 안정될 때까지 1분 가까이 엎드려 있었다. 시계를 보니 예상했던 것보다 오래인 15분가량이나 수평관 속에 있었다. 이제 얼마 안 남았을 터였다. 그는 왼쪽으로 돌아 저택의 토대 남쪽 끝과 나란한 방향을 취한 뒤 광부용 램프 불을 껐다. 아지즈에겐 백악관 구석구석을 다 감시할 만큼의 부하들이 없다. 지하 3층에 보초가 있을 가능성은 전혀 없지만 그래도 수평관의 갈라진 틈으로 불빛이 새어나가게 하는 건 모험이었다.

몇 분 더 비좁은 수평관 속을 박박 기어간 랩은 마침내 끝에 도달했다. 지나친 에너지 소모로 온몸이 땀에 흠뻑 젖었다. 그는 머리를 팔뚝 위에 내려놓고 청각을 집중하여 보일러실에 아무도 없는지 확인했다. 2분 동안 꼼짝도 않고 오직 듣기만 했다. 백악관 건물 내부의 공기를 순환시키기 위한 환기와 냉난방 시스템이 돌아가는 소리 외에 들리는 것이라곤 가까이 다가오는 밀트 애덤스의 시끄러운 재채기 소리뿐이었다.

랩은 애덤스가 또 터뜨리기 전에 1초라도 빨리 출입구 패널을 여는 것이 좋겠다고 판단했다. 광부용 램프를 켜고 수평관의 매끄러운 표면을 손으로 더듬자 홈이 만져졌다. 불빛을 비춰보니 바로 그 출입구 패널이었다. 그것은 애덤스가 말했던 대로 수평관이 여과장치와 연결된 부분에 있었다. 커다란 안도감이 랩을 사로잡았다. 패널이 그 자리에 없어서 뒤로 다시 기어가야 하는 상황을 여러 차례 상상했던 것이다. 손잡이를 돌리기 전에 그는 소음기를 장착한 베레타를 빼들고 광부용 램프를 껐다. 왼손에 베레타를 들고 오른손을 더듬어 먼저 잡힌 손잡이를 수평 위치에서 수직으로 돌렸다. 애덤스는 패널 아래쪽에 경첩이 붙어 있으며 손잡이는 위쪽에 두 개가 있다고 미리 설명했었다.

두 번째 손잡이를 돌린 뒤 랩은 패널을 아래쪽으로 천천히 열고 희미하게 불을 밝힌 백악관 보일러실을 내다보았다. 환기장치 수평관은 천장을 따라 절반쯤 더 이어진 뒤 지하실 공간을 거의 다 차지하고 있는 거대한 냉난방장치로 연결되어 있었다.

랩은 머리만 쏙 내밀고 방 안에 혹시 동작 감지기나 폭발물과 연결된 철선 같은 것이 없는지 꼼꼼히 살폈다. 안전하다는 판단이 서자 그는 머리를 수평관 속으로 거둬들이고 돌아누웠다. 발목에 묶은 밧줄을 풀고 있을 때 애덤스가 10미터쯤 되는 지점에서 기어오고 있는 것이 보였다. 어느 쪽도 입을 열지 않았다. 랩은 작전 중에는 꼭 필요한 경우가 아니면 입을 열지 않는다는 원칙에 철저했다.

배낭을 묶은 밧줄 끝 부분을 지하실 바닥으로 내려뜨리자 닿지 않았다. 랩은 재빨리 수평관 끝을 손으로 잡고 몸을 아래로 늘어뜨렸다. 발에서 지하실 바닥까지는 30~40센티쯤 모자랐지만 그는 고양이처럼 가볍게 뛰어내렸다. 즉시 밧줄을 잡아당겨 떨어지는 배낭을 소리 없이 받았다. 소음기를 장착한 MP-10 기관단총을 다시 꺼내든 그는 총신 아래 부착한 조그마한 플래시라이트를 켰다. 방 안을 살펴본 결과 아지즈가 보안장치를 설치해 둔 것 같진 않았다.

잠시 후 밀트 애덤스가 수평관에서 땀에 흠뻑 젖은 대머리를 내밀었다. 노인은 두 손으로 입과 코를 막고 자꾸만 터지려는 재채기를 참았다. 랩은 짜증스런 표정으로 쳐다본 뒤 MP-10을 내려놓고 애덤스를 향해 두 팔을 벌렸다. 노인이 우물쭈물하다가 아래로 뛰어내리자 랩은 양쪽 겨드랑이 아래를 탁 잡아 가볍게 내려놓았다.

애덤스는 바닥에 내려오자마자 손수건을 꺼내어 콧물부터 닦았다. 랩이 기관단총을 집어 들며 속삭였다.

"왜 그래요?"

애덤스가 아무 소리도 내지 않으려고 조심하며 코를 풀었다.

"저 안에 쌓인 먼지 때문에 알레르기가 일어난 거지, 뭐."

랩은 얼굴을 찡그렸다.

"괜찮겠어요?"

"그럼, 괜찮고말고."

애덤스는 손수건으로 코를 문질렀다.

랩은 배낭을 열고 광섬유 케이블이 연결된 초소형 영상음성감시기를 꺼내들었다. 모퉁이 반대쪽이나 문 바깥을 살펴볼 때 사용할 것이었다. 그는 6인치 흑백 모니터를 검정색 나일론 케이스 속에 집어넣고 지퍼를 채운 뒤 애덤스의 배에 단단히 부착해 주었다. 가느다란 뱀처럼 생긴 광섬유 케이블은 옆구리 아래로 드리워지게 했다.

랩은 총신의 소음기를 출입구 패널 아래쪽에 끼워 넣은 뒤 금속제 패널을 닫았다. 그리고 소음기 끝으로 손잡이를 밀어 패널을 잠그고는 문 쪽을 돌아보며 애덤스에게 물었다.

"질문 있어요?"

"아니."

"좋아요, 갑시다."

랩은 소음기를 부착한 총을 들고 콘크리트 바닥을 조용히 걸었다. 애덤스는 한 걸음쯤 뒤에서 따라갔다. 문 앞에 이르자 바깥쪽에 뭐가 있는지 확인하기 위해 뱀 대가리처럼 생긴 케이블 끝을 문 아래로 내밀었다. 애덤스가 작은 다이얼을 이용하여 렌즈를 이리저리 조종하는 동안 랩은 뒤쪽을 감시했다.

22

백스터 부통령의 대국민 연설은 5분도 채 걸리지 않았다. 통상 대통령의 연설 시간보다 한 시간이나 늦은 동부표준시간으로 오후 11시에 나가게 된 이유는 백스터와 킹 사이의 의견 불일치 때문이었다. 결국 연설 내용은 테러에 대한 원론적인 비난과 벙커 속으로 피신한 헤이즈 대통령은 무사하다는 확인, 2분 정도의 국수주의적 수사와 엄숙한 기도도 물론 포함되었다.

최초의 평가는 예상대로 높았다. 방송국들과 새로운 채널들은 일제히 이번 위기를 가장 심각한 사태로 발표했다. 가장 새로운 시각은 현 상황을 망명정부의 문제로 보는 것이었다. 해군천문대에 있는 부통령 관저에서 그런 연설이 나온 것은 미국 역사상 처음 있는 일이었다.

댈러스 킹은 부통령 서재의 서가에 등을 기대고 선 채 한 민주당 여론조사원이 대국민 연설의 초반 결과에 대해 설명하는 것에 귀를 기울이고 있었다. 다른 여러 보좌관들은 새로운 군통수권자를 둘러싸고 여러 문제들에 대해 의견을 개진했다. 보도진들은 사태가 해결되기 전에 카메라와 조명기구 등을 다시 사용할 필요가 있을 것으로 예상하고 현장에 그대로 둔 채 철수했다. 여론조사에 응한 사람들의 숫자는 예상했던 대로 엄청났다.

댈러스 킹은 흥미로운 척 가장하며 귀를 기울이고 있었지만 마음은 콩밭에 가 있었다. 그는 크롬 도금한 태그호이어 손목시계를 들여다본 뒤 오른손으로 햇볕에 탈색된 머리카락을 안달하듯 쓸어 올렸다. 약속 시간에 벌써 늦었다. 그가 원하는 만남은 쾌락과 업무를 함께 아우르는 것이었다. 소위 꿩 먹고 알 먹기. 이 잘생긴 비서실장은 부통령을 다른 보좌관들 손에 맡겨두긴 싫지만 어쩔 수가 없었다. 서가를 떠나 서재 다른 쪽으로 걸음을 옮기기 시작했다. 까만 구두가 흠집 하나 없는 목재 바닥을 밟고 낡은 페르시아 융단에 이르자, 그는 오래된 목재 의자 뒤로 손을 뻗어 걸려 있던 자신의 스포츠 코트를 벗겼다.

두 팔을 조그마한 배 위에 겹쳐 놓고 있던 백스터 부통령은 흘러내린 올백 머리카락을 쓸어 올리며 킹에게 물었다.

"어디 가는가?"

"볼일이 좀 있어서요."

부통령 비서실장은 코트를 왼쪽 어깨에 걸치며 상사에게 윙크를 보냈다. 그것은 단둘이 있을 때 얘기해 주겠다는 뜻이었다. 백스터가 알겠다는 듯 고개를 끄덕이자 킹은 문 쪽으로 걸어가며 말했다.

"아침에 뵙겠습니다. 무슨 일 있으면 휴대전화로 연락하십시오."

문을 열고 나온 그는 복도에서 경계를 서고 있는 비밀검찰국 요원 두 명에게 고개를 끄덕여 보인 뒤 경쾌한 걸음걸이로 테라스를 가로질러 갔다. 킹의 메탈릭 블루 빛깔 BMW 컨버터블은 비밀검찰국의 커다란 검정색 서버번 옆에 주차되어 있었다. 코트를 뒷좌석에 던지고 운전석으로 풀쩍 뛰어오른 그는 시동을 걸었다. 지붕을 내리는 버튼을 누르려던 손이 도중에서 멈췄다. 정문 앞에서 기다리고 있는 보도진들을 통과한 뒤에 내리는 것이 좋겠다는 생각이 들었기 때문이다. 조그마한 스포츠카를 주차장에서 빼내어 언덕을 달려 내려가며 그는 자기가 내려간다는 것을 비밀검찰국 경찰들에게 알리기 위해 전조등을 두 차례 깜박깜박했다. 차가 정문에 도착할 즈음엔 벌써 문이 열리기 시작했다. 그는 브레이크를 밟는 대신 기어를 1단으로 내리고 클러치를 살짝 놓았다. 차대가 낮은 컨버터블은 속력이 떨어지며 그렁거리는 소리를 냈다. 차가 빠져나갈 만큼 충분히 문이 열리자 킹은 기어를 2단으로 올리고 가속 페달을 밟았다.

백악관 정원의 두 배쯤 되는 넓은 지역을 보도진들이 진을 치고 있었다. 정문 앞 매사추세츠 애버뉴에는 보도 차량들이 무질서하게 인도를 뒤덮었고, 기자들과 카메라맨들은 지나가는 부통령 비서실장의 스포츠카를 찍으려고 필사적이었다. 킹은 가속 페달을 계속 밟아 비밀검찰국이 양쪽 방향을 차단하고 있는 매사추세츠 애버뉴로 들어간 다음 북쪽으로 달려갔다. 백미러를 한 차례 체크한 뒤 스테레오를 켰다. 해군천문대에서 네 블록 지나 정문이 보이지 않는 지점에 이르자 킹은 다시 기어를 이단으로 넣고 핸들을 오른쪽으로 힘껏 꺾었다. BMW의 광폭 타이어가 100도 가량 회전하며 비명을 내지르곤 가필드로 들어섰다. 주거지역을 통과할 때는 시속 110킬로 이상까지 밟았다. 29번가에 이르자 오른쪽으로 급회전한 뒤 한 블록 더 나아간 캘버트에서는 시속 20킬로 아래로 줄이며 전방의 정지신호를 무시하고 그대로 질주했다. 정지해 있던 택시 기사가 뒤에서 경적을 울리며 손가락질을 해댔지만 그는 무시하고 빨간 신호등을 통과하여 애덤스 모건 지역으로 들어갔다.

약속 시간에 늦어서 여자가 안 좋아할 것 같았다. 킹은 18번가에서 다시 핸들을 꺾은 다음 속도를 줄이고 시내에서 가장 복잡한 지역으로 들어갔다. 두 블록을 더 가서 '스톤즈'라는 멋진 바 앞에 차를 세웠다. 주차 브레이크를 당기자 주차요원이 문 앞에 나타났다. 킹은 스포츠 코트를 집어 들고 남자에게 10달러 지폐를 건네주며 말했다.

"잘 지켜."

문 안쪽에 서 있는 아시아 여자는 다리 아래쪽부터 왼쪽 엉덩이까지 쫙 찢어진 몸에 착 감기는 빨간 드레스를 입고 있었다. 그녀는 달려온 댈러스 킹을 쳐다보곤 볼을 내밀었다. 앞으로 한 걸음 내딛을 때 드레스 사이로 햇볕에 그은 긴 허벅지가 살짝 드러났다.

젊은 호스티스는 킹의 직업이 뭔지도 몰랐고 알려고 하지도 않았다. 그냥 잘생긴 남자 하나가 멋진 옷을 차려입고 일주일에 한 번씩 그것도 매번 다른 여자를 데리고 나타나서 요즘 유행하는 이 작은 바를 빛내주고 있다고 생각할 뿐이었다. 이 집에 오는 거의 대부분의 남자들은 이 아찔한 보석을 꿰차고 나가고 싶어 안달했고, 그래서 그녀는 이 잘생긴 남자도 언제쯤 작업을 걸어올지 내심 궁금해하고 있었다.

킹이 볼에 키스를 해오자 여자는 자연스럽게 두 손을 그의 코트 속으로 넣어 남자의 허리를 살짝 안았다. 여자의 손이 허리에 닿는 순간 킹은 갑자기 사타구니에서 성적 충동이 불끈 일어나는 것을 느꼈다. 그는 여자의 매끄러운 피부 근처에 코를 대고 싱싱하고 달콤한 향기를 흠뻑 들이킨 뒤 능글맞은 미소를 지으며 말했다.

"킴, 당신은 언제 봐도 예뻐."

젊은 아시아 여성은 미소를 지으며 킹의 허리에서 손을 떼어냈다.

"고마워요."

킹은 여자를 잠시 바라보며 백악관에서 무슨 일이 일어나고 있는지 물어주기를 기다렸다. 눈앞의 미녀가 전혀 그런 기미를 보이지 않자 킹은 그녀가 골이 아주 비었거나 그가 누군지도 모르고 있다는 생각이 들었다. 어느 쪽이든 그녀가 이 지역 멘사 챕터(Mensa chapter: IQ 148 이상인 세계 상위 2% 천재 집단-옮긴이)에 가입할 일은 없을 것이었다. 킹은 여자에게 윙크를 해주고 레스토랑 안쪽으로 걸어 들어갔다.

바 근처에는 사람들이 우글거렸다. 백악관의 인질 사태는 이 도시에 얘깃거리를 제공해 주었다. 워싱턴의 바 주인들에겐 스캔들이나 위기 사태가 커다란 스포츠 행사나 다름없었다. 눈치 빠른 단골손님 몇 명은 이 캘리포니아 청년이 백스터 부통령의 비서실장임을 알아보고 소곤거리기 시작했다.

킹은 최근에 새로 반한 여자를 찾아 식당 구역의 은밀한 부스들을 기웃거리며 지나갔다. 여자를 발견한 곳은 공중전화와 화장실에 이르기 전인 마지막 부스 안이었다. 쉴러 던은 랩탑 컴퓨터를 켜놓은 채 한 손엔 휴대전화를 다른 손엔 와인 잔을 들고 앉아 있었다. 그녀는 킹을 쳐다보고는 휴대전화에 대고 말했다.

"왔어요. 이따 전화할게요."

댈러스 킹보다 두 살 연상인 서른네 살의 여기자는 휴대전화를 내려놓고 그에게 물었다.

"댈러스, 대체 어디 있었던 거야?"

"미안."

킹은 부스 안으로 허리를 숙여 금발 여인의 볼에 키스했다.

"내 기사를 끼워 넣을 시간이 15분밖에 안 남았어. 편집장이 내 머리를 쥐어뜯을 판이란 말이야!"

여자는 화난 얼굴로 다그쳤다.

"빨리 부는 게 좋을 거야!"

킹이 부스에 앉자 웨이터가 다가왔다. 쉴러 던은 거의 다 마신 와인 잔을 그에게 건네주며 주문했다.

"똑같은 걸로 두 잔."

그리곤 킹을 노려보며 앙탈했다.

"한 시간이나 늦게 왔어. 그런 남자를 내가 왜 좋아해야 하는데."

"그만해."

여자의 바가지가 지겨워진 킹이 투덜댔다.

"눈치챘는지 모르겠지만 우린 지금 엄청난 위기를 겪고 있어. 그래서 난 정신없이 바쁘단 말이야."

"너무 폼 잡지 마, 댈러스. 나도 어떤 일이 벌어지고 있는지 정도는 알고 있으니까. 그렇지만 난 지켜야 할 마감시간이 있고, 당신은 약속보다 한 시간이나 늦게 나타났어. 그런데도 내가 당신 비위만 맞춰주는 그런 골빈 여자들처럼 굴기를 기대하진 마."

쉴러 던은 심호흡을 한 뒤 가슴 위로 팔짱을 끼었다. 화를 내면 낼수록 댈러스가 좋은 정보를 토해낼 것임을 알고 일부러 더 새침한 표정을 지었다. 킹이 그녀를 좋아하는 이유가 바로 이런 점 때문이었다. 그가 데이트하는 대부분의 여자들은 쭉쭉 빠진 미인들이지만 뭔가 결정적인 것이 빠져 있었다. 쉴러 던은 달랐다. 이 여자는 눈 튀어나오게 예쁘진 않지만 빠른 두뇌 회전과 톡톡 튀는 맛이 다른 모든 것을 매력 넘치게 만들었다. 얼굴 생김새는 아주 평범했고, 비쩍 마른 몸매 어디를 봐도 곡선미란 말을 입에 올리긴 좀 어려웠다. 하지만 다른 30대 중반 여자들과는 달리 던은 이제 막 전성기로 접어들고 있었다. 앞으로 몇 년 간은 여자의 성숙미를 한껏 뽐낼 수 있을 것처럼 보였다. 가장 중요한 것은 그녀가 유부녀라는 사실이었다. 그것은 킹에게 여러 해 동안 장애물처럼 보였지만 지금은 오히려 보너스처럼 느껴지는 것이었다. 결혼한 여자와는 섹스만 하면 된다. 돈을 많이 쓸 일도 없고 밀고 당기는 지루한 게임을 더 이상 하지 않아도 된다.

던은 킹이 자꾸만 치근거린다며 비난했지만, 젊은 그의 눈에는 조금만 더 공격하면 여자가 곧 무너질 것처럼 보였다. 그녀는 킹이 최근 수도로 입성하여 서로 연락하게 된 〈워싱턴 포스트〉 정치부 기자였다. 백스터 부통령의 비서실장인 그는 필요할 때 정보를 슬슬 흘려보낼 수 있는 미디어와의 연락망 구축이 우선사항 중 하나였다. 테이블 위로 손을 뻗어 여자의 손을 잡으며 그가 물었다.

"남편과의 사이는 요즘 어때?"

"엉망이야."

던은 잘라 말했다.

여자의 손을 만지작거리며 다시 물었다.

"남편과 마지막으로 잔 게 언제지?"

그녀가 손을 홱 빼내며 말했다.

"그건 당신이 알 바 아니야."

"그렇긴 하지. 하지만 그처럼 외롭게 지내기엔 당신은 너무 아름다운 여자야."

"우리 다른 얘기해, 댈러스."

댈러스 킹은 전에도 이런 얘기를 한 적 있었고 그녀를 조금씩 설득하고 있었다. 결혼생활에 대해 심각한 회의를 품고 있는 던은 킹이 자신을 간절히 원하고 있음을 알고 있었다. 지금은 소중한 것을 포기해야 할 때인지도 모른다고 생각했다. 30년 만에 터져 나온 특종기사인데도 백악관 내부나 FBI 지휘소에서 무슨 일이 벌어지고 있는지 아는 사람이 아무도 없었다. 한 사람도 입을 열지 않았다. 위기가 사람들의 입을 굳게 닫아걸었다. 킹에게서 정보를 얻어낼 수만 있다면 그와 하룻밤 잘 가치가 있지 않을까.

와인이 오자 킹은 한입 크게 쏟아 넣었다. 드라이 메를로를 목구멍 너머로 꿀꺽 삼킨 뒤 그는 말했다.

"저 위에서 어떤 난리가 벌어지고 있는지 말해도 믿지 못할걸."

던이 테이블 위로 상체를 숙이며 눈을 빛냈다.

"어떤 난리?"

킹이 눈알을 굴리며 말했다.

"튜트윌러 그 멍청한 년 때문이지, 뭐. 슈워츠와 그의 여비서가 죽은 건 순전히 그 여자 때문이었어. 멍청하게 그 악당들이 요구한 돈을 일부만 입금시켰다가 분노를 샀던 거야."

킹은 와인을 한 모금 마시며 CIA에서 나왔다던 사내가 모두에게 경고했던 말을 떠올렸다. 그 사내가 말했던 꼭 그대로 아지즈는 행동했던 것이다.

"내가 안 될 거라고 했는데도 튜트윌러는 그냥 밀어붙였어. 그 여자를 잘 알잖아. 어제 펜타곤 브리핑을 혼자 다 떠맡았지. 그 여자처럼 남근선망(penis envy) 증세가 심한 여잔 첨 봤어."

킹은 머리를 절레절레 흔들었다.

"그런데 더 고약한 건 그 여자가 뒷감당을 전혀 못한다는 거야. 슈워츠가 살해당하자 충격을 받아 뺑 돌아버렸어. 곧장 베데스다 정신병원으로 실려 갔다니까."

던의 입이 떡 벌어졌다.

"설마, 농담이겠지?"

"농담 좋아하네."

킹은 고개를 세차게 저었다.

"나도 농담이었으면 좋겠어. 그 여자가 남아 끝까지 뒷감당을 해주면 좋겠다고."

그는 손가락으로 자기를 가리키며 말했다.

"이젠 내가 죽어날 판이야."

던은 와인 잔을 내려놓고 랩탑 키를 두들기기 시작했다.

"그래서 튜트윌러는 실려 나갔고… FBI는 대체 뭘 하고 있는 거야?"

킹 댈러스가 어깨만 으쓱하자 던은 와인을 또 한 모금 마셨다. 무슨 일이 있어도 알아내야만 했다.

"빨리 불어, 댈러스. 배경만 좀 자세히 설명해 달란 말이야. 당신한테 지금 국가 기밀을 누설하라는 게 아니잖아."

그녀는 킹에게 생각할 여유를 주기 위해 잠시 기다린 뒤 부드러운 목소리로 다시 물었다.

"FBI는 뭘 하고 있지?"

킹은 와인 잔 너머로 주위를 돌아보았다.

"그야 모든 돌발 사태에 대비하고 있지. 정보를 수집하고 사태 수습 방안을 찾고 있어. 백스터 부통령은 나머지 인질들을 안전하게 구출할 수 있을 때까지는 기다려야 한다고 그들에게 말했어."

"대국민 연설을 할 거라는 소문은 사실이야?"

킹은 힘차게 고개를 끄덕였다.

"본인이 그렇게 말했으니까."

"대통령은 어떻게 하고 있지?"

"안전하게 잘 있어."

지금은 대통령 얘기를 할 때가 아니라는 듯 킹은 손을 내저으며 덧붙였다.

"펜타곤 사람들 얘기로는 그 벙커 속에서 몇 주일 정도는 거뜬히 버틸 수 있대."

그는 와인을 한 모금 마신 뒤 상체를 앞으로 숙였다. 랩탑 스크린 위로 코를 디밀고 여인의 향기를 흠뻑 들이킨 뒤 속삭였다.

"흠, 당신 냄새는 너무 좋아."

"고마워."

쉴러 던은 마지못해 미소를 지어 보이곤 다시 업무로 돌아갔다.

"또 어떤 일들이 있었지? 테러범들의 다음 요구가 뭔지 알고 있어?"

"아니. 내일 아침이나 되어야 무슨 말이든 나올 거야."

킹의 시선이 아래로 내려갔다. 던은 블라우스 단추를 평소보다 한 개더 풀어놓고 있었고, 반짝이는 보드라운 피부가 그의 마음을 완전히 엉뚱한 곳으로 몰고 갔다. 블라우스 안을 들여다보며 킹은 안달했다.

"당신이랑 같이 자고 싶어 죽겠어."

던은 그의 턱을 붙잡고 자기 눈을 똑바로 바라보도록 했다.

"튜트윌러에 대한 정보는 아주 좋아, 댈러스. 그렇지만 아직 말하지 않은 게 많을 거야. 이 누나랑 같이 자고 싶으면 이 정도론 안 돼. 빨리 더 불란 말이야. 알았지, 응?"

킹은 아랫도리에 힘이 불끈 치솟는 것을 느꼈다. 여자와의 거래를 마무리할 다른 정보를 마음속으로 열심히 찾았지만 이미 다 조잘대고 난 다음이었다. 실은 더 이상 벌어지고 있는 일이 없었다. 그들 모두는 죽치고 앉아 테러범들이 어떻게 나올지 기다리고만 있었다. 단지… 단지 한 사람만 빼놓고. 킹은 상체를 들고 물러앉았다. 그 얘긴 할 수 없어. 하지만 그와 관련된 다른 얘긴 할 수가 있지. 언론 플레이로는 끝내주는 걸로 말씀이야.

"한 가지가 있긴 한데."

일단 운만 떼놓고 속으로는 정보를 어디까지 넘겨줄 것인지 계산하기 시작했다.

그가 망설이는 것을 보자 던은 바짝 죄고 들었다.

"뭔데? 그게 뭐냐니까?"

킹은 주위를 둘러본 뒤 몸을 앞으로 바짝 숙이고 소곤댔다.

"내가 이런 얘기 했다는 걸 아무한테도 말하면 안 돼."

던은 모욕적이란 표정을 지어 보였다.

"사람 어떻게 보는 거야. 난 한 번도 정보 제공자를 밝힌 적이 없어."

킹은 시큰둥한 표정으로 눈알을 한 바퀴 굴렸다.

"이건 정말 심각한 내용이란 말이야, 알겠어?"

던은 고개를 세차게 끄덕였다.

"약속할게. 네 이름은 절대 드러나지 않아."

부통령 비서실장은 엿듣는 사람이 없는지 주위를 다시 한 번 돌아본 뒤 조그만 목소리로 소곤거렸다.

"CIA는 이번 일을 사전에 알고 있었어."

던의 눈알이 튀어나올 것처럼 커다래졌다.

"뭐라고? 그런데도 아무 조처를 취하지 않았다는 거야?"

"그게 아니지."

킹은 머리를 흔들었다.

"일이 터지기 직전에야 알았고 즉시 비밀검찰국에 연락했다더군. 그래서 헤이즈 대통령이 벙커로 피신할 수 있었던 거야."

"그렇다면 CIA는 자기 임무를 다했네."

킹은 어깨를 으쓱했다.

"표창할 정도는 아니지만 그렇게 말할 순 있겠지."

여기자는 환한 웃음을 지었다.

"이건 특종감이야."

그녀는 미친 듯이 키를 두들겨댔다. 킹이 보고 있는 동안 타이핑을 끝낸 던은 랩탑을 닫았다. 그리고 휴대전화와 함께 가방 속에 집어넣고 일어서며 말했다.

"인쇄 들어가기 전에 기사를 넘겨야 해."

푸른 스커트가 여자의 날씬한 몸매를 타이트하게 감싸고 있었다. 여자는 테이블 위로 몸을 숙이고 킹의 턱을 한 손으로 잡으며 말했다.

"당신과 난 끝나지 않았어. 계속 이렇게만 해주면 곧 날 가질 수 있을 거야."

던은 킹의 입술을 자기 입술로 당겨가서 혀끝으로 핥기 시작했다. 그리곤 남자가 여자를 더욱 강렬하게 원할 때쯤 되자 혀를 거둬들이고 돌아서서 나가버렸다.

23

　잭 워치는 벙커 철문 앞에 서서 매끄러운 표면에 손바닥을 대어 보았다. 벌써 몇 시간째 반복하는 동작이지만 철문이 점점 뜨거워지는 것을 부인할 수는 없었다. 이건 나쁜 조짐이었다. FBI 인질구조팀이 들어오기 전에 테러범들이 벙커 철문을 열어젖히면 그땐 어떻게 할 것인가? 그 문제에 대해선 하루 종일 머리를 쥐어짜도 뾰족한 수가 떠오르지 않았다. 테러범들이 침투할 때 들려온 폭음들로 미루어 그들이 수류탄을 가지고 있다는 것을 짐작할 수 있었다. 그렇다면 싸움은 오래가지 않을 것이다. 대통령을 벙커 뒤쪽에 있는 삭은 화장실로 몰아넣고 버텨봤자 기껏 5분일 것이다. 더 많은 요원들이 죽을 것이고, 대통령도 죽거나 생포될 것이 뻔했다.

　경호실장이 자기 침대에 털썩 앉아 긴 한숨을 토해내고 있을 때 대통령이 다가왔다. 그가 자세를 가다듬고 일어서려고 하자 대통령이 그냥 앉아 있으라고 손짓하며 말했다.

　"일어날 것 없네. 좀 앉아도 되겠나?"

　"앉으십시오."

　워치는 한쪽으로 당겨 앉으며 말했다.

　"자넨 위스콘신 출신이지?"

　"그렇습니다."

"그럴 줄 알았네. 어느 토요일 아침 자네의 두 아들이 패커즈 유니폼 차림으로 남쪽 잔디밭에서 뛰노는 걸 봤어. 자네 아니면 자네 부인이 위스콘신 출신인가 보다 했지."

워치가 웃으며 말했다.

"제 아내는 미네소타 출신입니다. 아이들한테 패커즈 유니폼을 입히면 아주 싫어하죠."

"자네와 결혼하기 전에 눈치를 챘어야지."

"제가 아내한테 한 말입니다."

워치는 미소를 지었다.

"위스콘신 어디쯤 살았나?"

"애플턴입니다."

"아, 로키 블라이어의 고향이지."

"그렇습니다."

"그 선수를 만난 적이 있네."

헤이즈는 만족스런 표정으로 말했다.

"대단한 친구더군."

그는 고개를 끄덕이며 덧붙였다.

"굉장한 얘기지."

"네, 많은 것을 극복한 사람이죠. 하지만 가장 훌륭한 점은 자신의 성공을 뽐낸 적이 한 번도 없다는 겁니다. 지역사회에도 많은 공헌을 했습니다."

"고마운 일이로군."

대통령은 바닥을 멍하니 내려다보았다. 한가한 얘기는 끝난 것 같았다. 간이침대 가에 앉아 두 팔꿈치를 무릎 위에 세우고 흉한 갈색 카펫만 응시했다. 한참 후 그는 허리를 펴며 잭 워치를 돌아보았다.

"잭, 이 모든 것에 대해 미안하게 생각하네. 자네들이 나와 내 가족들을 위해 애써 준 것에 대해서도 고맙게 생각해."

헤이즈는 말을 그치고 고개를 돌렸다.

워치는 잠시 기다렸다가 말했다.

"감사합니다."

어색한 침묵이 지나간 뒤 대통령은 시계를 들여다보았다. 자정이 가까웠다.

"여섯 시간쯤 더 지나면 우리를 구하러 올지 안 올지 알게 되겠군."

워치는 고개를 끄덕였다.

"그렇다면 오늘 밤에 올 것으로 생각하십니까?"

"플러드 장군과 스탠스필드는 강력하게 밀어붙일 사람들이야."

헤이즈는 잠시 다른 생각을 한 뒤 고개를 천천히 젓기 시작했다.

"왜 그러십니까?"

"그런데 부통령이 문제야."

"무슨 뜻입니까?"

대통령은 워치를 똑바로 바라보았다.

"잭, 내가 자네한테 한 말은 다른 사람에게 옮겨지지 않을 걸로 믿네."

"물론입니다."

"그럴 줄 알았어."

헤이즈는 벙커 건너편으로 시선을 던지며 내뱉듯이 말했다.

"난 백스터를 신뢰하지 않아. 그는 내가 첫 번째로 꼽은 인물이 아닐세. 열 번째 안에도 못 들지. 당이 나를 그와 엮어 놓았어. 캘리포니아와 할리우드의 거금을 끌어오려면 그가 꼭 필요하다나. 선거에 이기려면 양쪽 다 필요했고 그래서 그와 엮일 수밖에 없었지. 경험과 캐릭터 따위는 고려할 겨를도 없었어."

대통령은 얼굴을 찡그리며 말했다.

"전당대회가 끝나고 일주일도 안 되어 나는 그를 잘못 선택했다는 걸 알았지만 그땐 이미 돌이킬 수가 없었네."

"그래서 해군천문대로 따돌렸습니까?"

그 말에 헤이즈는 약간 놀란 듯했다.

"자네도 눈치챘나?"

"이번까지 대통령 네 분을 모셔왔습니다. 입은 꽉 다물도록 교육을 받았지만 그렇다고 해서 돌아가는 걸 못 보고 못 듣는 건 아니죠."

헤이즈는 고개를 끄덕일 수밖에 없었다.

"암튼 백스터가 와일드카드야. 튜트윌러와 함께."

대통령은 다시 머리를 흔들었다.

"그 여자하고도 엮이고 싶지 않았는데 거래의 한 조건이었지."

"로치 국장은 어떻게 생각하십니까? 좋은 사람인데요."

"그렇지."

헤이즈는 고개를 끄덕였다.

"그 친군 최고야. 튜트윌러 휘하라는 게 유감이지만."

워치는 벙커 문을 한 번 돌아보곤 대통령에게 말했다.

"인질구출팀이 제때 오지 않을 경우를 대비한 사전조치를 세워야 합니다."

"어떤?"

워치는 앞으로 닥쳐올 일에 대해 자세히 설명했다. 그들의 능력으로 해결할 수 없는 일로 인해 대통령을 놀라게 하는 것이 꽤나 어리석게 느껴졌다. 워치가 지극히 제한적인 계획에 대해 설명하는 동안 헤이즈는 심각한 표정으로 들었다.

잠 속을 오락가락하고 있던 애너 릴리는 누군가가 흔들어 깨우는 바람에 눈을 번쩍 떴다. 우악스런 두 손이 그녀의 어깨를 움켜잡고 일으켜 세웠다. 테러범은 그녀의 얼굴을 마주 보며 무리 밖으로 끌어내기 시작했다. 릴리는 즉시 두 팔을 휘두르며 저항했다.

테러범은 오른손으로 여기자의 목을 꽉 잡고 세게 눌러댔다. 릴리는 숨통이 막혀 눈을 커다랗게 치뜬 채 팔을 계속 휘둘러댔다. 눈앞이 가물가물해왔다. 손아귀에서 벗어나기 위한 최후의 일격으로 그녀는 사내의 사타구니를 무릎으로 힘껏 걷어 올렸다. 웬만한 사내라면 무릎을 털썩 꿇었을 터인데, 아부 하산은 웬만한 사내가 아니었다. 그는 단지 끙 하고 앓는 소리를 토해내며 반걸음쯤 물러섰을 뿐이었다. 곧바로 주먹이 날아왔다. 오른쪽 주먹을 턱에 정통으로 얻어맞은 릴리는 팽이처럼 팽 돌아가서 바닥에 고꾸라졌다.

식당 안은 찬물을 끼얹은 듯 조용해졌다. 인질들은 끽 소리 하나 내지 않았고, 다른 테러범들은 다음엔 어떤 일이 벌어질까 하고 구경하고 있었다. 마침내 하산이 주저앉으며 깊은 신음을 토해냈다. 보초를 서고 있던 다른 세 아랍인이 일제히 낄낄거렸다. 인질 여자 몇 명이 릴리를 도와주려고 엉금엉금 기어왔다. 그러나 릴리에게 닿기도 전에 하산이 엉거주춤 일어나며 그들에게 고함을 질렀다.

무릎에서 사타구니까지가 아직 욱신거리는 데도 테러범은 원숭이처럼 허리를 구부리고 어기적거리며 걸었다. 그리곤 의식을 잃은 릴리를 번쩍 들어 어깨에 메고 문 쪽으로 향했다. 그는 아직도 킬킬 웃고 있는 동료들을 돌아보며 인상을 썼다.

"이 창녀를 위층으로 업고 갈 거야. 생각 있는 놈은 내가 끝날 때쯤 올라와."

1948년에 해리 트루먼 대통령은 148년 묵은 백악관의 건물 구조가 걱정되었다. 건축사들을 불러들여 조사하게 했더니 붕괴 위험이 있다는 진단이 나왔다. 1902년의 엉성한 보수공사와 1927년의 3층 확장공사로 구조가 심하게 약화된 것이었다. 4년이나 걸리는 대대적인 보수공사를 위해 대통령과 영부인에게 즉시 백악관을 비우고 블레어하우스로 옮기라는 건의가 올라갔다. 첫 단계는 백악관 안에 있는 모든 것들을 분해하는 까다로운 일이었다. 가구들과 미술품, 설치물 등이 모두 옮겨지고 마루와 천장과 벽들이 부위별로 꼼꼼히 분해되었다. 관저가 조개껍질처럼 완전히 비었을 때 원래의 지하실 아래로 두 층을 새로 파기 위해 건축기사들이 들어왔다. 지하실 2층과 3층이 완성되자 관저의 오래된 벽들을 보강하기 위해 현대식 철강 구조물이 세워졌다.

새로 지은 지하실 3층은 보일러실로 설계되었는데, 2층 넓이의 겨우 4분의 1 정도였다. 최근 몇 십 년 사이에 대형 보일러는 화생방 공격을 효과적으로 막아낼 수 있는 최신형 시스템으로 교체되었다.

보일러실 문 앞에 이르자 애덤스가 백악관에서 최근에 변화된 곳을 가리키며 랩에게 설명했다.

"복도를 지나 왼쪽으로 돌면 대통령의 벙커가 있어. 모퉁이를 돌아 5미터쯤 가면 강화된 철문이 나오는데, 그 문 안으로 들어서면 거기가 바로 벙커 바깥방이야."

미치 랩은 고개를 끄덕였다.

"우리는 벙커를 지나 왼쪽 계단으로 올라갈 거고, 맞아요?"

"맞아."

"좋아요. 이 문을 한 번 더 살펴보고 이동합시다."

애덤스가 초소형 영상음성감시기의 케이블 끝에 달린 렌즈를 이리저리 조정해주면 랩은 화면을 통해 보일러실 문 밖에 부비트랩이 설치되어 있는지를 확인했다. 노인이 케이블을 회수하자 랩은 MP-10 기관단총을 들고 문을 천천히 연 다음 복도로 나갔다. 그들은 왼쪽으로 돌아 콘크리트 계단을 통해 지하실 2층으로 올라갔다. 그다음 철문 아래로 애덤스가 다시 작은 렌즈를 밀어 넣었지만 아무것도 발견할 수 없었다. 총을 든 랩이 앞장서서 지하실 1층으로 이어지는 계단을 계속 올라갔다.

문이 나타나자 애덤스가 다시 문 아래로 렌즈를 밀어 넣고 살펴보았다. 역시 아무것도 없었다. 랩은 의심이 더럭 들었다. 여기까지 오는 동안 아무것도 가로막는 것이 없다니? 그는 아지즈가 조기경보 시스템을 설치해 놓았을 거라고 짐작했다. 노인이 그의 귀에 대고 속삭였다.

"부비트랩은 없어."

애덤스가 작은 렌즈를 이리저리 움직이는 동안 화면을 관찰하던 랩이 물었다.

"복도는 어때요?"

애덤스가 뱀 대가리를 조금 더 움직여서 선명한 복도 여기저기를 보여주며 말했다.

"복도 중간에서 오른쪽이야. 우리가 들어갈 문이."

"알았어요."

랩도 나지막하게 말했다.

"케이블을 거둬들여요. 그리고 내가 신호하면 문을 열고 나를 따라와요. 무슨 일이 벌어지든 내 오른쪽에서 한 걸음 떨어져서, 알았죠?"

애덤스는 고개를 끄덕이고 화면을 닫은 뒤 가슴의 지퍼를 올렸다. 케이블은 고리에 끼운 뒤 엉덩이 위로 돌렸다. 랩은 MP-10을 두 손으로 잡고 개머리판을 뺨과 어깨 사이에 밀착시켰다. 굵직한 검정색 소음기를 단힌 문 쪽으로 향한 채 그가 고개를 끄덕였다.

애덤스가 문을 열자 랩은 한 걸음 내딛으며 총을 좌우로 휘둘렀다. 랩이 빠른 걸음으로 전진했고 애덤스는 바짝 붙어 따라갔다. 그들 뒤에서 철제 방화문이 저절로 닫혔다. 두 사람은 고양이처럼 소리를 거의 내지 않고 걸었다. 랩은 사방 아래위를 경계하며 총구를 휙휙 돌렸고, 동작 감지기나 폭발물과 연결된 철선 등이 없는지도 세심하게 살폈다. 복도를 3분의 1쯤 내려간 지점에서 또 다른 회색 철문 앞에 멈춰 선 애덤스는 에스 키를 꺼내어 문을 열었다. 감춰져 있던 엘리베이터가 나타났다.

복도 한가운데서 몸을 드러낸 채 엘리베이터를 기다리는 것이 불안한지 랩은 나지막이 투덜댔다. 마침내 문이 열리자 애덤스가 그를 작은 박스 속으로 조용히 밀어 넣고 버튼을 눌렀다. 엘리베이터는 기껏해야 네 명 정도 탈 수 있는 크기였다.

엘리베이터가 움직이기 시작하자 랩은 총을 애덤스에게 건넨 뒤 목에 걸고 있던 헤드세트를 야구모자 위로 쓰고 고정시켰다. 이어폰에서 잡음이 심하게 났지만 위로 올라갈수록 줄어들었다. 엘리베이터는 빠르게 소리 없이 올라갔다. 2층에 도착했을 때는 소음이 현서히 감소했다. 랩은 무기를 돌려받았다.

엘리베이터가 멈춰 서자 애덤스는 불안한 표정으로 랩을 바라보았다. 랩은 고개를 끄덕이며 말했다.

"걱정 말아요."

그리곤 긴장을 누그러뜨리기 위해 미소를 지어 보였다.

"내가 먼저 나갈게요."

그는 마이크를 입으로 내린 다음 나지막하게 말했다.

"통제실, 아이언맨이다. 오버."

랩은 잠시 응답을 기다리다 같은 말을 반복했다. 세 번째 시도에서 무슨 소리가 들린 것 같았지만 너무 끊어져서 알아들을 수 없었다. 그렇다면 은밀한 곳으로 이동하여 더 강력한 보안야전무전기를 작동할 수밖에 없다는 얘기였다.

랩은 머리 위에 켜져 있는 작은 전등을 보았다. 엘리베이터 문을 열기 전에 그것부터 꺼야만 했다. 케이스에 고정된 희뿌연 유리를 빼내고 뜨거운 전구를 맨손으로 재빨리 돌렸다. 불이 꺼지자 엘리베이터 안은 깜깜해졌다. 그러자 랩은 주머니에서 빨강색의 동그란 플라스틱 필터를 꺼내어 기관단총 총신에 부착된 플래시라이트에 부착했다. 플래시를 켜자 희미한 붉은 빛이 엘리베이터 바닥을 비추었다.

애덤스가 버튼을 누르자 엘리베이터 문이 열리고 눈앞에 벽이 나타났다. 뱀 대가리를 밀어 넣을 틈이 없었다. 그래서 미리 살펴보지도 못한 상태에서 밀고 나가기로 했다. 애덤스가 벽을 천천히 더듬더니 무언가를 찾아냈다. 그 부분을 누르자 벽이 바깥쪽으로 한 뼘쯤 열리며 대통령의 욕실 타일 바닥이 드러났다. 불 꺼진 캄캄한 욕실 안을 MP-10 총신 아래서 흘러나온 불그레한 불빛이 훑고 지나갔다.

탐색을 끝낸 랩은 열린 벽 사이를 지나 욕실 안으로 조심스레 세 발짝 걸어갔다. 애덤스가 바짝 붙어 따라왔다. 욕실 문이 열렸다. 랩은 부비트랩 인계철선이 없는지 확인한 뒤 침실 안을 살펴보았다. 복도로 통하는 침실 문이 약간 열려 있어서 불빛이 어두운 방 안으로 흘러들고 있었다. 침실 안으로 들어가기 전에 랩은 뒤를 돌아보며 소곤댔다.

"벽을 닫아요."

애덤스는 벽에 두 손을 대고 원래 위치로 밀었다. 찰칵 소리를 내며 벽이 닫히자 숨겨진 엘리베이터의 흔적도 사라졌다.

랩은 조심스레 침실 안으로 들어갔다. 그는 대통령의 침실을 가로질러 남쪽 잔디밭이 내려다보이는 반원형의 트루먼 발코니 쪽으로 걸어갔다. 발코니 문으로 다가가던 그가 갑자기 그 자리에 얼어붙었다. 처음 돌아볼 때는 놓쳤지만 두 번째는 눈에 잡히는 것이 있었다. 바닥에서 30센티쯤 위로 문 아래를 가로지르는 가느다란 철선이었다. 주먹을 꽉 쥔 그의 오른손이 머리 위로 쑥 올라갔다. 베테랑 전사였던 밀트 애덤스가 재깍 알아차리고 걸음을 멈추었다.

랩은 처음엔 눈알만 움직이다가 그 다음엔 고개를 돌려 좌우를 세심하게 살펴보았다. 애덤스는 아무 소리도 내지 않았다. 랩의 몸짓만 봐도 그가 뭔가를 발견했음을 분명히 알 수 있었던 것이다.

랩을 끔찍하게 만든 것은 그 가느다란 인계철선이 연결되어 있는 폭탄이었다. 그는 폭발물을 가장 싫어했다. 지금까지 10년 가까운 세월을 무사히 CIA에 봉사할 수 있었던 것은 자신의 한계를 그만큼 잘 알고 있었던 덕분이었다. 그는 폭발물을 다룰 인내심도 기술도 없기 때문에 그런 것들을 보면 전염병처럼 무조건 피했다. 폭발물은 폭파 방법만도 100여 가지나 되는데다, 그 근처에만 가도 터지는 위험천만한 것도 10여 가지나 있었다. 카펫 아래 압력 패드를 숨겨둘 수도 있고, 자기판, 적외선, 극초단파 광선, 동작 감지기, 진동이나 수은 스위치를 이용하는 것 등 방법은 수없이 많았다. 게다가 상대가 라피크 아지즈라면 보나마나 끔찍한 방법을 사용했을 것이었다. 그렇지만 한 가지 분명한 것은 이 인계철선이 어떤 것에 연결되어 있고, 랩은 그것을 정확히 알아내야 한다는 사실이었다.

발코니로 나가는 문은 양쪽으로 커튼이 내려져 있었다. 랩은 오른쪽으로 조심스럽게 이동하여 문과 오른쪽 창문 사이에 놓인 의자 너머를 살펴보았다. 총의 소음기로 커튼을 젖히고 뒤쪽을 살펴보니 아무것도 없었다. 그러나 문 저쪽으로 직육면체 상자 같은 것이 보였다. 인계철선은 폭탄의 스위치와 문 건너편에 박힌 나사못에 연결되어 있었다. 랩은 상자가 있는 곳으로 바짝 다가가서 살펴보았다. 인계철선은 외부에서 건드릴 때만 작동되도록 되어 있는 것 같았다.

랩은 이마에 맺힌 땀을 닦아낸 뒤 커튼을 조심스럽게 걷었다. 상자는 20센티 높이에 폭이 15센티쯤 되는 단순한 모양이었다. 윗면 오른쪽에 빨강색의 조그마한 디지털 판독기가 달려 있고 초록색 불빛이 3초마다 깜박거렸다. 랩은 커튼을 조심스레 제자리에 돌려놓고 뒤로 한 걸음 물러섰다.

상자에 든 것이 체코 버전의 C-4 플라스틱 폭탄인 셈텍스(Semtex)라면 아마도 벽 전체를 남쪽 잔디밭까지 날려버릴 정도의 위력일 것이다. 밀트 애덤스가 건너다보며 속삭였다.

"그게 뭔가?"

"폭탄입니다."

랩이 얼굴의 땀을 훔치며 대답했다.

"이걸 건드렸다간 우린 콩가루로 변할 겁니다. 그러니 가만히 내버려 두고 우리 갈 길이나 가자구요."

애덤스는 침실을 가로질러 대형 붙박이장으로 안내했다. 랩은 문을 원래 열려 있던 대로 둔 뒤 노인을 따라 붙박이장 안으로 들어갔다. 왼쪽은 튼튼한 오거나이저 옷장이었다. 바닥에 가까운 작은 칸들은 모두 구두들로 채워져 있었고, 위로 올라갈수록 커지는 칸들에는 셔츠와 스웨터들이 걸려 있었다. 애덤스가 모서리로 손을 뻗어 가장자리를 따라 더듬어 내려갔다. 잠시 후 그는 숨겨진 버튼을 찾아 눌렀고, 그러자 팍 하고 오거나이저 옷장이 바깥쪽으로 한 뼘쯤 열렸다. 애덤스가 그것을 밀어 1미터쯤 벌렸다.

밀실로 들어간 두 사람은 오거나이저 옷장을 원래대로 돌려놓았다. 애덤스는 벽등을 켜고 현관에 묵직한 강철 빗장을 질렀다. 비밀검찰국에서 '작은 밀실'로 통하는 이 방의 크기는 길이 2.5미터에 폭 2미터, 천장높이는 3미터쯤 되었다. 벽의 안감은 케블라 방탄 천이고 안팎으로 방화 천을 댔다. 또한 방 안에는 산소 탱크와 방독면을 포함한 네 벌의 화생방 의복이 준비되어 있었다. 그것들은 머리 높이의 벽에 고정시킨 로커 속에 무기류와 구급약 등과 함께 들어 있었다. 이 방을 만들게 된 원인은 1994년 가을에 한 소형 비행기가 백악관 남쪽 현관에 추락한 사건 때문이었다.

CIA 본관 7층에 마련된 통제실 첫째 줄에 앉아 있던 기술자들은 랩이 처음 보낸 신호를 희미하게 포착했다. 뒷줄에 앉은 아이린 케네디와 캠벨 장군은 그들이 감도를 높이려고 5분가량 열심히 애쓰는 것을 조용히 지켜보고만 있었다. 둘은 가만히 있는 것이 그들을 도와주는 일임을 잘 아는 사람들이었다.

백악관 담장 바깥에 세워둔 CIA 통신차량의 제어반을 조정하는 마커스 듀먼드의 도움으로 기술자들은 차츰 감을 잡아갔다. 차량 뒤에 달아올린 텔리스코핑 붐은 테러범들이 사용하고 있는 전파방해를 침투하는 데 도움을 주었다.

랩이 강력한 보안야전무전기로 송신하기 시작하자 통제실 안에서는 일제히 안도의 탄성이 터져 나왔다. 40여 분간의 긴장된 통신 침묵이 끝난 것이다. 캠벨 장군이 맨 먼저 입을 열었다.

"상황보고를 해보게, 아이언맨."

랩의 응답은 약간 찌그러졌지만 알아들을 만했다. 그는 침투 과정과 대통령 침실에서 발견한 폭탄에 대해 설명했다. 폭탄에 대해 최대한 상세히 설명한 뒤 그는 캠벨과 케네디에게 어떻게 해야 하느냐고 물었다.

캠벨이 잠시 생각한 뒤 지시했다.

"정찰을 계속하게. 폭탄 처리는 우리가 알아볼 테니까."

"알았습니다."

랩이 대답했다.

통제실 맨 앞줄에 앉은 기술자 하나가 손을 들고 손가락을 탁 튕겼다. 케네디가 상체를 기울이고 그의 설명을 들은 다음 헤드세트에 대고 말했다.

"아이언맨, 포터블 무전기를 체크해 보세요, 오버."

랩은 보안야전무전기에 연결된 핸드세트를 귀에 대고 응답했다.

"알았습니다."

그는 헤드세트를 다시 쓰고 립 마이크를 조정했다.

"마이크 시험. 하나, 둘, 셋, 넷. 들립니까? 오버."

보안야전무전기보다는 덜 선명하지만 그들은 랩이 하는 말을 충분히 알아들을 수 있었다. 문제는 그들이 보내는 신호를 랩이 수신하기 어렵다는 점이었다. 몇 차례 시도한 끝에 그는 립 마이크를 올리고 보안야전무전기의 핸드세트로 말했다.

"내 무전기는 불량입니다, 오버."

"이쪽에선 잘 들려요, 아이언맨. 수신이 안 되나요?"

케네디가 물었다.

"그렇습니다."

그녀는 기술자를 돌아보았다. 기술자가 어깨만 으쓱하자 케네디는 다시 헤드세트에 대고 말했다.

"아이언맨, 우리가 다시 조정할게요. 그동안 2층을 정찰하다가 30분 후 보안야전무전기로 체크하세요."

"알았습니다. 곧 감시 카메라들을 설치하겠습니다. 교신 끝."

랩은 핸드세트를 무전기에 걸고 지퍼 달린 주머니 속에서 초소형 감시기 다섯 개를 꺼내어 전술조끼 주머니에 꽂았다.

"계단에 먼저 설치할 건가?"

애덤스의 질문에 랩은 총을 집어 들며 말했다.

"그렇죠. 지금까지 해온 대로 눈 똑바로 뜨고 내가 먼저 내딛지 않은 곳엔 절대 들어가지 마세요. 아셨죠?"

흑인 영감은 고개를 끄덕였다.

"시작하기 전에 무슨 문제라도 있습니까?"

"있지."

노인은 약간 겸연쩍은 표정을 지었다.

"오줌이 마려워."

랩은 히죽 웃으며 어지간히도 급한가 보다고 생각했다.

"마려우면 싸야죠. 처음 멈추었던 곳에서 누면 돼요. 여기서 얼른 나갑시다."

애덤스가 강철 빗장을 빼냈다. 두 사람은 커다란 드레스 룸 속으로 조용히 들어갔다. 애덤스가 책장처럼 생긴 오거나이저 옷장을 제자리로 돌리자 찰칵 하고 부드러운 소리를 내며 닫혔다. 랩이 총을 들고 지키는 동안 노인은 화장실로 들어가 소변을 보았다.

침실을 둘러보던 랩은 처음 들어왔을 때 놓친 것이 있었다는 것을 알았다. 대통령의 침대가 이상하게 어질러져 있었다. 가까이 다가가서 살펴본 그는 깜짝 놀랐다. 갑자기 피가 끓어올랐다. 하얀 시트 곳곳에 피가 묻어 있었고 침대 가장자리에 걸려 있는 것은 여자의 브래지어였다.

랩은 역겨움에 머리를 흔들었다. 애덤스가 화장실에서 나오자 그는 역겨운 현장을 손으로 가리켰다. 둘 다 할 말을 잃었다. 한참 후 랩은 방을 가로질러 트루먼 발코니로 나가는 문 옆의 소탁자로 다가갔다. 주머니에서 초소형 감시기 한 대를 꺼낸 그는 탁자 아래 접착테이프를 붙인 다음 눈에 띄지 않게 설치했다.

"갑시다."

그가 애덤스에게 말했다. 방문에 이르자 애덤스는 가느다란 검은 뱀 대가리를 문 아래로 내밀고 복도를 살폈다. 불이 켜져 있어서 영상이 또렷하게 잡혔다. 대통령 관저 2층에 있는 크로스 홀은 너비가 5미터쯤 되었고, 벽들은 내장형 서가와 전임 대통령들의 초상화로 장식되어 있었다. 소파와 의자, 탁자, 램프들을 여기저기 배치하여 공간을 격의 없는 거실과 현관 구실을 동시에 하도록 했다. 애덤스가 뱀 대가리를 회수하며 소곤댔다.

"깨끗한데."

랩이 고개를 끄덕이며 말했다.

"내가 먼저 살펴본 뒤 손짓하면 나와요."

랩은 카메라를 다시 살펴본 뒤 복도를 체크했다. 그리고 손잡이를 천천히 돌려 문을 열고 환하게 불을 밝힌 복도로 첫발을 내딛었다.

24

애너 릴리는 눈이 제대로 떠지지 않아 여러 차례나 깜박여야만 했다. 입에서는 가느다란 신음이 저절로 새어나왔다. 잠시 후 정신이 돌아왔지만 자기가 어디에 있는지는 여전히 알 수 없었다. 머리가 **빠개질 듯이** 아팠고 숨을 쉬기가 어려웠다. 눈이 초점을 찾기 시작하자 계단과 두 다리와 구두가 보였다. 순간 꿈을 꾸고 있다는 생각이 들었지만 곧 사태를 파악했다. 테러범이 그녀를 어깨에 메고 운반하고 있었다.

머리를 쳐들려고 했지만 목 부위에 찌를 듯한 통증이 일어났다. 하지만 아무리 아파도 싸워야 한다는 것을 릴리는 알고 있었다. '통증 따위는 무시해버려!' 하고 젊은 여기자는 자신에게 명령했다. 그리고는 이를 악물고 젖 먹던 힘까지 다 동원하여 상체를 곧추세우며 자신을 운반하고 있는 사내의 올백 머리를 두 손으로 움켜잡았다. 동시에 두 발로 미친 듯이 걷어차며 목이 터져라 비명을 지르기 시작했다.

미치 랩은 깜짝 놀라 자빠질 뻔했다. 여자의 커다란 비명이 너무 갑자기 터져 나온 바람에 그는 한순간 경계태세를 완전히 풀어버렸다. 여자의 비명은 복도 한가운데 환한 불빛 속에서 들리는 것 같았다. 찢어질 듯한 비명이 정적을 깨뜨리며 랩의 신경을 면도날처럼 곤두세웠다. 그는 비명이 들려오는 방향을 파악하자마자 즉시 움직였지만, 애덤스는 두 발짝 뒤에서 꽁꽁 얼어붙어 있었다. 랩은 MP-10을 비명이 들려온 방향으로 겨눈 채 고양이처럼 소리 없이 물러나며 오른손으로는 애덤스를 잡아당겼다. 그는 대통령 침실의 열린 현관 안으로 노인을 밀어 넣었다.

두 사람은 서둘러 드레스 룸 속으로 들어갔다. 애덤스가 먼저 들어가고 랩이 뒤따라 들어가서 드레스 룸 문을 닫았다. 애덤스는 작은 밀실로 들어가는 문을 열어두었기 때문에 랩이 어떻게 할 것인지 잠시 기다렸다. 랩은 노인을 작은 방 안으로 밀어 넣은 뒤 오거나이저를 당겨서 닫았다.

애덤스는 불을 켜고 랩의 멱살을 잡으며 따졌다.

"젠장, 우리만 살겠다고 어찌 이럴 수가 있나?"

랩은 분노를 억누르며 애덤스의 목에 걸린 모니터를 잡고 조금 전 발코니 문 옆의 소탁자 밑에 심어두었던 초소형 감시기의 화면으로 재빨리 돌렸다.

애너 릴리는 한 손으론 배를 움켜잡고 다른 손으로는 테러범의 손목을 잡고 있었다. 악당은 여자의 머리채를 잡고 카펫 위로 질질 끌고 갔다. 그녀의 구두가 벗겨져 복도 가운데로 나뒹굴었다. 눈물이 줄줄 흘러내렸고, 악당에게 걷어 채인 아랫배의 통증이 극심하여 토할 것만 같았다.

아부 하산은 여자가 저항하는 것을 좋아했다. 여자가 버둥거릴수록 스릴을 느꼈고 정복하는 맛을 더해 주었다. 갈색 머리카락을 한 이 여자는 전날 밤에 맛본 그 금발 여자보다 훨씬 나을 것 같았다. 그년은 징징 짜기만 하고 파득거리는 맛이 없어 영 지루했다. 하산은 싱글벙글 웃으며 복도 모퉁이를 돌아 대통령 침실 문으로 향했다. 이 미국 년을 작살내기엔 아주 완벽한 곳이었다. 그는 한 손으로 침실 문을 밀고 다른 손으로는 여자의 머리채를 잡아당겼다. 방 안으로 끌어들인 다음엔 여자를 번쩍 안아 킹사이즈 침대 위에 내던졌다. 그리곤 단검을 뽑아 들이대며 여자에게 소리쳤다.

"얌전히 벗어, 이년아."

릴리는 다시 반격을 시도했다. 결코 굴복할 수 없었다. 다시 강간을 당하느니 차라리 죽는 편이 나았다.

　테러범은 릴리가 휘두르는 팔을 막아낸 뒤 단검 손잡이로 그녀의 정수리를 내려찍었다. 여자는 의식을 잃고 침대 위로 축 늘어져 취약한 상태가 되었다.

　아부 하산은 시간을 낭비하지 않았다. 즉시 단검으로 여자의 옷을 자르기 시작했다. 하얀 피부가 드러날수록 그의 손놀림이 다급해졌다. 여자의 바지를 벗겨 내린 다음엔 블라우스를 잡아 뜯었다. 그리곤 잠시 멈추고 햇볕에 잘 그을고 튼튼한 젊은 여자의 몸매를 감탄스런 눈으로 내려다보았다. 천천히 손을 뻗어 여자의 다리를 쓰다듬고 올라갔다. 검은 레이스가 달린 팬티에 손이 이르자 그는 사납게 잡아당겨 뜯어냈다.

　밀트 애덤스는 대통령 침실에서 벌어지고 있는 일 때문에 미칠 것 같은 심정이었다. 그러나 지금 그의 눈앞에서 변하고 있는 랩의 얼굴 표정보다는 끔찍하게 느껴지지 않았다. 랩의 두 눈은 이글대는 분노의 불길로 침실 쪽을 뚫어지게 노려보았고, 어금니를 꽉 다문 턱은 딱딱하게 굳은 채 덜덜 떨리고 있었다. 이마에는 어느 새 식은땀이 송알송알 맺혀 있었다.

　랩은 꽉 다문 이빨 사이로 신음을 내뱉으며 여러 차례 머리를 흔들어댔다. 마음속에서는 두 가지 생각이 싸우고 있었다. 이성은 지금 침실에서 벌어지고 있는 일보다 그의 임무가 더 중요하다고 주장했다. 지금까지 배워온 모든 직업적 훈련에 의하면 아직 정체를 드러낼 때가 아니었다. 이곳에 꾹 참고 있다가 더 많은 정보들을 수집하여 다른 인질들의 생명을 구하고 라피크 아지즈를 죽이는 것이 더 중요했다. 그렇게 해야 하는 줄은 알지만 머릿속에서는 전혀 상반되는 말을 외쳐대는 목소리가 그를 괴롭혔다.

　CIA 본부 통제실에 있던 사람들은 모두가 모니터를 주시하고 있었다. 랩이 설치한 초소형 영상음성감시기가 전송한 거친 영상을 여러 모니터들 가운데 하나가 수신한 것이었다. 마커스 듀먼드가 통신차량 뒤에 달아 올린 커뮤니케이션 붐의 도움을 받은 랭글리의 기술자들은 방해전파를 걸러내며 주파수를 맞춰가고 있었다. 몇 분 동안 조정을 거친 후에야 화면이 차츰 선명해지며 환하게 불을 밝힌 현관에 서 있는 한 사내가 모습을 드러냈다. 캠벨 장군이 화면에서 눈을 떼지 않고 있다가 케네디에게 물었다.

"저긴 대통령 침실 아니오?"

"그렇습니다."

케네디도 모니터를 곁눈으로 노려보며 대답했다. 현관의 사내가 돌아서서 침실로 급히 들어오는 것이 보였다. 그러자 두 번째 사내가 현관에 나타났다. 미치 랩이었다.

"왜 드레스 룸 속으로 돌아가는 거지?"

캠벨의 물음에 케네디는 고개를 저었다.

"모르겠는데요."

기술자 하나가 돌아보며 말했다.

"감시기의 오디오를 잡았습니다."

"스피커 시스템으로 연결해요."

케네디가 모니터에서 눈길을 떼지 않고 지시했다. 잠시 후 방의 천장 아래 설치된 스피커 시스템을 통해 잡음 섞인 소리가 흘러나왔다. 뒤이어 요란한 소리가 들리자 케네디와 캠벨 뒷줄에 앉아 있던 플러드 장군이 물었다.

"저게 도대체 무슨 소리요?"

케네디는 대통령 침실의 현관과 불빛이 환한 복도를 보여주는 모니터를 뚫어지게 응시하며 대답했다.

"비명처럼 들려요."

바로 그때 한 사내가 여자를 질질 끌며 현관으로 들어왔다. 통제실 사람들이 일제히 고개를 앞으로 빼고 무슨 일인지 확인하려고 했다. 불과 몇 초 후 그들은 눈앞에서 벌어지고 있는 일이 무엇을 의미하는지 분명히 알았다.

케네디가 몹시 긴장한 목소리로 소리쳤다.

"아이언맨을 무전기로 즉시 연결해요!"

랩을 누구보다도 잘 알고 있는 그녀였다. 이 방 안에서 뿐만 아니라 이 세상 누구보다도 잘 알고 있었다. 케네디는 즉시 랩에게 강력한 제동을 걸어야 할 필요성을 느꼈다. 지금 그가 심각하게 고려하고 있을 행동을 저지할 시간이 1초만이라도 남아 있기를 케네디는 간절히 기도했다.

랩은 MP-10을 밀실 구석에 세워놓고 소음기를 부착한 9밀리 구경 베레타를 뽑아들었다. 그리곤 권총을 지그시 응시했다. 분노가 끓어올라 주먹으로 벽이라도 뚫어버리고 싶은 기분이었다. 진정해, 하고 그는 자신을 달랬다. 지나친 분노는 판단력을 흐린다. 그렇지만 랩은 남의 것을 함부로 빼앗는 깡패들과 다른 사람들에게 짐승처럼 구는 인간쓰레기들을 아주 싫어했다.

랩의 마음은 이미 결정을 내려놓고 있었다. 돌이킬 수 없는 결정이었다. 저쪽 방에 있는 여자는 누군가의 딸인 동시에 누군가의 아내이거나 어떤 아이의 엄마일 수도 있다. 랩은 방탄 장치가 된 안전한 밀실 안에 앉아 그런 일이 벌어지는 걸 죽어도 모르는 체할 수가 없었다.

보안야전무전기가 조용히 터지며 패널에 파란 불이 반짝이기 시작했다. 애덤스가 핸드세트를 들려고 하자 랩이 막았다.

"받지 마세요."

애덤스는 천천히 손을 내렸다. 그는 옆에 앉은 랩의 속내를 알 수가 없었다. 랩은 손을 뻗어 무전기 스위치를 꺼버리더니 헤드세트도 벗어 목에 걸었다. 그리곤 무광택 검정색 단검을 뽑아들었다. 왼손에 든 단검과 오른손에 든 권총을 바라보며 그는 잠시 망설였다. 애덤스는 혀끝으로 마른 입술을 핥은 뒤 걱정스런 표정으로 물었다.

"어떻게 하려고?"

랩은 곁눈으로 애덤스를 힐끗 보고나서 말했다.

"나가서 저 쓰레기를 해치울 거예요. 그래선 안 되는 줄 알지만 그래야겠어요."

애덤스는 고개를 끄덕인 뒤 마른침을 꿀꺽 삼켰다.

"좋아. 내가 도와줄까?"

랩은 고개를 젓고는 눈을 감았다.

"아뇨. 불 끄고 문이나 열어줘요. 그런 다음 여기 조용히 계세요."

애덤스는 랩이 시키는 대로 했다. 캄캄해서 제대로 보이진 않았지만, 애덤스는 랩이 밀실에서 드레스 룸 속으로 소리 없이 빠져나가는 걸 느낄 수 있었다.

애너 릴리는 눈을 번쩍 떴다. 초점이 흐릿했다. 위쪽은 컴컴한데 오른쪽이 훤했다. 고개를 천천히 돌리자 공격자의 모습이 눈에 들어왔다. 사내는 벌써 셔츠를 벗어던지고 바지를 내리고 있었다. 릴리는 몸을 움직여 보았지만 두 팔이 말을 듣지 않았다. 눈물이 가득 고인 눈으로 발가벗겨진 가슴을 내려다보았다. 이건 악몽이었다.

미치 랩은 드레스 룸 출입구에서 잠시 눈을 감고 귀를 기울였다. 눈이 어둠에 빨리 적응하기를 기다렸다. 침실에서 소리가 들려왔다. 여자의 울음소리와 사내가 낄낄대는 소리 같았다. 랩은 눈을 뜨고 단검과 베레타를 노려보았다. 권총은 두 손으로 똑같이 잘 쏠 수 있지만, 단검을 쓰는 데는 왼손이 더 나았다. 테러범에게 충분히 접근할 수 있다면 단검을 사용하겠지만, 접근이 가능할지 의문이었다. 나가기 전에 그는 시계의 타이머를 눌렀다. 그리고 천천히 조심스럽게 손잡이를 돌려 문을 열기 시작했다.

사내가 덮쳐오는 것을 보며 릴리는 흐느꼈다. 낄낄 웃는 입에서 담배 냄새가 훅 끼쳐와 그녀의 얼굴을 뒤덮었다. 사내는 한 손으로 발기한 물건을 잡고 다른 손으로는 릴리의 사타구니를 더듬었다. 젊은 여기자는 허벅지를 오므리며 비명을 내질렀다. 테러범은 여자의 다리를 벌리려다 실패하자 손바닥으로 얼굴을 후려쳤다. 릴리는 싸우려고 했지만 기운이 하나도 없었다. 그녀가 할 수 있는 일이라곤 덮쳐오는 사내를 바라보며 우는 것뿐이었다.

문이 천천히 열렸다. 랩은 문틈으로 침실 쪽을 내다보았다. 복도에서 불빛이 흘러들고 있었다. 커다란 침대 발치에서 한 사내가 등을 보이며 옷을 벗고 있었다. 그리고 침대 위로 슬슬 기어 올라갔다. 지금이 움직일 때였다. 왼손엔 단검, 오른손엔 권총을 들고 랩은 놈의 등 뒤로 천천히 다가갔다. 먼저 방 안에 다른 놈이 없는지 재빨리 좌우를 살펴보았다. 그는 발뒤꿈치를 먼저 조용히 내딛고 발 앞부분을 내리는 식으로 진동이나 잡음을 전혀 내지 않고 걸었다.

방 안을 절반쯤 걸어간 지점에서 랩은 베레타를 권총집에 조용히 꽂았다. 테러범은 여자의 두 손을 머리 위로 찍어 누른 채 몸속으로 들어가려고 애쓰고 있었다. 여자의 흐느낌은 남자의 체구에 눌려 잘 들리지 않았다.

랩은 왼손으로 단검을 꽉 쥐고 오른손을 앞으로 내민 채 재빨리 침대 옆으로 다가갔다. 그리곤 테러범의 머리카락을 잡고 뒤로 확 당기며 단검을 목에 푹 꽂아 위로 젖혔다. 날카로운 칼끝이 근육을 뚫고 들어가 뇌 아랫부분까지 깊숙이 박혔다. 랩은 칼끝을 힘껏 비틀어 연한 뇌간을 잘라버렸다. 아부 하산은 지상에서의 마지막 순간 자신에게 무슨 일이 일어났는지도 모르고 갔다.

랩은 사내의 머리카락을 움켜잡은 채 죽은 몸뚱이를 여자에게서 떼어내어 가급적 소리가 나지 않게 방바닥에 내려놓았다. 그리곤 피 묻은 단검을 칼집에 꽂고 침대 위의 여자에게 손을 내밀며 말했다.

"비명 지르지 말아요. 빨리 이곳을 떠나야 해요."

여자는 놀란 눈으로 그를 바라보더니 드러난 젖가슴을 두 팔로 가리려고 했다. 랩은 여자가 깔고 누운 시트 자락을 빼내어 부드럽게 몸을 감싸주었다. 다른 테러범이 오기 전에 이곳을 빨리 떠나야만 했다. 그는 여자의 눈을 바라보며 조용히 말했다.

"이봐요. 난 지금 당신을 데리고 이곳을 나갈 겁니다. 안전한 곳에 숨겨줄게요."

랩이 한쪽 무릎을 침대에 내려놓자 여자는 매 맞은 개처럼 몸을 움츠렸다. 그는 천천히 움직이며 말했다.

"그들이 언제 또 나타날지 몰라요. 어서 여길 빠져나가야 합니다."

여자에게 판단할 시간을 준 뒤 그는 조심스레 두 팔로 여자를 안아 올렸다. 그리곤 가슴에 보듬고 일어서며 나지막이 속삭였다.

"이젠 아무 일도 없을 거예요."

그는 여자를 안고 재빨리 드레스 룸으로 돌아왔다.

"밀트, 불을 켜요."

속삭이듯 작은 목소리로 말하자 즉시 밀실의 불이 켜지고 숨겨진 문이 활짝 열렸다. 랩은 밀실 안으로 들어가 여자를 바닥에 눕혔다. 그는 배낭 속에서 구급약을 꺼내어 애덤스에게 건네주며 말했다.

"물과 함께 타이레놀 두 알만 먹여요. 난 나가서 시체를 처리하고 올 테니까."

라지브 카사르는 인질들을 한 차례 돌아본 뒤 손목시계를 들여다보았다. 자정이 가까웠고, 그의 차례가 돌아오고 있었다. 식당 안에는 동료가 두 명 더 있었다. 라지브가 가까이 있는 동료를 돌아보자, 그는 가도 좋다는 뜻으로 고개를 끄덕였다. 그들 모두는 자기 차례를 목 빠지게 기다리고 있었다. 라지브가 빨리 끝내고 돌아올수록 남은 두 사람의 차례도 빨리 돌아올 것이었다.

라지브가 히죽 웃으며 주먹을 세 차례 펴 보였다. 15분만 달라는 뜻이었다. 그는 흥분한 표정으로 식당을 나갔고, 등 뒤로 문이 닫히자마자 발걸음을 한층 서둘렀다.

대통령 침실의 문을 닫고 랩은 시체 처리 문제를 잠시 고민했다. 시체를 감추는 건 좋은 방법이 못 되었다. 아지즈는 자기 부하 하나가 없어진 것을 알면 즉시 살해되었다고 생각할 것이다. 다른 방법을 찾아야만 했다. 테러범 시체를 내려다보며 랩은 초조한 가운데 머리를 쥐어짰다. 테러범이 벗어 던진 옷가지를 더듬다가 놈의 칼을 발견한 순간 묘안이 떠올랐다. 랩은 테러범의 단검을 뽑아들고 시체를 다시 침대 위로 끌어 올린 뒤 엎어 놓았다. 그리곤 단검으로 시체의 등을 너무 깊지 않게 세 차례 찔렀다. 잠시 후 시체를 바로 눕힌 뒤 배를 세 차례, 목을 두 차례 더 찔렀다. 하얀 시트 위로 피가 줄줄 흘러내렸다. 마지막으로 랩은 사내가 여자의 칼부림을 막아내려다 베인 것처럼 보이도록 팔을 몇 군데 그어 놓았다.

침대에서 내려온 그는 몇 걸음 물러나서 시체를 살펴보았다. 그리고 주위를 살펴보고 혹시 흘러내린 피를 밟지는 않았는지 확인한 다음 시체를 다시 바닥으로 끌어내렸다. 피투성이 침대 커버에 어지럽게 흩어진 옷가지들을 보자 그만하면 먹혀들 것 같았다.

라지브는 마지막 계단을 뛰어올라 긴 복도를 훑어보았다. 대통령 침실은 왼쪽에 있다는 걸 알고 있었다. 어젯밤에도 방문한 적 있으니까. 그 금발 계집과 재미 본 일을 생각하자 기분이 좋아져 웃음이 절로 나왔다. 그년은 별로 저항하지 않았지만 이번 년은 다를 것이다. 벌써 몇 차례나 난리법석을 피우지 않았던가. 너무 그러다 아부 하산한테 피떡이 되도록 두들겨 맞진 말아야 할 텐데, 하고 라지브는 진심으로 걱정했다. 조급한 마음에 약간 일찍 올라온 터라 운이 좋으면 하산이 환희에 들떠 토해 내는 낭자한 신음 소리를 들을 수 있을지도 몰랐다. 턱수염을 길게 기른 테러범은 AK-74 총구를 아래로 늘어뜨리고 복도를 걸어 내려갔다. 그의 얼굴은 기대감으로 빛났다.

미치 랩은 옷 무더기를 다시 뒤지다가 전술조끼에 꽂힌 무전기를 발견했다. 살짝 뽑아 귀에 대어 보았지만 아무 소리도 들리지 않았다. 가져가고 싶지만 그랬다간 아지즈의 의심을 사게 될 것이 뻔했다. 무전기가 없어지면 그들은 즉시 주파수를 변경하고 여자가 혼자 행동하는 것이 아니라고 생각할 것이다.

랩은 무전기를 살펴보았다. 그도 약간 아는 프랑스 제품이었다. 무전기를 제자리에 돌려놓고 손목시계를 들여다보았다. 행동을 개시한 지 4분 23초 지났다. 일어나서 시체를 내려다보고 있을 때 아주 미세한 진동이 느껴졌다. 누군가가 복도를 걸어오고 있었다. 그는 베레타를 뽑아 들고 드레스 룸으로 이동했다. 드레스 룸 문을 닫는 순간 침실 문이 열리는 것이 보였다. 랩은 문 뒤에 잠시 서 있다가 조심스레 밀실로 물러났다. 그리고 밀실 문을 닫고 빗장을 질렀다.

CIA 본부 통제실의 아이린 케네디는 아이언맨과의 무전 교신을 포기했다. 그 대신 완벽한 침묵 속에서 다른 사람들과 함께 눈앞에서 벌어지고 있는 일을 주시할 수밖에 없었다. 아무도 입을 열지 않았다. 모두가 꼿꼿하게 앉아 조그마한 모니터 화면에서 펼쳐지는 드라마 같은 일을 지켜보았다. 맨 처음 아이언맨이 침대 위의 사내를 단검으로 찌를 때까지만 해도 그들은 그가 무엇을 하고 있는지 간파하지 못했다. 테러범의 시체를 침대에서 방바닥으로 끌어내렸을 때에야 겨우 상황을 파악하기 시작했다. 플러드 합참의장이 스탠스필드를 돌아보며 말했다.

"젠장, 저 친구 제멋대로 행동하고 있군요."

CIA 국장이 뭐라고 대꾸하기도 전에 아이언맨은 재빨리 방을 가로질러 드레스 룸 속으로 들어갔다. 그러자 곧 침실 문이 열리고 초록색 전투복 차림의 한 사내가 복도의 불빛에 긴 그림자를 끌며 들어섰다. 사내는 갑자기 긴장하며 소총을 겨누고 방 안을 한 바퀴 빙 돌았다. 그는 방의 불을 켜고 침대 주위를 살펴보더니 큰 소리로 외치며 복도로 달려 나갔다.

25

워싱턴 D.C.는 연방정부가 있는 특별행정지구로, 모두가 아는 바대로 미합중국의 수도이다. 애너코스티아 강과 포토맥 강을 경계로 한 선을 직선으로 쳐서 사각형의 지형을 이루고 있다. 삼면은 메릴랜드 주와 경계를, 두 강을 면한 남서쪽은 버지니아 주와 경계를 이루었다. 1790년에 건설된 처음에는 크리스토퍼 콜럼버스의 이름을 따서 콜롬비아 특별구 혹은 연방 도시로 불렸지만, 나중에 의회가 초대 대통령의 이름을 따서 워싱턴 D.C.로 명명했다. 도시의 네 모퉁이가 나침반의 네 방향과 일치해서 편의상 네 구역으로 나눠졌다.

동남쪽 구역이 경제적으로 가장 피폐했다. 이곳 중심부에는 애너코스티아 주민들이 살고 있었다. 워싱턴 D.C.에서 가장 폭력적인 이 지역은 매년 이 도시에서 일어나는 살인사건의 절반 이상을 차지하는 명실 공히 이 나라 수도의 음지에 자리 잡고 있는 전쟁지대였다.

애너코스티아 중심부에 위치한 허름한 아파트 건물. 쥐가 들끓는 이 건물 꼭대기 5층에 몸에 문신을 새긴 백발의 한 사내가 자정 가깝도록 열심히 일하고 있었다. 이 건물은 대부분 버려진 상태지만, 아래층만 마약 중독자들이 섹스나 장물 거래나 기분전환용 약품을 현금으로 구입하는 장소로 이용되었다. 이런 무리가 이 건물에 꼬이는 이유는 경찰들조차 이 지역을 순찰하기 두려워하기 때문이었다.

5층에 있는 지저분한 방은 창문들을 2센티 두께의 튼튼한 판자로 막아 쉽사리 침입할 수 없게 해놓았다. 방문도 각목과 판자로 보강한 뒤 최신 잠금장치를 달았다. 방 안의 천장 양쪽 모퉁이에 설치한 동작 감지기는 지난 두 주 동안의 방 보존 상태를 확인시켜 주었다.

라피크 아지즈가 백발의 이 사내에게 안가를 구하라고 명령한 것은 거의 5개월 전 일이지만, 결정적인 순간이 올 때까지는 아무 설치도 하지 말고 기다려야 한다고 그는 강조했다. 사람들의 주의를 끌고 싶지 않았기 때문이다. 더러운 아파트 방 접의자에 앉아 있는 이 사내야말로 지난 6개월 동안 워싱턴 호텔에서 눈에 띄지 않게 사환으로 근무하다가, 어제 그 호텔 옥상에서 러시아제 SVD 저격용 라이플로 비밀검찰국 요원들을 저격했던 바로 그 살림 루산이었다.

이제 루산은 눈에 띄지 않는 일개 사환이 아니었다. FBI 덕분에 호텔 직원 모습인 그의 사진이 국내의 모든 텔레비전과 신문에 쫙 깔려버렸다. 오늘 아침 아파트 안으로 들어온 이후 낮에는 밖에 나가지 않는 이유가 바로 그 때문이었다. 아지즈는 이 모든 것을 예상했다. 그는 백악관을 습격하기 전에 모든 세부적인 일들을 손바닥 들여다보듯 훤히 꿰고 있었던 것이다. 루산에게 열 발들이 탄창을 두 개만 준 것도 그래서였다. 아지즈는 루산에게 시킬 다른 계획이 있었기 때문에, 경찰과 FBI가 현장에 떴을 때는 그가 백악관에서 멀리 벗어나 있기를 바랐다.

루산은 총알 스무 발을 다 갈겨댄 다음 러시아제 저격용 라이플을 백악관을 향해 발코니에 걸쳐놓은 채 계단으로 호텔을 탈출했다. 거리로 나온 그는 두 블록을 걸어 내려가 12번가에 있는 메트로 센터 역에서 첫 번째 들어온 남행 전차에 올랐다. 10분 후에는 애너코스티아 슬럼가를 걸어가고 있었는데, 호텔 유니폼은 어느새 가죽잠바와 시카고 불스 모자로 바뀌어 있었다.

루산이 아파트에 도착했을 때는 모든 것이 완벽하게 갖춰져 있었다. 여기저기 걸려 있던 거미줄과 수북하게 쌓였던 쥐똥이 깨끗하게 청소되고 그에게 필요한 모든 물품들이 쌓여 있었다. 대부분은 버지니아 주 베일리즈 크로스로즈에 있는 REI 스토어(레저용품 전문점-옮긴이)에서 현찰로

사들인 것이었다. 레저용품에는 캠퍼를 위한 야외용 침대와 침낭, 접의자 여러 개, 테이블 두 개, 조리 기구까지 포함되어 있었다. 방구석에서 웅 소리를 내며 돌아가는 배터리 발전기는 작은 텔레비전과 라디오, 폴리스 스캐너, 전등 등에 전기를 공급했다. 두 대의 빨간 콜먼 냉장고 속에는 루산이 닷새는 먹고도 남을 만한 음식과 물이 꽉 들어차 있었다. 그것을 다 먹을 수 있을지 의문인 것은, 내일 아침 그는 미국인들이 모두 깜짝 놀라 자빠질 만한 일의 씨앗을 뿌리기 위해 외출할 작정이기 때문이다.

루산은 시계를 본 뒤 침대에 걸터앉았다. 아지즈가 명령한 것은 다 실행했다. 긴 턱수염을 짧게 자르고 염소수염만 남겼다. 긴 머리카락도 1센티 정도만 남기고 자른 뒤 하얗게 표백했다. 얼굴에 난 털과 눈썹까지도 표백했고 오른쪽 귀에는 피어싱을 했다. 거울을 보며 귓불에 바늘을 찔러 넣은 다음 지혈하는 일은 쉽지 않았다. 마무리는 위장 문신을 새기는 일이었다. 오른쪽 팔뚝에 눈에 잘 띄는 빨간 역삼각형과 그 아래 퀴어 네이션(Queer Nation: 동성애자 단체-옮긴이)이란 글자를 새겨 넣었다. 루산은 동성애자로 위장하는 것이 마음에 들지 않았다. 그는 동성애자를 혐오했다. 그것은 그의 아이디어가 아니라 아지즈의 지시에 따른 것이었다. 그리고 아지즈가 명령을 내리면 무조건 복종하는 것이 장수의 비결이었다.

내일 아침 아파트를 떠나기 전에 한 가지 할 일이 있었다. 루산은 시계를 본 뒤 지금 해치울까 아니면 잠을 먼저 잘까 잠시 고민했다. 테이블 뒤쪽에 놓인 셈텍스 플라스틱 폭탄과 뇌관을 만지작거리던 그는 내일 아침에 조립하기로 마음먹었다. 아무래도 폭탄이 해체되어 있는 편이 잠이 더 잘 올 것 같았다.

라피크 아지즈와 무아마르 벤가지는 대통령 관저의 중앙 계단을 급히 올라갔다. 아지즈는 화가 나 있었다. 그들은 운 좋게 한 사람의 동료도 잃지 않고 백악관을 점령했는데, 이제 목표달성 24시간도 안 남은 시점에서 멍청한 짓거리를 하다 소중한 동지 하나가 죽었다는 것이다. 그 원인에 대해 아지즈는 정확히 알고 있었다. 역사를 보면 지휘관이 제 몫을 제대로 하지 못한 전장에는 그 부하들의 시체가 즐비하게 나뒹굴게 마련이다. 반 발짝 뒤에서 따라가던 벤가지는 자기 부하가 여자한테 살해당할 만큼 멍청했다는 사실이 창피해 미칠 지경이었다.

2층에 당도한 아지즈와 벤가지는 단숨에 복도를 지나 대통령 침실로 들어갔다. 방 안에는 불이란 불은 다 켜져 있었다. 아지즈는 침대 뒤로 돌아가 벌거벗은 피투성이 시체를 내려다보았다. 살해된 동료를 발견한 라지브는 한 손엔 무전기를 다른 손엔 돌격용 소총을 들고 시체 맞은편에 서 있었다. 그가 뭐라고 설명하려고 하자 아지즈가 손을 들어 막았다. 테러범 지도자는 현장을 꼼꼼히 다 살펴볼 동안 한 마디도 하지 않았다.

한참 후에야 아지즈는 머리를 들어 올렸다. 분노를 억제한 표정이었다. 무뚝뚝한 목소리로 그가 물었다.

"대체 어떻게 된 거지?"

라지브는 아지즈가 자기를 아직 처치하지 않은 것에 안도하며 자초지종을 더듬더듬 설명하기 시작했다. 그는 아부 하산이 여자를 때려 실신시킨 뒤 어깨에 메고 식당에서 나갔으며, 한참 뒤에 올라와 봤더니 이렇게 되어 있더라고 말했다. 그리고 도망친 여자에 대해서도 아는 대로 소상히 설명했다.

설명이 끝나자 아지즈는 다시 시체를 살펴본 뒤 앞에 서서 떨고 있는 사내를 노려보았다. 나쁜 짓을 했으면 벌을 받아야지. 부하들이 계속 두려움을 갖도록 기강을 바로잡아야만 한다. 아지즈는 느닷없이 라지브의 뺨을 후려쳤다.

라지브는 차려 자세로 가만히 서서 아지즈에게 다른 쪽 뺨을 내밀었다. 아지즈보다 덩치도 더 크고 힘도 더 세지만, 이 지도자에 대한 그의 외경심은 매우 깊었다. 방어하거나 반항할 생각 따위는 감히 꿈도 꾸지 못했다.

아지즈는 MP-5 기관단총 총구를 라지브의 턱 아래 들이대고 벽으로 밀어붙였다.

"멍청한 짓을 한 네놈을 죽이지 말아야 할 이유가 있다면 한 가지만 대봐."

"없습니다."

라지브는 차분한 목소리로 대답했다. 두려워하거나 존경심을 보이지 않았다간 즉시 목이 달아난다는 걸 그는 알고 있었다.

"제가 어리석었습니다. 죽어 마땅합니다."

미치 랩은 간발의 차이로 사내의 눈에 띄지 않고 밀실 안으로 숨어들었다. 밀트 애덤스는 랩이 구출해온 여자를 방 한쪽에 눕히고 진정시키려고 애썼다. 폭행을 당한 여자는 5분이 지나도록 몸을 덜덜 떨어댔다. 애덤스는 혹시 여자가 쇼크 상태로 빠지지나 않을까 걱정되었다.

랩은 애덤스와 여자에 대해서는 신경을 끊고 랭글리 사람들의 말에 청각을 곤두세웠다. 여자를 구출하기 전에 수뇌부의 승인을 얻지 않았다고 그를 비난하는 소리가 누군가의 입에서 터져 나왔다. 랩은 침침한 방에서 컴퓨터와 TV 스크린을 켜놓고 편안하게 앉아 현장 요원들에게 명령만 내리는 사람들을 '수뇌부'라고 부르길 좋아했다. 그는 이 특별한 작전에서 명령을 내리는 사람들을 진심으로 존경했다. 케네디는 그가 전폭적으로 신뢰하는 상사이고 캠벨, 플러드, 스탠스필드 등도 왕년엔 모두 현장에서 뛰었던 사람들이었다. 너무 오래된 얘기이긴 하지만.

그러나 랩은 삶의 새로운 이치를 깨달았다. 반은 독일인인 이 고집 센 청년은 조직에 저항하기 보다는 순응하면서 자신이 최상이라고 판단한 것은 무엇이든 해치우는 편이 낫다는 것을 최근에 터득했다. 워싱턴 관료집단이 지닌 스피드와 민첩성이란 몸무게 250킬로그램의 남자가 지닌 그것과 대충 비슷했다. 대부분의 비밀요원들처럼 랩도 워싱턴의 역할을 부차적인 것으로 보았다. 그래서 현장에서 수집한 정보를 보고할 때도 매우 조심하는 버릇이 생겼다. 랩은 자신이 하고 있는 일을 그들이 모르면 모를수록 더 많은 지원을 해주고, 특히 나쁜 정보는 그들에게 많이 얘기해 줄수록 지원이 줄어든다는 것을 알았다. 케네디는 대개의 경우 그의 편을 들어주었지만, 워싱턴에는 아무것도 하지 않고 그 자리에 올라 있는 사람들이 얼마든지 있었다.

랩은 쪼그리고 앉아 두 눈은 모니터에 고정하고 오른쪽 귀는 대통령 침실에서 들려오는 오디오를, 왼쪽 귀로는 CIA 본부에서 들려오는 오디오를 듣고 있었다. 들려오는 소리라곤 케네디와 캠벨, 스탠스필드, 플러드의 목소리뿐이었다. 그들은 랩이 여자를 구출한 것에 대해 나무라지 않았다. 그들도 같은 상황에 처하면 그렇게 하고 싶을 것이다. 그렇지만 플러드 합참의장은 앞으로는 지휘계통을 철저히 밟을 것을 강조했다. 랩은 새로 깨달은 삶의 이치에 따라 간단히 대답했다.

"알겠습니다."

그다음 몇 분 동안 CIA 본부 통제실 사람들은 앞으로의 행동에 대해 긴박하게 의논했다. 그러나 그리 오래 고민할 필요도 없었다. 대통령 침실 문을 열고 들어온 두 사내를 보자 모두는 일제히 입을 다물고 숨을 죽였다.

랩은 곁눈으로 작은 모니터를 보았다. 둘 중 키가 작은 사내의 몸짓을 보는 순간 그는 즉시 알아보았다. 갑자기 머리카락이 곤두서고 손아귀에 땀이 배어났다. 사내의 목소리를 듣자 가슴이 주체할 수 없을 정도로 뛰기 시작했다. 손은 본능적으로 MP-10을 거머쥐었다. 놈을 죽이고 싶다는 열망이 그의 마음을 사로잡았다. 그토록 찾아다녔던 라피크 아지즈가 바로 옆방에 있다. 저 문 바로 뒤 3미터쯤 되는 거리에.

한쪽 무릎을 일으켜 세우자마자 핸드세트로 아이린 케네디의 목소리가 흘러나왔다.

"아이언맨, 무슨 생각을 하고 있는지 알아요. 하지만 안 돼. 승산이 없어요. 상대는 셋이고 당신은 혼자야."

랩은 응답하고 싶지 않아 잠시 머뭇거렸다. 그런데 이미 한 차례 써먹은 수법을 또 써먹을 수는 없었다. 약간의 짜증이 섞인 목소리로 그는 말했다.

"세 놈을 한꺼번에 해치우고 이 일을 당장 끝낼 수 있습니다."

케네디의 차분한 목소리가 즉시 돌아왔다.

"당신이 끝장나서 우리들의 유일한 기회가 날아갈 수도 있겠죠."

"난 안 죽어요. 저 세 놈을 먼저 처치하기 전엔."

랩은 단호하게 말했다.

케네디는 의자를 돌려 스탠스필드 국장을 돌아보았다. 그리고 상사를 향해 머리를 세차게 흔들었다. 스탠스필드는 팔짱을 끼고 한 손으로 턱을 고인 자세로 조용히 앉아 있었다. 헤드세트의 암을 당기고 그가 말했다.

"아이언맨, 우리가 의논하는 동안 조금만 참게."

CIA 국장이 콘솔의 버튼을 누르고 상체를 앞으로 숙이자 플러드 합참의장이 의자를 끌고 다가왔다. 케네디와 캠벨 연합특전사 사령관도 긴 테이블 위에 손을 올려놓고 주목했다. 케네디가 맨 먼저 입을 열었다.

"저는 승산이 없다고 봐요."

스탠스필드가 캠벨을 돌아보자 장군은 말했다.

"글쎄요…. 저는 해치우고 싶은데. 오랫동안 추적하던 놈 아닙니까. 미치의 솜씨는 단연 최곱니다."

국장은 이번엔 합참의장을 돌아보았다. 플러드는 손으로 턱을 문지르며 얼굴을 찡그렸다.

"작전에 돌입한 지 한 시간도 안 되었소. 인질도 60명 넘게 남아 있고. 너무 성급합니다."

그는 고개를 저은 뒤 덧붙였다.

"세 명을 한꺼번에 해치우지 못하면 우린 절망입니다."

그들은 세 명의 테러범을 비쳐주는 모니터로 눈길을 돌렸다. 한 놈이 문 가까이로 걸어가고 있었다. 스탠스필드는 고개를 저으며 콘솔 버튼을 누른 다음 헤드세트의 립 마이크를 조정하고 말했다.

"아이언맨, 그 방에서 떠나지 마라. 반복한다. 그 자리를 지켜라."

밀실에서 명령을 기다리던 랩은 손가락 관절이 하얘지도록 핸드세트를 꽉 움켜쥐었다. 마음속으로는 케네디의 부름에 응답한 자신에게 '바보! 등신! 멍청이! 얼간이!' 하고 온갖 욕을 다 퍼부어댔다. 보안야전무전기에 총알을 한 개 박아 넣고 밖으로 나가 놈들을 끝장냈어만 했다. 그렇지만 아직까진 기회가 있다고 생각한 그는 국장에게 말했다.

"죄송하지만 동의하기 어렵습니다. 지금 5미터 이내에 목표물이 셋 있습니다."

그는 모니터를 보며 계속 말했다.

"셋 다 등을 보이고 있고요. 기습의 이점도 있으니 식은 죽 먹깁니다."

그러자 플러드의 목소리가 흘러나왔다.

"아이언맨, 그 자리에 있게. 이건 명령이야. 우린 자네의 눈과 귀가 필요해. 시간도 아직 있고."

합참의장의 목소리에는 권위가 실려 있었다. 그는 약간 부드러운 말투로 랩에게 말했다.

"기회는 또 있을 거야, 젊은 친구. 조금만 참게."

랩은 마지못해 대답했다.

"알았습니다."

그는 핸드세트 끝으로 자기 이마를 여러 차례 두들기며 맹세하고 또 맹세했다. 다음번엔 그냥 해치워버리라고! 제발 좀 물어보지 말고!

라피크 아지즈는 아직도 MP-5 총구로 라지브의 턱 아랫부분을 찌르고 있었다. 부하들만 넉넉히 데려왔다면 라지브는 벌써 죽은 목숨이었다. 하지만 지금은 한 명이라도 아쉬운 판이었다. 폭탄을 그렇게 많이 가져온 이유도 그 때문이었다. 다수인 미국인들과 힘의 균형을 이루는 방법은 그것뿐이었다.

라지브는 벽에 꽂힌 개구리처럼 고통스런 표정으로 조심스레 말했다.

"그 여자를 반드시 찾아내겠습니다, 라피크."

아지즈는 그제야 총을 내리고 천천히 한 걸음 물러났다. 하지만 그 여자를 찾아낼 만한 가치는 있을까, 하고 그는 생각했다. 바닥에 떨어진 옷가지들을 살펴보니 하산의 권총은 그대로 꽂혀 있었고 소총도 방 한쪽에 있는 화장대 위에 얌전히 놓여 있었다. 피투성이인 단검도 바닥의 옷가지 옆에 있는 걸 보면 여자는 비무장 상태로 달아난 것이 분명했다. 그는 라지브를 돌아보며 물었다.

"오늘 아침 내가 풀어주려는데 아부 하산이 말렸던 그 여자지?"

라지브는 고개를 힘차게 끄덕였다.

"네, 그 여자 맞습니다."

아지즈는 코웃음을 치곤 문 옆에 서 있는 벤가지를 돌아보았다.

"그 여자라면 나도 알아. 그 돼지 같은 러스 파이퍼와 함께 이곳에 도착했을 때 만난 적이 있지."

원래 입이 무거운 벤가지는 아무 대꾸도 하지 않았다. 아지즈는 이제야 감이 좀 잡힌다는 듯이 고개를 끄덕였다. 그 여자의 가족에 대해 러스 파이퍼가 얘기한 것이 기억났다.

"그 여자 애비가 시카고 경관이라고 했어."

바닥에 누운 시체를 가리키며 말했다.

"그러니 이 꼴을 당할 만도 하지."

아지즈는 더 이상 볼 것도 없다는 듯이 옷가지에서 권총과 무전기를 회수했다. 그리곤 화장대로 걸어가서 소총을 집어 들더니 라지브에게 던져 주었다.

라지브는 자기 총을 들지 않은 다른 손으로 죽은 동료의 총을 받아들며 아지즈에게 물었다.

"그 여자를 찾아낼까요?"

아지즈는 잠시 생각한 뒤 대답했다.

"필요 없어. 그 여자가 우릴 뭐 어쩌겠나. 출입구마다 부비트랩을 장치해뒀으니 고작해야 어딘가에 걸려 폭사하겠지, 뭐."

벤가지가 잔기침을 하자 아지즈는 2인자인 그를 돌아보았다.

"왜?"

"제 생각엔 2층과 3층을 한 번 훑어보는 게 좋을 것 같습니다. 한 20분 정도밖에 안 걸릴 겁니다."

아지즈는 잠시 생각한 뒤 대답했다.

"좋아. 하지만 빨리 끝내야만 해."

그들이 떠나려 할 때 라지브가 죽은 동료를 가리키며 물었다.

"하산은 어떻게 할까요?"

아지즈는 돌아보지도 않고 대답했다.

"멍청한 놈은 그대로 썩게 내버려둬."

26

CIA 본부 통제실에서는 활발한 토의가 벌어지고 있었다. 캠벨 장군은 환기통 구멍으로 요원 두 명을 더 투입시키자고 제의했다. 그것은 그들의 모호한 권한을 더 확대하자는 얘기였다. 이유는 타당했다. 그들은 아지즈가 엄청난 양의 폭탄을 백악관으로 들여가 전략적으로 배치해 놓았다는 것을 알고 있었다. 테러범들을 습격하려면 사전에 그 폭탄들을 제거하든가 우회하는 수밖에 없었다. 그러자면 필요한 정보를 수집하기 위해 폭발물 전문가를 백악관으로 침투시켜야 한다는 얘기였다.

캠벨 장군과 아이린 케네디는 존경하는 상사를 상대로 또 한바탕 입씨름을 벌였다. 캠벨은 자신 있게 말했다.

"실 팀 식스 대원들이 장비를 갖추고 현장에 대기 중이고, 그들보다 폭발물을 더 잘 아는 사람은 없습니다. 해리스 소령에게 명령하면 5분 내로 침투할 수 있습니다."

"나는 아이언맨에게 조금 더 살펴보게 하고 싶소."

스탠스필드 국장이 말했다.

캠벨이 한숨을 토해냈다.

"저는 조금 전 아이언맨을 만류한 것이 걸립니다."

스탠스필드가 눈썹을 치켜 올리며 말했다.

"작전 초반에 시도하기엔 너무 위험한 일이었소."

"그렇습니다. 하지만 해볼 만한 가치는 있었어요. 그런 기회가 다시 올 경우를 대비해서 승률을 높이고 싶습니다."

"그러니까 당신은 대원들을 즉시 침투시키고 싶단 말이군."

플러드가 두 팔을 테이블 위에 올리고 상체를 내밀며 말했다.

"그렇습니다."

캠벨은 시계를 들여다보았다.

"거의 1시가 다 되었군요. 다섯 시간 후면 해가 뜹니다. 우리가 처리해야 할 것들을 빨리 알아낼수록 이 상황을 빨리 끝낼 수 있습니다. 게다가 이 폭파대원들은 특수훈련도 함께 받았습니다. 실 대원 두 명이 아이언맨을 지원하면 아지즈를 다시 만났을 때 절대 놓치지 않을 겁니다."

스탠스필드가 주의를 주었다.

"지금은 무장한 테러범 세 명이 대통령 관저를 살벌하게 뒤지고 있습니다. 좀 가라앉은 다음에 투입하는 게 좋겠소."

"옳은 말씀입니다."

캠벨이 동의했다.

"저들이 2층과 3층을 다 수색하려면 한 20분쯤 걸릴 겁니다. 우리 대원들을 1시 10분 이전에만 출발시켜도 30분까지는 안에 들어갈 수 있겠죠. 2층이 아니라 지하 3층까지 말입니다."

"아이언맨은 어떻게 하고요?"

케네디가 캠벨에게 물었다.

"아지즈가 2층과 3층을 다 수색할 때까지 밀실에 꼼짝 않고 있다가 엘리베이터를 타고 내려오면 됩니다."

케네디는 잠시 생각한 뒤 말했다.

"괜찮을 것 같군요."

케네디와 캠벨이 플러드와 스탠스필드를 각각 쳐다보았다. 그러자 플러드 합참의장은 CIA 국장을 먼저 돌아본 뒤 캠벨 연합특전사 사령관에게 지시했다.

"해리스 소령에게 대원들을 출동준비 시키라고 하시오. 그렇지만 내 명령이 떨어지기 전에 담장을 넘어가서는 안 됩니다."

캠벨과 케네디는 자기 위치로 돌아갔다.

플러드가 스탠스필드에게 다가가며 물었다.

"이 일이 부통령에게 어떤 변화를 줄까요?"

CIA 국장은 잠시 곰곰이 생각하더니 대답했다.

"글쎄요. 그분은 태도가 워낙 불투명해서. 실제 공격 시점까지 만사를 나 몰라라 하는 것처럼 보였습니다."

합참의장은 머리를 내저으며 투덜거렸다.

"백스터 부통령은 지휘부서에 심각한 장애가 되고 있습니다. 이 위기를 타결하는 데 필요한 인물이 아니에요."

스탠스필드는 천천히 고개를 끄덕였다.

"본인은 조금도 다치고 싶지 않은 거겠죠."

"그러면 우린 어떻게 합니까?"

CIA 국장은 잠시 생각한 뒤 대답했다.

"그가 모호한 태도를 취하는 건 이유가 있어요. 이 일에 엮여들기가 싫은 것 같았습니다."

"오리발을 내밀고 싶은 거겠죠."

플러드 장군은 한심하다는 투로 받았다.

"그렇다면 그와 측근들은 일단 포기합시다. 내일 아침 그가 침대에서 일어났을 때 보고하기로 하죠."

백악관 동쪽 담장 아래서는 해리스 소령과 그의 부하들이 출동준비를 서두르고 있었다. 방수포 아래의 공기는 텁텁했다. 세 대의 차량 표면에 맺힌 물방울들이 아스팔트로 흘러내렸다. 모두가 땀을 뻘뻘 흘리고 있었지만 아랑곳하지 않는 듯했다. 이보다 더 열악한 조건 속에서도 작업을 해왔기 때문이다.

해리스는 이미 대원 둘을 선발해 놓았다. 서른여덟 살의 닉 슐츠 상사는 스무 살 때부터 실 팀에서 근무해온 폭발물 처리 전문가였다. 폭발물에 대한 타고난 재능 때문에 상당 기간 실 팀에서 수중폭파 기초훈련 교관으로 근무했는데, 26주간의 이 훈련은 실 대원이 되고자 하는 모든 지원자에겐 필수코스였다. 그렇지만 슐츠를 최고의 폭발물 전문가로 만든 것은 그의 끈질기고 꺾일 줄 모르는 성품이었다.

해리스가 선발한 또 한 대원은 대니 크래프트였다. 그럴 수밖에 없었던 것이, 슐츠보다 열 살 아래인 크래프트는 슐츠의 수영 친구였기 때문이다. 슐츠가 조용하고 내성적인데 비해 크래프트는 활동적이고 외향적이었다. 또 슐츠가 평범한 얼굴인데 반해 크래프트는 곱상하게 생긴 사내였다. 자기 나이 스물여덟 살보다 어려 보이는 젊은 실 대원은 푸른 빛 감도는 회색 눈동자로 여대생들을 잘도 꼬여 혼자서 밤을 보내는 일은 거의 없었다.

두 대원의 성격은 이처럼 양극이었고, 연장자인 슐츠가 예상했던 대로 그것은 그들에게 이점으로 작용했다. 크래프트는 슐츠가 보지 못하는 점을 볼 수 있었고, 슐츠도 크래프트의 생각이 미치지 못하는 곳을 커버해 주었다. 지난 2년 동안 호흡을 맞추어 기술을 연마한 결과 둘은 환상적인 2인조가 되었다.

백악관 침투를 앞두고 두 대원은 기다란 접이식 테이블 앞에 나란히 서서 장비들을 최종 점검했다. 무기와 특수공구 외에도 특별한 장비가 필요했다. 테이블 위에는 샌디에이고 외곽의 안전보안계기사에서 제작한 이동식 엑스레이 영상장치가 놓여 있었다. 장비의 주요 부품은 RTR-4 엑스레이 이미저와 XR-200 엑스레이 소스였다. 이 두 가지가 세 번째 부품인 RTR-4 컨트롤 유니트와 접속하여 작동되는 것이다. 이 휴대용 펜티엄 컴퓨터는 충격흡수 물질을 채운 초강력 알루미늄 케이스 안에 밀봉되어 있었다. 컨트롤 유니트의 고해상도 액정 컬러 화면은 슐츠와 크래프트에게 실시간 침투 과정과 아지즈의 폭탄 내부를 보여줄 것이다. RTR-4도 없이 폭탄을 분해하려고 덤비는 것은 러시안 룰렛 게임을 하는 것과 다름없다.

CIA 통신 차량들로 에워싼 곳에서 해리스 소령은 캠벨 장군과 아이린 케네디 사이에 오가는 통제실의 대화에 열심히 귀를 기울이고 있었다. 그는 자기도 작전에 뛰어들 기회를 노리고 있었지만 여의치가 못했다. 캠벨 장군이나 케네디나 너무 꼬치꼬치 따지고 있었다. 잠시 틈이 생기자 그는 대화에 끼어들었다.

"캠벨 장군님, 저도 대원들과 함께 들어가겠습니다. 제 생각엔…."

연합특전사 사령관이 단칼에 잘랐다.

"허락할 수 없다. 귀관은 팀을 지휘해야 해."

해리스는 보안야전무전기의 핸드세트를 꽉 잡았다. 쉽게 물러날 그가 아니었다.

"죄송합니다만 장군님, 건물 내부를 정찰하는 데는 제가 좀 나을 것 같습니다."

"자넨 거기 있게, 소령."

이번엔 캠벨의 목소리가 아니었다. 플러드 합참의장이었다. 해리스는 약간 풀이 꺾였다. 합참의장이 듣고 있을 줄은 몰랐던 것이다. 미국 군대에서 가장 높은 계급장을 단 사내가 계속해서 말했다.

"일이 잘 풀리면 자네와 대원들이 투입될 기회가 올 걸세."

"알겠습니다."

그 이상 할 말이 없었다.

"이제 두 대원을 들여보내게. 아이언맨이 기다리고 있을 거야."

대통령 침실 옆의 작은 밀실에서는 미치 랩이 200년 묵은 관저의 지하실로 다시 내려가기 위해 장비들을 재정비하고 있었다. 사태가 빠르게 진전되고 있었지만 실 폭파대원들의 전문적인 도움을 받게 된 것이 무엇보다 반가웠다. 이제 자신이 끔찍한 폭탄들에 손대지 않아도 되는 것이다.

밀실에서 나가기 전에 그는 대통령 침실에서 구출한 여자와 대화를 해보고 싶었다. 그동안 케네디와 다른 사람들을 상대로 얘기하느라고 그 여자가 누군지 물어볼 겨를도 없었다. 더 중요한 것은 작전에 도움이 될 만한 정보를 그녀가 알고 있을지도 몰랐다.

장비를 옆으로 밀어놓은 랩은 야구모자를 벗고 머리를 긁적였다. 애덤스가 여자에게 물을 먹여주었다. 랩은 그제야 여자가 상당한 미인이란 것을 알았다. 상당한 정도가 아니었다. 랩은 무릎걸음으로 다가가 여자에게 물었다.

"좀 어떻습니까?"

릴리는 시트로 몸을 단단히 감고 한쪽 팔만 내놓은 상태였다. 자기 앞에 꿇어앉아 있는 남자를 쳐다보며 그녀는 부끄러운 듯 대답했다.

"괜찮아요."

그러나 말이 끝나기도 전에 다시 눈물이 고였다. 뺨으로 흘러내리는 눈물을 손가락으로 닦아내며 그녀는 울먹였다.

"괜찮지가 않아요. 엉망이에요."

랩은 여자의 솔직한 말에 웃음을 터뜨렸다. 그녀의 어깨를 토닥여주며 그는 말했다.

"말을 들어보니 괜찮네요. 아무 일도 없을 겁니다."

릴리는 다시 그를 쳐다보았다. 아랫입술이 약간 떨리고 있었다.

"당신에게 뭐라고 감사드려야 할지 모르겠어요."

그녀는 그의 손을 꼭 잡으며 말했다.

"제 목숨을 구해 주셨어요."

"무슨."

랩은 어색해하며 말했다.

"그자도 당신을 죽이진 않았을 겁니다."

"오!"

릴리는 훌쩍이며 말했다.

"엄청난 위로의 말이로군요."

그리곤 더 심하게 울기 시작했다.

옆에 앉아 있던 애덤스가 랩을 돌아보며 고개를 절레절레 저었다.

"자넨 상대방의 감사를 받아들이는 방법부터 배워야겠네. 그냥 이 예쁜 아가씨한테 '그만하길 다행입니다'라고만 하면 되는 거라고, 이 한심한 친구야."

여자의 어깨에 손을 올려놓은 채 랩은 애덤스에게 얼굴을 찡그려 보였다. 이런 상황에서 에티켓은 무슨 얼어 죽을. 그는 눈물에 젖은 뺨을 자신의 손등에 대고 있는 여자를 돌아보았다. 랩은 하는 수 없이 한 손으로 여자의 어깨를 다독인 뒤 다른 손으로 뺨의 눈물을 닦아주며 조심스레 말했다.

"그만하길 다행입니다. 도와줄 수 있어서 나도 기뻤어요."

그는 여자의 머리를 약간 들고 두 눈을 바라보았다. 그처럼 아름다운 초록색 눈동자는 한 번도 본 적이 없었다. 너무나 아름다워 랩은 여자에게 뭘 물어보려고 했는지조차 깜박 잊어버렸다. 그는 눈만 깜박이다가 겨우 정신을 차리고 여자에게 물었다.

"당신한테 몇 가지 물어볼 게 있는데, 괜찮겠어요?"

릴리는 고개를 끄덕인 뒤 뺨에 남은 눈물을 마저 닦았다. 그리곤 시트 자락으로 코를 살짝 풀고 나서 말했다.

"세상에, 이렇게 많이 울어본 적이 없어요."

"너무 큰일을 겪었어요."

랩은 적절한 위로의 말을 찾으려고 애썼다.

"정말 일진이 사나웠어요."

릴리는 고개를 저으며 웃으려고 했지만 잘 되지 않았다.

"더 이상 나빠지진 않을 겁니다."

랩은 시계를 본 뒤 다시 말했다.

"나는 할 일이 좀 있습니다. 그 전에 몇 가지만 물어보겠소."

릴리가 고개를 끄덕였다.

"좋아요. 당신 이름부터 물어볼까요?"

"애너… 애너 릴리예요."

"내 이름은 미치, 이분은 밀트라고 합니다."

릴리는 손을 시트에 문지른 뒤 앞으로 내밀었다.

"만나서 반가워요, 미치."

여자가 따스한 미소를 짓자 양쪽에 볼우물이 잡혔다.

"정말 반갑습니다."

랩이 웃으며 손을 잡고 흔들었다. 릴리는 애덤스와도 악수했다.

"백악관에는 무슨 일로 들어왔죠?"

랩이 물었다.

"난 기자예요."

랩의 얼굴은 마치 첫 번째 데이트에서 여자가 남편이 있다고 말한 것을 방금 들은 남자 같았다. 이런, 제기랄! 그렇다면 문제가 될 수 있겠는데. 그는 다시 물었다.

"어디서 나왔습니까?"

"NBC예요. 백악관 출근 첫날이었죠."

"공교롭군요."

랩이 한쪽 눈썹을 치켜 올렸다.

"그러게요."

여기자는 머리를 절레절레 흔들었다.

"그동안 어디에 갇혀 있었죠?"

"식당 안에요."

랩이 애덤스를 돌아보자, 노인은 머리를 끄덕이며 말했다.

"그럴 줄 알았어. 거긴 창문도 없고 공간이 충분하거든."

랩은 아지즈가 인질들을 한 곳에 감금했는지 여러 곳에 분산했는지에 대해 고민해 왔다. 일반적으로 그것은 병력과 건물의 레이아웃에 달려 있었다. 따라서 부하가 적은 아지즈는 인질들을 한곳에다 감금할 수밖에 없을 거라고 짐작은 했다.

"인질들이 모두 식당에 갇혀 있단 말이죠?"

"네."

릴리는 어깨를 으쓱하곤 다시 말했다.

"제 생각엔 그래요."

"몇 명이나 됩니까?"

그녀는 아랫입술을 깨물고 잠시 생각하더니 머리를 저었다.

"잘 모르겠어요. 80명쯤? 아니면 100명이나 120명쯤? 정확히 알 수 없네요."

"잘 좀 생각해 보세요, 아주 중요하니까. 지금 당장 대답 안 해도 돼요. 그렇지만 식당 안에 몇 명이나 있었는지 기억을 떠올려 봐요."

릴리는 고개를 끄덕였다.

"알겠어요."

"비밀검찰국 요원들도 식당에 함께 갇혀 있습니까?"

아지즈가 비밀검찰국 요원들을 다른 인질들과 함께 가둬둘 리 없다는 것쯤은 랩도 알고 있었다.

"모르겠어요. 이런 일이 벌어졌을 때 나는 백악관에 들어온 지 겨우 15분밖에 안 되었거든요. 요원들이 어떻게 생겼는지도 몰라요."

"한눈에 알아볼 수 있습니다. 짧게 깎은 머리에 운동선수 같은 몸매들을 하고 있어 탁 튀어요."

랩은 다그치듯 그녀를 바라보았다.

"생각해 봐요. 당신은 기자잖아요."

그는 웃으며 덧붙였다.

"아마 그런 사내들을 봤을 겁니다."

여기자는 곰곰이 생각해본 뒤 대답했다.

"그런 타입은 본 기억이 없어요."

"해군이나 다른 군인들은 없었소?"

밀트 애덤스가 그녀에게 물었다.

릴리는 즉시 고개를 저었다.

"군복 차림은 한 명도 없었어요."

랩은 제때 질문했다는 뜻으로 애덤스에게 고개를 끄덕여 보였다. 그로서 확실해졌다. 아지즈는 비밀검찰국 요원과 군인들을 다른 곳에 감금했거나 모두 죽였을 것이었다. 아마도 후자일 가능성이 컸다.

"테러범은 몇 명이나 봤어요?"

릴리는 눈을 감고 잠시 생각했다.

"여섯 명을 봤어요. 우두머리도 분명히 보고요. 무슨 왕자라고 했는데, 실은 아침에 백악관으로 들어오다가 만난 적이 있었죠. 그는 민주당 의장인 러스 파이퍼와 함께 리무진에서 내렸어요. 러스는 우리 가족과 오랜 친구죠."

릴리는 잠시 쉬었다가 계속했다.

"그런데 이런 난리가 벌어진 뒤로는 얼굴을 보지 못했어요. 제발 무사하셔야 할 텐데."

"우두머리는 왕자가 아닙니다. 라피크 아지즈란 놈이죠."

랩의 설명에 릴리는 치를 떨며 말했다.

"그가 누구든 그자는 악마예요. 단순한 미치광이나 얼간이가 아니라 진짜 악마란 뜻이에요. 그자는 단지 환자를 위한 담요와 음식을 요청한 다는 이유로 인질 하나를 냉혹하게 살해했어요. 아무 경고도 없이 총을 들어 그 남자의 머리를 쐈다구요."

"라피크 아지즈는 그러고도 남아요."

랩은 침울하게 말했다. 시계를 살펴본 그는 이동할 시간이 되었다는 것을 알았다.

"릴리 씨, 나중에 또 얘기합시다. 난 할 일이 좀 있어요."

"애너라고 불러주세요."

릴리는 미소를 지어 보였다.

"좋아요, 애너. 얼마나 걸릴지 모르지만 한 시간 정도면 돌아올 겁니다. 밀트가 잘 돌봐줄 테니 걱정 마세요. 생김새는 좀 그렇지만 좋은 분이에요."

애덤스는 멍한 표정으로 랩을 바라보았다. 랩은 작은 주머니를 허리춤에 차고 야구모자를 돌려쓴 다음 헤드세트를 고정시켰다. 이어폰에서 잡음만 들리자 그는 소형 무전기를 껐다.

릴리는 무릎걸음으로 방 안을 이동하는 그를 주의 깊게 살펴보았다. 기관단총을 들고 일어서는 그에게 그녀가 물었다.

"어디 소속이죠, 미치?"

"우체국 소속입니다."

랩은 애덤스에게 일어나라고 고개를 끄덕인 다음 릴리에게 윙크하며 말했다.

"애너, 인터뷰는 나중에 하고 나 대신 밀트를 잘 지켜요."

27

　백악관 2층과 3층을 수색하는 데는 25분이나 걸렸다. 세 남자는 한 조가 되어 두 사람이 뒤지는 동안 한 사람은 뒤를 받쳤다. 그들은 방문을 하나하나 열고 들어가 옷장과 침대 밑을 살펴보았다. 아지즈는 여자가 옷장 속에서 발발 떨고 있을 것이라고 생각했지만 그 짐작은 빗나갔다.

　그들은 3층에서 내려왔다. 아지즈는 앞장서서 걸어가며 생각하고 있었다. 그는 백악관 건물과 그것의 나이, 바깥으로 나가지 않고는 한 건물에서 다른 건물로 이동할 수 없는 번거로움에 대해 생각했다. 대통령을 그의 집무실에서 낚아챌 수 있었다면 부하들을 엷게 배치할 필요가 없었을 것이다. 아지즈는 자신의 요구를 미국인들에게 모두 관철시키기 위해서는 벙커 속에 웅크리고 있는 대통령을 반드시 끌어내야 한다는 걸 알고 있었다. 그렇게 하기 위한 유일한 방법은 사담의 선물인 꼬마 도둑이 자기 임무를 성공적으로 끝내는 것이었다.

　아지즈가 갑자기 멈춰 서며 뒤를 돌아보았다. 벤가지와 라지브도 걸음을 멈추고 지도자가 하는 대로 따라했다. 그들은 지쳐서 반응이 좀 느렸다. 아지즈가 복도를 가리키며 말했다.

　"따라와. 여기 온 김에 체크해볼 것이 있어."

　그는 방금 걸어온 복도를 되짚어 가기 시작했다. 그들은 지하 1층으로 가는 계단을 계속 내려갔다. 지하 1층 방화문이 나오자 아지즈는 열고 복도로 나갔다. 그는 복도 양쪽을 한참 동안 살펴본 뒤 다시 계단으로 돌아와 지하 2층으로 내려가기 시작했다. 지하 2층에서도 똑같은 행동을 반복했다. 복도로 나가서 양쪽을 살피며 한참 동안 서 있었다.

지하 3층까지 내려가자 아지즈는 라지브에게 계단 출입문을 가리키며 말했다.

"넌 여기를 지키고 있어."

그리곤 벤가지를 데리고 복도를 걸어 내려갔다. 복도가 끝난 지점에서 두 사람은 왼쪽으로 모퉁이를 돌아 다시 10미터쯤 걸어갔다. 아무 소리도 들리지 않자 아지즈는 깜짝 놀랐다. 네 시간쯤 전에 꼬마 도둑을 점검하러 내려왔을 때는 소음이 끔찍할 정도였다. 쥐죽은 듯 고요해진 것에 놀란 그는 즉시 돌격용 소총을 앞으로 쳐들었다. 지도자의 긴장을 감지한 벤가지도 재빨리 총을 들었다.

금고털이 땅딸보 무스타파가 전날 밤에 돌파했던 바깥방 철문이 반쯤 열려 있었다. 아지즈는 조용히 다가가서 대통령의 벙커 바깥방을 살짝 들여다보았다. 꼬마 도둑이 보이지 않았다. 아지즈는 왼쪽으로 이동하여 방 안의 오른쪽 부분을 살펴보았다. 거기에도 무스타파는 없었고 아무 소리도 들리지 않았다. 그는 즉시 열린 문틈으로 들어가며 MP-5 총구를 왼쪽으로 홱 돌렸다. 이런 우라질 놈이!

무스타파는 방바닥에 퍼질러 앉아 벽에 등을 기대고 혼곤히 잠들어 있었다. 짜리몽땅한 두 팔로 볼록한 배를 감싸고 있었고 딱 벌린 입에서는 침이 질질 흘러내렸다. 아지즈는 땅딸보 앞으로 다가가서 그의 발을 세게 걷어찼다. 무스타파가 눈을 번쩍 떴다. 아지즈는 그의 얼굴 앞으로 총구를 들이대며 물었다.

"지금 뭐하고 있는 거지?"

꼬마 도둑은 불안한 표정으로 대답했다.

"낮잠을 자고 있습죠."

"그건 알아. 드릴 작업을 왜 멈췄지?"

"기계들도 쉬어야 해요."

금고털이는 총구를 피하려고 움직였지만 갈 곳이 없었다.

"계속 돌리면 타버리거든요."

아지즈는 사내의 얼굴에서 총구를 치웠다. 대답이 꽤 그럴 듯했기 때문이다.

"계획엔 차질이 없겠지?"

"그럼요."

무스타파는 통통한 몸을 굴려 한쪽 무릎을 세웠다.

"오히려 몇 시간쯤 앞당기고 있어요."

아지즈는 한쪽 눈썹을 치켜 올리며 반가워했다.

"그래? 언제쯤 문을 열 수 있을 것 같나?"

땅딸보는 손목시계를 들여다보았다.

"드릴이 말썽만 부리지 않으면 오늘 저녁 7시쯤엔 열 수 있을 것 같은데요."

아지즈는 행복한 미소를 지었다.

"그렇게만 된다면 더할 나위가 없지."

그는 땅딸보의 등을 토닥이며 칭찬했다.

"아주 잘했어, 무스타파."

"감사합니다."

좀처럼 듣기 힘든 칭찬을 듣자 무스타파는 고개를 약간 숙였다.

아지즈는 반짝거리는 벙커 철문을 돌아보았다. 24시간 이내에 이 손아귀로 미국 대통령의 목덜미를 잡아챌 수 있단 말이지? 그 역사적인 순간이 몇 시간 앞당겨질 거라는 무스타파의 말은 하산을 잃은 아지즈의 분노를 어느 정도 삭여 주었다. 대통령만 손아귀에 넣으면 일단은 안심해도 될 것이라고 그는 생각했다.

밀실을 빠져나가려면 바짝 긴장해야만 했다. 랩이 볼 수 있는 것이라곤 대통령 침실에 심어둔 초소형 감시기가 보내주는 화면뿐이었다. 그것은 지금 밀실을 나가도 안전하다고 확인해 주었다. 그렇지만 밀트는 드레스 룸 맞은편 끝에도 영부인 침실로 통하는 문이 있다고 랩에게 주의를 주었다.

"알았어요."

랩이 대답하자 애덤스는 밀실 벽을 조금 열었다. 랩은 숨을 멈춘 채 움직이지 않고 틈새로 내다보며 귀를 기울였다. 그리고 조용히 드레스 룸으로 발을 내딛었다. 순간 영부인 침실로 통하는 문이 열려 있는 것을 발견했다. 랩은 좌우를 두 차례 돌아본 뒤 영부인 침실 쪽으로 걸어갔다. 문틀 옆에 서서 청각을 곤두세웠지만 방 안엔 아무도 없었다.

방을 가로질러 맞은편에 또 하나의 문이 닫힌 채 있었다. 아마도 옷장이나 화장실 문으로 보였다. 어떤 문이든 상관없다고 랩은 생각했다. 중요한 것은 그가 서 있는 곳의 문은 열려 있고 방 안의 그 문은 닫혀 있다는 사실이었다. 그것은 아지즈와 그의 부하들이 수색을 엉성하게 했다는 증거였다. 제대로 하려면 일일이 문을 열어보고, 뒤지고, 다시 닫아야만 한다.

그들의 허점을 보자 랩은 자신감이 생겨 영부인의 침실 안으로 들어갔다. 그는 옷장을 열고 손에 잡히는 대로 스웨트셔츠와 스웨트팬츠, 하얀 양말을 챙겼다. 그리곤 밀실로 돌아와서 애덤스에게 건넸다.

"이걸 애너한테 줘요."

랩은 옷장 선반에서 담요와 베개를 꺼내어 그것들도 던져 주었다.

"자, 이것들도 주며 한숨 자라고 하세요."

오거나이저 옷장을 닫으며 그는 애덤스에게 부탁했다.

"여기에 빗장은 지르지 말아요. 갑자기 돌아오게 되었을 때 여기 서서 노크를 하고 싶진 않으니까."

애덤스는 고개를 끄덕인 뒤 말했다.

"행운을 비네."

랩은 오거나이저를 꼭 닫은 뒤 대통령 침실을 조용히 가로질렀다. 현관을 지나 욕실 안으로 들어간 그는 약장 왼쪽으로 손을 뻗어 버튼을 찾아냈다. 그것을 누르자 벽이 찰칵 하고 몇 센티쯤 열렸다. 랩은 장갑 낀 손으로 벽을 잡아당겨 더 넓게 연 다음 다른 버튼 하나를 또 눌렀다. 엘리베이터 문이 열리자 그는 올라탄 다음 벽을 제자리로 당겨 닫았다. 엘리베이터는 거의 소리 내지 않고 내려갔다. 잠시 후 엘리베이터가 멈추고 문이 열렸다. 랩은 전에 들어왔던 길을 따라 복도를 지나간 다음 지하 3층으로 내려가는 계단으로 들어갔다.

계단을 다 내려가 문 앞에 도착한 그는 손을 뻗어 손잡이를 잡으려다가 갑자기 멈추었다. 층계참은 문밖 복도보다 어두웠기 때문에 바깥 불빛이 문 아래로 약간 새어 들어와 있었다. 그런데 그 불빛에 뭐가 어른거린 것 같았다. 어떤 움직임 같은 것이 한순간 랩의 시야에 잡혔다 사라졌다. 실 대원들이 벌써 도착한 것일까, 하고 생각하며 그는 조심스레 대비했다.

베레타를 앞으로 겨누고 문 아래로 새어 든 빛을 계속 예의주시했다. 몇 초 후 다시 그림자가 어른거렸다. 랩은 이마를 찌푸리며 영상음성감시기의 모니터를 켰다. 그리고 왼손에 총을 들고 오른손에는 렌즈가 달린 케이블을 잡고 문의 손잡이 반대쪽으로 이동했다. 검은 뱀 대가리 같은 케이블 끝을 문 아래쪽과 콘크리트 바닥 사이로 살그머니 내밀었다. 랩의 눈이 화면과 뱀 대가리 사이를 오락가락했다. 맨 먼저 화면에 잡힌 것은 한 켤레의 구두였다. 렌즈를 조금 더 밀어 넣자 전투복 차림의 사내와 AK-74의 총신과 손잡이, 휘어진 탄창이 화면에 들어왔다.

아니, 저 미친 새끼가 여긴 갑자기 왜 내려온 거야? 랩은 뱀 대가리를 조심스레 빼내며 속으로 욕을 퍼부었다. 그동안 한 놈도 마주치지 않았는데 왜 하필 지금이냐고, 젠장! 그는 벽에 등을 찰싹 붙이고 사태를 이해하려고 애썼다. 아무리 생각해봐도 갈색 머리 초록 눈동자의 그 여자 때문인 것 같았다. 이런 때는 판단을 빨리 내릴수록 좋다. 층계참에서 기다리는 건 너무 위험했다. 몸을 숨길 데도 없고 언제 적이 들어올지 알 수가 없다. 문을 열고 나가 테러범을 쏴버릴 수도 있지만, 그건 어디까지나 최후의 방법일 것이었다. 랩에게 남은 한 가지 방법은 밀실로 돌아가서 케네디와 캠벨에게 연락하는 것뿐이었다. 지하실에 아무도 없다는 것이 확인될 때까지 실 대원의 투입을 일시 중단시켜 주십시오.

랩은 하얀 콘크리트 벽이 문의 경첩과 만나는 지점을 살펴보았다. 바지에 달린 대형 호주머니에서 초소형 영상음성감시기를 한 개 꺼낸 그는 한쪽 무릎을 꿇고 앉아 벨크로 접착테이프를 벽에 붙였다. 그리고는 조그마한 광학렌즈가 문 아래로 바깥 풍경을 볼 수 있도록 감시기의 위치를 정확하게 잡아 주었다.

랩은 관저 2층으로 서둘러 올라왔다. 지하 3층에서 거기까지 2분도 채 걸리지 않았다. 엘리베이터가 2층에 도착하자 그는 모니터를 켜고 대통령의 침실 상황을 체크했다. 아무 이상 없음을 확인한 뒤 화장실 타일 바닥으로 걸어 나왔다. 그리고 드레스 룸 안으로 들어와서 오거나이저를 열고 작은 밀실로 들어갔다. 애덤스와 릴리가 놀란 눈으로 바라보았다.

"너무 빨리 돌아온 것 아냐?"

애덤스가 물었다.

랩은 야외용 무전기 앞에 주저앉으며 머리를 흔들었다.

"지하실에 문제가 좀 있어서요."

"무슨 문제?"

"지하 3층에 탱고 한 놈이 돌아다니고 있어요."

"뭐라고?"

랩은 무전기 제어반의 버튼들을 눌러대며 말했다.

"탱고요, 탱고. 테러범 말입니다."

그는 핸드세트를 귀로 가져갔다.

애덤스가 걱정스런 얼굴로 물었다.

"놈도 자넬 봤나?"

"날 봤으면 돌아다니게 내버려두지 않았겠죠, 밀트."

랩은 무전기에 신경을 집중하고 말했다.

"통제실, 아이언맨입니다. 오버."

응답이 나오지 않자 그는 반복했다.

케네디의 목소리가 깨끗하게 흘러나왔다.

"아이언맨, 통제실이다. 잘 들린다, 오버."

"문제가 있습니다. 지하실에 적어도 한 명의 탱고가 있습니다. 반복합니다. 지하 3층에 한 명의 탱고가 있습니다."

"지하 3층 어디쯤인가?"

캠벨 장군이 물었다.

"2분 전엔 보일러실 문이 있는 층계참 바깥에 서 있었습니다."

"다른 놈은 없었나?"

"보지 못했습니다. 문 아래로 뱀 대가리를 밀어 넣고 봐서요."

랩은 재빨리 덧붙였다.

"대원 두 명을 더 투입하는 건 잠시 보류하는 것이 좋을 듯합니다. 이런 때 위험을 무릅쓸 필요는 없어 보입니다."

"잠시만 기다려 주게, 아이언맨."

캠벨이 말했다.

CIA 본부 통제실에서 고위인사들이 대책을 의논하는 동안 랩은 모니터를 켜고 지하실에 심어둔 두 번째의 영상음성감시기가 무엇을 비추고 있는지 살펴보았다. 그 사이에 케네디의 목소리가 다시 흘러나왔다.

"아이언맨, 그 탱고가 지하실에서 무슨 일을 하고 있었는지 짐작되지 않나요?"

"그 여자를 찾고 있었을 겁니다. 그렇다면 아지즈와 벤가지도 근처에 있었을 가능성이 큽니다."

다시 잠시 침묵이 이어졌다. 10초쯤 지난 뒤에 케네디가 다시 나왔다.

"아이언맨, 모두가 동의했어요. 진행을 늦출 수 있는지 확인될 때까지 대기하세요."

"알았습니다."

랩은 스피커 버튼을 누르고 핸드세트를 내려놓았다. 무전기의 제어반에 달린 작은 스피커에서 전자음이 울리고 있었다. 랩은 가슴에 매고 있는 모니터로 눈길을 돌려 지하실에 심어둔 감시기의 상태를 다시 세심하게 살폈다.

오늘 저녁 무렵이면 대통령의 멱살을 잡아챌 수 있다는 땅딸보의 말에 아지즈의 기분은 다시 좋아졌다. 그 멍청한 하산 놈을 잃은 것에 대한 분노가 한결 가라앉았다. 저녁까지만 버텨내면 완전한 성공을 거둘 가능성은 세 배까지는 몰라도 두 배는 커진다. 앞으로 남은 열다섯 시간 정도가 가장 팽팽한 대치국면이 될 것이다. 아지즈는 그 시간을 다섯 시간으로 수정했다. 일단 해가 뜨면 다시 안전해질 것으로 판단했기 때문이다. 그렇지만 어두워지면 적이 공격해올 가능성도 커진다.

아지즈는 세계의 엘리트 대테러 특수부대들이 사용하는 테크닉에 대해 철저히 연구했다. 거기엔 독일의 GSG-9, 프랑스의 GIGN, 영국의 SAS뿐만 아니라 미국의 주요 특수부대 세 팀도 당연히 포함되었다. 이런 부대들은 서로 훈련과 전략, 정보들을 공유하면서 해마다 기술을 연마하기 위해 경쟁적인 시합을 벌이곤 했다. 인질 사건이 벌어지면 그들은 대개 표준 절차에 따라 행동했다. 초기의 병력 배치, 정보 수집, 계획, 세부화, 진압 훈련, 작전 승인, 그리고 마침내 임무 수행.

이들 특수부대들은 다 뛰어나지만 미국의 세 팀도 모든 범주에서 항상 상위에 들 만큼 훌륭했다. 다만 작전 승인이 항상 느린 것이 미국 특수부대의 문제점인데, 국제 대테러 분야의 전문가들은 미국의 지휘계통이 너무 복잡하기 때문이라고 지적했다. 속도와 효율성을 요하는 분야에서 너무 많은 사람들이 너무 다양한 목소리를 내는 바람에 진행이 자꾸만 더뎌진다는 얘기였다.

아지즈가 이용하려는 것이 바로 미국의 그런 약점이었다. 궁극적으로는 미국의 언론과 여론도 이용할 필요가 있었다. 아침이 되면 미디어 사이클에 새날이 밝아올 것이다. 아지즈는 자신이 세운 계획의 다른 중요한 부분을 실행하게 될 것이고, 그것이 성공하면 적들은 습격을 미룰 수밖에 없을 것이다. 정치가들은 동맹군이나 다름없었고, 그는 그들에게 이 난국을 타개할 방법이 있는 것처럼 믿도록 만들 필요가 있었다. 정치가들과 그들의 의견이 지휘계통에 직접 간여하도록 해야만 장군들이 습격을 결정하지 못할 것이다.

무아마르 벵가지와 함께 복도를 걸어가던 아지즈는 자신의 계획에 근본적인 결함이 있다는 것을 알았다. 부비트랩과 비밀검찰국에서 탈취한 외부감시 카메라로 미국의 막강한 병력을 무력화시키는 데는 성공했다. 섣불리 습격했다 폭탄이 터지면 인질구조대는 물론이고 자칫하면 인질들조차 콩가루로 변할 것이다. 아지즈가 이제 확실히 깨달은 결함은 서관과 대통령 관저가 분리된 것에서 연유했다. 서관은 100퍼센트 안전하지만 관저는 그렇지 않았다. 만약 그가 벙커의 대통령을 꺼낼 작업을 하고 있다는 사실을 미국인들이 안다면 어떻게 나올지 알 수 없었다. 아마 그들은 대통령이 그의 손아귀에 들어가는 걸 막기 위해 모든 위험을 무릅쓸 것이다. 복도 끝에 이르자 아지즈는 벤가지에게 말했다.

"무아마르, 자넨 밤새 여길 지켜야겠어. 내가 교대를…."

그는 시계를 들여다보았다.

"아침 7시에 보내주지. 내 작은 도둑한테 무슨 일이라도 생기면 안 되니까."

벙커 쪽을 가리키며 그는 덧붙였다.

"이번에 또 실수하면 차라리 죽여 달라고 애걸하게 만들어 주겠어."

부하는 딱딱한 자세로 고개를 끄덕였다.

아지즈는 위층으로 올라가기 위해 돌아섰다. 두 개의 문 중 하나는 처음 보는 것이었다. 그는 벤가지를 돌아보며 물었다.

"이 문은 어디로 통하나?"

"보일러실입니다."

수염을 길게 기른 벤가지가 대답했다.

"보일러실이라."

아지즈는 생각에 잠긴 표정으로 말했다.

"지금까지 계속 체크해온 건가?"

"네. 제가 별도로 체크했습니다."

아지즈는 통로를 바라보며 한참 생각하더니 벤가지에게 물었다.

"70년대에 암스테르담의 인도네시아 영사관에서 있었던 사건 혹시 기억하나?"

기억을 짜내느라 벤가지의 얼굴이 뒤틀렸다.

"아, 예, 기억납니다. 테러리스트들이 경찰과 오랫동안 대치하다 항복했죠."

"두 주일이었어."

아지즈가 오랜 대치 기간을 상기시켰다.

"그때 CIA가 네덜란드 정부를 도와 요원 한 명을 하수도관을 통해 건물 내부로 침투시킨 사실도 알아?"

"아뇨."

"테러리스트들도 몰랐지. 그 요원은 지하실로 들어가 건물에 도청장치를 했어. 테러리스트들의 말과 행동이 네덜란드 경찰당국에 고스란히 잡혔지."

아지즈는 문 쪽을 돌아보며 물었다.

"보일러실을 마지막으로 체크한 게 언제야?"

"어제 저녁입니다."

"그동안 많은 일이 생겼을 수 있어. 다시 체크해봐야겠군."

벤가지의 대답을 기다리지도 않고 아지즈는 문 쪽으로 걸어갔다.

두 실 대원은 캄캄한 환기통 속으로 들어갔다. 크래프트가 앞장서고 슐츠가 바짝 뒤따랐다. 이것은 그들이 밥 먹듯이 해온 훈련이었다. 특수부대 요원치고 각자의 위치에 도달하기 위해 자신의 모든 것을 다 걸지 않은 자는 하나도 없었다. 팔굽혀펴기, 새벽 구보, 얼음물 수영, 여러 시간의 사격연습, 야외훈련, 세 자리 숫자의 낙하훈련, 이 모든 것들이 이 순간을 위한 것이었다.

이들의 사전에 '두려움'이란 단어는 없었다. 이따금 '조심'이란 말을 쓰기는 해도 '두려움'이란 말을 입에 올리진 않았다. 자신들에게 주어진 일을 즐겼지만 그 위험에 대해서도 너무 잘 알고 있었다. 죽을 가능성은 언제든지 있었다. 동료들이 비밀작전 수행 중이나 심지어 훈련 도중에도 죽는 것을 목격했다. 이것은 그들이 선택한 삶이었고 이 선택을 하루라도 후회해본 적은 없었다.

젊은 크래프트가 앞장을 선 것은 그렇게 요청을 받았기 때문이었다. 두 대원은 이제 랩과 애덤스가 앞서 겪었던 일을 똑같이 경험하고 있었다. 백악관이 가까워올수록 무전기의 수신 상태가 점점 나빠졌다. 마침내 잡음이 너무 심해지자 두 대원은 앞서 간 두 사람처럼 이어폰을 빼버렸다.

CIA 본부나 실 팀 식스 이동지휘소에 있는 어느 누구도 슐츠와 크래프트에게 전화선을 연결해줄 생각은 하지 못했다. 100년 가까이나 흔히 해오던 전화 가설 훈련이 최근 쏟아지기 시작한 하이테크 무전기와 수십억 달러의 위성들에 의해 밀려난 것이었다. 일이 너무 빨리 진행되는 바람에 현장의 문제를 해결해줄 로우테크 하나를 빠뜨리고 말았다.

환기통 안으로 기어 들어가기 전에 크래프트는 팔꿈치와 무릎에 패드를 대는 것을 기억해낸 것이 기뻤다. 15킬로그램 가까운 장비를 등에 지고 밧줄 끝에 매단 15킬로그램 정도의 짐을 끌고 가야 할 판이었다. 뱀처럼 기어서 한 번에 10센티나 15센티쯤 전진하는데 두 팔꿈치가 그 대부분을 감당해야만 했다.

두 대원은 밧줄에 묶은 장비를 끌어당기는 소리 외에는 아무 소리도 내지 않았다. 그 소리도 셔츠 자락이 스치는 정도밖에 되지 않았다. 얼마나 깊이 들어왔는지 가늠할 수 없었지만, 앞장선 크래프트는 이제 거의 다 왔다는 느낌이 들었다. 그는 전진을 멈추고 뒤를 돌아보았다. 아무것도 보이지 않는 캄캄한 수평관 속에서 그의 수영 친구가 기어오는 소리만 이따금씩 들려왔다. 크래프트는 상황판단을 위해 불을 좀 밝혀야겠다고 생각했다. 몸을 한쪽 옆으로 누이고 45구경 ACP 탄을 사용하는 헤클러 앤드 코흐 USP 피스톨을 뽑아들었다. 원통형 소음기와 레이저 조준기가 부착되어 있었다. 레이저를 켜자 빨간 점이 환기통 벽에 어른어른했다. 피스톨을 정면으로 조준한 크래프트는 수평관이 끝나는 지점이 10미터도 안 남았다는 것을 알았다.

아지즈는 문의 손잡이를 잡고 벤가지에게 고개를 끄덕였다. 벤가지가 맞은편에 위치를 잡은 뒤 아지즈에게 준비완료 신호를 보냈다. 아지즈가 문을 열자 벤가지는 상체를 내밀며 총구를 좌우로 휘둘렀다. 그는 약간 높은 위치에서 널찍한 보일러실을 훑어보았다. 문 바깥쪽에 3단짜리 조그마한 철제 계단이 놓여 있고, 그 아래는 보일러실의 단단한 콘크리트 바닥이었다. 왼쪽에서 비치는 희미한 불빛이 실내를 간신히 밝히고 있었다. 방 안을 좌우로 다 살펴본 벤가지는 문 위쪽에 스위치가 더 있는지 찾아보았다. 철제 계단 아래쪽에 부착되어 있는 네 개의 스위치를 찾아냈다. 그는 계단을 내려가서 손바닥으로 네 개의 스위치를 한꺼번에 올렸다. 천장의 강력한 전등들이 보일러실을 환하게 밝혔다.

아지즈는 MP-5를 두 손으로 잡고 보일러실 내부를 조심스레 돌아보았다. 그리곤 계단을 내려오며 벤가지에게 안쪽으로 먼저 이동하라고 턱짓했다. 두 사내 모두 입을 열지 않았다. 벤가지는 아지즈가 겁을 잔뜩 먹고 있음을 충분히 느낄 수 있었다.

아지즈는 자신이 무엇을 찾고 있는지도 정확히 알지 못했다. 보일러실 내부를 돌아보며 그는 자신이 너무 과민한 것 아닐까 하는 생각도 했다. 지난 한 주 동안 잠을 너무 적게 자서 신경이 바짝 곤두선 상태였다. 그래도 상대가 CIA인 경우 과민이란 절대 있을 수 없다. 이런 가능성에 진작 대비했어야 했지만 원래 계획에서 많은 변화가 있었던 것이다. 그의 커다란 실수였다. 너무 많은 것들을 생각하느라 정작 중요한 것을 간과하고 있었다. 하지만 이젠 정신이 번쩍 들었다. 미국 대통령의 멱살을 잡아채는 것보다 더 중요한 일은 없지만, 이 지하실을 지키기 위해 부하들을 희생할 만한 가치는 충분히 있었다.

아지즈는 열 걸음쯤 거리를 두고 벤가지 뒤를 따라가면서 바닥의 배수 시설이나 쇠살대, 파이프의 형태 등을 세심히 살폈다. 그는 암스테르담의 하수구관 크기가 얼마나 되었을까 하고 생각했다. 아무 파이프나 되는 것이 아니라 사람의 크기와 무게를 감당할 만해야 할 것이었다. 그런 크기의 관이 외부에서 백악관으로 들어와 있지 않을까 하고 그는 생각했다.

아지즈가 대형 보일러 하나를 들여다보고 있을 때 벤가지의 가느다란 휘파람 소리가 들려왔다. 그는 머리를 쳐들고 부하를 바라보았다. 벤가지가 손가락으로 자기 입술을 누르며 라이플 총구로 천장을 가리켰다.

아지즈는 목을 빼고 천장을 대각선으로 가로질러 거대한 장비로 연결되어 있는 굵은 금속관을 보았다. 청각을 곤두세우고 온 정신을 그 관에 집중했다. 잠시 후 그는 불빛이 어른거리는 것을 본 듯했다. 버클이 금속관에 스치는 소리도 들렸다. 아지즈의 눈썹이 찌푸려졌다. 다시 무엇이 움직이는 소리가 났다. 아지즈는 자세히 살펴보기 위해 앞으로 다가갔다. 5미터쯤 되는 거리에서 벤가지가 고개를 저으며 뒤로 물러나라고 손짓했다. 아지즈는 무시하고 계속 금속관을 향해 다가갔다. 마침내 금속관 바로 아래에 이르렀을 때 그는 또 무슨 소리를 들었다. 오래된 건물 천장을 기어 다니는 쥐새끼 소리 같았다. 금속관 속에 뭐가 숨어 있는 것이 분명했다.

아지즈는 뒤를 돌아보며 금속관을 따라 몇 걸음 물러나더니 MP-5를 들고 천장에서 튀어나온 한 부분을 겨누었다. 그리곤 개머리판을 오른쪽 어깨와 뺨 사이에 단단히 밀착시키고 방아쇠를 당겼다. 자동 발사된 기관단총 탄환들은 얇은 금속관을 쉽사리 갈라놓았다.

탄환은 모두 아홉 발이 발사되었다. 연이은 총성이 콘크리트 바닥과 벽들을 울리며 아지즈와 벤가지의 귀를 먹먹하게 했다. 화약 연기가 자옥하게 피어올랐고 탄피들이 아지즈의 발 아래 바닥에 제멋대로 나뒹굴었다.

아지즈는 움직이지 않았다. 그 자리에 선 채 자신이 방금 얇은 금속관에 일직선으로 뚫어놓은 총구멍들을 향해 여전히 총을 겨누고 있었다. 처음엔 고막을 윙 울리는 총성의 여파 외엔 아무 소리도 움직임도 없었다. 그러더니 아홉 개의 구멍 중 한 개에서 시커먼 액체가 방울을 이루기 시작하더니, 영원처럼 길게 느껴진 후에야 바닥으로 떨어져 내렸다. 회색 콘크리트 바닥에 떨어진 핏방울은 사방으로 퍼져 주홍색 무늬를 이루었다. 아지즈와 벤가지는 곧바로 뒤로 물러서며 금속관을 향해 무자비한 총탄을 퍼부었다.

28

멋진 아파트였다. 내부 장식은 그의 어머니가 했다. 아들이 자리를 잡도록 도와주기 위해 그녀는 워싱턴 D.C.까지 날아오겠다고 뿌득뿌득 고집을 피웠다. 이제 댈러스는 워싱턴에서 주요 인사가 되었으니 인생을 즐겨야만 했다. 킹 부인은 아들의 아파트를 윌리엄 소노마 주방용품과 포트리 반 가구, 리스토레이션 하드웨어로만 채웠다. 애덤스 모건 지역에 있는 방 두 개짜리 아파트의 월세는 1천9백 달러나 되지만 그만한 가치가 충분히 있었다. 한두 블록만 나가면 물 좋은 여자들이 넘쳐나는 워싱턴 최고의 나이트클럽들이 있을 뿐만 아니라 근무지와도 아주 가까웠다.

댈러스 킹은 한 손엔 커피 잔, 다른 손엔 TV 리모컨을 들고 부엌 의자에 앉았다. CNN 아침 7시 뉴스를 듣기 위해서였다. 그는 커피를 한 모금 마신 뒤 복도 너머로 자기 침실을 살펴보았다. 약간 열린 문 사이로 아담한 아시아 여자 호스티스 킴의 날씬한 다리가 보였다. 정말 더할 나위 없이 끝내주는 여자였다. 〈워싱턴 포스트〉 정치부 기자 쉴러 던과의 미팅이 끝났을 때 그는 와인 한 잔을 더 하기 위해 바로 자리를 옮겼다. 호스티스가 그에게 백악관 사태에 대해 물었다. 그가 어떤 사람인지 그녀에게 얘기해준 사람이 있었던 모양이었다. 킹은 백스터 부통령의 최측근 참모로서의 자기 역할과 정신적 압박에 대해 자랑과 하소연을 줄줄이 풀어놓은 뒤 그녀의 위로가 너무너무 절실하다고 말했다. 새벽 1시경, 그는 마침내 여자를 자기 아파트로 데려오는 데 성공했다.

킹이 커피를 홀짝이는 동안 광고가 끝나고 CNN이 방송을 내보내기 시작했다. 앵커가 톱뉴스를 시작하자 그는 볼륨을 약간 올리고 귀를 기울였다. 전날 밤 시작된 촛불집회 광경이 화면에 흘러갔다. 앵커는 5만여 명으로 추산되는 인파가 링컨 기념관에서 국회의사당까지 침묵 행진에 참가했다고 전했다. 그다음 자료 화면은 백악관을 살펴보기 위해 바리케이드를 사이에 두고 경찰과 대치해 있는 대규모 군중의 모습이었다. 상대적으로 조용한 화면 속의 그들은 곧이어 가자 지구와 웨스트 뱅크, 바그다드, 다마스쿠스 등지에서 성조기를 불태우며 항의하는 성난 군중의 모습들로 바뀌었다.

킹은 머리를 흔들며 투덜댔다.

"젠장, 저렇게 난리들을 쳐대면 달리 방법이 없잖아. 백악관으로 돌진하는 수밖에."

앵커와 특파원은 중동에 대한 정부의 공식 입장에 대해 1분쯤 얘기를 주고받은 뒤 곧장 로치 FBI 국장의 발표 내용을 생방송하기 시작했다.

로치는 법무부 연단에 서서 준비한 원고를 읽기 시작했다. 그는 왼쪽에 세워둔 이젤을 가리키며 말했다.

"이자는 우리가 어제 놓친 모하메드 바티키란 자입니다. 백악관 침투가 시작되었을 때 워싱턴 호텔 옥상에서 우리 요원들을 저격했던 자로, 확인 결과 본명은 살림 루산으로 밝혀졌습니다. 매우 위험한 이자를 체포할 수 있도록 정보를 제공한 사람에게 우리는 100만 달러의 현상금을 지급하기로 했습니다. 그리고 또 한 인물…."

로치의 부하가 첫 번째 사진을 넘기자 초록색 전투복 차림의 사내 사진이 나타났다. 머리를 올백으로 넘기고 옷깃을 열어젖힌 목에는 십자가가 매달린 금줄을 걸고 있었다.

"…이자는 비니 비텔리라는 가명으로 백기사 세탁소에서 일했습니다. 본명은 아부 하산입니다. 이자가 거리를 활보하고 다니는지 확신할 순 없지만, 작년에 이자와 거래를 한 적이 있는 사람이면 누구든 제보해 주시기 바랍니다."

FBI 국장은 연락할 전화번호를 일러주며 얘기를 계속하고 있었지만 킹의 귀에는 더 이상 들리지 않았다. 사진을 보는 순간 그는 벌떡 일어섰고, 그 바람에 하마터면 커피 잔을 떨어드릴 뻔했다. 하얀 목욕가운의 옷깃을 잡고 TV 앞으로 달려가며 그는 소리쳤다.

"오, 맙소사, 그놈이잖아!"

벙커 안에 있는 사람들 중 한 번에 30분 이상 잠들 수 있었던 사람은 아무도 없었다. 경호원들 중에는 한숨도 못 잔 사람들도 있었다. 아침이 다가올수록 벙커 철문을 파고드는 드릴 소리가 점점 커졌다. 헤이즈 대통령은 여전히 FBI가 올 것으로 믿고 있었다. 그는 전문가들로부터 기습하기 최적인 시간은 새벽이라는 설명을 들은 적 있었다. 사람들이 가장 노곤한 상태인 때가 기습하기 가장 쉽다는 얘기였다.

연중 이 시기엔 5시 반쯤이면 날이 밝기 시작하고 6시 15분에 해가 떴다. 아침이 가까워오자 벙커 속의 열한 명은 눈 빠지게 구원의 손길을 기다렸지만 시간이 흐를수록 침울해져 갔고, 고막을 갉는 듯한 드릴 소리에 신경은 극도로 날카로워졌다. 대통령을 포함한 각자는 자신에게 똑같은 질문을 수없이 던지고 있었다. 과연 여기서 하루를 더 견뎌낼 수 있을까?

벙커에서 이틀이 지나자 대통령 비서실장 밸러리 존스는 마침내 화장실에서 화장을 말끔히 지우고 나왔다. 이런 상황에서 이마의 주름살과 눈 아래의 그늘을 가린다는 것이 어리석게 느껴졌던 것이다. 그녀는 전날 대통령에게 들은 힐책에 대해 밤새 끙끙 앓았다. 이 자리까지 올라오기 위해 사력을 다해 열심히 일해 왔는데, 테러범들을 대통령 집무실에 끌어들였다는 비난을 받는다는 건 참을 수 없는 일이었다. 그녀의 마음 속에서 진실은 결코 그렇게 간단하지 않았다. 모든 스토리에는 언제나 여덟 가지 측면이 있는 법이니까.

이제 와서 공들여 쌓은 탑을 한꺼번에 허물어지게 둘 순 없는 일이었다. 존스는 밤새 여러 각도에서 심사숙고했다. 사태의 실체를 제대로 보도록 대통령에게 영향력을 끼칠 수 있는 사람은 누구인가? 대통령의 분노를 집중시키는 데 이용할 수 있는 사람은 누구인가? 첫 번째 질문에 대한 대답은 쉬웠다. 존스는 많은 상원의원들과 기부자들을 알고 있었다. 그들에게 부탁해서 대통령의 귀에 속삭이도록 하거나 필요하면 압력을 가하도록 하면 된다. 대통령의 분노를 피하는 방법은 민주당 의장 러스 파이퍼를 희생양으로 삼을 수밖에 없었다. 사실 그녀가 한 일이라곤 파이퍼와 그의 손님을 대통령 방문객 명단에 올린 것뿐이었다. 그런 사소한 일로 한 사람의 경력을 끝장낸다는 건 정말 말도 안 된다.

밸러리 존스는 대통령의 분노를 다른 사람이나 다른 일로 돌리는 작업부터 시작하기로 마음먹고 소파로 돌아가 그의 옆에 앉았다. 대통령의 생각을 다른 방향으로 돌릴 수만 있다면 직책과 경력을 지킬 수 있을 것이라고 그녀는 생각했다. 대통령은 비서실장을 돌아보지도 않았다. 존스는 그를 잠시 관찰하다가 물었다.

"FBI는 왜 안 오죠?"

헤이즈는 고개를 저었다.

"모르겠어. 무슨 이유가 있겠지."

"대체 무슨 이유요? 테러범과는 타협하지 않는다는 것이 우리 정책 아니에요?"

대통령은 그녀를 힐끗 돌아보았다.

"우린 항상 정책대로만 하진 않소."

"그러면 결정은 누가 하나요?"

헤이즈는 피곤한 눈으로 바라보았다.

"내가 어제 얘기한 대로 헌법에 따라 대통령 권한은 백스터 부통령에게 이양되었을 것이오."

존스는 눈알을 한 바퀴 굴렸다.

"그건 별로 좋은 소식이 아니군요."

대통령은 처음엔 아무 대꾸도 하지 않다가 천천히 고개를 끄덕였다.

"백스터가 FBI를 안 들여보내고 있는 걸까요?"

"나도 몰라, 밸."

헤이즈는 짜증 섞인 목소리를 냈다. 긴장과 수면부족이 그를 지치게 했다.

"백스터는 이러면 안 되죠."

존스는 조심스럽게 한 걸음 더 나갔다.

"당신 말씀대로 일출 전에 FBI가 공격해 와야만 해요. 그들이 오지 않는 이유를 나는 이해할 수가 없어요."

"우리가 모르는 사정이 많이 있겠지. 공격대기 상태로 있어야 할 이유는 얼마든지 있을 수 있으니까."

헤이즈 대통령과 백스터 부통령 사이의 문제에 대해서는 존스도 소상하게 알고 있었다. 그 문제로 대통령과 그녀가 상의한 적도 많았다. 대통령의 분노를 백스터에게 집중시킬 수만 있다면, 그녀가 이번 사태에서 저지른 작은 실수는 잊혀질 수도 있을 것이다. 그렇게 만들기 위한 작은 씨앗 하나를 존스는 대통령의 가슴속에 심었다.

"백스터가 대통령이 되고 싶은 모양이죠."

아이린 케네디는 CIA 대테러센터 본부장실에서 포토맥 강 계곡의 숲 위로 떠오르는 해를 바라보고 있었다. 지난주에 총 몇 시간이나 잤는지 세어보는 것은 부질없는 짓 같았다. 잠을 너무 못 자서 언제 잤는지 기억조차 하기 어려울 지경이었다. 잠을 자려고 하면 랩에 대한 걱정이 가슴을 더 압박해 왔다. 실 대원 두 명을 백악관에 침투시키고 폭탄에 대한 보고를 받으면 사무실 소파에서라도 두어 시간 도둑잠을 잘 수 있기를 바랐는데 그 꿈마저 깨어지고 말았다. 작전은 실패했고 그것도 무참하게 끝났다.

CIA 본부 통제실에 앉아 있던 그녀는 새벽 2시 23분경 FBI 요원 스킵 맥마흔의 전화를 받았다. 화난 목소리였다. 행정부 청사 자기 사무실 침대에 잠들어 있던 그는 조금 전 라피크 아지즈가 걸어온 전화벨 소리에 깨어났다. 그는 반바지와 티셔츠 바람으로 복도로 뛰어나와 FBI 지휘소로 달려갔다. 전화를 받은 맥마흔은 아지즈가 그를 향해 쏘아대는 비난에 어리둥절할 수밖에 없었다. 아지즈가 지껄이는 소리들은 모두가 금시초문이었다. 아무리 부인해도 소용이 없고 아지즈의 화만 더 돋울 뿐이었다. 아지즈가 인질들을 살해하겠다고 협박하기 시작할 때에야 맥마흔은 최근 로치 FBI 국장이 전화로 알려준 일련의 일들을 떠올렸다. 전날 저녁 국장은 그에게 CIA가 백악관 동쪽 담장으로 민감한 감시 장비들을 이동할 것이라고 설명해 주었던 것이다. 1분도 안 되어 맥마흔의 부하는 그의 앞에 청사진을 펼쳐놓고 백악관 남쪽 잔디밭에 있는 환기구의 위치를 손가락으로 가리켜 보였다. 대충 감이 잡히자 맥마흔은 아지즈에게 5분 이내로 사태를 철저히 파악하여 조처하겠다고 약속했다. 그다음 그가 전화로 호출한 사람이 바로 동료이자 좋은 친구인 아이린 케네디였다.

그래서 CIA 본부 통제실 사람들도 실 대원들에게 어떤 일이 벌어졌는지 파악하기 시작했다. 맥마흔의 전화를 받고 캠벨 장군은 해리스에게 연락하여 대원 하나를 환기통 안으로 보내어 무슨 일이 벌어졌는지 알아보라고 명령했다. 오래지 않아 윈치를 이용하여 먼저 투입했던 두 대원을 환기통에서 끌어냈다. 닉 슐츠는 동료가 죽었든 살았든 전장에 남겨두고 오지 않는다는 실 대원의 명예율을 지켰다.

아지즈가 환기통에 대고 MP-5를 갈겨댔을 때 슐츠는 총알이 미치지 않는 훨씬 안쪽에 엎드려 있었다. 그렇지만 손을 뻗자 크래프트가 발목에 밧줄로 매달고 있는 장비는 잡을 수 있었다. 그는 환기통 입구에 도착할 때까지 자신의 수영 친구가 살아 있기만을 기도하며 사력을 다해 밧줄을 조금씩 끌어당겼다. 하지만 그의 간절한 기도에도 불구하고 크래프트는 이미 싸늘한 시체로 변해 있었다.

CIA 본부 7층 자기 사무실 창문을 통해 아침 해가 하늘로 치솟는 것을 바라보면서, 케네디는 시간을 되돌려서 모든 것을 다시 시작할 수만 있다면 얼마나 좋을까 하고 생각했다. 제대로 해. 처음에 하고 싶어 했던 대로만 하라고. 부하들을 사지로 보내는 이 직업에 처음 뛰어들었을 때, 그녀는 별난 관료주의자가 되지 않도록 최선을 다하겠다고 자신에게 다짐했다. 랭글리에 부임한 이래 열일곱 명의 부하들을 잃었고, 그들 대부분은 작전 하나가 심하게 어긋나는 바람에 죽었다. 크래프트가 거기에 하나를 더해 열여덟 명이 되었다. 그리고 앞에 간 부하들처럼 이제 그의 장례식에도 참석해야 할 것이다.

문에서 들려온 노크 소리에 케네디의 의식은 현실로 돌아왔다.

"들어와요."

그녀는 돌아보지도 않고 소리쳤다. 문이 열렸다가 닫히는 소리가 났지만 들어온 사람은 아무 말도 하지 않고 있었다. 케네디가 돌아보니 스킵 맥마흔이 퉁퉁 부은 표정으로 노려보고 있었다.

"스킵, 어젯밤엔 아무 말도 할 수 없었어요. 주위에 사람들이 너무 많았거든요."

양복 차림에 넥타이를 맨 맥마흔은 두 손을 뒷짐 지고 피곤한 눈으로 말했다.

"나한테 한 마디 귀띔도 없이 어찌 이럴 수가 있죠?"

"미안합니다."

맥마흔은 머리를 천천히 흔들었다.

"우린 이런 식으론 일해 오지 않았어요. 항상 서로에게 솔직했지."

"알죠. 죄송해요. 어젯밤엔 일이 너무 빨리 벌어졌어요. 당신한테 연락하고 싶어서 요청을 했지만 제지당했죠."

"누구한테요? 국장?"

"더 높은 사람이에요."

맥마흔은 미심쩍은 표정을 지었다.

"얼마나 높은 사람?"

케네디는 마음이 전처럼 편하지 않아 고개를 돌렸다.

맥마흔은 그녀의 턱을 잡고 얼굴을 돌려 자기 눈을 바라보게 했다.

"더 이상은 안 됩니다. 난 진실을 알고 싶소."

케네디는 그의 손을 잡아 내리며 말했다.

"당신 혼자만 알고 있어야 해요."

"두말하면 잔소리지."

"빈정대지 말고요. 우린 친구잖아요."

케네디는 그를 나무라며 한 걸음 물러섰다.

"친구끼리는 서로 물 먹이지 않소."

"스킵, 이건 위에서 내려왔다니까요. 당신한테 연락하고 싶었지만 할 수 없었어요. 그들을 설득할 시간도 없었고요."

"FBI를 제외하고 실 대원을 투입하라고 명령한 사람이 누굽니까?"

케네디는 한숨을 내쉬고는 대답했다.

"백스터 부통령이에요."

"그 멍청한 놈이!"

맥마흔은 어이없는 표정으로 돌아서며 주먹을 불끈 쥐었다.

"그 오만한 자식이 도대체 어디서 그런⋯."

그는 감정을 억제하려고 애쓰며 이를 악물고 말했다.

"이건 FBI 작전입니다. CIA도 국방부도 아니에요. 내가 충분히 제대로 설명하지 못했다면, 지금이라도 그들에게 달려가서⋯."

케네디의 책상에서 터져 나온 인터폰이 맥마흔의 말을 차단했다.

"케네디 박사님?"

그녀는 책상으로 다가가 버튼을 눌렀다.

"네."

"국장 회의실에서 기다리고 계십니다."

케네디는 시계를 들여다보았다. 7시가 지난 지 한참 되었다.

"곧 가요."

그녀는 맥마흔을 쳐다보며 말했다.

"같이 가요. 하지만 내가 자세히 설명할 때까지 당신은 조용히 있어야 해요, 아셨죠?"

맥마흔은 고개를 저으며 말했다.

"아뇨. 나도 들어가서 몇 놈 씹어주겠소."

케네디는 그의 손목을 꽉 붙잡았다.

"안 돼요. 더 복잡한 사정들이 있어요, 스킵. 무슨 일인지 정말 알고 싶다면 회의 끝날 때까지 조용히 있어야 해요."

두 사람은 CIA 국장 회의실에 맨 마지막으로 도착했다. 케네디와 맥마흔이 들어오기도 전에 화난 로치 국장은 현 상황에 대한 FBI의 불편한 심기를 참석자들에게 털어놓고 있었다. 그는 다른 사람들이 저지른 작금의 사태를 '넌센스'란 말로 표현하고 프로의 예의를 벗어난 행동이라고 비난했다.

테이블 상석에는 스탠스필드 국장이 앉아 있었다. 그의 왼쪽에는 백스터 부통령과 댈러스 킹이, 오른쪽에는 플러드 합참의장과 로치 FBI 국장이 앉아 있었다. 참석자 수를 한정한 작은 모임이었다. 로치 국장은 케네디와 맥마흔이 들어오는 것을 보자 말을 잠시 멈추었다가 다시 계속했다.

"대원들을 건물 안으로 들여보내면서 우리한테 통보하지 않은 이유를 나는 이해할 수가 없습니다. 사람을 바보로 만들어도 정도껏 해야지, 이거야 원."

그는 머리를 절레절레 흔들었다.

"맥마흔과도 이미 얘기한 바 있지만, 우린 실 대원들을 투입하는 일에 반대하지 않았을 겁니다. 그런데 알려주지도 않았어요."

백스터 부통령이 테이블 위로 몸을 내밀며 손가락을 치켜세웠다. 그는 플러드 장군에게 화를 내며 말했다.

"나는 실 대원들을 환기구로 투입하라는 명령을 내린 적 없소."

플러드는 경멸감을 간신히 감춘 표정으로 부통령을 바라본 뒤 로치에게 말했다.

"내 잘못이오. 감시하라는 허락만 받았는데 침투하기 좋은 기회가 생겨서 그랬소."

"그래도 우리한테 전화 한 통은 해주실 수 있지 않습니까?"

로치가 받았다.

플러드는 상체를 곧추세웠다. 그는 FBI 국장에게 당신은 부통령 때문에 제외되었다고 말해주고 싶었지만, 워싱턴에서는 그런 식으론 되는 일이 없다는 걸 잘 알고 있었다. 합참의장은 부통령과 로치 국장을 차례대로 돌아본 뒤 말했다.

"저의 결정적인 실책입니다. 오늘 새벽 갑자기 일어난 일들 때문에 두 분께 미처 알려드리지 못했습니다. 앞으론 절대 이런 일이 없도록 하겠습니다."

로치와 백스터는 불퉁한 표정으로 고개를 끄덕이며 장군의 사과를 받아들였지만, 스킵 맥마흔은 그리 호락호락하지 않았다. 플러드 장군과 흡사한 무뚝뚝한 태도로 그는 커다란 두 주먹을 테이블 위에 올려놓으며 퉁명스럽게 물었다.

"우리가 모르는 것이 또 있습니까?"

플러드와 스탠스필드가 포커페이스를 유지하자 백스터와 킹은 서로 눈길을 교환했다. 그러자 맥마흔이 다시 질문했다.

"또 있습니까? 이번에도 우릴 따돌리진 못할 겁니다. 나는 아지즈에 대한 모든 정보가 필요합니다."

스탠스필드 국장은 스킵 맥마흔을 좋아했다. 여러 모로 감탄스러운 친구였다. 그렇지만 이건 특별한 상황이다. 맥마흔은 엄청난 압력을 받고 있고, 지금 아지즈와 대화가 가능한 유일한 인물이다. 그건 아지즈가 선택하고 못 박은 사항이었다. 언제나 열 수쯤 앞을 내다보는 스탠스필드는 그런 맥마흔에게 모든 내용을 얘기해 준다는 게 내키지가 않았다. 이 노회한 스파이 두목은 잠재된 문제를 알고 있었다. 아지즈가 인질의 머리에 총을 들이대고 맥마흔에게 감당할 수 없는 요구를 해올 경우였다. 맥마흔에게 너무 많은 얘기를 하는 것은 그래서 위험했다. 정보를 아지즈에게 넘겨주는 대가로 인질의 목숨을 구하고 싶은 유혹을 받을 상황에 처할 수도 있었다. 스탠스필드로서는 절대 용납할 수 없는 일이었다. 이 게임에서 미치 랩은 다른 선수들 눈앞에 흔들어 보이기엔 너무나 소중한 카드였다.

스탠스필드는 맥마흔이 백스터 부통령과 킹을 노려보고 있음을 알았다. 나는 너희들이 한 짓을 알고 있다는 듯한 표정이었다. 둘 중 하나가 먼저 입을 열기 전에 재빨리 틀어막아야 할 때였다. CIA 국장은 일석이조를 노리기로 했다.

"여러분께 말씀드려야 할 것이 있습니다."

스탠스필드는 옆자리 의자로 손을 뻗어 〈워싱턴 포스트〉 조간을 집어 들었다. 그리곤 자리에서 천천히 일어나며 맥마흔의 주의를 백스터와 킹에게서 완전히 떼어냈다. 그는 테이블을 돌아 맥마흔의 눈앞에 조간을 놓고 1면 헤드라인을 손가락으로 가리켰다. CIA, 비밀검찰국에 사전 경고.

"이런 정보가 어떻게 포스트 지에 흘러 들어갔는지는 나중에 추궁할 생각입니다."

스탠스필드는 테이블 건너편에 앉은 댈러스 킹을 다 알고 있다는 눈빛으로 바라보았다.

"하지만 그 이전에 훨씬 더 비밀스런 문제에 대해 여러분께 말씀드리고자 합니다. 우리는 최근 매우 정확한 것으로 보이는 어떤 정보를 입수했는데, 그 덕분에 이번 백악관 습격이 일어나기 불과 몇 분 전에 비밀검찰국에 제보할 수가 있었습니다. 그 정보원은 또한 아지즈의 요구사항들과 그들이 가지고 들어온 무기들에 대한 정보도 우리에게 제공했습니다."

맥마흔은 자기 자리로 돌아가는 스탠스필드를 바라보며 물었다.

"그래서 플라스틱 폭탄에 대해 알고 있었던 겁니까?"

"그렇습니다."

"아지즈의 요구사항은 뭡니까?"

"그 얘기를 당신과 상의할 생각입니다만…."

CIA 국장은 다시 댈러스 킹을 건너다보았다.

"너무 중요한 비밀이라 함부로 공개하기 어렵습니다."

그는 맥마흔과 로치를 돌아본 뒤 덧붙였다.

"나는 두 분을 신뢰합니다. 그래서 이 비밀을 지켜줄 것으로 믿소."

두 FBI 직원이 고개를 끄덕이자 스탠스필드는 말했다.

"아지즈의 다음 요구는 이라크에 대한 모든 경제적 제재를 푸는 UN 의결입니다. 아지즈는 자신의 그런 주장을 이성적으로 보이기 위해 약간의 양보를 했는데, 대량살상 무기에 대한 제재는 그대로 둬도 좋다는 겁니다."

"UN이 그렇게 빨리 움직여 줄까요?"

맥마흔이 의문을 제기했다.

"우리가 부탁하면 해줄 거요."

플러드 장군이 대신 대답했다.

"아지즈의 요구가 또 하나 있습니다."

스탠스필드는 방 안을 둘러본 뒤 위험을 피하기 위해 암시만으로 끝내기로 했다.

"하지만 유감스럽게도 아직 밝혀내지 못했습니다."

맥마흔은 스탠스필드를 바라보았다. 지난 수십 년 동안 FBI에 몸담아 오면서 토머스 스탠스필드만큼 냉철하고 분석적인 인간은 만나본 적이 없었다. 이 은발의 노신사는 도무지 속내를 알 수 없었다. 그에게서 시선을 거둔 맥마흔은 혹시나 뭘 좀 알아낼 수 있을까 하고 오른쪽에 앉은 케네디를 돌아보았다. 스탠스필드가 솔직히 털어놓은 건지 아니면 아직도 진짜 보석은 깊숙이 감춰두고 있는 건지 그녀의 표정에서 작은 단서라도 찾아내려고 했다. 하지만 케네디도 누가 그 상사에 그 부하 아니랄까봐 멍한 얼굴로 그를 바라보며 티끌만큼의 단서도 보여주지 않았다.

몇 초간의 침묵이 흐른 뒤 맥마흔은 테이블 맞은편에 앉은 백스터 부통령과 댈러스 킹에게로 눈길을 돌렸다. 이 회의실에 들어오기 전에 케네디는 백스터가 실 대원들의 투입을 허가했다고 분명히 말했다. 그런데 조금 전 플러드 장군은 이번 사고의 모든 책임은 자기에게 있다고 말하지 않았던가? 그렇다면 케네디가 거짓말을 했거나 아니면 플러드 장군이 부통령을 커버하고 있다는 얘기였다. 맥마흔은 나중에 케네디와 단둘이 되면 그 부분을 따져보기로 했다. 그러면 진상의 밑바닥에 도달할 수 있을 것이다.

댈러스 킹은 집게손가락으로 인중에 맺힌 땀방울들을 최대한 태연하게 닦아냈다. 그 자신은 지금 7월 중순 정오의 태양 아래 다운타운 피닉스 한복판에 서 있는 느낌이었다. 다른 사람들이 자기를 쳐다볼 때마다 혹시 알고 있는 게 아닐까 하는 생각이 들었다. 오늘 아침 CNN에서 술친구의 사진을 본 이후부터 킹은 완전히 정신이 나가버린 기분이었다. 처음엔 같은 사람이 아니라고 자신을 설득하려 했다. 그가 함께 맥주를 마셨던 녀석은 이름이 마이크라 했고 학생이었다. 그리고 뉴스에 나왔던 놈처럼 머리를 올백으로 넘기지도 않았다. 그래서 서로 다른 놈이라고 막 우기고 싶은 심정인데 소용이 없었다. 그 마이크란 녀석과 어울리게 된 과정을 하나하나 돌이켜 생각해보니 이상한 우연이 너무 많았음을 알 수 있었다. 여러 주일 동안 가는 데마다 마이크란 놈과 우연히 마주쳤다. 게다가 마이크는 킹의 모교인 스탠포드 대학 농구 팀에 대해 희한할 정도로 훤하게 꿰고 있었다.

킹은 눈을 감고 콧잔등을 손가락으로 누르며 그놈과 함께 백악관 지하실을 심야 방문했던 일을 떠올렸다. 그때 마이크는 비밀검찰국에서 근무하는 자기 삼촌이 케네디 휘하에 있다고 주장하기도 했다. 놈은 킹에게 재무성 지하 터널을 보여주며 그것이 원래는 2차 대전 시 벙커로 설계된 것이었다고 말해주기도 했다. 그리고 케네디 대통령 시절에는 직원들이 터널 안 벙커 룸에 여자들을 불러들여 섹스까지 했다고 말했다.

그날 밤 그들이 한 짓도 바로 그것이었다. 헤이즈 대통령은 시외 출장 중이었기 때문에 킹은 새로 사귄 친구와 뜨거운 여자들을 불러들이는 데 아무 어려움도 없었다. 그는 자신의 불운을 믿을 수가 없었다. 백악관에 근무하는 수백 명의 직원들 중에서도 그 미친 테러범은 하필이면 그를 찍었던 것이다. 손가락으로 콧잔등을 더 세게 누르며 그는 자책했다. 망쳐도 어떻게 이렇게 망칠 수가 있어? 킹은 엄청난 압박감을 느꼈다. 생각할 시간이 필요했고, 대책을 마련할 여유가 필요했다.

미치 랩은 밀트 애덤스의 코고는 소리와 뒤로 묶은 갈색 머리가 얼굴을 간질이는 바람에 잠에서 깨어났다. 그의 왼쪽 팔은 릴리의 베개가 되어 있었고 오른팔은 그녀의 가슴을 감싸고 있었다. 랩은 머리를 약간 쳐들며 오른팔을 철수하려고 했다. 그러자 릴리는 오히려 더 꼬옥 잡으며 놓아주려 하지 않았다.

어쩌다 이렇게 포옹한 자세로 잠을 자게 되었는지 조금 이상하게 생각할 수도 있겠지만, 밀실의 공간이 별로 크지 않으니 이해가 안 되는 건 아니었다. 실 대원의 침투가 실패로 끝난 뒤 랩은 무전기를 붙잡고 새벽 4시가 가깝도록 CIA 본부와 교신했다. 그 시각까지 FBI는 사태의 진상을 알아내기 위해 악을 쓰고 있었고, 모든 작전이 일단 보류된 상태였다. 케네디는 랩에게 잠을 좀 자두라고 한 뒤 아침에 다시 명령을 하달하겠다고 말했다.

랩은 자신의 더러운 기분을 랭글리에 토로했다. 그가 대통령 침실에서 아지즈와 두 명의 테러범을 처치하겠다고 했을 때 허락을 했더라면 사태를 간단히 끝낼 수 있었고 실 대원도 죽지 않았을 거라는 주장이었다. 그런 주장에 랭글리가 아무 대꾸도 하지 않는 것에 대해 랩은 전혀 놀라지 않았다. 하지만 일단 그렇게 주장해 두는 것은 다음번에 아지즈를 만나면 먼저 쏘고 사후보고를 해도 된다는 나름대로의 계산이 있기 때문이었다. 이제 더 이상 랭글리의 파란 신호등을 기다리는 일은 하지 않을 것이었다. 그리고 은밀한 침투 작전에 한두 번 참가한 것도 아닌 그는 짬이 생겼을 땐 무조건 자둬야 한다는 것을 너무나 잘 알고 있었다.

잠을 자려고 방바닥에 누웠을 때 릴리는 랩의 팔을 잡아당겨 자기 몸을 감싸도록 하여 그를 놀라게 했다. 랩이 잠으로 빠져들 즈음 그녀는 또 그의 손에 키스하며 무어라고 소곤거렸다. 하지만 그를 더 놀라게 한 건 그 작은 키스가 그에게 준 따스한 감정이었다.

랩은 목을 길게 빼고 그 자신과 애덤스 사이에 있는 보안야전무전기를 살펴보았다. 천장의 불빛을 통해 무전기의 제어반을 보고 무전기가 아직 켜져 있음을 알 수 있었다. 도대체 몇 시간을 잔 거지? 릴리를 깨우고 싶지 않지만 달리 방법이 없었다. 릴리가 베고 있는 왼손으로 그녀가 잡고 있는 오른손을 빼내었다. 그의 디지털 손목시계는 오전 7시 41분을 가리키고 있었다. 적어도 두 시간 내지 두 시간 반은 잔 셈이었다. 이런 상황에서 그만하면 충분하다고 생각했다. 지금은 그럴 때도 장소도 아니니까. 랭글리가 연락을 해오지 않으면 그가 먼저 연락하여 움직이게 만들어야만 했다.

29

라피크 아지즈는 샤워와 면도를 마친 후 그의 역사적 백악관 방문 시에 입었던 비싼 양복으로 갈아입었다. 부하들은 한 명을 제외한 모두가 여전히 자기 위치를 지키고 있었고, 그 한 명은 지금 백악관 기자회견실의 텔레비전 카메라 뒤에 서 있었다. 창문으로 흘러든 아침 햇볕이 좁은 방의 가장자리를 비추었다. 아지즈는 방 앞쪽에 놓인 연단 앞에 서서 시간을 확인했다. 8시가 가까웠다. 그의 등 뒤로는 백악관 로고를 올린 푸른 커튼이 드리워져 있었다.

아지즈는 카메라 조정을 끝낸 부하가 제어반이 있는 방 뒤쪽으로 이동하는 것을 보았다. 그곳에 위치를 잡자 사내는 큰 소리로 말했다.

"카운트다운 2분에 들어갔습니다. 모든 방송국들이 자료를 수신하게 될 겁니다."

아지즈는 만족한 미소를 지었다. 마침내 나의 독창적인 계획을 한 단계 더 실행할 때가 왔군. 미국 군대와 FBI 우두머리들의 코를 또 한 번 납작하게 해줘야지. 다른 모든 것과 마찬가지로 이것도 사전에 계획된 것이었다. 그는 미국 국민들에게 호소함으로서 정치가들을 움직일 생각이었다. 연설에 새로 추가할 항목은 그들이 새벽에 침투해온 것에 대한 반박이었다. 그 일은 그를 흥분시켰다. 미국인들은 거의 성공할 뻔했다. 건물 주위에는 부비트랩을 설치해 놓았기 때문에 그들이 인질을 구출하러 들어오다간 모조리 콩가루로 변할 것이라고 아지즈는 철석같이 믿었던 것이다. 그가 그들에게 지불할 대가였다. 아지즈는 자기 목숨을 지키기 위해서도 그런 상황이 오지 않기를 바랐다. 그러나 불가피하다면 그는 자신을 포함한 모든 사람들을 조금도 주저하지 않고 날려버릴 것이었다.

그가 할 연설을 듣고 나면 FBI도 두 번 다시 침투할 엄두를 내지 못할 것이다. 아지즈는 미국 정치가들을 세심하게 관찰한 결과 지도자들이 문제를 어떻게 해결하는지, 특히 새로운 기부자들을 어떻게 대접하는지 잘 보았다. 그는 또 사담 후세인이 아돌프 히틀러의 행동과 언변을 흉내내는 것을 경이롭게 지켜보았다. 사담은 2차 대전 이전의 히틀러처럼 적들이 손발을 다 들 때까지 밀어붙이고, 두들기고, 부추기고, 거짓말로 속여서 자신이 원하는 것을 성취할 줄 알았다. 그는 그것을 예술의 경지로 끌어올려 허약한 UN과 미국과 유럽의 좌파 정치가들을 최대한 이용했다. 이미 약속했던 것들을 계속 무시하며 서구 열강들 면전에서 온갖 오만을 다 떨다가도, 그들이 군사적 행동을 취할 준비를 하면 얼른 UN에 특사를 파견하곤 했다. 미국의 막강한 전함들과 동맹국들의 전폭기들이 이라크 국경에 집결하면 사담은 마지막까지 격렬하게 저항하다가 막상 작전이 임박하면 한 걸음 뒤로 물러났다.

6개월 후면 똑같은 일이 반복되었고, 한 번씩 그럴 때마다 오만한 서구 열강들의 결의는 차츰 약화되어 갔다. 사담은 미국 정치가들이 전쟁을 할 배짱이 없다는 것을 증명했다. 그들은 정확한 공중포격과 크루즈 미사일을 자랑하지만, 그게 정말 그만큼 효과적일까? 아지즈의 생각은 달랐다. TV 화면과 요란한 폭음의 배후를 들여다보면 정확한 공중포격이 끼치는 손상은 아주 경미했다.

아지즈는 사담의 예를 본받을 마음의 준비가 되어 있었다. 이제 1분쯤 후면 그는 미국 국민들에게 평화의 메시지를 전달할 것이고, 그 대가로 그의 마지막 요구사항 관철과 승리의 귀국 행을 보장받게 될 것이다.

아지즈는 카메라를 바라보며 넥타이를 바로잡았다. 원래는 오벌 오피스에서 이 연설을 할 생각이었는데, 그래봤자 그 자신이 마련한 전체 계획을 훼손할 뿐이란 결론을 내렸다. 미국 국민들은 대통령 의자에 앉아 있는 그를 보면 분기탱천할 것이다. 그렇지만 백악관을 장악하고 있는 상태에서 오만한 미국인들의 얼굴에 똥칠을 해주고 싶어 몸이 근질근질한 그가 수많은 미국 대통령들이 대국민 연설을 했던 바로 그 자리에 앉아 연설을 하고 싶다는 유혹을 떨쳐버리긴 정말 힘들었다. 하지만 지금은 장난질이나 할 때가 아니었다. 지금은 미국 정치가들을 벼랑 끝까지 몰고 가서 그를 위해 일하도록 만들어야 할 때였다.

방 뒤쪽에 서 있던 아지즈의 부하가 손을 번쩍 들고 카운트다운을 시작했다. 아지즈는 두 손을 연설대에 짚었다. 신호가 떨어지자 그는 잔기침을 한두 차례 한 뒤 암기하고 있던 연설을 시작했다.

"오늘 아침 나는 무거운 마음으로 여러분 앞에 나왔습니다."

아지즈는 까만 눈으로 카메라를 응시하며 완벽한 영어로 침울하게 말했다.

"나는 미국 국민들에게 아무 피해 없이 이번 사태가 빨리 매듭지어지길 바랍니다. 이번 일로 목숨을 잃은 인질들의 가족들에겐 진심으로 위로와 사과의 말씀 올립니다. 이 말이 비록 공허하게 들리겠지만, 이것은 여러분의 정부와 군대 지도자들이 도발한 전쟁이란 사실을 이해해야만 할 것입니다. 나는 한 국가를 대표해서 여러분들이 스스로 신께 물어볼 것을 간청합니다. 이 전쟁에서 과연 누가 누구를 해쳤습니까?"

아지즈는 연설을 중단하고 카메라를 지그시 들여다보았다. 얼굴에는 호전적인 기색이 전혀 없었다.

"2차 대전 이후 미국인과 이스라엘인들은 50만도 넘는 우리 아랍 형제들을 죽였습니다. 자그마치 50만 명입니다."

아지즈는 다시 연설을 중단하고 그 숫자를 강조하기 위해 카메라를 빤히 바라보았다.

"여러분은 이 위대한 나라에서 부와 안락을 누리고 살면서, 지금까지 우리 민족이 겪어왔고 앞으로도 겪어야 할 고통에 대해서는 아무 감각도 없어요. 여러분에게 잠시나마 우리 입장, 우리 아랍인들의 입장이 되어보라고 부탁하고 싶습니다. 차량 폭탄으로 30명을 죽인 테러범과 자신의 추악한 목적을 달성하기 위해 폭격기들을 보내어 한꺼번에 수천 명씩 죽이는 대통령 중 어느 쪽이 더 야만인입니까? 이 문제에 대해 우리가 의견의 일치를 보긴 어렵겠지요. 그렇지만 적어도 우리가 이해해야 할 것은 일반적인 비극입니다. 나는 오늘 여러분을 탓하거나 꾸짖기 위해 오지 않았습니다. 그보다는 이 모든 비극을 뒤로 하고 평화를 위한 첫걸음을 내딛기 위해 온 것입니다. 이번 사태가 벌어졌을 때, 나는 FBI에게 백악관 탈환을 위한 어떤 시도도 실패로 끝날 것이라고 경고했습니다. 뿐만 아니라 그런 시도를 하면 인질들을 처단하겠다고 분명히 밝혔습니다. 그런데도 불구하고 오만한 FBI는 어젯밤 특공대를 이곳에 침투시켰습니다. 그들은 내가 경고했던 대로 격퇴되었고, 몇몇 대원들이 사살되는 결과를 초래하고 말았습니다. 나는 FBI와 여러분의 지도자들이 저지른 무모한 행동에 대한 책임을 물어 오늘 아침 인질 한 명을 끌어내다 처형할 생각이었지만, 선의를 표시하기 위해 살려주기로 했습니다. 여러분의 나라를 경영하고 있는 소수의 전쟁광들이 저지른 오만하고 어리석은 행동 때문에 죄 없는 한 시민이 목숨을 잃어야 한다는 건 부당하다고 생각되었기 때문입니다. 나는 진심으로 이 사태를 평화롭게 해결하길 원하며, 그래서 평화를 사랑하는 미국 국민들께 이렇게 호소하고 있는 것입니다. 그만하면 피는 충분히 흘리지 않았습니까? 원수지간으로 사는 것은 이제 그만두어야 할 때입니다."

아지즈는 연설을 중단하고 잠시 아래를 내려다보다가 다시 고개를 들었다.

"하지만 그러자면 미국은 이스라엘의 후원자가 아닌 진정한 중재자로서 중동 평화협상 테이블에 나와야만 합니다. 내겐 아직 두 가지 요구조건이 남아 있는데, 그것들이 충족되면 이 위대한 건물과 인질들을 여러분 품에 고스란히 돌려드리겠습니다. 나의 첫 번째 요구는 아주 간단합니다. 오늘 저녁 6시까지 미국은 UN을 설득하여 이라크에 대한 모든 경제적 제재를 철회하라는 것입니다. 그렇지만 이라크로 하여금 대량살상무기를 제조할 수 있게 하는 물질 반입을 막는 것에 대해서는 나도 충분히 이해하며, 따라서 그런 조항은 그대로 유지되어야 한다고 생각합니다. 내가 걱정하는 바는 서구열강 지도자들과 이라크 지도자 간의 불화로 우리 아랍 형제자매들이 굶어 죽어가고 있다는 겁니다. 이건 잘못된 일이므로 즉시 바로잡아야 합니다."

아지즈는 보다 단호한 표정을 지으며 연설을 계속했다.

"만약 오늘 저녁까지 이 요구를 들어주지 않으면, 나는 관철될 때까지 한 시간마다 인질 한 명씩을 처형할 것입니다. 다시 한 번 강조하지만, 무력으로 인질들을 구출하려는 자들에겐 가혹한 벌을 내리겠습니다. 버튼 하나만 누르면 이 건물 전체가 무너져서 안에 있는 모든 사람들을 죽일 것입니다."

아지즈는 카메라를 계속 노려보며 말했다.

"그렇지만 오늘 저녁까지 나의 두 번째 요구가 받아들여지면 나는 남은 인질의 절반을 석방하면서 마지막 요구를 할 것입니다."

그는 집게손가락을 쳐들고 흔들어대며 강조했다.

"이 세 번째 요구까지 받아들여지면 나는 이번 사태에서 억류된 무고한 인질들을 모두 석방할 것이며, 우리 두 민족은 서로 울타리를 허물고 친해질 수 있을 것이라고 생각합니다."

아지즈는 무슨 특별한 것이라도 찾는 듯이 잠시 아래를 내려다보았다. 다시 고개를 쳐든 그는 간절한 표정으로 호소하듯 말했다.

"이 지구상에서 가장 위대한 나라 미국의 국민 여러분께 간곡히 부탁합니다. 영구적 평화를 향한 이 첫걸음을 내가 무사히 내디딜 수 있도록 도와주십시오. 여러분 가정에 행운이 깃들길 빌겠습니다. 감사합니다. 신의 축복이 있으시기를."

아지즈가 고개를 한 번 끄덕이자 방 뒤쪽에 있던 부하가 생중계를 끝냈다. 아지즈는 재빨리 오른쪽으로 걸어가서 MP-5를 집어든 뒤 넥타이를 벗어던졌다. 그리곤 상황실로 건너가서 자신이 한 연기를 감상하며 전문가들이 그의 연설을 세밀하게 분석하고 있는 것을 지켜보았다.

백스터 부통령은 전국적으로 방송된 아지즈의 텔레비전 연설을 두 번째 바라보며 입을 떡 벌리고 앉아 있었다. 그가 탄 대통령 전용 방탄 리무진은 부드럽게 흔들리며 체인 브리지를 건넜다. 랭글리에서 해군천문대의 부통령 관저로 돌아가는 길이었다. 모터사이클 행렬과 경찰 순찰대, 세단, 밴, 서버번, 그리고 두 대의 다른 리무진이 앞뒤로 검은 캐딜락을 호위했다.

맬러스 킹은 널찍한 뒷좌석에 백스터와 나란히 앉아 디지털 전화기를 왼쪽 귀에 꽉 누르고 있었다. 2분 사이에 벌써 두 번째 건 전화였다. 이른바 정치적 위기에 처한 그는 눈앞에 다가온 자신의 말로를 고민하기보다는 아무 일이라도 막 하는 것이 속편했다. 그래서 아지즈의 연설이 채 끝나기도 전에 자신의 조그마한 전화기 번호들을 눌러대어 명령들을 마구 쏟아냈다. 그는 한 눈으로 리무진 뒷좌석에 있는 소형 컬러 TV를 보며 전화기에 대고 소리쳤다.

"아니야. 일반적인 질문으로 시간낭비하지 말라고. 지난번 투표자나 이번 투표 참여 여부에 대해서는 관심이 없어. 그 소린 다시 하고 싶지 않아. 이건 당의 노선을 초월한 문제라니까. 나는 세부적인 자료를 원해. 그것도 한 시간 내에. 나중에 돌아갔을 때 세부자료를 볼 수 있게 말이야."

킹은 잠시 중단하고 민주당 여론조사원의 말에 귀를 기울였다. 그리곤 답답하다는 듯이 머리를 흔들었다.

"내 말을 통 듣고 있지 않군. 난 당신한테 결론을 왜곡하라는 게 아니야. 적어도 아직까진 말이지. 지금은 정직한 자료를 원해."

킹은 다시 귀를 기울이며 머리를 끄덕였다.

"그렇지. 우리가 준비를 끝냈을 때는 숫자를 조정하여 이용할 수도 있겠지만 지금은 사람들이 이 작자를 어떻게 생각하는지 알고 싶다고."

킹은 다시 말을 중단하고 소형 TV를 살펴보았다. 그는 아지즈가 텔레비전에서 너무 멋지게 나왔다는 생각을 떨칠 수가 없었다. 이 도시의 웬만한 정치가들보다도 훨씬 나았다. 연설도 멋지게 했고, 표정도 진지했으며, 영화배우처럼 핸섬하기까지 했던 것이다.

"여자 대 남자의 비율을 표시하는 걸 잊지 마. 중산층 백인 중년 엄마들은 이 작자한테 아주 뿅 간 것 같은데 말이야."

킹은 잠시 듣고 나서 대답했다.

"그래. 여남은 개 문항을 작성해서 5분쯤 후에 다시 전화해."

전화기를 귀에서 떼어낸 킹은 통화 종료 버튼을 누르고 연설에 대한 상사의 반응을 살폈다. 놀라운 충격에서 벗어난 백스터 부통령은 미심쩍다는 듯이 얼굴을 잔뜩 찡그리고 있었다.

"어떻게 생각하세요?"

킹의 물음에 백스터는 TV 화면에서 눈을 떼지도 않고 투덜거렸다.

"완전히 한 방 먹었어. 이제 언론은 실패한 침투작전에 대해 미친 듯 떠들어댈 거야."

부통령의 얼굴을 바라보며 킹은 생각했다. 그것에 대해 짖어대는 건 아무것도 아니지. 이제 그들이 내가 지난달 테러범 한 놈에게 백악관 내부를 관광시켜줬다는 사실을 알아내기라도 해 봐, 젠장. 킹은 아찔해진 정신을 가다듬었다.

"언론은 괜찮아요. 사태가 워낙 엄청나고 빨리 변해서 내일 아침이면 이 연설은 새로운 뉴스 속에 묻혀버릴 겁니다."

백스터는 여전히 TV 화면에서 고개를 들지 못했다.

"그렇지 않아. 이 사건은 국정조사를 피하기 힘들어 보여."

킹은 패배감이 가득한 상사의 얼굴을 살펴보았다.

"이 사건 전체가 처음부터 끝까지 국정조사 감입니다. 침투작전 실패는 부차적인 것에 불과해요. 게다가 우린 이미 그것과 선을 그었잖아요. 플러드 장군이 로치 국장 앞에서 실책을 시인했고, 나중에 이 사건 전체를 조사할 사람이 바로 로치 아닙니까."

"글쎄, 아직도 냄새가 나는데."

"냄새 안 나는 건 없어요. 당신이 기억해야 할 것은 이 모든 사태가 끝났을 때 장미처럼 향기로운 자가 가장 냄새가 덜 나는 자라는 겁니다. 나는 당신을 그 사람으로 만들어 놓고야 말겠어요."

댈러스 킹이 손가락으로 가리키자 부통령은 얼굴을 찡그렸다.

"댈러스, 자넨 이번 사태에 대해 현실 감각이 좀 없는 것 같아. 이런 일들은 얼렁뚱땅 감춰지지 않는다고. 언론은 지난밤에 침투시킨 대원들이 내 허락을 받았는지 알고 싶어 할 것이고 내 대답을 요구할 거야."

킹은 부통령 옆으로 바짝 당겨 앉았다. 그는 상사의 목을 콱 조르며 '당신이 내 고민을 알기나 해?' 하고 고함을 지르고 싶었다. 하지만 그러는 대신 그는 차분한 목소리로 부통령을 달랬다.

"글쎄, 언론 쪽은 걱정하지 말라니까요. 내가 잘 다룰 수 있어요. 당신은 기운을 차려서 대통령처럼 처신해야 합니다. 우리는 새로 터진 일에 신속히 대처해야만 하고, 내가 예상했던 대로 여론조사 결과가 나오면 이 난장판에서 빠져나갈 기회가 반드시 생길 거예요."

백스터는 자기 비서실장을 돌아보며 물었다.

"어떻게?"

"아직은 모르겠지만 곧 알아낼 겁니다."

백스터는 시계를 들여다본 뒤 긴 한숨 끝에 말했다.

"국가안보회의를 소집하는 게 좋겠어."

킹은 고개를 끄덕였다.

"그게 논리적인 조처 같습니다."

백스터는 파리를 쫓아내듯 오른손을 휘저었다.

"준비해 주게."

"시간과 장소는요?"

입술을 일그러뜨리며 부통령은 차창 밖으로 시선을 돌렸다.

"펜타곤에서 10시에 하기로 하지."

30

"장군님은 그자의 속셈을 잘 아시잖아요?"

보안야전무전기의 핸드세트를 왼손으로 꽉 붙잡고 미치 랩은 캠벨 장군에게 반문했다. 연합특전사 사령관이 아지즈의 대국민 연설에 대한 자신의 의견을 얘기하는 동안 랩은 눈앞의 벽을 멍하니 응시하고 있었다. 그들은 무전기를 통해 아지즈의 연설을 랩에게 들려준 뒤 한 번 더 듣고 싶으냐고 물었다. 그는 아지즈의 계략을 즉시 눈치채고 더 이상 시간을 낭비할 필요가 없다는 결론을 내렸다.

캠벨 장군이 무어라고 얘기하자 랩은 고개를 끄덕이며 말했다.

"바로 그거예요. 놈은 여러분을 모두 조롱거리로 만들려는 겁니다."

"뭐라고?"

장군이 음성을 높였다.

"조롱거리로 만들려고 한다구요."

말을 별로 가리지 않는 랩이 반복했다.

"그자는 백스터 부통령과 의회의 모든 정치가들이 달려 나와 자기와 협상 테이블에 앉기를 원합니다. 그래서 자기가 원하는 것을 다 손에 넣은 후에는 중동으로 돌아가서 사라질 겁니다. 그리고 1년쯤 후에 다시 나타나 더 많은 폭탄들을 설치하고 더 많은 사람들을 죽이겠죠."

"그가 진심으로 평화를 원한다면 어쩌죠?"

아이린 케네디가 불쑥 끼어들었다.

"열 번 죽었다 깨어나도 그럴 놈이 아니에요."

랩은 단칼에 잘랐다.

"어떻게 그처럼 단정할 수 있나요?"

"아이린, 지금 장난하자는 겁니까? 난 지금 여기 앉아 당신이 악당 역성이나 드는 걸 듣고 있을 겨를이나 인내심이 없어요. 당신도 아지즈가 미국 국민이나 그 자신의 아랍 형제자매들을 위해 그 따위 흰소리를 지껄이고 있는 건 아닌 줄 잘 알잖아요. 그 자식이 걱정하는 아랍인은 이스라엘을 지도상에서 지워버리고 싶어 하는 놈들뿐이라고요. 우리를 포함한 그 나머지 사람들은 자기 앞길을 가로막는 순간 목을 따버릴 놈입니다."

"그렇다면 그자가 노리는 게 뭐죠?"

케네디가 물었다.

랩은 그 질문에 대해 생각하며 한쪽 다리를 앞으로 내뻗었다. 밀실 한쪽 구석에 담요를 뒤집어쓰고 앉아 있는 애너 릴리가 눈에 들어왔다. NBC 여기자는 그를 열심히 관찰하고 있었다. 랩은 그녀에게서 눈길을 돌리며 케네디에게 말했다.

"어떻게 하면 자기 대갈통을 날려버리지 않고 여길 무사히 빠져나갈 수 있을까 궁리하고 있겠죠. 그자의 계획이 치밀하다는 건 아시잖아요. 처음부터 끝까지 빈틈이 없고 일이 잘못될 경우를 대비하여 비상수단까지 마련하는 놈입니다. 내가 보기에 그자의 계획에서 가장 큰 문제는 이곳을 탈출하여 귀국하는 수단입니다. 우리의 대응 방법에 맞추어 탈출 수단을 찾아낼 생각을 했을 것이라고 봐야죠. 그렇다면 우리 정부가 전면적인 공격을 강력하게 밀어붙일 가능성이 있다는 것도 알고 있을 겁니다. 만약 그자가 대통령을 손에 넣었다면 상황은 약간 달라졌겠죠. 자신의 귀국을 보장하는 카드로 대통령을 이용할 수 있겠지만, 그렇게 되지 않았으니 다른 계획을 꾸미고 있는 겁니다."

"그게 무엇일 것 같나?"

캠벨 장군이 물었다.

랩은 그것에 대해 생각하며 릴리를 돌아보았다. 여기자는 아직도 에메랄드 초록 눈으로 그를 응시하고 있었다. 랩은 자기가 하는 말을 여자가 한 마디도 놓치지 않고 다 듣고 있다는 걸 알았지만 피할 방법이 없었다. 그는 고개를 돌리고 장군에게 말했다.

"언론을 조종하고 여론을 흔들려는 겁니다. 대통령을 손아귀에 넣지 않고는 귀국할 수 없다는 걸 알거든요. 그러니까…."

랩은 말을 중단했다. 그 다음 말은 여기자 앞에서 꺼내기가 곤란한 내용이기 때문이었다. 그렇지만 도리가 없어 잔기침을 한두 번 한 뒤 말해버렸다.

"큰 그림으로 보면 인질들이 전부 희생될 수도 있다는 걸 우리 모두는 알고 있습니다. 우리가 알고 있다면 아지즈도 알고 있겠죠. 그자가 계속 적대적이고 공격적인 태도를 보이면 우리는 결국 무력으로 백악관을 탈환할 수밖에 없을 겁니다. 전국적인 TV 중계를 통해 그자가 인질들을 죽이는 장면을 가만히 앉아 보고만 있을 순 없을 테니까요. 그래서 오늘 아침 대중 앞에 나서서 평화를 무척이나 사랑하는 놈처럼 개수작을 부려 우리 기운을 확 빼놓은 겁니다. 이제 두고 보세요. 백스터는 평화적 노력을 기울이기 전엔 우리에게 아무 행동도 못 취하게 할 테니까요."

"저도 같은 생각이에요."

케네디가 거들고 나섰다.

"결국 그는 인질들이 모두 희생될 수도 있다는 걸 알고 있어요. 그가 노린 으뜸패는 대통령이었는데 손에 넣지 못했으니까요."

그러자 캠벨 장군이 다시 받았다.

"그자는 정치가들에게 총 한 방 쏘지 않고 이 사태를 해결할 방법을 알려주려고 애쓰는 것 같아."

"제가 여기 있는 한 그딴 꼼수는 씨도 먹히지 않을 겁니다."

"아이언맨."

캠벨은 단호한 음성으로 말했다.

"명령 없이 단독으로 행동해선 안 되네. 이 시점에서 가장 조심해야 할 것은 자네의 성급한 행동이야. 나와 아이린은 펜타곤 회의에 참석하러 갈 걸세. 그 동안 자넨 거기서 움직이지 마. 우리가 다녀오면 더 좋은 대처 방안이 나올 거야. 내 말 알아들었나?"

랩은 바닥을 내려다보며 성질을 죽였다. 젠장, 그딴 설교는 신물 나도록 들었다. 마음에 안 드는 대답이 나올 성 싶으면 아예 물어보지도 말고 저질러버리리라. 그렇지만 그는 단 두 마디로 간단하게 대답했다.

"알겠습니다. 장군님!"

핸드세트를 벗어 제자리에 걸어 놓고 랩은 다음 행동에 대해 골똘히 생각했다. 잠시 후 그는 아무 결정도 내리고 못한 상태에서 무전기를 끄고 릴리를 돌아보았다. 여기자는 담요로 몸을 단단히 감싼 채 다소곳이 앉아 있었다. 밀트 애덤스는 맞은편 구석에 앉아 그라놀라 바를 열심히 씹어댔다. 랩을 계속 응시하고 있던 릴리가 마침내 물었다.

"그게 다 무슨 얘기예요?"

랩은 배낭을 뒤지다가 그녀를 흘끗 돌아보았다.

"아무것도 아닙니다."

"아무것도 아닌 게 아닌 것 같은데요."

릴리가 농담조로 받았다.

"당신은 기자잖아요, 애너. 그러니까 내용을 함부로 말해줄 수 없죠."

여기자는 미소를 지었다.

"내가 누구한테 말하겠어요? 당신 무전기를 훔쳐 본사에 연락이라도 할까 봐서요?"

랩은 배낭 속에서 그라놀라 바를 꺼내어 릴리에게 나눠주었다.

"자, 이거나 씹어요."

그리곤 싱긋 웃으며 말했다.

"이제 질문은 그만큼 하시고."

릴리는 그것을 받아 포장지를 뜯어내며 다시 물었다.

"소속이 어디죠, 미치 크루즈? 역시 FBI?"

"아뇨. 거긴 아니에요."

"그럼 어디? 군대?"

랩은 그 질문을 무시하고 배낭 속을 계속 뒤졌다.

애너 릴리는 미소를 지으며 말했다.

"이봐요, 당신은 내 생명을 구해줬어요. 당신이 어디 소속이든 난 상관 안 해요."

여자가 계속 쳐다보자 랩은 한참 생각한 뒤에 대꾸했다.

"애너, 내가 오프 더 레코드로 말한 내용을 나가서 절대 기사화하지 않겠다고 약속할 수 있나요? 내가 당신 목숨을 구했다는 얘기까지 포함해서 모두."

랩은 마지막 말은 웃으며 했다.

릴리는 그 질문을 진지하게 받아들였다.

"나는 기자예요. 당신이 비밀로 얘기한 내용은 무엇이든 지킬게요."

랩은 껄껄 웃었다.

"우리 아버진 노상 '고수 앞에서 꼼수 쓰지 마라' 고 하셨죠."

그는 릴리의 볼에 난 찰과상과 입술에 말라붙은 피딱지를 살펴본 뒤 전술조끼 주머니에서 펜라이트를 뽑아들며 말했다.

"오늘 아침엔 좀 어떤지 볼까요. 먼저 동공의 팽창 상태를 체크하죠."

그는 릴리의 턱을 받쳐 들고 왼쪽 눈을 불빛으로 비쳐본 다음 오른쪽 눈도 검사했다. 동공이 정상적으로 팽창하자 불빛을 좌우로 이동시키며 그녀에게 눈동자를 움직이도록 했다. 역시 아무 이상도 없었다. 랩은 펜라이트를 끄고 뺨의 상처를 살짝 건드리며 물었다.

"여긴 느낌이 어때요?"

릴리는 얼굴을 찡그리며 반문했다.

"잘 모르겠어요. 어때 보여요?"

랩은 여자의 얼굴을 다시 살펴본 뒤 고개를 끄덕이며 대답했다.

"예상 외로 아주 좋아요. 거의 말짱할 정도로."

릴리는 생긋 웃었다.

"그렇다면 나도 기분이 좋아요."

두 개째의 그라놀라 바를 조용히 물어뜯고 있는 애덤스를 돌아보며 랩이 말했다.

"우리 꽤 단단한 여자한테 걸려든 것 같아요."

"맞아."

애덤스가 고개를 끄덕이며 맞장구를 쳤다.

랩이 릴리의 뺨에 난 찰과상을 다시 세심히 들여다보자 그녀가 말했다.

"여자가 남자보다 통증을 더 잘 참는다는 거 알아요?"

"그렇다고 하더군요."

랩은 구급약품 상자에서 위생 알코올 패드를 꺼내어 릴리의 입술 가에 달라붙은 피딱지와 뺨의 찰과상 부분을 살살 닦아냈다. 그것이 끝나자 이번엔 그녀의 머리를 이리저리 돌리며 상처가 더 없는지 살폈다. 자세히 살펴볼수록 예쁜 여자였다. 이런 상황에서 엉뚱한 생각을 한다는 것이 좀 걸리긴 하지만 어쩔 수가 없었다. 연한 혈색을 띤 여자의 피부는 부드럽고 매끄러웠다. 턱을 옆으로 살짝 돌리자 목 뒷덜미로 흘러내려 말라붙은 핏자국이 보였다. 그것을 알코올로 닦아낸 뒤 양손을 두개골 위에 올리자 여자가 움츠리며 머리를 뺐다.

"아파요?"

랩이 물었다. 여자가 머리를 끄덕이자 그는 웃으며 말했다.

"조금 전에 여자가 남자보다 아픈 걸 더 잘 참는다고 으스댄 사람이 누구더라?"

"몰라요. 당신이 살짝 건드리기만 해도 무지 아프네."

"잠시만 진득하니 참아요. 상처가 얼마나 깊은지 보게."

랩은 여자의 갈색 머리카락을 헤치고 살펴보았다. 3센티쯤 찢어진 상처가 꽤 깊어 보였다. 랩은 한 손을 머리에 얹은 채 다른 손을 뒤로 뻗어 새 알코올 패드를 집어 들었다. 그리곤 돌아보지도 않고 밀트 애덤스에게 말했다.

"밀트, 부탁 하나 할까요? 가져온 청사진들을 방바닥에 좀 펴줘요."

랩은 상처 부위를 꼼꼼히 닦은 뒤 손부채로 알코올을 말렸다. 릴리는 몹시 따가운지 얼굴을 찡그리고 있었다. 잠시 후 랩은 그녀의 머리카락을 제자리로 돌려 어깨 위로 흘러내리게 한 뒤 물었다.

"좀 어때요?"

릴리는 손을 들어 머리를 살살 만져보곤 대답했다.

"심하게 움직이지만 않으면 괜찮을 거예요."

그러나 랩은 그녀가 팔을 들어 올릴 때 얼굴을 찡그리는 걸 보았다.

"왜 그래요?"

릴리는 옆구리를 조심스레 만지며 말했다.

"옆구리가 결려요."

"일어설 수 있겠어요?"

"그럼요."

랩은 여자를 일으켜 세웠다.

"옆구리와 등과 앞쪽이 다 아파요?"

릴리는 아픈 곳을 손으로 가리켰다.

"옆구리와 등이 아파요."

"한 번 살펴봐야겠는데, 그래도 괜찮겠어요?"

랩의 걱정스런 표정을 본 릴리의 입술 양끝이 살짝 올라갔다. 그녀는 한 손을 그의 뺨에 갖다 대며 말했다.

"당신을 못 믿으면 누굴 믿겠어요."

랩의 얼굴이 살짝 붉어졌다.

"좋아요. 그러면 내가 볼 수 있게 돌아서 봐요."

릴리가 돌아서자 랩은 그녀의 스웨트 셔츠를 걷어 올렸다. 가느다란 허리 위로 올리브 빛깔의 피부가 드러났다. 왼쪽 엉덩이 위쪽에 어른 손바닥만 한 불그스름한 멍이 잡히기 시작하고 있었다. 빨간 생채기 같은 것은 보이지 않았다. 랩은 불그스름한 부분을 손가락으로 살짝 눌러 보았다. 릴리가 아무 반응도 보이지 않자 이번엔 약간 세게 눌렀다. 그녀가 얼굴을 찡그렸다.

"심호흡을 몇 번 해 보세요."

랩은 여자가 심호흡을 하면서도 통증을 호소하지 않자 셔츠를 내리며 말했다.

"좀 아프긴 하겠지만 가벼운 찰과상이에요. 갈비뼈가 부러지거나 금이 간 건 아니니까 불행 중 다행이라 생각해야죠."

그는 웃으며 한마디를 보탰다.

"당신 꽤 터프한 여자 같네요."

릴리는 생긋 웃으며 대꾸했다.

"오빠들이 많거든요."

랩은 머리를 끄덕였다.

"별 탈은 없을 것 같은데 난 의사는 아닙니다."

"그러면 뭐죠, 크루즈 씨?"

릴리의 집요한 질문을 피하며 랩이 말했다.

"난 할 일이 좀 있어요."

그는 방바닥에 펼쳐진 청사진들을 보며 애덤스에게 말했다.

"밀트, 이곳에서 1층과 3층으로 연결되는 모든 계단들과 엘리베이터들을 좀 자세히 설명해 줘요."

댈러스 킹은 이미 두 번째 배터리를 사용하고 있었다. 지난 한 시간 반 동안 디지털 전화기를 귀에서 거의 떼지 않았다. 측근들이 펜타곤 E 링의 널찍한 복도를 이동하는 가운데 그는 백스터 부통령 곁을 총총걸음으로 따라갔다. 엄숙한 표정의 비밀검찰국 요원들이 그들을 에워쌌다. 킹은 요원들의 수가 너무 많다고 생각했다. 여긴 펜타곤 안이 아닌가. 하지만 다른 걱정거리 때문에 경호 문제까지 신경 쓸 겨를이 없었다. 그들이 앞으로 나아가자 사람들이 양쪽으로 갈라졌다. 펜타곤 직원들이 사람들을 양쪽 벽으로 몰아 현 군통수권자가 지나가도록 길을 열었다.

사람들이 웅성거리는 소리에 귀가 따가울 지경이었다. 다들 아지즈의 대국민 연설을 보거나 듣고 떠들어대는 소리였다. 이제 그들의 공통 관심사는 미국 정부가 과연 어떤 반응을 보일 것이냐 하는 것이었다. 그 대답은 실제로 네브래스카 주 오마하에 있는 일개 개인에게 달려 있었다. 레지널드 불레이라는 이름을 가진 그 사내는 바로 이 순간 허스커 폴의 여론조사 결과를 댈러스 킹에게 제공하기 시작했다.

불레이는 다년간의 여론조사를 통해 허스커 폴을 정치 컨설팅 업계에서는 가장 정확한 조사단체로 부상시켰다. 그는 보수를 가장 후하게 지불하는 소수의 고객들과만 거래했고, 허스커 폴의 조사 결과를 어떤 신문이나 텔레비전에도 발표하지 않았다. 불레이는 편향적인 조사나 여러 가지 테크닉을 이용한 왜곡된 여론조사를 하지 않았고, 가능한 한 가장 정확한 결과를 도출하려고 노력했다. 그래서 아주 평범한 영어로 단도직입적인 정직한 질문들을 던져 대답을 얻어냈다.

평소에 이용하던 두 여론조사원과 통화한 킹은 자신이 원하는 바를 그들이 전혀 이해하지 못하자 짜증이 났다. 그래서 지금이야말로 불레이와 그의 허스커 폴에 돈을 써야 할 때라고 판단했던 것이다. 이제 그 돈이 위력을 발휘하고 있었다. 불레이가 전하는 여론조사 결과를 들으며 킹은 고개를 끄덕였다. 솔직히 기대했던 대로의 결과였지만 그런데도 불구하고 그는 깜짝 놀랐다. 그것은 다른 어떤 판단과 해석도 거부할 정도로 미국의 새 트렌드를 반영하고 있었다. 킹은 아지즈의 연설을 들을 때도 그런 것을 느꼈으며, 자신이 영리해서 깨달은 것인지 아니면 단지 운이 좋은 놈인지 좀 아리송했던 것이다.

킹은 불레이의 여론조사 결과가 마음에 들었다. 허스커 폴의 조사에 의하면 응답자의 60퍼센트 이상이 백스터 부통령은 사태의 평화적 해결을 위해 최선의 노력을 다해야 한다고 대답했다. 대량살상 무기에 대한 제재를 제외하고 이라크에 대한 경제 제재는 모두 풀어야 한다는 의견에는 무려 80퍼센트에 가까운 응답자가 찬성한 것으로 나타났다. 나머지 20퍼센트 정도는 테러범의 요구 조건을 한 가지라도 들어주면 즉시 백악관을 허물어버리겠다는 사람들이며, 이들의 생각은 어떤 말이나 행동으로도 바꿀 수 없다고 불레이는 킹에게 설명했다.

킹은 그것도 이미 예상했다. 무슨 일에나 양극단의 광신자들은 있기 마련이다. 그가 걱정해야 할 사람들은 그들이 아니었다. 주어진 이슈 중심에서 너무 멀리 떨어져 있지 않은 60퍼센트에서 80퍼센트의 사람들을 주시해야만 했다. 정치 고문으로서 킹은 그들을 우리 편으로 만드는 것, 정확히 얘기하면 부통령을 그들 가운데로 앉히는 것이 자신의 소임이라고 생각했다. 그의 다음 행동 방향은 그쪽이었다.

불레이에게 조사 결과를 팩스로 보내라고 지시한 뒤 킹은 전화를 끊었다. 그리곤 일행을 갑자기 세우고는 부통령의 팔을 잡고 오른쪽으로 끌고 갔다. 비밀검찰국 요원들은 경호 도중 킹이 이런 식으로 부통령과 소곤대는 것을 여러 번 경험한 터라 아무 말 없이 곧 등을 돌리고 보호막을 쳤다. 킹은 백스터의 어깨에 손을 올려놓으며 속삭였다.

"내가 예상했던 대로예요. 60퍼센트 이상의 국민이 이 사태를 평화적으로 해결하길 바라고, 80퍼센트 가량이 이라크에 대한 경제적 제재를 풀어야 한다고 나왔어요. 대량살상 무기 부분만 남겨두고 말이죠."

백스터가 고개를 끄덕인 뒤 물었다.

"그러면 제재를 풀라고 UN에 압력을 가해도 괜찮을까?"

"괜찮을 거예요."

킹은 자신 있게 대답했다.

"게다가 그자에게 인질 3분의 1을 추가로 풀어주게 만들면 우린 훨씬 유리한 위치에 서게 됩니다."

백스터는 회의실 쪽을 가리키며 말했다.

"저 사람들은 이 방법을 싫어할 텐데."

킹은 어깨를 으쓱했다.

"그들은 특수부대 요원들을 들여보내 쓸어버리는 것 외에는 다 싫어할 텐데요, 뭐. 당신은 그걸 막아야 해요. 당신은 더 높은 도덕적 기반이 필요하니까. 무고한 인질들의 생명을 지켜야만 한다고요."

"그렇지만 정책과 선례라는 것이 있잖아?"

백스터는 고개를 저었다.

"미국 국민은 그 방법을 지지하겠지만 의회는 어떤가? 그자가 저지른 잔인한 살인에 이를 갈고 있는 사람들이 있어. 젠장, 이란의 돈을 넘겨준 것에 대해서도 벌써 비난하는 자들이 있더라고."

"엿 먹으라죠, 뭐."

킹이 빈정거렸다.

"그자들은 당신이 무슨 일을 하든 욕할 겁니다. 하지만 그들이 원하는 대로 군대를 투입하면 좌파의 강경론자들이 당신을 십자가에 매달려고 할 겁니다."

킹은 머리를 흔들었다.

"양쪽을 모두 만족시킬 순 없어요. 다수의 편에 서서 당신 자리를 고수해야죠. 그래야만 자신도 보호할 수 있습니다."

그러자 이번엔 백스터가 머리를 흔들었다.

"그건 위안일 뿐이야. 자네가 그처럼 좋아하는 여론이란 기상예보 같은 거라고. 군중이나 마찬가지지. 그들이 어느 쪽으로 향할지 예측할 수 있을 때까진 좋아. 그렇지만 삐끗하는 순간 그들은 너를 향해 올 거라고. 그땐 끝장이지."

킹은 처진 눈꺼풀로 셔먼 백스터를 바라보았다. 지난 사흘 동안 쉴 새 없이 일해서 지칠 대로 지쳤고, 부통령이 징징 짜는 꼴을 지켜보는 데도 신물이 났고, 무엇보다 그 자신의 문제가 더 큰 고민이었다. 그는 경멸을 담은 표정으로 말했다.

"셔먼, 당신은 그만둬야 할 것 같군요. 조국이 처한 최대의 위기를 평화롭게 해결하여 위대한 정치가로 거듭날 황금 같은 기회예요."

그는 말을 멈추고 잠시 고개를 저었다.

"그걸 모른다면 차라리 플러드 장군과 스탠스필드 국장 같은 전쟁광들에게 맡기는 게 좋겠어요. 그러면 그들은 특수부대 요원들을 투입시켜 백악관을 폭파하고 그 안에 있는 사람들을 다 죽이겠죠. 그러면 당신은 책임이 두려워 50여 명의 미국 시민들을 죽음으로 내몬 백정으로 역사에 기록될 겁니다."

백스터는 새파랗게 어린 자신의 비서실장을 말없이 노려보았다. 그는 이딴 식으로 말하는 놈들에겐 익숙하지 않았다. 동료들조차도 그딴 식으로 말하지 않았다. 킹의 말이 먹혀든 것은 아마 그래서였는지도 모른다. 그 말은 옳아, 하고 백스터는 생각했다. 내가 언젠가는 대통령이 되고 싶다면, 이럴 때 당당하게 앞장서서 지도자의 자질을 보여야지. 그리고 나는 세상에서 무엇보다도 대통령이 되고 싶다. 그는 천천히 고개를 끄덕이며 킹의 말에 동의할 수밖에 없었다.

31

플러드 장군과 캠벨 장군, 스탠스필드 국장과 아이린 케네디는 합참
회의실 긴 테이블 끝에 나란히 앉아 있었다. 그들 옆으로는 국방장관과
국무장관이 보좌관을 한 명씩 대동하고 앉았다. 백스터 부통령과 댈러
스 킹이 회의실로 들어와 테이블 머리맡에 앉자 함께 온 측근들도 왼쪽
과 오른쪽으로 나뉘어 앉았다. 거대한 테이블을 둘러싼 의자들은 그래
도 3분의 2쯤이 빈 상태였다. 사태의 심각성이 모두의 얼굴 표정에 드러
났다. 눈동자는 충혈 되고 수면부족이나 커피 과다섭취로 손들은 가늘
게 떨렸다.

백스터 부통령은 불안한 두 손을 펴서 테이블 위에 올려놓았다. 킹한
테 한 방 먹은 것이 새로운 집중력과 결심을 안겨주었다. 백스터는 의견
을 묻는 것이 아니라 국무장관에게 곧바로 명령했다.

"찰스, 당신은 UN을 닦달해서 마지막 날 이전까지 이 문제를 매듭짓
도록 하시오."

찰스 미들턴 국무장관은 머리를 숙인 뒤 물었다.

"어느 선까지 압력을 행사할까요?"

"필요한 만큼 하시오. 다음 세기 중간까지 모든 결의안을 거부하고 자
금도 모두 동결하겠다고 협박해요. 마지막 날까지 이 문제를 해결할 수
만 있다면 모든 수단을 행사해도 좋소. 일단 인질들을 석방시킨 후에는

언제든 결의안들을 되돌릴 수 있을 테니까."

"그렇게 쉽지만은 않을 겁니다."

미들턴이 안경 코를 밀어 올리며 말했다.

"상관없소. 일단 그렇게 하시오. 나머지 일은 그다음에 걱정합시다."

스탠스필드 국장이 잔기침을 했다.

"죄송하지만 한 말씀 올리겠습니다. 지금 너무 성급한 게 아닐까요?"

백스터의 머리가 왼쪽으로 확 돌아갔다. 그는 토론을 벌일 기분이 아니었다. 그냥 명령을 내리고 다들 따라주기만을 바랐다. 그렇지만 테이블 맞은편에 앉아 있는 노회하고 냉정한 토머스 스탠스필드를 바라보자 그의 새로운 자신감은 약간 흔들렸다. 솔직히 백스터는 스탠스필드처럼 편안한 느낌을 주는 얼굴을 만나본 적이 별로 없었다. 그렇지만 들은 소문에 의하면 이 늙은 스파이 우두머리와 맞붙는 일은 일단 재고하고 볼 일이었다. 그는 뒤로 약간 물러나며 CIA 국장에게 물었다.

"무슨 뜻으로 하시는 말씀입니까, 토머스?"

"그자의 말을 잘 분석한 다음 방책을 강구하는 편이 신중할 것으로 보입니다."

"나도 필요한 모든 정보를 입수하고 내린 결정입니다. 아지즈는 미국 시민들의 생명을 볼모로 거래하려는 겁니다. 그 대가로 우린 무언가를 내놔야 해요. 인도주의 상으로도 그렇게 할 수밖에 없을 겁니다."

"그런데 그 무언가가 뭡니까?"

플러드 장군이 거북한 목소리로 물었다.

"이라크 국민 굶기기를 중단하는 일이죠."

짜증이 난 플러드 장군이 다시 받았다.

"이라크 국민을 굶기는 사람은 우리가 아니라 사담 후세인이죠. 아시다시피 그 자신이 일으킨 전쟁에서 패배하고도 항복 조건에 서명하길 거부함으로서 자기 백성들을 굶기고 있는 것 아닙니까?"

합참의장은 굵은 집게손가락으로 테이블 표면을 찔러댔다.

"우리는 사담이 미국 영토를 공격하려는 명백한 목적으로 테러범들에게 자금을 지원했다는 정보보고서를 확인했습니다. 그런데 어떻게 UN에게 이라크에 대한 경제 제재를 풀라고 요구할 수 있겠습니까?"

"그 정보들이 정확하다고 확신할 수 없잖소."

부통령이 반박했다.

스탠스필드 국장이 부통령의 눈을 똑바로 바라보며 말했다.

"저의 모든 경력과 명예를 걸고 그 정보는 정확하다고 확신합니다."

백스터는 땅으로 꺼져들어가는 느낌이었다. 그는 의자에 등을 한껏 기대며 두 손바닥을 앞으로 쳐들었다.

"나는 사담 후세인을 변호하려고 여기 앉은 게 아닙니다. 비열하기 짝이 없는 그자를 나도 증오해요. 그렇지만 인질들을 최대한 많이 구하고 싶습니다. 다른 일들은 나중에라도 되돌릴 수 있어요."

"되돌린다고요."

플러드 장군은 화를 내기 시작했다.

"되돌릴 수 없을 때는 어떻게 합니까?"

"모든 사람들은 우리가 강요에 의해 그런 결정을 내릴 수밖에 없었음을 알게 될 겁니다. 실제로 우리 머리에 총을 겨누고 있는 거나 마찬가지 아닙니까?"

합참의장은 부통령에게서 눈길을 거두어 테이블 맞은편에 앉아 있는 국무장관을 바라보며 말했다.

"찰스, 프랑스인들이 얼마나 간절하게 이라크로 돌아가고 싶어 합니까?"

찰스 미들턴은 별 성의 없이 무뚝뚝하게 대답했다.

"아주 간절히요."

"남아공 사람들은요?"

"아주 간절히."

"러시아인들은 어떻습니까?"

"간절히 원하죠."

"우리가 문을 열면 그들이 일주일이나 한 달 내에 돌아왔다가 철수할 것으로 봅니까?"

"그럴 리가요. 그들은 여러 해 동안 제재가 풀리기를 학수고대했고, 이미 상당한 양의 밀수거래를 해왔습니다."

플러드 장군은 부통령에게 다시 말했다.

"이 사태가 완전히 해결되었을 때 원래대로 되돌리긴 쉽지 않을 것입니다."

"쉽지 않다는 건 나도 알아요, 장군."

백스터는 자신의 권한을 주장해야 한다는 것을 알았다.

"당연한 걸 설명할 필요는 없소. 나의 주관심사는 인질로 잡혀 있는 미국인들의 생명입니다. 그들의 석방을 위해 외교정책을 바꿔야 한다면 다소 무리가 있더라도 기꺼이 그렇게 할 거요."

백스터는 화가 나 머리를 뒤로 휙 제쳤다.

"사오십 명의 목숨을 구하기 위해 전 외교정책과 이 나라의 안보를 위험에 빠뜨리겠다는 겁니까?"

"당신은 약간 감정적인 것 같소, 플러드 장군."

"감정적이라고요?"

플러드는 그 말을 따라하며 얼굴이 벌개졌다.

"이건 전쟁입니다, 백스터 부통령. 전쟁 중엔 사상자가 나기 마련이죠. 사담 후세인이 우리를 공격했습니다. 그자가 이 테러범 혹은 용병들을 고용한 겁니다. 사담이나 아지즈 같은 자들한테 먹혀드는 건 딱 한 가지밖에 없어요. 힘입니다. 압도적인 힘이요!"

백스터는 자신에게 도전하는 장군을 경멸 어린 눈으로 바라보았다. 의견에 반대하는 건 차치하고라도 이건 대통령 권한 대행에 대한 존경심 부재를 드러낸 태도라고 생각했다.

"장군의 의견은 유념하겠소. 이제 다른 의제로 넘어가면 좋겠는데…."

"잠깐만요."

플러드 장군이 큰 소리로 말했다.

"사담 후세인이 사태를 배후조종한 사실이 좀 더 분명하게 드러나면 국민들은 행동을 취할 것을 원할 것입니다. 그때는 이 결정을 내린 사람들에 대한 불편한 질문들이 제기될 것입니다."

백스터도 성질이 슬슬 나기 시작했다.

"지금 나를 협박하는 거요, 플러드 장군?"

"아닙니다."

플러드는 부통령의 눈을 똑바로 바라보며 대답했다.

"저는 단지 당연한 것을 다시 설명 드리고 있을 뿐입니다. 우리나라만 이런 정보를 가지고 있는 것이 아닙니다. 우리의 가장 충실한 몇몇 동맹국들도 무슨 일이 일어나고 있는지 알고 있고, 우리가 그들의 안전을 위험에 빠뜨리는 걸 좌시하지 않을 겁니다."

"플러드 장군!"

백스터가 마침내 더 이상 참지 못하고 고함을 질렀다.

"지휘계통에 대해 다시 설명해야겠소? 내가 지금 이곳 책임자요."

그가 손가락으로 자기를 가리켰다.

"그리고 나는 다른 누구보다 우리 인질들을 구하려는 거요. 동맹국이나 다른 나라들과의 이해관계를 우선해서."

플러드는 꿈쩍도 하지 않았다. 그는 눈 하나 깜박 않고 부통령의 눈길을 똑바로 받아내며 말했다.

"지휘계통에 대해서는 잘 알고 있습니다. 그리고 우리 동맹국들의 안보를 무시하는 것이 커다란 실수라는 걸 당신에게 알려주지 않는다면 나는 직무태만을 범하는 것이 될 겁니다. 이스라엘은 가장 충실한 우방이죠. 그런데 당신의 단기적 해결책으로 말미암아 가장 가까운 우방 하나를 떠나보내거나 전쟁으로 몰아넣을 수도 있다고 생각합니다."

백스터가 완전히 뚜껑이 열리려는 찰나에 회의실 문이 열리고 해군 여장교 하나가 걸어 들어왔다. 그녀는 모두에게 죄송하다고 말한 뒤 아이린 케네디에게 다가가서 쪽지 한 장을 전달하고 나갔다.

케네디 박사는 쪽지를 펴보았다. 그동안 까맣게 잊고 있었던 일이 거기 적혀 있었다. 모사드 소속의 대화 상대자가 무슨 얘길 할지 갑자기 궁금해져서 그녀는 즉시 의자에서 일어났다.

"죄송합니다만 이걸 체크할 필요가 있어서요."

케네디는 쪽지를 공중에 흔들어 보인 뒤 회의실을 나갔다.

미치 랩은 나갈 준비를 다 갖추었다. 애덤스를 데려온 건 큰 도움이 되었다. 건물 내부를 소상히 아는 것도 그렇지만, 랩이 이용할 수 있는 손이 한 세트 더 있다는 점에서도 여러 모로 편리했다. 애덤스는 랩에게 정확한 지점들을 벌써 세 번째 지적하며 설명했다. 랩은 2층의 레이아웃을 마지막으로 살펴보며 숫자를 재점검했다. 그것을 마치자 그는 다섯 곳을 결정하고 애덤스에게 말했다.

"모니터와 감시기를 동시에 다룰 수 있겠어요?"

애덤스는 고개를 끄덕였다.

"물론."

"좋아요. 그러면 난 갑작스런 사태에 대비할 수가 있죠."

랩은 작은 주머니를 열고 초소형 영상음성감시기를 다섯 개만 남기고 다 꺼냈다. 애덤스에게 주머니를 건넨 랩은 청사진을 가리키며 말했다.

"영감님이 지적한 다섯 곳에 설치할 거예요. 하나씩 설치한 후 잘 작동되는지 모니터로 점검하세요."

랩은 모니터를 집어 들고 애덤스의 몸에 매는 걸 도와주었다. 착용이 끝나자 그는 나머지 장비들을 점검했다. 그가 기관단총 노리쇠를 당기자 릴리가 물었다.

"그게 MP-5예요?"

랩은 놀란 표정으로 그녀를 바라보았다.

"그것과 비슷해요. 이건 신형 MP-10입니다. 그런데 MP-5는 어떻게 알아요?"

"아빠가 시카고 경찰이거든요."

"아, 그렇군요."

"뭘 하시려는 거예요?"

"약간의 정찰."

"어딜요?"

랩은 기관단총을 바닥에 내려놓았다.

"당신은 정말 질문이 많군요."

"난 기자예요. 묻는 것이 직업이죠."

랩은 고개를 끄덕이며 특별히 나쁜 일을 떠올린 것처럼 얼굴을 찡그렸다. 그 표정을 본 릴리가 또 물었다.

"그게 뭐 잘못되었나요?"

랩은 어깨를 으쓱한 뒤 대답했다.

"보통 상태에서는 문제가 없죠. 하지만 현 상태에서는 문제가 될 수 있습니다."

"왜 그렇죠?"

"왜냐고요? 이 사태가 끝나면 당신은 분명 엄청난 기사를 써댈 테니 그렇죠."

"난 당신에게 큰 빚을 졌어요. 당신이 동의하지 않는 내용은 쓰지 않겠어요."

랩은 허벅지에 찬 권총집에서 베레타를 뽑아 슬라이드를 뒤로 당겼다가 놓았다.

"이 사태에 대해 한 줄도 쓰지 말라고 한다면 어쩔 건가요? 우리가 아예 만난 적도 없고, 이런 일은 아예 일어나지 않았던 것처럼 행동하라고 한다면요?"

"그건 비현실적이잖아요."

"그러니까 문제가 있다는 거죠."

릴리는 무슨 비밀이 그렇게 많을까 하는 표정으로 랩을 바라보았다.

"소속이 어디죠?"

"말할 수가 없어요."

랩은 베레타를 권총집에 꽂으며 말했다.

"난 정말 알고 싶단 말예요."

랩은 눈을 커다랗게 뜨고 고개를 저었다.

"나는 정말 말해 줄 수가 없어요."

"CIA군요."

릴리는 그의 눈을 바라보며 미세한 반응이라도 잡아내려 했지만 아무 소용없었다.

"CIA가 분명해요. 아니라면 밝힐 수 있었겠죠."

"틀렸어요. 당신 약속한 건 잘 지켜요?"

"그럼요."

"좋아요. 우리가 여기서 살아나간다면 언제 날을 잡아 내 인생사를 들려드리죠."

그가 미소를 짓자 양쪽 볼에 깊은 보조개가 드러났다.

릴리가 미소로 답하며 고개를 끄덕였다.

"역시 CIA 맞아요."

"난 그런 말 한 적 없는데."

랩이 대꾸했다.

플러드 장군의 사무실에서 보안 전화기를 들고 서 있던 아이린 케네디는 가슴이 덜컥 내려앉는 느낌이었다. 대화 상대자는 이스라엘 모사드의 대테러 부서장 벤 파인 대령이었고, 그는 전날 밤 케네디가 조회한 세 사내의 신분과 배경에 대해 간단히 설명했다. 처음 두 사내에 대한 정보는 놀랄 것도 없지만, 세 번째 사내는 사정이 전혀 달랐다. 무스타파 야신이라는 이 의문의 사내에 대해 케네디는 주목했다. 첫 번째 사내는 쉰일곱 살 먹은 요르단 육군 장교였고, 두 번째 사내는 열여덟 살 된 팔레스타인 반체제 혐의자로 밝혀졌다.

"세 번째 남자 야신에 대해 다시 한 번 읽어주시겠어요?"

케네디의 부탁에 벤 파인 대령은 말했다.

"그러죠. 그런데 유의할 점은 이곳에서 야신이란 이름이 너무 흔해 동일 인물이 아닐 수도 있다는 겁니다. 무스타파 야신은 이라크인이에요. 이 사내에 대한 정보가 별로 많지는 않은데, 그것들 대부분이 쿠웨이트 침공과 연관되어 있다는 점이 특이합니다. 그 이후 그의 파일에 업데이트된 정보는 한 가지뿐이에요. 우리 정보원의 말에 의하면 그의 별명은 '바그다드의 도둑'이랍니다. 이라크인들이 쿠웨이트로 몰려가서 약탈을 시작할 때 은행 금고문을 모조리 열어젖힌 사내가 바로 이 야신이었다는군요."

"그자에 대한 다른 정보도 있어요?"

케네디가 물었다.

"별로 없습니다. 이 사낸 별로 걱정할 것 없을 텐데요. 아지즈는 분명 열여덟 살짜리 가자 출신 사내를 대포알받이로 데려갔을 겁니다."

케네디는 플러드 장군의 책상을 내려다보며 어떤 가능성에 대해 생각했다.

"그의 행방을 알 수 있을까요?"

"이미 세 명 모두 수배했죠. 지금까지 행방이 확인된 자는 요르단 장교뿐입니다."

"이 반체제 인물들은 밀착감시를 하는 줄 아는데요."

"그러고 있죠. 하지만 지금 이곳 분위기가 좀 험악합니다. 뭐라고 표현하면 좋을까, 주민들이 불안해해요. 우리는 또 다른 인티파다(Intifada: 팔레스타인 사람의 반이스라엘 저항운동—옮긴이)에 직면해 있습니다. 아지즈는 두 살부터 일흔 살에 이르는 모든 팔레스타인 사람들에게 돌을 던지며 저항하라고 부추기고 있는 듯해요."

케네디는 눈앞에 벌어진 위기에 정신을 빼앗겨 해외에 미칠 영향에 대해서는 전혀 신경 쓰지 못했다는 걸 깨달았다. 파인 대령의 말은 일 리가 있었고, 적극 개입하여 단호하게 대처하지 않으면 사태가 더욱 악화될 뿐이었다.

"벤, 야신을 빨리 찾아주시면 큰 도움이 되겠어요."

"최고 요원들을 내보냈으니 곧 찾아낼 겁니다. 약속하죠."

"고마워요. 더 하실 말씀 없으세요?"

"글쎄…."

잠시 침묵이 흘렀다.

"밖에서 들은 얘기로는 엊그제 당신네들이 셰이크 하루트를 잡아갔다던데."

"어디서 들으셨어요?"

"여러 소스를 통해서요. 다들 내가 아니면 당신일 거라고 쑤군댄다는데, 내가 아닌 건 알고 있으니 당신이 틀림없겠죠."

"전 지금 그 얘길 할 수 있는 위치가 아니에요. 그렇지만 입장이 되면 충분히 설명드릴 것을 약속드립니다."

파인 대령은 한참 입을 다물고 있다가 말했다.

"아이린, 이런 얘길 하긴 난감하지만 우리 정부에는 미국의 이번 위기에 대처하는 방법에 대해 불만을 품은 사람들이 있소."

케네디는 돌아서서 플러드 장군의 책상 모서리에 걸터앉았다. 그녀 입장에서는 미국은 위기에 잘 대처하고 있으니 동맹국들은 그들의 의견을 자제해 주면 고맙겠다는 말밖에 할 것이 없었다. 파인 대령의 말이 수화기를 통해 계속 흘러나왔다.

"우리가 걱정하는 것은 당신들이 단기적 해결책을 선택함으로서 이스라엘에 심대한 손실을 끼치지나 않을까 하는 겁니다."

케네디는 파인의 말에 대해 정직하게 판단하려고 했다. 그리고 자신의 생각에 국수주의가 끼어드는 것을 거부했다. 이스라엘이 많은 위험에 처해 있는 것은 분명해 보였고, 미국이 이번 사태를 어떤 식으로 해결해 주길 바라는지 짐작하기란 그리 어렵지 않았다. 케네디는 이런 식의 토론은 항상 피해왔고, 백스터 부통령에게 실망하고 있는 현 상황에서 파인 대령의 걱정을 덜어주기가 조심스러웠다. 또한 그에게 건네는 말은 이스라엘 정부 고위층까지 그대로 전달된다는 것도 잘 알고 있었다.

"벤, 우리는 정책을 세우는 것이 아니라 조언만 하는 사람들이잖아요. 그렇지만 위기의 고비 때마다 이스라엘과의 관계에 대해 강력히 조언해 왔고, 중동에서의 보안과 안정에 대한 장기적 약속을 한 번도 외면한 적이 없었어요."

파인 대령은 다시 침묵 속에서 그녀의 말을 되씹는 것 같았다.

"우리 정부에서 신경을 곤두세우고 있는 사람들이 있어서요."

그가 한마디 하곤 다시 입을 다물었다. 케네디는 대령의 숨결을 통해 그가 받는 압박감을 느낄 수 있었다.

"당신들이 아지즈와 거래하고 있다는 사실을 못마땅하게 생각하는 사람들이 많습니다. 테러범들과는 협상하지 않겠다는 기본자세를 바꾼 것에 대해 말이죠."

케네디는 말을 조심스럽게 가려서 했다.

"우리 정부에도 정책의 변화를 거부하는 사람들이 많지만 상황이 워낙 어려워요."

"협상을 결정한 사람은 누굽니까?"

"벤, 제가 대답할 수 없는 질문을 하시는군요."

"좋아요. 그러면 한마디만 더 하죠. 우리는 이 일이 어떻게 진척될지 잘 알기 때문에 무슨 수를 쓰든 자위책을 강구할 겁니다."

"이해해요, 벤."

케네디는 벤 파인 대령이 이렇게 똑 부러지게 말할 때는 상부의 지시가 있었기 때문이라고 판단했다. 십중팔구 수상이 직접 내렸을 것이다.

"그것이 이스라엘의 공식 혹은 비공식 입장이라고 제가 보고해야 하나요?"

케네디가 물었다.

"필요한 자위책을 강구한다는 것은 우리들의 기본 입장입니다."

"그렇다면 새삼 왜 그런 말씀을?"

"왜냐하면 이번 사태는 특별한 상황이고, 우리는 이 문제에 대한 이스라엘의 입장을 의심하는 사람이 아무도 없길 바라기 때문입니다."

"당연한 말씀. 이스라엘의 그런 입장은 모두 잘 알고 있습니다."

케네디는 한 손으로 머리카락을 쓸어 올리며 말했다.

"아, 또 한 가지 체크할 것이 있군요. 열여덟 살 먹었다는 반체제 혐의자 말예요, 찾는 즉시 좀 알려주시겠어요?"

"물론이죠. 나도 셰이크 하루트에 대한 자세한 정보를 기대해도 되겠습니까?"

케네디는 파인 대령에게 무언가를 말해 주거나 최소한 약속이라도 해줄 수밖에 없다는 것을 알았다. 의도적으로 긴 한숨을 토해낸 뒤 그녀는 말했다.

"나중에 여유가 좀 생기면 자초지종을 다 설명 드리죠."

"알겠소. 계속 연락해요. 나도 그럴 테니까."

"고마워요, 벤."

케네디는 전화기를 손에 든 채 버튼을 눌러 전화를 끊었다. 그리곤 잽싸게 일곱 개의 번호를 눌러 상대방이 나오자 암호로 어떤 장소를 불러

주며 연결해 달라고 부탁했다. 20초쯤 기다리자 제인 호닉 박사가 전화를 받았다.

"제인, 하루트에게 무스타파 야신이라는 테러범을 잘 아는지 좀 물어봐 주실래요? 특히 야신이 팔레스타인의 10대 소년인지 이라크 남자인지 확인해 주세요."

"무슨 일로 그러는지 물어봐도 돼?"

"지금으로선 나도 몰라요. 확인할 필요가 있어서 그래요."

"알았어. 최선을 다해 볼게."

플러드 장군의 사무실 문이 열리고 그 자신과 캠벨 장군, 스탠스필드 국장이 차례로 들어왔다. 케네디는 그들로부터 돌아서며 호닉 박사에게 물었다.

"난 가봐야 해요. 그걸 알아내는 데 얼마나 걸릴 것 같아요?"

"글쎄, 그 친구가 가물가물해서 말이야."

"예? 그게 무슨 말씀이죠?"

"우리가 사용한 기술들이 인간의 두뇌에는 좀 안 좋았던 모양이야."

"식물인간이 될 거란 뜻이에요?"

"좀 험하게 표현하면 그렇지. 하지만 우린 엄청난 양의 정보들을 짜냈어. 그리고 인간의 정신을 들여다볼 수 있는 매우 흥미로운 점을 몇 가지 발견했는데…."

"그건 됐고요, 제인."

케네디는 호닉 박사의 말을 잘랐다.

"그자에게 야신에 대해 꼭 물어볼 이유가 있어요. 빠르면 빠를수록 좋아요. 난 지금 가봐야 하니까, 무엇이든 알아낸 즉시 연락주세요."

케네디는 그 말을 끝으로 전화를 끊었다. 나이도 몸무게도 그녀의 두 배가 넘는 플러드 장군이 책상 옆으로 돌아오며 물었다.

"이번엔 또 무슨 일이지, 제인?"

케네디는 숨을 길게 내쉰 뒤 대답했다.

"문제가 있는 것 같아요."

"어떤 문제?"

케네디는 두 손을 뒷짐 지고 방 건너로 시선을 보내며 대답했다.

"확실하지 않지만 한 시간 내로 확인하고 싶은 것이 있어요."

그녀는 CIA 국장에게 보고했다.

"파인 대령이 약간의 메시지를 보내왔어요."

스탠스필드는 그럴 줄 알았다는 듯이 고개를 끄덕이며 말했다.

"언제쯤 치고 들어올까 생각하고 있었어."

케네디는 국장과 캠벨 장군이 서 있는 곳으로 다가갔다.

"어떤 식으로든 자위책을 강구하겠다고 했습니다."

케네디의 뒤를 따라온 플러드 장군이 받았다.

"잘하는 짓이지. 이 난리에 적어도 누군가는 총을 들고 지킨다는 얘기니까."

"제가 나온 뒤에 무슨 일이 있었어요?"

모두 의자에 앉자 플러드 장군은 백스터 부통령이 내놓은 방책에 대해 케네디에게 설명해 주었다. 스탠스필드를 포함한 두 장군의 표정만 봐도 부통령의 그 방책이란 것을 매우 마뜩잖아 한다는 걸 알 수 있었다. 사태는 점점 더 나빠지고 있는 것 같았다.

32

벙커의 철문 한 부분은 손을 대면 1~2초도 견딜 수 없을 정도로 뜨거웠다. 대통령 경호실장 잭 워치는 이것을 끔찍한 신호로 받아들였다. 뿐만 아니라 밤이 왔다가 갔는데도 드릴 소리가 조금도 수그러들지 않았다. 분위기는 갈수록 침울해지고 대원들의 얼굴에는 지친 기색이 드러나기 시작했다.

비밀검찰국 대원들은 헤이즈 대통령이 내린 어처구니없는 명령으로 더욱 지독한 곤경에 처했다. 그는 경호원들에게 모든 무기를 부엌에 있는 작은 식탁 위에 내려놓도록 지시했다. 그리고 어떤 허세도 용납하지 않는다고 분명히 선을 그었다. 즉, 총 한 방 쏘지 않고 항복하겠다는 소리였다. 테러범들이 일단 벙커 철문을 열면 더 이상 피를 흘리는 것은 어리석다는 것이 대통령의 생각이었다. 그 시점에서 전투는 바로 끝날 것이다.

워치는 대통령의 생각을 돌리려고 한 차례 시도해 보았지만 아무 소용 없었다. 더 이상의 유혈사태는 용납할 수 없다는 헤이즈의 결심은 확고했다. 경호실장 옆으로 다가온 대통령이 벙커 철문에 손을 대어보곤 말했다.

"점점 뜨거워지는군."

"그렇습니다."

워치가 대답했다.

"좋은 생각 없나?"

"네."

헤이즈는 그에게 따라오라고 손짓했다. 두 사람은 소파가 놓인 곳으로 갔다. 대통령이 소파에 앉자 잭 워치는 맞은편 러브시트에 앉았다. 대통령이 경호실장을 보며 말했다.

"잭, 자신을 그만 괴롭히게. 우리가 할 수 있는 일은 없어."

"포기하는 건 제 체질이 아니라서요."

"그건 감탄할 만한 장점이지. 자네와 자네 부하들이 나한테 해준 모든 일에 대해 진심으로 고맙게 생각하네."

"감사합니다."

테러범들의 습격을 받았을 때부터 워치의 뇌리를 떠나지 않는 의문이 하나 있었다. 대통령이 칭찬과 감사를 하는 좋은 기분일 때 그는 물어보기로 결심했다.

"한 가지만 여쭤보겠습니다. 그 왕자는 누구기에 대통령 집무실까지 들어온 겁니까?"

그 문제는 헤이즈 자신도 지난 이틀 동안 줄기차게 생각해온 것이었다. 그는 사흘 전 상황실에서 가졌던 회의를 계속 떠올렸다. 파라 하루트의 납치를 승인했던 바로 그 회의에서 그는 라피크 아지즈의 흑백 사진을 보았다. 오래전에 찍은 사진이지만 사내의 눈빛이 아주 강렬한 인상을 남겼다. 오만의 칼리브 왕자는 얼굴은 아지즈와 약간 달랐지만 그 눈빛이 아주 똑같았다.

"확신할 순 없지만 라피크 아지즈 같네. 아니면 그자의 부하이거나."

워치는 고개를 끄덕였다.

"습격이 있기 직전에 아이린 케네디의 전화를 받았다고 제가 말씀 드렸었죠?"

"그랬지."

"저는 아지즈의 사진을 보지 못했지만 오벌 오피스에 서 있던 그자의 눈빛이 정말 마음에 안 들었습니다."

"그자의 사진을 보긴 했지만 아주 오래된 것이었네."

"저, 이 질문엔 대답하시지 않아도 됩니다만…."

워치는 대통령의 마음이 열려 있는지 표정을 살폈다. 헤이즈는 말해보라는 듯 고개를 끄덕였다.

"의아한 것이 있어 확인하고 싶어서요. 다름 아니라 저 테러범들은 어떻게 민주당 의장에게 접근하여 대통령 면담을 얻어냈을까요?"

헤이즈는 잠시 생각해 보았다. 그의 정치적 본능은 이 질문에 대답하길 거부했다. 20년 넘게 의회활동을 해온 그에게 워싱턴의 뜨거운 여름처럼 확실한 건 의회의 조사뿐이었다. 이 사태가 끝나면 온갖 종류의 조사와 평가, 보고가 봇물처럼 터질 것이다. 최근 역사를 통해 헤이즈가 한 가지 깨달은 것이 있다면, 은폐는 사태 해결보다 더 많은 문제를 만들어낸다는 점이었다. 국가 안보가 위태롭지 않는 한 모든 것을 활짝 열어 보이는 것이 최상의 방법이었다. 이번 사태는 당의 이미지를 훼손할 것이다. 타격이 얼마나 클지는 누구도 가늠할 수 없지만 질질 끄는 것보다는 그게 낫다.

정치가들의 탐욕은 가장 추악한 형태로 머리를 내밀었고, 마침내 이런 궁지에 내몰리는 결과를 초래했다. 헤이즈는 어떻게 하는 것이 옳은 일인지 알았고, 그렇다면 명예나마 지키고 싶은 지금 하는 편이 낫다고 생각했다. 왜냐하면 여기서 일단 나가면 수많은 변호사들과 고문들이 그의 방으로 몰려와서 입 다물고 한 마디도 하지 말라고 조언할지도 모르기 때문이었다. 언제나 솔직한 그는 경호실장에게 신세를 진 마음까지 들어서 일의 자초지종을 얘기하기 시작했다.

아지즈는 미국 국민에게 한 자신의 연설에 대해 학자들과 전문가들, 해설자들이 앞다투어 떠들어대는 것을 보자 입이 양쪽 귀에 걸린 듯 싱글벙글했다. 전투복으로 다시 갈아입은 그는 상황실에 앉아 두 발을 긴 회의용 테이블에 올려놓고 리모컨으로 여섯 대의 TV를 동시에 보고 있었다. 24시간 뉴스를 제공하는 케이블 채널 MSNBC를 주로 시청하다가도 다른 방송국에서 전직 FBI 요원이나 대테러 전문가 얘기만 나오면 즉시 그쪽으로 채널을 돌리곤 했다.

　그들이 내놓은 분석은 대부분 아지즈가 예상했던 그대로였다. 법집행 기관들이 내놓은 분석들에 비해 전직 국무부 관리나 정치가, 언론인, 종교 지도자들은 끔찍한 상황을 평화적으로 해결해야 한다고 주장했다. 지금까지 나온 말 중 아지즈의 마음에 가장 드는 것은 한 침례교 목사의 입에서 나왔다. 그 목사는 '우리 기독교 신'에 대한 감사의 뜻으로 아지즈 씨가 놀라울 만큼의 종교적 관용을 베풀었다고 말했다.

　그들은 마치 사태의 비폭력적인 해결이 코앞에 다가온 것처럼 말하고 싶어 환장한 사람들 같았다. 심지어 그들은 이렇게 말하기까지 했다. 이제 공은 백스터 부통령의 코트로 넘어갔다. 만약 그가 이 끔찍한 사태를 해결하길 원한다면, 아마 지금이 최상의 기회일 것이다.

　아지즈는 그 말이 마음에 들었다. 심리적 압박은 현실이 되었고, 그로서는 더 이상 바랄 바가 없었다. 일이 계획대로만 된다면 마지막 요구를 위한 완벽한 위치를 점유하게 될 뿐만 아니라, 승리를 안고 중동으로 개선하게 될 것이다. 그는 가장 신선한 요구를 미국에게 할 생각이었다. 미국의 동맹국들로 하여금 즉시 이라크와 교역을 재개토록 하라는 것이었다. 무기와 무기제조 기술을 제외한 그 거래는 영국과 이스라엘만 뺀 모든 나라들에게 두루 유익할 것이었다.

　아지즈는 벙커의 철문을 열고 패배감에 빠진 미국 대통령의 눈을 들여다볼 순간의 환희를 떠올리며 손으로 턱을 문질렀다. 헤이즈의 대갈통에 총을 들이대고 놈이 징징 우는 꼴을 구경할 수도 있을 터였다. 놈을 일단 박살내어 이젠 죽었구나 하는 생각이 들도록 한 다음 실낱같은 희망을 한 가닥 던져주는 것이다. 모든 사태를 한꺼번에 해결할 수 있는 평화적 방법이다. 놈이 얌전하게 말을 잘 들으면 아지즈는 전투복을 정장으로 다시 갈아입을 것이었다. 이번엔 헤이즈 대통령과 어깨를 나란히 하고 TV에 나가서 미국 놈들을 깜짝 놀라게 만들어줘야 할 테니까.

　대통령은 벙커 안에 무사히 잘 있다고 명예를 걸고 맹세한 군부 인사들과 비밀검찰국 관리들은 무참하게 망신을 당할 수밖에 없다. 그들이 뒷전으로 밀려나면 정치가들이 대통령과 인질 석방을 놓고 타협에 나설 것이었다.

아지즈가 자신의 넘치는 행운을 만끽하고 있을 때 한 TV 화면에 떠오른 영상이 그의 시선을 붙잡았다. 테이블 위의 두 발을 즉시 내린 그는 리모컨을 권총처럼 메인 TV에 겨누고 쏘았다. 채널이 바뀌며 셰이크 파라 하루트의 모습이 중앙 화면에 떠올랐다. 아지즈는 NBC 앵커가, 이슬람 성직자를 납치한 것에 대해 이란이 UN에서 강력하게 항의하고 있다고 UN 빌딩 바깥에서 방송하는 것을 보며 눈을 커다랗게 치떴다. 잠시 후 한 여자가 화면에 등장하자 앵커가 말했다.

"이 자리에서 〈워싱턴 포스트〉지의 쉴러 던 기자를 모시고 몇 마디 나눠보겠습니다. 던 기자, 오늘 조간 1면을 장식하셨던데, 그 기사가 최근 이란과 UN 사이에서 벌어진 일과 어떤 관련이 있는지 설명해 주시겠습니까?"

"네."

던은 진지한 표정으로 카메라를 바라보았다.

"저는 믿을 만한 정보원으로부터 백악관이 테러범의 목표물이 되어 있다는 정보를 CIA가 비밀검찰국에 미리 제보했다는 얘기를 들었습니다. 하지만 그 경고는 불과 몇 분 전에 주어졌던 것 같습니다."

앵커는 두 팔꿈치를 테이블 위에 괴며 상체를 앞으로 숙였다.

"셰이크 하루트와 이란이 그 일과 무슨 상관이 있죠?"

"이란은 자국 영토인 반다라바스에서 사흘 전 외국의 특수부대 요원들이 야간에 쳐들어와 민간인 10여 명을 사살하고 셰이크 하루트를 납치했다고 주장하며 UN에 불평하고 있습니다. 셰이크 하루트는 헤즈볼라 단체의 정신적 지도자로 라피크 아지즈와도 아주 가까운 사이라고 합니다. 그래서 CIA가 이 하루트를 통해 테러범의 습격에 대한 정보를 사전 입수했을 거라는 주장이 설득력을 얻고 있습니다."

"이번 사태에서 CIA가 어떤 역할을 했는지 알 수 있을까요?"

"아뇨."

쉴러 던은 몹시 실망스럽다는 듯이 머리를 저었다.

"국방부도 중앙정보국도 그 문제에 대해선 아주 굳게 입을 다물고 있습니다."

아지즈는 텔레비전을 껐다. 개새끼들, 대가를 치르게 해주지. 연결고리가 밝혀진 이상 발뺌할 재간이 없을걸. 이 일 때문에 어떤 놈이든 죽어야 해. 아지즈는 몸을 휙 돌려 문 쪽으로 걸어갔다.

펜타곤으로 긴급지원을 나온 미 육군 블랙호크 헬리콥터가 케네디와 스탠스필드, 플러드 장군, 캠벨 장군을 싣고 랭글리로 날아갔다. 7층 통제실로 들어간 그들은 맞은편 벽의 모니터들을 보자 할 말을 잃은 듯 한동안 침묵에 빠졌다. 케네디는 당직사관의 보고를 미리 받았지만 솔직히 그때도 별로 놀라지 않았다. 다른 많은 일들 때문에 미처 신경을 쓰지 못했을 뿐이지, 충분히 예상할 수 있는 일이었던 것이다.

스탠스필드 국장은 작은 영상들을 담고 있는 모니터 화면들을 묵묵히 바라보기만 했다. 그렇지만 합참의장과 연합특전사 사령관은 달랐다. 그들은 명령을 내리고 어김없이 복종시키는 것에 익숙해진 사람들이었다. 특히 캠벨 장군은 이런 특별한 상황에서 랩에게 분명한 명령을 내렸던 것이다. 다음 명령이 있을 때까지 현 위치를 고수하라.

대통령의 침실과 해리스 소령의 임시 지휘소를 보여주는 모니터 외에도 네 개의 모니터가 더 들어와 있었다. 각기 다른 이미지들을 보여주는 그 화면들이 모든 것을 말해 주었다. 그것들이 저절로 켜졌을 리는 없고, 초소형 감시기를 설치할 사람은 미치 랩뿐이었다. 그렇다면 그가 캠벨 장군의 명령을 정면으로 거역한 것이 분명했다.

케네디가 뒷줄에 앉은 당직사관에게 물었다.

"그를 호출해 봤어요?"

"여러 번 했습니다."

"연결이 안 돼요?"

당직사관이 머리를 흔들기도 전에 케네디는 이미 알고 있었다.

스탠스필드 국장은 모니터 화면들을 자세히 보기 위해 통제실 앞쪽으로 걸어갔다. 그리곤 이중초점렌즈 안경을 벗었다 꼈다 하면서 영상들을 살펴보았다. 두 개의 화면은 계단을 비추고 있었다. 노 국장의 기억

속에 그 계단들의 위치가 떠올랐다. 다른 두 모니터는 동서를 가로지르는 2층과 3층의 중앙 복도를 담고 있었다. 스탠스필드가 살펴보고 있는 도중에, 다섯 번째의 모니터가 켜졌다. 이번에도 계단을 비추었는데, 국장의 눈에도 익지 않은 것이었다. 그의 왼쪽에 앉아 있던 기술자와 분석자들이 서로 떠들어대더니, 그들 중 몇 명이 백악관 내부 사진들이 담긴 책을 열심히 뒤지기 시작했다. 잠시 후 문제의 계단은 3층에서 지붕으로 연결된 것으로 밝혀졌다.

모니터에서 눈길을 돌린 스탠스필드 국장은 통제실 뒤쪽에서 플러드 합참의장과 캠벨 사령관이 열띤 논쟁을 벌이고 있는 것을 보았다. 그들을 바라보는 CIA 국장의 얼굴 표정은 여전히 무덤덤하기만 했다. 그렇지만 마음속은 새로 발생한 문제점에 대한 불평과 해결책을 모색하느라 바빴다. 마침내 해결책이 떠오르고 그것을 분명하게 설명할 준비가 되자 그는 통제실 뒤쪽으로 천천히 올라왔다. 그리곤 플러드 장군의 어깨에 손을 얹으며 말했다.

"내 사무실로 가서 얘기합시다."

국장은 문 쪽으로 걸어가며 케네디에게 따라오라는 눈짓을 보냈다. 경호원이 지키고 있는 문을 나온 그들은 램프를 내려와서 국장실이 있는 모퉁이로 이동했다. 방음장치가 된 국장실 문이 닫히는 소리가 나자마자 스탠스필드가 예상했던 불평이 터져 나왔다. 캠벨 장군이 참지 못하고 말했다.

"이건 절대 용납할 수 없습니다. 제가 그에게 직접 명령했어요! 이유 여하를 막론하고 이건 월권입니다. 그 친구가 제멋대로 행동하고 돌아다니도록 방치해선 안 돼요!"

스탠스필드가 캠벨 장군을 돌아보았다. 맨 마지막으로 사무실에 들어온 케네디는 국장과 두 장군 사이에 멈춰 섰다. 스탠스필드는 캠벨의 불만을 이해한다는 듯 고개를 천천히 끄덕였다. 그러자 캠벨이 씹어뱉듯 말했다.

"나는 최소한 한 시간 이상은 여유가 있다는 걸 알고 그에게 대기명령을 내렸습니다. 그가 붙잡히거나 아지즈의 부하 하나를 죽이면 어떻게 되겠어요? 우린 여기 있을 필요가 있습니다. 모든 움직임을 감시하고 있다가 기회가 왔을 때 돌격 명령을 내릴 수 있어야 합니다."

캠벨은 어지간히 화가 났던지 상고머리의 억센 털이 평소보다 더 빳빳하게 일어선 것처럼 보였다.

"그 친구는 명령에 복종하는 법부터 먼저 배워야겠어요. 그러지 않는다면….."

땅딸막한 체구의 연합특전사 사령관은 목에 힘줄을 세우며 말끝을 흐렸지만, '그러지 않는다면 제기랄, 랩이고 나발이고 작살내고 말겠어!'라는 말이 그 뒤에 숨어 있는 줄 모르는 사람은 거기 아무도 없었다.

스탠스필드는 캠벨의 분노를 달래주기 위해 천천히 고개를 끄덕였다. 그러나 마음속으로는 이 싸움에서 결국 누가 이길지 궁금했다. 캠벨은 랩보다 스무 살이나 위이지만 무시당하고는 절대 못 사는 사내였다. 국장은 눈길을 캠벨에서 플러드에게로 옮겼다.

"합참의장께서는 하실 말씀 없습니까?"

플러드는 커다란 머리를 설레설레 흔들며 말했다.

"더 이상 드릴 말씀이 없네요. 간단한 일입니다. 랩은 틀렸으니 불러들여야 해요."

스탠스필드는 합참의장의 말을 곰곰이 생각해 보았다. 캠벨의 주장을 전적으로 지지하는 내용이었다. 그는 자기 책상을 돌아가서 창밖을 잠시 바라보았다. 지난 이틀 동안 그랬던 것처럼 날씨는 여전히 화창했다. 은발의 CIA 국장은 두 장군을 돌아보며 말했다.

"우리 의견은 좀 다릅니다, 장군님들. 내 생각을 말씀드리죠. 그 친구는 독자적 판단으로 행동하도록 훈련되었소. 조국의 도움이나 간섭 없이 현장에서 며칠씩 혹은 몇 주일씩 견디기도 합니다. 미치 랩은 군인도 아니고 정치가는 더욱 질색인 친구죠. 모험을 해야 할 때나, 밀어붙일 때와 물러날 때를 파악하는 능력은 거의 초인적입니다. 정직하게 말해서 내가 지금까지 본 중에서 단연 최고예요. 생사를 판가름하는 이런 상황들 속에서 살아남은 것이 그 증거죠."

스탠스필드 국장은 잠시 쉬었다가 다시 강의하듯 차분하게 말했다.

"그는 전략적 상황에 대해 우리보다 훨씬 더 분명한 시야를 확보하고 있습니다. 왜냐하면 지금 현장에 있는데다 우리처럼 다른 사람들이나 요인들에 의해 영향을 받지 않기 때문이죠. 무엇보다도 그는 백스터 부통령을 상대할 필요가 없잖소."

그는 두 손을 앞으로 모아 잡았다가 놓으며 얘기를 계속했다.

"이런 말씀 드리긴 죄송하지만 내가 두 분을 존경하는 줄은 아실 겁니다. 그렇지만 미치 랩이 군인이 아니란 사실은 이해하셔야만 합니다. 그 친구는 애초에 그런 식으로 훈련을 받았어요. 이번 일로 인해 두 분이 화를 내시는 건 당연합니다만, 그 화는 나한테 내십시오. 그 친구가 잘 못한 건 모두 내 책임입니다."

국장은 두 장군이 하고 싶은 말을 할 수 있도록 한참 기다려 주었다. 그리곤 캠벨과 케네디를 가리키며 말했다.

"우리는 두 분에게 실수를 저질렀소. 두 분은 회의에 더 이상 참석하지 말고 여기서 랩의 일거수일투족을 감시하시오. 플러드 장군과 나는 골치 아픈 다른 많은 문제들을 처리하겠소. 두 분은 랩에게 초점을 맞추고 그를 도와줄 최상의 방법을 찾아봐요. 그 친구는 우리의 눈입니다."

스탠스필드는 캠벨과 케네디를 잠시 응시한 뒤 얘기를 계속했다.

"내가 보는 견지에서 미치 랩은 우리가 시킨 대로 하고 있어요. 캠벨 장군, 그 친구를 꾸짖고 싶으면 무전으로 불러내어 문책해도 좋아요. 그건 장군의 특권이니 나는 말리지 않겠습니다. 그렇지만 그 친구가 듣지 않을 테니 우리한테 아무 도움도 안 될 거요."

스탠스필드는 자기 말이 캠벨에게 먹혀드는 것을 알 수 있었다. 장군의 태도가 약간 누그러졌다.

"나는 그 친구에게 연락하여 자신의 모든 행동을 우리한테 일일이 보고하여 만약의 사태에 대처할 수 있도록 하는 것이 가장 중요하다는 점을 강조할 생각입니다."

국장이 다음 말을 하기 전에 책상 위의 커다란 전화기가 울렸다. 그는 어디서 온 전화인지 확인했다. 조그마한 스크린에 나타난 글자들을 본 그는 눈썹을 찌푸렸다. 보안전화의 불빛이 계속 반짝거리자 받을까 말까 망설이는 것 같았다. 벨 소리가 두 차례 더 울린 후에야 그의 섬세한 손이 천천히 전화기를 잡았다.

앰뷸런스는 늦은 아침 차량들의 홍수 속을 힘겹게 헤쳐 나갔다. 워싱턴 D.C. 도심은 마치 거대한 수렁 같았다. 백악관 주위의 보안구역이 동쪽, 서쪽, 북쪽은 두 블록에서 세 블록으로 확대되었다. 남쪽은 컨스티튜션 애버뉴를 차단하고 17번가에서 14번가 사이의 내셔널 몰 구역도 폐쇄했다. 정체된 도심은 참기 어려울 지경이었다.

앰뷸런스 운전사는 펜실베이니아 대로를 따라 한 뼘씩 나아갔다. 사이드 미러를 통해 의사당의 거대한 돔이 보였다. 앞쪽으로는 차량들의 홍수가 서로 뒤엉겨 상업지역 중심부나 백악관 주위로 빠져나가려고 몸부림치고 있었다. 살림 루산은 놀랍도록 차분했다. 그것은 아지즈의 계획에 대한 신뢰 때문이기도 했지만, 백악관 안에 갇혀 있는 것보다는 차량들 속에 갇혀 있는 편이 훨씬 낫다는 생각 때문이기도 했다.

9번가 신호등에서 빨간 불이 켜졌을 때 앰뷸런스는 마지막으로 통과했다. FBI 본부로 유명한 후버 빌딩이 오른쪽에 나타났다. 루산은 미소 짓지 않았다. 성격이 그랬다. 그는 아지즈보다는 벤가지 쪽을 닮았다. 루산은 전사였고, 아지즈가 그에게 중대한 임무를 맡긴 것도 바로 그 때문이었다. 그 임무는 아지즈의 계획을 보완하고 적의 허를 찌르는 것이었다. 일의 향방에 따라 그는 세 가지 임무 중 한 가지를 완수해야 했다. 첫 번째 임무는 너무 쉽고 아무 해도 끼치지 않는 것이라 아지즈가 부하들 앞에서 말한 것임에도 불구하고 루산은 긴가민가했다. 그보다는 죽음으로 이어지는 두 번째나 세 번째 임무를 완수해야 한다고 그는 확신했다. 그것은 동료들의 죽음뿐만 아니라 인질들과 FBI 요원들, 잘 하면 수백 명의 다른 목숨들도 앗아갈 일이었다. 루산이 바라는 것은 한 가지뿐이었다. 미국 놈들이 백악관을 탈환하려고 할 때 그 혼란을 더욱 확대시켜 동료들에게 탈출 시간을 벌어주는 것이었다. 루산 자신은 도망칠 기회가 있다고 생각했다. 그의 탈출 계획은 워낙 주도면밀해서 아마 별 문제가 없을 것이었다.

366

그렇지만 위험의 중심부로 다시 기어든다는 건 아무래도 좀 꺼림칙했다. 바로 사흘 전 워싱턴 호텔 옥상에서 러시아제 SVD 저격용 라이플로 10여 명의 미국 놈들을 황천길로 보낸 현장이 아닌가. 계획의 대담성이 성공률을 높인다. 전 세계의 경찰들이 지금 그를 찾고 있었다. 정확히 말하면 옛날의 나를 찾고 있지, 하고 그는 생각했다. 그들은 결코 검은 머리의 이슬람 전사 테러리스트 살림 루산과 마이애미 출신의 게이 구급요원 스티브 에르난데스를 연결시킬 수 없을 것이다. 그는 서두는 기색 없이 백악관을 향해 느릿느릿 나아갔다. 첫 번째 바리케이드에 도착하면 경광등을 켜고 창문을 내린 뒤 D.C. 경찰에게 비상대기용 앰뷸런스라고 말할 것이었다. 이런 사태가 터지면 으레 앰뷸런스들이 동원되는 법이라고 아지즈가 말했다. 루산은 사상자가 발생할 경우 병원으로 실어갈 수십 대의 앰뷸런스 중 한 대를 대기시키러 가는 중이었다.

시간은 넉넉했다. 미국 인간 백정들은 해가 뜨면 얼굴을 드러내지 않았다. 그들은 캄캄해질 때까지 기다렸다. 아지즈의 계산이 들어맞는다면 그들은 오늘 밤이 아니면 내일 밤에 쳐들어올 것이다. 일몰 후 한두 시간 내에만 모든 준비를 끝내면 문제될 것이 없었다.

33

애너 릴리는 두 다리를 세워 양팔로 끌어안은 채 턱을 무릎 사이에 콕 박고 앉아 깊은 생각에 빠져들었다. 어깨까지 내려오던 갈색 머리는 다시 뒤로 모아 묶었다. 헤이즈 대통령의 허락도 없이 빌려 입은 검정색 스웨트셔츠는 소매가 너무 길어 여러 차례 걷어 올려야만 했다. 편안하고 따뜻한데다 뱃속에는 약간의 음식까지 들어 있었다. 그리고 턱과 갈비뼈의 통증을 달래주는 타이레놀 두 알도. 모든 것을 뒤돌아보면 그래도 이만하길 천행이다 싶었다.

인생이란 참 묘해, 하고 릴리는 생각했다. 일주일 전만 해도 시카고의 링컨 파크에 있는 아파트에서 생활하며 방송국에 나가고 있었다. 그녀는 자신의 경력과 사생활을 모두 바꿀 마음의 준비가 되어 있었다. 성폭행을 당한 이후 모든 것이 혼란스러워졌다. 릴리의 남자 친구는 그녀가 겪은 일을 감당하지 못했다. 제약회사 영업사원이었던 그 남자는 피닉스로의 전출과 승진을 제의받자 기회를 놓칠세라 얼른 달아났다. 그는 자신이 사랑한 만큼 되돌려주지 못하는 여자를 사랑할 수는 없다고 릴리에게 말했다. 그녀는 그것을 자기 탓이라고 생각했다. 그렇지만 7개월 후 건강을 회복했을 때는 그 남자가 진심으로 자신을 사랑했다면 일곱 달 이상은 기다려 주었을 거라는 생각이 들었다.

결국 그것은 축복이 되었다. 지난 여러 해 동안 혼자 살아오면서 릴리는 힘을 길러왔다. 독립과 자조는 위대한 것이었다. 그것이 깨우쳐준 가장 중요한 교훈은 인간을 끌어내리는 것이 다름 아닌 자기 자신이라는 점이었다. 그 맨 밑바닥을 그녀는 지금 경험하고 있었다. 어느 날 정신을 차려보니 주위의 모든 사람들을 밀어내거나 곁을 주지 않는 자신을 발견하게 되었고, 그 결과 외톨이가 되어 있었다.

운명이란 것도 어느 지점에서는 공평해져야 한다고 릴리는 생각했다. 삶의 크고 결정적인 순간에는 항상 그랬다. 어떤 뒤틀린 운명이 나를 이 순간 이곳으로 이끌었을까? 만약 내가 백악관 특파원으로 발령받지 않았다면, 만약 내가 워싱턴 D.C. 행 비행기를 놓쳤다면, 사흘 전에 나의 알람시계가 나를 제시간에 깨우지 못했다면, 인질 3분의 1을 석방할 때 나도 함께 나갔다면, 그 돼지 같은 놈이 나를 대통령 침실로 끌고 가지 않았다면? 릴리의 초록색 눈동자가 커다래졌다. 그 끔찍한 순간에 미치 크루즈인가 뭔가 하는 남자가 들어오지 않았다면 나는 정말 어떻게 되었을까? 그런 생각을 하자 끔찍한 기분이 들며 오싹한 기운이 등골을 타고 올라왔다. 그에게 큰 빚을 졌다는 생각이 들었다. 뭐라고 표현할 방법이 없을 만큼.

릴리는 맞은편 벽을 멍하니 응시했다. 생각은 크루즈라는 이름의 남자와 그가 베푼 절실한 도움들, 그리고 그와의 사이에 일어날 수 있는 모든 일들로부터 떠날 줄을 몰랐다. 가슴이 설레었다. 운명인지 수호천사인지 무엇인지는 모르겠지만, 암튼 누군가가 혹은 무언가가 바로 그 순간 그를 그곳에 밀어 넣었던 것이다. 릴리의 얼굴에 미소가 떠올랐다. 그녀는 위쪽을 바라보며 조그만 목소리로 감사의 기도를 올렸다.

전화기를 들기 전에 스탠스필드 국장은 케네디에게 사무실 다른 쪽 끝에 있는 두 번째의 전화기로 들어 보라고 말했다. 그리곤 플러드 장군과 캠벨 장군에겐 조용히 해줄 것을 부탁했다. 국장은 전화기를 집어 들며 동시에 자기 의자에 앉았다.

"스탠스필드 국장입니다."

처음엔 흥분해서 식식거리는 숨소리만 들리더니 비난조의 목소리가 터져 나왔다.

"당신에 대해서는 다 알고 있다. 당신이 누구며 무슨 짓을 했는지, 당신이 보낸 살인자들까지도 모두!"

스탠스필드는 전화기에 찍힌 발신자 표시를 다시 살펴보았다. 까만 글자들은 분명 백악관 상황실을 가리키고 있었다. 라피크 아지즈의 적의에 찬 목소리를 듣고도 중앙정보국 국장은 눈 하나 깜박하지 않았다. 그는 의자 등받이에 기대앉으며 물었다.

"미스터 아지즈, 내가 어떻게 도와주면 좋겠소?"

"날 도와주겠다고?"

아지즈는 열을 받은 듯했다.

"오호라, 말 한번 잘했군! 당신, 파라 하루트에게 무슨 짓을 했지?"

확신을 가지고 하는 소리임을 스탠스필드는 알 수 있었다. 그렇지만 국장은 전혀 흔들림 없이 차분하게 대꾸했다.

"도대체 무슨 소린지 알 수가 있어야지. 좀 차근차근 말해 보게."

"날 모욕하지 마!"

아지즈가 악을 썼다.

"당신이 한 짓이란 걸 다 알고 있다. 지금 당장 파라 하루트가 있는 곳을 대지 않으면 인질들을 모조리 죽이겠다!"

아지즈가 악을 바락바락 쓰는 바람에 플러드와 캠벨의 귀에까지 그 소리가 들렸다. 두 장군이 놀란 표정으로 국장에게 다가왔다.

"이거야 원, 당신을 모욕할 생각은 없어. 난 정말 무슨 소린지 몰라서 한 소리야."

"늙은 구렁이 같으니라고!"

아지즈는 다시 소리쳤다.

"당신이 사실대로 말할 거라고 잠시라도 생각했던 내가 글렀지! 그렇지만 당신이 한 짓에 대한 대가는 반드시 치르게 해주겠다!"

아지즈가 고함을 바락바락 질러내자 스탠스필드는 수화기를 귀에서 한 뼘쯤 떼고 좀 더 편안하게 들었다. 목소리가 쫑알거렸다.

"지금 당장 사실대로 말해! 그러지 않으면 복도로 걸어 나가 인질 한 놈의 대갈통에 총알을 박아주고 오겠다. 그리고 다시 돌아왔을 때도 대답하지 않으면 또 한 놈을 죽이겠다. 당신이 파라 하루트에게 한 짓을 실토할 때까지 계속 죽일 것이다!"

"미스터 아지즈."

스탠스필드는 위축되지 않고 말했다.

"나는 당신이 무슨 소릴 하는지 모르겠어. 당신을 화나게 만든 것이 무엇인지 설명해 준다면, 나도 파라 하루트가 어디 있는지 최선을 다해 찾아보겠네."

"나를 가지고 놀지 마! 내가 당신이란 인간을 모르나. 당신은 거짓말쟁이에다 죄 없는 여자들과 아이들을 죽인 살인마다!"

스탠스필드는 의자에 조용히 앉은 채 여전히 전화기를 귀에서 한 뼘쯤 떼고 있었다. 그렇지만 빨리 머리를 굴려 아지즈를 진정시킬 방법을 찾아야만 했다.

"미스터 아지즈. 당신이 나를 그런 식으로 생각하고 있다면 우린 공통점이 아주 많겠군 그래."

그는 아지즈에게 반문할 기회를 주지 않고 계속 말했다.

"아무튼 오늘 아침 당신이 한 연설에 대해서는 칭찬해 주고 싶네. 정치가들한테는 제대로 먹혀들었으니 말이야. 난 그들에게 당신이 거짓말을 하고 있다고 조언했어. 연기를 하고 있다고 말이지. 효과가 있을지 모르겠지만 나도 생각이 있어."

"닥쳐!"

아지즈가 고함을 질렀다.

"파라 하루트가 어디 있는지 당장 말하지 않으면 인질들이 죽는다!"

"아지즈, 당신은 그렇게 못 해. 그 이유를 설명해 주지."

스탠스필드는 두 장군을 잠시 쳐다본 뒤 말했다.

"당신은 멋진 연설로 우리 정치가들을 속이는 데 성공했어. 그들은 당신이 마음을 고쳐먹고 약속을 꼭 지킬 거라고 믿고 있지. 나와 몇몇 사람은 사기라는 걸 알지만 말야. 당신이 인질을 죽이면 나는 이 대화 테이프를 부통령에게 들고 가서 틀어줄 거야. 그리고 언론에도 적당히 흘려 당신이 아침에 한 연설은 기만술임을 모든 사람들에게 알릴 거라고. 그런 다음엔… 당신도 우리의 교전수칙을 잘 알고 있지. 국가안보보좌관 슈워츠와 그의 여비서를 살해했을 때 우리가 그곳을 쓸어버리지 않았던 것은 당신 운이 좋았던 거야. 그런데 또다시 인질들을 살해하기 시작하면 우리로서는 건물을 탈환하는 수밖에 다른 선택의 여지가 없어져. 그렇게 되면 당신도 물론 죽어야겠지."

"당신 부하들이 먼저 뒈져!"

아지즈는 악을 썼다.

"당신은 생각했던 것보다 훨씬 더 바보로군! 나는 인질들과 함께 이 건물 전체를 하늘 높이 날려버릴 거다!"

"그러면 당신도 죽을 테니 내 입맛엔 딱 들어맞겠지. 당신이 없어져주면 일이 한결 쉬워져."

스탠스필드는 등의자에 더 깊숙이 기대었다.

"당신은 협박할 상대를 아주 잘못 골랐어, 미스터 아지즈. 이젠 알았겠지만."

스탠스필드 CIA 국장은 지금이야말로 거짓말을 할 때라고 생각했다. 아지즈로 하여금 예상했던 것 이상으로 거물을 만났다는 생각이 들게 해줘야만 했다.

"솔직히 나는 인질 따위에 신경 쓰진 않아. 단지 일이 모두 끝났을 때 당신과 당신의 비열한 졸개들이 다 죽었는지 확인하고 싶을 따름이지. 당신 대갈통을 벽 위에 올려놓기 위해 인질 사오십 명이 죽어야 한다면, 그건 작은 대가라고 생각해야지."

"난 죽는 게 두렵지 않다! 설사 죽더라도 나는 승리할 것이다!"

"난 그렇게 생각하지 않아."

스탠스필드는 차분하고 분석적인 목소리로 받았다.

"당신이 자폭하고 나면 우리는 벽돌더미를 걷어내고 헤이즈 대통령과 다른 사람들을 빼낼 거라고. 당신은 더 이상 문제될 것이 없지. 백악관을 다시 짓는 데는 여섯 달이면 족하고 모든 것은 곧 정상으로 돌아갈 거야."

아지즈는 울화통이 터졌지만 스탠스필드가 자신을 코너로 몰고 있다는 걸 알았다. 적어도 지금은 그랬다. 하지만 그들이 생각하는 만큼 대통령이 안전하지 않다는 것을 알게 되면 얼마나 놀라 자빠질까. 파라 하루트가 아무리 중요해도, 지금은 더 이상 밀어붙일 때가 아니었다. 대통령을 손아귀에 완전히 넣기 전까지는 미국인의 공격을 부추길 수가 없었다. 아지즈는 자존심을 삼키고 작전상 후퇴를 해야만 했다. 그렇지만 마지막 반격까지 참자니 자존심이 너무 상했다.

"너무 자만하지 말도록, 미스터 스탠스필드."

아지즈는 나지막하고 음산한 목소리로 말했다.

"모든 게 항상 겉보기와 같진 않으니까. 오늘 저녁 다시 연락하겠다. 그때까진 파라 하루트의 행방을 알아내는 게 좋을 거다."

전화가 끊겼다. 스탠스필드는 전화기를 내려놓고 두 장군을 쳐다보았다. 플러드 합참의장이 물었다.

"이게 다 무슨 소립니까?"

스탠스필드는 사무실을 가로질러 걸어오는 케네디를 돌아보았다.

"하루트가 사라진 걸 알고 우리가 납치했다고 생각하고 있소."

"그 얘긴 들었습니다. 나머지 얘기는 또 뭡니까?"

"하루트의 행방을 대지 않으면 인질을 죽이겠다는 거요."

"그래서 그자를 윽박지르기로 한 겁니까?"

스탠스필드는 어깨를 으쓱했다. 그는 자신의 방법에 대해 설명할 때 그런 표현은 거의 사용하지 않았다.

"모험을 한 겁니다. 인질이 죽는 꼴을 다시 보고 싶지는 않으니까. 나에 대한 그자의 생각을 고쳐주고 싶었을 뿐이오."

국장은 집게손가락으로 턱 밑을 문지르며 말했다.

"조금은 알아듣는 것 같더군."

케네디는 가슴 위로 팔짱을 끼며 이마를 찌푸렸다.

"그 이상의 무언가가 있었어요, 국장님. 알아듣는 정도가 아니라 금방 뒷걸음질을 쳤어요. 그것도 너무 빨리요. 그답지 않은 태도였어요."

"너무 피곤했던 게 아닐까?"

케네디는 머리를 저었다.

"아니에요. 뭔가 다른 짓을 꾸미고 있어요. 제가 아직 보고하지 않은 것이 있습니다. 걱정 끼치기 전에 확실한 정보부터 입수하려고요. 그런데 아지즈가 한 말에서 짚이는 것이 있었습니다. 국장님이 그에게 네가 자폭하면 우린 오히려 고맙다, 벙커에서 대통령을 빼내기만 하면 된다는 식의 말씀을 하셨을 때 그는 이렇게 대꾸했어요. '너무 자만하지 마라. 모든 게 항상 겉보기와 같진 않다.' 이때 그의 말투가 좀 이상하지 않았어요?"

케네디는 상사의 얼굴을 바라보며 아지즈의 말투를 떠올릴 시간을 주었다.

"마치 우리가 모르고 있는 무언가를 자긴 알고 있다는 말투였어요."

스탠스필드가 케네디의 얼굴을 잠시 살펴보았다. 그녀가 너무 지나친 상상을 하고 있는 건 아닐까 하는 표정이었다. 그녀가 즉각 반응했다.

"제가 입수한 정보를 먼저 듣고 나면 이해하기 더 쉬울 거예요."

아이린 케네디는 두 장군을 돌아보며 말했다.

"오늘 아침 벤 파인 대령이 전화한 것은 제가 부탁한 세 명의 신원조회 때문이었어요. 하루트가 자백한 자들인데, 첫 번째 남자인 요르단 장교는 이미 제외했습니다. 두 번째 인물인 18세의 팔레스타인 소년은 하마스와 연결되어 있어 가능성이 가장 높아요. 그리고 세 번째 사내는 바그다드의 도둑으로 알려진 인물입니다. 무스타파 야신으로 밝혀진 이 이라크인은 쿠웨이트 침공 때 모든 은행과 지하금고를 약탈하는 책임을 맡았던 자예요."

플러드 장군이 고개를 저었다.

"그렇다면 두 번째 사내가 분명하군요, 아이린."

"그럴 수도 있죠."

케네디는 머리를 끄덕였다.

"하지만 세 번째 사내라면 어떻게 되죠? 대통령이 벙커 속으로 피신할 가능성이 높다는 것을 알고 아지즈가 이 바그다드의 도둑을 데리고 들어왔다면 말입니다. 그래서 지금 이 순간 그자가 대통령을 벙커에서 빼내는 작업을 하고 있다면요?"

케네디는 남자들의 눈을 일일이 바라보며 그 문제에 대해 생각해볼 시간을 주었다.

"만약 아지즈가 우리가 생각하는 만큼 대통령이 안전하지 않다는 것을 알고 있기 때문에 국장님께 그런 말을 했다면 어떻게 됩니까?"

그녀가 말을 마치자 CIA 국장과 두 장군의 눈이 조금 더 커졌다. 플러드 장군이 스탠스필드를 돌아보며 말했다.

"이 문제는 부통령에게 보고해야 할 것 같습니다."

스탠스필드는 멍한 눈빛으로 그를 잠시 응시한 뒤 말했다.

"아직은 아닙니다. 보고하기 전에 증거를 확보할 필요가 있소."

"증거를 어떻게 확보합니까?"

"내게 좋은 생각이 있지."

스탠스필드가 고개를 끄덕이며 대답했다.

34

미치 랩은 백악관 2층의 긴 크로스 홀로 다시 돌아왔다. 뒤꿈치를 먼저 딛고 발가락 쪽을 내려놓는 식으로 한 발 한 발 조심스레 내딛었다. 복도라기보다는 긴 방처럼 생긴 크로스 홀은 아침 햇살을 받아 환했다. 검정색 노멕스 점프슈트 차림의 랩과 애덤스는 밝은색 벽과 카펫을 배경으로 뚜렷하게 드러났다. 그렇지만 두 사람은 안전한 느낌이었다. 작은 밀실에서 나온 지 한 시간도 더 걸려서 다섯 개의 초소형 영상음성감시기를 다 설치하고 작동 상태까지 점검했다. 그렇게 휘젓고 다니는 동안 한 번도 테러범의 모습을 발견하거나 소리를 들은 적이 없었다. 심지어 옥상 경비초소로 올라가는 계단을 점검할 때도 아무 기척을 느끼지 못했다. 감시기를 다 설치하고 나자 랩은 마음이 한결 편안해졌다. 이젠 작전을 펼칠 수 있는 안전 베이스를 구축한 셈이었다.

CIA 본부에서 어떻게 생각할까 하는 것은 전혀 별개의 문제였다. 랩은 70분쯤 전 애덤스와 함께 밀실에서 나올 때부터 그 점에 대해서는 확고했다. 파이에 손가락을 찌르고 있는 사람들이 너무 많았다. 이런 일은 능률적인 대처와 행동하는 자가 필요하다.

빈둥거리며 눈치나 보는 것은 랩의 체질이 아니었다. 특히 아지즈와 관련된 일이라면 눈에 불이 켜질 지경이었다. 그는 아지즈가 어떤 놈인지, 어떤 생각을 하고 있는지 훤히 꿰고 있었다. 그걸 모르는 사람들은 좀 꺼져 주시지. 지금 이 순간은 당신들의 동의를 받아야만 하는 그런 때가 아니야. 이건 한 노선이 다른 노선보다 유익하다는 걸 증명해야 하는 어려운 정책 결정도 아니고 단순한 흑백 문제일 뿐이라고. 나 미치 랩은 어떻게 처리해야 하는지 알지. 그러니 나와 한 배를 타지 않은 사람들은 제발 좀 꺼져 달라고!

대통령 침실로 돌아오자 애덤스가 먼저 들어가고 랩이 따라 들어갔다. 랩은 문간에서 좌우를 마지막으로 살펴보았다. 침실 다른 쪽에서는 죽은 테러범의 시체가 악취를 풍기기 시작했다. 하루 더 지나면 냄새가 얼마나 지독해질까 생각하자 랩은 진저리가 쳐졌다. 애덤스가 그의 어깨를 치며 말했다.

"나 오줌 좀 누고 올게."

랩이 방 안으로 뒷걸음질 치며 화장실을 턱으로 가리켰다. 애덤스가 들어가서 문을 닫았다. 잠시 후 노인은 한결 느긋해진 표정으로 나왔다. 그리곤 랩에게 말했다.

"내 나이가 돼 봐. 아직 어려서 잘 모르겠지만 언젠가는 이해하게 될 걸세."

"그래요, 내가 그렇게 오래 살기만 한다면."

랩은 뭉툭한 소음기로 드레스 룸 쪽을 가리키며 말했다.

"애너가 잘 있는지 봅시다."

애덤스가 먼저 들어가서 숨겨진 버튼을 눌렀다. 오거나이저가 열리자 애덤스는 밀실 안으로 들어갔다. 랩이 머리를 디밀고 애너 릴리에게 물었다.

"화장실 가고 싶어요?"

여기자는 고개를 힘차게 끄덕였다.

"따라와요. 어떤 소리도 내지 말고."

랩은 애덤스를 돌아보며 말했다.

"우리가 돌아올 때까지 모니터로 계단들을 감시하다가 무슨 낌새가 있으면 알려줘요."

랩의 뒤를 따라나선 릴리는 양말만 신고 있어서 아무 소리도 내지 않았다. 화장실로 들어가서 문을 닫은 뒤 그녀는 오랜만에 거울에 비친 자기 모습을 보았다. 뺨에는 퍼런 멍이 잡혔고 얼굴은 헬쑥해 보였다. 거울 앞에서 지체할 시간이 없었다. 얼른 볼일을 마치고 다른 급한 용무들도 해결해야지. 그런 가운데서도 릴리는 자신이 헤이즈 대통령의 좌변기에 앉아 있다는 기묘한 생각에 사로잡혀 있었다. 그 앞의 대통령들도 사용했을 것이다.

볼일을 마친 다음 변기 뚜껑을 닫았다. 개수대 위의 벽에 두 세트의 타월이 걸린 것을 보자 릴리는 참을 수가 없었다. 그동안 씻지 못해 더럽고 찝찝한 느낌을 참기 힘들었는데. 그녀는 수도꼭지를 열고 얼굴에 물을 끼얹었다. 그리곤 비누를 손에 열심히 문질렀다. 재빨리 세수를 마치고 나자 다른 생각이 났다. 그녀는 곧 타월 하나에 비누칠을 한 다음 다른 타월 하나를 벗겨 물에 적셨다. 그 다음엔 약장을 열고 대통령의 면도기를 꺼냈다. 그것들을 커다란 목욕 타월에 둘둘 말아 들고 나오자 랩이 눈을 둥그렇게 뜨고 물었다.

"그것들이 다 뭐요?"

"스펀지 목욕용이에요."

랩이 자기 얼굴을 가리키며 미소를 지었다.

"나더러 하라고?"

릴리는 하마터면 웃음을 터뜨릴 뻔했다.

"아니에요. 내가 할 거예요."

밀실로 돌아온 뒤에도 랩의 얼굴에서는 미소가 지워지지 않았다. 두 사람이 들어오자 문이 닫히고 빗장이 채워졌다. 무전기를 보자 랩은 랭글리에 보고해야겠다는 생각이 났다. 계속 밀어붙이는 것이 좋다고 판단한 그는 바닥에 앉아 무전기를 켰다. 밀트 애덤스는 가슴의 모니터를 열고 각 감시기의 수신 상태를 다시 점검하고 있었다. 랩이 무전기의 핸드세트를 들고 말했다.

"통제실, 아이언맨이다. 잘 들리나? 오버."

즉각 응답이 온 것은 놀랄 일이 아니었다. 그럴 줄 예상하고 있었으니까. 정작 랩을 놀라게 한 것은 그 목소리였다.

"아이언맨, 지난 번 교신 이후 꽤 바빴던 모양이군."

랩은 잠시 망설이다 대답했다.

"그렇습니다. 그렇게 하는 것이 옳다고 판단했습니다."

토머스 스탠스필드가 즉각 받았다.

"동의한다. 하지만 지금부터는 무얼 하는지 꼭 보고하기 바란다. 이젠 영상과 음성이 모두 선명하게 수신되고 있어서 큰 도움이 될 것 같아. 그런데 자네가 즉시 확인해야 할 일이 있네. 대통령이 우리가 생각하는 만큼 안전하지 않다고 믿을 만한 이유가 생겼어."

랩의 시선이 야전무전기에서 밀트 애덤스에게로 옮겨졌다.

"무슨 말씀입니까?"

"아지즈가 지하금고를 전문으로 여는 금고털이를 데려온 것 같아."

잠시 침묵이 흘렀다.

"무슨 뜻인지 알겠나?"

"네, 국장님. 얼마나 빨리 확인해야 합니까?"

"빠를수록 좋아. 자네가 발각되지 않는 한."

랩은 그 자리에 쪼그리고 앉아 벙커의 위치를 떠올렸다. 지하 3층. 그곳으로 드나드는 계단은 하나밖에 없었다. 전날 밤 갑자기 보초를 세웠던 바로 그 계단이었다.

"어떻게 하면 좋을지 밀트와 상의해 보겠습니다. 5분쯤 후 다시 연락 드리죠."

랩은 플라스틱 핸드세트를 내려놓고 애덤스를 바라보았다.

"모니터를 끄고 청사진을 꺼내 봐요."

애덤스는 랩의 표정과 목소리만으로도 아주 심각한 얘기가 오갔다는 걸 알 수 있었다. 그는 재빨리 모니터를 끄고 청사진을 꺼냈다.

"실례해요, 애너."

애너 릴리는 방 모퉁이에 기대앉아 두 다리를 앞으로 내뻗고 있었다. 랩이 무릎걸음으로 그녀 앞을 돌아갔다. 그는 청사진을 내려다보며 애덤스에게 말했다.

"지하 3층 내부와 모든 출입구들을 설명해 봐요."

애덤스는 맨 아래쪽에 있는 청사진을 빼내어 위에 올려놓고 말했다.

"이거야. 출입 계단은 하나밖에 없어. 우리가 사용했던 그 계단이지."

애덤스가 시선을 들고 물었다.

"뭘 찾고 있는지 말해 보게. 내가 도와줄 수 있을지도 모르지."

릴리가 무릎걸음으로 다가오더니 청사진을 보곤 물었다.

"이건 뭐예요?"

랩은 걱정이 되었다. 골칫거리가 또 하나 생긴 것이다. 왜 한 번도 쉽게 풀릴 때가 없지? 랩은 고개를 돌리고 릴리를 바라보았다. 여기자는 청사진을 열심히 살펴보고 있었다. 이젠 이 장애물을 치워야 할 때가 된 것이다. 최종단계로 갈수록 너무 많은 변수들이 등장하기 때문에, 그 과정을 최대한 단순하게 만들 필요가 있었다. 그런 것에 대해 신경을 많이 쓸수록 일을 망칠 공산도 커진다. 여기서 일을 망친다는 건 누군가가 죽게 된다는 뜻이고, 아마 그 자신이 1순위가 될 것이다. 그런 꼴을 당하지 않는 방법은 한 가지밖에 없었다. 랩은 일찌감치 생각해둔 것이 있었고, 릴리가 동의만 해준다면 논리적 관점에서는 더 쉽게 풀릴 수도 있었다.

"애너, 할 얘기가 있어요."

릴리는 청사진에서 고개를 들고 랩을 바라보았다.

"무슨 얘긴데요?"

"나는 밀트와 자유롭게 의논해야 하는데 당신 때문에 할 수가 없어요. 그러니까 우리가 여기서 나갔을 때를 대비해서 한 가지 약속을 해줘야겠어요."

"그러죠."

"난 당신에게 국가안보비공개동의서에 서명해줬으면 해요."

릴리는 뒤로 찔끔 물러났다. 그런 서류에 대해서는 잘 알고 있었고, 거기에 서명한다는 건 어리석게 느껴졌다. 이럴 수가, 난 명색이 기자가 아닌가! 그런 서류에 서명했다가 법에 꽁꽁 묶여 아무 얘기도 할 수 없는 처지에 놓이고 싶진 않았다. 여기자는 머리를 좌우로 천천히 저었다.

"그건 곤란해요. 정부가 내 머리 위에 그런 굴레를 씌우는 건 싫어요.

난 기자니까 그건 옳지 않아요."

랩은 화가 약간 났다. 그녀를 노려보는 그의 눈빛에 분노가 드러났다. 그렇지만 그의 눈에 비친 것은 이기적이고 자기중심적이긴 하지만 너무나 아름다운 한 여자였다. 다만 그에겐 그녀를 바라보고 있을 시간도 인내심도 없었다.

"좋아요."

그는 전혀 자기답지 않은 음성으로 말했다.

"나도 경력을 가장 중요하게 생각해야 되겠군요. 사실 어젯밤에도 그걸 먼저 생각했어야 했던 건지 모르지."

릴리에게서 눈길을 돌린 랩은 무전기 핸드세트를 잡고 말했다.

"아이언맨이 통제실에. 오버."

"그게 무슨 뜻이에요?"

상처받은 목소리로 릴리가 그에게 물었다.

랩은 손을 들어 입을 다물게 한 다음 무전기에 대고 말했다.

"지금 조사하러 나갑니다. 가벼운 정찰만 하겠습니다. 반복합니다. 가벼운 정찰입니다. 적을 만나면 즉시 중단하고 다른 방법을 찾아내어 확인하겠습니다. 오버."

랩은 여러 차례 고개를 끄덕인 뒤 대답했다.

"그렇습니다."

핸드세트를 제자리에 놓은 뒤 그는 애덤스에게 말했다.

"나갑시다, 밀트. 남은 얘기는 엘리베이터 안에서 하죠."

랩은 기관단총을 들고 한쪽 무릎을 세우며 일어섰다.

"잠시만요."

릴리가 그의 팔을 잡으며 말했다.

"왜 갑자기 태도가 달라졌죠?"

"태도가 달라졌다고?"

랩은 그녀의 손을 뿌리치고 일어섰다.

"어젯밤 그 미친놈이 당신을 강간하려고 여기 끌고 왔을 때 나는 무전기를 아예 꺼버렸어요. 당신을 구출하는 일을 높은 분들이 허락할 리가 없기 때문이죠. 한 사람 목숨보다는 내게 주어진 임무가 훨씬 더 중요하니까요."

랩은 여자의 눈을 빤히 들여다보다가 자신을 가리키며 말을 계속했다.

"어제 내가 한 짓은 내 경력에 대단한 보탬이 되어서가 아니라, 한 여자가 도움을 필요로 하고 있고 죽어 마땅한 놈이 거기 있었기 때문입니다. 지극히 간단명료한 일이었다고요."

그는 애덤스를 돌아보며 말했다.

"갑시다."

릴리는 돌변한 그의 태도에 충격을 받아 무어라 항변하려 했지만 소용없었다.

"애너, 난 더 이상 할 말 없어요."

랩은 기관단총 노리쇠를 당겼다 놓으며 말을 이었다.

"종이와 볼펜을 발견하면 가져다드리죠. 당신이 아는 얘기를 모조리 적을 수 있게."

마무리 펀치를 날린 그는 소리 없이 드레스 룸으로 빠져나갔다.

35

두 남자는 아무 말 없이 작은 엘리베이터 안으로 들어갔다. 애덤스가 문을 닫고 버튼을 눌렀다. 랩은 벽에 뻣뻣하게 기대고 서서 뒤통수로 목재 패널을 천천히 찧어댔다. 내가 너무 심했나, 하고 그는 생각했다. 이런 유치한 연애감정은 오랫동안 품어보지 못했던 허망한 꿈이었다. 어리석긴! 주위에서 벌어지는 위험하기 짝이 없는 모든 일들을 감안할 때 그런 유치한 감정에 1초라도 마음을 빼앗긴다는 것은 시간과 에너지 낭비에 지나지 않았다.

랩의 머릿속에 들어 있던 애너 릴리의 파일에 빨간 스탬프가 쾅 찍혔다. 이제 그녀는 그가 좀처럼 접속하지 않을 기억의 한 조각으로 밀려날 것이었다. 아주 간단하네, 뭐. 그렇게 정리하고 내 할 일이나 하는 거야.

여자에 대한 생각을 머릿속에서 밀어낸 랩이 애덤스를 돌아보았다. 노인은 그의 표정을 살피는 듯한 눈빛으로 바라보았다.

"왜요?"

랩은 약간 방어적인 태도로 물었다.

밀트 애덤스는 눈꺼풀이 축 처진 눈으로 쳐다보다가, 랩이 같은 질문을 반복하자 혀끝으로 윗입술을 살짝 적시곤 말했다.

"그 여자한테 약간 심했다고 생각지 않아?"

랩은 벽에서 등을 떼어내며 차갑게 말했다.

"여자 얘기 할 때가 아니에요, 밀트. 더 중요한 걱정거리가 눈앞에 있다고요."

"그 비밀을 나한테도 말해 줄 건가?"

"그럼요. 특급이에요."

소형 엘리베이터가 지하 1층에 이르자 랩은 MP-10을 가슴 위로 끌어올렸다.

"아지즈가 지하금고를 여는 전문가를 데려온 모양이에요."

랩은 그만하면 애덤스가 알아들을까 하고 기다렸다. 오래 걸리지 않았다. 놀란 애덤스의 얼굴 표정이 기묘하게 찌푸려졌다.

"그거 안 좋은데."

"안 좋죠. 헤이즈 대통령이 우리가 생각하는 것처럼 안전한지 확인해야 합니다."

몇 단계 앞을 생각하며 애덤스는 전술조끼에서 청사진 뭉치를 꺼냈다. 애덤스는 해당 청사진을 빼내어 엘리베이터 벽에 펼친 뒤 말했다.

"벙커 위치는 여기야."

랩은 지하 3층의 레이아웃을 살펴보며 물었다.

"출입구는 하나뿐이에요?"

"꼭 그렇진 않지. 이쪽을 좀 들고 있게."

랩이 애덤스가 들고 있는 청사진 한쪽 귀퉁이를 받아 들었다.

"지하 3층으로 내려가는 다른 길이 있어."

애덤스는 청사진 한 곳을 손가락으로 가리켰다.

"이것이 벙커 바깥방이야. 이 작은 직사각형 지역이. 정밀한 설계와 기술적 관점에서 보면 말도 안 되지만, 200년도 더 묵은 낡은 건물을 개축하려면 불가피한 보완책이었던 게지."

애덤스는 청사진의 다른 지점을 가리켰다.

"여기가 보일러실이야. 우리가 들어왔던 곳. 그리고 이것이 벙커로 가는 복도라고 내가 말했지."

노인의 가느다란 검은 손가락이 복도를 따라가다가 왼쪽으로 돌아 문을 톡톡 두드렸다.

"이게 바깥방으로 통하는 두 개의 통로 중 하나야. 철문의 두께는 7~8센티쯤 되고. 바깥방의 이쪽 벽 너머에 두 번째 문이 있어. 대통령은 아마 이 문으로 벙커에 들어갔을 거야."

"왜 그렇게 생각하시죠?"

랩이 물었다.

"이 문에서 짤막한 계단 하나만 내려가면 터널을 통해 서관 아래로 이어지고 거기서 몇 개의 기다란 계단을 올라가면 대통령 집무실 바로 아래 있는 비밀 문에 닿을 수 있거든."

애덤스는 다른 청사진 한 장을 빼내어 터널의 위치를 보여주었다.

"작년에 새 벙커를 완공하기 전까지는 이 터널이 벙커로 사용되곤 했어. 서관에서 내려오는 이 터널은 여기서 끝나지. 이 지점에서 작은 계단을 내려가면 바깥방으로 들어가게 되고, 계단을 타고 올라가면 도면에 없는 문들 중 하나에 도달하게 돼."

랩은 그 문이 어디로 통하는지 알고 싶었다.

"그 가상의 문은 어디쯤 있나요?"

애덤스는 다른 청사진을 펴고 한 지점을 가리켰다.

"여기야. 지금 우리가 있는 곳에서 복도 저쪽에 있는 사기그릇 저장소 안에 있어."

"완벽하군요."

"그렇진 않아."

노인은 고개를 저었다.

"바깥방으로 통하는 문들은 고무물질로 은밀하게 밀봉되어 있어. 터널로 내려가도 그 문을 열기 전에는 바깥방 안의 아무것도 볼 수 없고 아무 소리도 들을 수 없어. 그런 헛수고는 하고 싶진 않을 테지?"

"물론이죠."

랩은 그 방법에 대해 잠시 더 생각해 보았다.

"영감님 말씀이 옳은 것 같아요. 그것은 그들이 벙커에 들어가기 전에 이 외부 문들 중 하나를 통과했을 거라는 뜻이네요."

"그렇지. 이 문이 바로 그들이 통과한 문이야."

애덤스는 지하 3층의 배치를 보여주는 청사진으로 바꾸어 들었다.

"이 통로로 이어지는 문은 이것 하나밖에 없거든. 만약 그들이 터널 문을 통해 들어오려고 했다면 별도의 문을 이용했을 거야. 애초에 그 문을 찾아낼 수 있다는 가정 하에서 하는 말이지만."

랩은 청사진을 다시 들여다보며 말했다.

"말이 되네요. 그렇다면 우리는 들어올 때 사용했던 이 계단으로 내려갈 수밖에 없네요. 어젯밤의 그 보초가 그 자리에 없기를 바라면서."

"그래야 할 것 같은데."

"좋아요. 이것들 접어 넣고 출발합시다. 요령은 전과 동."

애덤스는 청사진들을 차례대로 정리한 뒤 접어서 검정색 조끼 속에 쑤셔 넣었다. 그리곤 지퍼를 열고 모니터를 켠 뒤 엘리베이터 버튼을 눌러 문을 열었다. 랩은 노인이 지하 1층으로 나가는 철문 아래로 가느다란 뱀 대가리를 밀어 넣는 것을 어깨 너머로 지켜보았다. 뱀 대가리에 부착된 작은 렌즈들이 딱딱한 콘크리트 바닥에서 천장까지의 복도 풍경을 약간 휘게 보여주었다. 애덤스는 렌즈를 좌우로 최대한 작동시켰다.

"괜찮은 것 같은데요."

랩이 한 걸음 물러서며 총을 준비했다. 그러자 애덤스도 문 아래에서 뱀 대가리를 빼내어 자기 엉덩이에 감았다. 랩이 오른손으로 문을 열고 복도로 스미듯 나가더니 MP-10의 총구로 복도 좌우를 재빨리 훑었다. 두 걸음쯤 뒤에 나온 노인은 엘리베이터 바깥문을 닫느라 잠시 지체했다. 3초도 안 걸려 랩은 지하 2층과 3층으로 내려가는 문에 닿았다. 장갑 낀 오른손으로 문을 열고 검고 뭉툭한 소음기를 시선이 닿는 곳마다 돌려댔다. 총을 한 손으로 잡으나 두 손으로 잡으나 그에겐 별 차이가 없었다. 머리통만 한 표적이라면 첫 발을 95퍼센트 명중률로 날릴 수 있었다. 헤클러 앤드 코흐를 양손으로 제대로 잡고 쏘면 100퍼센트 명중률을 보장할 수 있었다.

계단 위를 체크한 랩은 몸을 벽에 바짝 붙이고 내려가기 시작했다. 시선을 항상 아래쪽으로 향하고 시야에 들어오는 계단 하나하나를 체크했다. 애덤스는 몇 걸음 뒤에서 조용히 따라왔다. 랩은 자신감이 생겼다.

지하 2층과 3층 사이에 있는 층계참에 도착하자 랩은 걸음을 멈추었다. 문 옆에 설치해 두었던 초소형 감시기는 거의 눈에 띄지 않았다. 거기 심었다는 사실을 모른다면 아마 눈여겨보지도 않았을 것이다. 이런 열린 장소에서는 5초만 머물러도 길게 느껴지지만, 랩은 문 바깥쪽에 혹시 누가 있는지 확인하려고 했다.

마지막 네 계단을 내려간 랩은 철제 방화문 아래쪽으로 스며든 1센티가량의 하얀 불빛에 시선을 고정했다. 영원처럼 느껴지는 5초 후 그는 웅크리고 앉아 다시 불빛을 응시했다. 여전히 아무 변화도 없었다.

랩은 애덤스에게 내려오라고 손짓했다. 노인은 모니터를 어린애처럼 보듬고 마지막 계단들을 조심스럽게 내려왔다. 랩이 뒤로 물러나 기관단총을 발사할 준비를 갖춘 뒤 노인에게 뱀 대가리를 문 아래로 밀어 넣으라고 지시했다.

애덤스가 기구를 왼쪽으로 이동하자 구두 한 켤레가 화면에 나타났다. 구두는 문 쪽으로 다가오고 있었다. 랩이 총구를 문으로 향한 채 애덤스의 손을 잡아당겼다. 구두가 지나갈 때까지 숨죽이고 기다렸다가, 두 사람은 소리 없이 퇴각했다.

'침울'이라는 말이 처음엔 가장 적절한 표현으로 느껴졌다. 하지만 가슴을 먹먹하게 하던 그 감정은 물러가고 그 자리를 자기혐오와 불쾌감이 차지했다. 그건 불쾌감이었어, 하고 애너 릴리는 생각했다. 실망이나 경멸이 아닌 불쾌감이었던 것이다. 미스터 비밀요원이 날린 마무리 펀치는 따끔했지만, 그녀가 보인 첫 반응은 가슴 위로 팔짱을 단단히 끼며 네까짓 게 뭔데 나더러 이래라저래라 하는 거야, 하는 표정을 지어보인 것이었다. 도대체 무슨 근거로 날 이렇게 쉽게 판단한 거지? 네가 나를 알아? 기껏해야 이 사내도 아빠의 많은 경찰 친구들처럼 자기들만 세상을 다 알고 있다고 착각하는 오만한 백인 남자들 중 하나일 뿐이었다. 그들은 진정한 언론 자유가 얼마나 중요한 것인지 알지 못했다. 총을 든 이 사내는 자기가 누구라고 생각하는 걸까? 그러자 그녀의 머릿속에서 들려오는 목소리가 있었다. '누구긴 누구야? 네 목숨을 구하려고 자기

목숨을 걸었던 남자지.'

생각이 거기에 이르자 릴리의 기분은 침울에서 자기혐오로 바뀌었고, 그래서 의기소침한 상태로 앉아 있었다.

엘리베이터가 2층에서 정지하자 애덤스는 시키지 않아도 모니터를 열고 다른 감시기들을 체크했다. 랩은 CIA 본부에 보고하기 전에 자신이 해야 할 다음 행동을 모색하고 있었다. 대통령의 현재 상태를 확인할 수 있는 다른 방법을 찾아야만 했다. 작은 밀실로 돌아가면 애덤스와 청사진을 펴놓고 다른 길이 있는지 찾아봐야 할 텐데, 애너 릴리 때문에 어려울 것이었다. 그 여기자는 이미 너무 많은 것을 알고 있고, 상태는 점점 나빠질 것이었다.

초소형 영상음성감시기들을 다 체크한 애덤스는 아무 이상이 없다고 말했다. 랩은 고개를 끄덕인 뒤 노인에게 말했다.

"밀실로 돌아가면 내가 랭글리에 보고할 동안 애너를 밖으로 데리고 나가줘요."

애덤스는 그 아이디어가 마뜩찮은지 불편한 표정을 지었다.

"왜 그래요?"

"내 리볼버를 들고 그녀와 함께 밖에 있는 건 내키지 않아."

노인의 반짝이는 까만 이마에 주름살이 깊게 패였다.

"난 자네가 지나치다고 생각하네."

애덤스는 랩의 표정이 금방 달라지는 것을 보았다. 뚜껑이 열리기 직전 같아서 노인은 달래듯이 말했다.

"약간 그런 것 같단 얘기야. 물론 비밀을 지키려는 자네 심정은 이해하지만…."

랩은 딱 잘라 말했다.

"그 여잔 기자예요. 더 얘기할 것 없으니 들어갑시다."

그는 엄지로 문 쪽을 가리켰다.

애덤스는 랩의 강경한 태도를 보고는 모니터의 지퍼를 올리고 문을 열었다. 랩이 하얀 타일 바닥으로 먼저 발을 내딛었고, 애덤스가 등 뒤로 문을 닫았다. 두 사람은 재빨리 복도를 가로질러 대형 드레스 룸으로 들어갔다. 랩이 바닥을 가리키며 말했다.

"영감님은 여기서 모니터로 누가 들어오는지 감시하세요. 문을 열어 둘 테니 낌새가 보이면 즉시 들어와요."

랩은 노인에게 질문할 틈도 주지 않고 즉시 오거나이저 옷장을 열고 밀실 안으로 들어갔다. 릴리는 밀실 한쪽 구석에 그대로 앉아 있었다. 랩은 그녀를 내려다보며 차라리 없으면 좋겠다는 생각이 들었다. 마음 속에서 그녀를 지워버리고 싶었다.

"굉장히 빨리 돌아오셨네요."

릴리는 겨우 그 말밖에 생각나지 않았다.

랩은 그 말을 들은 척도 않고 손을 내밀었다. 릴리가 손을 잡자 그는 그녀를 일으켜 세운 뒤 무작정 열린 문 쪽으로 끌고 갔다. 그리곤 질문 도 무시하고 여자를 드레스 룸으로 밀어낸 뒤 찰칵 하고 오거나이저 옷 장을 닫아버렸다. 그는 바닥에 한쪽 무릎을 꿇고 보안야전무전기 핸드 세트를 잡았다.

"통제실, 아이언맨입니다. 오버."

여자 목소리가 랩에게 잠시만 기다리라고 대답했다. 10초쯤 후 토머 스 스탠스필드의 매끄러운 목소리가 가느다란 플라스틱 수화기를 통해 흘러나왔다.

"그래, 알아냈나?"

"첫 번째 시도는 실패로 끝났습니다. 복도에 탱고 한 마리가 지키고 있어 계단을 지나갈 수가 없습니다."

"탱고가 있는 곳이 몇 층인가?"

이번엔 캠벨 장군의 목소리였다.

"지하 3층입니다."

랩은 오른손으로 눈썹을 문질렀다.

"계단과 보일러실로 통하는 문 바깥을 지키고 있습니다."

잠시 침묵이 흘렀다. 랩은 부관들이 청사진들을 펴놓고 장군에게 정확 한 지점을 설명하고 있는 장면을 떠올렸다.

"왜 거길 지키고 있는 것 같아?"

다시 스탠스필드의 목소리였다.

랩은 눈썹을 비비는 동작을 멈추었다.

"당장 생각나는 건 두 가집니다. 첫째는 환기통으로 다시 침입하는 걸 막기 위해서고, 둘째는 야신인가 뭔가 하는 자의 작업을 아무도 방해하지 못하게 하려는 의도 같습니다."

깊은 한숨을 토해내는 소리가 난 뒤 CIA 국장의 말이 이어졌다.

"그런 것 같구먼. 그 보초를 우회할 방법이 있겠나?"

"어쩌면요."

랩은 다시 이마를 손으로 문지르며 말했다.

"밀트와 상의한 뒤 10분쯤 후 다시 연락드리겠습니다."

랩은 핸드세트를 무전기에 꽂았다. 이젠 밀트 애덤스를 붙잡고 대통령의 안전여부를 확인할 방법을 짜내야 할 때다. 그런데 여기자를 어떻게 하지? 그는 일어나 문을 열고 드레스 룸을 내다보았다. 애덤스와 릴리가 침침한 빛 속에 서서 조용히 얘기하고 있었다. 그는 애덤스에게 들어오라고 손짓한 뒤 릴리에게 말했다.

"우리가 얘기를 나눌 동안 당신은 거기 좀 있어요."

애덤스는 릴리의 팔을 붙잡고 함께 들어왔다.

"자네한테 할 얘기가 있대."

랩은 또 무슨 소릴 하려고 이러나 하는 표정으로 바라보며 문에서 물러서려 하지 않았다. 릴리의 얼굴을 본 그는 그녀의 표정에서 오만한 빛이 사라졌다는 것을 알았다. 한참 후에야 그는 한 걸음 물러서서 두 사람을 밀실 안으로 들어오게 했다.

36

실 대원들은 행동을 해야 할 때 가만히 앉아 빈둥거리는 걸 좀처럼 참지 못한다. 더군다나 자기 대원 하나가 죽었을 때는 빨리 행동하고 싶어 거의 미칠 지경이 된다. 실 팀 식스 지휘관 해리스 소령의 지금 심정이 딱 그랬다. 그는 당장 행동하고 싶고, 고위층의 허락을 받지 못하는 한이 있더라도 백악관 안에 있는 테러범 새끼들의 대갈통에 일일이 총알을 박아 넣어주고 싶었다. 몰살. 포로 따위는 키울 생각도 없었다.

12번가와 펜실베이니아 거리 모퉁이에 있는 올드 포스트 오피스의 계단을 올라가고 있는 해리스는 바로 그것을 추진하고 있었다. 그는 황소 덩치의 믹 리버즈 상사와 함께 백악관 오른쪽 담장 아래 있는 임시 지휘소에서 여기까지 네 블록 반이나 걸어왔다. 전날 밤 침투에 실패했음에도 불구하고 그들은 아직 지휘소를 운영하고 있었다. 어쨌거나 랩과 애덤스가 백악관 건물 안에 있고, 펜타곤에 있는 권력자들이 아직 지휘소 철수를 결정하지 않았기 때문이다. 그렇지만 곧 철수할 가능성이 크다는 것을 해리스는 알고 있었다. 당장 보따리를 싸서 떠나라는 명령이 언제 떨어질지 몰랐다. 아지즈가 공격을 물리쳤다는 성명을 낸 것에 대해 언론들이 집요하게 추궁하고 있었다. 그들이 더 압력을 가해오고 정치가들이 나발을 불어대기 시작하면 실 팀 식스의 임시 지휘소는 뿌리째 뽑히고 말 것이다. 연합특전사는 밝은 낮에 작전하기를 좋아하지 않았고, 이런 상황이 이어지면 해리스와 그의 부하들을 백악관에서 철수시켜 깊숙이 처박아 버릴 것이 거의 확실했다.

다른 대안이 하나 있긴 하지만 해리스는 그것에 대해서는 생각하고 싶지 않았다. 그는 해군과 궁극적으로는 펜타곤이 제대로 처리할 것으로 믿고 싶었다. 그렇지만 과거 경험으로 비춰볼 때 그 결과가 항상 같지는 않다는 것을 알고 있었다. 위기를 맞았을 때 펜타곤의 표준운영절차는 이따금 방어망을 단단히 구축한 뒤 희생양을 던져주는 것이었다. 언론에 공양되는 짐승은 항상 부대 지휘관이었고, 이번 차례는 말할 것도 없이 친애하는 댄 해리스 소령 그 자신이었다.

해리스는 내화성 소재로 만든 상하가 붙은 검정색 전투복 차림이었다. 그런 복장으로 황소만 한 믹 리버즈와 함께 걸어오면서도 사람들의 눈길을 그다지 끌지 않는다는 것은 놀라운 일이었다. 비상사태 사흘째를 맞아 구경꾼들은 검은 닌자 점프슈트 차림의 중무장한 군인들이 오락가락하는 모습을 너무 많이 본 탓이었다. 두 사람은 기관단총을 임시 지휘소에 두고 나왔지만 헤클러 앤드 코흐 USP 45구경 권총은 여전히 허벅지에 차고 있었다.

해리스와 리버즈가 한 번에 두 계단씩 올라가서 꼭대기에 이르자 날쌘돌이 저격수 찰리 위커가 기다리고 있었다. 위커는 곧 돌아서서 오래 되고 묵직해 보이는 여러 문들 중의 하나를 열었다. 해리스와 리버즈는 위커의 뒤를 따라 오래된 커다란 건물 안으로 들어갔다. 세 사내의 머리통이 선회포(旋回砲)의 포신마냥 일제히 돌아갔다. 그들의 주의 깊은 눈이 주위에 있는 모든 것들을 세밀하게 파악하기 시작했다. 비상구 표시등, 창문들, 수상해 보이는 자들. 습관적으로 하는 일이었다. 네 주위에 있는 모든 것들을 파악하고 있어라.

위커가 엘리베이터들이 늘어선 곳으로 다가갔다. 경비원 하나가 맨 왼쪽의 엘리베이터를 대기시켜 놓고 기다리고 있었다. 엘리베이터 안으로 들어가며 위커가 경비원에게 말했다.

"앨, 이분이 해리스 소령님입니다."

대머리 사내는 해리스에게 손을 내밀었다.

"반갑습니다, 소령님. 앨 털리라고 합니다."

"반갑습니다."

해리스는 털리의 손을 잡고 힘을 불끈 주었다. 그리곤 옆에 선 거구를 가리키며 말했다.

"이 커다란 친구는 리버즈 상사라고 합니다."

해리스와 악수한 손이 아직도 얼얼한 털리는 그보다 덩치가 더 큰 리버즈와는 살짝 스치는 정도로만 했다. 엘리베이터가 꼭대기 층에 도착하자 털리는 일행을 복도로 안내했다. 복도가 끝난 지점에 이르자 '종탑'이라는 표지판이 붙은 문이 나타났다. 털리가 열쇠를 꺼내어 문을 열었고, 그들은 남북전쟁 직후에 지은 것처럼 보이는 낡은 층계참으로 들어갔다. 좁다란 계단의 한쪽 면은 벽이고 다른 면은 난간만 이어져 있었다. 그곳은 거대한 올드 포스트 오피스의 거무죽죽한 종루 안이었다.

털리는 다른 사람들의 걸음을 방해하지 않으려고 맨 뒤로 물러났다. 몸이 날쌘 위커를 이미 꼭대기까지 안내한 적이 있었고, 숨이 너무 차서 계속 올라갈 수가 없었다. 아니나 다를까, 그가 물러서자마자 검은 전투복 차림의 세 사내는 한 걸음에 두 계단씩 올라가기 시작했다. 잠시 후 그들의 모습은 시야에서 사라졌고 발자국 소리만 머리 위에서 울려왔다. 털리는 발걸음을 늦추었다. 은퇴를 열 달 남겨둔 마당에 그렇게 허급지급 올라가야 할 하등의 이유가 없었다.

세 명의 실 대원은 꼭대기까지 도착해서도 이마에 땀방울 하나 맺히지 않았다. 위커가 벽에 부착된 사다리를 타고 올라가더니 종탑으로 나가는 뚜껑문을 열었다. 그리곤 몸을 위로 솟구쳐 바닥에 걸터앉은 다음 두 발을 딛고 일어섰다. 해리스가 그다음으로 올라오고 마지막으로 리버즈가 올라왔다. 세 남자는 나란히 서서 서쪽으로 터진 넓은 시야를 바라보았다. 올드 포스트 오피스 꼭대기의 종탑은 워싱턴 기념비 다음으로 워싱턴의 전경을 가장 잘 보여주는 곳이었다. 독수리 둥우리 같은 곳에서 그들은 펜실베이니아 대로를 똑바로 내려다보았다. 프리덤 플라자와 퍼싱 공원, 재무성 건물의 남쪽 모퉁이, 그리고 오후의 환한 햇볕을 듬뿍 받고 있는 백악관이 한눈에 들어왔다.

위커가 전술조끼에서 레이저거리측정기가 부착된 망원경을 꺼내어 해리스 소령에게 건넸다. 실 팀 식스 지휘관은 머리에 쓰고 있는 야구모자의 챙을 뒤로 돌린 뒤 망원경을 눈에 갖다 댔다. 그리곤 백악관 옥상에 초점을 맞추고 작은 경비초소를 찾아냈다. 거리를 약간 조정하자 방탄 플렉시글라스의 푸른 빛깔이 십자선 안에 들어왔다. 소령은 방탄유리 뒤에 앉아 있는 후드 쓴 사내를 잠시 관찰했다. 그의 집게손가락이 버튼을 누르자 계기에 빨간 세 자리 숫자가 나타났다. 해리스는 망원경을 리버즈 상사에게 돌려주며 위커에게 말했다.

"820미터지?"

"네."

위커가 자신 있게 대답했다.

"오늘 밤 일기예보는 어때?"

"시속 4킬로미터에서 10킬로미터 사이의 약한 남동풍이 분다고 했습니다."

해리스는 고개를 끄덕였다. 그 정도라면 위커에겐 식은 죽 먹기일 것이다. 시속 10킬로미터 바람 속에서 이 거리의 두 배 가까운 목표물도 명중시킬 수 있었다.

"유리 두께는 얼마야?"

"1.5센티 정도입니다. 사격장에서 꿰뚫은 적이 있습니다."

위커는 맨눈으로 백악관을 응시하며 시종 자신만만하게 대답했다.

"거긴 사격장이고 여긴 현장이야. 저 유리가 얼마나 오래된 것인지, 제조사의 시험 결과와 입수한 모든 자료들을 알아야만 해."

이 세상에서 자신과 대적할 저격수는 모두 합쳐봐야 손가락을 꼽을 정도이고 자신을 능가할 수 있는 자는 없다고 확신하고 있는 위커는 백악관을 계속 노려보며 말했다.

"저 유리는 92년도에 설치되었고 내년 중으로 교체하게 되어 있습니다. 제조사 시험 결과는 2년 전에 검토했는데 필요한 정보는 모두 이 안에 있습니다."

위커는 손가락으로 자기 정수리를 톡톡 두드렸다.

"새로 교체한 유리라도 해낼 수 있지만, 저 유리는 7년 동안 햇볕을 쬐어 강도가 60퍼센트 정도 떨어졌어요. 오공 두 발이면 완전히 꿰뚫을 수 있습니다."

위커는 자신 있게 고개를 끄덕이며 덧붙였다.

"한 방으로도 보낼 수 있을 겁니다."

해리스는 위커가 자료를 이미 갖고 있는 것에 놀랐다.

"유리에 대한 자료는 어떻게 알아냈나?"

"비밀검찰국에 있는 동료 저격수들한테 들었죠."

"언제?"

"이틀 전에요."

위커는 백악관에서 눈길을 떼지 않았다.

해리스는 미소를 지었다. 부하들이 이런 식으로 미리 알아서 행동하면 기분이 좋았다.

"그때부터 여기서 쏠 생각을 하고 있었단 얘기야?"

위커는 씨익 웃으며 소령을 돌아보았다.

"그게 아니라 8년 전 특수훈련을 받은 다음 날부터 줄곧 생각해 오던 겁니다."

해리스는 위커가 말하는 그 특수훈련을 정확히 알고 있었다. 그것은 테러범들이 백악관을 습격했을 때부터 줄곧 그의 머리에서 떠나지 않았다. 그는 천천히 고개를 끄덕인 뒤 미소를 지으며 날쌘돌이에게 말했다.

"그 얘긴 아무한테도 하지 마. 비밀검찰국 아이들은 자네의 직업적 호기심을 이해하지 못할지도 몰라."

"오, 다 이해할 겁니다. 우린 이 사격에 대해 골백번도 더 얘기했으니까요."

두 사람이 얘기하는 비밀검찰국 아이들이란 적의 저격수를 잡기 위해 비밀검찰국 내에 조직된 대저격수 부대(countersniper unit)를 뜻했다. 계급을 떠나 세계 최고의 프로 슈터들로 이루어진 강팀으로 널리 알려져 있었다. 전투 상황에서는 위커를 당할 자가 단 한 명도 없겠지만, 차분한 도시 환경에서는 그들도 무서운 실력을 발휘했다.

해리스는 백악관을 다시 돌아보았다. 저격수들은 괴상한 놈들이었다.

하키에서의 골키퍼나 야구에서의 투수와도 같은 존재. 몹시 외롭고 지독히 독립적이면서도 엉뚱하게 미신적인 성향까지 있는 자들이었다.

"그러자면 뭐가 필요하지?"

위커는 전술조끼 안에서 몇 장의 서류를 꺼내어 소령 앞에 좌라락 펼쳐 보였다.

"우선 사격대를 만들어야죠. 전문가와 장비를 동원해서 일몰 전까지 마칠 수 있습니다."

해리스는 도안을 살펴보며 물었다.

"총성은 어떻게 하지?"

위커는 다음 페이지로 넘어갔다.

"사격대 위에 뚜껑을 덮고 방음용 발포제를 부착할 겁니다. 전면에 좁다란 틈만 남겨놓고 말이죠. 그 틈으로 새어나가는 총성은 5퍼센트 정도이고, 기껏해야 한 블록 정도 퍼질 겁니다."

해리스는 위커가 미리 알아서 움직여 주는 것이 기특했다. 도안을 그에게 돌려주며 등을 툭 쳐주었다.

"좋았어, 날쌘돌이. 마음에 들어. 최대한 빠르고 조용하게 해. 그리고 그 전투복 벗어던지고 다른 대원들에게도 사복을 착용하라고 하게."

소령은 시계를 보고나서 다시 말했다.

"18시까진 준비를 끝내도록."

정해진 시간까지는 위커가 모든 준비를 끝낼 것으로 확신하며 해리스는 뚜껑문이 있는 쪽으로 걸어갔다. 이제부터가 힘든 부분이었다. 8년 전 그 자신이 참가했던 특수훈련이 오늘 작전에 제대로 먹혀들 것이라고 거물들을 설득하는 일이었다. 일을 벌일 준비는 이미 끝냈다. 그는 실 팀 식스를 선봉에 내세워 최대한 간단히 끝낼 생각이었다. 때가 되면 델타포스와 HRT가 엄청난 화력으로 지원해줄 것이다.

처음엔 말이 잘 안 나오려고 했다. 애너 릴리는 자존심이 강하고 고집도 세지만, 랩이 생각한 것처럼 배은망덕한 여자는 아니었다. 밀트 애덤스가 밀실의 문을 닫자 여기자는 자기 목숨을 구해준 남자와 마주 섰다.

릴리는 그의 미소 짓는 얼굴이 훨씬 더 좋았다는 생각이 들었다. 지금처럼 심각한 기분일 때의 그의 표정은 어쩐지 위험해 보였다. 그의 날씬한 몸에 감긴 여러 무기들과 검은 전투복뿐만 아니라, 깎은 듯한 턱의 윤곽과 검은 눈동자까지도 위험하게 느껴졌다. 이전엔 미처 느끼지 못했던 강렬한 카리스마를 릴리는 그에게서 발견했다. 햇볕에 그을고 거칠어진 그의 얼굴에 잡힌 굵은 주름살은 사무실 안에서만 세월을 보낸 곱상한 사내들한테서는 발견할 수 없는 것이었다. 그러나 무엇보다 강렬하게 그녀를 끌어들이고 전율하게 만드는 것은 그의 눈빛이었다. 깊고 어두운 갈색 눈동자. 너무 깊고 어두워서 거의 검은색처럼 느껴지는 두 눈동자 위로 짙은 눈썹이 드리워져 있었다. 이런 남자니까 사람을 죽일 수도 있었던 거야. 그는 그녀를 강간하려 했던 테러범의 목에 칼을 꽂아 넣었던 바로 그 남자였다.

자신도 모르게 입을 벌리고 있었던지 릴리는 입안이 바싹 말라오는 것을 느꼈다. 입을 다물고 마른침을 한 번 꿀꺽 삼킨 다음 천천히 말하기 시작했다.

"아깐 정말 미안했어요, 내가 그런 식으로 말해서. 하지만 나도…."

그녀는 다음 말이 차마 안 나와 잠시 애를 먹었다.

"배은망덕한 여자처럼 보이고 싶진 않아요."

릴리는 고개를 숙이지 않을 수 없었다. 그의 짙은 갈색 눈을 들여다보며 사과하긴 너무 어려웠다.

"또 기자라고 해서 아무거나 다 떠들어대고 싶지도 않고요. 특히 정부가 서명을 요구할 정도의 내용이라면 더욱 그렇죠."

그녀는 고개를 들고 미소를 지으려고 하다가 랩의 짙은 눈동자와 마주치자 다시 시선을 떨어뜨렸다.

"난 이 사건이 내 개인의 일보다 훨씬 더 중요하다는 걸 알았어요. 그래서 남은 인질들을 구하는 데 내가 도울 일이 있다면 기꺼이 돕겠어요. 그리고 사건이 다 해결된 후에도 당신이 익명으로 남기 원한다면 그렇게 해드리죠. 만약 내 기사를 내보내기 전에 당신이나 당신 상사가 검열하고 싶어 한다면…."

릴리는 유례없는 양보에 대해 불편한 심기를 억누르느라 잠시 말을 중단했다.

"발표하기엔 너무 민감한 내용이라고 당신이 확신한다면… 당신 결정에 따르겠어요. 그 일로 인해 몹시 화가 나겠지만 그래도 참을게요."

랩은 갈등을 느꼈다. 젊고 매력적인 릴리에 대한 그의 의견은 이미 마음속에 각인되고 정리된 상태였다. 그런데 지금은 그것이 틀렸던 것처럼 보였다. 그녀는 자신이 틀린 것을 겸손하게 인정하고 수정한 것이었다. 공은 이제 랩의 코트로 넘어와 있었다.

37

아이린 케네디는 테이블에 앉아 두 손으로 턱을 괸 채 눈을 감고 있었다. CIA 본부 통제실은 컴퓨터와 팩스, 스캐너, 모니터들이 윙윙거리는 소리로 온통 가득했다. 그녀는 눈을 뜨고 벽에 부착된 빨간 디지털 시계를 보았다. 정오에서 30분 가까이나 지난 시각이었다. 케네디는 두 팔을 머리 위로 쳐들며 하품을 토해냈다. 일이 터질 때가 됐는데. 그녀 스스로도 느낄 수 있었지만 스탠스필드가 던진 눈빛에서도 발견할 수가 있었다.

전화기에서 불빛이 반짝하더니 벨이 울리기 시작했다. CIA 대테러센터 본부장이 수화기를 잡고 대답했다.

"케네디 박사예요."

"아이린, 나 제인이야. 당신 질문에 대한 대답을 짜내려고 애썼지만 어려울 것 같아."

"왜요?"

"그 친구가 좀 오락가락해."

케네디는 미간을 찌푸렸다.

"그러다 돌아오긴 할 건가요?"

제인 호닉 박사는 한참 뜸을 들인 뒤에 대답했다.

"아니. 적어도 내 생각엔 아니야."

그리고는 약간 방어적인 말투로 덧붙였다.

"그게 최첨단 신약인 줄은 당신도 잘 알잖아."

"그에게서 나온 건 없나요?"

"내가 판단하기로 하루트는 그 야신이라는 자에 대해 전혀 모르고 있는 거 같아. 하지만 하루트가 제정신이 아니란 사실을 명심하라고."

케네디가 듣고 싶은 것은 변명이 아니라 대답이었다.

"그에게서 얻어낸 것이 있나요?"

"없는 것 같군."

"알았어요. 나중에라도 얻은 것이 있으면 즉시 연락해 줘요."

케네디는 전화를 끊고 국제 전화번호를 눌러대기 시작했다. 랭글리의 보안위성 테크놀로지가 전화를 연결하는 동안 그녀는 의자를 돌리고 CIA 국장의 동태를 살펴보았다.

토머스 스탠스필드는 자기 의자에 편안한 자세로 앉아 CIA 부국장 조나단 브라운이 전해 주는 의회의 불만과 요구사항에 대해 듣고 있었다. 케네디의 귀에 들리는 말로는 하원과 상원의원들이 전날 밤에 일어난 일에 대한 해명을 요구하고 있다는 내용이었다.

귀에 익은 벤 파인 대령의 목소리가 수화기로 흘러나오자 케네디는 곧 돌아앉았다.

"벤, 아이린이에요. 야신에 대해 좀 알아보셨어요?"

"확실한 건 없소. 여기저기 소문이 떠돌긴 하는데, 꼭 집어낼 수가 없었어요."

"어느 쪽 얘기죠? 이라크인 말인가요, 팔레스타인 청년 말인가요?"

"이라크인에 대해서는 한마디도 듣지 못했소. 하지만 지난 나흘 동안 열여덟 살 먹은 그 팔레스타인 청년을 봤다는 사람은 여럿 있었다는군."

"흠."

케네디는 잠시 생각에 잠겼다.

"그렇지만 유의해야 할 점은 우리도 아직 그자를 추적하지 못했다는 겁니다."

"알아요. 하지만 한쪽으로 많이 기운 것만은 분명하군요."

"이라크와의 접촉은 나도 깊지 못해요, 아이린. 거기 있을지도 모르니 좀 더 추적해 볼 시간이 필요합니다."

케네디는 스탠스필드를 돌아보며 벤 파인 대령과 조금 더 통화할 필요가 있다는 신호를 보냈다.

"벤, 지금 좀 바빠요. 정보를 주셔서 고맙고요, 무엇이든 나오면 즉시 연락주세요."

"잠깐만요."

파인이 소리친 뒤 말했다.

"나도 상의할 것이 있소. 우리 정부에는 미국이 계속 그런 협상 자세를 고집하면 평화협정을 모조리 폐기하겠다고 위협하는 사람들이 있습니다. 우리는 아지즈의 마지막 요구가 무엇인지 너무나 잘 알고 있고, 그렇게 되면 군대를 보내어 그 지역을 점령할 준비도 되어 있습니다."

케네디는 모든 동작을 딱 그쳤다. 그리곤 대령의 말을 조심스레 잘랐다. 이스라엘이 전쟁을 준비하고 있다 하지 않는가.

"대사관에 이미 하달된 내용이에요?"

"모르겠소."

"이스라엘 수상이 우리 부통령에게 통보했나요?"

"모르겠소."

케네디는 잠시 숨을 돌린 후 차분하게 말했다.

"벤, 스탠스필드 국장은 이스라엘과의 관계를 매우 중요하게 생각하지만 혼자의 힘만으론 모자라죠. 지금은 막후교섭을 진행할 때도 아니고요. 나는 그쪽 정부 사람들이 요란하게 북을 쳐주면 좋을 것 같군요. 그들은 누구와 얘기해야 하는지 알 테니까요."

말을 잠시 멈추었다가 그녀는 덧붙였다.

"당신에 대한 랭글리의 지원은 걱정하지 마세요. 이 문제에 관한 한 우린 흔들린 적 없고 앞으로도 그럴 거예요."

잠시 침묵이 흐른 뒤 파인 대령은 말했다.

"좋습니다. 그렇게 전하죠."

"정보 감사해요, 벤. 다른 것이 나오면 곧 연락해 주세요."

전화기를 내려놓자 케네디는 의자를 옆으로 돌렸다. 브라운은 여전히 스탠스필드와 얘기 중이었다. 케네디는 새로 부임한 이 부국장을 믿을 수 없었다. 그의 수완이나 실력 때문은 아니었다. 그는 지적이고 전문적이었다. 문제는 그의 밥줄이 어디로 연결되어 있느냐는 것이었다. 브라운은 랭글리 사람이 아니었다. CIA에 들어온 지 1년도 안 된 사람이었다. 50대 초반에 연방 검사와 판사를 지낸 그는 법정을 떠난 뒤 워싱턴에서 가장 잘나가는 로펌에 들어가서 1년에 100만 달러 가까운 수입을 올렸다. 그리고 의회의 거물들을 5~6년간 구워삶은 끝에 기어이 CIA 부국장 자리를 추천받아 승인을 얻었다.

브라운이 지금 얘기를 나누고 있는 CIA 국장보다는 자신을 추천해준 상원의원들에게 더 충성을 바칠 것은 확실한 일이었다. 케네디가 그의 앞에서 얘기를 하지 않는 이유도 단지 그 때문이었다. 그녀는 몇 분 정도 더 기다렸다가 브라운이 나간 뒤에야 의자에서 일어나 뒤쪽의 높다란 테이블로 다가갔다.

"무슨 얘기야?"

토머스 스탠스필드가 상체를 내밀며 물었다. 플러드 장군도 케네디가 무슨 중요한 정보를 입수했는지 궁금해하는 표정으로 몸을 앞으로 숙였다.

"파인 대령과 방금 통화했는데, 이라크에서 야신의 행방을 아직 찾지 못했대요. 하지만 지난 나흘 동안 팔레스타인 청년을 본 적이 있다는 사람들은 여럿 만났답니다."

플러드가 머리를 끄덕이며 말했다.

"바로 그거예요, 토머스. 부통령께 즉시 보고해야 합니다."

국장의 표정이 무덤덤하자 합참의장은 다시 우겼다.

"이건 우리 임무예요. 아이언맨은 결정적 증거를 못 잡았지만, 지하실에서 무슨 일이 벌어지고 있는 게 분명합니다. 아지즈는 거기에 보초를 세울 만큼 부하들이 많지 않아요."

"환기통 때문이 아닐까요?"

케네디가 물었다.

"우리가 다시 시도할까 봐 두려워하지 않을까요?"

"말도 안 돼! 지하실로 이어진 계단에 부비트랩 하나만 설치하면 우릴 가둬버릴 수 있어요."

케네디는 머리를 끄덕였다.

플러드는 국장 쪽으로 몸을 숙이며 말했다.

"보고해야 합니다, 토머스. 오늘 아침에 말해야 해요."

스탠스필드는 거구의 장군을 바라보았다. 그는 합참의장의 말이 옳다는 걸 알지만, 백스터 부통령이 어떻게 나올지도 뻔히 알고 있었다. 보나마나 몸을 사릴 것이다. 그들이 내린 결론에 대해 타당성을 따지며 마지막까지 결정을 미룰 것이다. 하지만 설사 그렇다 하더라도 플러드 장군의 말은 옳았다. 부통령한테 보고는 해야만 한다.

댈러스 킹은 부통령 건너편에 앉아 그가 전화하는 모습을 지켜보고 있었다. 해군천문대에 있는 부통령 서재의 창문으로 오후의 햇볕이 흘러들었다. 킹은 테러범들을 도운 자신의 역할에 대해 여전히 찜찜했다. 지금까진 그저 입을 꽉 다물고 있을 뿐, 달리 어찌해볼 방도가 없었다. 제 발로 FBI에 찾아가서 내가 이런저런 짓을 저질렀노라 자백할 생각은 눈곱만치도 없었다. 그래서 좋을 것이 없다. 그런다고 시계를 되돌릴 수도 없다. 지금 그가 해야 할 일은 타격을 줄이는 것이었다. 그날 밤의 탈선에 대해 누가 또 알고 있지? 물론 두 여자가 있었지만 그들은 마약에 잔뜩 취한 상태였다. 그리고 그들을 들여보내준 비밀검찰국 경관 조가 있었지. 킹은 조에 대해 체크해 보고 싶었지만, 공연히 잘못 쑤시다가 사태를 더 악화시킬 것만 같았다. 안 될 일이야. 지금은 아무 짓도 하지 말고 조용히 웅크리고 앉아 아무도 나를 테러범들과 연결시키지 않기만을 바랄 수밖에 없어.

보좌관들이 이따금씩 방 안을 들락거렸다. 부통령 관저의 커다란 식당과 거실은 사무실로 개조되어 비밀검찰국이 행정부 구청사를 폐쇄할 때 옮겨온 10여 명의 필수요원들과 스태프진이 사용하고 있었다.

그 필수요원들 중 하나가 조용히 방 안으로 들어오더니 킹에게 다가왔다. 그녀는 부통령의 주의를 끌지 않으려고 나지막한 목소리로 말했다.

"스탠스필드 국장과 플러드 장군이 전화를 걸어왔어요. 지금 즉시 부통령과 통화하고 싶답니다."

부통령 비서실장은 자리에서 일어났다.

"몇 번 전화요?"

젊은 여자는 손가락 두 개를 들어보이곤 돌아섰다. 킹은 문 쪽으로 걸어가는 여자의 뒷모습을 습관적으로 관찰했다. 정말 괜찮은데. 호기를 기다리며 눈여겨봐두었지만 건드렸다간 골치가 아플 것 같았다. 사무실 여자와 연애하는 건 최대한 피해야 한다. 결혼한 여자들하고만 하라니까, 하고 킹은 자신을 타일렀다.

커다란 서재의 다른 쪽 벽에 있는 진열대로 걸어간 그는 장식용 금테를 두른 거울에 자신의 모습을 비춰보며 손으로 머리카락을 쓸어 올렸다. 그리곤 전화기를 집어 들고 깜박이는 빨간색 버튼을 눌렀다.

"스탠스필드 국장님, 플러드 장군님, 댈러스 킹입니다."

먼저 입을 연 쪽은 플러드 장군이었다.

"댈러스, 부통령께선 지금 어디 계신가?"

"여기 계십니다. 그런데 UN 사무총장과 통화 중이십니다."

"그래, 우리가 드릴 말씀이 있다고 전하게."

플러드의 목소리가 평소보다 퉁명스러웠다.

킹은 전화기를 왼쪽 귀에 대고 오른쪽 손가락으로 자기 눈썹을 매만졌다. 거울 속에 비친 자기 맵시를 살펴보며 그는 대답했다.

"말씀드렸듯이 사무총장과 통화 중입니다. 아주 중요한 일로요. 제가 도와드릴 일은 없습니까?"

미국 군대에서 가장 높은 자리에 올라 있는 플러드는 자기 명령 한마디면 자다가도 벌떡 일어나는 사람들한테 길들여져 있었다. 거기에다 긴장의 연속에 수면부족까지 겹쳤으니 결과는 뻔했다.

"이런 빌어먹을!"

플러드는 고함을 버럭 질렀다.

"자넨 명령 계통에 대해 공부 좀 해야겠어. 합참의장이 전화를 걸어 부통령과 대화하고 싶다고 하면 자넨 바꿔주기만 하면 되는 거야!"

킹은 전화기를 귀에서 떼어내 인상을 쓰며 살펴보았다. '그쯤 하시지' 하고 그는 혼잣말로 중얼거린 뒤 전화기를 다시 입으로 가져갔다.

"전화를 받으실 수 있는지 알아보겠습니다."

그리곤 상대방의 동의도 받지 않고 대기 버튼을 누른 뒤 전화기를 내려놓았다. 그는 거울을 다시 들여다보며 넥타이를 바로잡고 하얗고 완벽한 이를 점검했다. 바쁠 것은 하나도 없었다.

널찍한 서재를 천천히 가로질러 부통령에게 다가간 그는 전화가 왔다는 신호를 보냈다. 셔먼 백스터가 통화 중인 전화기에 대고 말했다.

"죄송하지만 사무총장님, 잠시만 기다려주시겠습니까?"

그는 송화기를 손으로 막고 킹에게 물었다.

"이번엔 뭐야?"

"플러드 장군과 스탠스필드 국장이 즉시 통화하고 싶답니다. 2번 선입니다."

"즉시라고?"

부통령은 킹의 말투를 그대로 흉내 내어 말했다.

"네, 플러드 장군은 팬티가 뭐에 걸렸나 봐요. 부통령께선 지금 바쁘다고 했더니 나더러 고함을 버럭 질렀어요."

백스터는 전화기를 다시 입으로 가져갔다.

"사무총장님, 대화를 계속 하고 싶은데 긴급한 연락이 왔다는군요. 몇 분 뒤에 다시 전화 올려도 될까요?"

UN 사무총장이 하는 말을 들으며 그는 고개를 끄덕였다.

"감사합니다."

킹이 상사를 내려다보며 말했다.

"이 전화는 저도 함께 듣는 편이 좋을 것 같아요."

백스터가 고개를 끄덕이자 킹은 재빨리 방을 가로질러 진열대 위에 놓인 전화기 앞으로 다가갔다. 부통령이 2번 전화 버튼을 누르는 순간 킹도 같은 버튼을 눌렀다. 백스터가 전화기에 대고 말했다.

"나요, 플러드 장군."

"네, 저는 지금 스탠스필드 국장과 같이 있습니다. 심히 걱정스런 정보가 있어 보고를 올려야겠습니다."

플러드 장군이 무스타파 야신이란 인물과 이스라엘이 제공한 정보, CIA가 입수한 정보들을 백스터에게 보고하는 데는 1분도 채 안 걸렸다.

댈러스 킹은 건너편에서 상사를 조용히 지켜보고 있었다. 플러드가 전한 소식은 약간 삐딱한 방향으로 그를 흥분시켰다. 결코 그런 일이 일어나선 안 된다는 건 알지만, 이거야말로 진짜 드라마틱하지 않은가? 게다가 이 놀라자빠질 은밀한 정보를 알고 있는 불과 대여섯 명 중에 그 자신도 끼어 있다는 이 사실을 어떻게 믿어야 하나? 대통령의 신변이 그들이 생각하는 만큼 안전하지가 않다는 것이었다.

플러드 합참의장은 사실 설명에서 상황 설명으로 넘어갔다. 그는 단지 두 마디로 그것을 요약했다.

"어떤 경우에도 대통령을 테러범들의 손에 떨어지게 해서는 안 됩니다. 델타포스와 인질구조대가 백악관을 탈환할 만반의 준비를 갖추고 당신의 명령을 기다리고 있습니다."

백스터 부통령은 그보다 더 나쁜 소식은 들을 수 없었다는 듯이 고통스런 신음을 토해냈다. 어지러운 마음을 잠시 진정시킨 뒤 그는 장군에게 물었다.

"그걸 어떻게 확신할 수 있소? 아지즈는 자기 요구사항에서 대통령 얘기는 한 마디도 안 했는데 말이오."

"확신할 수는 없습니다."

플러드가 대답했다.

"그렇지만 대통령을 인질이 될 위험 속에 방치할 수는 없습니다."

"이 정보가 만약 틀리면 어떻게 됩니까?"

셔먼 백스터는 킹을 흘끗 쳐다보았다.

"저 안에는 아직 상당한 인질들이 남아 있는데, 장군 말대로 습격을 감행하면 그들이 살아남을 가능성은 거의 없지 않겠소?"

"이 시점에서는 선택의 여지가 없습니다. 우리는 하늘이 두 쪽 나는 한이 있어도 라피크 아지즈가 대통령의 몸에 손을 대도록 내버려둘 순 없습니다."

백스터는 할 말을 잃고 한참 동안 킹만 쳐다보았다. 마침내 긴 한숨을 토해내며 그는 합참의장에게 물었다.

"나한테 원하는 게 뭐요, 플러드 장군?"

"옳은 판단을 하시길 바랍니다. 제게 백악관을 탈환하라고 명령하십시오."

킹은 부통령에게 머리를 세차게 흔들어 보였다. 무슨 일이든 그 자신과 부통령이 미리 상의하기 전에는 어느 누구에게도 맡길 수 없었다. 백스터가 그를 보고 고개를 끄덕인 뒤 전화기에 대고 말했다.

"장군, 이 정보는 아무래도 좀 약해 보여. 내가 미리 말했지만 장군에겐 군대를 현장으로 이동하고 정보를 수집할 권리가 있소. 인질들의 목숨을 위태롭게 하지 않는 한 말입니다. 그렇지만 이 점은 다시 분명히 해두겠소. 백악관 탈환을 허락할 수 있는 사람은 나밖에 없습니다. 아시겠습니까?"

백스터는 의자에 앉은 채 상체를 곧추세웠다.

"네, 잘 알고 있습니다."

실망한 플러드가 대답했다.

"하지만 문제는 그것이 아닙니다. 지금 중요한 문제는 미국 대통령의 안전입니다."

플러드 장군은 단호한 목소리로 덧붙였다.

"저는 지금 당신에게 백악관을 탈환할 허락을 요청하고 있는 겁니다. 헤이즈 대통령이 라피크 아지즈의 손에 떨어지는 것을 막을 수 있게 해 달라고 청하고 있습니다."

백스터 부통령은 부드러운 목소리로 대답했다.

"장군, 쉽게 결정할 일이 아니오. 생각할 시간이 필요해요."

"그럴 시간이 없을지도 모릅니다."

플러드가 자르듯 말하자 백스터도 발끈했다.

"플러드 장군, 최종 책임자는 나요. 시간이 있을지 없을지도 내가 판단하겠소. 내 보좌관들과 상의하는 동안 장군은 대통령에 대한 위협이 사실인지 상상인지 좀 더 확인해 보시오. 젠장, 바로 이틀 전에 장군의 부하들은 나한테 대통령이 벙커 안에서 적어도 한 달은 너끈히 버틸 수 있을 거라고 보고했었소."

부통령은 머리를 흔들었다.

성질을 주체할 수 없게 된 플러드가 지원을 요청하는 표정으로 스탠스 필드를 돌아보았다. 그러나 CIA 국장은 고개만 저을 뿐이었다. 장군은 전화기에 대고 물었다.

"그러면 제가 어떻게 하길 바라십니까?"

"정보를 계속 수집해서 보고해 주시오. 그리고 아지즈를 자극하여 더 이상의 폭력을 부르는 일은 이제 삼가주시오."

"알겠습니다."

그것으로 대화는 끝났다. 플러드 장군은 부통령이 더 할 말이 있는지 확인하지도 않고 전화를 끊어버렸다. 댈러스 킹이 먼저 전화기를 내려놓았다. 그는 화난 얼굴을 하고 있는 부통령 앞으로 다가가며 말했다.

"아주 완벽하게 처리하셨어요. 얼핏 생각하기엔 여러 가지로 우리한테 유리한 것 같습니다. 첫째로, 이 정보는 근거가 약간 약해 보여요. 지금 상황에선 이스라엘 말을 믿을 수 없다는 뜻이죠. 그들은 우리가 곧 현장을 초토화할 것으로 생각할 겁니다."

킹은 손가락으로 자기 턱을 톡톡 두드렸다.

"둘째는 관점의 차이가 있습니다. 대통령의 목숨이 그 나라 국민 50명의 목숨보다 과연 더 중요하냐는 것이죠. 제왕적인 대통령에 대한 격렬한 논쟁이 벌어질 수 있습니다. 한 미국인의 목숨이 다른 한 미국인의 목숨보다 더 귀할 순 없죠."

셔먼 백스터는 이맛살을 찌푸리며 말했다.

"집어치워, 댈러스. 그 따위 소리에 누가 귀를 기울이겠어?"

"당신을 지지할 평범한 사람들이 듣겠죠."

킹은 손가락으로 상사를 가리켰다.

"그럴 리는 없지만 설사 플러드의 말이 사실이라 하더라도 명백한 증거를 제시하지 않는 한 공격 명령을 내릴 필요는 없습니다. 빌 슈워츠와 여비서를 살해한 일 외에는 아지즈가 상당히 이성적으로 행동하고 있어요. 지금까지 우리가 나중에 복구할 수 없는 무리한 것을 요구하진 않았잖아요. 여론조사 결과만 봐도 한 줌의 우익 극단주의자들을 제외한 대부분의 국민은 이 일이 평화적으로 해결되길 바라고 있습니다. 따라서 우리는 이 가느다란 노선을 따라 계속 걸어가야 해요. 대통령이 위급하다는 증거를 제시하지 않는 한 눈도 깜박하지 마세요. 오늘까지만 UN 결의를 얻어내면 내일 아침엔 아즈지가 인질 일부를 내보낼 것 아닙니까. 그러면 3분의 2를 구하는 거예요."

킹은 말을 마치고 잠시 창밖을 내다보았다. 갑자기 어떤 생각이 반짝 떠올랐던 것이다. 결과가 나쁜 쪽이 나한테는 오히려 좋지 않은가? 테러범들이 몰살당하면 골치 아픈 내 문제들도 함께 묻혀버릴 것이다.

"무슨 생각하고 있는 거야?"

백스터가 물었다.

킹은 상사를 돌아보며 고개를 저었다.

"아무것도 아닙니다. 뭘 좀 생각하느라고."

대통령 경호실장 잭 워치는 네 번째 세트의 크런치에 들어갔다. 윗몸 일으키기의 현대식 버전인 복근운동이다. 매일 하던 운동을 생략할 생각도 해봤지만 달리 할 일도 없다는 결론에 도달했다. 워치는 일요일만 빼고 매일 크런치 400회, 이틀마다 팔굽혀펴기 200회, 5~8킬로미터 조깅, 스트레칭 등을 해온 남자였다. 운동을 과학적으로 해왔기 때문에 체육관에서 시간을 보내지 않고도 건강한 몸매를 유지할 수 있었다.

복근운동을 마친 그의 눈길이 건너편 식탁 위에 쌓인 무기들로 옮겨갔다. 짜증나는 풍경이었다. 그 모든 무기들과 방 안에 가득한 고도로 훈련된 요원들을 두고 대통령은 항복하기를 원했다. 워치의 머릿속에는 승리만 있을 뿐 패배는 담겨 있지 않았다. "훌륭한 패배자란 없다. 패배자는 패배일 뿐"이라고 배운 빈스 롬바르디 스쿨 출신인 그는 두 손 들고 항복해야 한다고 생각하니 미칠 것만 같았다. 그야말로 백절불굴의 정신력으로 비밀검찰국의 가장 탐스러운 요직까지 올라온 그였다. 항복보다는 나은 대안이 틀림없이 있을 것으로 믿어 의심치 않았다.

복근운동을 세 차례 더 반복하고 있을 때, 그 생각이 떠올랐다. 워치는 두 손으로 목덜미를 꽉 움켜쥔 채 동작을 중단하고 테이블 위에 쌓인 시커먼 무기들을 응시했다. 가장 정확하고 치명적인 무기들을 지닌 고도의 훈련을 받은 아홉 명의 대원들. 워치의 마음이 복잡해졌다. 무언가가 갈라지는 소리를 내며 작은 틈을 열었고, 거기로 가느다란 서광이 비쳐 들기 시작했다. 그는 벌떡 일어나며 소리를 지를 뻔했지만 간신히 억누르고 침대 모서리에 걸터앉았다. 그리곤 철저히 생각을 가다듬었다. 진작 이런 계획을 세웠어야만 했다. 그랬다면 모든 반대를 물리치고 대통령을 설득할 수 있었을 텐데.

38

　스탠스필드는 플러드 장군이 혼자 식식거리도록 내버려두었다. 합참의장이 책상 앞을 오락가락하며 투덜거릴 때마다 그는 동의한다는 듯이 머리를 끄덕여 주었다. 스탠스필드 중앙정보국 국장은 백스터 부통령이 허락하지 않을 것임을 진작부터 예상했다. 그래서 언제나처럼 분석적 방법으로 세 수 앞을 내다보고 있었다.

　사실 플러드 장군에게도 부통령이 어떻게 나올 것인지 사전경고를 해 줄 수 있었는데, 차분한 장군보다는 화난 장군을 다루기가 낫겠다 싶어 그냥 두었을 뿐이었다. 사태는 막바지에 이르렀고 어떤 결정들을 내려야 할 순간이었다.

　이제 가장 어려운 일이 닥쳐올 것이었다. 스탠스필드는 백스터 부통령이 절대로 방아쇠를 당기지 않을 것임을 알고 있었다. 처음부터 이쪽 길로는 들어오지 말았어야 했는데, 기왕 이렇게 된 이상 사태가 악화되기 전에 무슨 수든 쓰지 않을 수 없었다. 백스터는 시간을 최대한 지체하려고만 했다. 위기를 맞아 그처럼 느긋한 태도를 취하는 것은 스탠스필드로서는 상상도 할 수 없는 일이므로, 오히려 그것이 어려운 결정을 내리기 쉽도록 만들어 주었다.

　토머스 스탠스필드는 자신의 50여 년 공직생활에서 딱 한 번 저지를 어떤 일에 대해 생각하고 있었다. 자칫하면 그 자신의 경력을 불명예스럽게 마감할 수도 있는 어리석은 짓이지만 기꺼이 그 기회를 이용할 생각이었다. 그는 에이스를 여전히 품속에 감춰 놓고 있었고, 이제 그것을 사용할 때가 왔다고 생각했다.

플러드 장군은 하프타임에 자기 팀 선수들을 씹어대고 있는 미식축구 코치 같았다. 온갖 욕설을 입에 줄줄 달고 주먹을 흔들어대며 눈앞에서 오락가락하는 거구의 사내를 스탠스필드 국장은 조용히 지켜보고만 있었다. 그에게 울화통을 실컷 터뜨릴 충분한 시간을 주기 위해서였다. 마침내 욕설도 줄어들고 오락가락하던 발걸음도 차츰 느려졌다. 장군은 화난 얼굴로 따지듯이 말했다.

"국장님은 잘도 참아내시는군요. 대통령이 안전하지 않다는 것을 안 이상 상황이 더 악화되길 기다릴 순 없습니다. 아지즈가 무슨 목적으로 금고털이를 데려왔는지는 멍청이가 아닌 이상 다 알 수 있잖아요. 그리고 요구사항을 뒤로 미룬 이유도 뻔해요. 놈은 그저 시간이 필요했던 겁니다."

스탠스필드는 고개를 끄덕였다.

"맞아요. 하지만 우리가 뭘 어떻게 할 수 있겠소? 백스터가 허락하지 않는 한 우리에겐 달리 대책이 없어요."

"다른 방법이 없습니다. 명령권이 그 멍청이에게 있으니 그를 설득할 방법을 찾지 못하면 상황이 더욱 악화되기만 하겠죠."

스탠스필드는 플러드를 훌륭한 군인으로 생각하고 있었다. 백스터의 승인 없이 공격 명령을 내린다는 것은 감히 상상도 못할 위인이었다. 그렇지만 스탠스필드 자신은 달랐다. 스파이들에게 적용되는 룰은 원래 좀 다르다. 그들은 문제를 해결하기 위해 보다 창조적인 방법을 모색해야 하니까. 스탠스필드도 자기 마음대로 일을 처리할 수 있는 건 아니지만, 그래도 플러드 장군에 비하면 운신의 폭이 훨씬 더 넓었다. 스탠스필드는 자신이 하려는 일이 비록 백스터 부통령의 명령을 거역하는 것이긴 하지만 이미 결심을 굳힌 상태였다. 그렇지만 해도 혼자서 할 것이다. 다른 사람들까지 잃어버리긴 너무 아깝다. 팔순을 눈앞에 둔 그로서는 끝이 멀지 않다는 것을 알고 있었다. 목을 내걸어야 할 때를 찾고 있다면 지금이 바로 그때였다.

"다른 방법이 하나 있기는 하지."

불가사의한 표정으로 장군을 바라보며 국장이 말했다.

플러드는 의아한 눈으로 그를 바라보았다. 무슨 의미로 그런 말을 했는지 알아내려고 국장의 표정을 열심히 살펴봤지만 아무 소용없었다.

"백스터가 정신을 차리길 바라는 외에는 달리 방법이 없잖아요?"

"한 가지 방법은 있소. 바로 코앞에."

플러드는 솔깃해서 말했다.

"말씀해 주시죠."

토머스 스탠스필드는 머리를 가볍게 흔들며 말했다.

"내 생각엔 장군은 이 일을 모르시는 편이 좋을 듯합니다."

플러드는 두 손으로 엉덩이를 짚고 의아한 표정으로 바라보았다. 그리고 자신이 국장의 의도를 정확히 간파한 것인지 확인하려고 했다.

"무슨 생각을 감추고 계신 겁니까, 토머스?"

은발의 CIA 국장은 데스크 뒤쪽 커다란 창문으로 다가가 바깥을 내다보았다. 돌아선 자세로 그는 플러드에게 말했다.

"우린 뭘 해야 하는지 잘 알고 있소, 장군. 그리고 한 사람이면 족한데 두 사람이나 리스크를 짊어질 필요는 없지."

국장은 합참의장을 천천히 돌아보며 덧붙였다.

"지금이 당신과 캠벨 장군이 전선으로 돌아가야 할 가장 적기인 것 같소. HRT와 델타포스의 상태를 점검하셔야지. 승인이 떨어지면 즉각 출동할 준비를 갖추도록 말입니다."

플러드는 실눈을 뜨고 토머스 스탠스필드의 표정을 살폈다. 한편으론 그의 계획이 어떤 건지 알고 싶었고, 다른 한편으론 아예 모르는 편이 낫겠다는 생각도 들었다.

"토머스, 무슨 꿍꿍이속입니까?"

스탠스필드는 조심스럽게 책상을 돌아 나와 플러드의 굵은 팔뚝을 잡았다. 그를 문 쪽으로 이끌며 CIA 국장은 말했다.

"내게 멋진 생각이 있으니 너무 걱정하지 말아요. 때가 오면 즉시 출동할 수 있도록 대원들이나 잘 점검해 주시오."

잠시 후 그들은 CIA 본부 통제실 안에 서 있었다. 플러드는 캠벨 장군에게 부대를 점검할 준비를 하라고 지시했다. HRT를 먼저 체크한 뒤 델타포스로 갈 것이라고 했다. 캠벨은 합참의장이 부통령과 직접 통화한 결과 마침내 작전 승인이 떨어진 모양이라고 짐작했다. 소지품을 재빨리 챙겨 문 쪽으로 걸어가며 그는 자신의 보안 휴대전화를 케네디에게 흔들어 보였다. 상황 변화가 있으면 즉시 연락해 달라는 뜻이었다.

두 장군이 부관들과 함께 물러간 뒤에야 아이린 케네디는 뒤에 서 있는 상사의 얼굴을 돌아보았다. 스탠스필드도 늙고 피로한 눈빛으로 그녀를 마주 보았다.

"백스터가 작전을 승인했나요?"

"아니, 그런 것 같지 않아."

케네디는 입술을 지퍼처럼 채웠다가 열었다.

"그런데도 왜 플러드 장군은 저렇게 서둘러 나가는 거죠?"

"점검할 것이 있으니까 그럴 테지."

국장은 자기 시계를 힐끗 보고 나서 물었다.

"미치는 연결되어 있나?"

"네."

토머스 스탠스필드는 모든 준비가 다 되었는지 확인하면서 마지막으로 자신의 생각을 다잡았다. 그리고 침침한 방 안을 돌아본 뒤 케네디에게 말했다.

"아이린, 지금부터 15분간 모두에게 휴식을 취하라고 해."

"전원에게 말입니까?"

케네디가 잘못 들은 것이 아닐까 하는 표정으로 물었다. 하지만 국장의 차분하고 냉정한 대답이 돌아왔다.

"그래, 전원 이 방에서 좀 나가 달라는 얘기야."

국장과 같은 부류인 케네디는 그가 에둘러 말하거나 헛소리를 하는 사람이 아님을 알고 있었다. 국장이 이런 이상한 요구를 할 때는 반드시 그만한 이유가 있을 것이라고 생각하고 즉시 근무자들을 통제실에서 내보내기 시작했다. 하지만 전원을 향해 떠들썩하게 외치는 대신 맨 앞줄부터 뒷줄에 있는 사람들까지 차례로 내보냈다. 케네디에게 이유를 묻는 직원은 아무도 없었다.

2분쯤 후 근무자들이 모두 나가자 침침한 통제실 안에는 케네디와 스탠스필드만 남았다. 전면 벽의 모니터들이 푸른빛을 흘리고 있었다. 국장이 그녀를 바라보며 말했다.

"아이린도 나가 있어."

케네디는 깜짝 놀랐다. 그녀의 비밀취급인가는 최상급으로, 특별한 예외가 아닌 한 어떤 정보라도 보고 들을 수 있었다. 도대체 어떤 일을 도모하려는 걸까 하고 의아해하며 그녀는 상사의 얼굴을 유심히 살펴보았다. 그는 왜 통제실에 혼자 남으려는 걸까? 스탠스필드는 조각상처럼 묵묵히 서 있기만 했다. 마침내 문 쪽으로 발걸음을 옮기면서도 케네디의 마음은 이런 이상한 상황으로 끌려 온 과정을 되돌리고 싶었다.

랩은 애너 릴리의 사과를 어색하게 받아들였다. 그의 마음속 깊은 곳에는 그녀에게 이 일을 기사화하지 말라고 요구하긴 불가능하다는 생각이 각인되어 있었다. 그녀가 지금 상황을 받아들이는 한 어느 정도까지는 말하지 않을 수 없을 것이다. 방구석에 놓아둔 보안야전무전기가 여러 차례 울리며 암호통신이 수신되었음을 알려주었다. 랩이 핸드세트를 집어 들었다.

"네."

"미첼, 나 토머스야. 최근에 불거진 문제를 확인할 방법은 찾아냈나?"

랩은 스탠스필드가 자기 이름을 부른 것이 약간 놀라웠다.

"어쩌면요. 영감님이 찾아낼 것 같기는 한데 논리적으로 설명하긴 어렵습니다."

즉각적인 대꾸가 없었다. 잠시 후 스탠스필드는 매우 신중하게 천천히 말했다.

"미첼, 지난 10여 년간 자네가 기울인 헌신적인 노력에 대해 진심으로 감사하네."

갑자기 또 왜 이러시나. 다시 잠시 사이를 두었다가 그는 말했다.

"자네한테 부탁할 것이 있는데, 다른 사람들한테는 얘기하지 않는 게 좋겠어."

스탠스필드는 자기가 한 말이 충분히 납득되길 기다렸다가 랩에게 물었다.

"무슨 뜻인지 알겠나?"

"네, 국장님."

"첫째, 우리는 헤이즈 대통령이 벙커 안에서 무사한지 알아야만 해. 둘째는 대통령과의 통신 수단을 복구해야 하네. 자네도 알다시피 벙커 안의 모든 무전기와 전화기는 불통이야. 방해전파를 보내는 근원을 제거하여 대통령과 내가 직접 통화할 수 있게 해주게."

랩은 핸드세트를 꽉 움켜쥐었다.

"저의 교전수칙은 어떻게 됩니까?"

"최대한 조용하게 해주면 좋겠지만, 필요하다고 판단되면 무엇이든 행사하게. 하지만 반드시 대통령과 나를 연결시켜야 해."

필요하다고 판단되면 무엇이든 행사하라는 말이 엄청난 마력을 지닌 것처럼 랩의 마음을 흔들었다. 거칠 것이 없어진 것이다. 이젠 무엇이든 제대로 해볼 수가 있다. 그렇지만 축하하기에 앞서 무언가 걸리는 것이 있었다.

"이것에 대해 아는 사람이 또 있습니까?"

"자네와 나뿐이야."

랩은 눈을 질끈 감았다. 이건 아닌데.

"아이린도 모릅니까?"

"그렇지. 우리 둘만 알아."

"그렇다면 당분간 저는 둥지 없이 떠돌아야겠군요."

"아마 그럴 걸세."

스탠스필드도 그런 상황은 내키지 않았지만 달리 방법이 없었다.

랩은 고개를 끄덕이며 자기 뒤를 받쳐주는 사람이 전혀 없는 상황에 대해 생각했다. 제기랄, 언젠 뭐 안 그랬나? 난 항상 외톨이였어, 하고 그는 생각했다.

"명심하겠습니다. 하지만 기병대를 항상 대기시켜 놓으세요. 이곳 상황이 정말 험악해질 수 있으니까요."

"그러겠네, 미첼. 제발 조심하게."

"그럼요."

랩은 핸드세트를 내려놓고 애덤스를 쳐다보았다. 바깥에서 무언가 고약한 일이 벌어지고 있는 것이 분명했다. 스탠스필드에게 비정상적인 전화를 걸도록 다그친 그 일이 무엇일까? 랩은 고개를 저었다. 머릿속을 복잡하게 만드는 건 어리석은 짓이지. 지금 여기도 고민할 것이 넘칠 판인데. 그는 청사진을 가리키며 애덤스에게 말했다.

"그걸 확인할 길을 빨리 찾아야 해요."

39

스탠스필드의 칙령이 내려온 지 반 시간 가까이 지났다. 임무를 완수하기 위한 통로를 찾아 애덤스와 함께 청사진을 들여다보면서 랩은 이제부터는 정말 주의해야 한다고 몇 번이고 자신에게 다짐했다. 애너 릴리도 이젠 구석자리에서 살금살금 기어 나와 방바닥에 배를 깔고 두 손으로 턱을 받치고 있었다. 이따금씩 하얀 양말을 신은 발이 공중에서 춤을 추었다. 그녀는 10대 소녀처럼 맵시 있게 발을 놀리면서도 두 남자가 하는 얘기를 한마디도 빼놓지 않고 다 들었다. 비록 입은 꼭 다물고 있었지만 그녀는 어느새 그룹의 일원으로 돌아와 있었다.

최소한 세 가지 경우를 놓고 다른 방법들을 검토했지만 랩은 그 어느 것도 마음에 들지 않았다. 남은 것은 직행 경로밖에 없다고 그는 생각했다. 가장 빨리 임무를 완수할 수 있지만 남은 인질들의 생명을 위태롭게 하는 방법이었다. 이틀 전 앤드루 공항에 도착했을 때부터 랩은 우리 속에 갇힌 맹수처럼 답답한 기분을 느꼈다. 그냥 지하실로 내려가서 보초와 야신인가 뭔가 하는 놈을 쏴버리고 주파수대 변환기를 박살내고 싶은 충동을 가누기가 힘들었다. 다른 방법을 찾지 못하면 그것이 유일한 해결책이 될 것이다. 그렇지만 다른 방법을 꼭 찾아야만 했다. 끔찍한 유혈극으로 사태를 마무리하고 싶지 않다면.

랩은 이 모든 혼란이 시작되었을 때 깨달았던 것을 받아들이기 시작하고 있었다. 아지즈를 공격하고, 백악관을 두 번 날려버릴 만한 셈텍스가 폭발하고, 그러면 나도 인질들과 함께 죽게 되겠지. 인질구조팀과 델타 포스까지 위험에 빠뜨릴 것 뭐 있나? 그 멍청한 자식이 자폭하고 끝장을 내도록 내버려두라고.

밀트 애덤스가 갑자기 청사진을 여러 장 넘긴 뒤 한 곳을 열심히 살펴보기 시작했다. 랩이 애덤스를 돌아보며 물었다.

"왜 그래요?"

애덤스는 청사진에서 시선을 거두어 벽을 멍하니 바라보았다. 무언가를 떠올리려고 애쓰는 표정이었다. 청사진을 다시 살펴보며 애덤스가 말했다.

"이게 3층 복도야. 이렇게 내려가다가 왼쪽으로 90도 꺾어지지."

애덤스는 그 지점을 가느다란 손가락으로 콕콕 찍었다.

"이곳 벽에 환풍구가 하나 내장되어 있었어. 적어도 내 생각엔 그래."

"생각엔 그렇다는 게 무슨 말입니까? 표시가 되어 있지 않나요?"

애덤스는 머리를 끄덕였다.

"그렇지. 그래서 하는 말이야."

노인은 다시 눈을 감고 복도의 모습을 떠올리려고 애썼다.

"거기에 환풍구가 분명 있었던 것 같아."

그는 다시 청사진의 그 지점을 콕콕 찍었다.

"왜 표시가 안 되어 있죠?"

"이 청사진이 최종 것이 아니기 때문이지. 내 기억이 정확하다면 이 지점에 환풍구를 설치하지 않으면 복도에 습기가 너무 찰 것이라고 생각했던 것 같아. 이 복도는 벙커를 건축할 때 증축된 것이고, 벙커의 환경조절 시스템은 지하에 있기 때문에 절충하기 어려웠던 거지."

애덤스는 손가락으로 아랫입술을 문지르며 설명을 계속했다.

"맞아. 틀림없이 바로 위층을 통해 저택의 환기조절 장치에 연결시켰을 거야."

그는 다시 지하 2층의 레이아웃을 보여주는 청사진을 빼내어 위에 올려놓고 정확한 지점을 찾으며 말했다.

"바로 이 지점에다 했겠지. 바닥을 그냥 잘라내고 지하 2층에서 경사면 통로를 연결했을 거야."

애덤스는 다음 장을 펼쳐 지하 1층의 청사진을 보여주었다. 노인은 청사진 이곳저곳을 흥미로운 눈빛으로 살피더니 말했다.

"이거야 원, 끝내주겠군."

"뭐가요?"

랩이 노인의 설명을 다그치며 물었다.

애덤스는 쿼터백이 첫 번째 다운 지점을 얼마로 할 것인지 신호하는 것처럼 두 손을 공중으로 번쩍 쳐들었다. 그리곤 앞으로 내려 랩의 양쪽 어깨 위에 손을 올려놓고 얼굴을 찡그리며 말했다.

"그런데 자네 덩치는 너무 커."

랩이 당황하며 물었다.

"무슨 얘길 하고 있는 겁니까, 밀트?"

"환풍구가 여기 있는 건 거의 확실하지만 그 직경이 50센티도 채 안 되거든. 자네 어깨 폭은 그 배도 넘을 것 같아서 하는 소리야."

"자세히 설명해 보세요."

랩이 의아한 표정으로 물었다.

"이 통풍구를 따라가면 어디가 나옵니까?"

애덤스는 지하 3층 청사진을 펼치며 대답했다.

"이 환풍구는 지하실 모퉁이로 똑바로 연결되어 있어. 이걸 타고 내려가면 벙커의 바깥방을 훤히 바라볼 수가 있지. 첫 번째 문이 열려 있다고 가정할 때 말이야."

"내 몸뚱이로는 빠져나갈 수 없다면서요."

"없지. 그렇지만 자네가 나를 내려준다면…."

애덤스는 하던 말을 중단하고 눈알을 한 바퀴 굴렸다.

"영감님은 재채기 때문에 안 돼요."

"그렇지, 참."

애덤스는 고개를 끄덕였다.

제기랄, 하고 랩은 속으로 욕했다. 벙커 바깥방을 훔쳐볼 수만 있다면 무슨 짓이라도 할 것 같았다. 그는 청사진에서 눈을 떼고 릴리를 바라보았다. 그녀는 꽁지머리를 하고 친구 집에 밤놀이 나온 10대 소녀 같았다. 여자의 몸매를 살펴보니 몸무게가 50킬로그램은 넘지 않을 것 같았다. 그렇다면 시도해볼 가치가 있다고 그는 생각했다. 이 일을 기사로 쓰겠다면 이 여자도 그만한 대가는 치러야 하는 것 아닌가.

범죄 현장으로의 회귀라는 말보다 더 정확한 표현은 없을 것 같았다. 살림 루산은 거의 한 블록 가량이나 늘어선 앰뷸런스들의 맨 꽁무니에 겨우 주차 공간을 하나 발견할 수 있었다. 바로 오른쪽에 에이브러햄 링컨, 마크 트웨인, 버팔로 빌 등 많은 유명 인사들에게 칵테일을 제공한 것을 자랑하는 워싱턴 D.C.의 명가 윌라드 호텔이 보였다. 블록 중간쯤에 있는 것이 윌라드 오피스 빌딩, 그 옆 모퉁이에 자리 잡고 있는 건물이 루산의 이전 직장이었던 워싱턴 호텔이었다.

도로 건너편에 있는 퍼싱 공원은 1차 대전 때 유럽 원정군 사령관이었던 '블랙 잭' 퍼싱 장군의 이름을 딴 것이었다. 사각형 공원의 두 변이 소방차들로 차단되었고, 차에서 내린 소방대원들은 푸른 풀밭 위를 거닐거나 풋볼이나 오렌지색 프리스비를 주고받고 있었다. 샌드위치 트럭이 소방차와 앰뷸런스 사이를 들락거리며 운전사들에게 커피와 소다수, 다양한 샌드위치와 수프와 전자레인지용 음식들을 공급했다. 펜실베이니아 거리와 14번가 모퉁이에 주차한 루산의 앰뷸런스는 뒤쪽으로 겨우 10미터 간격을 두고 워싱턴 D.C. 경찰 4개 소대와 가깝게 맞붙어 있었다.

살림 루산은 백악관에서 두 블록 이내로 돌아와 있었다. 헤드폰을 귀에 쓰고 앰뷸런스 운전석에 웅크리고 앉아 운전대 아래 부분에 소설책을 한 권 펼쳐놓았다. 가급적 대화를 피하고 싶어서였다. 만약의 경우를 생각해서 대부분의 운전사들이 다 알고 있을 만한 분야의 얘깃거리를 한두 가지 마련해 두었다. 다른 구급대원들과 친해지는 건 위험을 초래할 수 있기 때문에 삼가고 있었다.

루산은 손목을 돌려 싸구려 디지털시계를 보았다. 오후 2시가 가까웠다. 거의 세 시간째 이 자리에 웅크리고 앉아 있는 셈이었다. 지금까지는 좋았다. 다른 운전사들은 이따금씩 인도나 차도 건너편에 있는 샌드 위치 트럭으로 몰려들곤 했다. 소방대원들과 풋볼을 주고받는 운전사들도 있었다. 그들은 서로 잘 아는 사이처럼 보였다. 소설책에 빠진 것처럼 꾸민 행동이 지금까지 잘 먹혀들었지만, 그렇다고 앰뷸런스 안에 언제까지나 죽치고 있을 수도 없었다. 여러 가지 처리해야 할 일들이 있었고, 그것은 곧 적들 속으로 걸어 나가야 한다는 뜻이었다.

루산은 사이드 미러를 다시 살펴보았다. 기자들과 호기심 많은 군중이 펜실베이니아 거리와 13번가 모퉁이 동쪽에서 한 블록 떨어진 경찰 바리케이드 뒤로 가축 떼처럼 몰려들었다. 차에 올라탄 경찰이 군중을 돌아보는 모습이 사이드 미러에 비쳤다. 시간이 있으면 군중 속에 폭탄을 한 개 설치하면 좋겠는데. 그러면 인간들이 사방팔방 미친 듯이 질주할 것이다. 백악관을 향해 달리든 반대 방향으로 달리든. 반짝이는 빨간 소방차들이 꽁무니를 물고 늘어서 있는 펜실베이니아 거리를 건너다보며 루산은 감탄했다. 정말 부유한 나라야. 부유하고 이기적이지. 이기적이면서도 탐욕스럽고. 소방차 아래 폭탄 하나를 슬쩍 밀어 넣어 차례대로 폭발하는 광경을 보면 기분이 정말 찢어질 텐데 말이야. 엄청난 혼란을 일으키겠지. 그렇지만 꿈 깨라고. 소방대원들이 이렇게 득시글득시글하는 판에 어딜? 그들 중 누군가의 눈에 발각되고 말 거야.

루산은 다시 손목시계를 보았다. 불안한 버릇이다. 검은 디지털 숫자들은 40초 전에 체크했던 그대로였다. 이제 소설책 따원 걷어치우고 작업에 나서야 할 때다. 그는 헤드폰을 낀 채 앰뷸런스 뒷칸 좁은 통로로 들어갔다. 환자 수송용 이동식 침대는 한가운데 걸쇠로 잠겨 있고 양쪽 칸막이들도 안전하게 채워져 있었다. 루산은 작은 열쇠로 캐비닛을 열고 안에서 플라스틱 약상자를 하나 꺼냈다. 부상자를 치료할 약품들이 들어 있어야 할 그 안에는 아지즈가 고안한 작은 폭탄들이 가득 들어 있었다. 단순하지만 매우 우수한 그 폭탄들은 셈텍스와 뇌관으로 구성되어 있고, 수신기와 전원 양쪽으로 작동하는 호출기가 부착되어 있었다. 그리고 루산과 백악관 안에 있는 아지즈도 폭발시킬 수 있을 뿐만 아니라, 알라 신이여 맙소사, 비록 천문학적 확률이기는 하나 누군가가 전화번호를 잘못 누르고 암호를 잘못 입력하면 폭발하는 수도 있었다.

루산은 새로 빻은 커피 가루를 가장자리로 긁어냈다. FBI가 탐지견을 데려와 폭발물을 조사해도 커피 냄새 때문에 어려울 것이다. 조심해서 지나칠 것 없다고, 그는 출발하기 전 앰뷸런스 타이어들과 뒷문에도 고춧가루를 뿌린 다음 문질렀다. 일단 고춧가루 냄새를 맡은 탐지견들은 앰뷸런스 근처에도 안 오려고 할 것이다.

커피 가루 속에 묻힌 폭탄은 모두 여섯 개였다. 그 중 두 개는 화장실 물탱크 뚜껑 아래 부착하도록 만들어졌다. 두께 2.5센티 정도의 찰흙 같은 폭발물 속에 뇌관과 호출기를 심은 것이었다. 이 두 조각의 셈텍스는 각각 기름종이에 싸여 있었다. 그 아래를 받치고 있는 것은 네 개의 콜라 깡통. 깡통 윗부분을 조심스럽게 제거하고 그 안을 연성 폭발물로 채운 다음 뇌관과 호출기를 장착한 것들이었다.

루산은 이동식 침대 위에 놓인 검정색 주머니를 집어 들더니 셈텍스 두 조각을 그 안에 담고 지퍼를 닫았다. 그리곤 운전석으로 다시 돌아와 잠시 앉아 있었다. 마음이 진정되자 그는 차문을 열고 햇볕 속으로 걸어 나왔다. 그리곤 단 하루도 거르는 일 없이 매일 두 차례씩 에어로빅을 하는 남자처럼 앰뷸런스 뒤에서 어슬렁거렸다. 짝 달라붙은 바지와 셔츠, 하얗게 표백한 머리카락, 오른쪽 귀의 피어싱, 문신 등이 모두 그가 동성애자임을 외치고 있는 듯했다.

윌라드 호텔 계단을 올라간 루산은 회전문을 밀고 들어갔다. 화려한 로비에 들어서자 두 명의 워싱턴 D.C. 경찰이 맨 먼저 눈에 들어왔다. 그는 타일 바닥을 가로지르며 그들을 향해 미소를 지어 보였다. 사전답사를 이미 마친 상태라 어디로 가서 어느 장소에 네 개의 폭탄을 먼저 설치해야 하는지 정확히 알고 있었다. 로비를 가로지른 그는 짤막한 계단을 따라 올라갔다. 이 호텔은 백악관에서 세 블록 이내에 위치하기 때문에 일반인에겐 폐쇄되어 있었다. 화장실 안으로 들어간 그는 자기 외에 아무도 없는지 재빨리 확인했다.

미리 정해둔 칸막이 안으로 들어가자 루산은 세라믹 물탱크 뚜껑을 들어내어 좌변기 위에 엎어 놓았다. 뚜껑 표면에 맺혀 있는 물방울을 깨끗

이 닦아낸 다음 주머니 속에서 첫 번째 폭탄을 조심스레 꺼내들었다. 그
것은 뚜껑 안쪽에 꼭 맞았다. 그걸 정확히 맞추기 위해 미리 사진까지
찍었던 것이다. 셈텍스를 꼭꼭 눌러 뚜껑 안쪽 표면에 최대한 밀착시킨
다음 주머니 속에서 접착 테이프를 꺼내들었다. 폭탄 양쪽에 5센티미터
가량 세라믹이 드러난 부분이 있었다. 루산은 테이프를 세 토막 떼어내
어 셈텍스를 가로질러 세라믹이 드러난 부분까지 단단히 붙였다. 작업
이 끝나자 그는 테이프를 집어넣고 물탱크 뚜껑을 제자리에 돌려놓았
다. 만족한 그는 그제야 바지의 지퍼를 내리고 오줌을 누기 시작했다.
한 개는 끝냈으니 이제 세 개가 남았다.

40

릴리를 설득하는 데는 힘이 거의 들지 않았다. 오히려 애덤스가 여러 차례 그녀의 열정에 찬물을 끼얹으려고 했지만 실패하고 말았다. 릴리는 기꺼이 하겠다고 했다. 랩은 그녀가 애국심에서 그러는 건지, 남은 인질들에 대한 동정심에서 그러는지, 아니면 직업적 욕심에서 그러는 건지 알 수가 없었다. 기왕이면 욕심이 아니라 애국심이나 동정심이길 바랄 뿐이었다.

계획은 금방 세워졌다. 애덤스는 천부적인 해결사지만 머릿속이 복잡한 엔지니어였다. 랩은 모든 상황을 최대한 단순화하려고 했다. 실제 경험을 통해 작전이 복잡하면 복잡할수록 실패할 확률이 높아진다는 것을 알고 있기 때문이었다. 릴리는 두 남자의 얘기를 열심히 듣다가 미심쩍은 내용을 질문하고 확인했다.

"이건 단순한 정찰입니다. 그냥 보고 나오기만 하면 돼요."

랩이 강조하며 릴리에게 정찰 과정을 자세히 설명했다. 그리고 밀실을 나오기 전에 다시 한 번 물러설 기회를 주었지만 그녀는 조금도 흔들리지 않았다. 모든 준비와 시간 계산까지 끝낸 랩은 무기를 집어 들고 애덤스에게 출발 신호를 보냈다.

애덤스가 빗장을 빼자 랩이 맨 먼저 드레스 룸으로 나갔다. 초소형 감시기들을 통해 2층과 3층에 아무도 없다는 것을 확인한 그들은 조용하고 빠르게 복도를 지나 작은 엘리베이터 안으로 들어갔다. 릴리는 두꺼운 면양말만 신고 있어서 아무 소리도 내지 않았다. 엘리베이터가 지하 1층에 도착하자 문이 열렸다. 애덤스가 뱀 대가리를 들고 나섰다. 랩과 애덤스는 손발이 잘 맞지만 릴리는 아직 걱정거리가 아닐 수 없었다.

"깨끗한데."

애덤스가 뱀 대가리를 회수하며 랩에게 소곤댔다.

"오른쪽으로 복도 중간까지 가는 겁니까?"

랩이 물었다.

"그렇지."

"좋아요. 이렇게 하면 되는 겁니다."

랩이 뒤에 선 릴리에게 속삭이듯 말했다.

"이 문이 열리면 내가 먼저 나갈 겁니다. 총으로 왼쪽에서 오른쪽까지 훑은 다음 나오라고 신호하면 그때 나와요. 밀트가 앞장서고 당신은 오른손으로 영감님의 오른쪽 어깨를 잡고 따라 나오면 됩니다."

릴리가 눈을 커다랗고 뜨고 자기 말에 귀를 기울이는 걸 보자 랩은 어쩐지 즐거웠다.

"눈은 영감님 뒤통수만 보세요. 영감님이 빨리 가면 당신도 빨리, 영감님이 천천히 가면 당신도 천천히 가고, 영감님이 웅크리고 앉으면 당신도 앉으면 돼요. 내가 총을 쏘기 시작하면 내 앞으로 뛰어들지 않도록 조심해요."

릴리는 고개를 끄덕인 뒤 눈을 깜박였다. 갑자기 이건 좋은 생각이 아니다 싶었다. 지하실 기온이 낮은지 두려움 때문인지는 몰라도 몸에 한기가 느껴졌다. 랩이 뭐라고 묻는데도 그녀는 멍한 표정으로 그를 바라보기만 했다.

"긴장됩니까?"

랩이 다시 묻자 릴리는 고개를 끄덕였다.

"좋아요. 그게 정상입니다."

랩이 히죽 웃었다. 그는 여자의 손을 잡아 애덤스의 어깨 위에 올려주며 말했다.

"영감님 뒤만 따라가면 아무 문제도 없을 겁니다."

랩이 문을 약간만 열고 복도를 내다보았다. 아무도 보이지 않자 다시 한 뼘쯤 더 열고 반대쪽을 살펴보았다. 그리곤 왼손에 든 MP-10을 수평으로 겨누며 문을 활짝 열고 복도로 걸어 나갔다. 복도 양쪽을 다시 체크한 뒤 오른손을 번쩍 들어 애덤스와 릴리에게 이동 신호를 내렸다.

애덤스는 금방 어디서 총알이라도 날아오는 듯이 대머리를 양쪽 어깨 사이에 잔뜩 우겨 박고 이동했다. 그의 오른손에는 소중한 만능열쇠 에스 키가 들려 있었다. 릴리도 노인의 동작을 흉내 내며 양말만 신은 발로 허겁지겁 쫓아갔다. 그들이 사라지자 랩은 엘리베이터를 숨기는 표시 없는 문을 닫고 얼른 뒤따라갔다.

잠시 후 애덤스는 다른 문 앞에 서서 열쇠를 구멍 속으로 밀어 넣었다. 그의 손이 손잡이를 더듬으며 약간 떨렸다. 한 차례 실패하자 열쇠를 다시 끝까지 밀어 넣고 손잡이를 돌렸다. 마침내 문이 열리자 애덤스는 릴리에게 떠밀려서 방 안으로 들어갔다. 그녀의 뒤를 따라 들어온 랩이 문을 닫고 직사각형 모양의 저장실 내부를 돌아보았다. 릴리도 주위를 돌아보며 속삭였다.

"난 차이나 룸으로 가는 줄 알았어요."

"아니야."

애덤스는 고개를 저었다.

"사기그릇 저장실이지."

그는 바퀴가 달린 1.5미터 높이의 회색 플라스틱 용기들 앞으로 다가갔다. 보호용 헝겊을 벗겨내자 용기 속에 담긴 접시와 컵들이 드러났다. 디너용 차이나 접시를 하나 집어 들며 노인이 말했다.

"이 용기들은 스프링 완충장치가 되어 있어. 행사에 어떤 사기그릇을 사용할 것인지만 결정되면 용기째 식당용 엘리베이터로 굴려가서 위층으로 올려 보내면 되는 거야."

릴리가 방 안을 둘러보며 물었다.

"이 많은 용기들 속에 모두 사기그릇들이 담겨 있나요?"

"그렇지."

"굉장하군."

랩이 감탄하며 용기들을 옆으로 옮기기 시작했다. 벽에 있을 통풍구를 찾기 위해서였다. 애덤스도 달라붙었고, 그들은 바퀴를 굴려서 플라스틱 용기들을 모두 반대쪽으로 옮겼다. 랩이 오른쪽 벽에 있는 두 번째 문을 보고 노인에게 물었다.

"이게 바로 그 문인가요?"

"맞아."

애덤스가 쳐다보곤 고개를 끄덕였다.

"좋아요. 아주 편리할 것 같군요."

마지막 용기를 옮기고 나자 벽 아래쪽에 통풍구 뚜껑이 나타났다. 폭이 45센티, 높이는 30센티쯤 되어 보였다. 랩이 뒤로 물러나자 애덤스가 들어갔다. 노인은 한쪽 무릎을 꿇고 작은 드릴을 꺼내더니 재빨리 나사 두 개를 풀어냈다. 그리고 손으로 널빤지 커버를 빼내고는 바닥에 배를 깔고 납작 엎드렸다. 회중전등을 쥔 손을 먼저 구멍 속으로 집어넣은 뒤 머리통을 절반쯤 넣었다. 회중전등 불빛으로 통풍관 속을 이리저리 비쳐본 그는 곧 자신이 찾던 것을 발견했다. 아래층으로 뻗어 내려가서 지하실의 냉난방장치에 연결되는 경사면 통로였다.

애덤스는 머리를 빼내어 옆에 꿇어앉아 있는 랩을 쳐다보았다.

"내가 생각했던 곳이 맞아. 이쪽으로 3미터쯤 들어가서 수직으로 두 층을 내려간 뒤 다시 수평으로 4미터쯤 기어가면 통풍구가 나와."

"지하 3층에 도착했을 때 어느 쪽으로 가야 합니까?"

랩의 물음에 애덤스는 엄지손가락을 뒤로 젖혔다.

"같은 방향으로 가면 돼."

랩은 시계를 들여다본 뒤 릴리에게 말했다.

"오케이. 지금이라도 내키지 않으면 관둬도 괜찮아요."

릴리는 마지못해 웃으며 구멍 속을 힐끗 들여다보았다.

"준비가 됐어요."

랩은 정말 왜 이러실까 하는 표정으로 그녀를 바라보았다. 대통령이 입던 웨스트포인트 스웨트 셔츠를 풍덩하게 입고 있는 그녀의 모습은 용감하고 대담해 보이기는커녕 왜소하고 연약하다는 생각만 들었다. 그렇지만 직업적 동기든, 인질들에 대한 의무감이든, 가톨릭의 죄의식이든, 그녀가 매우 터프하다는 사실은 인정하지 않을 수 없었다. 인간쓰레기 테러범에게 끝까지 저항하며 겨우 강간을 모면할 수 있었던 그녀가지금 다시 기꺼이 싸움에 뛰어들려 하고 있지 않은가. 랩은 감탄어린 표정으로 바라보며 말했다.

"잠깐만 기다려요. 곧 내려 보내줄 테니."

그는 주머니 속에서 밧줄과 초소형 영상음성감시기를 꺼내들고 애덤스에게 물었다.

"통풍관 속에 불빛은 충분합니까?"

노인이 잠시 생각하더니 대답했다.

"응. 3~4미터 간격으로 불빛이 흘러들 거야."

"다행이군요."

랩은 밧줄을 들고 릴리에게 말했다.

"통풍구 옆에 누워요. 이걸로 당신 발목을 묶어야 하니까."

그는 밧줄을 1미터쯤 잘라서 그 양끝으로 여자의 양쪽 발목을 묶었다. 그런 다음 1미터의 중간에 밧줄을 연결했다. 이렇게 묶으면 양쪽 발목을 직접 묶었을 때보다 다리를 놀리기가 훨씬 자유로울 것이었다. 그는 묶은 자리가 편안한지 그녀에게 물어보았다.

"자, 그럼 내려가기 전에 질문할 건 없어요?"

릴리는 바닥에 누운 자세로 그를 바라보았다.

"있죠. 나를 끌어올려 달라는 신호는 어떻게 보내요?"

랩이 이마를 찌푸렸다.

"좋은 질문입니다. 밧줄을 세 번 당기면 어떨까요?"

"어떻게 당겨요?"

릴리는 목을 뒤로 빼고 통풍구를 들여다보았다.

"저 안은 너무 좁아 몸을 숙일 수 없을 텐데."

"맞아, 정말 그렇겠군."

랩은 애덤스를 돌아보며 물었다.

"좋은 생각 없어요?"

노인은 입술을 일그러뜨리고 잠시 생각하더니 말했다.

"있지."

그리곤 바닥에 앉아 양쪽 구두끈을 빼내어 서로 이어서 묶었다. 그리고 구두끈 한쪽을 밧줄에 묶고 다른 쪽 끝은 릴리의 목에 느슨하게 묶어 주며 말했다.

"다시 끌어올려 주길 바라면 이걸 세 번 당기라고, 알았지?"

릴리는 고개를 끄덕였다.

랩이 손으로 동작을 흉내 내며 그녀에게 설명했다.

"이쪽으로 3미터쯤 들어간 뒤 수직으로 내려가면 머리가 바닥에 닿을 겁니다. 지하 3층에 도착하면 몸을 180도 돌려야 허리를 굽힐 수 있다는 걸 기억해요. 옆으로 뻗은 수평관으로 들어가면 몸을 돌려 엎드린 자세를 취하세요. 거기서부터 벙커 바깥방을 들여다볼 수 있는 쇠살문까지는 기어가야 합니다. 1분 이상 꾸물대면 안 돼요. 몇 사람이 있는지, 어떤 장비들이 있는지만 보고 구두끈을 세 번 당겨요. 그러면 우리가 즉시 끌어당길 테니까."

릴리는 긴장한 표정으로 고개를 끄덕였다.

"그리고 뒤로 드러눕는 걸 잊지 말아요. 그래야만 우리가 끌어올릴 때 모퉁이를 돌아 나올 수 있을 테니까."

"알았어요. 내 마음 변하기 전에 빨리 시작해요."

릴리는 엎드린 자세로 통풍구 속으로 기어 들어가기 시작했다.

"세 번 당길 것."

그 말을 끝으로 그녀의 가느다란 몸매는 통풍관 속으로 사라졌다.

통풍관 속은 비좁고 먼지투성이였다. 랩의 덩치로는 설사 들어올 수 있어도 움직일 수는 없겠다고 릴리는 생각했다. 수평관 끝 지점까지는 금방 닿았다. 랩이 말한 대로 3미터쯤 되는 것 같았다. 릴리는 수평관과 수직관이 만나는 가장자리 밖으로 손톱과 턱만 내민 채 잠시 망설였다. 불빛이 훤해서 바닥이 보였고, 예상했던 만큼 깊어 보이진 않았다. 두 팔을 먼저 내린 뒤 머리를 거꾸로 처박으며 상체를 천천히 내렸다. 밧줄이 팽팽해지자 랩과 애덤스가 그녀를 천천히 내리기 시작했다. 머리가 바닥에 가까워지자 그녀는 몸뚱이를 180도로 돌렸다. 허리를 꺾어 방향 전환을 하기 위해서였다.

수평관 속으로 몸을 끌어들인 릴리는 잠시 쉬었다. 발목에 묶은 밧줄이 약간 죄지만 견딜 만했다. 기운을 차리고 몸뚱이를 뒤집어 엎드린 자세를 취했을 때 이상한 소리가 들려왔다. 위잉 하는 기계 소리였다. 드릴 소리가 분명했다. 가슴이 갑자기 뛰기 시작했다. 첫 번째 통풍구는 바로 오른쪽에 있었고, 엎드린 위치에서 손만 뻗으면 닿을 거리였다.

그녀는 조심스럽게 몇 미터 기어가서 멈췄다. 소음은 그치지 않았다. 소리를 내지 않으려고 최대한 조심하며 천천히 몇 미터 더 기어갔다. 복도에서 비친 불빛으로 수평관 안이 더 환해졌다. 쇠살문에 접근할수록 눈앞의 손이 너무 잘 보여서 신경이 곤두섰다.

통풍구에 가까워지자 복도의 회색 벽이 보이기 시작했다. 공기가 아래쪽으로 흐르도록 수직 방향으로 잇댄 일련의 널빤지들이 벽을 덮고 있었다. 복도와 벙커 속을 살펴보기 위해 머리를 바닥에 바짝 붙인 순간 릴리는 깜짝 놀라 숨을 안으로 삼켰다. 복도 바로 맞은편에 대통령 벙커로 들어가는 반짝이는 철문이 보였고, 거기에 부착되어 있는 기계들이 요란한 소음을 내고 있었다. 드릴 종류로 보이는 그것들은 모두 세 개였는데, 하나는 크고 두 개는 작았다. 릴리는 벙커 바깥방을 다른 각도에서 보려고 머리를 이리저리 돌려보았지만 소용이 없었다. 바닥에는 여러 가지 도구상자들과 물통처럼 보이는 것들이 나뒹굴고 있었다. 문이 활짝 열려 있지 않아 방 안은 일부밖에 보이지 않았다.

더 이상 볼 것이 없겠다고 판단하고 목에 걸린 구두끈을 당기려는 순간 한 사내가 나타났다. 릴리가 볼 수 없었던 공간에서 그녀의 시야로 불쑥 들어온 것이었다. 그녀는 깜짝 놀라 뒤로 흠칫 물러났다. 그의 눈에 띌지 모른다는 두려움에 잠시 사로잡혔다. 그렇지만 곧 바보같이 굴지 말라고 자신을 나무라며 마음을 가라앉혔다. 사내는 테러범이라기보다는 배관공처럼 보였다. 한 손에 커피 잔을 들고 드릴들 앞으로 다가가더니 얼마나 진척되었는지 일일이 손으로 만져보고 줄자로 재어 보기도

했다.

오, 이건 정말 끝내주는 특종이 될 거야, 하고 릴리는 속으로 감탄했다. 눈앞에 서 있는 땅딸막한 사내를 잠시 더 살펴본 다음 그녀는 구두끈을 세 차례 당겼다. 그러자 그녀의 몸은 천천히 뒤로 끌려 들어갔다.

잭 워치는 계획을 행동으로 옮기기로 결심했다. 먼저 대원들의 의견을 모은 다음 그 계획을 들고 대통령께 어필할 생각이었다. 대통령이 대원들에게 의견을 물어볼 경우 그들이 겁먹은 얼굴로 대답하도록 내버려둘 수는 없었다. 그는 부하들을 일일이 붙잡고 계획을 설명했고, 대원들은 경호실장의 계획에 열광적인 지지를 표했다.

이제 어려운 고개가 남았다. 헤이즈 대통령은 밸러리 존스와 소파에 앉아 카드놀이를 하고 있었다. 그들에게 다가가기 전에 워치는 벙커 문을 다시 체크했다. 모든 조짐들이 시간이 얼마 남지 않았음을 말해주고 있었다.

카펫을 가로질러 긴 소파 뒤쪽으로 다가간 잭 워치는 기침 소리를 냈다. 대통령이 돌아보자 조심스럽게 말했다.

"죄송하지만 드릴 말씀이 있습니다. 잠시만 시간을 내주시겠습니까?"

헤이즈는 던진 카드들을 돌아보며 말했다.

"물론이지."

그는 손에 든 카드를 테이블에 엎어놓고 일어서며 밸러리 존스 비서실장에게 말했다.

"잠깐 다녀올게, 밸."

소파를 돌아 나온 대통령은 잭 워치를 따라 화장실 옆 구석으로 이동했다.

"무슨 일인가, 잭?"

"각하, 제가 말씀을 다 드릴 때까지 중간에 차단하지 말아주십시오."

경호실장은 자신이 매우 진지하다는 것을 보이기 위해 대통령을 똑바로 바라보았다. 헤이즈가 고개를 끄덕이자 그는 말을 계속했다.

"제게 좋은 생각이 있습니다. 충분히 승산 있는 계획이지만 약간의 위험은 무릅쓸 배짱이 필요하다고 생각합니다."

"좋아, 어디 들어보세."

"우선 가장 먼저 말씀드리고 싶은 것은 여기 가만히 앉아 있는 건 좋은 방법이 아니라는 겁니다. 우리 대원들은 각하를 위해 목숨을 던지기로 각오한 사람들이니 저희들 걱정은 하지 말아 주십시오. 저희들은 이 임무를 자원했고, 서류에 서명할 때부터 위험을 알고 있었습니다."

헤이즈는 머리부터 흔들었다.

"난 생각을 바꾸지 않겠네, 잭. 벌써 많은 사람들이 피를 흘렸어. 저 문이 열리면 우린 조용히 항복하고 살 길을 찾는 거야."

워치는 대통령에게 소리쳤다.

"제 말씀을 끝까지 들어주십시오!"

헤이즈는 깜짝 놀라 반걸음쯤 물러서며 고개를 끄덕였다. 어서 해보라는 뜻이었다. 워치는 감정을 가라앉히고 엄지로 자신과 대원들을 가리키며 말했다.

"여기서 중요한 사람은 저희가 아닙니다. 각하시죠. 한 개인으로서가 아니라 대통령으로서 말입니다. 큰 그림으로 보면 우리 모두의 목숨은 대통령의 목숨 하나에 비할 바가 못 됩니다. 대통령은 어떤 대가를 치루는 한이 있어도 보호되어야만 합니다. 이것이 제가 말씀드리고 싶은 첫 번째 요점입니다."

워치는 집게손가락을 쳐들어 보였다.

"두 번째 요점은 우리가 무기를 내려놓고 항복한다고 해서 아무것도 보장되지 않는다는 것입니다. 저자들이 각하를 포함한 우리 모두를 일렬로 세워놓고 총으로 갈기지 않는다고 누가 말했습니까?"

"보장할 수는 없지, 잭. 그렇지만 달리 선택의 여지가 없지 않은가?"

"제게 생각이 있습니다. 약간 위험하긴 하지만 놈들이 문을 열 때까지 가만히 앉아 기다리는 것보다는 훨씬 낫습니다."

"어떤 생각인가?"

"저자들이 상상도 못할 일입니다. 지금 이 방에는 고도로 훈련된 아홉 명의 정예대원이 있습니다. 그 중 셋은 습격대항팀(CAT)에서 근무했고 인질상황 특수훈련을 받았습니다."

워치는 숨을 깊이 들이쉰 다음 계속했다.

"제가 제안하는 것은 여기 앉아서 기다릴 것이 아니라, 우리 손으로 문을 열고 나가 방심하고 있는 저들을 쏴버리자는 겁니다."

대통령은 이마를 찌푸렸다.

"제 말씀을 더 들어보십시오. 저희들에겐 각하를 여기서 탈출시킬 화력이 있습니다. 그리고 기습의 이점도 우리에게 있고요."

헤이즈는 팔짱을 끼고 잠시 생각하는 표정을 짓더니 워치를 돌아보며 말했다.

"자세히 설명해 보게. 일을 하려면 행동계획이 있어야지."

통풍관 속에서 끌어낸 애너 릴리의 몰골은 실로 가관이었다. 몸에 걸친 검정색 스웨트 슈트와 꽁지머리 대부분이 온통 먼지투성이였다. 그녀는 발딱 돌아눕더니 일어나 앉았다. 랩과 애덤스는 그녀의 보고를 애타게 기다렸다.

릴리는 머리를 힘차게 끄덕이며 소곤대는 목소리로 말했다.

"생각한 대로였어요. 그들은 바깥방의 철문을 열고 벙커로 들어가는 반짝이는 거대한 지하금고문을 뚫고 있었어요."

"무엇으로?"

애덤스가 물었다.

"잘 모르겠어요."

릴리는 두 손을 들어 보였다.

"드릴 같았는데. 소리는 영락없는 드릴이었어요. 거기 있던 사내가 줄자를 꺼내어 벙커 철문에 대어 보더군요."

애덤스가 또 무언가를 물으려고 하자 랩이 손을 들고 막았다.

"처음부터 말해 봐요. 뭘 봤죠?"

릴리는 심호흡을 한 뒤 본 대로 성명하기 시작했다.

"벙커 철문에 달라붙은 세 개의 물체를 봤어요. 말한 대로 드릴 같았어요. 바닥에는 도구상자 같은 것이 두 개 있었는데, 하나는 빨갛고 다른 하나는 회색이었죠.”

릴리는 말을 그치고 세부적인 것들을 떠올리려고 애썼다.

“한 남자가 방 왼쪽에서 걸어 나왔어요. 바깥문이 활짝 열려 있지 않아서 그쪽은 보이지 않았죠.”

릴리의 눈동자가 현장을 돌아보는 듯이 춤을 추었다.

“그 남자는 손에 머그잔을 하나 들고 있었어요. 아마 커피였을 거예요. 그리곤 드릴들 앞으로 다가갔죠.”

릴리는 왼손은 머그잔을 든 것처럼 하고 오른손을 활짝 폈다.

“손바닥으로 드릴들을 만져보더군요. 얼마나 뜨거워졌는지 체크하는 것 같았어요.”

애덤스가 알 만하다는 듯이 고개를 끄덕였다.

“드릴이 타버릴까 봐 걱정하는 거야.”

릴리는 어깨를 으쓱했다.

“암튼 그러고 나더니 줄자를 꺼내어 각 드릴을 따라 재어 보더군요.”

“어떻게 생긴 남자죠?”

랩이 물었다.

“다른 사내들과는 다른 타입이었어요.”

“식당에 억류되어 있을 때는 못 본 남자예요?”

“네.”

“어떻게 달라요?”

“그러니까….”

릴리는 적절한 표현을 찾았다.

“땅딸막한 몸매에 나이가 약간 들어 보였어요.”

“몇 살이나?”

“40대 후반이나 50대쯤.”

“무기를 지녔던가요?”

이 질문이 릴리를 난감하게 만들었다. 그녀는 시선을 천장에 고정한 채 기억해 내려고 애썼지만 곧 머리를 흔들며 말했다.

“잘 모르겠어요.”

랩은 더 이상 따지지 않고 빠뜨린 것이 없는지 생각해 보았다.

"다른 사람을 보았거나, 다른 소리를 들은 건 없습니까? 뭐든 생각나는 대로 말해 봐요."

애너 릴리는 고개를 저었다.

"없어요. 거기 오래 있지도 않았잖아요."

랩은 그녀의 몸을 묶은 밧줄을 풀기 시작했다.

"정말 잘했어요, 애너. 위층에 올라가서 보고하고 올 동안 당신은 여기서 기다려 줘요. 할 일이 또 있는데, 그 이전에 그들의 예상이 적중했다는 걸 알려야 할 것 같군요."

밧줄을 다 푼 그는 총을 들고 일어서며 노인에게 말했다.

"밀트, 갑시다."

애덤스가 한쪽 무릎을 일으켜 세우며 자기 구두를 가리켰다.

"내 구두끈은 어떡하지?"

랩은 하얀 양말을 신은 릴리의 발을 살펴본 뒤 노인에게 말했다.

"구두는 벗어놓고 가요. 금방 또 내려와야 하니까."

애덤스는 구두를 벗어놓고 랩과 함께 문 쪽으로 이동하며 부끄러운 듯 말했다.

"젠장, 또 오줌이 마려워."

랩은 곁눈으로 노인을 보았다. 순간 뇌리를 스치는 것이 있었다. 그는 발걸음을 멈추고 릴리를 돌아보며 물었다.

"애너, 그 친구가 커피를 마시고 있었다고 했죠?"

릴리가 고개를 끄덕였다.

"그럴 거예요."

랩은 미소를 지으며 노인을 돌아보았다.

"영감님은 천재예요."

41

댄 해리스 소령과 믹 리버즈 상사는 앤드루 공군기지 정문에 도착하여 신분증을 제시했다. 경비병은 경례를 붙인 뒤 재빨리 통과시켰다. 캠벨 연합특전사 사령관을 찾고 있던 해리스는 플러드 합참의장도 함께 있다는 보고를 받자 더 잘 되었다 싶었다. 기왕 치러야 할 거라면 한꺼번에 해치우는 편이 나았다. 무슨 작전이든 실시하려면 어차피 플러드 장군의 승인이 있어야만 했다.

리버즈는 묵직한 서버번의 차머리를 좌우로 요리조리 돌려 정문을 통과하자 연료가 푹푹 들어가는 V-8 엔진을 폭발시켰다. 해리스 소령이 사정없이 밟으라고 명령했기 때문이다. 장군들이 델타포스를 점검하고 있는 상태이므로 1초가 급했다. 실 대원이 피를 뿌린 마당에 해리스는 가능한 무슨 짓이든 다 할 생각이었다. 우리도 한칼 있다는 걸 기어이 보여주고야 말겠어!

1분쯤 후 리버즈는 플러드 장군의 리무진과 두 대의 호위차량 옆에 서 버번을 급정거했다. 밥맛없게 생긴 펜타곤 놈들이 깨끗하게 다림질한 초록색 유니폼 차림으로 차량들을 지키고 서 있었다. 보나마나 안에는 플러드 장군이 코를 훌쩍이면 재깍 닦아줄 더 많은 놈들이 대기하고 있을 터였다.

해리스와 리버즈가 서버번에서 뛰어내렸다. 소령은 파일 폴더를 옆구리에 끼고 있었고, 상사는 기관단총을 들고 있었다. 파일 폴더 속에는 '세부행동 보고서'가 들어 있었다. 세부행동 보고서란 특수 임무에 대한 세부적 행동사항을 요약한 특수부대의 서류이다.

두 사람이 격납고 뒤를 돌아가자 플러드 장군의 참모 두 녀석이 어정거리고 있었다. 문 쪽으로 다가가자 소령 계급장을 단 녀석이 해리스에게 무슨 용무인지 알아보려고 손을 들고 나왔다. 아무 계급장도 휘장도 달지 않은 해리스는 소령 앞을 곧장 지나쳐서 문을 열고 들어갔다. 상관 뒤를 따라 들어온 리버즈가 등 뒤로 문을 닫았다.

안으로 들어서자 칠판 앞에 서 있는 플러드와 캠벨이 가장 먼저 눈에 들어왔다. 두 장군은 델타포스 지휘관인 빌 그레이 대령의 보고를 받고 있었다. 펜타곤과 연합특전사, 델타포스에서 나온 정보원이나 행정관들이 긴 테이블에 앉아 업무를 보고 있었다. 해리스와 리버즈는 앞으로 걸어 나가 플러드 장군에게 절도 있게 경례를 붙였다. 합참의장이 경례를 받고 나자 해리스는 사과했다.

"방해해서 죄송합니다!"

"아, 괜찮아. 그러잖아도 자넬 부르려던 참이었네."

플러드 장군은 칠판을 가리키며 말했다.

"여러 가지 습격 시나리오를 놓고 얘기하던 중이야. 귀관의 생각을 듣고 싶네."

해리스 소령은 칠판을 잠시 훑어본 뒤 말했다.

"빌리와 그 대원들은 최곤데요, 뭐. 저의 훈수 따위는 별 필요 없을 겁니다."

그는 빌 그레이 대령을 돌아보며 윙크를 보냈다. 대령도 실 팀 식스 지휘관을 바라보며 고개를 끄덕였다.

"그렇지만 다른 것에 대해 말씀드릴 것이 있습니다. 이런 작전에 들어가기 전에 제거해야 할 장애물에 관한 얘깁니다."

해리스는 기다란 칠판 오른쪽에 부착된 백악관 평면도를 가리키며 설명했다.

"아이언맨이 관저에 설치한 감시기에 의하면 제거해야 할 폭발물들이 있습니다. 그는 대통령 침실에서도 폭탄을 발견했습니다. 아지즈는 왜 거기에다 폭탄을 설치했을까요?"

해리스는 이상하지 않느냐는 표정으로 두 장군과 대령을 바라보았다.

"인질들은 모두 이쪽 서관에 있습니다."

그는 평면도를 가리켰다.

"제가 생각할 수 있는 유일한 이유는 우리가 백악관을 탈환하려고 습격하면 건물 전체를 폭파하여 혼란을 가중시키겠다는 것뿐입니다."

플러드 장군이 잠시 생각하더니 천천히 고개를 끄덕였다.

"내 생각도 그래."

"쥐새끼가 한 마리 보이면 다른 쥐새끼들도 많이 숨어 있다고 추측할 수 있죠."

해리스는 자기 말을 강조하기 위해 잠시 뜸을 들였다. 무작정 수십 명의 대원들을 침투시켰다가 거대한 불덩이와 파편 속에 날아가는 장면을 머릿속으로 그려보도록 하기 위함이었다.

"작전 개시 전에 그 폭탄들을 무력화시킬 대원들을 먼저 침투시켜야 합니다."

그레이 대령이 힘차게 고개를 끄덕이며 받았다.

"우리도 그 생각을 죽 했습니다. 지금으로서는 놈들이 폭탄 스위치를 누르기 전에 우리가 먼저 사살하는 수밖에 없다고 생각하고 있죠."

하지만 대령 자신도 그 생각이 별로 마음에 들지 않는 표정이었다.

"아지즈가 인질들에게 부비트랩을 설치해 놓았다면요?"

해리스의 물음에 그레이 대령은 머리를 흔들었다.

"꼼짝없이 걸려드는 거겠지."

"그렇습니다. 그래서 소수의 정예를 먼저 들여보내 폭탄들을 제거하거나 무력화시키자는 거죠. 그러지 않았다간 우리가 당할 겁니다."

다들 머릿속으로 참담한 장면을 떠올리고 있을 때 캠벨 장군이 해리스에게 말했다.

"보아하니 자네가 이 까다로운 일을 해낼 적임자를 아는 모양이군."

해리스가 히죽 웃으며 대답했다.

"솔직히 말씀드리면 그렇습니다, 장군."

"들어 보자고."

목소리를 한 옥타브 깔고 해리스가 물었다.

"혹시 8년 전에 우리가 비밀검찰국과 특수훈련을 했다는 소문 들어보신 적 없습니까?"

8년 전이라면 플러드 장군은 한국에 있었고, 캠벨 장군은 영국 특수부대 SAS에 파견되어 있었다. 하지만 그때도 델타포스에 몸담고 있었던 그레이 대령은 기억을 떠올리려고 애썼다. 특수훈련이야 끊임없이 받아왔지만, 비밀검찰국과 함께 받은 기억은 금방 떠오르지 않았다.

"자네가 내 기억을 좀 되살려 보게."

델타포스 지휘관이 실 팀 식스 지휘관에게 말했다.

해리스가 앞으로 바짝 다가서며 말했다.

"그건 아주 극비사항이었습니다. 비밀검찰국은 실 식스 팀에게 그들의 안보 상태를 점검받고 싶어 했죠. 공개를 원하지 않은 건 분명한 이유가 있었습니다. 특히 그 결과는 말이죠."

해리스의 말이 미처 끝나기도 전에 장군의 부관 하나가 다가오더니 방해해서 죄송하다고 말했다. 그 대위는 디지털 보안 전화를 플러드 장군에게 건네주며 말했다.

"스탠스필드 국장입니다."

거구의 장군이 전화기를 받아들고 말했다.

"토머스요?"

그는 긴장한 눈빛으로 아무 말도 하지 않고 듣기만 했다. 20초쯤 지난 뒤 그의 입에서 처음 튀어나온 말은 "빌어먹을!"이었다. 그리고 10초쯤 더 지나자 그가 다시 말했다.

"제 생각도 그렇습니다. 헬기로 곧 돌아가죠. 모든 준비가 끝났어요."

플러드는 전화기를 부관에게 돌려준 뒤 주위 사람들에게 말했다.

"방금 아주 나쁜 소식이 들어왔네. 놈들이 대통령의 벙커를 드릴로 뚫고 있는 것을 아이언맨이 확인했다는군."

그는 머리를 절레절레 흔들곤 그레이 대령에게 명령했다.

"폭탄이 있건 없건 자넨 들어가야겠어."

그리곤 해리스를 돌아보며 말했다.

"난 랭글리로 즉시 날아가야 해. 자네 아이디어가 멋진 것이고 즉시 투입할 수 있기를 바라네."

해리는 자신 있게 머리를 끄덕였다.

"대원들을 아침부터 대기시켜 놓았습니다."

라피크 아지즈는 대통령 의자에 깊숙이 기대고 앉아 팔짱을 끼고 눈을 감고 있었다. 그의 앞에 놓인 기다란 상황실 회의용 테이블 표면이 반짝거렸다. 오후 시간이 반쯤 지났다. 그는 긴 밤을 예상하고 잠을 좀 자두려고 했다. 테이블 위에는 MP-5가 놓여 있었다. 천장의 불은 모두 꺼졌고 맞은편 벽의 TV들만 소리 없이 희미한 빛을 뿌렸다.

문에서 노크 소리가 나자 그는 눈을 번쩍 뜨며 소리쳤다.

"들어와!"

문이 천천히 열리고 무아마르 벤가지가 들어왔다.

"3시에 깨워달라고 하셨죠."

"고맙네."

목구멍에서 하품이 터져 나왔다.

"부하들 상태는 어떤가?"

"좋습니다."

"잠은 좀 재웠겠지? 오늘 밤이 긴 투쟁의 마지막 고비가 될 걸세."

벤가지가 테이블 가까이로 걸어와서 가죽의자 등받이에 손을 짚었다.

"명령하신 대로 두 명씩 교대로 두 시간씩 재웠습니다."

"잘했어."

"좀 앉을까요?"

아지즈는 눈을 문질렀다.

"그러게."

벤가지는 AK-74를 테이블 위에 올려놓고 의자에 앉았다. 그리곤 조심스럽게 리더를 바라보며 물었다.

"내일 어떻게 하실 생각입니까?"

아지즈는 팔짱을 풀고 시계를 들여다보았다.

"오늘 해질녘까지는 대통령을 손아귀에 넣을 수 있어. 그러면…."

아지즈의 입꼬리가 양쪽으로 올라갔다.

"단연 유리한 고지에 서게 되는 거지."

"대통령을 손에 넣었다고 오늘 밤 그들에게 알릴 겁니까, 아니면 내일 아침에 통보하실 겁니까?"

"내일 아침에 공표할 걸세."

아지즈는 TV들을 가리키며 말했다.

"그들은 UN이 우리 요구를 수용할 것이라고 보도하고 있어. 백스터 부통령은 내일 인질 일부를 인도받을 때까지는 어떤 공격도 허락하지 않을 거야."

무아마르 벤가지는 경계심을 늦추지 않고 말했다.

"오늘 밤 공격해 오진 않을 거라고 생각하시는 겁니까?"

아지즈는 고개를 저었다. 자기 예상을 확신하기 때문에 구태여 대답할 필요조차 느끼지 않는다는 태도였다.

"저도 그렇게 낙관적이고 싶지만, 오늘 아침 그들이 한 짓을 감안하면 습격할 준비를 하고 있다고 생각할 수밖에 없습니다."

그 말에 아지즈는 미소를 지었다.

"그래서 자네가 소중하다는 거야, 무아마르. 아주 조심스럽거든. 하지만 다음 요구사항을 듣기 전까지는 그들은 어떤 짓도 하지 않을 걸세."

그는 집게손가락으로 자기 옆머리를 톡톡 두드리며 설명했다.

"자넨 미국인의 심리를 이해할 필요가 있어. 특히 정치인들의 마음을 말이야. 단호한 구석이라곤 약에 쓰려고 해도 찾아보기 힘들지. 그들은 궁지에 몰릴 때까지 결정을 미룬다고. 인질 3분의 1을 돌려받은 지금 그들은 협상을 통해 나머지도 계속 석방시킬 수 있을 거라고 믿고 있어."

벤가지는 이마를 찌푸렸다.

"그 말씀은 이해하기 어렵습니다. 틀림없이 군부에서 공격을 제의하고 있을 겁니다."

"그럴지도 모르지. 하지만 달라질 건 없어. 정치인들은 총을 쏘지 않고도 인질들을 석방시킬 수 있다면 그렇게 할 테니까."

"다음 요구사항이 뭔지 알아낸다면 그러지 않을 겁니다."

벤가지는 대머리를 흔들며 말했다.

"다른 방법이 없을 테니까요."

"대통령만 우리 손에 넣으면 모든 상황이 달라질 거야. 생각난 김에 하는 말인데, 우리 꼬마 도둑은 잘 하고 있나?"

"계획대로 되고 있습니다. 오늘 저녁 7시경이라고 합니다."

아지즈는 만족한 미소를 지었다.

"멋진 순간이 될 거야."

벤가지는 고개를 끄덕이면서도 리더의 확신에는 공감할 수가 없었다. 테이블을 잠시 내려다본 후 그는 다시 말했다.

"아무래도 제 생각엔 대통령을 벙커에서 꺼내는 즉시 공표해야만 할 것 같습니다."

"왜?"

"그래야 미국인들이 함부로 공격하지 못할 테니까요."

아지즈는 어깨를 으쓱하곤 두 손을 목덜미로 돌렸다.

"계획을 바꿀 생각은 없네. 내일 나의 마지막 요구사항을 제시할 때 미국 대통령을 내 옆에 세워 전 세계를 깜짝 놀라게 해줄 필요가 있어. 그들이 옳은 일을 하도록 만들기 위해선 말이야."

42

애너 릴리는 콘크리트 바닥에 두 다리를 V자 형태로 쫙 펼치고 앉았다. 먼저 왼쪽 다리를 공중에 쳐들고 스물까지를 센 다음 오른쪽 다리도 같은 동작을 반복했다. 스트레칭은 유쾌한 느낌을 주었다.

다리와 허리의 통증을 완화시키면서 릴리는 자신의 경력에 대해 생각했다. 어쨌든 그녀는 내부자가 되어 있었다. 커튼을 열고 막강한 오즈의 쇼를 지켜보았을 뿐만 아니라 참여하기까지 했다. 일반인에겐 커튼 뒤를 살펴보는 것이 허용되지 않는다. 그 뒤에서 어떤 스토리가 만들어지는지, 시청률 조사기간으로 알려진 일주일 동안 어떤 경력들이 만들어지고 깨어지는지 그들은 알 수가 없다. 일반인은 프로듀서와 진행자가 어떻게 이야기를 짜내는지 결코 알 수 없다. 그들은 별것 아닌 사실들을 과장하고 다른 것들은 축소하거나 무시했다. 스토리가 강력하거나 중요해서가 아니라 시청률에 따라 어떤 내용이나 특정한 사람을 열심히 쫓아다니곤 했다.

NBC 백악관 특파원은 이 기사가 특종이 될 것임을 잘 알고 있었다. 특종 정도가 아니었다. 아마 폭발적인 반응을 불러일으킬 것이다. 그래서 그녀는 조심해야만 할 것이었다. NBC는 투데이 쇼와 데이트라인, CNBS, MSNBC 등을 통해 그녀의 스토리를 최대한 우려먹으려 들 것이다. 그녀에 대한 권리가 그들에게 있다는 데는 의문의 여지가 없었다.

그녀는 근무 중이었고, 계약상 다른 방송이나 뉴스쇼에 출연할 수 있는 여지는 없었다. 그녀를 행복하게 해주기 위해 그들은 아마도 데이트라인 같은 곳에 스토리를 소개하는 식으로 보상해줄 것이었다. 그게 게임 방식이었다.

책을 쓰자는 제의도 틀림없이 들어오겠지만 그건 좀 조심해야 할 일이었다. 거액을 받고 대필작가를 고용해서 두 달 만에 뚝딱 찍어낼 것이 아니라, 그녀 자신이 직접 시간을 들여 제대로 쓰고 싶었다. 가장 중요한 것은 자금과 시간을 기꺼이 투자해 줄 좋은 대리인을 찾는 일이었다. 그래야만 더욱 권위 있는 스토리가 될 것이다. 솔직히 이런 이야기는 죽은 사람들과 상황의 심각성을 제대로 전달할 수 있도록 진지하고 엄숙하게 씌어져야 한다고 그녀는 생각했다.

릴리는 미치 크루즈와 함께 일할 것이었다. 자신을 구해준 그 남자를 생각하면 저절로 기분 좋은 미소가 흘러나왔다. 그야말로 남자 중의 남자라는 생각이 들었다. 예쁜 데라곤 없지만 울퉁불퉁하게 잘생겼다. 진짜 사나이였다. CIA를 위해 일하고 있는 것만은 분명한데, 진짜 신분은 도무지 알 수 없는 사내였다. FBI 요원일 수도 있었다. FBI 요원들도 좀처럼 정보를 넘겨주는 법이 없다. 특히 기자들한테는. 그렇지만 릴리는 그들을 비난할 생각은 없었다. 경찰인 아빠와 그 동료들이 부정직한 기자들 때문에 골탕 먹는 것을 수없이 보았기 때문이다. 특히 신문 기자들을 맹렬하게 비난하던 아버지의 모습을 또렷하게 기억하고 있었다. 일주일이 지나서야 그녀의 아버지는 불쾌하게 신문을 집어던지며 그녀의 어머니에게 신문기자가 그들의 일을 엉망으로 만들었다고 설명하는 일을 그만두었다. 엉성한 기사가 아버지에게 끼친 나쁜 영향을 목격한 릴리는 자기 기사들은 똑바로 작성하려고 노력했다. 그래서 책도 쓰려면 제대로 쓸 생각이었다.

생각이 거기까지 미치자 릴리는 혼자 미소를 지었다. 이야기를 더욱 흥미진진하게 만드는 동시에 크루즈 씨의 요구를 존중하기 위해서는 그를 아주 치명적이고, 어둡고, 거친 익명의 사내로 남겨둬야 할 것이었다. 그녀도 훌륭한 기자로서 정보원을 보호해야만 하지만, 그것은 오히려 책에 흥미를 더하게 될 것이었다.

그때 문 바깥에서 무슨 소리가 들렸다. 간이 철렁 내려앉은 그녀가 몸을 숨기기도 전에 문이 열리고 랩과 애덤스가 재빨리 방 안으로 들어왔다. 릴리는 손을 가슴에 얹고 안도의 한숨을 토해 냈다.

"갑자기 불쑥 들어오면 어떡해요. 기절할 뻔했어요!"

랩의 표정이 진지해졌다. 그는 릴리에게 손을 내밀며 말했다.

"다음부턴 꼭 노크를 할게요."

릴리는 그 말을 무시하고 그가 내민 손을 잡고 일어났다.

"그래, 다음 일은 뭐죠?"

랩은 대답 대신 두 번째 문을 흘끗 돌아보았다. 그리곤 잠시 생각하는 표정을 지은 뒤, 릴리의 눈을 깊숙이 들여다보며 말했다.

"약간 위험한 일이지만 다른 방법이 없어요."

릴리는 두 번째 문을 돌아보았지만 그 뒤에 뭐가 있는지 짐작도 할 수 없었다. 크루즈의 긴장한 표정을 보자 등골이 으스스해 왔다. 용기를 내어 그에게 물었다.

"저 문 뒤에 뭐가 있죠?"

댈러스 킹은 백스터 부통령의 책상 앞을 오락가락했다. 아지즈가 헤이즈 대통령을 벙커에서 끌어내는 작업을 하고 있을 가능성이 크다는 새로운 정보를 어떻게 처리할 것인지 두 사람은 토론하고 있었다.

백스터는 전형적인 패배주의자의 목소리로 게임은 이제 끝났다고 징징거렸다. 그들이 기울인 모든 노력은 말짱 허사가 되었다는 것이었다. 헬리콥터들이 출동하고, 전투복을 입은 대원들이 옥상에서 침투하면 유혈참사는 불을 보듯 뻔했다. 셔먼 백스터라는 이름은 백악관을 박살내고 수십 명의 인질을 희생시킨 무능한 인물로 기억될 것이다. 대통령이 되려던 그의 야심도 물거품이 되었다. 허약한 미국 자존심은 이런 불명예를 빨리 잊고 싶어 할 것이다. 셔먼 백스터는 이 비굴한 주일과 미국식의 끔찍한 기습작전을 끝없이 떠올리게 만드는 이름이 될 것이다.

킹이 오락가락하던 발걸음을 멈추고 부통령 앞에서 손가락 관절을 뚜

446

두둑 꺾었다.

"내 말을 통 안 듣는군요. 정신 좀 차려요."

"그 입 닥쳐, 댈러스. 자네 말을 안 듣는 것이 아니라 믿지를 않아."

댈러스는 의자 등받이에 몸을 기대며 검정색 볼펜을 테이블 위로 툭 던졌다. 그것은 가죽을 입힌 탁상용 달력을 맞히고 굴러가서 백스터의 가족 포도원 사진과 그의 부모 사진 액자 사이에 멈췄다.

킹은 상사의 심한 말에 실제로는 별로 상처입지도 않았지만 크게 상심한 척하며 바라보았다. 그는 인내심을 쌓고 있었다. 그의 상사는 상황에 따라 살살 달래기도 하고 채찍질도 해야 하는 인물이다. 부통령 비서실장은 푸른 와이셔츠의 하얀 커프스를 올리고 시계를 들여다보았다.

"당분간은 혼자 계시도록 하는 편이 좋을 것 같군요. 휴식이 좀 필요한 듯 보입니다."

킹은 귀족 티를 내며 커프스를 시계 위로 내렸다.

백스터가 손가락으로 그를 가리키며 말했다.

"잘난 체 좀 하지 마, 댈러스."

"알았습니다."

킹은 자기 손톱을 내려다보았다.

"제 의견 따위는 별로 중요시하지 않은 것 같으니, 당분간 혼자 계시도록 해드리는 편이 낫다고 생각한 겁니다."

셔먼 백스터는 몸을 앞으로 숙였다.

"그만 툴툴대라니까, 댈러스."

댈러스 킹은 상사를 돌아보았다. 바로 지금이 당근과 막대기로 상사의 대갈통을 마구 두들길 때라고 그는 생각했다.

"아니면 왜 고비 때마다 나와 다투려고 하는데요?"

킹은 두 손으로 엉덩이를 짚고 상사를 내려다보며 말했다.

"이 일이 쉬울 거라고 말한 사람은 아무도 없어요. 그렇지만 당신의 그 패배자 같은 태도는 정말 지겹습니다."

그리고는 속으로 혼자 중얼거렸다. 당신이 지금 내 처지라면 아마 바위 밑에 깔려 죽고 싶어질 거야.

백스터는 다시 의자 등받이에 깊숙이 기대었다. 그는 골이 난 비서실장의 얼굴을 잠시 노려본 뒤 툭 내뱉었다.

"낙관적으로 생각할 게 쥐뿔만큼이라도 있어야 말이지!"

"왜 없습니까?"

킹은 주위를 돌아보고 듣고 있는 사람이 없는 것을 확인한 뒤 책상 위로 몸을 숙이며 속삭이듯 말했다.

"백악관에 있는 어떤 사람이 살아나오지 못할 수도 있습니다. 한시도 그걸 잊어선 안 돼요."

백스터는 야심에 가득 찬 자신의 눈동자를 킹에게 보여주기가 민망해서 잠시 책상만 내려다보았다. 그의 속에 있는 정치가가 적절한 대답을 하게 해주었다.

"난 그런 식으로 대통령이 되고 싶지는 않아."

"알아요, 셔먼. 하지만 그게 당신의 임무예요."

백스터는 그 말을 곰곰이 되씹었다.

"이 사태가 어떤 식으로 마무리될지는 아무도 몰라요."

킹은 계속했다.

"그래서 우리는 최대한 늦춰야만 한다고요. 그래서 나는 이 게임에서 당신의 머리를 필요로 하는 겁니다."

비서실장은 자기 말이 먹혀들고 있는지 확인하려고 부통령의 표정을 살폈다.

"UN을 계속 압박하세요. 나머지는 제가 다 알아서 할 테니. 플러드와 스탠스필드가 당신한테 자꾸 미루면 어떻게 처리할지 다 생각해 두었어요. 하지만 철저히 대비해야만 해요."

댈러스 킹은 창밖을 바라보며 자신의 계획에 대해 생각했다. 오후가 저물고 있었다. 네 시간쯤 후면 다시 날이 어두워질 것이다. 내일 아침까지만 버티고 인질 3분의 1을 추가로 구할 수만 있다면, 그들은 승리를 향한 긴 여정에 오르게 될 것이다. 그러면 플러드와 스탠스필드의 의지를 한 풀 꺾고, 어쩌면 킹 자신의 다른 문제까지 말끔하게 해결할 수 있을지도 모른다.

43

미치 랩이 두 번째 문을 가리키며 말했다.

"저 문 뒤에는 터널로 통하는 강화된 철문이 있습니다. 테러범들이 침투했을 때 대통령을 대피시켰던 터널이죠. 여기서 계단을 따라 한 층 내려간 다음 로즈가든 아래를 통해 서관으로 올라갑니다."

릴리는 바퀴 달린 플라스틱 용기에 등을 기대고 앉아 있었고 랩과 애덤스는 선 자세였다. 여기자는 랩의 설명에 열심히 귀를 기울였다. 비밀 통로로 대통령을 대피시켰다는 얘기는 그녀의 호기심을 최대한 자극했다. 랩이 손짓으로 설명을 보충했다.

"터널은 이 끝에서 한 층계 내려가서 왼쪽으로 급히 꺾이는데 다시 짤막한 층계를 내려가면 다른 문이 하나 나타납니다. 그 문을 열면 대통령 벙커의 바깥방이 나와요. 당신이 통풍관 속에서 봤던 바로 그 방입니다."

릴리가 그를 쳐다보며 물었다.

"그래서 어떻게 할 건데요?"

"우리는 대통령과의 통신을 복구해야 합니다. 아지즈는 방해전파 발신기로 벙커와의 교신을 차단하고 있어요."

"그걸 어떻게 알았죠?"

그녀는 어느새 기자 기질을 드러내는 질문들을 던지고 있었다.

"테러범들이 침투했을 때 우리는 비밀검찰국 무전기와 휴대전화로 잠시 대통령과 교신했거든요. 그래서 벙커 속으로 안전하게 피신한 걸 알게 되었죠. 그리고 나와 애덤스가 환기구를 통해 들어올 때 백악관에 가까워질수록 수신 상태가 점점 나빠졌어요. 그런데 2층에 올라오니까 약간 나아지더군요. 그래서 방해전파 발신기는 최대효과를 노려 벙커에서 가장 가까운 곳에 설치했을 것으로 확신해요."

애너 릴리는 고개를 끄덕인 뒤 다시 물었다.

"그렇다면 굳이 대통령과 교신하기 위해 이런 모험을 해야 하는 이유가 뭐죠?"

바로 그 부분이 좀 미묘하단 말씀이야, 하고 랩은 생각했다. 릴리에게 거짓말을 하고 싶지도 않았고, 그렇다고 테러범들에 대한 공격을 부통령이 허가하지 않기 때문이라고 말할 수도 없는 노릇이었다.

"애너, 지금은 말할 수 없어요. 나중엔 몰라도. 대통령과 꼭 교신해야 할 필요가 있다는 내 말만 믿어줘요."

릴리는 랩이 대체 무엇을 감추고 있는지 의심스럽다는 표정으로 살펴보았다.

"그러면 이것도 나중에 저녁을 함께 하며 얘기해 주실 거예요? 당신 삶에 대해 얘기해 주실 때 말이죠."

랩은 껄껄 웃었다.

"네, 그래요. 리스트에 올려놓죠."

멋진 웃음이야, 하고 릴리는 생각했다. 멋진 웃음을 방패로 사용하고 있어. 난감한 질문이나 요구를 받을 때마다 그는 껄껄 웃고 넘어가 버렸다. 릴리는 그런 연막전술엔 더 이상 안 넘어간다는 듯이 지그시 노려보았다.

"그러니까 나더러 다시 저 구멍 속으로 기어 들어가서 그 남자가 화장실에 갈 때까지 기다리란 얘기군요. 때가 되면 밧줄을 두 번 당기고요."

릴리는 확인하기 위해 손가락 두 개를 펼쳐 보였다.

"그러면 당신들은 아래로 달려 내려가서 어떤 기관인지는 내게 말해 줄 수 없는 그 기관이 시킨 어떤 일을 해치우겠단 말이죠?"

예상했던 대로 랩의 조용한 웃음소리가 다시 터져 나왔다.

"바로 그겁니다."

"그 남자가 화장실에 가고 싶지 않을 땐 어떡하죠?"

"걱정 말아요, 가고 싶어 할 테니까. 내 짐작에 그 친구는 지금 사흘째 잠도 제대로 못 자고 커피를 스무 잔쯤 마셨을 겁니다."

랩은 문 쪽을 돌아본 뒤 그녀에게 물었다.

"출발하기 전에 다른 질문 없어요?"

"내가 신호를 하고 2초 후에 그 남자가 다시 돌아오면 어떻게 하죠?"

랩은 머리를 끄덕이며 말했다.

"좋은 질문이에요. 그런 경우엔 밧줄을 네 번 힘껏 당겨요."

릴리가 고개를 끄덕이자 랩은 다시 물었다.

"다른 질문 또 있어요?"

"있죠. 내가 화장실에 가고 싶을 땐 어떡해요?"

"참아요."

랩은 주머니 속에서 접착테이프와 초소형 감시기를 하나 꺼내들었다.

"저 아래 내려가면 이걸 설치해 줘요. 이렇게 반듯하게 놓고요."

랩은 작은 기구를 자기 손바닥 위에 수평으로 올려놓았다.

"이 가느다란 케이블 끝에 광학렌즈가 달려 있어요. 벙커 문이 잘 보이는 위치에 이것을 놔야 합니다."

릴리는 기구를 받아들며 고개를 끄덕였다.

"난 준비가 다 됐어요."

"영감님은요?"

랩이 애덤스를 돌아보며 물었다.

"나도 준비 됐어."

"좋아요. 해치웁시다.

랩이 두 손을 비비며 턱으로 문을 가리켰다.

"이 문을 열고 애너를 다시 아래로 내려 보내야죠."

애덤스가 회색 문으로 다가가더니 에스 키를 꺼내들었다. 바깥문을 열자 그 안쪽에 경첩 부분을 커다란 대갈못으로 단단히 고정하고 오른쪽에 손잡이가 달린 튼튼한 철문이 나타났다. 애덤스는 컨트롤 패드로 얼굴을 바짝 가져가다가 멈췄다. 그리곤 옆으로 물러나며 랩에게 말했다.

"자네가 한번 해보는 것이 좋겠어. 두 번째 문을 열 때는 자네 스스로 해야 할 테니까."

랩이 고개를 끄덕이며 컨트롤 패드 앞으로 다가갔다. 그리고 암기하고 있던 아홉 자리 숫자를 누르고 엔터를 눌렀다. 그 즉시 치익 하고 공기 빠지는 소리가 나더니 짤깍 하는 금속음이 뒤따랐다. 랩이 뒤로 한 걸음 물러나 기관단총을 꼬나들었다. 애덤스가 그를 쳐다보며 손잡이를 가리켰다.

"저 위에 기대기만 해도 열릴 걸세."

랩은 애덤스를 멀찌감치 밀어내고 손잡이를 눌렀다. 무슨 문제가 있을 것으로는 예상되지 않지만 지금은 작은 방심이라도 할 때가 아니었다. 문을 밀어 열자 눈앞에 작은 층계참과 계단들이 나타났다. 바닥과 벽의 아래쪽 절반 정도가 갈색 카펫으로 덮여 있었다. 랩은 문틀에 찰싹 달라붙어 그림자를 최소한으로 만들었다. 뭉툭하고 시커먼 MP-10의 총구가 희미한 계단 구석구석을 훑었다. 그가 애덤스와 릴리를 돌아보며 소곤댔다.

"깨끗해요. 애너를 내려 보내고 그 친구의 방광이 탁구공만 하길 빌어봅시다."

1분쯤 후 릴리는 다시 환풍구 속으로 들어갔고 랩은 뒤에서 밧줄을 풀어주고 있었다. 그녀가 수평관 끝에 도달하자 랩은 밧줄을 꽉 잡고 조심스럽게 내려주기 시작했다. 바닥에 닿자 거기서부터 마지막 구간 몇 미터는 낮은 포복으로 기어갔다.

반대쪽 통풍구에 도달한 릴리는 쇠살문 사이로 내다보았다. 뼈를 긁는 듯한 드릴 소리가 지하실을 가득 채우고 있었다. 랩이 준 초소형 감시기를 꺼내들고 벙커의 반짝이는 철문을 조심스레 살펴보았다. 시야에는 아무도 보이지 않았다. 이전에 본 그 땅딸보는 어디 갔을까? 릴리는 벙커 문을 뚫고 있는 세 개의 커다란 드릴을 다시 살펴보았다. 밧줄을 당겨서 신호를 보내야 할지 얼른 판단이 서지 않았다. 조금 기다려 보는 것이 나을 것 같았다. 지하실의 일부밖에 안 보이기 때문에, 다른 곳에 사람이 있을 수도 있었다. 아니면 어디론가 갔다가 돌아오고 있는 중인 지도 모른다.

릴리는 커다란 스웨트셔츠 소매를 움켜쥐고 앞으로 팔을 내밀어 벨크로 접착테이프를 붙일 자리의 먼지를 닦았다. 테이프를 붙인 다음 그 위에 초소형 감시기를 부착하고 광학렌즈를 쇠살문 맨 아래쪽 터진 칸에 고정시켰다. 설치를 끝낸 그녀는 팔다리를 쭉 펴고 편안한 휴식을 취했다.

날쌘돌이 찰리 위커는 해군 실 대원 여덟 명과 함께 열심히 작업 중이었다. 언제나처럼 미리 준비하기 위해 그는 메릴랜드 주 포리스트빌에 있는 목재소에 연락하여 사격대를 만드는 데 필요한 재목들을 주문해 두었다. 지휘관인 해리스 소령의 명령이 떨어지자마자 위커는 전화를 걸기 시작했다. 테러범들이 미국을 탈출하면 추격하기 위해 앤드루 공군 기지에서 대기하고 있던 실 팀 식스 타격대는 작전에 투입될 시간만 손꼽아 기다리고 있었다. 위커는 부대 참모에게 상황을 설명하고 해리스 소령의 명령을 전달했다. 그는 저격수 경력을 가진 여섯 명의 대원을 특별히 지목해서 요청했고, 20분 후 그들은 수송부에서 트럭을 한 대 빌려 타고 목재소를 향해 출발했다. 그들이 정식 허락도 받지 않고 트럭을 몰고 나간 것은 나중에 행정 요원이 정리해야 할 일이었다.

오후 2시가 조금 지났을 무렵 그들은 청바지와 티셔츠 차림으로 시내에 도착했다. 트럭에서 내린 장비와 재목들은 올드 포스트 오피스 꼭대기 종탑까지 일일이 손으로 운반되었고, 지금 그들은 거의 완성된 두 사격대의 마무리 작업을 하고 있었다. 사격대 하나만으로는 완벽을 기할 수 없다. 두 명의 저격수가 50구경 라이플 두 정으로 사격할 것이므로, 사격대를 아무리 단단하게 만들어도 하나만 사용할 경우에는 문제를 일으킬 수가 있다. 한 저격수가 약간만 움직여도 다른 저격수의 사격에 결정적으로 나쁜 영향을 미친다.

사격대는 2.5센티 합판으로 만든 직육면체 상자에 각목을 붙이고 박아서 보강한 것이었다. 찰리 위커는 단단한 플라스틱 라이플 케이스를 들어 사격대 위에 올려놓았다. 다른 대원들이 보는 가운데 그는 고리를 풀고 케이스를 열었다. 안에는 묵직한 50구경 바렛 라이플이 들어 있었다. 총구에서 개머리판까지의 길이는 1천550밀리미터, 무게가 13.6킬로그램이 나가는 이것은 세계에서 가장 큰 총에 속한다. 50구경 브라우닝 탄환을 사용하며, 1.5킬로미터 이상 거리에서도 목표물을 명중시킬 수 있다.

키가 그다지 큰 편이 못 되는 위커는 이 라이플보다 겨우 15센티쯤 더 컸다. 시커멓고 묵직한 무기를 케이스에서 들어낸 그는 앞으로 펼쳐놓고 이각대를 고정시켰다. 그리고는 사격대 위로 올라가더니 라이플 뒤에 엎드려 조준경 가까이로 몸을 바짝 끌어당겼다. 동그란 접안렌즈를 통해 백악관 옥상을 살피던 그는 곧 경비초소 안에 후드를 쓰고 앉아 있는 테러범을 발견했다. 통상 이 정도 거리에서 50구경 바렛을 사용하긴 화력이 너무 강한 것으로 간주되지만, 테러범이 방탄 플렉시글라스로 몸을 가리고 있다는 점을 감안하면 적절한 무기 선택이었다. 그것도 한 정이 아니고 두 정을 사용한다면 더 확실하다.

위커는 자기 몸무게를 미세하게 이동하며 200미터 안쪽에 있는 후드를 쓴 테러범을 조준경의 십자선 중심에 올려놓았다. 견고하게 만든 사격대는 흔들림이 전혀 없었다. 위커는 만족한 표정으로 일어나서 라이플을 케이스 안에 다시 넣었다. 그가 케이스를 구석 자리에 운반하고 나자 대원들은 다시 마무리 작업에 들어갔다. 위커는 지는 해를 쳐다본 뒤 지평선 너머로 약간의 기후 변화 조짐이 있다는 걸 알았다. 좋은 조짐이지, 뭐. 그는 엉덩이에서 디지털 전화기를 빼내어 번호를 찍어 넣은 뒤 상대방이 응답해 오길 기다렸다.

44

릴리에게는 손목시계가 없었다. 통풍구로 내려오기 전에 시간을 물어 봤어야 했는데 그만 깜박 잊었다. 엉덩이 부분이 얼얼해 오는 것을 보면 이 좁은 공간에서 30분 이상, 어쩌면 한 시간 가량은 누워 있었던 같았 다. 그동안 지하실 안에서는 어떤 움직임도 감지되지 않았다. 달리 할 일도 없는 상태에서 정신은 산란해졌고 피로감이 몰려왔다. 자신도 모 르는 사이에 꾸벅꾸벅 졸다가 깜짝 놀라 머리를 쳐들다가 통풍관 천장 을 박은 적이 한두 번이 아니었다. 비좁은 공간 속에서 단조로운 드릴 소리를 듣고 있자니 마치 일광욕실 침대 위에 누워 있는 느낌이었다.

테러범의 그림자도 볼 수 없다는 사실이 릴리의 마음을 불안하게 만들 었다. 지하실 안에 아무도 없다면 지금이야말로 신호를 보내야 할 때가 아닐까 하는 생각이 자꾸만 들었다. 문제는 지하실 내부를 모두 볼 수가 없다는 점이었다. 이 일을 다시 한다면 시계도 하나 빌리고 좀 더 세부 적인 지시도 받을 텐데.

몇 분쯤 더 지나자 그녀는 더욱 좀이 쑤시고 지쳤다. 마침내 지하실 안 에 아무도 없다는 쪽으로 생각이 기울기 시작했을 때, 지속적인 드릴 소 리와는 다른 어떤 소리가 들려왔다. 릴리는 쇠살문 바깥을 좀 더 또렷하 게 보기 위해 눈살을 찌푸렸다. 어떤 움직임이 눈에 잡혔다. 그림자였 다. 방 안에 누군가가 있다. 잠시 후 전날 본 그 땅딸보 사내가 시야 안으로 걸어 들어왔다. 사내는 열린 문 앞에서 두 팔을 머리 위로 쳐들고 볼록한 배를 앞으로 쑥 내밀며 기지개를 켰다.

릴리는 사내가 시야 밖으로 잠시 사라졌다가 드릴들 앞으로 다가가서 줄자로 진척 사항을 재고 있는 모습을 보았다. 그러더니 줄자를 그녀의 시야 밖으로 휙 던지고는 다시 두 팔을 머리 위로 쳐들고 길게 기지개를 켰다. 두더지 얼굴을 한 사내가 입을 커다랗게 벌리고 하품을 토해내며 릴리 앞으로 걸어오기 시작했다.

릴리는 사내의 게으른 태도와 험악한 꼬락서니에 저절로 얼굴이 찌푸려졌다. 통풍구 쇠살문 근처까지 나와 있던 그녀는 혹시 발각되지나 않을까 두려워 얼른 뒤로 물러났다. 사내가 바로 눈앞까지 다가오자 릴리는 오른손으로 목에 걸린 구두끈을 더듬어 잡았다. 그리고 사내가 눈앞을 지나 모퉁이를 돌아가자 구두끈을 세게 두 번 당겼다.

랩과 애덤스는 처음 10분 동안은 정신을 바짝 차리고 있었다. 애덤스는 밧줄 끝을 손에 잡고 통풍구 앞에 서 있었고, 랩은 MP-10을 가슴에 빗겨 걸치고 소음기를 장착한 피스톨을 왼손에 든 채 계단 꼭대기에서 대기했다. 이런 작은 기습에 기관단총을 휘두르는 것은 너무 거추장스럽다고 생각했다. 서로 어색하게 마주 서서 10분쯤 보내고 나자 랩은 시간을 좀 더 유용하게 보내고 싶어졌다.

그는 애덤스 앞으로 걸어와서 밧줄을 받아들며 청사진을 꺼내 보라고 했다. 노인이 청사진을 바퀴 달린 플라스틱 용기 위에 펼치자 랩은 밧줄을 돌려주곤 서관의 레이아웃을 다시 들여다보게 했다. 터널이 정확히 반대쪽 어디로 나가며, 문을 열었을 때 무엇이 나타날 수 있는지 검토했다. 두 사람이 이미 다 검토했던 사항이지만 랩은 평면도를 완전히 숙지하고 싶어 했다. 그는 이 일을 잘 끝낼 수 있을 뿐만 아니라, 다음 일은 서관에 침투하여 인질들이 어떤 상태로 억류되어 있는지 살펴보는 일이 될 것임을 알고 있었다.

그들이 짐작할 수 있는 모든 것과 릴리가 얘기한 것을 종합해 볼 때, 인질들 대부분은 식당에 억류되어 있는 것이 분명했다. 랩이 직면한 또 하나의 문제는 비밀검찰국 요원이나 경관들 중에서 살아남은 사람이 있다면 어디에 구금되어 있나 하는 것이었다. 그가 서관의 다른 지역들에 대한 기억을 되살려내라고 애덤스를 닦달하고 있을 때 밧줄을 들고 있던 노인의 손이 갑자기 흔들렸다. 노인이 랩을 쳐다보며 소곤거렸다.

"왔어! 두 번 당겼다고!"

랩이 즉시 계단 쪽으로 이동하며 애덤스에게 말했다.

"만약 취소 신호가 오면 내 이름을 불러요. 이 계단으로 달려와서 내 귀에 들리도록."

랩은 러닝 백처럼 계단을 달려 내려가더니 터널 속으로 사라졌다. 달려가면서 그는 습관적으로 피스톨을 앞으로 내밀었다. 계단 아래에 도착했을 때 터널 길이를 휙 훑어보곤 즉시 왼쪽으로 방향을 꺾었다. 다음 계단을 뛰어 내려간 그는 강화된 문 앞에서 급히 정지한 뒤 권총을 오른손에서 왼손으로 옮겼다.

숨을 약간 거칠게 몰아쉬며 그는 애덤스 쪽으로 귀를 잠시 기울였다. 아무 경고도 들려오지 않았다. 기억하고 있는 숫자 여덟 개를 일단 입력한 뒤 다시 귀를 기울였다. 역시 아무 소리도 들리지 않자 그는 마지막 아홉 번째의 숫자를 입력하고 뒤로 한 걸음 물러섰다. 9밀리 베레타를 오른손으로 옮기는 사이에 문을 둘러싼 고무 가스켓이 마찰음을 냈다. 잠금장치가 풀리는 금속음이 들리자 랩의 왼손이 문손잡이를 아래쪽으로 눌렀다. 머뭇거릴 시간이 없었다.

그는 문을 활짝 열고 권총을 앞으로 내밀었다. 그의 감각을 먼저 자극한 것은 요란한 드릴 소리와 이상한 냄새였다. 열린 문의 뒤쪽과 복도를 재빨리 훑어보았다. 철문을 열고 벙커 바깥방으로 발을 들여놓는 순간 문이 무언가를 때리며 쇳소리를 냈다. 랩은 깜짝 놀랐지만 다행히도 소음은 드릴 소리에 묻혀버렸다. 그는 몸을 최대한 보이지 않으려고 애쓰며 재빨리 문을 돌아 안으로 들어갔다.

좌우를 살펴보며 피스톨을 겨누었지만 방 안은 텅 비어 있었다. 그는 열린 문으로 다가가서 복도 쪽을 얼른 살펴보았다. 아무도 보이지 않았다. 이번엔 릴리를 찾아보려고 통풍구 쪽을 짐짓 살펴보았다. 아무것도 보이지 않자 그는 안심하며 당장 수행할 임무에 정신을 집중했다. 그 자신과 많은 사람들을 곤경에 빠뜨린 원흉을 찾아내는 일이었다.

그것은 반짝이는 벙커 철문 바로 왼쪽에 붙여져 있었다. 대형 스테레오 수신기보다 크지 않은 검정색 상자였다. 랩은 도구상자들을 넘어가서 한쪽 무릎을 꿇고 제어판을 살펴보고 다이얼과 디지털 판독기를 조사했다. 웨스팅하우스 자회사에서 만든 제품이었다. CIA와 FBI, 비밀검찰국의 일을 많이 하고 있는 회사였다. 아지즈는 이 방해전파 발신기를 비밀검찰국 무기고에서 가져온 것이 분명했다. 랩은 검은 상자를 철문에서 떼어내어 뒤에 있는 전선과 안테나가 드러나게 했다. 전술조끼에서 작은 절단기를 꺼내어 안테나와 연결된 전선을 잘랐다. 그리고는 헤드세트의 립 마이크를 내렸다.

"밀트, 내 말 들려요? 밀트, 내 말 들려요?"

몇 초 동안 기다렸다. 두 번째 호출해도 애덤스가 나오지 않자, 랩은 방해전파 발신기를 앞으로 엎어놓고 뒤쪽의 구멍들이 뚫린 검은 금속판을 살펴보았다. 냉각 구멍들을 통해 전선을 감은 뭉치들이 여러 개 보였다. 발신기를 끄기만 해서는 소용없고 고장을 내야만 했다. 그런데 여전히 작동하는 것처럼 보여야 한다는 점이 중요했다.

랩은 두 개의 냉각 구멍 사이로 절단기를 밀어 넣었다. 절단기의 뾰족한 끝에 금속판이 휘었다. 그는 절단기를 여러 차례 비틀어 더 깊숙이 밀어 넣은 다음 아가리를 벌렸다. 그러나 첫 번째 전선 뭉치를 자를 때까지도 기계의 플러그를 먼저 뽑아야 한다는 생각은 떠오르지 않았다. 절단기를 쥔 손에 지그시 힘을 주어 전선 뭉치를 감싸고 있는 절연체를 자르는 순간 스파크가 번쩍 일어났고, 그 충격에 랩은 털썩 주저앉고 말았다.

"빌어먹을!"

그는 오른팔을 세차게 흔들며 투덜거렸다. 찌릿찌릿한 게 온몸의 털이 다 빠질 것만 같은 느낌이었다. 그가 일어서기 시작했을 때 헤드세트에서 애덤스의 목소리가 흘러나왔다. 거의 동시에 다른 사람의 목소리도 끼어들었다. 랩이 모르는 목소리였다.

아이린 케네디는 CIA 본부 통제실에서 보안 전화기를 붙잡고 앉아 있었다. 상대방인 캠벨 장군은 타격대의 길을 열기 위한 소수의 폭파 전문가들을 투입하려는 해리스 소령의 계획에 대해 설명했다. 케네디는 처음엔 그 계획에 별로 찬성하고 싶지 않았다. 캠벨은 해리스와 그가 선발한 세 명의 대원이 8년 전 비밀검찰국과의 특수훈련에서 가장 어려운 부분을 성공적으로 수행해 냈다고 설명했다. 그래도 케네디는 그 계획이 썩 내키진 않았지만, 그들이 해낼 수 있음을 이미 증명했다는 사실이 긍정적으로 다가왔다.

계획의 다른 측면에 대해 설명하는 연합특전사 사령관의 말에 귀를 기울이고 있던 케네디의 주의력은 두 줄 앞에 앉아 있는 직원들이 뭐라고 지껄이며 움직이는 바람에 약간 흩어졌다. 고개를 들고 보는 순간 그녀는 하마터면 들고 있던 전화기를 떨어뜨릴 뻔했다. 랩이 이미 제공했던 모니터들의 화면이 지금은 한결 선명해졌을 뿐만 아니라, 정면으로 보이는 가장 가운데 모니터에 나타난 반짝이는 은빛 철문은 의심할 나위 없는 대통령의 벙커 문이었던 것이다.

캠벨이 그녀의 이름을 여러 차례 부른 것 같았다. 아마 서너 차례는 불렀을 때에야 케네디는 전화기에 대고 말했다.

"그가 해냈어요!"

"누구 말이오?"

캠벨이 약간 짜증난 투로 물었다.

"미치 말예요. 모니터에 벙커 문이 떠올랐어요."

부하 한 명이 자기 헤드세트를 가리키며 뭐라고 하자 케네디는 장군에게 말했다.

"빨리 이쪽으로 오시는 게 좋겠어요. 지금 막 미치와 보안야전무전기가 아닌 모토롤라로 교신했어요. 방해전파 발신기 제거에 성공한 모양입니다. 서두르세요. 전 국장님께 연락해야겠어요."

케네디는 장군의 대답도 기다리지 않고 전화를 끊은 다음 즉시 CIA 국장실 구내번호를 찍어 넣었다. 그리곤 서류를 휙휙 넘기기 시작했다.

토머스 스탠스필드는 두 번째 신호음에서 전화를 받았다. 케네디는 흥분을 가누기 힘들었다.

"토머스, 미첼이 방해전파 발신기를 제거했어요. 그와 음성 통신이 자유롭고, 감시 화면도 두 개 더 늘어났습니다."

"금방 가지."

국장은 조용히 대답했다.

전화기를 내려놓은 케네디는 헤드세트를 쓴 뒤 마이크에 대고 랩의 암호명을 불렀다. 그리고 서류더미 속에서 찾고 있던 것을 발견했다. 비밀 검찰국의 트레이시 국장이 제공한 전화번호 리스트였다.

45

헤이즈 대통령은 자기 시계를 들여다보았다. 5시가 가까웠다.

"어두워질 때까지 기다려야 한다고 생각지 않나?"

잭 워치는 고개를 저었다.

"저도 그러고 싶습니다. 하지만 저희에게 시간이 얼마나 남았는지 알수 없어요."

요원들은 모두 벙커 가운데 있는 소파에 앉거나 주위에 서 있었다. 워치는 문을 열고 나가면 살 수 있는 가능성이 더 높다고 대통령을 설득하는 데 성공했다. 밸러리 존스도 동의했다. 대통령 비서실장이 반대한다고 해서 크게 달라질 것은 없지만, 이런 중대한 상황에서는 반대자가 적을수록 좋다.

워치는 요원들을 모아놓고 계획을 마지막으로 점검했다. 그는 패트 카울리를 쳐다보았다. 카울리는 대원들 중 권총이든 기관단총이든 최고 사수로 꼽혔다. 연방대법원 경찰이었던 그가 비밀검찰국 습격대항팀으로 배속된 지는 꼭 4년이 지났다. 그 4년의 대부분을 낡고 검은 방탄차 서버번을 몰고 대통령의 리무진이 가는 곳이면 어디든 따라다녔다. 거대한 하드웨어를 지니고 다니는 자들이 바로 이들이었다. 자동차 행렬이 습격을 받으면 첫째, 대통령의 대피로를 확보하고 둘째, 가능하다면 위협을 제거하는 것이 그들의 임무였다. 그들의 기본 교리는 '대통령이 위험 지역을 벗어날 때까지 집중사격을 할 수 있을 만큼의 충분한 화력을 가지고 다닐 것'이었다.

대통령 경호실장은 대원들 한 사람 한 사람에게 임무를 할당해 나갔다. 이동 시에 장애물을 제거할 대원을 두 명 선정한 뒤, 엘렌 모턴 조장에게 세 명의 대원을 붙여주며 대통령 곁을 잠시도 떠나지 말라는 엄명을 내렸다. 마지막 남은 대원은 필요할 경우 후위를 맡고, 워치 자신은 팀을 지휘하며 유동적으로 움직이기로 했다.

모든 질문과 대답이 오가고 탈출 경로까지 결정되자 워치는 대원들을 정렬시켰다. 아홉 명 중 다섯은 MP-5 기관단총과 지그자우어 자동권총을 소지하고 있었다. 워치를 포함한 다른 대원들은 권총뿐이었다. 무기 점검이 끝나자 워치는 엘렌 모턴에게 지시했다.

"대통령과 비서실장을 화장실 안으로 모셔가. 우리가 나오라고 신호하면 그때 모시고 나오라고, 알았지?"

대원들을 이끌고 벙커 문 쪽으로 이동하던 잭 워치는 이틀이 넘도록 애타게 기다렸던 소리에 갑자기 걸음을 멈추었다. 방 안에 있던 모든 사람들의 머리가 일제히 조그마한 식탁 쪽으로 돌아갔다. 두 번째 신호음이 울리자 워치는 번개 같은 속도로 전화기로 달려갔다. 디지털 전화기를 낚아챈 그는 통화 버튼을 누르며 소리쳤다.

"여보세요!"

"잭, 아이린 케네디예요."

워치는 가슴이 펑 뚫리는 느낌이었다.

"하느님, 감사합니다!"

케네디는 맨 가운데 있는 모니터를 주시하며 화급히 물었다.

"대통령 각하는 무사하세요?"

"무사하십니다. 그런데 어떤 자가 드릴로 벙커 문을 뚫고 있어요. 도대체 어떻게 돌아가고 있는 겁니까?"

케네디가 안도의 한숨을 길게 내쉰 뒤 대답했다.

"잭, 시간이 없어 간단히 말할게요. 라피크 아지즈가 이끄는 테러범들이 백악관을 장악하고 인질들을 억류했어요. 그들이 벙커 문을 뚫고 있다는 것도 알고 있고요."

워치는 케네디가 벙커 문에 대해서까지 알고 있는 것에 약간 놀랐다. 헤이즈 대통령이 방을 가로질러 그에게 다가오고 있었다.

"그래서 어떤 조처를 취하고 있습니까?"

"지금 우리가 준비 중이에요. 하지만 그 전에 대통령과 통화할 필요가 있어요."

"그러시죠. 옆에 계십니다."

경호실장은 전화기를 대통령에게 건네며 말했다.

"아이린 케네디입니다."

헤이즈는 조그마한 회색 전화기를 귀에 대고 물었다.

"케네디 박사?"

"네, 각하. 괜찮으십니까?"

"난 괜찮아!"

대통령은 안도하며 소리쳤다.

"자네 목소리를 들으니 무지 반갑군 그래."

"저도 반갑습니다, 각하. 할 일은 많고 시간은 없어서 즉시 스탠스필드 국장을 바꿔드리겠습니다."

때 맞춰 스탠스필드와 캠벨 장군이 통제실로 들어왔다. 케네디는 회전의자를 돌리고 두 사람이 자신들의 자리로 급히 걸어가는 것을 보며 손가락 세 개를 쳐들어 보였다. CIA 국장은 전화기를 들고 3번 버튼을 누른 뒤 언제나 그랬듯 사무적인 말투로 말했다.

"각하, 교신이 너무 지연되어 죄송합니다. 이쪽에도 어려움이 좀 있었습니다."

"도대체 일이 어떻게 되어가고 있습니까?"

대통령이 국장에게 물었다.

스탠스필드는 지난 사흘 동안 있었던 일에 대해 자초지종을 얘기했다. 그리고 상부에 요청한 사항들과 허락이 떨어진 일들, 처리 중인 일들에 대해서도 보고했다. 대통령 국가안보보좌관과 그의 여비서가 살해된 일, 그로 인한 정신적 충격으로 튜트윌러 법무장관이 입원한 일도 설명했다. 국장은 어떤 사건들과 변화를 의도적으로 강조함으로서 백스터 부통령의 무능력을 암시하기도 했다. 그것은 아주 온건한 방법이었고, 직접 뒤통수를 후려치는 것보다 대통령이 스스로 판단하도록 하는 편이 낫다고 그는 생각했다.

헤이즈 대통령은 스탠스필드가 보고를 끝낼 때까지 조용히 기다렸다. 대부분의 내용들이 그에겐 우울하게 느껴졌다. 그나마 희망적인 대목은 스탠스필드가 백악관 내부에 누군가를 침투시켰다는 것이었다. 그것도 다른 사람이 아닌 그가 불과 며칠 전에 알게 된 아이언맨이라는 사내였다. 토머스 스탠스필드조차도 아직 아이언맨을 능가하는 자를 본 적이 없다고 말했을 정도로 최고의 솜씨를 지닌 사내.

CIA 국장은 아지즈가 대통령을 벙커에서 끌어내는 작업을 진행하고 있다는 보고를 받은 부통령의 반응에 대해 설명했다.

"그자가 뭐라고 했다고요?"

헤이즈 대통령은 노기 띤 얼굴로 물었다.

"인질들의 목숨을 위태롭게 하는 공격 명령을 내리기 전에 더 정확한 정보를 가져오라고 했습니다."

헤이즈는 머리를 흔들었다.

"내가 듣기로는 당신이 수집한 정보가 상당히 정확한 것 같은데요."

"그렇습니다, 각하. 우리는 그렇게 느꼈습니다."

스탠스필드가 받았다.

"전화를 좀 돌려주시오. 그자가 멍청이라는 반박할 수 없는 정보를 제공하고 싶으니까."

스탠스필드의 차분한 통찰력이 요구되는 순간이었다. 사태가 급진전될 때 템포를 늦추는 것은 주위 사람들이 여러 해 동안 지켜봐온 그의 탁월한 능력이다. 마치 그랜드 마스터처럼 능란하게 상황에 접근하여 여러 수 앞을 내다보며 행동계획을 세운다. 스탠스필드는 이 전체 상황이 어디로 흘러갈지 대충 알 수 있었고, 지금 대통령과 교신하고 있다는 사실을 최소한의 인원만 알도록 제한하고 싶었다.

"지금 당장은 그러시지 않는 게 좋을 것 같습니다."

"왜요?"

"지금까지 부통령 진영에서 일급기밀이 자꾸 새나가서 곤란을 겪었거든요."

스탠스필드는 대통령이 그 말의 뜻을 간파하도록 잠시 기다렸다.

"아지즈가 뉴스를 모니터링하고 있습니다. 저희들이 각하와 교신한 사실이 외부에 누설되지 않기를 바라는 이유죠. 아지즈가 자신이 우위를 점하고 있다고 착각하도록 내버려둘 필요가 있습니다. 플러드 장군과 캠벨 장군이 공격 계획을 최종 점검 중인데, 그것이 완성되면 각하의 명령으로 이 상황을 끝낼 수 있습니다."

헤이즈는 그 결정에 대해 생각해 보았다. 즉시 결정할 수 있는 사항이었다. 그런데 백스터 부통령은 왜 승인하지 않았을까? 경호원들과 밸러리 존스가 듣지 못하게 돌아서면서 대통령은 스탠스필드에게 나지막이 물었다.

"왜 부통령이 그 명령을 내리지 않았을까요?"

"잘 모르겠습니다. 몇 가지 짚이는 건 있지만 말씀드리면 좋아하시지 않을 것 같군요."

"그래도 들어봅시다."

"나중에 직접 말씀드리는 편이 좋겠습니다."

대통령은 고개를 끄덕였다.

"좋아요."

그는 곧 실질적인 문제로 들어갔다.

"나의 대통령 권한이 부통령에게 이양된 것으로 알고 있습니다."

"그렇습니다, 각하."

"내가 헌법을 정확히 기억하고 있다면 절차상의 문제가 남아 있는 것 같은데요."

"어떤 절차 말씀입니까?"

"내가 다시 대통령 직무를 볼 수 있게 되었다고 상하원 의장에게 통보할 필요가 있소. 그러지 않으면 기술적으로 권한 이양이 완전히 되지 않아요."

토머스 스탠스필드는 자기답게 않게 한숨을 토해냈다. 법을 어기고 우회하고 왜곡하는 일로 긴 세월을 보낸 사람에게 이런 기술적인 문제는 정말 하찮은 것으로 보였다. 그는 헤이즈 대통령이 변호사 출신에다 아마추어 역사학자였다는 사실을 머리에 떠올렸다. 하지만 지금 상황에서 그런 문제를 논하는 건 시간 낭비라고 말해주고 싶은 충동을 꾹 누르고 이렇게 말했다.

"각하, 당신은 대통령이십니다. 대통령 권한이 부통령에게 이양된 유일한 이유는 저희들이 각하와 교신할 수 없었기 때문이었죠. 이제 그 이유는 사라졌습니다. 플러드 장군과 저는 각하의 명령을 따르려고 합니다. 각하께서 다시 임무수행을 할 수 있다는 통보를 부통령과 하원 의장에게 꼭 해야 한다고 주장하신다면, 저희들은 작전개시 직전에 그렇게 할 수도 있습니다."

헤이즈는 그 말에 대해 생각해 보았다. 언제나 세부적인 일까지 꼼꼼히 챙기는 그는 모든 것이 합법적인지 확인하고 싶어 했다.

"그러면 될 것 같군요. 다만 꼭 통보하시기 바랍니다."

"꼭 그렇게 하겠습니다."

헤이즈는 침입자들의 드릴 소리가 들려오는 벙커 문을 돌아본 뒤 국장에게 물었다.

"토머스, 타격대가 도착하기도 전에 저들이 문을 열고 들어오면 어떻게 하죠?"

스탠스필드는 아이린 케네디를 돌아보았다. 대통령과의 대화를 함께 듣고 있던 그녀는 손가락으로 자신을 가리켰다. 국장은 고개를 끄덕여 그녀가 설명하도록 했다.

"각하, 케네디입니다. 저희들이 그곳 상황을 모니터링하고 있고 벙커 문도 영상음성감시기로 보고 있습니다. 그들이 벙커 문을 열려고 하면 가까이 대기하고 있는 아이언맨에게 저지 명령을 내릴 수도 있습니다. 또 FBI 인질구조팀이 행정부 청사 도로 맞은편에 대기 중입니다. 그들은 인질들이 억류되어 있는 곳을 잘 파악하고 있고요."

그녀의 목소리가 거기서 약간 처졌다.

"그들을 투입할 상황이 벌어질 경우, 명령만 내리면 30초 이내에 서관에 진입할 수 있습니다."

헤이즈는 케네디의 목소리에서 심상찮은 기미를 포착했다.

"당신이 말하지 않고 있는 부분이 있는 듯한데, 케네디 박사."

"아지즈가 많은 양의 폭탄을 가지고 들어갔습니다. 우리가 인질구조를 시도하면 건물 전체를 날려버리겠다고 협박했습니다."

헤이즈는 이 새롭고 불안한 정보에 대해 잠시 생각했다.

"그자가 거짓을 말할 가능성은 없소?"

"전혀 없습니다."

"우리가 처리할 수도 없고?"

케네디는 국장과 플러드 장군을 쳐다본 뒤 대답했다.

"지금 작업 중입니다, 각하."

해는 서쪽 하늘로 떨어지고 있었고, 동쪽으로는 엄청난 먹구름이 다가오고 있었다. 살림 루산은 자신의 앰뷸런스 뒷문 근처에 서서 양쪽을 살펴보았다. 미신을 깊이 믿는 그는 불길한 날씨 변화가 마음에 들지 않았다. 다른 앰뷸런스 운전사 하나가 다가와서 인사를 건넸는데, 운 좋게도 진짜 게이였다. 루산은 역겨운 척하지 않고 친절히 행동했다.

둘이서 얼마간 잡담을 나누다가 루산은 급히 전화할 데가 있다고 말했다. 상대방 게이가 휴대전화를 빌려주려고 하자 그는 사양하면서 남자친구에게 전화하는 김에 화장실에도 다녀와야겠다고 했다.

루산은 게이와 헤어져서 펜실베이니아 대로 동쪽으로 걷기 시작했다. 잠시 후 그는 14번가의 바리케이드에 근무하고 있는 워싱턴 D.C. 경관 두 명에게 다가갔다.

"죄송하지만 이 근처에 식당 같은 건 없나요?"

경관 하나는 찌푸린 표정으로 루산을 바라보았지만, 다른 하나는 거리 아래쪽을 가리키며 말했다.

"E 스트리트 쪽으로 죽 내려가면 식당도 있고 패스트푸드 가게들도 있어요."

루산은 두 경관 앞을 지나가며 미소를 지었다. 그러다 갑자기 돌아서며 물었다.

"혹시 내 앰뷸런스로 돌아올 때 문제가 생기진 않겠죠?"

"괜찮아요. 당분간 우리가 여기 있을 테니까."

루산은 곧 조심스럽게 걸음을 옮기다가 교차로 끝에서 사람들 속에 섞였다. 인파를 헤치며 앞으로 나아가던 그는 사람들이 열 명쯤 두텁게 흘러가다가 엷어진다는 것을 알았다. 군중 뒤쪽에 쓰레기로 넘치는 콘크리트 쓰레기통이 놓여 있었다. 그 주위에 일고여덟 개의 맥도날드 봉투들이 흩어져 있는 걸 보면 가게가 부근에 있다는 소리였다. 금상첨화다. 쓰레기통 속보다는 보도에 놓아둔 폭탄이 훨씬 더 큰 타격을 줄 것이다.

그는 지퍼 달린 주머니 속에서 콜라 깡통 하나를 꺼내며 그 자리에 주저앉았다. 깡통을 버려진 맥도날드 봉투에 쑤셔 넣고 다른 쓰레기들로 채운 뒤 바닥에 내려놓았다. 그리곤 폭탄의 파편 대부분이 군중 쪽으로 날아가도록 방향을 잡아주었다.

루산은 일어나서 다시 보도를 걷기 시작했다. 이따가 이 길로 돌아오면서 봉투가 그대로 있는지 확인할 것이다. 오른쪽 전방으로 후버 빌딩의 흉물스런 갈색 벽면이 그의 눈에 들어왔다. 구미가 당기긴 하지만 그렇게 멀리까지 갈 생각은 없었다. 거기엔 너무 많은 감시 카메라와 훈련된 눈을 가진 너무 많은 프로들이 있다. 지금은 안전하게 행동해야 할 때였다. 위험하게 자신을 노출시킬 필요는 없다.

46

CIA 본부의 대테러센터 회의실이 갑자기 부산해졌다. 이 회의실은 실제로 방 안에 있는 방이었다. 바닥에서 수십 센티 위에 지은 뒤 사방을 유리로 막고 전자자기장으로 에워싸서 도청이 불가능했다. 참석자들이 입장하는 가운데 케네디와 캠벨 장군이 회의실 맨 앞에 서 있었다.

스탠스필드가 브라이언 로치 FBI 국장과 스킵 맥마흔 긴급사건대응단장의 팔을 양손으로 잡고 들어왔다. 연장자인 CIA 국장은 두 사람을 케네디가 서 있는 곳까지 안내했다. 그리곤 잡고 있던 손을 놓아주며 대테러센터 본부장에게 말했다.

"아이린, 방금 브라이언과 스킵에게 아이언맨에 대해 다 고백했어."

대통령과의 통화가 끝나자 스탠스필드는 CIA 본부 통제실을 밀봉했다. 그 방에 있던 모든 사람들에겐 대통령과 교신을 재개한 사실에 대해 함구령이 내려졌다. 통제실 바깥에서 그 사실을 아는 사람은 스탠스필드와 플러드 장군, 캠벨 장군, 케네디뿐이었다. FBI에서 온 사람들에겐 대통령이 직접 알려줄 것이다. 케네디가 스킵 맥마흔에게 된통 씹힐 각오를 하고 있는데 스탠스필드가 말했다.

"자네가 아이언맨에 대한 얘기를 FBI 측에 몹시 알리고 싶어 했다는 얘기도 했지. 일이 이렇게 된 건 모두 내 책임이오, 신사님들. 하지만 그럴 만한 이유가 있었어."

"그게 뭡니까?"

스킵 맥마흔이 거칠게 물었다.

스탠스필드는 나이에 걸맞게 처신했다. 그는 맥마흔의 우람한 팔을 툭툭 치며 말했다.

"내가 이래서 자넬 좋아한다네, 스킵. 언제나 주의 깊게 모든 걸 캐내려 하거든."

"맞습니다. 그러니까 말씀해 보시죠."

"하지만 이 얘기는 나중에 해야 할 것 같네. 지금은 여러분들이 훨씬 더 흥미로워 할 얘깃거리가 있거든. 이제 곧 시작할 테니 어서들 자리에 앉으시게."

스탠스필드가 케네디 옆에 있는 두 의자를 권하자 로치 국장과 맥마흔은 마지못해 앉았다. 그는 케네디를 돌아보며 말했다.

"시작하지."

CIA 국장은 테이블 끝으로 걸어가서 플러드 합참의장 옆에 앉았다.

회의 참석자는 '알 필요가 있는 사람들' 기준으로 정했다. 다른 고위직 관리들을 포함하여 국무장관과 국방장관도 제외되었다. 스탠스필드와 플러드와 대통령은 선정된 소수의 인원에게만 대통령과의 교신 재개와 그의 목숨이 위태롭다는 사실을 알리기로 했다. 이미 언급한 사람들 외에 추가로 선정된 인원이 인질구조팀과 델타포스와 실 팀 식스 지휘관들이었다.

케네디의 부하 한 명이 회의실의 밀폐형 문을 닫자 그녀는 스위치를 눌러 유리벽 위로 검은 커튼이 내려오게 했다. 그리곤 캠벨 장군 옆에 선 자세로 설명을 시작했다.

"참석하신 여러분께 미리 부탁 말씀 드립니다. 지금부터 캠벨 장군님과 제가 드리는 말은 한마디도 밖으로 새어나가지 않도록 주의해 주십시오. 같은 팀 대원들에게도 말해선 안 되며, 여러분 상사에게 보고해서도 안 됩니다. 물론 부인께 말해도 안 됩니다."

캠벨 장군이 한 걸음 앞으로 걸어 나오더니 대테러 타격대 엘리트 지휘관들에게 눈을 부라리며 말했다.

"만약 이 정보가 한마디라도 새어나간 것이 드러나면, 그 책임자는 옷 벗을 각오를 해야 할 거야."

캠벨은 세 지휘관이 모두 고개를 끄덕일 때까지 기다렸다.

케네디와 캠벨의 등 뒤에는 다섯 대의 텔레비전이 설치되어 있었다. 네 대는 25인치짜리, 한 대는 36인치짜리였다. 케네디는 천장의 불을 끈 뒤 리모컨으로 텔레비전들을 켰다. 가운데 있는 36인치 화면에 벙커 문의 실시간 영상이 떠오르자 그녀는 설명을 계속했다.

"모두 아시다시피 대통령께서는 테러범들의 공격이 시작된 직후 벙커로 대피하셨습니다. 그리고 잠시 후 우리는 통화불능 상태에 빠졌어요. 아지즈가 비밀검찰국 무기고에서 최첨단 방해전파 발신기를 훔쳐내어 설치했기 때문입니다. 어젯밤 우리는 백악관 내부에 두 명의 전문가를 침투시킬 수 있었습니다. 한 사람은 백악관 내부에 대해 소상히 알고 있는 시민이고, 다른 한 사람은 우리가 편의상 아이언맨이라고 부르는 대테러 전문가입니다. 여러분이 지금 보고 계시는 영상들은 그들이 백악관 내부에 심은 초소형 영상음성감시기를 통한 것입니다."

케네디는 돌아서서 가운데 화면을 가리켰다.

"혹 모르시는 분들을 위해 설명 드리자면, 지하금고문처럼 보이는 이것은 대통령 벙커로 들어가는 철문이에요. 지금 그 앞을 오락가락하는 이 지저분한 사내는 무스타파 야신이라는 이라크인데 전문 금고털이입니다. 그리고 철문에 부착되어 있는 이것들은 드릴입니다. 작업이 얼마나 진척되었는지는 알 수 없지만, 그들이 성공할 때까지 기다리고만 있을 순 없는 처지예요."

케네디가 리모컨 버튼을 누르자 천장에서 하얀 스크린이 내려왔다. 백악관 구내의 조감도가 떠올랐다. 케네디가 돌아보며 신호를 보내자, 캠벨 장군이 스크린 앞으로 걸어가서 서관을 가리키며 말했다.

"인질들 대부분은 1층에 있는 백악관 식당에 억류되어 있습니다. FBI와 국가안보국이 제공한 정보에 의하면 그와는 별도로 소수의 인질이 루즈벨트 룸에도 감금되어 있는 것으로 보입니다. 아이언맨은 이 두 번째의 인질 그룹이 아직 살아남은 비밀검찰국 요원이나 군인들로 구성되어 있을 것으로 보고 있습니다. 케네디 박사와 나도 그 생각에 동의하고 있고요."

FBI 인질구출팀 지휘관인 시드 슬레이터가 손을 번쩍 들었다. 캠벨 장군이 그를 바라보며 말했다.

"시드?"

"인질들의 영상도 있습니까?"

"없는 것 같소. 적어도 아직까진 말이오."

장군은 고개를 저은 뒤 계속 말했다.

"시간이 별로 없어 요점만 말씀드리겠습니다. 공격개시 시각을 20시 30분으로 정하겠습니다."

"우와!"

로치 FBI 국장이 탄성을 내질렀다.

"마침내 공격 허가가 내려온 겁니까?"

"그건 걱정하지 마시오."

회의실 반대쪽 끝에서 플러드 장군이 대신 대답했다.

잭 로치는 손목시계를 들여다보았다. 오후 5시에서 몇 분 지난 시각이었다. FBI 국장은 아무래도 미심쩍은지 다시 물었다.

"백스터 부통령이 허락했습니까?"

천장에 설치된 스피커 시스템에서 갑자기 귀에 익은 목소리가 흘러나왔다.

"아니오, 내가 허락했소."

참석자의 절반 정도는 마치 하느님의 목소리를 들은 것처럼 천장을 쳐다보았다. 헤이즈 대통령은 잔기침을 두어 번 한 뒤 계속 말했다.

"여러분, 우리한테 시간이 별로 없다는 걸 알고 있지만 나는 여러분을 깊이 신뢰합니다. 한 가지 제안을 한다면, 묻고 싶은 것이 있더라도 캠벨 장군이 브리핑을 끝낼 수 있도록 좀 참아주시기 바랍니다. 장군, 계속해 주시오."

연합특전사 사령관은 감사의 눈빛으로 천장을 한 번 쳐다본 뒤 참석자들에게 말했다.

"여러분, 시간이 없어 간단히 설명하겠습니다."

그는 스크린의 왼쪽을 톡톡 쳤다.

"HRT는 서관과 인질들을 맡아주시오. 시드, 당신과 팀원들은 다른 작전 시나리오를 준비해온 걸로 아는데, 최소한 두 갈래의 공격이 필요할 거요."

캠벨은 손가락을 쳐들고 다부진 체격의 HRT 지휘관에게 주의를 주었다.

"진입 방법에 대한 아이디어가 있는데, 그건 잠시 후에 설명하겠소."

원래 꼼꼼한 성격인 캠벨은 좌향좌를 하고 스크린의 백악관 옥상을 두드리며 말했다.

"델타포스는 대통령 관저를 책임지시오."

연합특전사 사령관은 델타포스 지휘관인 빌 그레이 대령을 돌아보며 지시했다.

"빌리, 귀관의 대원들은 리틀 버드로 투입될 테니 번개같이 움직일 수 있도록 준비해 주시오. 최종 계획에 들어가기 전에 우리가 공격개시 시각까지 그 일을 못 해낼 수도 있다는 점을 모두에게 경고하고 싶습니다. 그들이 벙커 문을 열 것 같은 조짐을 보이면 우리는 무조건 공격할 수밖에 선택의 여지가 없습니다."

캠벨은 지휘관들을 잠시 바라본 뒤 파일 하나를 들어 보였다.

"이건 해리스 소령의 세부행동 보고서요."

그는 머리를 설레설레 흔들고 나서 계속 말했다.

"내가 지금까지 읽어본 세부행동 보고서 중 단연 최고입니다. 단기간 내에 이런 멋진 일을 해낸 것에 대해 정말 칭찬하지 않을 수가 없소, 해리스 소령."

이번엔 파일을 살랑살랑 흔들어대며 다른 그룹들을 돌아보았다.

"이건 탁월해요. 만약 해리스 소령이 이 일부를 직접 해보지 않았다면 나를 설득할 수 없었을 겁니다. 하지만 그는 해봤어요. 내막은 이렇습니다. 8년쯤 전 어느 날 오밤중에 해리스 소령과 실 대원 세 명은 MC-130 특수전용 수송기에서 백악관 옥상으로 낙하했습니다. 하지만 비밀검찰국은 발견하지 못했어요. 묘기대행진 얘기가 아닙니다. 비밀검찰국이 해군에 협조 요청한 지휘훈련이었고, 그 결과는 확인되었습니다."

캠벨은 잠시 쉬며 참석자들을 바라보았다.

"귀관들 중에는 내가 왜 이런 제임스 본드 같은 미친 작전을 생각하고 있는지 의아한 사람도 있을 것입니다. 이유를 설명해 드리죠. 아이언맨은 대통령 관저 안에 폭탄들이 설치되어 있다고 했습니다. 우리가 수집한 정보들도 아지즈가 백악관을 통째 날려버릴 만큼 충분한 셈텍스를 가지고 들어갔음을 확인해 주고 있소. 이것은 곧 우리가 공격해봤자 인질과 대원들만 잃기 십상이라는 뜻입니다. 해결 방법은 공격하기 전에 폭파전문가들을 투입하여 폭탄들을 제거하는 것뿐이에요. 오늘 아침 해리스 소령의 대원 하나가 살해되었을 때 우리가 고려했던 것이 바로 이 방법입니다."

캠벨은 잠시 쉬었다가 말을 이어나갔다.

"그래서 공격개시 시각까지 가능하다면 이렇게 하려고 합니다. 해리스 소령과 실 대원 세 명이 MC-130 특수전용 수송기에서 할로 점프(HALO: 고공에서 낙하하여 저공에서 낙하산을 펴는 것—옮긴이)를 할 것입니다. 우리 정보원들은 지상을 감시하는 옥상 카메라들이 여전히 작동하고 있다고 봅니다. 이것 때문에 옥상으로 낙하해야 한다는 거죠. 실 팀 식스 최고 저격수 두 명이 백악관에서 네 블록 떨어진 올드 포스트 오피스 종탑 안에 이미 대기를 하고 있습니다. 이 저격수들은 할로 점프 직전에 옥상 경비초소에 있는 테러범을 처치해줄 것입니다. 해리스 팀은 옥상에서 아이언맨을 만나 관저 지하실에서 서관으로 연결되어 있는 터널로 안내를 받게 됩니다."

켐벨 장군은 생각을 처음으로 되돌리느라 말을 잠시 중단했다.

"지금부터 공격개시 시각까지 아이언맨은 서관을 정찰하고 최대한의 정보를 수집할 것입니다. 그의 최우선 과제는 두 군데 억류되어 있는 인질들에 대한 영상자료 확보입니다. 다음 과제는 인질구조팀이 그 두 군데로 침투할 수 있는 공격로를 찾아내는 일이죠. 두 군데 중 적어도 한 곳의 공격로라도 미리 확보하기 위해 그가 해리스 팀을 안내하는 것입니다. 이것이 실패할 경우 대비책을 마련해 두고 있습니다. 30분 이내에 공군의 E-3A 센트리(공중조기경보통제기-옮긴이) 한 대가 도시 상공에 도착합니다. 우리는 아지즈가 리모컨을 이용해서 폭탄들을 터뜨릴 능력이 있다고 믿을 만한 이유가 있습니다. 그 리모컨이 무선인지 셀인지 디지털 방식인지는 모르겠고 짐작할 길도 없습니다. 그래서 명령이 내려오면 조기경보기가 백악관 일대에 통신교란을 일으켜 우리들이 사용하는 장비만 제외하고 다른 모든 통신기기들은 불능으로 만들 것입니다."

캠벨은 HRT와 델타포스 지휘관을 바라보며 말했다.

"그 지역을 환하게 밝히고 행동을 개시할 생각도 했지만 그러지 않기로 했소. 통신교란을 알아챈 그들이 손으로 폭탄들을 터뜨릴지도 모르기 때문이오."

잠시 침묵이 이어지자 슬레이터와 그레이 대령이 서로 쳐다보았다. 질문해봐야 좋을 것이 없다는 것을 두 사람은 알았다. 제대로 계획하고 연습할 만한 시간이 없었다. 이것은 무수히 반복해온 훈련 과정에서 그들이 얘기했던 여러 순간들 중의 하나가 될 것이었다. 그리고 그들이 두려워해온 순간들 중의 하나이기도 했다. 각본을 창밖으로 던져버려야 할 그런 순간이었다.

연합특전사 사령관은 회의 참석자들을 한 차례 둘러보았다. 잠시 침묵을 지킨 뒤 그는 왼쪽에 앉아 있는 전사들에게 초점을 맞추었다. 이제 곧 전투에 뛰어들 부하들이었다. 그는 특수부대 지휘관들을 차례로 바라보며 말했다.

"이 작전은 어느 부분에서 어떤 불상사가 일어날지 예측하기 어렵소."

세 명의 지휘관은 훈장을 받은 군인이 경고하는 말을 잘 알아들었다는 듯이 고개를 끄덕여 답했다. 캠벨은 이마를 찌푸리고 아랫입술을 지그시 깨물었다가 덧붙였다.

"긴장하지 말고… 최고의 사수들을 선발하시오. 모든 육감과 반사신경을 총동원해야 할 테니까. 연습할 시간이 없소."

랩과 애덤스는 장비를 모두 챙겨들고 소형 엘리베이터로 돌아왔다. 백악관 아래층으로 내려가는 중이었다. 대통령 침실 옆의 작은 밀실은 그

동안 아주 편리하게 사용했지만 이젠 행동하기 가까운 곳으로 이동할 필요가 있었다. 장비들을 회수하러 가기 전에 랩은 복도에 있는 소화기 밑바닥에 초소형 감시기 하나를 설치했다. 방해전파 발신기를 고장 낸 이후부터는 CIA 본부 통제실과 명료하게 교신할 수 있어서 문 아래로 뱀 대가리를 밀어 넣고 이상 유무를 체크하는 일은 무시하기 시작했다. 엘리베이터가 정지하자 랩은 립 마이크에 대고 말했다.

"아이언맨이 통제실에. 지하실로 내려왔다. 복도 상황을 알려 달라."

단조로운 남자 목소리가 돌아왔다.

"복도는 깨끗하다. 오버."

랩은 애덤스에게 고개를 끄덕여 문을 열게 했다. 노인이 문을 열자 랩은 복도로 나가 MP-10으로 왼쪽에서 오른쪽으로 훑었다. 애덤스가 나와서 엘리베이터 문을 닫았고, 둘은 재빨리 복도를 따라 이동했다.

왜소하고 호리호리한 애덤스는 열쇠를 꺼내어 사기그릇 저장소 문을 열었다. 두 사람이 안으로 들어가자 애너 릴리는 안심한 표정으로 물었다.

"어떻게 됐어요?"

"잘됐어요."

랩이 무기를 내려놓고 무거운 배낭을 벗으며 대답했다.

"영감님이 또 화장실에 간 것만 제외하면."

"또요?"

릴리가 물었다.

애덤스는 까만 야구모자에 상하가 붙은 검정색 노멕스 작업복 차림의 여기자를 바라보았다. 랩의 축소형처럼 보였다. 노인은 두 손을 엉덩이에 짚고 머리를 설레설레 흔들며 대꾸했다.

"너희 두 사람, 두고 볼 거야. 나중에 내 나이 되어 이런 스파이 졸개 노릇 하는 꼴을 꼭 보고 싶구먼."

랩이 껄껄 웃었다.

"그만큼 오래 살 수만 있다면 좋겠네요."

릴리에게는 그 말이 충격으로 다가왔다. 비록 아무렇지 않게 말했지만, 릴리는 그가 진지하다는 것을 알았다.

랩이 장비들을 바닥에 내려놓고 그녀에게 말했다.

"영감님과 나는 서관으로 건너가 상황을 살펴보고 올 테니 당신은 여기서 기다려요."

"왜 나는 같이 가면 안 되죠?"

릴리가 따지듯이 물었다.

"왜냐하면 너무 위험하기 때문이죠, 애너."

랩은 차분한 목소리로 대답했다.

"게다가 나는 영감님을 계속 지켜봐야 하기 때문에 여유가 없어요."

"방해가 되지 않도록 할게요. 오히려 도움을 줄 수도 있잖아요."

랩은 고개를 저었다.

"그럴 일이 없어요, 애너. 당신하고 마주 앉아 상의할 시간도 없고요. 서관 상황을 파악하라는 명령이 내려왔는데, 나는 빨리 끝내야만 합니다. 대통령이 처한 상황 때문에 언제 공격을 해야 할지 알 수 없거든요."

릴리는 마지못해 고개를 끄덕였다.

"그동안 여기서 내가 할 일은 없나요?"

"일이 예상대로 잘 진행되면 나중에 당신 도움이 필요할지도 모릅니다. 지금은 안전하게 여기 앉아 있어요. 알겠죠?"

여기자는 억지 미소를 지어 보였다.

"알았어요."

"그게 그렇게 어렵진 않을 겁니다."

랩은 일어나서 애덤스를 돌아보며 말했다.

"이리 와요."

그는 노인의 헤드세트 옆에 조그마한 카메라를 부착했다. 가로 3인치 세로 1인치인 그것은 앞쪽에 렌즈가 달려 있고 뒤쪽의 코드는 송신기로 이어져 있었다. 랩은 송신기를 애덤스의 전술조끼 뒤에 달린 주머니 속에 찔러 넣었다. 그는 자신의 헤드세트에도 똑같은 카메라를 장착한 뒤립 마이크를 조정하고 말했다.

"아이언맨이 통제실에. 헤드세트에 카메라 두 대를 장착했다. 영상 확인 바란다."

헤드세트를 통해 즉시 응답이 왔다.

"두 개의 영상이 모두 양호하다, 아이언맨."

랩은 야구 모자챙 뒤로 돌려 헤드세트의 암을 이마 위로 오도록 했다. 그리고 지퍼 달린 주머니 하나를 집어 애덤스의 허리에 채워주며 말했다.

"이 속에 초소형 감시기 열 개가 들었어요. 서관에 가면 이것들을 어디에 설치할지 결정해야 합니다. 준비됐어요?"

애덤스는 고개를 끄덕였다.

"좋아요."

랩은 릴리를 돌아보았다.

"당신은 우리가 돌아올 때까지 안전한 이곳에 있어요."

"누가 갑자기 들어오면 어떡해요?"

랩은 한 손을 엉덩이에 짚고 잠시 생각해 보았다. 그 자신과 노인이 돌아오지 못할 가능성도 없잖아 있었다. 그는 허벅지에 찬 권총집에서 소음기가 장착된 9밀리 베레타를 뽑아 들었다.

"아버지에게 총 쏘는 방법을 배웠다고 했죠?"

"네."

랩은 안전장치가 채워져 있는지 확인한 뒤 릴리에게 건네주었다. 그리곤 10미터쯤 떨어진 반대편 벽을 가리키며 물었다.

"선반 위에 난 검은 자국이 보입니까?"

여기자는 고개를 끄덕였다.

"그 총은 지금 장전되어 안전장치가 채워져 있어요. 약실에 한 발, 탄창에 열다섯 발이 들어 있죠. 안전장치를 풀고 저 검은 자국을 조준하여 방아쇠를 당겨 봐요."

랩은 무기를 다루는 것을 보면 그 사람에 대해 더 많은 것을 알 수 있다고 항상 생각했다.

릴리는 두 손으로 자신 있게 권총을 잡았다. 총구를 아래로 향한 채 약간 옆으로 틀더니 오른손 엄지로 안전장치를 풀었다. 그리고는 두 발을 어깨 넓이만큼 벌리고 서서 표적을 겨냥했다. 소음기 때문에 총신의 끝이 약간 무겁게 느껴져서 무게를 조정해야만 했다. 마침내 검은 자국이 가늠쇠 위에 올라오자 그녀는 방아쇠를 당겼다.

총구에서 난 소리는 약했지만 총알이 단단한 콘크리트 벽을 때리는 소리는 그보다 훨씬 컸다. 동전 크기만 한 콘크리트 조각이 바닥에 떨어졌다. 릴리가 쏜 총알은 검은 자국의 우측 하단 30센티 지점을 때렸다. 그녀는 안전장치를 다시 채우며 말했다.

"소음기 때문에 약간 무겁군요."

"그렇지만 조용해서 좋아요."

랩이 대답했다.

"맞아요."

릴리는 매끄러운 검은 무기를 살펴보았다.

"그 정도면 잘 쐈어요. 그런데 저 지점에 앉아 있는 것이 좋겠군요."

랩은 복도로 나가는 문 쪽을 가리키며 말했다.

"만약 저 문으로 초록색 군복을 입고 AK-74를 든 놈이 들어오면 대갈통에 총알부터 박아 넣고 질문은 나중에 해요."

릴리는 혀끝으로 입술을 훑으며 고개를 끄덕였다.

랩은 터널로 통하는 문으로 걸어가기 시작했다.

"무슨 일이 있어도 우릴 찾아 나서진 말아요, 애너. 만약 한 시간 내로 우리가 돌아오지 않으면 뭔가 잘못된 겁니다. 당신은 우리 편이 와서 구해줄 때까지 꼼짝 말고 여기서 기다리는 것이 좋아요."

그는 바깥문을 열고 있는 애덤스를 돌아보며 말했다.

"갑시다."

노인은 터널 문의 비밀번호를 입력한 뒤 바깥쪽으로 밀어 열었다. 랩이 터널 속으로 따라 나가며 릴리에게 미소를 지은 뒤 고개를 끄덕였다. 문이 닫히자 랩과 애덤스는 서관을 향해 이동하기 시작했다.

47

라피크 아지즈는 왼쪽 벽에 걸린 디지털 시계들을 쳐다보았다. 가장 가까운 쪽에 있는 시계가 동부해안 시각을 가리키고 있었다. 오후 6시 29분. 아지즈는 리모컨을 눌러 메인 TV를 CNN에서 NBC로 돌렸다. 저녁 뉴스를 전국에 내보낼 시간이 다가오고 있었고, 아지즈는 미국 최고의 방송국이 자신의 또 다른 승리와 지하드를 선언하는 힘을 느껴보고 싶었다.

지나치게 드라마틱한 음악이 뉴스 시작을 알리고 '백악관 위기—3일째'라는 로고가 재빨리 화면을 채우는 것을 바라보며 아지즈는 기대감에 이를 드러내고 웃었다.

톰 브로코가 나와 간단히 언급한 뒤 곧바로 뉴욕 UN 본부에 나가 있는 특파원을 연결했다. 마이크를 잡은 특파원은 최근에 전한 속보를 열심히 되풀이하기 시작했다. UN 안전보장이사회는 군수물자와 무기기술의 수입을 제외한 이라크에 대한 모든 경제적 제재를 철회할 것을 만장일치로 가결했다. UN 회원국들 중 이스라엘이 유일하게 가결안에 대해 항의했지만, 그들은 안전보장이사회의 영구회원이 아니기 때문에 제재의 철회를 막을 수 없었다고 특파원은 전했다.

아지즈는 일어나서 승리의 미소를 날렸다. 또다시 승리한 것이다. 이제 필요한 것은 미국 대통령을 손아귀에 넣고 승리를 완성하는 일뿐이다. 아지즈는 무전기를 집어 들고 꼬마 도둑의 이름을 소리쳐 불렀다.

"무스타파!"

그가 두 차례나 더 호출했을 때, 부하 한 명이 대신 대답해왔다.

"라피크, 저 라지브입니다."

지하 보일러실 문 옆에서 보초를 서고 있던 라지브 카사르였다.

"드릴 소리 때문에 듣지 못한 듯합니다. 그를 불러올까요?"

"그래."

라지브는 자기 무전기를 옆에 늘어뜨린 채 복도를 따라 벙커 쪽으로 걸어갔다. 모퉁이를 돌자 그는 고함을 빽 질렀다.

"무스타파!"

땅딸보가 철문 뒤에서 머리를 내밀고 복도를 살펴보았다. 라지브가 무전기를 들어 보이며 소리쳤다.

"라피크가 자넬 부르고 있네!"

무스타파 야신은 고개를 끄덕인 뒤 라지브 쪽으로 걸어왔다. 그는 귀마개를 벗고 라지브가 건네주는 무전기를 받아 입으로 가져갔다.

"라피크, 접니다."

그는 복도를 계속 걸어가며 큰 소리로 말했다. 드릴 위치에서 멀어질수록 상대방 말이 더 잘 들렸다.

백악관 상황실에 앉아 있는 아지즈는 TV에서 펼쳐지는 UN 얘기를 계속 시청하며 꼬마 도둑에게 물었다.

"일은 어떻게 되어가고 있나?"

"한 시간쯤 더 걸릴 것 같습니다."

"확실해?"

"네. 드릴들이 가까워지고 있습니다. 표시된 곳에 이르면 철문에서 드릴들을 떼어내고 일이십 분쯤 더 만지작거리면 될 것 같은데요."

"드릴들을 떼어낼 시간이 되면 연락하게. 내가 내려갈 테니까."

야신은 그의 말이 잘 안 들려서 무전기에 대고 고함을 질렀다.

"드릴을 떼어낼 때 연락하라고요?"

"그래."

"알겠습니다."

땅딸막한 금고털이는 무전기를 라지브에게 돌려주고 벙커 쪽으로 돌아갔다.

아이린 케네디와 캠벨 장군은 랩의 서관 진입을 모니터하기 위해 CIA 본부 통제실로 돌아왔다. 스탠스필드 국장과 플러드 합참의장은 한 줄 뒤쪽에 조용히 앉아 지켜보며 필요할 경우 승인을 내리거나 의견을 제시하려고 기다렸다. 캠벨 장군이 왼쪽에 앉아 있는 부관을 돌아보며 헤드세트의 마이크를 손으로 가리고 말했다.

"해리스 소령과 델타포스, HRT와의 통신망을 다시 체크하고 지원태세가 제대로 되어 있는지 확인하게."

부관은 고개를 끄덕이고 명령을 수행하러 나갔다.

통제실 정면 벽에는 백악관 내부의 새로운 영상들이 여러 개 추가되었다. 케네디와 캠벨이 가장 흥미롭게 지켜보는 것은 랩과 애덤스의 헤드세트에 장착된 카메라들이 보내오는 영상들이었다. 그들은 터널의 맞은편 끝에 도달하여 복도로 나가는 문을 열기 위해 걸음을 멈추었다. 그 복도는 대통령 경호팀 지휘소인 호스파워로 통하고, 층계를 하나 올라가면 바로 대통령 집무실이 나온다. 문제는 개스킷으로 밀봉된 그 문 뒤쪽을 살펴볼 수가 없어 위험하다는 점이었다.

이때 통제실에서 수집된 한 줄의 정보가 작은 파문을 일으켰다. 무스타파 야신이 아지즈에게 소리친 말이 애너 릴리가 통풍구 안쪽에 설치한 초소형 음성영상감시기에 잡혔던 것이다. 케네디는 즉시 랩과 애덤스에게 대기 명령을 내리고, 테이프를 돌려 야신이 한 말을 확인한 후다시 지시하겠다고 말했다.

무스타파 야신이 소리친 말이 재생되었다. 그 부분을 듣고 난 캠벨 장군이 케네디를 쳐다보며 말했다.

"바로 그거야. 하마터면 뒷북을 칠 뻔했어요. 공격개시 시각을 앞당겨야 해요."

케네디가 동의하자 캠벨은 오른쪽에 앉은 대령에게 즉시 지시했다.

"공격개시 시각을 19시 30분으로 조정하고 각 지휘관에게 전달하게."

케네디는 뒷줄에 앉아 있는 스탠스필드 국장과 플러드 합참의장에게 시간이 새로 조정된 것에 대해 설명했다. 합참의장이 서둘렀다.

"아이언맨을 움직여야겠어. 그가 수집한 정보를 취합하여 전달할 시간이 한 시간도 안 남았잖아."

그러자 캠벨이 머리를 흔들었다.

"전 그렇게 생각지 않습니다. 공격 직전까지 아이언맨에게 대기 명령을 내려야 해요."

"왜죠?"

케네디가 이마를 찌푸리며 물었다.

"해리스 소령과 그 대원들이 20분 내에 점프 준비를 마칠 겁니다. 모든 준비가 되기 전에 위험을 무릅쓸 필요는 없다고 봐요. 공격 준비가 끝나면 압도적 병력으로 완전한 기습을 할 수 있습니다."

플러드는 캠벨 장군의 말에 동의하며 덧붙였다.

"그리고 아지즈가 대통령 몸에 절대 손대지 못하게 해야 해."

"물론입니다."

캠벨은 벙커 문을 보여주는 모니터 화면을 가리키며 말했다.

"감시기로 지켜보고 있으니까 놈이 그런 짓을 하기 전에 저지할 수 있습니다."

케네디가 팔짱을 끼며 완강하게 말했다.

"저는 동의할 수 없군요. 우리는 정보를 수집할 필요가 있다고 생각합니다. 맹목적으로 인질구조팀을 투입할 순 없어요. 그랬다간 큰일을 당할 수 있으니까요."

플러드가 스탠스필드 국장을 돌아보며 물었다.

"토머스?"

은발의 노 국장은 모니터 화면을 10여 초 넘게 응시한 뒤 말했다.

"미치와 상의해 봅시다. 나는 현장에 있는 그의 의견을 우선적으로 들어보고 싶군요."

케네디는 지체 없이 책상 위의 헤드세트를 집어 들고 립 마이크를 입으로 가져갔다.

"통제소에서 아이언맨에게. 어서 받아요."

미치 랩은 강화된 철문에 등을 기대고 서서 참을성 있게 기다리고 있었다. 그의 생각은 아지즈의 이마 한가운데 총알을 박아 넣는 것으로 돌아갔다. 랭글리에 있는 사람들에겐 자신의 그런 생각을 말하지 않았고 앞으로도 말하지 않겠지만, 기회가 오면 그는 반드시 그렇게 할 것이었다. 작전상으로도 그렇게 하는 것이 가장 옳게 여겨졌다. 리더를 죽이면 졸개들은 흩어지게 되어 있다. 그런 즐거운 생각을 하고 있을 때 갑자기 상사의 목소리가 끼어들었다. 랩은 등으로 벽을 밀고 바로 서며 응답했다.

"아이언맨입니다. 말씀하세요."

"저들이 60분 이내에 벙커 문을 열 것처럼 보여요."

케네디는 잠시 사이를 두었다가 덧붙였다.

"작전개시 시간까지 당신이 수집한 정보를 취합하여 전달할 시간이 없을 것 같아요."

"그렇다면 당장 움직여야겠군요."

"우린 그러니까…."

케네디는 세 남자를 돌아보았다.

"진행 방법에 이견이 있어요."

랩은 눈동자를 한 바퀴 굴렸다.

"말씀해 보세요."

"작전개시 시각을 19시 30분으로 변경했어요."

랩은 손목시계를 들여다보았다.

"그러면 48분밖에 안 남았네요. 빨리 움직이는 게 낫겠어요."

캠벨 장군이 자기 헤드세트를 꽉 쥐고 케네디 옆에 서 있었다.

"아이언맨, 우리는 20분 이내에 실 식스 대원들을 현장에 투입할 걸세. 그런데 모든 준비를 갖추기 전엔 위험을 무릅쓰고 싶지가 않아."

"하지만 거기에 무엇이 기다리고 있을지 전혀 모르고 있잖아요."

캠벨은 플러드를 한 번 쳐다본 뒤 말했다.

"지금으로선 기습의 이점을 취하는 편이 유리하다고 생각하네."

랩은 화가 났다. 밀트 애덤스가 앉아 있던 자리에서 일어서며 물었다.

"이번엔 뭔가?"

랩은 애덤스에게 손을 저은 뒤 립 마이크에 대고 말했다.

"제 생각은 다릅니다. 폭탄들이 설치되어 있는 자리와 적들을 미리 파악하지 않으면 이 작전은 자살행위나 다름없습니다."

랩은 상대방 반응을 기다렸지만 아무 소리도 들을 수 없었다. 아마도 서로 논의하고 있는 듯했다. 랩은 자기 의견이 반영되지 않은 결론을 그들이 내리는 걸 원치 않았다.

"갑자기 계획을 바꾸자는 얘기가 왜 나오는 겁니까?

케네디가 그 질문을 받았다.

"당신이 통풍구 입구에 설치한 감시기가 야신이 아지즈에게 하는 말을 잡았어요. 야신은 한 시간 내에 드릴 작업이 끝난다고 말했고, 거기서 일이십 분 후면 철문을 열 수 있다고 했어요."

"다른 말은 없었나요?"

"아지즈가 야신에게 드릴을 철문에서 떼어낼 때 다시 연락하라고 지시했죠."

랩은 테러범들의 숫자를 생각했다. 파라 하루트를 통해 알아낸 정보에 의하면 모두 열한 명이었다. 대통령 침실에서 이미 한 놈 제거했으니 이제 열 놈이 남은 셈이다. 랩은 아지즈가 대통령을 벙커에서 끌어내야만 하는 작전상 측면에 초점을 맞추고 그가 다음 계획을 어떤 식으로 끌고 나갈지 추측해 보려고 애썼다. 그러자 번쩍 떠오르는 생각이 있었다.

"야신이 벙커 문을 여는 것을 아지즈가 직접 보고 싶어 한다는 말 아닙니까?"

캠벨 장군이 대신 대답했다.

"그런 것 같네."

"보고 싶어 할 뿐만 아니라, 그는 거기 있어야 할 겁니다. 왜냐하면 대통령이 비밀검찰국 경호원들과 함께 있다는 걸 알고 있거든요."

"그렇겠지."

"대통령을 죽이고 싶든 살리고 싶든, 경호원들을 상대하려면 그는 부하들을 데리고 내려가지 않을 수 없을 겁니다."

"무슨 얘기를 하려는 건가?"

캠벨이 물었다.

"아지즈의 화력이 분산된다는 얘길 하고 있습니다. 우리가 수집한 정보에 의하면 아지즈는 자신을 포함해 열한 명을 데리고 들어왔어요. 내가 한 놈 죽였으니 지금은 열 명입니다. 그 중 한 놈은 옥상에 있고, 두놈은 벙커가 있는 지하실에 있습니다."

랩의 머릿속에는 이미 구체적인 계획이 떠올랐다.

"우리는 아지즈의 부하들이 분산될 때를 기다렸다가 습격해야 합니다. 그들이 드릴들을 떼어냈을 때부터 적어도 10분간은 공격할 시간이 있습니다. 이 시간 동안에는 인질들을 감시할 테러범이 여섯 명을 넘지않을 것입니다. 아지즈가 부하들을 지하실로 데리고 내려가면 그보다더 적은 숫자가 되겠죠."

CIA 본부 통제실에 있는 사람들도 이제 슬슬 감이 잡혀오기 시작했다. 특히 적의 힘을 분산하길 좋아하는 군사전략가인 플러드 장군이 그 아이디어를 반겼다.

"아이언맨, 그 방법이 마음에 들어. 우리가 대통령께 승인을 받아낼동안 꼼짝 말고 거기 앉아 기다리게."

합참의장은 헤드세트를 내려놓고 스탠스필드 CIA국장을 돌아보며 물었다.

"어떻게 생각하십니까?"

48

　백스터 부통령은 자신의 서재 책상에 앉아 텔레비전을 멍하니 바라보고 있었다. 영상들은 흐릿해 보였고 목소리들은 웅얼거리는 소음처럼 들릴 뿐이었다. 그는 대통령이 되는 생각에 푹 빠져 있었다. 너무나 애틋하고 매혹적인 꿈이라서 그를 환상의 세계로 마냥 끌고 들어가는 것이었다. 어린 시절부터 그는 대통령이 되고 싶다는 꿈을 꾸어왔다. 이제 그 꿈이 곧 이루어지려는 찰나에 그의 발목을 붙잡는 것이 있었다. 그것은 그 자신이 대통령이 된다는 그 자체가 아니라, 테러범들이 헤이즈 대통령을 벙커에서 끌어낼 작업을 하고 있다는 보고를 받았다는 말이 새어나갔을 때 어떤 일이 벌어질 것인가 하는 문제였다.

　백스터는 여러 각도에서 생각하기 시작했다. 그리고 홍보에 대해서도 생각했다. 첫째, 이 모든 사태가 벌어졌을 때 그는 뉴욕에 있었다. 그는 백악관에서 커피나 한잔하자고 테러범들을 초대한 일이 결코 없었다. 둘째, 그는 펜타곤 최고위 장성들이 새 벙커 안으로 대피한 대통령은 절대 안전하다고 확신하는 말을 분명히 들었다. 테러범들이 대통령을 끌어내려 하고 있을지 모른다는 플러드 장군의 정보는 무시해야 할 것이다. 그 정보는 모호하고 불완전한 것이라고 우길 수밖에 없다. 게다가 실 식스 대원 두 명이 환기통으로 침투하다 실패한 일로 아지즈의 경고를 촉발했다는 얘기도 떠들어댈 수 있을 것이다.

그렇지만 댈러스 킹의 주장은 옳은 것으로 판명될 것이다. 결국 그들은 도덕적으로 우월한 것에 기댈 수밖에 없고, 그것은 인질들의 생명을 구하는 일이었다. 대통령이 위험하다는 정보가 완전한 것도 아닌데, 단지 그것을 확인하기 위해 인질들의 생명을 위태롭게 만드는 짓은 양심상 할 수가 없었다.

댈러스 킹이 바나나를 먹으며 서재 안으로 들어왔다.

"우린 얘기를 좀 해야만 해요."

그는 커다란 서재를 가로질러 걸어와 부통령 책상 앞에 놓인 두 개의 의자 중 하나에 앉더니 바나나를 또 한 입 베어 물었다.

백스터는 텔레비전 리모컨을 집어 들고 음소거 버튼을 눌렀다.

"무슨 얘기?"

"UN에서는 모든 일이 잘 돌아갔는데, 내일 일이 약간 걸리네요."

"왜?"

백스터는 오른쪽 팔꿈치를 의자 팔걸이에 세우고 손바닥으로 턱을 괴었다.

"방금 테드와 통화했는데, 이스라엘이 흔들어대기 시작한대요."

댈러스 킹은 부통령 국가안보보좌관인 테드 넬슨 얘기를 하고 있었다. 그리곤 의자에 기대앉아 바나나의 남은 부분을 베어 먹었다.

"걔들이 왜 또 그런대?"

"아지즈의 최종 요구가 뭔지 자기들도 안다고 생각하고 있는 거죠. 그리고 협조할 수 없다는 것을 알리려는 거겠죠."

"그들은 아지즈의 최종 요구가 뭐라고 생각한대?"

"미국과 UN에게 자유롭고 자치적인 팔레스타인 국가의 승인을 요구할 것으로 생각하고 있답니다."

"그리고?"

백스터는 별것도 아니란 듯이 어깨를 으쓱했다.

"이스라엘은 그런 동의에 전혀 굴하지 않겠다고 말했답니다. 테드의 정보원들은 네 시간 후면 이스라엘 방어군에 비상동원령이 내리고, 아지즈가 자유롭고 자치적인 팔레스타인 국가 승인을 요구하면 그 지역들을 점령할 것이라고 합니다."

"빌어먹을!"

백스터가 의자를 앞으로 돌리며 소리쳤다.

"이스라엘 대사에게 전화해서 만약 그런 짓을 하면 원조를 완전히 끊어버리겠다고 말해!"

킹은 금발을 좌우로 흔들었다.

"당신은 그럴 수 없어요. 그들도 그걸 알고 있고요. 이스라엘에 우호적인 상하원 의원들이 너무 많거든요."

백스터는 울화통을 터뜨렸다.

"빌어먹을, 못할 것도 없어!"

대통령 비서실장은 성마른 상사를 바라보며 진정되기를 기다렸다. 한참 후에야 그는 말했다.

"이스라엘과 싸우는 건 틀린 정책이에요. UN에도 끔찍한 결과를 초래할 뿐만 아니라, 할리우드의 큰 기부자들에겐 더 나쁜 영향을 미치죠. 내게 모두를 행복하게 만들어줄 아이디어가 있다니까요."

킹은 싱긋 웃으며 두 다리를 포개고 상체를 뒤로 젖혔다.

백스터가 신경을 곤두세우고 말했다.

"빨리 말해 봐. 나도 한가한 사람 아니니까."

"이스라엘과 막후교섭을 벌일 때라고 생각해요. 아지즈가 그런 요구를 해오면 강력히 항의하겠지만 군사적 행동은 취하지 않겠다고 말하는 거예요. 그 대신 두 번째 인질 그룹이 풀려나는 즉시 백악관을 탈환하겠다고 약속하는 거죠."

"그럴 계획은 없었던 걸로 아는데."

"저도 처음엔 그렇게 생각했었죠."

킹은 조심스레 말했다.

"그런데 좀 더 생각해보니, 당신이 너무 무기력해 보이는 것도 바람직하지 않더라고요. 하지만 인질 3분의 2를 구출한 후에 백악관 탈환 명령을 내린다면…."

금발의 청년은 미소를 지은 뒤 말을 이었다.

"당신은 탁월한 협상가일 뿐만 아니라, 필요할 때는 매우 단호해질 수도 있는 정치가로 비칠 거예요."

그리고 그 과정에서 내 문제까지 깨끗이 해결해주는 천사도 되겠지, 하고 킹은 속으로 생각했다.

"그럴지도 모르겠군."

백스터는 이마를 찌푸리고 이 새로운 전략에 대해 생각했다. 그는 시계를 들여다보더니 킹에게 물었다.

"그런데 스탠스필드 국장과 플러드 장군은 왜 이런 정보를 내게 보고하지 않았지?"

킹은 어깨만 으쓱했다.

"테드가 안다면 그들도 당연히 알 거 아니야?"

"글쎄요. 테드의 정보원이 더 나은지도 모르죠."

"말 같지도 않은 소리!"

백스터는 코웃음을 쳤다.

"토머스 스탠스필드보나 더 나을 순 없어."

전화기로 손을 가져가던 백스터는 플러드와 스탠스필드가 어디 있는지조차 모르고 있다는 것을 알았다. 하긴 그런 일은 심복에게 맡기면 될 일이었다. 자신은 더 중요한 일에 시간을 써야만 한다. 부통령은 커다란 책상을 건너다보며 명령했다.

"플러드 장군과 스탠스필드 국장을 전화로 불러주게."

스탠스필드는 대테러센터 회의실로 돌아가서 대통령께 전화하는 것이 낫겠다고 판단했다. 그래서 그와 플러드, 캠벨, 케네디는 통제실을 떠나 회의실로 이동했고, 유리로 둘러싸인 방 안으로 들어갔다. 1분도 안 되어 랩과 대통령이 모두 연결되었다.

플러드 장군은 마지막 10분 전까지 기다렸다가 공격을 개시하자는 랩의 계획에 대해 대통령에게 간략하게 보고했다. 헤이즈 대통령은 조용히 듣고 난 뒤에 물었다.

"만약 그 시간이 지나도록 우리가 너무 오래 기다리게 되면 어떻게 되는 건가?"

그 결과에 대해 어렴풋이 짐작하고 있는 말투였다.

"계산이 빗나가면 각하, 모두가 위험에 빠질 수도 있습니다."

캠벨 장군이 대신 대답했다. 그러자 랩이 끼어들었다.

"캠벨 장군, 델타포스가 관저를 맡기로 했죠?"

"그렇다네."

"그들이 대기지역에서 백악관까지 오는 데는 몇 분이나 걸리죠? 헬기의 엔진 가열 시간과 저격수들의 발사준비 시간까지 감안해서요."

"그레이 대령은 2분 내에 열두 명의 대원을 옥상에 내려놓을 수 있다고 했네. 그다음 열두 명을 현장에 내려놓는 데는 30초밖에 안 걸린다고 했어."

"미안하지만 하나 물어보겠소."

벙커 속의 대통령은 이마를 찌푸리며 물었다.

"헬리콥터로 그렇게 많은 사람들을 옥상에 내려놓을 수 있다면, 왜 번거롭게 실 대원들을 옥상에다 낙하시키려는 거지?"

플러드 장군이 대답했다.

"기습의 이점을 살리기 위해섭니다, 각하. 헬리콥터로 부대를 이동하기 시작하면 언론 매체들과 수천 명의 시민들이 보게 됩니다. 그래서 아무도 모르게 실 대원들을 착륙시켜 관저 안으로 침투시키려는 겁니다. 위험하긴 하지만 그 방법밖에 없습니다. 서관에 있는 인질들을 구하기 위해 HRT를 투입하려면 폭탄들을 먼저 제거해야 하니까요."

랩은 자기 계획을 밀어붙일 기회를 잡았다.

"저도 한 말씀 올리겠습니다. 각하를 빼내기 위해 아지즈가 부하들을 데리고 벙커로 내려갈 때까지 기다린다면, 우리가 인질들을 성공적으로 구출할 수 있는 가능성이 훨씬 커질 것입니다."

플러드 장군은 그 생각이 마음에 들어서 거들었다.

"정말 좋은 계획입니다. 각하께서 벙커 속에 안전하게 계시는 동안 테러범들의 힘을 분산시켜 놓고 서관에 있는 인질들을 구출할 수 있습니다. 그러면 여덟 명의 테러범을 상대하는 대신 대여섯 명만 처리하면 됩니다."

"그러면 인질들을 구할 기회가 커진단 말이죠?"

"그렇습니다."

헤이즈 대통령은 조금도 망설이지 않았다.

"그러면 그렇게 하시오."

회의실을 노크하는 소리가 나더니 플러드 장군의 부관이 들어왔다.

"죄송합니다, 장군. 백스터 부통령께서 장군님과 스탠스필드 국장님과 즉시 통화하고 싶다고 하십니다. 괜찮으시다면 이쪽으로 연결해 드리겠습니다."

천장의 스피커 시스템을 통해 헤이즈 대통령의 목소리가 울려 퍼졌다.

"이제 백스터 부통령에게 그의 삼일천하는 끝났다고 말해줘야 할 때가 된 모양이군."

플러드 장군이 부관에게 말했다.

"이쪽으로 연결하게."

10초쯤 후 메인 텔레콤 콘솔에 연결된 한 전화기가 울리기 시작했다. 아이린 케네디가 해당 버튼을 눌러 새 팀을 텔레 컨퍼런스 안으로 불러들였다. 그녀는 자기 상사와 플러드에게 고개를 끄덕여 전화가 연결되었음을 알렸다.

플러드 합참의장이 깊숙한 저음으로 받았다.

"백스터 부통령이십니까?"

여자 목소리가 부통령을 연결할 테니 기다려 달라고 말했다. 침묵 속에서 그들은 먼저 전화를 걸어온 사람을 1분 이상 기다려야만 했다. 아무도 입을 열지 않았다. 모두가 미국 정계에서 가장 막강한 두 선수가 맞붙는 순간을 지켜보기 위해 숨을 죽이고 기다렸다. 마침내 부통령이 나왔다.

"플러드 장군, 듣고 있소?"

"네, 스탠스필드 국장과 함께 듣고 있습니다."

"좋습니다."

백스터는 묘한 뉘앙스를 풍기는 목소리로 말했다.

"방금 걱정스러운 정보를 하나 입수했소."

부통령은 그게 뭐냐고 그들이 물어보길 기다렸다. 두 사람 다 입을 다물고 있자 그는 다시 말했다.

"내 국가안보보좌관이 방금 이스라엘이 어떤 협박을 하고 있다고 알려왔소."

백스터는 다시 스탠스필드나 플러드가 무슨 반응을 보이길 기다렸다. 그러나 두 사람은 서로의 얼굴만 쳐다보며 아무 말도 하지 않았다. 긴장된 분위기만 아니라면 그들은 다가올 순간을 즐기며 미소 짓고 있었을 것이다. 백스터가 약간 당혹스러운 목소리로 물었다.

"당신들은 그런 소문을 듣지 못했습니까?"

"들었습니다."

플러드 장군이 대답했다.

"그렇다면 왜 나한테 보고하지 않았소?"

플러드는 스피커를 쳐다보며 대통령이 언제쯤 대화에 끼어들 건가, 하고 생각했다.

"저희들이 좀 바빴습니다."

"바빴다고?"

백스터는 코웃음을 쳤다.

"너무 바빠 중대한 정보를 전군 총사령관에게 보고할 시간도 없었단 말이오?"

"전군 총사령관이라."

로버트 헤이즈의 목소리가 스피커에서 흘러나왔다. 화가 나지도 않았고 단지 자신에 찬 목소리였다.

"난 그렇게 생각지 않소, 셔먼."

스탠스필드 혼자만 태연한 표정을 유지했다. 플러드와 캠벨, 케네디 등은 모두 만족한 웃음을 얼굴에 떠올렸다. 백스터가 반응을 보이기까지는 긴 침묵이 이어졌다. 그는 거짓 안도와 두려움이 섞인 목소리로 물었다.

"로버트, 당신입니까?"

"그렇소, 셔먼."

"어떻게… 무슨 일이… 어떻게 연락이 닿았습니까?"

"그건 알 것 없고, 난 당신이 우리 외교정책과 국가안보를 반세기쯤 후퇴시키는 데 극적인 역할을 했다고 듣고 있소."

"무슨 소릴 듣고 그러시는지 모르겠군요."

백스터의 목소리는 겁에 질려 있었다.

"하지만 미국인의 생명을 구하는 일과 외교정책을 함께 고려하긴 쉬운 일이 아니었습니다. 우린 나름대로 열심히 한답시고…."

헤이즈 대통령의 그의 말을 댕강 잘랐다.

"당신과 머지 튜트윌러, 당신의 애완견인 댈러스 킹이 해온 행동들은 충분히 보고받았소. 조금도 마음에 안 들더구면. 지금은 당신들과 입씨름할 시간도 힘도 인내심도 없소. 그렇지만 내가 여기서 나가면 당신은 여러 가지 해명을 좀 해야 할 거요."

"잠깐만, 로버트!"

백스터의 목소리는 긴장으로 깨어질 듯했다.

"당신은 뭔가 큰 오해를 하고 있는 듯합니다. 플러드 장군과 스탠스필드 국장이 뭐라고 얘기했는지 모르지만, 난 당당하게 설명할 수 있습니다. 이 위기 상황에서 내가 내린 모든 결정들은 나름대로 최선을 다한 것이었소."

"당연히 그러시겠지."

헤이즈 대통령은 회의적인 말투로 대꾸했다.

"당신은 권좌에 앉을 찬스를 잡았다가, 모든 것을 엉망으로 망쳐버렸어. 이제 그 자리에서 물러나 프로들에게 일을 맡길 때가 되었소."

"그렇지만 로버트…."

"그렇지만은 무슨! 얘긴 끝났소, 셔먼!"

잠시 후 부통령이 전화기를 내려놓는 소리가 들렸다. 그 뒤를 긴 침묵이 이었고, 마침내 대통령의 목소리가 스피커를 통해 흘러 나왔다.

"그런데 우리 어디까지 얘기했더라?"

49

공군 MC-130 컴뱃 탤런이 워싱턴 D.C. 1만 피트 상공을 선회하고 있었다. 제1 특수전 비행단 소속의 이 수송기는 특수부대원들의 투입과 철수에 없어서는 안 될 소중한 자원이었다. 해리스 소령은 개량된 C-130의 화물칸에 서서 열린 램프 밖으로 도시를 내려다보았다. 뒤쪽으로 바람이 씽씽 몰아쳤고, 네 대의 엔진이 우르릉거리는 소리에 교신이 어려웠다. 해리스의 오른쪽으로 오렌지색 태양이 지평선 아래로 지고 있었다. 왼쪽으로는 비를 머금은 시커먼 먹구름이 몰려왔다. 해가 지고 어두워지는 것은 반길 일이지만 비바람이 몰아치면 낙하산을 타기 어렵다.

조종사들은 백악관 동쪽 8킬로미터 상공에서 24킬로미터의 공중회랑을 오르락내리락하며 비행하고 있었다. 해리스와 그의 실 대원들은 점프란 점프는 모조리 다 해보았다. 고공에서 낙하하여 저공에서 낙하산을 펴는 할로 점프, 고공낙하 고공개산(高空開傘)의 하호(HAHO) 점프는 물론이고, 500피트 상공부터 3만 피트 상공에 이르기까지 스태틱 라인 점프를 모두 끝낸 대원들이었다. 8년 전 비밀검찰국 훈련에 참가했을 때 그와 대원들은 공군 전략수송기 C-141 스타리프터에서 하호 점프를 감행했다. 고도 2만 5천 피트 상공에서 그들은 비행기에서 점프하여 낙하산을 펼쳤다. 그들은 약 8킬로미터 고공에서 이중차양 낙하산을 기술적으로 조정하면서 70킬로미터가 넘는 거리를 날아 대통령 관저 옥상에 사뿐히 내려앉았다. 비밀검찰국은 처음엔 그 결과에 대해 충격을 받았다. 그러나 실 대원들과 마주앉아 얘기해 보니 그런 점프에 요구되는 고급 기술을 익히려면 여러 해 동안의 훈련이 필요하다는 것을 알게 되었다. 그리고 테러범들이 그런 작전을 모두 성공적으로 수행해 내기란 불가능하다는 결론을 내렸다.

해리스와 그의 부하들은 이제 자신들의 점핑 기술들을 총동원해야 할 판이었다. 캠벨 장군이 조금 전에 전해온 계획의 새로운 양상은 확률적으로 실 대원들에겐 악몽과도 같았다. 아예 점프할 시간을 정할 수 없게 되어버린 것이다. 그들은 아지즈가 움직일 때까지 기다렸다가 재빨리 비행기를 현장에 투입해야만 했다.

그러나 8년 전에 했던 점프를 다시 할 수는 없었다. 그 정도 고도에서 점프를 하려면 해리스와 부하들은 물론 조종사들까지도 이륙 한 시간 전부터 산소호흡을 해야만 했다. 하지만 해리스의 계획이 승인되었을 때는 그런 것을 할 시간이 남아 있지 않았다. 그래서 그들은 1만 피트 상공에서 점프하여 백악관을 향해 자유낙하 활공을 한 다음 1천 피트 상공에서 낙하산을 펴고 마지막 구간을 내려가기로 결심했다.

해리스 소령은 램프 뒤에서 물러서며 대원들에게 비가 내릴 것 같다고 알려주었다. 화물칸 안에는 그들의 야간 시력을 돕기 위해 빨간 불이 켜져 있었다. 해리스는 낙하산 교관인 거구의 믹 리버즈 상사를 데려왔고, 실 팀 식스의 최고 저격수이자 폭파 전문가인 토니 클라크와 조던 로시타인을 차출했다. 네 사람은 상하가 붙은 검정색 전투복을 입고 발라클라바(어깨까지 덮는 털모자—옮긴이)와 장갑을 착용하고 있었다. 방화 소재를 사용한 의류들로 폭발물을 다루는 작전에서는 필수적이었다. 지상에서의 작전이므로 네 대원은 9밀리 지그자우어 P226 권총과 소음기를 장착한 MP-10으로 무장하고, 케블러 방탄복 위에 껴입은 전술조끼 주머니에 여분의 탄창들도 챙겨 넣었다. 지상에서 점검을 이미 마친 모토롤라 MX-300 무전기는 스로트 마이크와 이어폰이 장착된 것이었다.

바람소리 때문에 해리스 소령은 부하들에게 바짝 다가가서 고함을 질렀다.

"동쪽에서 폭풍우가 다가오고 있는데 심상치가 않아!"

클라크는 해리스 소령을 쳐다보며 고개를 끄덕였다. 10년 이상 해리스와 함께 지내온 클라크는 폭풍우 속이라고 점프를 마다할 소령이 아님을 잘 알고 있었다. 그는 고글을 조정한 뒤 해리스 쪽으로 몸을 숙이며 큰 소리로 대답했다.

"우린 빗속으로 점프하진 않을 겁니다, 해리!"

해리스는 고개를 끄덕인 뒤 램프 쪽을 돌아보며 투덜거렸다.

"두고 봐야지."

기체 뒤쪽으로 그는 점점 심해지는 폭풍우 징후를 볼 수 있었다. 갑자기 하늘에서 번개가 번쩍 하더니 지상을 향해 두 갈래로 갈라져 내려갔다. 뒤이어 요란한 천둥소리가 엔진 소리를 삼켜버렸다. 체사피크 위로 쏟아지는 빗줄기가 보였다. 비는 곧 메릴랜드 외곽을 지나 수도를 감쌀 것이다. 시간은 기껏해야 30분밖에 남지 않았고, 빗속으로 점프하는 건 자살행위에 가까웠다.

랩과 애덤스는 나갈 준비가 되었다. 두 사람은 철문 뒤에서 최종점검을 했다. 만약 일이 꼬이면 20초 내로 인질구조팀이 투입되고, 2분 내로 델타포스가 현장에 도착하여 대통령을 지켜줄 수 있을 것이었다. 지금은 위험을 무릅쓰고 주사위를 던져야 할 때였다. 애덤스가 비밀번호를 찍기 전에 랩은 물었다.

"나가도 되겠어요, 영감님?"

노인은 야구 모자를 벗고 손수건으로 검은 대머리에 맺힌 땀을 닦은 다음 다시 모자를 썼다. 그리곤 고개를 끄덕이며 대답했다.

"준비됐네."

미치 랩은 마지막으로 자기 장비들을 재빨리 살펴본 뒤 마이크에 대고 말했다.

"아이언맨이 통제실에. 우리는 들어갑니다. 오버."

랩이 고개를 끄덕이자 애덤스가 비밀번호를 입력하기 시작했다. 개스킷으로 밀봉된 문에서 공기가 빠지는 소리가 나자 애덤스는 뒤로 한 걸음 물러섰다. 랩이 앞장을 섰다. 철문 뒤에 무엇이 기다리고 있을지 전혀 모르는 상태였다. 문에 부비트랩이 설치되어 있을 수도 있고, 아지즈가 보초를 세워 놓았을지도 모른다. 랩은 추측할 수밖에 없었다. 부하들이 적어 아지즈는 여기까지 보초를 세울 여유가 없었을 것이다. 이 추측은 옳은 것으로 확인되었다.

더 큰 걱정은 폭탄이었다. 랩은 애덤스를 철문 안쪽 벽으로 밀어붙이고 손잡이를 잡았다. 그리곤 잠시 기다렸다 고개를 돌리고 손잡이를 눌러 문을 5센티가량만 당겨 열었다. 혹시 터질지도 모르는 폭탄의 파편을 피하기 위해 철문 뒤에 몸을 숨기고 인계철선이 안전핀을 뽑아내는 소리가 들리지 않는지 귀를 곤두세웠다. 안전을 위해 그는 속으로 다섯까지 세었다. 왼손으로 MP-10을 꽉 잡고 오른손을 뒤로 내밀자 애덤스가 뱀 대가리를 건네주었다. 랩이 작은 광학렌즈 카메라를 모서리로 내밀었다. 그는 왼쪽과 오른쪽, 그리고 위쪽을 스캔했다. 희미한 영상들이 CIA 본부로 전해지고 있었다. 그의 헤드세트를 통해 캠벨 장군의 목소리가 흘러나왔다.

"아무 이상도 없어 보인다, 아이언맨."

랩은 더 자세히 살펴보기 위해 문 밖으로 내다보았다. 오른쪽으로는 가파른 콘크리트 계단이 보였다. 랩은 복도가 캄캄하기를 바랐다. 그런데 대통령 집무실로 올라가는 계단을 두 개의 전구가 희미하게 밝히고 있었다. 바로 앞쪽에 호스파워로 들어가는 문 아래로 하얀 불빛이 새어나왔다. 그곳은 경보 시스템과 감시 카메라들을 모니터하는 비밀검찰국의 대통령 경호팀 지휘소였다. 지상에 설치된 카메라들과 서관, 대통령 관저, 동관 내부의 모든 비디오 자료는 도로 건너편 행정부 청사 5층에 새로 설치한 연합작전센터에서 모니터링하고 있었다. 호스파워의 주요 임무는 대통령과 대통령이 있는 구역을 지키는 것이었다. 그 나머지 모든 일들은 제복경찰대의 책임이었다. 비밀검찰국 보고에 의하면 테러범들은 백악관을 점령한 이후 건물 안팎의 감시 카메라들을 하나하나 차단하기 시작했다. 아지즈는 자신이 하는 일을 비밀검찰국 요원들에게 보이고 싶지 않은 것이 분명했다. 미치 랩에게 주어진 임무는 그 카메라들 중 몇 개가 아직 작동하고 있으며, 테러범들이 그것을 모니터링하고 있는지 확인하는 일이었다.

철문 뒤에서 완전히 나온 랩은 호스파워 바깥쪽에 있는 작은 층계참으로 조심스레 발을 내딛었다. 애덤스가 바짝 가까이 따라 나와 작은 렌즈를 방문 아래로 밀어 넣고 좌우로 돌려보았다.

랩은 노인의 어깨 너머로 살펴보았다. 낡은 철제 책상들이 먼저 눈에 들어왔고, 두 사람은 곧 무언가를 발견했다. 랩은 애덤스에게 뱀 대가리를 빨리 빼내라는 신호를 보냈다. 방 안 맞은편에 한 사내의 어깨와 머리가 보였다.

"탱고 한 놈 발견."

캠벨 장군이 랩의 헤드세트를 통해 말했다.

"저건 제어반이야. 저자가 뭘 들여다보고 있는지 가까이서 보여줄 수 있겠나?"

애덤스가 책상에 앉아 있는 사내를 향해 렌즈를 조정했다. 테러범 앞에 있는 것은 철제 선반 위에 올려놓은 열두 대의 소형 흑백 모니터들이었다. 맨 아랫줄 가운데 두 대는 사내의 머리통에 가려져 안 보였지만, 나머지 열 대의 화면에는 모두 백악관 외부 풍경들이 담겨 있었다.

랩은 문에서 돌아서서 최대한 작은 목소리로 물었다.

"이걸 녹화하고 있겠죠?"

"그렇지."

캠벨이 대답했다.

"좋아요. 여기에 모니터를 하나 심어놓고 이동하죠."

랩은 주머니에서 초소형 영상음성 감시기를 꺼내어 바닥에 고정시킨 뒤 가느다란 광학 카메라를 최대한 길게 문 아래로 내밀었다.

"새 신호가 잡힙니까?"

그의 물음에 캠벨 장군이 대답했다.

"아주 잘 잡혀."

랩이 애덤스의 어깨를 치자, 노인은 문 아래로 내밀었던 뱀 대가리를 회수하여 느슨한 고리에 걸었다. 랩은 허리를 굽히고 부비트랩 인계철선이 없는지 체크한 뒤 안전하다는 것이 확인되자 앞으로 이동했다. 계단 위는 층계참 없이 대통령 집무실과 전용 식당 사이의 공간으로 바로 이어졌다. 애덤스가 빗장을 가리키며 말했다.

"안쪽으로 열려."

랩은 고개를 끄덕였다. 벽에 구멍을 뚫고 카메라를 밀어 넣어 반대쪽을 살펴보는 쪽이 더 안전하겠지만 그럴 시간이 없었다. 그는 MP-10을 발사할 준비를 한 뒤 빗장을 눌렀다. 벽의 좁다란 패널 조각이 안쪽으로 팍 열렸다. 랩은 그것을 더 크게 열고 복도를 가로질러 헤이즈 대통령의 개인 서재 쪽을 바라보았다. 즉시 콧속으로 심한 악취가 밀려들었다.

악취가 계단으로 밀려들어오자 랩은 입으로 숨을 쉬기 시작했다. 애덤스의 재채기를 떠올린 그는 뒤를 돌아보며 조용히 말했다.

"여기 어디에 시체들이 있는 모양입니다. 괜찮겠어요?"

노인은 고개를 끄덕인 뒤 랩에게 계속 가라는 손짓을 했다.

랩은 애덤스에게 그 자리에 잠시 대기하라는 손짓을 한 뒤 오른쪽으로 이동하여 벽에 몸을 붙였다. 쇠잔해가는 저녁 햇빛이 창문을 통해 들어왔다. 앞쪽 식당에는 천장의 전등이 테이블 램프처럼 환하게 켜져 있었다. 마치 건물이 시간 속에 갇힌 것처럼 보였다. 반쯤 마시다 둔 커피 잔들이 식탁 위에 어지러웠고, 쟁반들이 가득 담긴 트레이는 치워줄 손길을 기다리고 있었다. 오른쪽에 있는 식품저장실 문이 열려 있어서 랩은 중앙 복도를 들여다볼 수 있었다. 그 때문에 그는 한 걸음 물러섰다.

랩이 본 것은 모두 CIA 본부 사람들도 보고 있었다. 그의 헤드세트로 캠벨의 말이 흘러나왔다.

"아이언맨, 자네 왼쪽에 로즈 가든으로 나가는 문이 있네."

랩이 그쪽으로 고개를 돌리자 장군이 말했다.

"바로 거기야. 폭탄이 설치되어 있는지 점검해 보게."

"알겠습니다."

랩은 복도에 아무도 없는지 확인한 뒤 식당 테이블 왼쪽으로 돌아갔다. 문 옆에 커다란 식물을 심은 화분이 서 있고 뒤에 회색의 금속 상자가 숨겨져 있었다. 대통령 침실에서 발견했던 것과 똑같은 폭탄이었다.

그 옆으로 작은 나사못들을 따라 가는 철선이 이어져 있었다. 낚싯줄보다 더 가느다란 그 철선은 문 아래쪽을 지나 나사못 고리를 통해 벽을 타고 1미터쯤 올라간 다음 거기서 다시 나사못 고리를 지나 문을 수평으로 가로질렀다. 랩은 철선을 따라 문 반대쪽으로 걸어가서 멈춰 섰다.

"빌어먹을!"

"왜 그러나?"

캠벨 장군이 물었다.

"철선이 안 보입니까?"

"안 보여."

"문 아래쪽을 지나 1미터쯤 올라간 뒤 다시 문을 가로질렀습니다. 그런데 문제는 철선이 거기서 끝나지 않는다는 겁니다."

랩은 철선이 이어진 벽을 따라 걸어가며 말했다.

"문에만 쳐진 것이 아니라 벽을 따라 계속 이어져 있어요."

"그건 문제가 될 수 있겠는데."

그들은 문에만 인계철선이 쳐져 있을 것으로 예상했다. 그래서 폭탄으로 벽에 개구멍을 뚫어 인질구조팀을 침투시킬 계획을 세우고 있었던 것이다. 그렇지만 벽을 따라 쳐져 있다면 그런 방법은 안 통한다.

"저는 계속 이동하겠습니다. 실 대원들이 잘해주지 않으면 큰 곤경을 당하겠는데요."

랩은 방의 반대편 끝으로 재빨리 돌아갔다. 그는 짧은 복도로 들어가지 않고 식품저장실을 통해 서관 1층 중앙 복도로 나가는 문으로 다가갔다. 소음기가 장착된 기관단총 손잡이를 꽉 움켜쥐고 조금씩 전진하던 그는 복도 카펫 위에 말라붙은 핏자국을 발견했다. 핏자국은 양쪽 방향에서 시체들을 끌고 나온 것처럼 남아 있었고, 복도를 가로질러 오른쪽에 있는 방으로 이어졌다.

닫혀 있는 그 문 뒤에 무엇이 있는지 랩은 생각하고 싶지도 않았지만, 이 끔찍한 악취의 진원지가 그 방인 것만은 분명했다. 복도 아래 위를 훑어보던 그의 눈에 왼쪽에 있는 또 하나의 폭탄이 들어왔다. 그는 몸이 저절로 움츠러들었지만 머리에 장착한 카메라를 그 회색 금속상자에 맞추려고 애썼다. 이건 생각했던 것보다 훨씬 더 심했다. 테러범들은 폭탄을 밖으로만 설치한 것이 아니라 안쪽에도 설치하여 구멍 난 곳을 보완하고 있었다. 랩은 애덤스가 있는 곳으로 물러가며 캠벨에게 물었다.

"두 번째 폭탄과 그 위치를 확인하셨습니까?"

"물론이지. 그런데 카펫 위에 보이는 얼룩이 역시 그건가?"

"네, 마른 핏자국입니다."

밀트 애덤스가 있는 곳으로 돌아온 랩은 두 걸음 더 지나 대통령 집무실 안을 살짝 들여다보았다. 그러자 악취의 진원이 금방 눈에 들어왔다. 두 소파 사이의 바닥에 누운 퉁퉁 부어오른 한 구의 시체였다. 사내의 머리는 바닥을 수놓은 대통령 문장 위에 놓였고 그 주위에 커다란 피 웅덩이가 고여 있었다. 랩은 소파를 돌아가서 사내의 얼굴을 보려고 했지만 소용없었다. 볼과 목 부분이 너무 부어올라 드레스셔츠와 넥타이가 터질 것만 같았다. 사내의 두 손도 마찬가지였다.

랩은 대통령의 책상 뒤쪽으로 돌아가 타원형으로 휘어진 벽을 살펴보았다. 오벌 콜로네이드로 나가는 문 옆에 또 한 개의 폭탄이 설치되어 있었고, 인계철선이 수평으로 두 차례 벽을 지나갔다. 랩은 한숨을 토해내며 마이크에 대고 말했다.

"다른 방에 설치된 것과 같은 폭탄입니다. 영감님과 함께 방 안을 살펴보려고 합니다."

애덤스는 문간에 서서 바닥에 있는 퉁퉁 부어오른 시체를 보고 있었다. 랩이 가까이 다가와서 물었다.

"누군지 알아보겠어요?"

노인은 고개를 저었다.

랩은 자신들이 걸어온 쪽으로 총구를 돌렸다. 식당 안으로 들어가자 오른쪽으로 벽에 찰싹 달라붙어 총을 수평으로 유지했다. 그리곤 애덤스를 돌아보며 물었다.

"홀을 가로질러 오른쪽에 문이 하나 보이는데 어디로 통하죠?"

"루즈벨트 룸."

"방 안에 뭐가 있습니까?"

"커다란 회의용 탁자 하나만 덜렁 놓여 있지."

랩은 고개를 끄덕이며 말했다.

"좋아요. 제가 이 작은 방에서 영감님을 커버할 테니 루즈벨트 룸으로 가서 문 아래에 뱀 대가리를 부착하고 오십시오. 문 왼쪽에 몸을 바짝 붙여야 해요. 문 가운데 삐쭉 서 있으면 안 됩니다."

애덤스는 작고 새까만 대머리를 끄덕였다. 랩은 총에 맞지 않기 위해 몸을 두는 위치까지도 철저히 지켰다. 그는 식당에서 작은 식품저장실 안으로 들어갔다. 그리곤 중앙 복도로 나가는 문간에서 머리를 내밀고 양쪽을 살펴본 다음, 오른손을 공중에 번쩍 들었다 내리며 애덤스에게 출발 신호를 보냈다.

노인은 식품저장실을 재빨리 지나 복도를 건너갔다. 루즈벨트 룸으로 들어가는 문이 그의 오른쪽에 있었고, 대통령 직무실로 들어가는 문은 거기서 복도를 거의 마주 보고 있었다. 노인은 랩이 지시한 대로 문 왼쪽에 앉아 뱀 대가리를 문 아래로 밀어 넣은 뒤 모니터를 살펴보았다. 처음엔 자기가 보고 있는 것이 무엇인지 알 수 없었다. 바닥에 덩어리들이 놓여 있었고 건너편 벽에는 커다란 회의용 테이블이 뒤집힌 채 옆으로 기대어져 있었다. 무언가가 움직이자 그제야 바닥의 덩어리들이 사람들의 몸뚱이라는 걸 알게 되었다. 움직인 것은 사람 다리였는데, 붉은 줄이 들어간 푸른색 바지를 입고 있었다. 애덤스는 즉시 미 해군 군복이란 걸 알아차렸다.

CIA 본부 통제실에서 캠벨 장군은 헤드 카메라의 영상과 뱀 대가리의 영상을 모두 주의 깊게 관찰하고 있었다. 그의 목소리가 밀트 애덤스의 헤드세트로 흘러나왔다.

"밀트, 방 안 전체를 천천히 한 번 보여준 뒤 문에서 물러나시오."

애덤스는 엄지로 다이얼을 돌리며 뱀 대가리를 왼쪽에서 오른쪽으로 최대한 돌린 뒤 제자리로 돌렸다. 그러자 캠벨 장군이 다시 말했다.

"됐어요. 어서 도망치시오."

노인은 뱀 대가리를 빼내고 복도를 가로질러 랩에게 돌아왔다.

랩이 립 마이크로 소곤댔다.

"통제실, 뭘 보셨습니까? 오버."

"열한 시 방향에 탱고 한 놈이 의자에 앉아 AK-74로 보이는 것을 무릎에 올려놓고 문 쪽을 바라보고 있네."

캠벨 장군이 응답했다. 그때 장군 뒤에서 뭐라고 보고하는 목소리가 랩의 귀에도 들려왔다. 잠시 후 캠벨이 다시 말했다.

"방 안으로 들어가는 문이 두 개 더 있는데, 하나는 막혀 있다고 하는군. 바닥에 앉아 있는 인질의 수가 대여섯 명은 넘을 것 같은데, 몸을 결박하고 머리에는 자루를 씌워 놓은 것처럼 보이네."

랩의 등 뒤에 서서 함께 듣고 있던 애덤스가 거들었다.

"그들 중 하나는 해군입니다."

"그런 것 같소. 테이프를 다시 검토해 보겠지만, 지금 판단으로는 그동안 행방불명되었던 사람들을 찾아낸 것 같습니다."

랩이 모퉁이 밖으로 머리를 내밀고 루즈벨트 룸의 문 아래를 살펴보았다. 그는 애덤스를 돌아보며 소곤댔다.

"영감님, 감시기 하나를 꺼내요. 렌즈를 오른쪽으로 꺾어 문 아래쪽에 고정시키세요. 내가 뒤에서 커버할 테니까."

애덤스는 고개를 끄덕인 뒤 재빨리 복도를 가로질러 가서 감시기를 위치에 놓았다. 랩이 마이크에 대고 물었다.

"통제실, 새 영상의 상태가 어떻습니까?"

"좋아. 방 안을 80퍼센트 정도 볼 수 있네. 탱고도 보이고."

랩은 애덤스에게 말했다.

"검정색 감시기 두 개만 준비해 줘요."

노인이 한 개를 먼저 건네주자 랩은 그것을 들고 복도로 나갔다. 바로 오른쪽에 시든 꽃이 꽂힌 화병을 올려놓은 작은 진열장이 있었다. 랩은 그 진열장 뒤에 초소형 감시기를 부착하고 복도의 한쪽 방향으로 렌즈를 조정했다. 그리고 식품저장실로 돌아와서 노인이 건네주는 두 번째 감시기를 받아들고 가서 이번엔 진열장 아래에 설치하고 렌즈 각도를 반대쪽 복도로 고정시켰다.

50

무스타파 야신은 자신이 하는 일에 대해 자부심을 느꼈다. 그는 일의 진척을 다시 확인하곤 만족해서 히죽 웃었다. 스위치를 내려 세 개의 드릴에 연결된 전원을 차단한 뒤 뚫린 철문 구멍에서 드릴의 날을 뽑아냈다. 구멍들은 진작부터 적절한 깊이까지 도달해 있었다. 꼬마 도둑은 아지즈 같은 사내들처럼 완력을 지니진 못했지만 머리는 누구보다도 영리했다. 사담 같은 인간들과의 거래를 통해 그들의 기대를 충족시키면서 자신의 수지를 맞추는 기술을 일찌감치 터득한 터였다.

세 개의 드릴 중 가장 큰 것은 삼각대 위에 고정되어 있었다. 야신은 드릴 밑 부분을 잡아당겨 삼각대에서 빼냈다. 작은 드릴 두 개는 자석식이었다. 그것들을 철문에서 떼어낸 땅딸보 사내는 도구함에 앉아 담배를 한 대 붙여 물었다. 그리곤 담배연기를 깊숙이 들이마시며 무전기를 집어 들더니 송신 버튼을 눌러 아지즈를 호출했다.

백악관 식당의 주방에서 샌드위치를 씹고 있던 아지즈는 호출 소리를 듣자 무전기를 빼어 들었다.

"무스타파, 라피크야. 무슨 일인가?"

"준비가 되었습니다."

아지즈는 샌드위치를 내려놓고 손가락에 묻은 부스러기를 닦았다.

"다시 말해 보게."

"준비가 끝났습니다. 당신이 내려오면 마지막 단계를 진행하려고요."

아지즈의 얼굴에 갑자기 생기가 돌았다.

"즉시 내려가겠네."

카운터 위에 올려놓은 MP-5를 집어 들고 식당으로 나온 그는 인질들 속에서 특별히 점찍어둔 사람을 찾기 시작했다. 헤이즈 대통령의 마음을 움직일 만한 여자였다. 아지즈는 인질들 주위를 돌며 대통령 여비서이자 다섯 아이의 엄마인 샐리 버크의 얼굴을 찾았다. 만약 대통령 경호원들이 싸우겠다고 달려들면 버크 부인을 방패로 이용할 생각이었다. 아지즈는 여자들 사이에 앉아 있는 그녀를 발견했다. 그는 가늘고 기다란 손가락으로 그녀에게 나오라는 신호를 보냈다.

버크 부인은 겁먹은 표정으로 자신을 가리키며 물었다.

"나요?"

"그렇소, 버크 부인."

아지즈는 미소를 지으며 여자가 일어서는 것을 도와주려고 손까지 내밀었다. 버크는 마지못해 그의 손을 잡고 일어서며 물었다.

"나한테 원하는 게 뭐죠?"

"걱정할 것 없어. 아무 일도 없을 테니. 다만 부인과 대화할 사람이 하나 있지."

"누군데요?"

"걱정 말라니까. 아무 일도 없을 거야."

아지즈는 여자의 어깨를 꼬옥 껴안으며 다시 걱정하지 말라고 안심시켰다. 그리곤 부드럽게 문 쪽으로 돌려 세운 뒤 식당에서 데려나갔다. 그는 무전기를 입으로 가져가서 무아마르 벤가지에게 말했다.

"무아마르, 지금 즉시 기자실로 달려오게."

랩의 왼쪽은 1층 출입구로 이어진 복도였다. 오른쪽엔 기자실과 주랑으로 나가는 문이 있었다. 랩은 그 양쪽을 모두 점검하고 싶었다. 대통령 전용 식당의 문들이나 오벌 오피스의 문처럼 단단히 보호받을 수 있는지 확인할 필요가 있었다. 기자실 쪽으로 걸어갈 때 헤드세트에서 사람들이 지껄이는 소리가 점점 크게 들렸다. 동시에 전방에서도 목소리들이 들려왔다. 그는 재빨리 복도를 되짚어가기 시작했다.

캠벨 장군의 다급한 목소리가 헤드세트에서 흘러나왔다.

"아이언맨, 시간이 다 됐어. 놈들이 드릴을 떼어내고 벙커 문을 열 준비를 하고 있네."

랩은 즉시 응답할 수가 없었다. 눈앞에 닥친 더 급한 걱정거리 때문에 신경을 다른 데로 돌릴 겨를이 없었다. 그는 잠시 후 식품저장실로 돌아와서 복도 바깥쪽에 애덤스와 함께 웅크리고 앉았다. 그리곤 헤드세트 마이크에 대고 소곤거렸다.

"확실합니까?"

"확실해."

"그러면 시간이 얼마나 남아 있죠?"

랩과 애덤스는 대통령 전용 식당을 통해 복도로 나간 다음 벽의 패널 조각을 밀어 열었다.

"확신할 수 없네."

랩은 등 뒤로 벽의 패널을 닫으며 애덤스에게 계단을 내려가라고 손짓했다.

"가장 가까운 예상시간은요?"

다른 사람들과 의논하는 소리가 헤드세트를 통해 들려왔다.

"최대한 10분이야."

랩과 애덤스는 호스파워 바깥 층계참에 도착했다. 랩이 노인을 터널 속으로 밀어 넣고 자신도 따라 들어갔다. 일단 문을 닫고 나자 좀 안심하고 말할 수가 있었다.

"통제실, 옥상에서 시작합시다. 건물 전체에 인계철선이 쳐져 있는데 아직 4분의 1도 못 찾았습니다. 실 대원들이 여기 들어와 뇌관을 제거하고 인질구조대가 들어올 구멍을 만드는 수밖에 없어요."

"다른 문제가 하나 불거졌네. 방금 발견한 건데, 호스파워 안의 모니터들 중 하나가 옥상 카메라인 것으로 밝혀졌어."

랩은 그 문제에 대해 재빨리 생각한 뒤 해결책을 제시했다.

"내가 여기서 기다리죠. 호스파워 안에 있는 탱고가 실 대원들을 발견하면 내가 들어가서 처치하겠습니다."

그는 애덤스를 돌아보며 캠벨의 응답을 기다렸다. 통제실 사람들이 논의하는 소리가 들리지 않는 상태에서 기다리자니 조급증이 일었다. 10초쯤 더 참고 기다리던 그는 립 마이크에 대고 소리쳤다.

"아이린, 거기 있어요?"

"네."

"나도 들을 수 있게 해줘요. 나는 현장에 있는 사람이고, 지금 우리는 문제를 일일이 의논할 시간이 없어요."

플러드 합참의장이 받았다.

"아이언맨, 문제가 좀 복잡해. 우리가 최종 계산한 시간보다 30분가량이나 지체되었는데 또다시 그만큼 지체할 순 없네. 대통령 목숨이 걸린 일이니 말일세."

"그러면 델타포스를 더 빨리 투입해요. 하지만 해리스와 대원들이 먼저 오지 않으면 인질들은 다 죽습니다."

그러자 캠벨 장군이 다시 받았다.

"인질들은 아무래도 살리기 어려울 거야. 현 상황에서 인질구조팀을 투입할 여지는 거의 없다는 얘길세. 투입하더라도 그들이 살아나올 확률은 높아지지 않아."

랩은 화가 치밀어 올랐다. 시간은 자꾸 가는데 사람들은 도망칠 궁리를 하고 있었다.

"나는 도움이 필요합니다. 호스파워 안에 있는 탱고는 내가 처치할 수 있어요. 루즈벨트 룸에 있는 탱고도 가능할지 모르죠. 그렇지만 이 많은 폭탄들을 피해서 식당에 있는 탱고들을 다 처치할 순 없습니다. 누군가는 위험을 무릅써야 하잖아요!"

플러드 장군의 깊숙한 목소리가 헤드세트를 통해 흘러나왔다.

"우리도 인질들이 죽어가는 걸 보고 싶진 않네. 그렇지만 자살행위나 다름없는 임무에 대원들을 투입하고 싶지는 않아."

"우리는 위험한 일을 하기 위해 급료를 받았습니다, 플러드 장군. 당신이 현장에 있고 나이가 스무 살만 젊어도 확률 따위는 따지지 않고 뛰어들고 싶을 겁니다. 해리스와 그 대원들에게 물어보십시오. 틀림없이 그들은 뛰어들려고 할 겁니다!"

잠시 침묵이 흐른 뒤 캠벨 장군의 말이 흘러나왔다.

"자네 말에 동의하네. 우린 일단 시도해야만 해."

케네디와 스탠스필드도 캠벨의 말에 고개를 끄덕였다. 그것이 플러드 합참의장에게 압력으로 작용했다. 위험한 작전이지만 일단 시도할 수밖에 없었다. 플러드도 그걸 모르진 않았다. 잠시 재고할 시간을 준 뒤에 합참의장은 최종승인을 내렸다. 그러자 캠벨 장군은 즉시 앞줄에 앉아 있는 연합특전사 참모들에게 명령을 내렸다. 장교들은 보안 장치가 되어 있는 전화로 명령을 하달하기 시작했다.

MC-130 컴뱃 탤런이 연합특전사 사령관의 작전개시 명령을 하달받았을 때는 낙하지점에서 3분 거리의 상공을 비행하고 있었다. 명령을 받은 항공사가 해리스 소령에게 카운트다운을 통보하자, 낙하산과 배낭을 착용한 네 명의 실 대원들은 램프로 이동했다. 각자의 왼쪽 겨드랑이에는 소음기가 장착된 헤클러 앤드 코흐 MP-10 기관단총이 안전하게 결박되어 있었다.

램프 끝에 네 사내가 일렬로 섰다. 낙하산 교관인 믹 리버즈 상사는 대원들의 낙하산을 마지막까지 점검한 뒤 낙하 출구 바로 앞에 서서 대기했다.

해리스가 리버즈의 옆으로 다가와서 지평선을 살펴보았다. 서쪽 하늘은 해는 이미 졌지만 아직 환했다. 그런데 동쪽 하늘은 북쪽까지 시커먼 구름이 몰려들어 금방이라도 세상을 무너뜨릴 것 같았다. 해리스는 동쪽에서 서쪽으로 달리는 환상도로와 오른쪽에 있는 메릴랜드 대학을 내려다보았다. 그 대학 너머로 보이는 볼티모어 시에는 폭풍우가 몰아치고 있었다. 지상에서 흔들리는 나무들만 봐도 소령은 강풍이 어느 정도인지 알 수 있었다. 믹 리버즈가 소령의 귀에 대고 고함을 질렀다.

"점프하기 기똥찬 날씨군요! 어떤 미친놈이 이런 작전을 세웠죠?"

해리스는 히죽 웃고는 소리쳤다.

"이보다 더 지랄 같은 때도 있었는데 뭘 그래. 뛰어내릴 때 스커트나 잘 걷어 올려. 어디 걸리면 개망신 당하는 수가 있으니까!"

"제기랄, 걸리면 리얼하게 한 번 보여주는 거지 뭐!"

해리스 소령은 껄껄 웃으며 110킬로그램이 넘는 거구의 어깨를 철썩 때렸다. 그리곤 맨 뒤쪽으로 돌아가서 왼쪽 손목에 찬 고도계를 체크한 뒤 낙하 신호를 기다렸다.

조종실의 으스스한 불빛을 뚫고 초록색 점프 라이트가 번쩍이기 시작했다. 리버즈 상사가 즉시 오른손을 쳐들고 대원들에게 준비 신호를 보냈다. 그는 곧이어 낙하 신호를 보낸 뒤 컴뱃 탤런의 램프를 박차고 허공을 향해 몸을 날렸다. 토니 클라크가 그다음 차례였고, 조던 로시타인이 세 번째, 마지막으로 댄 해리스가 비행기에서 뛰어내렸다.

네 명의 대원은 공중에서 180도 회전하여 개구리 자세—사지를 활짝 펼치고 앞쪽으로 약간 굽힌 자세—라고 알려진 자유낙하 자세를 취했다. 어두워지는 하늘에서 대형을 유지하며 앞 사람을 따라가는 데는 그들의 헬멧에 붙인 형광 테이프가 도움을 주었다. 아래쪽 남쪽으로 백악관이 쉽사리 눈에 띄었다.

미치 랩은 새로 불거질 문제들은 생각해 내려고 애쓰며 CIA 본부 통제실로부터 새로운 정보들을 보충해 나갔다. 많은 문제들을 확인했지만 그가 실제로 해결할 수 있는 것은 두 가지뿐이었다. 그는 애덤스를 돌아보며 물었다.

"호스파워로 들어가는 문은 잠겨 있겠죠?"

"그럼."

"에스 키로 열 수 있나요?"

"물론이지."

"그 모니터를 벗어요, 빨리."

애덤스가 가슴에서 모니터를 떼어내는 동안 랩은 립 마이크에 대고 말했다.

"통제실, 지금 영감님을 옥상으로 보내어 실 팀을 터널로 안내하게 할 생각입니다."

캠벨 장군이 받았다.

"정말 그럴 필요가 있을까? 청사진으로 다 확인했는데."

"약간의 실수도 용납 안 되니까요. 영감님이 길을 잘 압니다."

랩은 립 마이크를 위로 올리고 애덤스에게 말했다.

"애너에게 가서 소음기가 장착된 내 권총을 받아 가세요. 영감님의 그리볼버는 사용하면 안 돼요. 애너에게는 즉시 여기로 와서 나를 도와주라고 해요. 그리고 영감님은 뒷계단을 이용해서 옥상으로 올라가세요. 누군가가 무전기로 옥상에 아무 장애물도 없는지 말해 줄 겁니다. 우리 저격수들이 옥상 경비초소에 있는 테러범을 사살하는 소리가 나면 즉시 옥상 뚜껑문을 열고 나가요. 만약 테러범이 그때까지 살아있다면 영감님이 즉시 해치워야 합니다. 그자가 무전기로 연락하도록 두면 절대 안 돼요."

랩은 애덤스에게서 모니터를 받아들고 계단 쪽을 눈짓했다.

"빨리 가세요!"

애덤스는 나이에 비해 놀라울 정도로 민첩하게 계단을 내려간 뒤 터널 속으로 사라졌다. 랩은 시계를 체크한 뒤 헤드세트로 흘러나오는 얘기 소리에 귀를 기울였다. 애너 릴리가 오기를 기다리며 호스파워 바깥에 설치한 초소형 감시기에 모니터를 맞추었다. 테러범의 뒤통수가 화면에 나타났다.

30초도 안 되어 릴리가 옆구리를 잡고 숨을 헐떡이며 계단을 올라왔다. 랩이 그녀를 바라보며 물었다.

"갈비뼈가 아파요?"

릴리는 아픈 표정으로 고개를 끄덕였다.

"잠시 쉬며 내 얘기를 들어요."

랩은 에스 키를 꺼내어 보였다.

"저쪽에 문이 하나 있는데 이걸로 열 수 있어요. 그 방 안에는 테러범 하나가 감시 모니터들을 지켜보고 있죠. 우리가 그자를 없애야 할지도 모릅니다. 하지만 불가피한 경우가 아니면 하고 싶지 않아요."

"나더러 이 열쇠로 그 문을 열라고요?"

"네. 이 문밖으로 나가면 아주 작은 목소리로만 말해야 합니다. 내가 하라는 대로만 하면 아무 일도 없을 거예요."

랩은 비밀번호를 입력한 뒤 문을 열고 층계참으로 걸어 나갔다. 그는 모니터와 MP-10을 바닥에 내려놓았다. 그리곤 한쪽 무릎을 꿇고 앉더니 에스 키의 들쭉날쭉한 끝에 침을 뱉어 축축하게 만들었다. 끝 부분이 충분히 적셔지자 한 손으로 문손잡이를 잡고 모니터와 문손잡이를 번갈아 보며 열쇠를 구멍 속으로 조심스레 밀어 넣었다. 열쇠가 3분의 1쯤 들어갔을 때 그는 동작을 멈추었다. 테러범이 의자 뒤로 몸을 젖히며 두 손을 깍지 끼어 뒤통수에 베었다. 랩은 5초쯤 움직이지도 숨도 쉬지 않고 있다가, 이윽고 천천히 열쇠를 끝까지 밀어 넣었다.

그는 뒤를 돌아보며 릴리에게 자기 옆에 앉으라고 손짓했다. 그리고는 그녀의 귀에 대고 속삭였다.

"내가 신호하면 이 손잡이와 열쇠를 살그머니 잡아요. 그리고 내가 '열어!' 하고 말하면 최대한 빨리 열고 뒤로 물러서는 거예요, 알았죠?"

MD-530 리틀 버드 세 대가 포토맥 강을 따라 날아 올라왔다. 이 작지만 민첩하고 조용한 헬리콥터들은 육군 160 특수항공작전연대의 엘리트들이 조종하는 나이트 스토커들이었다. 각 헬리콥터에는 네 명씩의 델타포스 요원들이 착륙용 활주부(滑走部) 양쪽에 두 명씩 선 자세로 탑승하고 있었다.

헬리콥터들은 바람이 몰아치는 포토맥 강 수면을 스치듯 날아 조지 메이슨 기념교 남쪽에 있는 수많은 다리들 근처에 도달했다. 160 특수항공작전연대 조종사들은 다리들 위로 날아오르지 않고 교각들 사이로 통과했다.

네 개의 다리를 밑으로 통과한 리틀 버드들은 북쪽으로 계속 비행하여 백악관으로 접근했다. 초록색 신호가 떨어지기 전까지는 모습을 드러내면 안 된다. 알링턴 기념교가 보이자 작은 새들은 속도를 줄이기 시작했다. 그리고 다리에 도착하자 그 아래로 들어가서 제자리비행 상태에 들어갔다. 이곳이 그들의 대기 장소였다.

그 사이에 또 한 팀인 리틀 버드 세 대는 애너코스티아 강을 따라 북동쪽으로 올라왔다. 그들은 프레더릭 더글러스 다리 위를 지나자 진로를 북쪽으로 돌렸다. 프로펠러나 엔진 소리를 최소한으로 죽이고 60노트의 속력으로 아파트와 연립주택들의 옥상 위를 스치듯이 날았다. 내셔널 몰에 있던 사람들도 국회의사당 동쪽 면을 끼고 날아가는 작은 새들을 주시하지 않았다. 그들이 서쪽으로 선회하여 노동부 옥상 위로 비행할 때 바람이 몰아쳤다. 다섯 블록 앞에 후버 빌딩의 단조로운 구조가 눈에 들어왔다. 헬기들은 옥상으로 하강하여 표면에서 1.5미터 높이로 제자리비행 상태에 들어갔다. 이들의 대기 장소는 여기였다.

헬리콥터 활주부에 서 있는 요원들은 만반의 준비를 갖추고 있었다. 각자 최신 방탄복과 케블라 헬멧, 목 보호대를 착용했고, 방독면과 야시경은 금방 꺼낼 수 있는 주머니 속에 들어 있었다. 열두 대원 중 열 명은 소음기가 장착된 MP-10을 소지했고, 열한 번째 대원은 모스버그 12구경 샷건을, 열두 번째 대원은 7.62밀리 M60ES 기관총으로 무장했다. 그들은 한 가지만 빼고는 거칠 것이 없을 만큼 자신만만했는데, 그 한 가지가 바로 폭탄이었다. 실 대원들이 폭탄들을 제거할 방법을 찾아내지 못하면, 이들은 정말 끔찍한 작전을 수행해야만 할 판이었다.

51

백악관에서 네 블록 떨어진 올드 포스트 오피스의 종탑 안. 실 팀 식스의 저격수 찰리 워커는 목재 사격대 위에 설치한 50구경 바렛 저격용 라이플 뒤에 엎드려 르폴드 엠원 울트라 10배율 조준경을 들여다보았다. 그 옆에는 똑같이 생긴 사격대 위에 똑같은 무기를 벌려놓은 그의 동료 마이크 버그가 똑같은 동작을 취하고 있었다.

사격대의 천장은 합판으로 덮고 안쪽을 발포제로 마감하여 방음을 했다. 그래서 50구경 라이플을 발사할 때 나는 엄청난 총성을 95퍼센트 정도는 흡수하도록 했다. 워커는 사격 결과에 대해 자신만만했다. 목표물인 탱고를 한 방에 보낼 수 있다고 확신했다. 만에 하나라도 실패한다면, 옆에 있는 동료 버그가 대신 보내줄 것이다. 이 거리에서 그들이 표적을 놓칠 확률은 제로에 가까웠다.

날쌘돌이 워커의 신경을 긁는 유일한 것이 바로 날씨였다. 비와 바람은 가끔 총탄을 엉뚱한 곳으로 날아가게 만드는데, 그것을 컨트롤할 방법은 없으므로 그를 미치게 만들곤 했다. 몇 시간째 점점 강해지기만 하던 바람이 하늘이 도와 방금 잦아들었다. 하지만 이건 일시적 현상일 뿐임을 그는 잘 알고 있었다. 말하자면 폭풍 전야의 고요 같은 것이었다. 시커먼 구름이 동쪽에서 밀려오는 기세로 보아 이 상대적 고요는 결코 오래갈 것 같지가 않았다.

날쌘돌이는 팀 동료들이 컴뱃 탤런의 램프에서 낙하하는 현재 상황을 무전을 통해 듣고 있었다. 작전이 예정대로 실행되는 것에 그는 안도했다. 이제 우리도 슬슬 발사 카운트에 들어갈 때가 된 것 같군.

해리스 소령과 함께 점프한 세 대원들 사이의 교신 내용은 위커 혼자만 들을 수 있었다. 너무 많은 대원들이 무전기에 접속하고 있으면 불필요한 혼란을 초래할 수 있기 때문이다. 마이크 버그는 위커가 발사한 총성을 듣자마자 사격하게 되어 있었다. 명령이나 신호 따위는 없다. 두 번째 사격을 방해할 것은 없을 터이므로, 버그는 준비되는 대로 방아쇠만 당기면 된다.

두 저격수는 밖에서 망을 보던 동료가 실 팀 식스 대원들이 낙하했다고 외치는 소리를 똑똑히 들을 수 있었다. 날쌘돌이는 눈앞에 닥친 일에 완전히 집중했다. 그의 온몸이 커다란 50구경 라이플에 녹아 붙는 듯했다. 조준경의 십자선 중앙에 테러범의 머리가 떠올랐다. 위커는 지금 자신이 하려는 일에 대해 가책 따위는 느끼지 않았다. 그가 지금 죽이려는 사내는 그 자신을 이런 상황에 놓아두었을 뿐만 아니라 적의 실력을 과소평가했다. 사내는 방탄유리 뒤에 앉아 자신은 안전하다고 순진하게 믿고 있었다.

1천 피트 상공에서 믹 리버즈가 줄을 당겨 낙하산을 펼치자 빠른 속도로 떨어지던 몸뚱이에 급제동이 걸렸다. 그는 위를 힐끗 쳐다보고 2단식 낙하산이 제대로 펼쳐졌는지 확인한 다음, 300미터 남짓한 백악관 옥상까지의 짧은 활공에 들어갈 자세를 취했다. 위쪽에 있는 대원들이 활강 자세를 제대로 잡았는지에 대해서는 신경 쓰지 않았다. 그보다는 앞에서 기선을 잘 잡아 그들이 따라올 수 있게 하는 것이 리버즈 상사의 임무였다.

해리스 소령도 1천 피트 상공까지 최대한 떨어진 다음 낙하산을 펼쳤다. 대충 자세가 잡히자 그는 앞서 뛰어내린 대원들의 낙하산들을 재빨리 훑어본 후 로시타인의 뒤를 따라 활강했다. 동시에 올드 포스트 오피스의 높다란 첨탑을 내려다보며 마이크에 대고 말했다.

"날쌘돌이, 여기는 위스키 포. 내 말 들리나? 오버."

"잘 들립니다, 위스키 포."

"목표지점에 접근하고 있다."

"빙고라고 신호해 주세요."

해리스는 도로에서 대기 중인 대원들과 자동차 불빛들을 내려다보았다. 갑자기 바람이 휙 지나가며 그의 볼에 빗방울을 하나 떨어뜨렸다. 동쪽 하늘을 돌아보니, 2킬로미터도 채 안 되는 거리에서 두터운 비의 장막이 그들을 향해 밀려오고 있었다. 리버즈 상사가 착지지점까지 얼마를 남겨두고 있는지 확인하기 위해 소령은 아래쪽을 살펴보았다. 그는 고도계를 체크한 뒤 리버즈가 어둠 속에서 백악관 옥상을 향해 활강하는 것을 끝까지 지켜보았다. 상사가 옥상에 착지하기 직전 소령은 마이크에 대고 소리쳤다.

"빙고! 날쌘돌이, 반복한다. 빙고!"

신호를 받은 찰리 위커는 숨을 천천히 내쉬었다. 이미 심장박동수를 1분에 40회 이하로 내리고 평온한 상태를 유지하고 있었다. 테러범은 옆얼굴 전체를 드러내고 있었고, 위커는 조준경의 십자선 중앙에 사내의 귀를 올려놓았다. 손으로 쥐어짜듯 지그시 방아쇠를 당기자, 커다란 총성과 함께 총알이 튀어나갔다.

묵직한 라이플의 반동에 위커의 상체가 뒤로 움찔 밀렸다. 새로운 실탄이 약실에 장전되자 그는 표적을 잡기 위해 조준경을 다시 조정했다. 그 순간 마이크 버그의 육중한 오공이 표적을 향해 탄환을 발사하는 소리가 들렸다. 위커가 옥상 경비초소에 조준경을 다시 맞췄을 때는 표적이 더 이상 보이지 않았다. 보이는 것이라곤 방탄유리에 뚫린 주먹만 한 구멍뿐이었다.

리버즈 상사는 곤경에 처했다. 갑자기 몰아친 바람에 낙하산이 위로 솟구쳤다 곤두박질치는 바람에 몸뚱이가 10미터가량 바윗돌처럼 뚝 떨어졌다. 그는 마지막 순간 낙하산 줄을 잡아당겨 날개가 바람을 안게 만들었다. 발이 바닥에 닿자마자 그는 낙하산의 통풍구를 열어 날개가 옆으로 쓰러지게 했다. 그리곤 어깨의 고리들을 붙잡고 낙하산 줄들을 잡아당겨 날개를 완전히 바닥에 붙였다. 그는 재빨리 낙하산을 둘둘 말아 한쪽 구석에 처박은 뒤 옥상 경비초소로 달려가며 무전으로 보고했다.

"위스키 원, 착륙하여 이동 중."

상사가 경비초소에 도착했을 때 그의 손에는 이미 소음기가 장착된 기관단총이 들려 있었다. 초소 안을 들여다본 그는 바닥에 쓰러져 있는 머리통이 거의 없는 테러범의 시체를 발견했다.

"탱고 원은 골로 갔습니다."

리버즈 상사는 무전으로 보고한 뒤 다른 대원들이 착지하는 것을 잠시 살펴보았다. 그는 곧 경비초소에 부비트랩이 설치되어 있는지 점검하기 시작했다.

클라크와 로시타인은 리버즈 상사와 아주 흡사하게 착지했지만, 그 지점들이 조금씩 벌어지고 있었다. 그 간격이 5~6미터씩 벌어지는 것을 본 리버즈 상사는 걱정이 커졌다. 해리스 소령을 쳐다보니 상승기류를 만나 착지에 곤란을 겪고 있었다. 상사는 즉시 옥상 서쪽 가장자리를 향해 달려갔다. 하필이면 그때 비가 내리기 시작했다.

해리스 소령은 착지 지점을 벗어나지 않기 위해 약간 위험한 속도로 낙하할 수밖에 없었다. 그래서 5미터쯤 남았을 때 낙하산 줄들을 힘껏 잡아당겼고, 그러자 낙하산 날개는 시속 60킬로미터의 강풍을 가득 안은 채 그를 옥상 끝으로 사정없이 끌고 갔다.

미치 랩은 호스파워 문밖에 웅크리고 앉아 모니터를 예의주시하고 있었다. 그의 옆에 쪼그리고 앉은 애너 릴리는 무서워서 입도 열지 못했다. 침묵 속에서 기다린 지 몇 분 지난 후에야 랩은 겁에 질린 그녀의 얼굴을 보았다. 약간의 두려움은 약이 될 수도 있지만 너무 겁에 질려 있으면 일을 그르칠 수가 있다. 지금 그들은 실수를 해서는 안 될 때였다. 그는 헤드세트의 립 마이크를 밀어 올리고 릴리의 귀에 대고 속삭였다.

"걱정 말아요, 애너. 아무 일도 없을 테니까."

랩은 여자에게 미소를 지어 보였다.

릴리는 두려움이 가득한 눈으로 그를 바라보았다. 그녀는 랩이 했던 대로 그의 귀에 대고 속삭였다.

"죽지 마세요. 그런 건 보고 싶지 않으니까."

그리곤 랩을 포옹하며 그의 뺨에 키스했다.

랩은 갑자기 가슴이 설레었다. 오랫동안 느껴보지 못했던 감정이 되살아났다. 그는 싱긋 웃고는 여자의 이마에 자기 이마를 맞대며 말했다.

"별 걱정도 다 하네요. 난 이보다 더 지독한 일도 숱하게 겪었어요."

그는 여자에게 키스하고 싶었지만 꾹 참았다.

"게다가 당신, 나한테 저녁 사겠다고 했잖아요."

그 말에 여기자는 미소를 지었다.

"좋아요. 내가 빚을 갚기 전에는 어떤 어리석은 짓도 해선 안 돼요."

랩이 대답하기도 전에 헤드세트를 통해 해리스 소령과 찰리 위커가 교신하는 소리가 들렸다. 랩이 마이크를 다시 끌어내린 다음 그녀에게 문 손잡이를 가리켰다.

릴리는 조심스럽게 한 손은 손잡이를, 다른 손으로는 열쇠를 잡았다. 랩은 두 손으로 MP-10을 꽉 잡고 개머리판을 어깨에 밀착시켰다. 눈으로는 모니터를 살피며 총을 앞으로 겨누고 발사 준비를 했다. 그는 옥상 경비초소의 테러범을 저격하고 첫 번째 실 대원이 착지했다는 통보를 받았다. 랩은 호스파워 안에 있는 테러범이 이상한 낌새를 보이는지 조심스레 살폈지만, 몇 초가 지나도록 아무 변화도 보이지 않았다. 실 팀 저격수들이 옥상의 테러범을 귀신도 모르게 처치한 모양이었다. 곧이어 두 번째 대원과 세 번째 대원이 착지했다는 통보가 들어왔다. 랩은 긴장이 약간 풀리는 기분이었다. 모든 일들이 놀라울 정도로 잘 진행되고 있었다.

해리스 소령은 바람을 안은 낙하산이 이끄는 대로 질질 끌려갈 수밖에 없었다. 굴뚝이 하나 보이자 그는 왼손을 뻗어 잡았지만 바람이 워낙 거세어 곧 놓치고 말았다. 바닥에서 몇 뼘 정도 공중에 둥둥 뜬 상태로 그는 다시 옥상 가장자리로 끌려갔다.

"위스키 포가 곤경에 처했다!"

리버즈 상사는 옥상의 비좁은 바닥을 가로질러 달려가며 말했다. 그는 소령이 굴뚝을 붙잡고 잠시 버티다가 다시 질질 끌려가는 것을 보자 두 다리를 바람개비처럼 놀려 간격을 좁혔다. 붙잡을 가능성이 있다는 판단이 서자 그는 기관단총을 놓고 두 손을 앞으로 내뻗으며 태클에 들어갔다.

리버즈는 해리스의 오른쪽 구두를 붙잡았다. 두 사람은 낙하산에게 질질 끌려가다가 마침내 멈추었다. 해리스의 하반신만 옥상에 남아 있고 나머지 상반신은 가장자리에 걸려 허공에 매달린 상태였다. 바람을 잔뜩 안은 낙하산은 리버즈가 잡고 있는 손에서 소령을 빼앗아 가려고 계속 잡아당겼다.

리버즈가 꽉 잡아 더 이상 끌려가지 않는 상태가 되자 해리스는 낙하산 혁대의 고리를 풀 여유가 생겼다. 한쪽 고리를 벗어던지자 낙하산이 금방 납작하게 변해 바람에 나풀거렸다. 장력이 줄어들자 소령은 곧 남은 한쪽 고리도 벗어던졌다. 낙하산은 15미터쯤 날아가서 서관 남동쪽 모퉁이에 걸려 바람에 펄럭였다.

랩은 실 대원들이 무사히 침투할 모양이라고 생각했다. 그때 위스키 포가 곤경에 처했다는 소리가 헤드세트를 통해 들려왔다. 랩은 귀를 쫑긋 세우고 발치에 있는 작은 모니터를 열심히 살펴보았다. 화면 속의 테러범은 문 쪽으로 등을 보이며 의자에 앉아 있었다. 랩은 탱고의 AK-74가 팔만 뻗으면 닿을 거리에 기대어져 있는 것을 보았다.

긴박한 시간이 몇 초 흐른 뒤, 위스키 포가 문제를 해결하고 대원들이 관저로 이동하고 있다는 통보가 들어왔다. 랩이 안도하려는 순간 화면 속의 탱고가 의자에서 상체를 곧추세우는 것이 보였다. 랩도 화면을 응시하며 몸을 일으켰다. 탱고는 모니터들 중 하나에서 무언가를 보고 있었지만 랩의 눈에는 안 보였다. 이윽고 탱고가 왼손을 앞으로 뻗었다. 랩은 그가 잡으려는 물건이 무전기라는 것을 알았다.

"열어요!"

아무 생각도 머뭇거림도 없이 입에서 튀어나온 말이었다. 그의 지시가 떨어지자마자 릴리는 정신없이 열쇠를 돌리고 손잡이를 비틀어 문을 안쪽으로 열었다. 랩이 즉시 MP-10을 겨누고 안으로 걸어 들어갔고, 왼쪽 눈으로 가늠자를 꿰뚫어 보고 있었다. 테러범의 머리가 가늠자 위로 올라왔다. 놈이 무전기를 입으로 가져갔다. 그의 입에서 라피크라는 이름과 다른 말들이 벌써 흘러나오고 있었다.

랩은 방아쇠를 한 차례 당기고 두 번째 당기기 위해 총을 그대로 들고 있었다. 소음기 끝에서 툭툭 튀어나온 두 발이 탱고의 뒤통수에 명중했다. 탄두 끝이 움푹 파인 할로우 포인트 글레이저 탄환들이 두개골을 관통하며 총 360개의 치명적인 소형 발사체로 분산되었다. 테러범은 앞으로 엎어지며 콘솔 위에 머리를 떨어뜨렸다. 손에 들고 있던 무전기는 바닥으로 떨어졌다. 랩은 무전기 쪽으로 재빨리 이동하며 립 마이크에 대고 말했다.

"도움이 필요해요. 위스키 팀을 이곳으로 빨리 보내주십시오."

복도로 통하는 열린 문을 향해 기관단총을 겨눈 채 랩은 무전기를 집어 올려 자기 귀로 가져갔다. 상대방이 하는 말을 듣는 순간 그는 온몸에서 소름이 돋는 느낌이었다. 아지즈의 목소리였다.

랩은 판단을 빨리 내려야만 했다. 그는 자신의 립 마이크에 대고 먼저 말했다.

"통제실, 방해전파를 쏴야 할 것 같습니다. 준비하고 있다가 내가 쏘라고 하면 즉시 쏘십시오."

랩은 잠시 생각한 뒤 무전기를 입으로 가져가서 딱딱한 페르시아어 발음으로 말했다.

"여긴 이상 없습니다. 조용해요."

잠시 침묵이 이어지더니 아지즈가 물었다.

"넌 누구야?"

랩은 무전기를 내린 뒤 자신의 립 마이크에 대고 말했다.

"통제실, 방해전파를 쏴요! 지금 즉시!"

52

라피크 아지즈는 대통령 벙커의 철문을 돌아본 뒤 자기 손에 들린 무전기를 바라보았다. 그는 세 번째 무전기에 대고 소리를 지른 뒤 자기 귀에 대어 보았다. 아무 소리도 들리지 않았다. 옆에 서 있던 무아마르 벤가지가 자기 무전기로 교신을 시도해 보았지만 결과는 마찬가지였다. 아지즈는 엉덩이에 차고 있던 호출기를 차분하게 체크한 뒤 벤가지에게 지시했다.

"라지브를 데리고 가서 계단들을 점검해 보게. 무전 연락을 다시 시도해 봐."

아지즈는 다시 무스타파 야신을 돌아보았다. 꼬마 도둑은 벙커 철문에 뚫어 놓은 구멍들 속으로 긴 쇠막대기를 찔러 넣고 있었다. 아지즈는 땅딸보를 재촉했다.

"넌 작업을 계속해."

아지즈는 부하들을 따라 복도로 나갔다. 계단에 이르자 그는 벤가지와 라지브가 계단 위로 사라질 때까지 밑에서 기다렸다. 그는 다시 무전기를 꺼내어 교신을 시도했지만 여전히 먹통이었다. 그러자 슬슬 걱정이 되기 시작했다. 무전기가 고장이라면 그뿐이겠지만, 만약 미국인들이 방해전파를 발신해서 그의 디지털 호출기의 주파수를 커버한다면 정말 큰일이었다. 폭탄들이 일제히 카운트다운에 들어갔을 것이고, 미국인들이 방해전파 발신을 중단하지 않는 한 아지즈 자신도 폭탄들이 터지는 걸 막을 방법이 없었다. 그에게도 몇 가지 선택 사항만 있을 뿐이지만, 그것들을 꼼꼼히 따질 시간이 별로 없었다.

랩은 호스파워 문간에 서서 복도 쪽을 감시하고 있었다. 언제 탱고가 모퉁이를 돌아 나올지 알 수 없었다. 릴리는 용기를 내어 방 안으로 들어가서 죽은 테러범을 살펴보았다. 랩이 자기 뒤로 오라고 그녀에게 손짓했다. 여자가 보지 못하자 그가 말했다.

"이리 와요, 애너. 내 뒤에 바짝 붙어요."

그는 복도 쪽을 다시 내다본 뒤 립 마이크에 대고 물었다.

"위스키 포, 대체 어디 있는 겁니까?"

"터널에 있어. 금방 갈게."

"서둘러요!"

대원들 앞에 걸어가던 해리스 소령은 지쳐서 한참 느린 밀트 애덤스를 앞질러 계단을 달려 올라갔다. 호스파워에 도착하자 그는 MP-10으로 방 안을 한 번 쓰윽 훑었다. 랩이 소령을 돌아보며 말했다.

"무슨 일이 벌어졌는지 놈들이 알아차리게 전에 재빨리 모두 해치워야 해요."

"폭탄들은 어쩌고?"

검은 전투복 차림의 세 대원이 뒤따라 들어섰다.

"놈들을 잡는 동안에 터지지 않기만을 빌어야죠. 폭탄 걱정은 나중에 하자고요."

"한 템포 늦추게."

캠벨 장군의 목소리가 무전기로 흘러나왔다.

"무슨 일부터 해야 할지 분명히 알고 움직여야 해."

"위층에 대여섯 명의 인질을 감시하고 있는 탱고 한 놈부터 처리해야 합니다."

랩이 빠르게 말했다.

"식당 상황에 대해서는 캄캄하지만 적어도 세 놈의 탱고가 인질들을 감시하고 있을 겁니다. 더 이상 논의할 게 없어요. 무전기가 계속 안 터지면 이놈들은 불안해 미칠 겁니다. 지금 해치워야 해요."

"나도 같은 생각입니다."

해리스 소령이 랩을 거들었다.

"루즈벨트 룸의 탱고는 어쩌고 있습니까?"

랩이 캠벨 장군에게 물었다.

"의자에 얌전히 앉아 있네. 그런데 아지즈와 부하 몇 놈이 움직이기 시작했어."

"델타포스는 어디 있습니까?"

"대기 중이네."

랩이 해리스를 쳐다보며 말했다.

"식당은 복도 아래쪽에 있습니다. 왼쪽으로 한 번 꺾고 오른쪽으로 꺾으면 돼요. 대원들을 데려가서 거기 놈들을 처리하세요. 나는 위층에 있는 한 놈을 처리할 테니까."

"리버즈 상사를 붙여줄까?"

랩은 고개를 저었다.

"고맙지만 괜찮아요. 모니터 영상으로 놈의 행동을 빤히 볼 수 있거든요. 그런데 식당은 전혀 들여다볼 수 없습니다. 나보다 소령님이 더 많은 인원을 필요로 해요."

그는 릴리의 손을 잡고 문 쪽으로 이동하며 해리스 소령과 대원들에게 말했다.

"행운을 빌어요. 20초쯤 뒤에 만납시다."

랩이 뒤쪽 계단에 이르렀을 때에야 애덤스가 터널 쪽 계단을 느릿느릿 올라왔다. 완전히 지친 표정이었다. 랩이 릴리를 돌아보며 말했다.

"여기서 영감님과 기다리고 있어요."

오벌 오피스로 통하는 계단을 올라가다 폭탄들을 머리에 떠올린 그는 립 마이크에 대고 말했다.

"통제실, 우릴 여기서 탈출시킬 방법을 생각할 때가 된 것 같습니다."

CIA 본부 통제실의 아이린 케네디는 이미 그 작업에 착수했다. 모든 일들이 무서운 속도로 진행되고 있었다. 캠벨 장군의 연합특전사 참모들은 모든 작전상황을 모니터링하기에 바빴고, 장군의 판단이 필요한 가장 중요한 사항들만 보고했다. 다행히도 통제실 안에 있는 모든 사람들은 충분한 훈련을 받았고, 산 경험을 통해 꼭 필요한 경우가 아니면 입을 닫아야 한다는 것을 잘 알고 있었다. 이런 광적인 작전이 벌어지는 동안에는 누구나 말의 홍수에 휩쓸리기가 쉬웠다.

케네디는 캠벨 장군의 팔을 건드리며 말했다.

"아이언맨은 제가 맡을 테니 장군님은 위스키 팀을 걱정하세요."

연합특전사 사령관은 고개를 끄덕였다. 그의 오른쪽에는 델타포스 지휘관인 빌 그레이 대령이 앉아 알파 팀과 브라보 팀의 이동을 지켜보고 있었다. 알파 팀은 백악관 옥상 상공에 도착하여 침투 준비를 하고 있었다. 브라보 팀도 알링턴 다리 아래에서 빠져나와 현장으로 날아오는 중이었다. 플러드 합참의장과 스탠스필드 국장은 뒷줄에 앉아 조용히 지켜보았다. 두 사람 모두 방해하지 않으려고 매우 조심했다.

케네디는 랩의 활동을 주로 비춰주는 세 대의 모니터를 주목했다.

"아이언맨, 주위에 아무도 없어요. 복도는 조용하고, 탱고는 무릎 위에 총을 올려놓고 앉아 있어요."

케네디는 화면을 보며 덧붙였다.

"어쩌면 졸고 있을 가능성도 있네요."

"알았어요."

랩은 오벌 오피스로 통하는 가파른 콘크리트 계단을 올라갔다. 층계참에 도달하자 벽의 빗장을 누르고 좁다란 패널 조각을 앞으로 당겨 열었다. 먼저 왼쪽을 살펴본 뒤 식당을 통해 식품저장실 안으로 들어갔다. 거기서 문밖으로 복도를 훑어보았다.

"위스키 포, 준비됐습니까? 오버."

해리스와 세 대원은 백악관 식당의 바깥벽에 웅크리고 있었다. 이런 훈련을 수없이 반복했기 때문에, 그들은 곧 차례대로 줄을 섰다. 수송기에서 뛰어내렸던 차례대로, 리버즈 상사가 선두, 그 다음이 클라크와 로시타인, 맨 마지막이 해리스였다.

"준비됐다. 신호만 해, 아이언맨."

행동에 들어가기 전에 랩은 본부에 다시 물었다.

"내 탱고는 어떻게 하고 있습니까, 통제실?"

"변동 없이 그대로 있어요."

케네디가 응답했다.

"좋아요, 해리. 셋까지 세고 동시에 뛰어드는 겁니다. 하나…."

랩은 복도를 가로질렀다.

"둘…."

그는 오른손을 문손잡이에 올렸다.

"셋!"

랩은 문을 활짝 열고 웅크린 자세를 취했다. 탱고가 머리를 쳐들자 랩의 기관단총이 굵고 시커먼 소음기를 통해 두 차례 연거푸 기침을 토해냈다.

아래층에서는 믹 리버즈가 백악관 식당 안으로 돌진하여 식당 왼쪽을 기관단총으로 주욱 훑었다. 웅크린 자세로 목표물을 찾던 그는 금방 AK-74를 가슴에 끌어안고 서 있는 탱고 한 놈을 발견했다. 리버즈가 눈 깜짝할 사이에 이마 한가운데 총알을 두 발 박아 넣자, 탱고는 안고 있던 총을 바로잡을 겨를도 없이 바닥에 쓰러졌다. 리버즈를 뒤따라 들어온 세 대원들도 각자 맡은 구역으로 총을 휘두르며 목표물을 찾았다. 두 번째 들어온 토니 클라크는 식당 맞은편 10미터 지점에 앉아 있는 목표물을 찾았다. 그 탱고는 급히 총을 들어 쏘려고 했지만 간발의 차이로 늦었다. 미간에 클라크의 총알 두 발을 맞고 의자 너머로 자빠졌다. 조던 로시타인은 식당 오른쪽 구역을 총으로 훑었지만 목표물이 보이지 않았다. 더 멀리까지 훑다가 다시 돌아왔지만 탱고는 없었다. 그의 뒤를 따라온 해리스 소령은 왼쪽에서 오른쪽까지 90도 범위를 훑었다. 3미터도 안 되는 지점에서 총신이 짧은 AK-74의 뭉툭한 총구가 불쑥 올라왔다. 그러나 해리스가 더 빨랐고, 그가 쏜 두 발이 탱고의 얼굴을 때렸다.

리버즈 상사가 상황 끝을 선언하자 다른 대원들도 재빨리 복창했다. 그들의 무전기를 통해 루즈벨트 룸의 상황도 끝났다는 랩의 목소리가 흘러나왔다. 인질들이 도움을 요청하며 울음을 터뜨리기 시작했다. 실 대원들은 그것을 무시하고 인질들 속에 혹시 숨어 있을지 모르는 탱고를 찾아 날카로운 눈으로 훑었다. 해리스는 클라크와 로시타인에게 인질들을 지키게 하고 그 자신은 리버즈 상사와 함께 식당 내부의 다른 곳들을 수색하기 시작했다.

53

세 대의 리틀 버드 헬리콥터는 제자리비행 상태로 있던 장소에서 백악관 옥상 위로 이동했다. 비는 소나기로 변했고 바람도 심해졌다. 대부분의 헬리콥터 조종사들은 날씨가 이럴 때는 지상에 얌전히 머무는 것을 상식으로 알고 있지만, 160 특수항공작전연대 조종사들은 바로 이런 경우를 대비해 최악의 조건에서 훈련해 왔다.

그들이 조정한 것은 돌풍으로 인한 실수를 미연에 방지하기 위해 기체의 대형을 약간 널찍하게 잡은 것뿐이었다. 첫 번째 리틀 버드가 백악관 옥상 동쪽 끝 3미터 상공에서 제자리비행 상태로 들어갔다. 헬기의 꼬리 프로펠러를 없앰으로서 소음을 대폭 줄인 NOTAR 시스템은 제자리비행의 안정감을 획기적으로 높였다. 옥상까지의 짧은 거리를 네 명의 대원이 동시에 줄을 타고 내려왔다. 그들은 라펠 클립에서 밧줄을 풀어낸 뒤 곧장 옥상 경비초소로 달려갔다. 곧이어 두 번째 리틀 버드가 날아들었고, 그다음엔 세 번째 리틀 버드가 날아들었다. 열두 명의 알파팀 대원들은 곧바로 그들의 목표물을 찾아 지하실로 이동했다.

위층 어딘가에서 발사된 AK-74의 분명한 총성을 듣자 아지즈는 어떻게 해야 할지 갈피를 잡을 수 없었다. 처음엔 너무 놀라 그 자리에 얼어붙었지만, 그는 곧 벙커의 바깥방으로 달려갔다. 그가 끌고 내려온 대통령 여비서와 무스타파 야신도 무슨 일이 벌어졌는지 알지 못했다. 아지즈는 여자의 팔을 잡아 일으켜 세운 뒤 복도로 끌고 가며 야신에게 호령했다.

"벙커 문을 빨리 열어!"

그들이 계단에 이르렀을 때 다시 총성이 들려왔다. 아지즈는 문을 열고 큰 소리로 벤가지를 불렀다. 잠시 기다려 봤지만 대답이 없었다. 미국 대통령을 곧 손에 넣을 판에 이런 일이 터지다니! 화가 난 그는 여자의 머리채를 잡고 계단 쪽으로 끌고 갔다. 지하 1층으로 올라가야만 도망칠 수 있을 것이다. 계단 쪽으로 여자의 등을 떠밀며 나가는데 총성이 더 요란하게 들려왔다.

지하 1층에 도달한 아지즈는 계속해서 계단을 올라갔다. 다음 층계참에서 그는 벤가지와 라지브를 발견했다. 두 사내는 위층 계단을 향해 미친 듯이 총을 쏴대고 있었다. 총알들이 앞쪽 회벽을 때리자 파편들이 사방으로 튀었고, 탄피들이 계단 아래로 데굴데굴 굴러 내려왔다. 아지즈는 계단을 도로 내려가며 벤가지에게 소리쳤다.

"무아마르, 1분만 더 버티다가 터널로 내려와!"

벤가지는 돌아보지 않고 대답했다.

"가요!"

아지즈는 계단을 내려가기 시작했다. 위층에서 번쩍이는 불빛과 총성이 연달아 터져 나왔다. 지하실 1층 문에 도달한 그는 대통령 여비서를 끌고 안으로 들어갔다. 여자를 방패삼아 양쪽을 훑어본 뒤 재무성 터널을 향해 이동했다. 벙커로 내려가서 대통령을 붙잡고 문제를 해결하고 싶은 마음이 굴뚝같았지만, 그것은 외통수가 될 것이 분명했다. 대통령을 거의 손아귀에 넣을 순간에, 어떻게 된 셈인지 미국인들이 그가 하는 일을 알아낸 것이었다.

아지즈는 다음 모퉁이에서 왼쪽으로 돌아 멈춰 섰다. 여자를 앞쪽으로 돌려세워놓고 오른쪽 주먹으로 훅을 한 방 먹였다. 여자는 한쪽으로 핑 돌며 개구리처럼 바닥에 뻗어버렸다. 아지즈는 MP-5를 내려놓고 지난 사흘 동안 입고 있었던 초록색 군복을 벗기 시작했다.

랩은 루즈벨트 룸 구석구석을 살펴보았지만 다른 이상은 발견할 수 없었다. 인질들의 머리에 씌운 캔버스 자루들을 벗겨내며 세어보니 모두 아홉 명이었다. 방 안에는 지린내가 풍겼다.

"위스키 포, 그쪽은 어떻게 됐습니까?"

"여긴 깨끗해. 탱고 셋을 처치했고 인질들은 모두 무사해."

랩은 벽 아래 설치되어 있는 폭탄을 살펴보았다. 빨간 불이 깜박이고 있었다.

"아직 끝난 게 아닙니다. 대원들에게 당장 이 폭탄들을 제거하라고 하세요."

랩은 인질들을 돌아보며 안심시켰다.

"걱정하지 마세요. 이제 아무 일도 없을 겁니다."

그는 단검으로 제복 차림의 비밀검찰국 경관 두 명을 묶고 있는 밧줄을 잘라 주었다. 그리곤 단검을 그들에게 주며 나머지 인질들을 풀어주라고 지시한 다음 립 마이크에 대고 말했다.

"통제실, 탈출계획은 어떻습니까?"

케네디가 응답했다.

"인질들을 일단 터널 속으로 인도하세요. 다른 안전한 길이 없으면 옥상에서 헬기로 실어낼 거예요."

"알았습니다."

랩은 자리에서 일어서려고 애쓰는 인질들을 돌아보며 물었다.

"다들 걸을 수 있겠어요?"

몇 명이 고개를 끄덕였다.

"좋습니다. 나를 따라오십시오. 아무것도 만지면 안 됩니다. 걸을 수 없는 분들은 내가 돌아올 때까지 기다리세요."

랩은 우선 세 사람을 방에서 데리고 나가서 감춰진 계단으로 옮겼다.

"통제실, 아지즈는 어떻게 되었습니까?"

응답을 기다렸지만 조용했다. 그는 질문을 반복하며 다른 인질들을 데리러 돌아갔다. 그러나 루즈벨트 룸 바깥 복도에서 삑 하는 소리를 듣자 그 자리에 얼어붙었다. 벽 아래쪽에 설치되어 있던 폭탄에서 깜박이던 빨간 불빛이 초록색으로 변해 있었다. 그리고 그 아래에 빨간 두 자리 숫자가 나타났다.

"제길! 큰일났습니다! 폭탄들이 카운트다운에 들어갔어요! 통제실, 들립니까? 위스키 포, 내 말 들려요?"

랩은 방 안으로 달려 들어가 인질들에게 소리쳤다.

"여러분, 여길 빨리 나가야 합니다. 도움이 필요한 사람은 누구죠?"

남은 여섯 중에서 한 남자가 손을 들었다. 랩은 비밀검찰국 경관인 그 사내를 헝겊으로 만든 인형처럼 어깨에 메었다.

"뭐라고 했나, 아이언맨?"

통제실에서 캠벨 장군이 물었다.

"폭탄들이 카운트다운에 들어갔어요! 뭔가 잘못되었습니다. 알파 팀을 옥상으로 철수시키세요!"

랩은 방에서 나가며 인질들에게 소리쳤다.

"나갑시다! 나를 따라오세요!"

그는 복도를 가로질러 대통령 전용 식당으로 들어가며 립 마이크에 대고 소리쳤다.

"해리, 모두를 터널로 빨리 피신시켜요! 그게 유일한 길입니다!"

랩은 짧은 복도를 지나 가파른 계단을 내려가기 시작했다. 아래쪽에 도착하자 그는 부상 당한 비밀검찰국 경관을 다른 인질들에게 넘겨주고 릴리와 애덤스에게 터널로 모두 인도하라고 지시했다. 랩이 호스파워 안으로 달려 들어가자 첫 번째 인질들이 그를 향해 걸어오고 있었다.

"빨리 와요, 여러분! 빨리 움직여요!"

인질들이 잠시 머뭇거리자 랩은 문 쪽으로 달려가며 소리쳤다.

"빨리 움직여요! 이 건물 전체가 폭발할 겁니다!"

그 말에 인질들은 걸음을 빨리했다. 랩은 시계를 보았다. 시간이 얼마나 남았는지 알 수 없지만, 그다지 많지는 않을 것이었다. 해리스가 세 대원을 데리고 마침내 나타났다. 리버즈 상사는 양쪽 팔에 인질을 한 명씩 끼고 있었고, 해리스와 클라크와 로시타인도 인질들을 부축하고 있었다.

"남은 인질이 있습니까?"

"아니."

해리스는 랩 앞을 지나가며 말했다.

"빨리 터널로 피신해."

할 필요도 없는 말이었다. 랩은 해리스 뒤를 따라 들어간 뒤 묵직한 철문을 쾅 닫았다. 그리고는 헤드세트에 대고 애덤스에게 소리쳤다.

"영감님, 반대쪽 끝에 있는 문도 단단히 닫아요!"

아지즈는 벤가지가 따라오는지 확인하려고 모퉁이를 내다보았다. 총성이 멎은 것은 나쁜 징조라고 그는 생각했다. 미국인들의 무기에는 소음기가 장착되어 있다. 총성이 들리지 않는다는 것은 벤가지와 라지브가 제압당했다는 뜻이었다. 이제 곧 미국인들이 들이닥칠 것이다.

호출기를 보며 아지즈는 미소를 지었다. 미국인들은 기겁했을 것이다. 그의 호출기는 카운트다운 모드로 들어갔다. 그 자신이 직접 설계하고 시험까지 마친 이 시스템은 잘못될 수가 없는 것이었다. 랩탑 컴퓨터가 방해전파로 마비되자 호출기들이 암호를 수신하지 못해 일제히 카운트다운 모드로 들어간 것이다. 이제 60초 후면 폭탄들은 차례로 터지기 시작할 것이다.

초록색 군복을 벗어던지자 그 안에는 FBI 인질구조팀이 입는 상하가 붙은 검정색 전투복이 나왔다. 그 위에 걸친 검정색 전술조끼 등판에는 노란 글씨로 FBI라고 찍혀 있었다. 성공 확률이 좀 낮은 수단이긴 하지만 폭탄들이 연달아 터지는 혼란 속이라면 먹혀들 수도 있다고 생각했다. 비밀검찰국 요원들이 사용하는 MP-5와 폭발이 시작되면 얼굴에 쓸 시커먼 방독면, 거기다 검정색 전투복까지 착용하고 있으면 적들 속에 섞여들기 쉬울 것이다.

아지즈는 인질구조팀이 복도로 몰려올 것을 예상하며 다시 모퉁이를 내다보았다. 아무도 보이지 않고 쥐 죽은 듯이 고요했다. 그는 호출기를 다시 체크한 뒤 방독면을 얼굴에 덮어썼다.

첫 번째 폭발음은 멀리서 들려왔다. 뒤이어 빠르게 이어지는 폭발 소리는 조금씩 더 커졌다. 건물이 흔들리기 시작했고 천장에서 먼지와 횟가루가 떨어져 내렸다. 전등들이 여러 차례 깜박거리더니 마침내 완전히 꺼져버렸다. 갑자기 재무성 터널의 입구 쪽에서 엄청난 폭풍이 몰아쳤다. 그 충격에 아지즈는 기절한 대통령 여비서를 눕혀놓은 바닥으로 자빠졌다.

그는 상체를 일으키고 입에 든 먼지를 뱉어낸 다음 머리에 앉은 먼지를 털었다. 폭음에 청각이 마비되어 아무 소리도 들리지 않았다. 일어나, 하고 그는 자신에게 명령했다. 전술조끼 주머니에서 작은 회중전등을 꺼내어 불을 켰다. 방향감각을 찾으려고 애를 썼지만 먼지와 연기로 탁해진 공기 때문에 2미터 앞도 보이지 않았다.

터널은 왼쪽에 있었다고 아지즈는 생각했다. 여자를 어깨에 메고 총을 들었다. 그리고 벽을 따라 터널이 있다고 생각하는 방향으로 걷기 시작했다. 다음 모퉁이에서 오른쪽으로 꺾어 몇 걸음 나아가던 그는 폭발로 떨어진 콘크리트 덩어리에 걸려 나뒹굴었다. 눈앞에 건물 파편이 산더미처럼 쌓여 있었다. 터널 속으로 기어오르며 그는 정말 건물 전체가 무너져 내린 건지 두려운 생각이 들었다. 하지만 콘크리트 무더기들은 곧 흩어졌다.

방독면을 쓰고 숨쉬기는 어려웠다. 그것은 공기 속의 먼지와 연기를 걸러주긴 하지만 산소를 공급해주진 않았다. 여자 하나를 어깨에 메고 가는 일이 이렇게 기운 빠지는 일인 줄은 미처 몰랐다. 그는 잠시 멈춰서서 기운을 돌렸다. 먼지가 가라앉기 시작해서 숨쉬기도 조금씩 편해졌다. 앞으로 나아갈수록 시야도 깨끗해져서 그의 발걸음을 더욱 재촉하게 만들었다.

갑자기 그는 터널 밖으로 나왔다. 그리고 자신과 똑같은 검은 전투복 차림의 사내들을 만나게 되었다. 아지즈는 불가피한 경우가 아니면 총을 사용하고 싶지 않았다. 그가 앞으로 걸어가자 사내들은 말을 걸어왔지만 총을 겨누진 않았다. 그들 앞으로 몇 걸음 다가간 아지즈는 방독면을 쓴 채 고함을 질렀다.

"앰뷸런스! 이 여자를 앰뷸런스에 실어야 해!"

사내들 중 하나가 그의 팔을 부축하고 램프 위로 달려가기 시작했다. 재무성 주차장에서 바깥으로 나가자 그들 머리 위로 비가 쏟아졌다. 사내가 아지즈에게 계속 말을 걸어오자 그는 소리쳤다.

"폭음 때문에 귀가 먹어 아무 소리도 안 들려!"

램프 꼭대기에 도달했을 때 그들 앞으로 소방차들이 줄을 이어 백악관 남쪽 마당으로 달려갔다. 아지즈는 왼쪽으로 돌아 뛰기 시작했다. 바로 앞쪽 15번가 맞은편에서 살림 루산이 기다리게 되어 있었다. 폭우 속에서 불빛을 번쩍이며 응급 차량들이 줄을 이었다. 촌각을 다투는 상황이었다. 아지즈는 속력을 냈다. 방독면을 벗어던지고 싶어 미칠 지경이었지만, 얼굴을 내보이는 건 너무 위험했다.

백악관에서 반 블록 떨어진 15번가와 해밀턴 거리의 교차로에 도착했을 때 또 다른 폭음이 일어났다. 도로 건너편에 있는 콘크리트 쓰레기통의 동그란 뚜껑이 공중으로 15미터쯤 치솟았다가 핑글핑글 돌며 떨어졌다. 그것은 교차로 한가운데 텅 하고 떨어진 후 빗속에서 연기를 피워 올렸다.

거리에 홍수처럼 흘러넘치는 차량과 사람들 중에서도 이제 숨을 곳을 찾아 도망치는 사람은 없었다. 아지즈는 빗속을 계속 걸었다. 그를 따라오던 사내는 폭탄이 또 터질까 봐 두려웠던지 뒤로 처졌다. 살림 루산이 일을 제대로 했다면 이 일대에서 폭탄들이 계속 터질 것이다.

아지즈는 도로를 건너 보도로 달려 올라갔다. 방독면을 도저히 더 이상 쓰고 있을 수가 없었다. 숨쉬기도 어려울 뿐만 아니라, 입김이 서려 앞도 잘 보이지 않았다. 그는 마스크를 이마 위로 밀어올리고 서너 차례 심호흡을 했다. 갑갑하던 허파가 시원하게 뚫리는 기분이었다. 계속 걸음을 재촉하여 앰뷸런스들이 줄지어 선 곳으로 다가갔다. 창문 안쪽을 일일이 들여다보며 하얗게 표백한 머리를 찾았다. 줄이 다 끝나가도록 루산의 얼굴이 보이자 않자 그는 불안해졌다. 이 자식이 날 팽개치고 튀었나? 그러나 맨 앞에 서 있는 앰뷸런스 속에서 그는 마침내 하얀 머리를 발견했다.

아지즈는 뒤로 돌아가서 문을 열었다. 그리곤 재빨리 올라탄 뒤 여자를 이동식 침대 위에 내던졌다.

"빨리 여길 빠져나가자!"

그는 운전석을 향해 소리친 뒤 뒷문을 닫았다.

루산은 차를 뒤로 뺀 뒤 지붕의 비상등을 켰다. 핸들을 돌려 기어를 드라이브에 놓고 가속 페달을 밟았다. 비에 젖은 도로에서 바퀴들이 약간 헛돌다가 자리를 잡았다. 루산은 사이렌을 켜고 앰뷸런스를 전진시켰다. 다음 교차로에 있던 경찰들은 앰뷸런스가 제때 통과할 수 있도록 서둘러 바리케이드를 치워 주었다.

백스터 부통령은 댈러스 킹을 실컷 깨고 난 참이었다. 불과 30분 전까지만 해도 그는 헤이즈 대통령이 고위 간부들과 통신을 재개했다는 정보와 그 자신이 더 이상 권한 대행이 아니라는 통보를 받지 못했다. 생전 겪어보지 못했던 치욕적인 수모를 당한 그는 전화기를 내려놓자마자 댈러스 킹에게 미친 듯이 고함을 질러대기 시작했다. 일을 이렇게 엉망진창으로 만든 것은 전적으로 네놈 탓이다. 너 같이 싹수없는 놈의 말은 애초에 한마디도 귀담아듣지 말았어야 했다. 부통령은 그렇게 부통령 비서실장을 나무라고 욕했다.

킹은 한마디도 대답하지 않고 상사가 소리치는 대로 내버려두었다. 속으로는 오히려 안도했다. 백스터가 대통령이 못 된다고 해서 그 자신의 경력이 끝장나는 건 아니다. 그렇지만 아부 하산이 백악관에서 나와 그의 이야기를 FBI나 미디어에 털어놓으면 그땐 정말 끝장이었다. 이제 헤이즈 대통령이 대권을 되찾은 이상, 백악관을 탈환하라는 명령을 내릴 확률이 훨씬 커졌다고 그는 판단했다.

킹은 상사가 실컷 화풀이를 하도록 내버려두었다가 실탄이 떨어질 무렵 전세를 역전시켰다. 그들은 어쨌거나 인질 25명의 생명을 구했는데, 그래서 잃은 것이 뭐냐고 그는 반문했다. 기껏해야 미국 것도 아닌 돈을 약간 넘겨줬을 뿐이고, 별 효과도 없는 제재를 몇 가지 풀어줬을 뿐이다. 킹은 그보다 더 낫게 처리할 방법은 없었다고 백스터에게 강조했다. 그리고는 상사의 자존심을 세워주기 위해 킹은 그의 사흘간의 대통령 권한 대행은 가장 어려운 임무 수행이었다고 역사가 심판할 것이라 선언했다. 역사는 그를 돈이나 실패한 외교정책보다 미국인의 생명을 더 우위에 두었던 사람으로 기억할 것이라고 했다.

"그리고 이 일은 아직 끝나지 않았다는 걸 아세요."

킹은 자기가 아직 건재하다고 말하고 있었다. 시간이 갈수록 그는 백스터가 자기 말에 귀를 기울이고 있다는 걸 알 수 있었다. 부통령의 책상 앞을 오락가락 하던 그는 갑자기 걸음을 딱 멈추며 소리쳤다.

"이건 완벽해! 정말 완벽해!"

"뭐가?"

"어쩌면 헤이즈는 당신에게 가장 큰 호의를 베풀었는지도 몰라요."

킹은 두 손을 모아 쥐었다.

"당신은 짐을 벗은 거죠. 타이밍이 아주 절묘해요. 지금까진 작은 요구들만 들어주면 되었거든요. 하지만 내일 아지즈는 더 큰 요구를 할 것이고, 당신은 그걸 고민할 필요 없게 되었어요."

킹은 입이 귀에 걸리도록 웃었다.

"그들은 백악관을 습격하지 않을 수 없을 겁니다. 그 명령을 헤이즈가 내려야만 해요."

셔먼 백스터는 그제야 서광이 보이는 듯했다.

"잘하면 이 진창에서 발을 뺄 수는 있겠군."

서재 문이 왈칵 열리고 부통령의 보좌관 한 명이 소리치며 들어왔다.

"텔레비전을 켜 봐요! 백악관이 불타고 있습니다!"

백스터는 의자에서 벌떡 일어나 책상 위의 리모컨을 집어 들었다. TV를 켜자마자 백악관 문들을 통과하는 소방차들이 화면을 채웠다. 그 뒤로는 창문들을 뚫고 나오는 시뻘건 화염이 보였다. 백스터는 볼륨을 올렸다. 앵커는 현장에 있는 사람들의 말을 인용하여 아직까지 건물을 빠져나온 생존자는 목격되지 않았다고 말하고 있었다.

"생존자는 목격되지 않았다"는 앵커의 말을 듣자마자 댈러스 킹은 보좌관을 서재에서 밀어내고 문을 닫았다. 두 사람은 선 채로 한참 동안 생방송을 지켜보았다. 도처에서 불길이 치솟았다. 소방관들이 정원에서 혹은 사다리차 위에서 호스로 물을 뿌려대고 있었다. 킹은 부통령을 돌아보며 미소를 감추지 못했다.

"저기선 아무도 살아나오지 못할 거예요."

백스터가 할 수 있는 건 고개를 젓는 일뿐이었다.

한동안 더 지켜보고 있던 킹이 결연하게 말했다.

"우리는 이 참극에 대한 책임이 당신에게 있지 않다는 걸 언론에 알릴 필요가 있어요."

그는 화면을 손가락으로 가리켰다.

"일을 저렇게 만든 책임은 헤이즈에게 있다는 것을 국민에게 알려야만 합니다."

킹은 몸이 공중으로 붕 뜨는 기분이었다. 그는 그런 표시를 내지 않으려고 애썼다. 셔먼 백스터는 비서실장을 바라보며 말했다.

"댈러스, 이건 비극이야."

"삶 자체가 비극이에요, 셔먼. 1년에 3만 명이 교통사고로 죽고, 10만 명이 흡연으로 사망해요."

그는 손가락으로 상사를 가리키며 말했다.

"그게 진짜 비극이죠. 이것도 좋은 일은 아니죠. 내 말 오해하지 말아요. 어떤 사람들은 이것을 비극으로 생각하겠죠. 그렇지만 당신 때문이 아니라는 걸 그들에게 알리는 일이 내 임무예요."

킹은 부통령 책상에서 전화기를 집어 들고 번호를 눌러댔다. 음성 메일이 흘러나오자 그는 0번을 눌러 교환수에게 말했다.

"쉴러 던을 즉시 바꿔줘요! 부통령 비서실장 댈러스 킹이라고 전하면 됩니다."

잠깐 기다리라는 말이 나왔다. 부통령 옆에 서서 킹은 백악관이 타오르는 광경을 TV 화면으로 바라보았다. 그리고 마음속으로 노래하고 있었다. 타올라라, 베이비. 활활 타올라.

54

헤이즈 대통령은 이른 아침 햇볕을 받으며 백악관 앞에 서 있었다. 펜스 라인 밖에서 기자들이 큰 소리로 질문을 던져댔지만 그는 무시했다. 중요한 것은 그가 살아 있고 건강하다는 것을 전 국민에게 보이는 일이었다. 오늘 저녁 그는 대국민 연설을 통해 지난 나흘간의 비극적 사건에 대해 소상히 설명할 것이다.

비밀검찰국의 잭 워치 특수 요원은 선글라스를 쓴 대여섯 명의 부하 요원들과 함께 대통령 옆에 서 있었다. 헤이즈는 손으로 햇빛을 가리고 아직도 굳건하게 서 있는 자랑스럽고 오래된 건물을 감탄스러운 듯 바라보았다. FBI 요원들이 아수라장 속을 들락거리며 증거를 수집하고 있었다. 창문들은 다 터져나가고 폭탄이 터진 자리들은 외벽까지 구멍이 숭숭 뚫렸다. 그러나 폭우 덕분에 다행히도 불길이 잡혔다. 폭우와 소방차들이 내뿜는 거센 물줄기가 합세하여 화염이 건물을 통째 삼키는 걸 막았다. 고귀한 국보들이 훼손되고 소실되었지만 중요한 것은 인질들의 목숨을 모두 구해냈다는 사실이었다.

잭 워치가 손으로 팔을 툭툭 건드리자 헤이즈 대통령은 시계를 보더니 고개를 끄덕였다. 대통령과 경호원들은 곧 잔디밭을 가로질러 북서쪽 문으로 이동하기 시작했다. 대통령이 워치를 돌아보며 말했다.

"오늘 아침 자네 부인과 아이들이 행복했겠군."

워치가 미소를 지었다.

"네, 키스와 포옹이 장난 아니었습니다."

헤이즈는 싱긋 웃으며 경호실장의 등을 툭 쳤다. 그들은 펜실베이니아 대로를 가로질렀다. 도로에 커다란 리무진들이 여러 대 서 있었다. 헤이즈는 그 중 한 대가 백스터 부통령의 것임을 알아보았다. 일행이 블레어 하우스 계단으로 올라가자 해군이 문을 열어준 뒤 대통령에게 경례를 붙였다. 헤이즈는 경례를 받은 뒤 새 대통령 관저의 로비로 들어갔다. 백악관 합동기자실에서 온 여러 명의 기자들이 취재 준비를 하고 기다리고 있었다. 대통령은 멈춰 서서 한 바퀴 휘 둘러보곤 말했다.

"해리 트루먼이 여기서 편안하게 지냈다니까 나도 만족할 수 있겠지."

기자들이 와아 웃은 뒤 그 말을 수첩에 적었다.

대통령 비서실장 밸러리 존스가 응접실에서 나와 그를 맞았다.

"모두 이 안에 계십니다."

헤이즈는 하얀 셔츠 소매를 당겨 올린 뒤 워치와 존스와 함께 응접실로 들어갔다. 모두가 자리에서 일어섰다. 다른 사람들보다 열렬하게 대통령을 맞이하는 사람들도 있었다. 몇 시간 전 회의를 소집하면서 대통령은 참석자 명단을 세심하게 짰다. 스탠스필드, 케네디, 플러드, 캠벨 등은 방 안에 있는 두 개의 커다란 소파 중 하나에 앉았다. 그들과 마주 보고 앉은 사람들은 백스터 부통령과 댈러스 킹이었다. 소파의 빈 공간이 있음에도 불구하고 애너 릴리와 밀트 애덤스는 절대 서 있겠다고 고집했다.

대통령은 응접실 맨 앞쪽으로 걸어가더니 자신이 한 번도 만난 적이 없는 두 사람의 얼굴만 빤히 바라보았다.

"두 분을 몹시 만나보고 싶었습니다. 그렇지만 먼저 처리해야 할 일이 있군요."

헤이즈는 방 안을 잠시 둘러본 뒤 스탠스필드 국장에게 말했다.

"빠진 사람이 있는 것 같은데요?"

"금방 나타날 것입니다, 각하."

헤이즈는 고개를 끄덕인 뒤 두 손을 꽉 맞잡았다.

"좋아요. 그럼 시작합시다."

헤이즈의 눈길이 댈러스 킹에게 맨 먼저 떨어졌다.

"우리는 기록도 바로잡고 일도 바로잡아야 합니다. 댈러스, 자넨 지난 며칠 동안 멍청한 짓들만 골라서 했더군."

헤이즈는 잠시 기다렸다가 물었다.

"변명하고 싶은 말이라도 있나?"

킹은 소파에서 불편한 듯 꿈적거리며 재빨리 변명할 말을 생각했다. 그때 응접실 문이 열리며 미치 랩이 들어왔다. 그는 방을 가로질러 릴리와 애덤스가 서 있는 곳으로 갔다.

"늦어서 죄송합니다, 각하."

"괜찮소, 크루즈 씨. 우린 지난 며칠 동안 댈러스 킹이 한 행동에 대해 본인의 설명을 들어보려고 하는 중이오."

킹은 구슬 같은 땀을 뚝뚝 흘리고 있었다.

대통령이 손을 내밀자 밸러리 존스가 〈워싱턴 포스트〉 한 부를 건네주었다. 헤이즈는 모든 사람들에게 펼쳐 보였다. 헤드라인은 '공격 실패, 헤이즈 대통령이 명령'이라고 되어 있었다. 대통령은 신문을 비서실장에게 돌려주고 말했다.

"〈포스트〉지는 어젯밤 급히 이 기사를 인쇄했다가 오늘 아침 계란 세례를 듬뿍 받았습니다. 기사 내용에 대해선 자세히 언급할 것도 없이 몽땅 거짓말이오."

헤이즈는 한참 동안 킹을 말없이 바라보았다.

"댈러스, 〈포스트〉지가 어떻게 이런 헤드라인을 뽑게 되었는지 혹시 알고 있나?"

킹은 어깨를 으쓱하곤 알아듣기 어려운 말을 우물거렸다. 속으로는 오히려 안도했다. 그는 한순간 자신이 아부 하산과 야간에 백악관에서 한 음란행위를 대통령이 알아낸 것이라고 생각했다.

"내가 자네 기억을 되살려주지."

헤이즈가 손을 내밀자 이번에는 스탠스필드가 여러 장의 서류를 건네주었다.

"이 전화 기록에 의하면 어젯밤에 부통령 관저에서 누군가가 〈포스트〉지에 전화를 걸었어. 그리고 지난 며칠 동안 자네의 휴대전화와 집전화로도 〈포스트〉 기자에게 전화를 건 기록이 있네."

대통령은 모든 사람들에게 전화 기록을 펼쳐보였다.

댈러스 킹은 소파에서 움찔거리며 백스터에게 도움을 요청하는 눈길을 보냈다. 구원의 손길은 오지 않았다. 킹은 대통령의 눈을 피하며 난감한 표정으로 대답했다.

"제… 제가 했습니다."

"그럴 줄 알았네."

헤이즈는 전화 기록을 스탠스필드에게 돌려주었다. 그러자 밸러리 존스가 대통령에게 폴더와 펜을 올렸다. 헤이즈는 킹 앞으로 걸어가서 그의 무릎 위에 그것을 떨어뜨렸다.

"자네 사직서야. 타이핑은 여비서가 대신 수고했네. 두 장 모두 서명한 뒤 한 장은 자네가 가지게."

헤이즈는 킹이 두 장의 사직서에 서명하고 한 장을 존스에게 제출하는 것을 지켜본 뒤 그에게 말했다.

"자넨 이제 가도 좋아."

부통령 비서실장은 조용히 자리에서 일어났다. 그가 속으로 얼마나 안도하고 있는지 방 안에 있는 다른 사람은 누구도 모를 것이다. 이렇게 조용히 물러날 수 있다는 것만도 불행 중 다행이었다. 만약 사실이 알려졌다면 그는 파멸했을 것이다.

헤이즈는 백스터 부통령에게 주의를 돌렸다.

"외국 여행이나 다녀오는 것이 어떻겠소, 셔먼?"

백스터는 헤이즈를 쳐다보며 아무 말도 하지 않았다.

대통령이 계속했다.

"여행이 마음에 드셔야 할 텐데. 앞으로 3년 동안 나는 당신을 제3세계의 모든 나라에 보낼 생각이기 때문이오."

대통령은 돌아서서 응접실 앞쪽으로 걸어갔다. 그가 화를 억누르고 있다는 것이 모두의 눈에 분명히 드러났다.

"당신은 외교정책과 국가 안보를 10년쯤 퇴보시켰습니다. 할 수만 있다면 난 당신을 파면하고 싶지만, 유감스럽게도 그럴 수가 없소. 내 임기 동안은 당신과 엮여 있기 때문이지. 그러니까 셔면, 이 방엔 있는 사람들이 모두 증인이니까 도망칠 궁리는 않는 게 좋을 거요."

헤이즈 대통령의 얼굴이 벌겋게 상기되었다. 그는 다짐을 두기 위해 덧붙였다.

"이 일로 나한테 스트레스 주지 마시오. 그러면 내 맹세코 스탠스필드 국장에게 지시하여 당신의 CIA 파일을 언론에 흘리겠소. 자, 알았으면 여기서 나가시오. 그리고 입을 꽉 다물기 바라겠소."

백스터가 나가고 문이 닫히자 스탠스필드가 돌아보며 말했다.

"각하, 부통령의 파일은 제게 없습니다."

헤이즈는 한쪽 눈을 찡긋한 뒤 대꾸했다.

"나도 압니다. 하지만 저 친군 모르죠."

헤이즈 대통령은 물 컵을 들고 한 모금 마신 뒤 남은 사람들을 바라보며 말했다.

"모두들 잘해 주셨는데, 어떻게 감사해야 할지 모르겠습니다. 정말 믿을 수 없을 정도였어요. 애덤스 씨부터 시작해야겠군요."

헤이즈는 대머리 흑인 앞으로 다가가 악수하며 말했다.

"나는 당신에게 빚을 졌습니다. 그럴 필요가 없었는데도 그런 위험을 자청한 것은 당신의 고매한 인격을 보여준 것이라고 생각합니다."

밀트 애덤스는 대통령의 그런 찬사에 갑자기 몸 둘 곳을 몰랐다.

"그냥 제 임무를 다했을 뿐입니다, 대통령 각하."

헤이즈는 양손으로 그의 어깨를 잡고 지그시 힘을 주며 말했다.

"미국은 당신 같은 분을 더 많이 필요로 합니다, 밀트. 혹시 제가 해드릴 일이 있으면 말씀해 보십시오. 성의껏 도와드리겠습니다."

"한 가지 생각한 것이 있습니다, 각하."

"그게 뭡니까?"

"은퇴했다고 해서 다 빌빌대는 건 아니거든요. 이제 대통령 관저를 대대적으로 수리해야 할 텐데, 이번에 제가 그 감독을 맡으면 어떨까 생각했습니다.”

“그렇지, 참! 아주 멋진 생각입니다, 밀트. 제가 즉시 조처하도록 하죠. 다른 건 없습니까?”

“없습니다.”

“좋습니다. 그러면 밸러리가 밖으로 모시고 나가 자세한 안내를 해드릴 겁니다. 정말 너무 감사합니다.”

대통령과 악수를 마친 애덤스는 릴리에게 다가가 그녀의 볼에 키스했다. 그리곤 옆에 선 미치 랩을 가리키며 속삭였다.

“이 남자를 조심해.”

그는 다시 랩과 악수하며 말했다.

“그래, 비밀요원 사나이. 이제 자네와도 마지막인 것 같군.”

“그건 모르죠.”

랩은 노인을 끌어안으며 말했다.

“꼭 찾아뵙도록 하겠습니다.”

“꼭 그래주게. 하지만 이런 위험한 일에 끼는 건 이제 사양해. 그러긴 너무 늦었어.”

애덤스는 문 쪽으로 걸어가다 돌아보며 말했다.

“자네들 둘은 아주 멋진 커플이야. 언제든 저녁에 한번 놀러오게. 내가 멋진 저녁 식사를 만들어 주지.”

“꼭 갈게요.”

랩이 릴리를 돌아보며 웃었다.

애덤스가 나가자 대통령은 릴리에게 주의를 돌렸다.

“젊은 숙녀께서는 백악관 출근 첫날 바로 대박기사 감을 터뜨렸다고 하더군요.”

릴리가 생긋 웃으며 대답했다.

“그렇다고 말씀드릴 수 있죠.”

“계속 머물 건가요, 이번 일로 아주 데었나요?”

“머문다고요?”

“백악관에 말입니다.”

"물론입니다."

"좋아요."

헤이즈는 미소를 지었다.

"당신을 여기 부른 이유는 두 가집니다. 첫째는 당신의 도움에 감사드리기 위해서죠. 크루즈 씨를 도와 이번 일을 성공시키는 데 결정적 역할을 해냈다고 들었습니다."

"아주 작은 일이었어요."

애너 릴리는 얼굴을 붉혔다.

"그렇지 않아요. 당신의 헌신적인 도움에 진심으로 감사합니다."

헤이즈는 랩을 잠시 바라본 뒤 릴리에게 물었다.

"두 번째 이유를 짐작하시겠습니까?"

릴리는 가슴 위로 팔짱을 끼며 대답했다.

"저의 기사를 어느 선까지 허용할지 말씀하시려는 거겠죠."

그녀는 의도적으로 '저의 기사'라고 말했다.

"맞았어요."

헤이즈는 약간 보충했다.

"오늘 아침 당신이 목격한 것처럼 대통령과 부통령 사이에 오가는 말을 직접 들은 기자가 몇 명이나 있었을 거라고 생각하나요?"

"아마 없었겠죠."

"맞아요."

대통령은 소파에 앉은 네 사람을 가리키며 말했다.

"이 네 분은 내가 당신한테 어떤 서류들에 서명하도록 압력을 행사해야 한다고 생각하고 있습니다. 국가 안보에 해가 된다고 생각되는 기사들을 쓰지 못하도록 당신을 법적으로 구속하는 서류들이죠. 그렇지만 나는 더 좋은 방법이 있다고 이분들을 설득했습니다."

헤이즈는 법적 구속에 대해 릴리가 좀 더 생각하도록 잠시 기다려 주었다. 그는 응접실 앞쪽으로 걸어가며 말을 이었다.

"더 좋은 방법이란 당신과 내가 거래를 하는 겁니다."

대통령은 한쪽 눈썹을 치켜 올렸다.

"최근 있었던 일의 어떤 부분에 대해 당신이 자발적으로 침묵하는 대가로 나는 중요한 어떤 행사들에 대해 당신한테 가장 먼저 알려주는 조건입니다."

릴리는 대통령에게 이런 제의를 받는 것은 말할 것도 없고 이런 회의에 참석하고 있다는 사실 자체가 믿기지 않았다. 이런 때일수록 냉철하게 행동해야지, 하고 그녀는 속으로 다짐하며 물었다.

"제 기사의 어떤 내용들을 검열하고 싶으십니까?"

헤이즈가 소파에 앉은 네 사람을 돌아보자, 케네디가 먼저 말했다.

"크루즈 씨와 CIA 직접 관련설만 빼면 우린 상관없어요."

"그럼 CIA가 정보수집과 작전 수립에 관여했다고만 언급하면 괜찮습니까?"

"모호하게 표현하면 문제될 것 없습니다."

릴리는 미심쩍은 표정을 지으며 물었다.

"모호한 표현은 어떤 건가요?"

헤이즈 대통령이 손을 저으며 앞으로 걸어 나왔다.

"내게 더 좋은 생각이 있소, 릴리 양. 이번 사건의 대미를 특종으로 장식하는 건 어떻습니까?"

헤이즈는 여기자의 눈을 바라보며 말했다.

"정오에 브라이언 로치 FBI 국장이 기자회견을 열고 비밀사항을 발표할 겁니다. 그걸 지금 내가 말해주면 당신은 NBC를 통해 전 세계에 가장 먼저 전할 수 있죠. 당신이 누구보다 앞설 수 있습니다."

릴리는 구미가 당겼다. 아주 흥미로운 제안 아닌가? 이건 아주 멋진 거래가 될 수 있겠다는 생각이 들었다. 그녀는 고개를 끄덕이며 말했다.

"그렇게 하겠습니다."

"좋아요. 그럼 얘기하리다. FBI는 백악관 내부를 샅샅이 수색했지만 테러범들 중에서 한 명의 시신은 끝내 찾아내지 못했소. 우리가 받은 보고로는 어젯밤 폭발이 일어난 직후 FBI 전투복 차림의 한 사내가 부상당한 여자를 어깨에 메고 재무성 터널로 들어갔다는 겁니다. 그 여자는 내 여비서로 밝혀졌소. 그녀는 오늘 아침 6시경 메릴랜드 외곽 도랑 속에서 의식을 잃은 상태로 발견되었어요. 그녀가 마지막으로 모습을 보였던 장소는 폭발이 일어나기 직전 내 벙커 바깥방이었습니다."

대통령은 릴리에게 상황을 파악할 시간을 주려고 잠시 쉬었다.

"아, 또 한 가지 있군. 폭발이 일어났을 때 백악관 건물 안에는 FBI 요원이 한 명도 없었답니다."

릴리의 눈이 접시만 해졌다.

"그렇다면 아지즈가 도망쳤단 말씀이에요?"

"그런 것 같소."

릴리는 랩을 돌아보았다. 그도 마지못해 고개를 끄덕여 보였다. 여기자는 머리를 천천히 저은 후 소리쳤다.

"우와!"

대통령은 앞으로 걸어와 그녀의 양어깨에 손을 얹으며 말했다.

"나는 우리가 방금 맺은 거래를 매우 진지하게 생각합니다."

그는 여기자를 문 쪽으로 데리고 가며 말했다.

"당신은 이런 특종을 얻을 자격이 있어요, 애너. 당신이 해준 모든 일에 대해 감사합니다."

릴리는 할 말이 생각나지 않았다. 자신이 정말 그만큼 대단한 일을 한 것 같지가 않았다.

"감사합니다, 각하."

"아니지, 내가 감사해야죠."

헤이즈는 미소를 지으며 그녀의 양어깨를 힘주어 잡았다.

"깜박 잊을 뻔했군. 당신한테 한 가지 더 말해줄 것이 있소. 비밀검찰국의 트레이시 국장이 당신 전화를 기다리고 있을 겁니다. 댈러스 킹에 관한 정보를 가지고 있는 듯한데, 당신에게도 아마 흥미로울 거요. 자, 그러면 우리는 아지즈에 대해 상의할 것이 있어서 이만 실례하겠소. 다음 주에 만나 더 많은 얘기를 나눕시다."

대통령은 그녀를 위해 문을 열어 주었다.

랩은 두 사람이 얘기를 주고받는 것을 지켜보며 소파에 앉았다. 애너 릴리가 방에서 나가는 것을 보자 서운한 감정이 들었다. 그녀와 마주 앉아 얘기를 나누고 싶었다. 그는 찌푸린 얼굴로 방 안을 돌아보았다.

헤이즈 대통령이 벽난로가 있는 쪽으로 돌아오며 말했다.

"나는 누구한테 뇌물을 바치든, 누굴 위협하든 상관하지 않겠소. 아지즈의 머리를 은쟁반에 담아 오시오. 그자를 반드시 제거하란 말이오. 사담 후세인과의 거래도 진지하게 검토해 보시오."

헤이즈는 랩을 돌아보며 말했다.

"당신한테는 무어라 감사해야 할지 모르겠소. 이 나라가 당신한테 감사해야 합니다."

대통령은 머리를 설레설레 흔들었다.

"하지만 부끄럽게도 그들은 당신의 이런 헌신과 희생을 결코 알지 못할 겁니다."

랩은 싱긋 웃었다.

"괜찮습니다, 각하. 애초에 칭찬이나 유명세를 바라고 이 일에 뛰어든 건 아니니까요."

"그런 줄이야 알지만 나는 단지 보다 나은 보상 방법과 적절한 감사 표시가 있으면 좋겠다는 뜻입니다."

"아지즈를 지옥으로 보낼 기회만 저한테 주시면 그것으로 족합니다."

"그럴 계획이오. 지금부터 그 얘기를 하려는 겁니다."

헤이즈는 랩에게서 잠시 시선을 거두고 다른 사람들에게 초점을 맞추었다.

"모든 정보망을 총동원하여 아지즈의 행방을 추적하시오. 제보자들은 모두 불러들여요. 조금 전에 얘기한 대로 이 일에 관한 한 수단방법을 가리지 마시오. 무조건 그자를 잡기만 하면 됩니다."

대통령은 랩을 돌아보며 말했다.

"당신은 집으로 돌아가 좀 쉬는 것이 좋겠군요."

그는 랩을 문 쪽으로 데려갔다.

"그자를 찾으면 당신한테 즉시 연락하겠소."

"알겠습니다, 각하."

랩은 대통령이 내민 손을 잡고 흔들었다.

응접실을 나온 그는 블레어하우스 현관으로 걸어 나갔다. 손을 이마로 가져가 햇볕을 가리고 군중 속을 살펴보았다. 애너 릴리의 모습은 보이지 않았다. 좌우를 둘러보았지만 마찬가지였다.

"제가 도와드릴까요, 크루즈 씨?"

랩은 아래쪽을 내려다보았다. 계단 바로 아래 대통령의 리무진에 몸을 비스듬히 기대고 아름다운 애너 릴리가 서 있었다. 랩은 계단을 급히 내려가며 말했다.

"특종기사를 날리려고 방송국으로 달려간 줄 알았어요."

릴리는 리무진을 등으로 밀고 일어서더니 미소를 지으며 말했다.

"아직 시간 있어요."

랩에게 손을 내밀며 여기자는 말했다.

"그리고 당신한테 작별 인사를 하고 싶어서요."

그녀는 랩의 손을 잡고 힘을 꼬옥 주었다. 그리곤 거리 아래쪽을 가리키며 말했다.

"택시를 잡아야 하는데, 저 모퉁이까지 함께 걸어가 주지 않을래요?"

"그러죠."

두 사람은 손을 잡은 채 17번가 쪽으로 걷기 시작했다. 릴리는 그를 비스듬히 바라보며 물었다.

"그런데 당신 본명은 끝내 안 가르쳐주실 거예요?"

"어쩌면요."

랩은 미소를 지으며 덧붙였다.

"언젠가 당신을 완전히 신뢰할 수 있게 되면 말해 드리죠."

두 사람은 한동안 말없이 걸었다. 릴리가 다시 물었다.

"당신이 살아온 얘긴요? 언제쯤 들을 수 있죠?"

"그건 언제든 원하시는 대로."

"그런데 당분간은 바쁘시겠죠?"

"누가 알겠어요."

두 사람은 모퉁이에 이르자 걸음을 멈추었다.

"당분간 좀 쉴까 생각하고 있는데."

"정말요?"

"아니, 왜 그렇게 놀라죠?"

릴리는 그를 잠시 관찰한 뒤 대답했다.

"당신은 절대 쉬지 않을 사람처럼 보여서요."

랩은 어깨를 으쓱했다.

"그렇다면 놀라게 해드리죠."

"당신한테는 나를 놀라게 할 많은 것들이 있을 것 같아요."

랩은 고개를 천천히 저었다.

"그렇지도 않아요. 막상 알고 보면 꽤 따분한 남자죠."

릴리는 마주잡은 손을 내려다보다가 엄지로 그의 손가락을 어루만지며 말했다.

"저녁 같이 먹기로 한 것, 날짜를 정해야 할 것 같아요."

그녀가 엄지로 자기 손가락을 어루만지자 랩은 가슴이 뛰기 시작했다.

"당신 스케줄에 맞춰서 정하기만 해요."

"다음 주 내로 하면 어때요?"

"나는 좀 더 일찍 정하길 바랐는데."

릴리는 초록색 눈으로 바라보며 미소를 지었다. 랩은 그녀의 턱을 두 손으로 받쳐 들고 입술에 키스하며 속삭였다.

"오늘 밤엔 어때요?"

　노인은 발을 질질 끌며 번화가를 걸어왔다. 자정이 가까워지면서 사람들은 차츰 줄어들기 시작했다. 노인은 몸을 잔뜩 움츠리고 사람들의 얼굴을 유심히 살피며 걸었다. 위에는 누더기를 걸치고 청바지는 한 뼘이나 짧아 깡총해 보였다. 발에는 헤진 테니스화를 꿰신고 있었다. 때와 먼지가 덕지덕지 앉은 시커멓고 허연 머리카락은 텁수룩했고, 옷 밖으로 드러난 피부에는 더러운 때가 잔뜩 끼어 있었다. 다른 도시라면 그런 모습이 띌지 몰라도 브라질의 상파울루에선 그렇지도 않았다. 2천만이 넘는 인구 중 500만이 절대빈곤층인 이곳에서 노인은 또 한 명의 극빈자일 뿐이었다.

　그는 상점 현관에 웅크리고 앉아 밤을 보내려는 동료 노숙자 앞을 지나쳤다. 거대도시 중심부를 차지하고 있는 이곳 봉혜찌루(Bom Retiro) 이방인 지역은 거의 100만에 이르는 팔레스타인, 레바논, 이란, 아랍 이민자들의 보금자리였다. 그가 세계의 수많은 도시들 중에서 이 도시로 오게 된 것 자체만으로도 기적에 가까운 일이었다. 그것은 아주 작은 한 쪼가리 정보에 의지한 결과였다.

　파라 하루트는 의식이 거의 없는 상태에서 헛소리를 지껄여댔고, 그 가운데 그들에 대한 단서를 제공했다. NSA가 즉시 대대적인 전자첩보수집 작전에 들어갔다. KH-12 키홀 위성이 상파울루 도시 상공의 정지 궤도로 진입하여 봉혜찌루 근방에서 전화 대화를 녹음하기 시작했다. 메릴랜드 주 포트 미드에 있는 NSA의 슈퍼컴퓨터가 수천 통의 전화를 걸러서 미리 지정한 내용과 어조, 음성신호 등과 일치하는 것을 찾아냈다. 이 작업은 3주 하고도 하루가 더 걸렸다. 그렇지만 분석자들은 마침내 찾던 것을 발견했다.

노인은 더러운 캔버스 자루를 어깨에 멘 채 사람들 사이를 계속 헤치고 걸어갔다. 그는 이전에 왔을 때 봐둔 사람들의 얼굴을 기억했다. 먼저 그들의 눈을 보고 무기를 감추고 있어서 허리께가 불룩하지 않은지 확인했다. 그런 식으로 전날 밤에 그가 찾아낸 곳이 바로 이 거리였다. 맨 처음 그의 눈길을 끈 것은 건물 입구에서 담배를 피우며 서 있는 한 사내였다. 사내가 몸무게의 중심을 한 쪽에서 다른 쪽 발로 옮긴 뒤 가죽 재킷 지퍼를 열었을 때 새까만 피스톨 모서리가 약간 드러났던 것이다.

라피크 아지즈는 가까이 있었다. 랩은 그것을 느낄 수 있었다. 그는 현관에 서 있는 경호원 앞을 지나가며 고개를 푹 숙인 채 사내를 자세히 살펴보았다. 그리고 몇 걸음 지나자 멈춰 서서 허리를 굽히고 이전에 왔을 때 버려두었던 병뚜껑을 집어 올렸다. 몸을 일으키며 그는 창문 쪽을 힐끗 훔쳐보았다. 살짝 열린 커튼 사이로 소파에 앉은 두 사내가 텔레비전을 보고 있는 것이 얼핏 보였다. 20분 전에는 그 연립주택 앞에 세단 한 대가 굴러오더니 매춘부를 하나 내려놓고 가는 것을 보았다.

랩은 거리를 계속 걸어 내려가서 골목 속으로 접어들었다. 그리곤 쓰레기통 뚜껑을 열어젖힌 뒤 그 속을 뒤적이는 척했다. 15미터쯤 들어간 캄캄한 골목 안에서 담뱃불이 빨갛게 타올랐다. 랩이 분명하고 단호하게 관철시켜야 할 것은 혼자 들어간다는 것이었다. 브라질 당국과 접촉하지 않고, 전자 감시 차량이나 특수부대 지원도 없이 혼자 해치우겠다는 것이었다. 아지즈에게 겁을 주어 도망치게 만드는 짓은 이제 그만하고 싶었다. 만약의 사태에 대비하여 해리스 소령이 열두 명의 실 대원을 대기시켜 놓았다. 그들은 현장에서 동쪽으로 1.5킬로미터 되는 지점에 세워둔 두 대의 세단, 서쪽으로 1.5킬로미터 되는 지점에 세워둔 두 대의 세단에 나눠 타고 있었다. 랩은 상사들과 대통령에게 일주일이면 충분하다고 장담했다. 그의 훈련된 눈은 CIA 무기고에 있는 최고가의 감시 장비들도 못 찾아낼 것을 불과 사흘 만에 발견했다. 아주 단순하게도 그것은 사내의 불룩한 뒷주머니를 찾는 일이었다.

쓰레기통을 하나씩 지나갈 때마다 골목은 점점 더 어두워지고 쥐새끼들은 더 우글거렸다. 랩은 캔버스 자루에 빈 병을 하나 집어던진 뒤 그 집의 2층을 살펴보았다. 촛불이 일렁이자 커튼이 노르스름하게 빛났다. 그림자 하나가 커튼 뒤에서 가볍게 움직였다. 랩은 혀끝으로 마른 입술을 살짝 적셨다. 뒷문이 가까워오자 가슴이 빠르게 뛰기 시작했다.

경비원과의 거리가 5~6미터 이내로 다가오자 랩은 놈이 자기를 주시하고 있다는 걸 느낄 수 있었다. 놈의 두 손을 슬쩍 살펴보았다. 한 손은 오른쪽 엉덩이 위에 있었고, 다른 손은 담배꽁초를 쥐고 있었다. 랩은 조심스레 다가갔다. 이제 3미터도 안 남았다. 경비원이 총집에서 권총을 빼는 소리가 들렸지만 그는 계속 다가갔다. 경비원이 아랍어로 물러가라고 소리쳤다. 그는 사내를 쳐다보며 무슨 말인지 못 알아듣겠다는 몸짓을 해보였다. 낡은 캔버스 자루 속에 감춘 그의 손은 소음기가 장착된 베레타 9밀리 피스톨을 꽉 잡고 있었다.

랩은 경비원의 총구가 어디로 향하고 있는지 보았다. 골목 끝을 가리키고 있었다. 그건 실수지, 라고 속으로 중얼거리며 랩은 베레타의 방아쇠를 당겼다. 총구를 빠져나간 한 발의 탄환은 경비원의 짙은 검은 눈썹 사이를 파고들었다.

랩은 세 걸음을 돌진하여 쓰러지는 사내를 잡아 바닥에 살짝 눕혔다. 그리고는 자루 속에서 작은 무전기를 하나 꺼내 들고 말했다.

"집 안으로 들어갑니다."

자루를 시체 옆에 두고 그는 천천히 부엌으로 들어갔다 복도 아래에서 웃음소리가 들려왔지만 텔레비전에서 난 소리일 수도 있었다. 랩은 등 뒤로 문을 닫고 부엌을 가로질렀다. 복도 아래 정면에 앞문이 보였다. 왼쪽은 2층으로 올라가는 계단이었고, 오른쪽에는 두 사내가 등을 보이며 TV를 시청하고 있었다.

1초가 소중했다. 랩은 방 안으로 들어서며 베레타를 겨누었다. 왼쪽에 앉은 사내가 무슨 낌새를 느끼고 휙 돌아보았다. 랩은 즉시 그자의 이름을 떠올렸다. 살림 루산이었다. 한 달쯤 전 워싱턴 호텔 옥상에서 비밀검찰국 요원들을 10여 명이나 사살하고 사라졌던 사내. 랩은 그 옆에 앉은 사내의 뒤통수에 먼저 총알을 박아 넣은 후, 놀란 루산의 두 눈 사이에도 한 발 박아주었다. 소음기는 거의 소리를 내뱉지 않았다. 랩은 죽은 자의 오른손에서 리모컨을 빼앗아 TV 볼륨을 잔뜩 올렸다. 계단으로 이동하며 그는 무전기에 대고 소곤댔다.

"탱고 세 명 처치하고 2층으로 이동 중."

랩은 계단을 재빨리 훑어본 다음 한 걸음에 두 칸씩 올라가기 시작했다. 꼭대기 바로 아래에 도착하자 일단 걸음을 멈추고 귀를 기울였다. 정면 왼쪽에 있는 문에서 열에 들뜬 젊은 여자의 신음소리가 새어나왔다. 랩은 한숨을 토해냈다. 결국 이 지경까지 타락한 것이었다. 그는 오른손으로 문손잡이를 잡고 밀었다.

방 안으로 들어간 랩은 총으로 왼쪽에서 오른쪽으로 훑었다. 오른쪽에서 무엇이 꿈틀거렸다. 두 몸뚱이가 한데 얽혀 있었다. 팔 하나가 머리 위로 쑥 올라가서 무언가를 더듬어 찾기 시작했다. 랩이 팔을 겨누고 발사했다. 총알은 아지즈의 팔꿈치를 때리며 박살냈다.

랩은 망설이지 않았다. 더 치명적인 부위를 찾아 총구를 움직였다. 여자가 중간에 있었고, 아지즈는 그녀를 방패로 사용하기 위해 몸을 굴렸다. 랩은 아지즈의 엉덩이를 향해 방아쇠를 당긴 뒤 더 가까이 다가갔다. 아지즈는 남은 한쪽 팔을 배개로 뻗었다. 랩은 그 팔꿈치도 쏘았다. 양쪽 팔꿈치에서 선혈이 콸콸 뿜어져 나왔고, 아지즈가 나지막이 신음을 내뱉었다.

랩은 위장용 가발을 벗어던진 뒤 입에 물고 있던 가짜 치아도 뱉어냈다. 그리고 여자를 침대에서 끌어내린 뒤 침대에서 피를 흘리고 있는 아지즈를 내려다보았다. 그의 양팔은 못 쓰게 되었고 엉덩이에서도 피가 흘렀다. 총구로 이마를 겨누며 랩이 물었다.

"나를 기억하겠나?"

아지즈는 고통스런 표정으로 쳐다보았지만 그를 알아보지 못했다.

랩은 자기 머리를 돌려 보이며 말했다.

"네놈이 파리에서 그은 자국이야. 기억 안 나?"

아지즈는 굳은 표정으로 기억 속을 헤집었다. 잠시 후 그의 입가에서 미소가 번지기 시작했다.

랩은 한 걸음 뒤로 물러섰다. 그리곤 만족한 마음으로 방아쇠를 한 번 더 당겨 자기 인생의 나쁜 한 장을 마감했다.

"네 명째 탱고 처치하고 철수 중임."

그는 무전기에 대고 보고한 뒤 매춘부에게 옷을 걸치고 나가라고 말했다. 여자는 허겁지겁 옷을 주워 입고 복도로 나간 뒤 계단을 내려가서 어둠 속으로 사라졌다. 랩은 가방 속에서 C-4 플라스틱 시한폭탄을 꺼내어 타이머를 20초 후로 조정한 뒤 부엌 속으로 던져 넣고 문을 닫았다.

랩이 터덜터덜 걸어 골목 끝에 이르렀을 때 문이 네 개인 메르세데스 세단이 달려와 미끄러지듯 멈추었다. 뒷문이 열리자 랩이 올라탔다. 해리스 소령이 뒷좌석에 앉아 있었다. 운전병이 가속 페달을 밟자마자 뒤쪽에서 요란한 폭음이 일어났다. 어두운 골목이 불꽃으로 일순 확 타올랐다.

〈끝〉

| 옮긴이의 말 |

_ 간파 당하면 죽는다

제2회 월드 베이스볼 클래식 1라운드 한일 1차전에서 한국은 치욕적인 콜드게임 패를 당했다. 스코어는 참담하게도 14대 2. 게임이 어지간히 안 풀리기도 했지만 투수 김광현이 적에게 속속들이 간파당한 것이 패인이었다. 이 게임을 보며 나는 만약 일본과 우리가 전쟁을 하면 꼭 이 꼴을 당하지 않을까 하는 불안감이 들었다. 우리 전력을 손바닥 들여다보듯 빤히 알고 있을 일본에 대해 우리는 과연 얼마나 대비하고 있을까? 공중조기경보기를 하루라도 빨리 들여와야 하는 이유가 여기에 있다.

나의 이런 불안은 2차전을 보고나서야 약간 해소되었다. 스코어는 1대 0. 살얼음판 위를 걷는 것처럼 아슬아슬했고 한 편의 스릴러를 보는 듯했다. 우리의 저력을 보여준 게임이었다. 한 판 붙더라도 곱다시 당하고 있지만은 않겠구나 싶었다. 그러면 그렇지, 우리는 티베트와는 달라. 비상시엔 적장 목을 딸 봉중근 같은 의사들이 줄을 선다는 것이 바로 다른 점이지. 목을 딸 때도 푸근하게 따는 법이 없어. 아슬아슬하게 보는 이들이 오줌을 지리도록. 그보다 더한 스릴러가 어디 있을까.

이 책 《권력의 이동》이 미국에서 출간된 때는 2000년 6월이었다. 그리고 1년 3개월 뒤인 2001년 9월에 9·11 테러 사건이 터져 세계무역센터 쌍둥이 빌딩이 무너지고 3천여 명이 죽었다. 목표물이 백악관에서 쌍둥이 빌딩으로 바뀌었을 뿐, 이 책은 미리 경고하고 있었던 것이다. 빈스 플린이 얼마나 뛰어난 작가인지 이 책이 일찌감치 증명한 셈이다.

554

사담 후세인의 지원을 받은 한 이슬람 테러단체가 주도면밀한 계획과 준비 끝에 백악관을 습격하여 건물을 장악하고 인질들을 억류하는 것으로 시작되는 이 소설은 착상도 기발하지만 그것을 뒷받침하는 세부사항들이 대단히 치밀하고 리얼하다. 벙커 속으로 피신한 대통령이 통신두절로 권한을 행사할 수 없게 되자 부통령에게 권한이 이양된 상황에서 주변 인물들의 심리적 갈등과 국가적 위기에 처한 인간들의 심리묘사가 뛰어나다. 또 작가의 문장이나 스토리 전개 방식도 처음부터 끝까지 자를 대고 줄을 쭉 긋는 것처럼 단도직입적이고 긴박하다.

CIA 초특급 살인병기 미치 랩의 직함은 중동 전문 사건 대리인. 고교시절 여자친구가 이슬람 테러범에게 살해당하자 복수를 하기 위해 10년째 범인을 쫓아다니는 다소 로맨틱한 구석이 있는 사내다. 테러범 소굴로 변한 백악관 내부로 침투한 그의 활약으로 그들의 움직임은 하나하나 간파되고, 간파당한 결과는 죽음으로 이어질 수밖에 없다. 대통령 부재로 인한 권력 공백과 그 기회를 노린 대권 장악 음모, 이를 저지하려는 비밀검찰국과 군부, CIA, FBI의 암투가 반전이 끼어들 여지조차 없게 한다. 특히 은퇴를 앞둔 팔순 나이의 노회한 CIA 국장의 처신이 매우 인상적이다. 한 가지 꼬투리를 잡는다면 언제나 그랬듯이 미국은 멋지고 좋은 놈, 그에 맞선 상대는 세상에서 가장 비열하고 나쁜 놈이라는 공식을 여기서도 어김없이 적용한다는 것인데, 그것도 이해하자고 들면 못할 것도 없다. 우리나라 작가들도 작품을 쓸 때 우리 편은 멋지고 좋은 놈, 오랑캐나 왜놈은 비열하고 나쁜 놈이라고 적지 않는가? 소설은 단지 소설일 뿐이니까.

2010년 신춘
역자 **이창식**

권력의 이동 미치 랩 시리즈 Vol.1

1판 1쇄 발행 2010년 3월 29일
1판 4쇄 발행 2017년 12월 29일

지은이 빈스 플린
옮긴이 이창식

발행인 양원석
편집장 김지연
해외저작권 황지현
제작 문태일
영업마케팅 최창규, 김용환, 이영인, 정주호, 양정길, 이선미,
　　　　　　신우섭, 이규진, 김보영, 임도진

펴낸 곳 ㈜알에이치코리아
주소 서울시 금천구 가산디지털2로 53, 20층(가산동, 한라시그마밸리)
편집문의 02-6443-8846　　**구입문의** 02-6443-8838
홈페이지 http://rhk.co.kr
등록 2004년 1월 15일 제2-3726호

ISBN 978-89-255-3671-2 (03840)